MW01519913

Panorama
des thérapies familiales

Du même auteur

Sous la direction de
Mony Elkaïm

Panorama
des thérapies
familiales

TRADUIT DE L'ANGLAIS ET DE L'ITALIEN
PAR ANNE-LISE HACKER ET CHRISTIAN CLER

Éditions du Seuil

Les textes suivants ont été traduits par Anne-Lise Hacker :

Les débuts de la thérapie familiale : thèmes et personnes.
Famille/individu : un modèle trigénérationnel.
L'approche stratégique.
La thérapie comportementale de couple.
Les fondements de l'approche symbolique-expérientielle.
Le modèle évolutif de Virginia Satir.
L'intervention en réseau.
Identité sexuelle, féminisme et thérapie familiale.
Les narrations en psychothérapie et le travail de Michael White.
D'ici à là, vers on ne sait où :
l'évolution continue de la thérapie familiale.
Un modèle de thérapie familiale inspiré
d'une optique de la complexité.

Le texte suivant a été traduit par Christian Cler :

La théorie bowenienne des systèmes familiaux.

ISBN 978-2-02-040724-3
(ISBN 2-02-021803-8, 1re publication)

© Éditions du Seuil, octobre 1995

A la mémoire de ma mère

Remerciements

Je veux d'abord remercier Jean-Luc Giribone, qui a soutenu d'emblée le projet de cet ouvrage et n'a jamais cessé, tout au long de sa rédaction, de m'offrir généreusement son temps, son aide et ses conseils ; ainsi que le Fonds Lucie Capeillères-Lambert, pour le soutien précieux qu'il m'a apporté.

Ma gratitude va aussi à Colette Simonet, Solana Orlando et Christine Van der Borght, qui m'ont accordé leur appui dès les premières phases de la préparation de ce *Panorama des thérapies familiales*.

Ma reconnaissance est également acquise à Elida Romano, qui, grâce à un questionnaire adressé à de nombreux psychothérapeutes d'Europe et d'Amérique du Sud, m'a permis de mieux rendre compte de la multiplicité des expériences menées aujourd'hui dans le domaine de la thérapie familiale.

Je veux aussi tout particulièrement remercier mon assistante, Judith Good, qui m'a aidé pendant plusieurs années à organiser le manuscrit de ce livre et s'est chargée de prendre les contacts internationaux indispensables à l'élaboration d'un tel ouvrage collectif ; Christian Cler, qui, non seulement a traduit et réécrit de nombreux chapitres, mais a contribué en outre à mettre au point le manuscrit final ; et, enfin, tous les patients et étudiants sans lesquels ce texte n'aurait qu'une utilité bien restreinte.

Introduction

Enseignant la thérapie familiale à l'Université, formant depuis plus de vingt ans des praticiens de la santé mentale à cette approche dans plusieurs capitales européennes et villes d'Amérique du Nord, je rêvais depuis longtemps de disposer d'un ouvrage qui me permette d'introduire mes étudiants à l'univers multiple et chatoyant des thérapies familiales.

Je souhaitais que ce livre décrive les principales écoles fondatrices et novatrices de ce champ tout en replaçant les différents courants évoqués dans une perspective tant théorique et pratique qu'historique.

En dépit de l'image inévitablement contrastée qui ressortirait d'une telle description, j'étais convaincu que cette image ne prendrait tout son relief qu'à la condition de rendre compte des activités de certains groupes moins connus qui ont concouru tout autant que ces écoles majeures à conférer sa richesse et sa diversité internationale à notre champ.

Tout en n'ignorant pas qu'il serait vain, en la matière, de prétendre brosser un tableau exhaustif, il me semblait néanmoins important de faire comprendre au lecteur que notre champ n'aurait jamais pu parvenir au niveau d'extension qu'il a aujourd'hui atteint sans la ténacité modeste d'une multitude de petits groupes qui, loin de se réclamer systématiquement d'une mouvance spécifique, intègrent au contraire les apports de courants différents.

Ce texte, tel que je le concevais, devait permettre également à des lecteurs de nationalités diverses de prendre connaissance d'un matériel difficile d'accès ou inexistant dans leurs propres langues. Conformément à cette aspiration, le présent *Panorama des thérapies familiales* présentera pour la première fois aux lecteurs français les écoles issues du constructionnisme social ou les critiques féministes des thérapies familiales, tandis que les lecteurs américains y trouveront décrites les recherches de certaines écoles européennes telles que l'école de thérapie familiale psychanalytique, aussi bien que les pratiques de réseau développées en Europe dans les années soixante-dix.

J'ai donc demandé aux différentes écoles que j'ai sélectionnées de rédiger chacune un chapitre dans lequel elles exposeraient les soubassements théoriques de leur approche tout en dépeignant leurs pratiques respectives ; et j'ai préféré ne pas adresser aux auteurs de ces chapitres des questionnaires trop rigides pour ne pas risquer de restreindre leur liberté d'expression : je ne voulais surtout pas leur imposer le choix d'une forme peut-être incompatible avec le fond de leur pensée.

Chaque fois que cela a été possible, c'est le fondateur ou la fondatrice de l'école retenue qui se sont chargés d'écrire le chapitre consacré à son approche. Dans le cas contraire, cette tâche est revenue à un ou une thérapeute proche de l'école en question, le chapitre étant alors presque toujours revu par les principaux représentants de la mouvance concernée.

Cet ouvrage, divisé en huit sections, s'efforce à la fois de rappeler dans quelle atmosphère les premières thérapies familiales apparurent et de présenter au lecteur les principales écoles de notre champ.

En réunissant les divers textes qui constituent ce livre, j'ai mesuré à quel point les écoles dont les théories et les pratiques sont enseignées aujourd'hui dans les cursus de formation à la thérapie familiale ne regroupent qu'une partie, fût-elle importante, des personnalités de notre champ.

En effet, pour qu'un courant donne naissance à un enseignement, il faut tout à la fois que son fondateur ait réussi à porter un regard assez global sur une approche psychothérapeutique transmissible, qu'il ait utilisé et enseigné cette approche pendant de nombreuses années et que des publications novatrices aient attiré dans cette voie un groupe de thérapeutes assez nombreux pour que ce mouvement puisse se développer et s'imposer.

Or certaines personnalités qui ont joué un rôle déterminant pour la création de notre champ ont laissé derrière elles peu de praticiens qui se réclament de leur héritage conceptuel. Un illustre exemple en est Nathan Ackerman, psychothérapeute exceptionnellement doué dont un prestigieux institut new-yorkais de thérapie familiale perpétue le nom : en dépit de ses indéniables qualités, ses productions théoriques restèrent si imprécises que les thérapeutes de son entourage ne furent pas en mesure d'exercer une pratique qui pût se réclamer de son influence.

En outre, d'autres thérapeutes de talent qui sont aussi des auteurs prolifiques, tels Lynn Hoffman ou Carlos Sluzki (pour ne citer que ceux dont les noms reviennent le plus fréquemment dans les introductions aux diverses sections de ce livre), n'ont pas de chapitre qui leur soit spécifiquement consacré, et ce nonobstant l'influence certaine dont ils peuvent se prévaloir. En effet, bien qu'ils aient notablement enrichi les différents courants de la thérapie familiale à des moments divers de leur carrière professionnelle et se soient distingués l'un et l'autre par la qualité de leurs contributions et la constance de leur engagement, ces deux thérapeutes n'ont pas réuni autour d'eux de groupe doté d'une théorie assez structurée pour que des écoles se rattachent explicitement à leurs noms.

J'ai choisi, tout au long de ces pages, de mettre l'accent sur les grands mouvements théoriques associés au champ des thérapies de la famille, en les reliant aux théoriciens et praticiens qui ont fondé et transformé ce champ : c'est pourquoi je n'ai pu accorder de place spécifique à des thérapeutes et chercheurs de talent tels que D. et L. Everstine, F. Pittman ou S. Kannas dans le domaine de l'intervention de crise, à des équipes comme celles de P. Sabourin, A. Bentovim, B. Van Luyn, H. Schrod ou J. Barudy pour les situations de violence sexuelle, aux travaux de P. Steinglass sur l'approche familiale de l'alcoolisme, aux réalisations de D. Stanton, T. C. Todd, P. Angel, S. Sternschuss et S. Wieviorka [1] dans le contexte de l'approche psychothérapeutique des toxicomanes... Bien d'autres mériteraient d'être cités

---

1. Dans son livre intitulé *Les Toxicomanes* (Paris, Éd. du Seuil, 1995), Sylvie Wieviorka postule – hypothèse originale s'il en est – que les situations d'extrême dépendance où se placent les toxicomanes découleraient d'un refus de la moindre dépendance.

Les lecteurs de ce livre seront amenés à constater que le mouvement systémique, malgré l'importance qu'il revêt pour les thérapies familiales, ne recouvre nullement l'ensemble des tendances de ce champ, tout comme ils découvriront aussi, au fil de leur lecture, que de nombreuses écoles de thérapie familiale n'opposent pas l'approche systémique et l'approche analytique.

D'autre part, il convient de remarquer que les orientations de certains grands courants de pensée occidentaux comme le fonctionnalisme, le structuralisme et le post-modernisme paraissent se retrouver dans le domaine des thérapies familiales : certaines critiques dirigées contre le structuralisme, par exemple, s'appliquent tout autant à la théorie générale des systèmes de Ludwig von Bertalanffy.

L'une des plus grandes originalités du champ des thérapies de famille vient de ce qu'il a été constitué par des thérapeutes qui ne se connaissaient pas et qui l'ont créé à une même époque à partir d'intérêts complémentaires. Depuis lors, aucune orthodoxie attitrée ne s'est imposée aux dépens d'une autre, de sorte que les thérapeutes familiaux appartiennent aujourd'hui à de multiples chapelles, mais assurément pas à une Église unifiée.

Quand des courants surgissent, et cela si radicales que soient les flèches qu'ils décochent contre telle ou telle théorie de telle ou telle école de thérapie familiale, ces nouveaux venus ont beaucoup plus de chances de former une chapelle supplémentaire ou d'enrichir à terme la pratique des thérapeutes qui réussiront à intégrer ces nouvelles analyses dans leur conceptualisation que de remettre fondamentalement en cause notre champ.

S'il est exact qu'il y a peu de principes unificateurs dominants dont l'importance soit également reconnue par toutes les écoles de thérapie familiale, du moins peut-on dire qu'une évolution est en train de se dessiner : je veux parler de ce renoncement à l'épistémologie du vrai vers lequel, me semble-t-il, tendent actuellement une majorité de thérapeutes familiaux.

Préférant désormais centrer leur pratique sur ce qui est opératoire, la plupart des thérapeutes familiaux considèrent que leurs réussites cliniques n'impliquent pas que leurs hypothèses se sont avérées : elles dénotent seulement à leurs yeux que les coconstructions qu'ils ont effectuées avec leurs patients ont créé des agencements aux heureuses conséquences.

J'espère que l'ouverture de ce champ à des mouvances complémentaires plutôt que forcément opposées permettra de retarder encore pendant quelque temps le moment inéluctable où des approches contestataires et marginales à leurs débuts, puis progressivement reconnues et finalement intégrées aux structures de pouvoirs établis, se seront si fortement institutionnalisées qu'elles risqueront de perdre leurs capacités de créativité, de souplesse et de critique face à leurs propres mots d'ordre.

MONY ELKAÏM.

Les débuts
de la thérapie familiale :
thèmes et personnes

Une caractéristique spécifique de la thérapie familiale apparue aux États-Unis dans les années cinquante réside dans le fait, peu fréquent pour une approche psychothérapeutique, qu'elle fut portée sur les fonts baptismaux par des personnes qui ne se connaissaient pas, et que des motivations différentes, quoique complémentaires, conduisirent à s'intéresser au fonctionnement des familles dont un membre présentait un problème de santé mentale.

Michael P. Nichols et Richard C. Schwartz, dans la partie historique de l'ouvrage qu'ils ont consacré aux concepts et méthodes de la thérapie familiale [1], rappellent que certains praticiens, tels que Don D. Jackson [2] et Jay Haley [3], avaient remarqué dès les années cinquante que l'amélioration de l'état de santé de tel ou tel membre d'une famille pouvait parfois entraîner l'apparition d'un problème chez un autre membre de la même famille, alors que d'autres psycho-thérapeutes, dont S. Fischer et D. Mendell [4], avaient constaté au contraire des améliorations en chaîne. Ces données cliniques contradictoires amenèrent les chercheurs à s'interroger sur les liens potentiels qui pouvaient exister entre la problématique d'un individu et celle de l'ensemble de sa famille.

Telle fut donc, pour Nichols et Schwartz, l'une des premières causes de l'éclosion des thérapies familiales aux États-Unis ; mais ils évoquent aussi, pour expliquer ce phénomène, l'importance du Child Guidance Movement (Mouvement de guidance infantile), l'impact de certains nouveaux concepts anthropologiques, les enseignements de la théorie des systèmes et l'influence des premiers travaux portant sur la cybernétique.

Le Child Guidance Movement avait commencé à se répandre aux États-Unis à partir de 1920. Bien que s'assignant pour but d'aider les jeunes en difficulté sans négliger les tensions intrafamiliales, cette association traitait séparément la mère et l'enfant et rendait les parents responsables de la conduite de leur progéniture – des termes comme « surprotection maternelle » [5] ou « mère schizophrénogène » [6] furent d'ailleurs forgés à cette époque. Nathan Ackerman, psychiatre et psychanalyste new-yorkais, fut l'un des tout premiers à tenter de modifier cette perspective en proposant d'étudier le fonctionnement de la famille en tant qu'unité.

Durant les années trente, par ailleurs, un nombre croissant d'anthropologues préférèrent le fonctionnalisme à l'évolutionnisme : à l'inverse des évolutionnistes, qui se contentaient de replacer les éléments culturels dans une perspective historique sans les inscrire dans leur contexte actuel, Bronislaw Malinowski [7] s'efforça de décrypter les pratiques culturelles de certaines tribus en postulant qu'elles remplissaient une fonction précise par rapport à l'ensemble du corps social considéré ; de même, Gregory Bateson étudia les Iatmul de Nouvelle-Guinée au cours de ces mêmes années et s'interrogea sur le rôle de *Naven*, cérémonie qui permettait de sceller la solution d'un conflit au sein d'un groupe [8].

L'impact de ces conceptions empruntées à l'anthropologie fut renforcé encore par les apports de la théorie générale des systèmes [9], qui relia, elle aussi, la fonction au contexte : Ludwig von Bertalanffy décrivit les rétroactions négatives comme des processus qui visent à ramener à la norme tel ou tel élément d'un système. Les thérapeutes familiaux, s'inspirant des travaux de ce théoricien, comparèrent analogiquement les familles à des systèmes ouverts en état d'équilibre et les symptômes à ces rétroactions négatives : les comportements symptomatiques des patients, ainsi compris, purent désormais être décrits comme des « tentatives de protection » d'un ensemble familial trop peu flexible pour supporter le changement.

A ces influences doit être enfin ajoutée celle des travaux de Norbert Wiener [10] sur la cybernétique. Wiener, que Bateson rencontra dans le cadre des conférences de la fondation Macy, aida à passer d'une vision linéaire à une vision circulaire des problèmes en posant les bases de la cybernétique : il montra que les systèmes « stables » ne maintiennent leur stabilité que par l'exercice interne de certaines rétro-actions spécifiques.

J'ai demandé à Donald Bloch, très proche collaborateur de Nathan Ackerman, qui a dirigé pendant de longues années l'Ackerman Institute of Family Therapy tout en publiant la revue *Family Process*, de rédiger le chapitre ci-après consacré aux débuts de la thérapie familiale.

Il cite, pour illustrer l'importance du contexte pour la construction du réel, un épisode auquel j'avais été moi-même très sensible lorsqu'il m'avait été raconté : je veux parler de cette journée, survenue à la fin de la Seconde Guerre mondiale, où Edgar Auerswald captura de jeunes soldats allemands avant de se retrouver à son tour prisonnier d'autres troupes du Reich. Auerswald a décrit en effet comment, grâce à un séjour commun dans une cave, ces jeunes soldats et lui-même s'étaient découvert des points communs qui, dans un contexte différent, auraient pu les pousser à nouer des relations autres que celles qui tendent à s'établir entre des ennemis.

Donald Bloch, qui présente plusieurs grands fondateurs du champ des thérapies familiales, s'attarde plus particulière-ment sur Lyman C. Wynne [11], chercheur éminent et professeur de psychiatrie à l'école de médecine de Rochester (États-Unis). On doit à Wynne les deux concepts impor-tants de « pseudo-mutualité » et de « pseudo-hostilité » [12], notions qui renvoient aux systèmes familiaux où la proximité ou l'agressivité sont si superficielles que leurs membres ne parviennent pas plus à établir une intimité réelle qu'à s'enga-ger dans des conflits générateurs d'individuation.

Ronald D. Laing, dans son célèbre article intitulé « Mys-tification, confusion and conflict » [13], rapprochait la « pseudo-mutualité » de Wynne de sa propre définition de la « mystification », qu'il empruntait à Marx : pour l'auteur du *Capital*, les exploités sont « mystifiés » dès lors que, se laissant abuser par la « bienveillance » affichée des exploi-teurs, ils ne dissocient plus leurs intérêts de ceux de la classe au pouvoir et n'osent donc plus se rebeller. Et, pour Laing, un processus comparable de « mystification familiale » était à l'œuvre chaque fois que les sentiments et les expériences de tel ou tel élément d'une famille étaient si fortement déniés ou invalidés que cette personne ne pouvait plus se fier à ses propres perceptions.

Il me semble intéressant, de même, de rappeler dans ce texte introductif comment Jay Haley, initialement chercheur en communication engagé par Gregory Bateson, devint thérapeute familial [14] : cela se passa au milieu des années cinquante, période où le groupe de Palo Alto, en référence à la cybernétique, s'intéressait aux liens circulaires établis entre les membres d'une même famille.

Jay Haley avait alors la charge d'un homme de quarante-trois ans, hospitalisé par intervalles depuis une vingtaine d'années. C'était un schizophrène aux comportements peu ordinaires : ce patient, par exemple, avait écrit à sa mère pour la fête des Mères qu'elle avait « toujours été comme une mère pour lui », formulation qui avait laissé cette femme perplexe même si elle avait été incapable de préciser pourquoi cette carte de vœux l'avait dérangée.

Cet individu, qui n'acceptait de quitter l'hôpital que pour rentrer chez ses parents, ne supportait pas pour autant les visites de son père et de sa mère : en général, il vacillait et tombait par terre moins de cinq minutes après leur arrivée, chute qui obligeait chaque fois les infirmiers à le reconduire dans sa chambre.

Jay Haley, qui suivait ce schizophrène en thérapie individuelle, demanda à rencontrer sa famille en sa présence afin de l'aider à préparer sa prochaine sortie de l'hôpital. Or la séance collective qui s'ensuivit fut particulièrement intéressante : ce patient resta collé au mur, les bras en croix, pendant toute la durée de l'entretien. Si bien que Haley, qui comptait à l'origine ne rencontrer cette famille qu'une seule fois, fut conduit à la revoir régulièrement : on peut donc dire qu'il entra progressivement et sans l'avoir délibérément choisi dans son rôle de thérapeute familial, peu après que ses recherches eurent commencé à lui donner à penser que la schizophrénie et les relations familiales étaient potentiellement liées.

Jay Haley m'a raconté également [14] à la suite de quel concours de circonstances le groupe de Palo Alto pensa à se servir de miroirs sans tain : étant parti étudier en 1957 le travail de Charles Fulweiler, thérapeute familial de Berkeley dans la pratique duquel cet objet était apparu fortuitement en 1953, Haley proposa à son retour que ce procédé fût utilisé aussi à Palo Alto – ce qu'il n'aurait peut-être jamais fait s'il n'avait pas effectué ce voyage.

La thérapie familiale, à ses débuts, eut donc un aspect essentiellement frondeur et bricoleur. Quarante ans plus tard, alors que ce champ tend de plus en plus à s'institutionnaliser au niveau international, il n'est pas inutile de se souvenir que nombre d'éducateurs, d'assistants sociaux, de psychiatres, d'infirmiers et de psychologues adeptes de cette discipline pionnière réussirent naguère à faire bon ménage tout en s'enrichissant de leurs apports mutuels. La thérapie familiale reste encore, en grande partie, un champ à l'intérieur duquel la critique des ordres établis, le pragmatisme et l'irrévérence ont droit de cité : il est souhaitable qu'elle le demeure si nous voulons éviter d'être atteints par la sclérose qui menace toute institution reconnue.

M. E.

*
**

RÉFÉRENCES BIBLIOGRAPHIQUES

[1] Nichols, M.P., et Schwartz, R.C, *Family Therapy : Concepts and Methods*, Massachusetts, Allyn and Bacon, 1991.

[2] Jackson, D.D., « Suicide », *Scientific American*, n° 191, 1954, p. 88-96 ; voir aussi id., « Family therapy in the family of the schizophrenic », in Stein, M. (éd.), *Contemporary Psychotherapies*, Glencoe, Illinois, The Free Press, 1961.

[3] Haley, J., « The family of the schizophrenic », *American Journal of Nervous and Mental Diseases*, n° 129, 1959, p. 357-374.

[4] Fischer, S., et Mendell, D., « The spread of psychotherapeutic effects from the patient to the family group », *Psychiatry*, n° 21, 1958, p. 133-140.

[5] Levy, D., *Maternel Overprotection*, New York, Columbia University Press, 1943.

[6] Fromm-Reichmann, F., « Notes on the development of treatment of schizophrenics by psychoanalytic psychotherapy », *Psychiatry*, n° 11, 1948, p. 263-274.

[7] Malinowski, B., *Les Argonautes du Pacifique occidental*, Paris, Gallimard, 1963 ; voir aussi, id., *Une théorie scientifique de la culture*, Paris, Maspero, 1968.

[8] Bateson, G., *Naven*, Stanford, Californie, Stanford University Press, 1956.

[9] Bertalanffy, L. von, *Théorie générale des systèmes*, Paris, Dunod, 1973.

[10] Wiener, N., *Cybernetics*, Cambridge, Massachusetts, MIT Press, 1948.

[11] Wynne, L.C., « The study of intrafamilial alignments and splits in exploratory family therapy », *in* Ackerman, N., Beatman, F.L., et Sherman, S.N. (éd.), *Exploring the Base for Family Therapy*, New York, Family Service Association of America, 1961, p. 95-115.

[12] Wynne, L.C., Ryckroff, I.M., Day, J., Hirsch, S.I., « Pseudo-mutuality in the family relations of schizophrenics », *Psychiatry*, n° 21, 1958, p. 205-220.

[13] Laing, R.D., « Mystification, confusion and conflict », *in* Boszormenyi-Nagy, I., et Framso, J.L. (éd.), *Intensive Family Therapy*, New York, Harper and Row, 1965.

[14] « Entretien avec Jay Haley par Mony Elkaïm », *Résonances*, Toulouse, n° 8, 1995.

Donald A. Bloch *
Anne Rambo **

Les débuts de la thérapie familiale : thèmes et personnes [1]

Nous traitons, dans ce chapitre, du tout début de la thérapie familiale, à la fois à travers quelques-uns des pionniers les plus importants dans ce domaine et les thèmes qui, dans leur travail et leur pensée, ont influencé les développements ultérieurs de cette thérapie. Nous avons choisi d'arrêter notre historique autour de 1970, c'est-à-dire à peu près à l'époque où Jay Haley a cessé, après huit ans, de diriger la revue *Family Process*. Don Jackson était mort deux ans plus tôt, en 1968, à l'âge de quarante-huit ans ; l'année suivante, une réunion commémorative des éditeurs-conseils de *Family Process* a été organisée en son honneur à Asilomar (Californie). Nathan Ackerman est mort trois ans après Jackson, en 1971, à l'âge de soixante-deux ans. En 1970, les institutions et problématiques qui devaient, par la suite, devenir caractéristiques du domaine de la thérapie familiale étaient déjà en place, bien qu'encore à l'état embryonnaire. Contrairement à Ackerman et Jackson, disparus prématurément, les autres membres de ce groupe novateur ont eu une vie longue et productive.

Se pencher sur le passé, c'est entreprendre un voyage à la fois inquiétant et apaisant, où l'on navigue en remarquant des repères dont on se souvient bien et où l'on essaie en

* Donald Bloch est psychiatre et psychanalyste. Il a été le directeur de l'Ackerman Institute for Family Therapy de 1971 à 1990. Rédacteur en chef de la revue *Family Process* de 1969 à 1982, il a créé, en 1982, la revue *Family Systems Médicine*, qu'il dirige à ce jour.

** Anne Rambo, thérapeute familiale au Galveston Family Institute, docteur en psychologie dans le domaine des thérapies de famille et de couple, dirige un programme de formation à la thérapie familiale à la Nova Southeastern University.

1. Avec l'aimable collaboration de Kate Warner.

même temps de mettre à profit une certaine sagesse rétrospective pour distinguer quels événements ont été décisifs, même si, sur le moment, ils n'avaient pas été perçus comme tels. Nous nous proposons de juxtaposer des points de vue différents sur cette aventure, l'un de nous ayant vécu la plupart des événements rapportés ici, alors que l'autre est arrivée sur le terrain une génération plus tard. La scission conceptuelle clé en thérapie familiale, incarnée par Ackermann et Jackson, et souvent décrite comme l'opposition de deux traditions (celle de New York et celle de Palo Alto), est toujours vivante au regard des questions que l'on continue de se poser par exemple, sur l'importance de la personne du thérapeute, sur les buts et la portée de la thérapie, ou encore sur l'intégration des paradigmes de la biologie, de la psychologie individuelle et des études sur la famille. C'est aussi de nos points de vue différents que nous présenterons cette scission conceptuelle.

Les débuts de la thérapie familiale ont été dominés par des psychiatres masculins, américains, d'origine européenne et ayant une formation analytique. Bien que l'on puisse citer quelques femmes, comme Janet Beavin, Alice Cornelison ou Margaret Singer, le développement initial de ce domaine reflète la domination omniprésente des hommes blancs dans le monde universitaire et, plus généralement, professionnel de l'époque. (Pour une discussion plus approfondie sur cet aspect historique et ses conséquences, voir Warner [1].) Ce qui complique encore plus les choses, c'est la présence incontournable du groupe de Palo Alto – Don Jackson, Gregory Bateson, John Weakland, Jay Haley, et William Fry (sauf Jackson et Fry) n'étaient pas médecins et n'avaient reçu aucune formation psychiatrique traditionnelle avant d'aborder la thérapie familiale. Il y avait une sorte d'accord tacite entre des rebelles privilégiés, leurs associés moins privilégiés et de drôles d'étrangers, tous mécontents de la sagesse, généralement admise, de l'*establishment* psychanalytique. Bowen, Minuchin et Whitaker, dont il sera question dans d'autres chapitres de ce livre, étaient tous des psychiatres ayant reçu une formation analytique.

Le contexte historique de l'approche contextuelle

Comme on peut s'en douter, le climat intellectuel de l'époque, où la thérapie familiale a commencé à se développer, n'a pas été sans influencer profondément ce domaine. Un aspect très intéressant pour nous est la coprésence de modèles différents d'explication du comportement humain – en particulier pour ce qui concerne les paradigmes dominants employés dans le secteur de la « santé mentale » : les modèles réductionnistes, intrapsychiques et explicatifs, d'un côté, et, de l'autre, les modèles psychosociaux, systémiques, et prenant en compte le contexte.

Nous pensons que ces développements ont été extrêmement sensibles aux différents contextes historiques dans lesquels ils ont eu lieu. A cet égard, la biographie de Nathan Ackerman [2] est instructive car elle donne un ensemble de repères qui permettent de cerner les événements de l'époque. Ackerman est né en 1908, en Bessarabie, dans le sud de la Russie. Quatre ans plus tard, en 1912, un peu avant le début de la Première Guerre mondiale, sa famille rejoint la foule de ceux qui fuient la pauvreté et l'antisémitisme et émigrent aux États-Unis, dans l'espoir d'y trouver un avenir meilleur. En 1936, alors que l'Amérique se bat pour émerger des profondeurs de la crise et que l'Europe sombre sous le poids du totalitarisme, Ackerman, âgé de vingt-neuf ans, est interne en pédopsychiatrie au Menninger Institute : il publie alors son premier article sur la famille dans un obscur bulletin psychiatrique [3] du Kansas profond ; sans parler encore de thérapie, il y décrit les démêlés affectifs d'un père avec ses enfants adultes. Trois ans plus tard, en 1939, Hitler envahit la Pologne sous l'égide du pacte de non-agression germano-soviétique et le monde entre en guerre[2].

Plusieurs décennies plus tard, on a peine à imaginer avec quelle force ces événements historiques ont dominé la vie et la conscience intellectuelle de l'époque, même si, aujourd'hui, une nouvelle férocité tribale et une violence ethnique

---

2. Ackerman avait été réformé à cause d'une maladie cardiaque rhumatismale qui contribua à sa mort prématurée.

meurtrière commencent à avoir des effets comparables. Une vague de questions fondamentales sur l'existence humaine déferlait : l'individu a-t-il le pouvoir de contrôler son propre destin d'une quelconque façon ? A l'aide de quel type d'explications psychologiques peut-on comprendre un monde aussi brutal et les indicibles tourments qui pèsent sur tant de vies humaines ? La capacité de l'individu de contrôler sa propre destinée semblait à la merci de forces contre lesquelles il ne pouvait rien ou presque et qui ne lui laissaient la plupart du temps d'autre possibilité que de se débattre pour éviter les coups aveugles du destin.

D'où, dans de telles circonstances, une conscience sans cesse accrue de l'importance du contexte social sur le sort des individus. En même temps, la notion même de contexte était de plus en plus affinée : on commençait en effet à comprendre que les caractéristiques de petits groupes – comme un bataillon militaire, un service hospitalier ou une famille –, jouaient un rôle essentiel dans la vie personnelle de chacun.

Ces événements exercèrent une influence majeure sur les disciplines psychiatriques. Supplantant l'ancienne psychiatrie biologique, descriptive, basée sur les symptômes, mais pratiquement sans espoir quant au changement, la psychanalyse ouvrit la porte à une thérapeutique active. Aux États-Unis, après la Seconde Guerre mondiale, le développement du mouvement psychanalytique fut alimenté par la surprenante coalition qui se fit entre des analystes réfugiés juifs européens et des psychiatres qui, ayant reçu une formation militaire, étaient de retour en Amérique, où un avenir professionnel incertain les attendait. (Cette alliance féconde en présageait une autre, qui eut lieu plus tard, entre les femmes qui retournaient au travail et le courant de la thérapie familiale.) En peu de temps, le mouvement psychanalytique domina le monde de la psychiatrie aux États-Unis. Les plus importants départements de psychiatrie dans les écoles de médecine étaient pour la plupart présidés par des psychanalystes, et être membre de l'American Psychoanalytic Association garantissait une certaine réussite professionnelle.

En même temps, des graines de mécontentement à l'égard de la psychanalyse avaient commencé à germer sous l'action des facteurs suivants :

– le caractère limité du modèle freudien du développement psychologique de la femme et les préjugés ouvertement sexistes de l'*establishment* psychanalytique ;

– le changement des paradigmes dans les sciences sociales et naturelles, y compris la physique post-einsteinienne, la cybernétique (Wiener), la théorie de l'information (Shannon), la linguistique (Korzybski) et la théorie générale des systèmes (Bertalanffy et d'autres)[3] ;

– autant de modifications sur le plan de la compréhension qui évoquaient une réalité extérieure plus complexe et moins contrôlable que celle proposée par le modèle freudien ;

– la conscience des limites de la notion de santé mentale en tant que but à atteindre, rendue particulièrement aiguë par les difficultés personnelles manifestes et les luttes de clans qui caractérisaient le mouvement psychanalytique lui-même ;

– enfin, les événements historiques décrits plus haut et la prise de conscience qu'ils stimulèrent.

Esprits marginaux, extrêmement imaginatifs et novateurs, des psychanalystes comme Harry Stack Sullivan [4] et Frieda Fromm-Reichmann [5] eurent beaucoup d'influence sur les débuts de la thérapie familiale. Le plus important fut probablement Sullivan, qui définit la psychiatrie comme l'« étude du comportement interpersonnel » et mit l'accent sur les schémas comportementaux observables dans le domaine interpersonnel, en contraste évident avec les structures psychiques – le moi, le surmoi et le ça – proposées par la métapsychologie freudienne. Selon Sullivan, on pouvait faire certaines déductions quant aux structures intrapsychiques, par exemple poser la notion de système-soi, mais en les distinguant de ce que l'on considérait pouvoir observer directement – une façon de voir les choses tout à fait intéressante à la lumière de l'actuelle pensée constructiviste.

L'essentiel du point de vue de Sullivan était dans sa conception du thérapeute comme « participant observateur » et, pour employer une terminologie actuellement à la mode, coconstructeur, avec le patient, du champ interpersonnel dans

3. Pour un exposé sur ces développements et leurs implications, voir l'essai de Bateson intitulé *The Science of Mind and Order*. Bien que publié seulement en 1972, ce texte a été écrit avant, comme Bateson le note lui-même.

lequel le drame thérapeutique se joue, s'observe et peut – du moins l'espère-t-on – être modifié. Pour cet analyste, l'*angoisse*, terme pris dans un sens richement élaboré, était la monnaie autour de laquelle les relations humaines s'organisaient. (Mais, à quelques exceptions près, l'affect ne joue pas un grand rôle dans les théories familiales actuelles : le plaisir et la souffrance sont largement écartés des constructions théoriques contemporaines.)

Tant la théorie interpersonnelle de Harry Stack Sullivan que le travail psychanalytique de Frieda Fromm-Reichmann influencèrent beaucoup Don Jackson, qui étudia avec eux quand il était interne en psychiatrie au Chestnut Lodge Sanitarium. Frieda Fromm-Reichmann entreprit un type particulier de thérapie psychanalytique avec des psychotiques ; pour elle, les communications des individus les plus gravement perturbés pouvaient être prises dans un sens métaphorique si l'on comprenait le système de références du patient. Sa franchise (« Je ne pourrais pas bien travailler si vous me faites trop peur »), ainsi que son engagement personnel lui permirent de traverser des situations particulièrement dangereuses. A la fin des années quarante et au début des années cinquante, l'adjonction de la théorie de la communication et de la théorie générale des systèmes à cette approche thérapeutique produisit un mélange explosif.

Jurgen Ruesch, lui aussi psychanalyste, collabora par exemple avec Gregory Bateson à l'ouvrage *Communication : The Social Matrix of Society* [6] ; cette série d'essais sur la nature de la communication annonçait les recherches du groupe de Palo Alto.

La théorie des jeux (de Neumann), à l'origine liée à la théorie de la communication, et à laquelle l'intérêt général de l'après-guerre pour les jeux de stratégie et aussi, dans un registre plus grave, pour les stratégies de dissuasion nucléaire donna un élan considérable, exerça également une influence sur la thérapie familiale en gestation. La notion de *stratégie* y a, de fait, autant sa place que le concept d'*intentionnalité* (c'est-à-dire l'effet produit par un comportement dont l'acteur a eu l'intention). Par exemple, le mot « stratagème », employé pour désigner un coup stratégique dans un jeu, apparaît très tôt dans la littérature consacrée à la thérapie familiale [7]. Le rapport à des types de thérapie stratégiques y est évident : on considère que les conséquences d'un comportement sont le produit d'une intention ou, au moins, contribuent à maintenir un système en place – ainsi, des toxicomanes de milieu bourgeois essaient de réunir leurs parents en conflit, et des étudiants qui abandonnent l'Université reviennent à la maison pour réconforter un parent autrement seul.

Ces débuts laissèrent un héritage durable, qui consiste, pour une large part, à adopter une attitude de questionnement continuel aussi bien à l'égard des patients et des collègues que de l'appareil thérapeutique et des institutions établies. Avec la première rébellion contre la psychanalyse, on commença à privilégier la réalité du patient, ses perceptions étant considérées comme aussi importantes que celles qu'un étranger peut avoir de la santé d'une famille et de son niveau de fonctionnement.

Cette promotion du patient du rang de sujet observé à celui de collègue mena inévitablement à voir autrement l'équipe thérapeutique, ses caractéristiques étant de plus en plus mises sur un pied d'égalité avec celles du système traité. On le voit en particulier dans le projet de thérapie à impact multiple (Galveston) [8], dont nous traitons plus loin. Un autre trait de l'époque était la profonde méfiance des thérapeutes familiaux à l'égard des systèmes organisationnels plus vastes. Une conséquence de cette position d'« étranger rebelle » a été qu'ils ont mis du temps, en tant que groupe, à se constituer en organisation professionnelle. C'est en effet seulement en 1978, avec la formation de l'American Family Therapy Association, que les praticiens en santé mentale qui s'intéressaient à la famille choisirent de s'organiser.

Les thérapeutes familiaux

Du fait que les autres chapitres traitent longuement du travail de nombreux chefs de file de ce domaine, nous parlerons ici essentiellement de ceux dont il n'est pas question ailleurs dans cet ouvrage et qui furent pourtant actifs dans les débuts de la thérapie familiale. Commençons par Don Jackson, qui, malgré sa mort prématurée, a laissé une œuvre impressionnante. Il fut d'abord associé au projet de la Palo

Alto Veterans Administration Research, qui l'amena à collaborer avec Gregory Bateson, John Weakland, Jay Haley et William Fry, et contribua largement à l'essor intellectuel de la thérapie familiale naissante. Par la suite fondateur du Mental Research Institute (MRI) de Palo Alto, qui rassembla des figures telles que Weakland, Haley, Virginia Satir et Paul Watzlawick, il fut, en 1962, cofondateur avec Nathan Ackerman de la première revue de thérapie familiale, *Family Process*, qui devint au cours des décennies suivantes le point de ralliement intellectuel de ce nouveau domaine.

Très différents, aussi bien physiquement que du point de vue de leur origine culturelle et de leur style personnel, Jackson et Ackerman formaient un étonnant duo. Blond aux yeux bleus, Jackson dissimulait sous une apparente froideur protestante un feu d'agitation créative et de désir toujours insatisfait qui a peut-être contribué à sa disparition prématurée. De parents immigrés, plutôt trapu, Ackerman représentait le juif new-yorkais par excellence. Tout sauf froid, il aimait plutôt la confrontation, mais connaissait aussi les profondeurs de la souffrance humaine. Tous deux étaient de race blanche, médecins, psychiatres, psychanalystes, d'une grande puissance intellectuelle, ambitieux et charismatiques, et chacun reconnaissait la valeur de l'autre ; en collaborateurs qui se respectaient mutuellement, ils firent rapidement avancer le nouveau domaine.

Les deux principales caractéristiques donnant son identité à la thérapie familiale étaient déjà tout à fait évidentes à cette époque : elle proposait d'une part une nouvelle technique psychiatrique et impliquait d'autre part l'application d'une nouvelle épistémologie au comportement humain. La décennie suivante vit le nombre des praticiens s'accroître considérablement. Par exemple, dans leur étude de 1981, Bloch et Weiss [9] ont montré que c'est entre 1965 et 1975 que le nombre de centres de formation en thérapie familiale a le plus rapidement augmenté.

Nathan Ackerman, figure extraordinairement charismatique, suscitait une grande fidélité, mais aussi, parfois, des antagonismes aussi forts. Il se considérait toujours lui-même comme un médecin au vieux sens du terme, plein de chaleur humaine et un peu paternaliste, prêt à faire tout ce qui semblait nécessaire pour préserver la santé de ses patients telle qu'il la concevait. Il comparait fréquemment son travail de psychiatre à celui d'un chirurgien, qui doit, sans broncher, appliquer des procédures complexes et souvent apparemment brutales. Sa formation initiale de pédopsychiatre et psychanalyste le marqua toute sa vie. Il continua par exemple à enseigner à l'institut de psychanalyse associé à la Columbia University et resta lié au mouvement psychanalytique même quand il le critiqua durement et avec une persistance qui exaspéra certains.

Ackerman fonda le premier centre de formation pour thérapeutes familiaux aux États-Unis. De façon à la fois grandiose et naïve, il l'appela *the* Family Institute (*l'*Institut de la famille), comme s'il ne devait jamais y en avoir d'autre. Créé sur le modèle des instituts de psychanalyse qu'il connaissait bien, le sien accueillait des étudiants qui venaient pour apprendre plutôt que pour obtenir un titre. Toutefois, contrairement au cursus des instituts de psychanalyse, l'enseignement donné était de nature clinique en cela qu'il impliquait une méthode d'observation directe, qui devint par la suite caractéristique du domaine de la thérapie familiale. Comme ceux d'aujourd'hui, les instituts de psychanalyse d'alors considéraient l'entretien clinique comme sacré ; d'où l'impossibilité d'observer directement le travail clinique. L'analyste en formation faisait seulement au superviseur un rapport verbal, à partir de notes ou de mémoire. A l'institut d'Ackerman, non seulement l'étudiant travaillait avec les familles derrière un miroir sans tain qui permettait à son superviseur de l'observer, mais le superviseur lui-même l'était également.

Peut-être est-ce la volonté d'Ackerman et d'autres d'être directement observés dans leur travail qui, plus que toute autre chose, donna le ton dans le nouveau domaine et favorisa sa rapide expansion. On ne connaissait pas de démonstration clinique de thérapie jusqu'à ce que Nathan Ackerman commence en quelque sorte à donner des représentations. Il était bien entendu courant de faire un exposé sur la pathologie d'un patient dans le cadre des cours, mais la nouvelle approche avait ceci de différent qu'elle montrait les méthodes du praticien. Ackerman acceptait des invitations à venir présenter son travail dans des hôpitaux, des cliniques, des bureaux d'aide sociale, tant aux États-Unis qu'à l'étranger.

Et – chose significative – les patients choisis pour les présentations étaient en général ceux qui étaient considérés comme les plus difficiles. L'auditoire était presque toujours ébloui par les entretiens, par la rapidité, l'habileté, la chaleur et l'humour avec lesquels Ackerman disséquait la relation entre histoire familiale, structure familiale et psychopathologie individuelle. Certains regards critiques considéraient en revanche ces démonstrations en direct exhibitionnistes, narcissiques et perverses.

A travers la lecture d'articles et les souvenirs rapportés par d'autres, il nous est apparu que la thérapie familiale à ses débuts bénéficia d'un nombre élevé de contributions de poids. Il faut mentionner Norman Paul pour son remarquable travail sur l'affect douloureux et les souvenirs perdus de traumas familiaux (suicide, homicide, mort prématurée) en tant qu'ils influencent le développement des structures familiales et l'apparition de symptômes : aujourd'hui encore, son travail n'est pas apprécié à sa juste valeur. Médecin et psychanalyste lui aussi, Paul tira de son travail psychanalytique une compréhension particulièrement riche de la manière dont les structures familiales servent de défenses contre les affects douloureux. Bien qu'elle ne fût pas en vogue, cette approche, en tant qu'instrument de travail, a été très utile à des thérapeutes de convictions différentes. Paul a aussi travaillé toute sa vie à une utilisation inventive de techniques modernes pour l'activation de souvenirs oubliés [10].

Theodore Lidz et ses associés ont, quant à eux, étudié intensivement quatorze familles comprenant des membres schizophrènes afin de trouver la relation qui pouvait exister entre certaines structures familiales et le fait qu'un enfant soit schizophrène [11-12]. Cette étude, menée à partir de nombreux points de vue différents, leur a permis de constater que ces familles se caractérisaient toutes par un grave dysfonctionnement, qui relevait des deux catégories suivantes.

Dans la catégorie du *schisme conjugal (marital schism)*, ils ont décrit des familles où « les deux époux sont pris dans leurs propres problèmes de personnalité, aggravés jusqu'au désespoir par la relation conjugale [...]. Ces couples se caractérisent par la récurrence de menaces de séparation, jamais surmontées par des efforts de rééquilibrage [...]. Sans espoir ni tentative d'amélioration, ils ne trouvent jamais aucune satisfaction dans le mariage » ([12], p. 243).

D'autre part, l'étude des familles comprenant des membres schizophrènes a révélé une *distorsion conjugale (marital skew)* : bien que le type de schisme décrit plus haut n'ait pas été présent, la vie de la famille se révélait néanmoins altérée par une déformation dans la relation conjugale. Les éléments observés étaient, par exemple, « une pathologie psycho-sociale grave chez un des partenaires du couple [...] l'insatisfaction et le malheur d'un époux [...] ou une idéation déformée de l'un, acceptée ou partagée par l'autre, avec pour résultat une atmosphère de *folie à deux*, voire même de folie familiale quand toute la famille partage ces conceptualisations aberrantes » ([12], p. 246). Les études de Lidz et de ses associés annoncent le travail ultérieur de Stierlin à Heidelberg et du groupe de Milan.

Deux autres parcours, celui de Lyman C. Wynne et d'Edgar Auerswald, qui ont commencé à cette époque et n'ont cessé d'être productifs jusqu'à maintenant, méritent d'être décrits plus longuement.

L'intérêt de Lyman C. Wynne pour la famille remonte à son enfance : il n'avait que onze ans et sa mère souffrait depuis trois ans d'un cancer. Wynne dit à ce propos :

> Contrairement à mes copains, qui, tout au long de leur vie, ont pu choisir ce qu'ils voulaient faire, j'ai quant à moi décidé à l'âge de onze ans que j'allais faire quelque chose pour aider les gens qui souffrent. Du fait que nous étions une famille modeste et vivions dans le désert de poussière du Minnesota, je savais que je devrais demander une bourse d'étude, et je l'ai fait [13].

Plus tard, en 1942, alors qu'il était étudiant boursier à Harvard, il y eut le célèbre incendie du Coconut Grove, une boîte de nuit de Boston, où de nombreux jeunes gens venus passer la soirée périrent brûlés. Wynne, trop pauvre pour sortir dans des lieux de ce genre, se souvient que plusieurs de ses meilleurs camarades de dortoir sont morts ce soir-là. Peu après, étudiant en médecine, il découvrit qu'Eric Lindemann travaillait avec des survivants de l'incendie du Coconut Grove sur le chagrin, le choc, la révolte et l'espoir.

Attiré par ce type de recherche, Wynne se joignit d'abord à l'équipe de Lindemann et se trouva ensuite travailler avec différents mentors sur des thèmes ayant trait au chagrin et à la psychosomatique. Il dit à ce propos : « Avec Lindemann, je me suis rendu compte – l'idée m'est venue à l'esprit – qu'en réalité ce n'était pas tant d'étudier le cancer qui m'intéressait que de travailler avec des gens affligés par cette maladie. »

Après avoir passé douze ans à Boston, dans différents centres de formation (où il collabora avec Talcott Parsons), Wynne intégra en 1952 le nouveau Clinical Center of the National Institutes of Health (NIH) de Bethesda, dans le Maryland, et entreprit un travail de recherche sur les patients hospitalisés dans ce centre et leurs familles ; déjà engagé alors dans une longue et féconde recherche sur la schizophrénie, il inclut bientôt une approche systémique comme dimension permanente de son travail avec les familles. Le meeting de l'American Orthopsychiatric Association, en 1956, qui réunit Lyman C. Wynne, Don Jackson et Théodore Lidz, fut à cet égard particulièrement important.

Dans ce domaine de la thérapie familiale, Wynne est une figure éminente, à laquelle on reconnaît une exceptionnelle puissance intellectuelle, d'extraordinaires talents de chercheur, des centres d'intérêt multiples et polymorphes, ainsi qu'un sens profond de la responsabilité sociale. Il a été enseignant, administrateur, théoricien, chercheur de première importance et a suivi une formation de psychanalyste au Washington Psychoanalytic Institute. A la fois grave et courtois, il est aussi plein d'esprit, avec le courage thérapeutique et la volonté d'aller au bout de ses idées que l'on trouvait déjà chez Ackerman. Wynne a accompli un travail de recherche considérable non seulement sur l'adoption et les familles à hauts risques, mais aussi sur l'origine et le développement de la schizophrénie, sur l'intimité et les systèmes relationnels, ainsi que sur les méthodes mises en œuvre dans l'étude des relations familiales et la communication, tant normales que perturbées. Président du conseil d'administration de *Family Process*, il a su guider pendant plus de vingt ans cette revue et les activités qui y sont associées sur une voie toujours empreinte de créativité. Au cours de cette même période, Wynne a été en outre président du très novateur département de psychiatrie et de ses programmes de formation en thérapie et médecine familiales à l'université de Rochester.

Quant à Edgar « Dick » Auerswald, il grandit aussi dans une famille pauvre du Midwest. Comme Bloch et Wynne, Auerswald ne pensait pas, en entrant à l'université de médecine, devenir un jour psychiatre, et encore moins psychanalyste ou thérapeute familial, profession qui n'existait pas à cette époque. Comme pour beaucoup de jeunes gens de sa génération, la Seconde Guerre mondiale fut pour lui une expérience capitale. Pour illustrer, dans ses cours, l'effet des changements de contexte, il raconte comment il se trouva être membre d'un bataillon d'infanterie qui captura un groupe de soldats allemands à la fin de la guerre, avant d'être à son tour fait prisonnier par un groupe plus important et finalement libéré quand les forces alliées renversèrent de nouveau la situation. Tout cela se produisit en peu de temps, comme dans une sorte de rêve salutaire, mais dans des conditions néanmoins extrêmement périlleuses. Ces événements devinrent pour lui une expérience emblématique illustrant l'impact que peuvent avoir des changements de contexte en tant qu'ils déterminent la réalité.

A son retour de la guerre, Auerswald acheva rapidement ses études de médecine et se spécialisa en psychiatrie avant de suivre une formation de psychanalyste à l'université de Columbia. Tout au long de sa carrière remarquablement productive, cet important théoricien du domaine de la thérapie familiale n'a cessé d'en réexaminer les fondements épistémologiques tout en refusant obstinément, dans son travail clinique, de se conformer à une quelconque des conventions établies en psychiatrie – comme l'hospitalisation, les traitements médicamenteux ou les électrochocs.

Un peu avant Salvador Minuchin, il entra comme psychiatre à la Wiltwick School. C'est là que, associés à un petit groupe d'esprits novateurs, ils commencèrent à développer un point de vue tout à fait différent sur la délinquance, qu'ils ne considéraient plus comme un défaut de la personnalité de l'enfant, mais comme une stratégie d'adaptation aux familles et aux communautés dans lesquelles les enfants grandissent. Déconcerté par les incohérences qu'il trouvait dans les schémas comportementaux des garçons délinquants pensionnaires du centre, en particulier leur incapacité à se conformer

aux conceptions bourgeoises standard du développement de
l'enfant, Auerswald sortit de l'institution pour aller observer
comment les choses se passaient sur le terrain, celui de la
communauté. Il écrit à ce propos :

> Je passais mon temps dans les rues de Harlem à observer les
> gamins. C'est ainsi que je compris vraiment qu'ils étaient
> parfaitement bien adaptés à leur environnement d'origine.
> Quand on les en sortait pour les mettre dans un cadre bour-
> geois, ils avaient l'air différent. Il m'apparut aussi clairement
> qu'il y avait là quelque chose d'iatrogène ; on collait aux
> garçons des étiquettes dont ils ne pouvaient se débarrasser
> alors qu'ils étaient tout à fait bien adaptés à leur milieu
> d'origine [13].

Les résultats du travail de l'équipe formée par Minuchin,
Auerswald et leurs collègues furent rassemblés dans un
ouvrage marquant, *Families of the Slums* [14], sans doute un
de ceux qui contribuèrent tout particulièrement à attirer
l'attention des professionnels sur les caractéristiques écosystémiques des schémas comportementaux définis comme
pathologiques. La délinquance se trouvait être un domaine
fertile pour de telles études : le manifeste enchevêtrement
des facteurs familiaux et sociaux avec ces schémas comportementaux et le préjugé bourgeois évident dans le système
diagnostique en vigueur était indéniable. Il fallait désormais
une nouvelle technique clinique, la thérapie familiale, et une
nouvelle épistémologie, l'écosystémique.

Auerswald a mis en pratique les idées écosystémiques dans
des contextes aussi différents que le Lower East Side de New
York (avec le Governor Health Studies Program) et l'île
hawaïenne de Maui, dont il dirigea les services psychiatriques. Toujours cohérent, tant dans ses positions théoriques
que dans leur application à des programmes d'action et
d'enseignement [15], il a aussi été l'auteur qui a le plus
marqué l'étude des fondements paradigmatiques du travail
sur la famille. Ses conceptualisations, qui fournissent un
cadre solide pour d'autres travaux dans ce domaine, ont été
particulièrement utiles pour clarifier les questions épistémologiques d'un autre champ : celui de la médecine familiale
systémique.

Les questions conceptuelles
(Quelques notions systémiques :
l'homéostasie, l'équilibre et la rétroaction)

Le concept fondamental de toute thérapie familiale est celui de *système* ou *système vivant*. La notion selon laquelle on peut considérer que les familles ont des caractéristiques structurelles formelles similaires à celles d'autres systèmes vivants a en effet eu une influence considérable. Elle lie solidement la thérapie familiale à la science contemporaine. Comme Miller le note :

> Le XXe siècle a tiré, d'une manière significative, ses métaphores de la théorie relativiste des champs, telle qu'on la trouve chez Einstein, qui a influencé de toute évidence la conception de l'organisme par Whitehead [...]. En dépit de leurs différences, la théorie des champs, la théorie de la *Gestalt* et la théorie systémique reconnaissent toutes que les relations réciproques entre les composants qui agissent ensemble dans un tout organisé ont une importance fondamentale pour comprendre ce tout. L'analogie avec l'organisme, plus élaborée en ce siècle nouveau, est maintenant la métaphore dominante dans les analyses scientifiques de la complexité ([16], p. XIV).

Il ne fait toutefois guère de doute que cette notion peut être poussée trop loin, jusqu'à une réification de la famille qui irait au-delà de l'approche systémique et conduirait non seulement à la traiter comme s'il s'agissait d'un organisme vivant, mais encore à *en parler* comme si c'était une personne, – témoin, cette phrase d'Ackerman : « [...] la famille atteint un état de détresse. Elle est déconcertée ; elle souffre » (*Family Process*, 1(1), 34).

Selon le point de vue systémique, les familles, comme les forêts ou d'autres écosystèmes, ont des limites et contrôlent tant le matériel que l'information qui passent à travers celles-ci. Elles sont en outre organisées hiérarchiquement, à la fois en tant que parties de systèmes plus vastes et au regard des sous-systèmes que constituent, par exemple, les générations, le groupe des frères et sœurs, les conjoints ou les réseaux de parenté. Les systèmes sont, à un degré très élevé, capables d'autorégulation et, si l'on peut dire, « cherchent » à maintenir leur équilibre autour de modèles de comparaison identifiables. La conception de la famille comme système régulé de façon homéostatique, à l'origine suggérée par Don Jackson en 1957 [17], a été diversement interprétée et, plus récemment, très critiquée [18-19]. Mais elle n'en reste pas moins, des points de vue tant historique qu'heuristique, un concept important pour la thérapie familiale.

L'homéostasie a toujours été pour la thérapie familiale un procédé heuristique. Peut-être serait-il plus approprié de parler d'homéostasie « morcelée », car loin d'être unifiée en ce qui concerne l'ajustement des structures qui la composent, elle est tout à fait asynchrone quant aux rythmes de ses processus. Cette notion, qui risque toujours d'être prise trop littéralement par le novice, semble impliquer une impossibilité sur le plan de la structure ou du changement. L'homéostasie a engendré l'idée de la fonction interpersonnelle du symptôme. On considère, par exemple, qu'il a essentiellement une fonction de régulateur homéostatique, ainsi, la phobie d'un partenaire aide l'autre à éviter des situations chargées d'angoisse. John Byng-Hall [20] parle, quant à lui, du symptôme comme d'un « régulateur de la distance conjugale » – ce qui est une élégante notion systémique.

L'école de Palo Alto a pour sa part désavoué cette conception de l'inévitable fonction homéostatique des symptômes, soutenant que des problèmes peuvent apparaître de façon fortuite, par hasard ou simple coïncidence, ou encore à l'occasion des crises « normales » qui peuvent se produire dans la vie, mais sont ensuite entretenues par des tentatives de solutions pernicieuses en dépit de leurs bonnes intentions [21-22-23] – conception qui est en accord avec l'intérêt scientifique actuel pour le chaos et l'imprévisible. Dans le cadre d'une telle compréhension des choses, la notion d'homéostasie trouvait une application particulièrement appropriée dans le contexte du traitement : elle obligeait à impliquer, ou au moins à considérer, la totalité du système dans le processus de changement. Jackson note à ce propos : « Le thème de l'homéostasie familiale [...] révèle un problème pratique que presque tous les psychiatres rencontrent : quel effet aura sur la famille de ce patient le fait qu'il soit en psychothérapie ? » [17].

Nathan Ackerman eut d'emblée tendance à recourir à des niveaux d'explication provenant de domaines aussi différents que la psychanalyse, la thérapie de groupe et la thérapie familiale. Mais il considérait comme utile la notion de personnalité et voyait la famille comme un système de « personnalités en interaction ». Il était donc important pour lui de savoir à quoi ces personnalités ressemblent, quelle est la structure de leur caractère et comment on peut comprendre leur comportement en fonction de la théorie psychanalytique. On trouve chez Ackerman deux tendances contradictoires : tantôt il conceptualise les « symptômes » en fonction des règles et de l'organisation du système familial, tantôt il s'attache plutôt – en accord avec les traditions psychiatriques – à considérer la souffrance et le dysfonctionnement de l'individu comme ce que doit modifier le travail thérapeutique.

Pour les thérapeutes qui partagent les positions de l'école de Palo Alto, des concepts comme ceux d'affect, de motivation et de développement psychologique sont trop centrés sur l'individu pour avoir une grande portée clinique. D'où, dans leur approche, l'abandon de ces notions en faveur de descriptions qui mettent l'accent sur les schémas de la communication et de l'interaction humaine. Entre 1952 et 1962, Palo Alto a produit soixante-dix publications sur la nature des schémas de communication observés dans différents contextes[4]. Parmi celles-ci, des travaux de recherche sur l'interaction familiale autour de la schizophrénie, dont l'article souvent cité « Toward a theory of schizophrenia » [25], des études d'autres aspects des processus familiaux, des descriptions du processus de la psychothérapie, dont la monographie « Natural history of an interview » [26-27], fondée sur une interview de Frieda Fromm-Reichmann, et des études de systèmes sociaux plus étendus, tels que les services hospitaliers. En 1963, le groupe résuma ainsi le commun dénominateur de tous ces travaux : « Quand nous étudions l'activité des individus (ou d'autres organismes), nous nous intéressons toujours à la façon dont un comportement peut être une réponse à des communications observables chez d'autres personnes et comment, à son tour, il communique quelque chose » [24].

---

4. Pour en connaître la liste, voir référence bibliographique [24], en fin d'article.

Telle est la principale différence, sur le plan des fondements conceptuels, entre la tradition new-yorkaise, plus intégratrice, et celle de Palo Alto, relativement puriste.

Le traitement

Le rôle de l'équipe

Un des premiers projets importants dans ce domaine est le *multiple impact therapy project* (projet de thérapie à impact multiple), mis en œuvre en 1957 à Galveston, au Texas, sous la direction de Harry Goolishian et Eugene McDonald, avec la collaboration de Robert MacGregor, Agnes Ritchie, Franklin Schuster et Al Serrano [8]. Le groupe, en pleine activité dès avril 1958, ne cesse d'accroître son influence les années suivantes, et le mode d'intervention du projet est, d'un point de vue conceptuel, lié à la théorie de la crise. Le groupe se réfère, par exemple, au travail de Gerald Caplan [28], qui, mis en œuvre au début des années cinquante, se développe dans l'esprit de la psychiatrie communautaire. Notons que ce type d'approche axé sur la crise, qui implique le choix d'une perspective à court terme et centrée sur le problème, présage de futurs développements dans le domaine de la thérapie familiale. Caplan insiste sur les avantages des interventions brèves, qui empêchent la dépendance à l'égard de l'équipe, et se sert de la crise dans le but de produire une « base plus efficace pour définir les limites du soi ». Les forces de la famille sont aussi l'objet d'un intérêt considérable. Les études qui retracent l'histoire de la thérapie familiale négligent souvent le travail de l'équipe de Galveston ; par comparaison avec les approches développées dans ce domaine sur les deux côtes des États-Unis, le projet apparaît rétrospectivement avoir eu un impact particulier tant sur le rôle attribué à l'équipe que sur la liberté avec laquelle ses membres discutaient devant les familles [29]. Des discussions ouvertes entre membres de l'équipe avaient lieu régulièrement – aspect qui préfigurait certaines recherches ultérieures, comme le « chœur grec » de Peggy Papp ou encore les opinions divisées du groupe de Milan et l'équipe « réfléchissante » de Tom Andersen.

Les techniques basées sur le langage

La redéfinition, le recadrage et d'autres modes d'intervention similaires ont été très tôt largement utilisés en thérapie familiale. Différents emplois imaginatifs du langage se sont enrichis mutuellement. Aussi, avec l'approfondissement des investigations sur le paradoxe dans la communication humaine, la redéfinition, perçue comme moins arbitraire, est également apparue comme un moyen d'exprimer plus adéquatement la nature complexe et souvent contradictoire d'un seul comportement. Bien qu'ils n'aient pas inclus la dimension du langage dans la description de leur travail, des thérapeutes familiaux du début, comme Jackson et Ackerman, très différents quant à leurs styles thérapeutiques, ont néanmoins été des adeptes de la redéfinition. Un adolescent turbulent et perturbateur, par exemple, était redéfini comme « pas mauvais, mais triste », ou bien comme servant à protéger un conflit parental dissimulé. Une telle normalisation de son comportement permettait alors de s'intéresser plus précisément à la résolution du conflit au niveau parental. Ce qui, pour les parents, signifiait qu'ils pouvaient cesser d'avoir peur ou de se mettre en colère face au comportement de leur enfant et, au lieu de cela, essayer d'améliorer leur propre relation. On débat bien entendu la question de savoir si ce type de redéfinition reflète une réalité sous-jacente que l'on a découverte ou engendre simplement un nouveau scénario, plus facilement exploitable – débat extrêmement mouvementé du fait que les écoles concurrentes revendiquent en général les avantages de leurs modèles.

On a développé de nombreuses techniques ayant pour but de mettre en évidence et d'intensifier, c'est-à-dire d'*actualiser*, les conflits auxquels la famille est supposée être en butte. Pour le thérapeute en formation, l'expérience de la première rencontre avec les familles est troublante et éprouvante. C'est pourquoi, dans les débuts de la thérapie familiale, ces techniques étaient souvent incluses comme éléments de la formation des thérapeutes, avec pour résultat une ligne de séparation moins marquée qu'aujourd'hui entre formation et traitement. A ce propos, Celia Mitchell fait le commentaire suivant : « Les relations [du thérapeute en formation] avec les figures qui détiennent l'autorité dans la hiérarchie, ses pairs, l'équipe thérapeutique et le personnel subalterne sont des expériences fécondes qui méritent un examen minutieux » ([30], p. 123). La *sculpture*, c'est-à-dire la création de *tableaux vivants** décrivant la structure relationnelle de la famille, a aussi été un outil puissant, en formation, et parfois aussi en thérapie. La sculpture multigénérationnelle, qui mettait en évidence l'histoire d'une famille, révélait d'importantes répétitions de schémas.

D'autres techniques ont été mises au service de l'actualisation : celle du doublage, inspirée du *psychodrame*, où une seconde personne exprime les pensées non dites du sujet dans un drame familial, ou encore l'*emploi inventif de la vidéo*, mis au point par Ian Alger et d'autres [31]. La construction suivante peut donner une idée de ce dont il s'agissait : deux caméras sont dirigées sur le sujet, de chaque côté de son visage, et les images projetées sur un écran divisé. Techniquement très facile à réaliser, ce procédé donne l'impression qu'un côté du visage du client parle à l'autre. Des conversations reflétant différents points de vue ou la perception de motivations pouvaient ainsi avoir lieu et élargir, voire considérablement modifier, la façon dont le sujet voyait la réalité.

On a aussi eu largement recours à la thérapie familiale à domicile, notamment aux visites à domicile, comme élément habituel du traitement. A un moment du processus thérapeutique, en général au début, les thérapeutes en formation faisaient régulièrement des visites à la famille. Les techniques pour présenter cette possibilité à la famille – la professionnalisation de la visite consistant, par exemple, à la faire payer – ainsi que la façon dont le thérapeute se comportait reposaient sur une base conceptuelle très élaborée. A ce propos, on peut consulter l'article de Speck [32] où il prédit que ce type de traitement pourrait devenir prédominant. (Les premières études faites dans ce domaine étaient empreintes d'un certain optimisme.) Certaines de ces techniques intéressantes, considérées à l'époque comme tout à fait novatrices, sont aujourd'hui tombées en désuétude ou peu pratiquées. Du fait qu'un grand nombre d'entre elles exigent du thérapeute

---

* En français dans le texte.

qu'il sorte de son bureau, ou, du moins, qu'il quitte son fauteuil, on a tendance à considérer qu'elles prennent trop de temps, qu'elles sont fatigantes et, bien entendu, non rentables. Bon nombre sont toutefois redécouvertes, ou, plus souvent, réinventées.

Réunir la famille : qui vient à la séance et pourquoi ?

L'éternelle question est de savoir qui il faut inviter à participer aux séances – et qui doit, au contraire, être exclu du traitement. Faut-il faire intervenir le couple, ou la famille biologique, ou la famille multigénérationnelle, ou même, parfois, la famille mixte – c'est-à-dire composée de parties de deux familles nucléaires antérieures ? Dans la thérapie familiale, on a toujours eu des difficultés à se mettre d'accord sur la définition de l'unité naturelle dont on parle : que signifie le terme « famille » ? S'agit-il du couple, du couple et de ses enfants, de la famille multigénérationnelle, d'autres membres du ménage, du réseau de parenté élargi ? Dès le début, les thérapeutes familiaux se sont en tout cas beaucoup intéressés au réseau de parenté élargi, ainsi qu'à la famille multigénérationnelle, dans lesquels on voyait souvent une force d'intervention thérapeutique. Les familles élargies, par exemple, pouvaient apaiser les conflits, ou au contraire les stimuler, ou encore constituer un écran sur lequel les projeter, ou bien être des objets concurrents de soutien et de satisfaction [5] [33].

La tradition du travail d'assistance sociale dans le domaine de la thérapie familiale, solide dès le début, a conduit les cliniciens à prendre aussi en compte des systèmes plus vastes, dépassant le cadre de la famille, tels que les contextes économique et culturel. Mentionnons, à ce propos, la *M. Robert Gomberg Memorial Conference*, qui eut lieu à New York en juin 1960. Vers la fin des années cinquante, les plus grands centres de thérapie familiale – outre le Family Institute et le

5. A ce sujet, deux études sont souvent citées : celle de Bott, E., *Family and Social Network*, Londres, Tavistock Publications, 1957, ainsi que celle de Parsons, T., et Bales, R.F., *Family, Socialization and Interaction Process*, Glencoe Free Press, 1955.

Mental Research Institute – comprenaient le Jewish Family Service, ou Jewish Board of Guardians, à New York, où Ackerman travaillait et d'où venaient sept des quatorze auteurs du rapport de la conférence. Ce rapport est intéressant pour les effets qu'il a eus dans le domaine de la thérapie familiale sur les plans de la formation et du recrutement. La base institutionnelle du travail d'assistance sociale, tant pour ce qui concerne la théorie de la pratique que le recrutement du personnel, y est en particulier tout à fait évidente. Mais, dans les années soixante, l'influence du travail social comme partie intégrante de la thérapie familiale s'est estompée, bien que le personnel formé au travail d'assistance sociale (Papp, Silverstein, Carter, Penn et d'autres) ait fourni de plus en plus de personnalités au cours des années soixante-dix et quatre-vingt, particulièrement fécondes. Sherman [34] a rendu compte de ce développement à l'époque même où il a eu lieu, alors que Bardill [35] en a proposé une intéressante analyse rétrospective.

La « famille saine » et les buts de la thérapie

Déterminer les buts de la thérapie dépend ou bien d'un tableau normatif de la « famille saine », ou bien d'un modèle de changement positif construit individuellement pour chaque famille. Bien que ces deux approches semblent tout à fait différentes, il peut toutefois s'agir davantage d'une différence de degré. Le thérapeute qui décide quelle est la façon saine ou correcte de se comporter et qui considère que le but de la thérapie est d'aller dans telle ou telle direction est certes très différent de celui qui dit à la famille qu'elle est complètement libre de définir ses propres buts, mais les deux façons de voir dépendent d'un langage et de modèles culturels communs pour faire sens, et les deux styles sont limités par le degré auquel on peut construire avec succès ces significations partagées.

On retrouve ces différences quand il s'agit de définir la question. Le thérapeute plutôt normatif fera un inventaire des domaines qui semblent faire problème, tout en comparant les comportements actuels avec un certain idéal – par exemple : est souhaitable (normal, sain) pour des gens mariés de bien s'entendre sexuellement. Alors qu'un autre sera au contraire enclin à n'aborder la sexualité que si le couple considère qu'elle n'est pas satisfaisante. Dans ce dernier cas, il est très improbable qu'un inventaire soit établi.

D'autres praticiens de la côte est des États-Unis, Ackerman, Bowen et Minuchin, par exemple, semblaient croire en un modèle idéalisé de « famille saine », avec des limites générationnelles nettes, des rôles bien définis, ainsi qu'une structure et des fonctions déterminées par l'identité sexuelle : famille patriarcale sur le plan de son organisation, capable de bienveillance et d'amour sur celui des relations parentales et conjugales. Cette image idéalisée était le modèle au regard duquel on déterminait l'écart, qui pouvait être reconnu comme faisant inévitablement partie de la condition humaine, mais que l'on considérait comme amendable, donc du ressort du clinicien. L'école de Palo Alto a, quant à elle, complètement rejeté toute notion de « famille saine » idéale.

Au début des années soixante, la pensée du célèbre hypnothérapeute Milton Erickson, qui mettait l'accent sur les rapides changements de contexte et de signification, commença – tout d'abord à travers une étude de Jay Haley [36] – à influencer le domaine de la thérapie familiale. L'importance accordée par Erickson à l'utilisation de ce que le client apporte [37], et à ce qu'on peut construire sur des ressources déjà existantes, qui allait de pair avec une mise au second plan du diagnostic et de la pathologie apparente, devint une pierre angulaire de la thérapie interactionnelle (MRI) et de la thérapie stratégique (Haley, Madanes) [21].

La pensée de Bateson a aussi eu une influence sur le rejet de tout modèle normatif. Alors que Haley continuait à adhérer aux idées de normalité et de fonctionnement approprié de Minuchin et de la théorie structurale [38], le groupe de Palo Alto s'en écarta résolument. Bateson était profondément opposé à ce qui, pour lui, revenait à se poser en juge de la « santé » ou de la « pathologie » d'un individu ou d'une famille. Sa réponse à une critique des recherches du groupe de Palo Alto sur la schizophrénie illustre son point de vue à ce propos :

Il n'y a dans la théorie de la double contrainte aucun présupposé fondamental selon lequel les manifestations de la schizophrénie seraient « mauvaises ». Cette théorie n'est pas normative, et encore moins « pragmatique ». Ce n'est pas même une théorie médicale, si tant est qu'il existe quelque chose de ce genre [...] Je concéderai que la schizophrénie est une « maladie » du cerveau comme de la « famille » si le Dr Stevens concède que l'humour et la religion, l'art et la poésie sont aussi des « maladies » du cerveau, ou de la famille, ou des deux [39].

Dans le domaine de la thérapie familiale, la question de savoir dans quelle mesure les thérapeutes sont des médecins et des soignants qui guérissent en agissant « sur » un patient, et jusqu'à quel point ils participent à un processus qui s'affirme mutuellement, fait l'objet d'un débat récurrent et non résolu (en fait, nous le pensons insoluble).

La recherche en communication

Ray Birdwhistell note : « [...] à quelques notables exceptions près, la communication en tant qu'objet de *recherches* scientifiques date d'un peu avant la Seconde Guerre mondiale » ([40], p. 194). Ce travail, qui a profondément influencé les thérapeutes familiaux, s'est développé à partir des études de théoriciens de l'information comme Shannon et Weaver [41]. Ceux qui l'ont abordé sont principalement Scheflen, collaborateur de Birdwhistell, et Framo et Boszormenyi-Nagy, des thérapeutes travaillant à Philadelphie, à l'Eastern Pennsylvania Psychiatric Institute (EPPI). Les études de Ray Birdwhistell [42] et Albert Scheflen [43] ont fourni des analyses détaillées, image par image, de différents types de communication non verbale dans les familles. Mentionnons aussi l'ambitieux projet [44] auquel Bateson, Fromm-Reichmann, Birdwhistell et d'autres ont participé. Une remarque de Birdwhistell [45] sur le *temps*, pas encore tout à fait explorée à ce jour, nous semble annoncer des développements futurs : « Le chercheur gagne une certaine liberté en voulant bien reconnaître que le flux communicationnel peut se composer d'une multitude de schémas comporte mentaux qui existent à différents niveaux temporels. » Il va sans dire que le thérapeute pourrait aussi gagner en liberté en faisant preuve de la même bonne volonté. Cette conceptualisation à canaux multiples, dont on trouve un équivalent dans d'autres systèmes tels que les réseaux téléphoniques, tiendrait compte des études sur la synchronicité et annoncerait un nouvel intérêt pour la fonction du temps dans les systèmes familiaux.

Les recherches sur la schizophrénie

Berger raconte que, lorsqu'il commença sa formation en psychiatrie, en 1942, on lui dit qu'un patient qui guérissait de la schizophrénie avait nécessairement été mal diagnostiqué au départ [46]. Cette pathologie était par définition incurable. Bien que l'article du groupe de Palo Alto « Toward a theory of schizophrenia » fît, dans ce contexte, l'effet d'une « explosion atomique » d'espoir et d'intérêt renouvelé, il ne faut néanmoins pas minimiser l'importance de solides travaux parallèles, menés, dans les débuts de la thérapie familiale, par des thérapeutes familiaux et des chercheurs comme John E. Bell (sur l'interface de la thérapie familiale et de groupe avec la schizophrénie) [47], Murray Bowen (sur la transmission multigénérationnelle de la schizophrénie) [48], Theodore Lidz et Alice Cornelison (sur l'environnement familial et la schizophrénie) [11], Christian Midelfort, Al Scheflen (sur le processus de la communication) [43], Carl Whitaker (sur la psychothérapie expérientielle avec les schizophrènes) [49] et Lyman Wynne (sur la déviance en communication) [50], pour ne citer qu'eux.

La thérapie familiale s'est considérablement développée dans le terreau fertile de la recherche sur la schizophrénie. Mais en même temps qu'il prospérait, ce domaine s'est aussi éloigné de son intérêt premier pour les schizophrènes chroniques (à l'exception de l'approche psycho-éducative). Il est aujourd'hui difficile de retrouver l'optimisme de Kantor et Jackson quand ils affirmaient : « On est en train de redéfinir peu à peu la schizophrénie, l'axe principal de la recherche se déplaçant vers les données de la vie telles qu'elles apparaissent aux sociologues, aux anthropologues et aux psychologues sociaux [51]. » On ne sait pas très bien comment comprendre cette évolution : est-ce la thérapie familiale qui reconnaît tristement ses propres limites ou seulement le désir de la plupart des praticiens de se tourner vers une clientèle plus confortable, plus lucrative et moins « difficile »[6] ?

Conclusion

Passer en revue les débuts de la thérapie familiale s'est révélé représenter une entreprise beaucoup plus complexe et passionnante que nous ne l'avions imaginé. Nous avons dû dans ces quelques pages omettre de traiter, à notre corps défendant, de nombreux thèmes, concepts et personnalités. Plusieurs notions importantes n'ont pas été abordées ou seulement de façon sommaire. En fait, l'impression que nous laisse cet exposé historique est celle d'une révolution qui vient tout juste de commencer – et cette impression est renforcée par la prédominance de questions non résolues ou toujours débattues depuis les débuts de la thérapie familiale, telles que : Qu'est-ce que la normalité ? Quel est le rôle du thérapeute familial ? Quel est celui du chercheur clinicien ? Quelle est la portée de ce type de thérapie et quels sont ses buts ? Ces questions ne cessent de se poser parce qu'elles sont importantes et que l'on est contraint de les aborder, mais elles semblent aussi refléter une regrettable caractéristique du champ : à savoir que la thérapie familiale est décrite souvent comme si elle n'était pas contaminée par le contexte historique dans lequel elle est née, ni par aucun lien avec l'*establishment* intellectuel, ni par l'histoire et la biographie de ses fondateurs.

**
***

RÉFÉRENCES BIBLIOGRAPHIQUES

[1] Warner, K., *The Origins of Feminist Family Therapy : Ghosts at Stonehenge*, manuscrit non publié, Nova University, 1993.

6. Berger [46] propose une histoire de ces premières recherches en général et Sluzki et Ransom [52] une analyse plus spécifique de la théorie de la double contrainte et de ses implications.

[2] Bloch, D., et Simon, R., *The Strength of Family Therapy : Selected Papers of Nathan W. Ackerman*, New York, Brunner/Mazel, 1982.

[3] Ackerman, N.W., « The family as a social and emotional unit », *Bulletin of the Kansas Mental Hygiene Society*, 1937, 12, 2.

[4] Sullivan, H.S., *The Interpersonal Theory of Psychiatry*, New York, Norton, 1953.

[5] Fromm-Reichmann, F., « Notes on the development of treatment of schizophrenics by psychoanalytic psychiatry », *in* Bychowski, G. (éd.), *Specialized Techniques of Psychotherapy*, New York, Basic Books, 1952.

[6] Ruesch, J., et Bateson, G., *Communication : The Social Matrix of Society*, New York, Norton, 1951 ; trad. fr. : *Communication et Société*, Paris, Éd. du Seuil, 1988.

[7] Weblin, J., « Communication and schizophrenic behavior », *Family Process*, t. 1, mars 1962, n° 1, p. 12.

[8] MacGregor, R., Ritchie, A., Serrano, A., Schuster, F., McDonald, E., Goolishian, H., *Multiple Impact Therapy with Families*, New York, McGraw-Hill, 1964.

[9] Bloch, D., et Weiss, H., « Training facilities in marital and family therapy », *Family Process*, 1985, 24, 2.

[10] Paul, N., « Perspectives in family therapy : Operational mourning », *Annual Meeting of the Orthopsychiatric Association*, 1963.

[11] Lidz, T., Fleck, S., Cornelison, A., *Schizophrenia and the Family*, New York, International University Press, 1966.

[12] Lidz, T., Cornelison, A., Fleck, S., Terry, D., « The intrafamilial environment of schizophrenic patients », II : « Marital schism and marital skew », *American Journal of Psychiatry*, 114, 241-248.

[13] Entretien avec Donald A. Bloch, non publié.

[14] Minuchin, S., Montalvo, B., Guerney, B., Rosman, B., Shumer, F., *Families of the Slums*, New York, Basic Books, 1967.

[15] Averswald, E., « Toward epistemological transformation in the education and training of family therapists », *in* Pravda, M. (éd.), *The Social and Political Contexts of Family Therapy*, New York, Allyn and Bacon, 1990, p. 19-50.

[16] Miller, J.G., *Living Systems*, New York, McGraw-Hill, 1978.

[17] Jackson, D., « The question of family homeostasis », *The Psychiatric Quarterly Supplement*, 31, 1957, p. 79-90.

[18] Dell, P.F., « Beyond homeostasis : Toward a concept of co-herence », *Family Process*, 21, 1982, p. 21-41.

[19] Keeney, B., *Aesthetics of Change*, New York, Guilford Press, 1983.

[20] Byng-Hall, J., « Symptom bearer as marital distance regulator : Clinical implications », *Family Process*, 19, 1980, p. 355-365.

[21] Fisch, R., Weakland, J., Segal, L., *The Tactics of Change : Doing Therapy Briefly*, San Francisco, Jossey-Bass, 1982.

[22] Maruyama, M., « The second cybernetics : Deviation-amplifying mutual causative processes », *American Scientist*, 51, 1963, p. 164-179.

[23] Wender, P., « Vicious and virtuous circles : The role of deviation amplifying feedback in the origin and perpetuation of behavior », *Psychiatry : Journal for the Study of Interpersonal Processes*, 31, 1968, p. 309-324.

[24] Bateson, G., Jackson, D., Haley, J., Weakland, J., « A note on the double bind », *Family Process*, 2, 1963, p. 154-161.

[25] Bateson, G., Jackson, D., Haley, J., Weakland, J., « Toward a theory of schizophrenia », *Behavioral Science*, 1956, 1, p. 251-264 ; trad. fr. : « Vers une théorie de la schizophrénie », *Vers une écologie de l'esprit*, Paris, Éd. du Seuil, t. II, 1980.

[26] Bateson, G., Brosin, H., Birdwhistell, R., McQuown, N., « The natural history of an interview », manuscrit non publié, Université de Chicago, 1962.

[27] Bretson, G., « Langage and Psychotherapy : Frieda Fromm-Reichmann's last project », *Psychiatry*, 1958, 21, p. 96-100.

[28] Caplan, G., « An approach to the study of family mental health », *Public Health Report*, 71, 1956, p. 1027-1030.

[29] MacGregor, R., « Multiple impact psychotherapy with families », *Family Process*, t. 1, 1962, p. 15-29.

[30] Mitchell, C., « Problems and principles in family therapy », *in* Ackerman, N., Beatman, F., Sherman, S., *Expanding Theory and Practice in Family Therapy*, New York, Family Service Association of America, 1967, p. 39-46.

[31] Alger, I., « Audio-visual techniques in family therapy », *in* Bloch, D. (éd.), *Techniques of Family Therapy*, New York, Grune and Stratton, 1973.

[32] Speck, R., « Family Therapy in the home », *in* Ackerman, N., Beatman, F., Sherman, S. (éd.), *Expanding Theory and Practice in Family Therapy*, New York, Family Service Association of America, 1967, p. 20-28.

[33] Bell, N.W., « Extended family relations of disturbed and well families », *Family Process*, t. I (2), 1962, p. 175-193.

[34] Sherman, S., « Family therapy as a unifying force in social work », *in* Ackerman, N., Beatman, S. (éd.), *Expanding Theory and Practice in Family Therapy*, New York, Family Service Association of America, 1967.

[35] Bardill, R., et Saunders, B., « Marriage and family therapy and graduate work education », *in* Liddle, H., Breunlin, D., Schwartz, R. (éd.), *Handbook of Family Therapy Training and Supervision*, New York, Guilford Press, 1988, p. 316-330.

[36] Haley, J., *Uncommon Therapy : The Psychiatric Techniques of Milton H. Erickson, M.D.*, New York, Norton, 1973.

[37] Lankton, S., et Lankton, C., *The Answer Within : A Clinical Framework of Ericksonian Hypnotherapy*, New York, Brunner/Mazel, 1985.

[38] Haley, J., *Problem-Solving Therapy*, San Francisco, Josey-Bass, 1976 ; trad. fr. : *Nouvelles Stratégies en thérapie familiale : le problem-solving en psychothérapie familiale*, Paris, Jean-Pierre Delarge, 1979.

[39] Bateson, G., « Post-conference dialogue », *in* Berger, M. (éd.), *Beyond the Double Bind : Communication and Family Systems, Theories and Techniques with Schizophrenics*, New York, Brunner/Mazel, 1978, p. 231-238.

[40] Birdwhistell, R., « An approach to communication », *Family Process*, t. I, n° 2, 1962, p. 194-201.

[41] Shannon, C., et Weaver, W., *The Mathematical Theory of Communication*, Urbana, University of Illinois Press, 1949.

[42] Birdwhistell, R., « The frames in the communication process », présenté à la convention annuelle de l'American Society of Clinical Hypnosis, 10 octobre 1954.

[43] Scheflen, A., « Communication and regulation in psychotherapy », *Psychiatry*, 26, 1963, 126.

[44] McQuown, N.A. (éd.), *The Natural History of an Interview*, 1971. Disponible chez Microfilm Collection of Manuscripts on Cultural Anthropology, Chicago, University of Chicago, Joseph Regenstein Library, Department of Photoduplication.

[45] Birdwhistell, R., *Kinesics and Context : Essays on Body Communication*, Philadelphie, University of Pennsylvania Press, 1970.

[46] Berger, M., *Beyond the Double Bind : Communication and Family Systems, Theories, and Techniques with Schizophrenics*, New York, Brunner/Mazel, 1978.

[47] Bell, J.E., « A theoretical position for family group therapy », *Family Process*, 2 (I), 1-14. 1963.

[48] Bowen, M.A., « A family concept of schizophrenia », *in* Jackson, D. (éd.), *The Etiology of Schizophrenia*, New York, Basic Books, 1960, p. 346-372.

[49] Whitaker, C.A., et Malone, T.P., *The Roots of Psychotherapy*, New York, The Blakiston Company, 1953 ; rééd., New York, Brunner/Mazel, 1981.

[50] Doane, J.A., Wynne, L., *et al*, « Parental communication deviance as a predictor of competence in children at risk for adult psychiatric disorder », *Family Process*, 21 (2), 1982, p. 211-223.

[51] Kantor, R., et Jackson, D., « Some assumptions in recent research on schizophrenia », *The Journal of Nervous and Mental Disease*, 135, 1962, p. 42.

[52] Sluzki, C.E., et Ransom, D.C., *Double Bind : the Foundation of the Communicational Approach to the Family*, New York, Grune and Stratton, 1976.

NOTES FINALES

Une littérature riche et intéressante se développe déjà sur les débuts de la thérapie familiale et notre exposé ne pouvait espérer faire plus qu'introduire à ces recherches. Le lecteur intéressé qui souhaite en savoir davantage peut se reporter à la bibliographie annotée ci-dessous, préparée par Kate Warner, qui fait un travail de recherche sur l'histoire de la thérapie familiale à la Nova University, plus particulièrement axé sur les femmes dans ce domaine. Les œuvres sélectionnées ci-dessous complètent l'aperçu que nous avons donné dans ce chapitre :

Becvar, D.S., et R.J., *Family Therapy : A Systemic Integration*, Boston, Allyn and Bacon, 1988. Les auteurs de cette étude se considèrent comme faisant partie de la deuxième génération des thérapeutes familiaux et rapportent l'histoire de leur domaine de ce point de vue. Le chapitre 2, « La perspective historique », décrit, par décennie, l'histoire de la thérapie familiale et met en évidence la diversité des contributions individuelles, ainsi que l'apparition de différentes écoles de pensée. Les Becvar essaient aussi de rendre le climat mondial dans lequel le domaine de la thérapie familiale a commencé à émerger dans les années quarante, cinquante, soixante et au début des années soixante-dix : un tableau historique met en parallèle les événements mondiaux et les développements importants en thérapie familiale. A notre avis, cette étude a tendance à ne pas suffisamment prendre en compte la vigueur et la persistance de la tradition de la côte est des États-Unis, ainsi que l'ampleur des différences entre, par exemple, Bowen et Wynne, d'une part, et Weakland et Haley, de l'autre.

Broderick, C.B., et Schrader, S.S., « The history of professional marriage and family therapy », *in* Gurman, A.S., et Kniskern, D.P. (éd.), *Handbook of Family Therapy*, New York, Brunner/ Mazel, 1991, t. II, p. 3-40. Cette étude historique détaillée rend compte des contributions des différentes écoles de pensée à l'émergence de la thérapie familiale comme domaine distinct. Bien que la base conceptuelle de la thérapie familiale n'y soit pas complètement explorée, ce chapitre est néanmoins une excellente introduction et un très bon point de départ pour une enquête plus approfondie. Les auteurs décrivent comment la thérapie familiale est née de la fusion d'emprunts mutuels et de recoupements d'intérêts qui ont eu lieu entre différents domaines – le conseil conjugal, le mouvement psychiatrique familial et conjugal, la sexologie, alors encore à ses débuts, l'assistance sociale, la psychiatrie sociale, l'éducation à la vie familiale – et le travail indépendant et complètement nouveau des thérapeutes familiaux. La prise en compte des recherches des premiers sexologues européens est une reconnaissance de leur influence, souvent négligée, sur le développement de la thérapie familiale. Enfin, une longue liste de références bibliographiques fournit un ensemble précieux de sources originales pour ceux qui souhaitent étudier sérieusement l'histoire de la thérapie familiale.

Guerin, P.J. Jr, « Family therapy : The first twenty-five years », *in* id. (éd.) *Family Therapy : Theory and Practice*, New York, Gardner Press, 1976, p. 2-22. Écrit à la première personne, cet exposé est une description de première main du commencement et du développement de la thérapie familiale. L'auteur met l'accent sur le caractère révolutionnaire de ce domaine, qui dut se démarquer des thérapies conventionnelles résistant à la nouveauté. En tant que participant, Guerin donne nécessairement un point de vue particulier, mais son récit, ponctué d'anecdotes, offre au lecteur un bon aperçu de l'enthousiasme et de l'excitation qui entourèrent les débuts de la thérapie familiale.

Heims, S.J., *The Cybernetics Group*, Cambridge, Massachusetts Institute of Technology Press, 1991. Ce livre s'adresse au lecteur qui cherche un examen approfondi et détaillé du commencement de la cybernétique. On y trouve une description des « conférences Macy », série de colloques interdisciplinaires qui eurent lieu entre

1946 et 1953 et introduisirent la pensée cybernétique dans les sciences humaines aux États-Unis. En montrant comment les participants à ces conférences intégrèrent ce type de pensée dans leurs recherches, leurs théories et leur pratique, Heims fournit un tableau complexe des différentes façons dont la cybernétique a été incluse dans les sciences humaines, transformant ainsi les méthodes d'investigation traditionnelles.

Nichols, M.P., *Family Therapy : Concepts and Methods*, New York, Gardner Press, 1984*. Cet exposé approfondi sur l'histoire de la thérapie familiale explore les principes durables à l'œuvre dans chacune des différentes disciplines et chacun des mouvements qui influencèrent la thérapie familiale. L'auteur inclut en outre les contributions souvent négligées de théoriciens et cliniciens comme Kurt Lewin pour sa théorie des champs, Norman Paul pour son utilisation clinique de confrontations croisées, Wilfred Bion pour ses recherches sur la dynamique de groupe ou encore David Levy pour son travail novateur dans le domaine de la psychopédagogie.

MacGregor, R., Ritchie, A., Serrano, A., Schuster, F., *Multiple Impact Therapy with Families*, New York, McGraw Hill. Cette étude rend compte du développement de la thérapie à impact multiple – une approche créative, interdisciplinaire et fondée sur un travail d'équipe. Pour les lecteurs intéressés par l'histoire de la thérapie familiale, ce livre donne une idée de ce que peuvent être l'enthousiasme et l'esprit d'innovation à travers le récit de cliniciens qui explorent les approches alternatives à la thérapie familiale à ses débuts.

---

* Une seconde édition est parue en 1991 chez Allyn and Bacon. L'ouvrage a alors deux auteurs : M.P. Nichols et R.C. Schwartz.

Les thérapies familiales intergénérationnelles

Cette section, consacrée aux thérapies familiales intergé-nérationnelles, inclut trois chapitres, traitant des travaux de Murray Bowen, d'Ivan Boszormenyi-Nagy et de Maurizio Andolfi.

Ces trois créateurs d'écoles voient la famille humaine mul-tigénérationnelle comme un réseau relationnel qui joue un rôle fondamental dans la vie de l'individu.

Le premier de ces thérapeutes, Murray Bowen, a remarqué que les familles comprenant un schizophrène se caractérisent, d'une part, par un éventail de relations assez restreint, d'autre part, par la présence d'une angoisse marquée qui tend à se transmettre très facilement d'un membre à l'autre.

Il a suggéré que la santé mentale d'un individu donné est liée au degré de différenciation qu'il est capable d'atteindre par rapport à sa propre famille ; et il estimait par ailleurs que la difficulté à se différencier est susceptible de se transmettre d'une génération à la suivante, cette transmission pouvant parfois, dans certains cas spécifiques d'unions successives de conjoints peu différenciés, concourir à faire apparaître un schizophrène.

Ivan Boszormenyi-Nagy, quant à lui, s'est intéressé à l'impact des loyautés intergénérationnelles sur l'apparition des symptômes. A travers la thérapie contextuelle, dont il est le fondateur, il s'est efforcé de frayer de nouvelles voies à ses patients en les libérant du poids que font peser sur eux telles ou telles « loyautés invisibles ».

Pour Maurizio Andolfi, enfin, le patient est le pivot exis-tentiel des conflits interpersonnels, mais l'élargissement de l'unité d'observation à la famille trigénérationnelle permet de bouleverser l'enchaînement des significations construites et reproduites rigidement par le groupe familial concerné. La thérapie, une fois cet élargissement effectué, peut valablement explorer les implications personnelles d'une problématique commune ; tandis que la famille en tant que telle passe ainsi d'une situation où la pathologie était centrale à un processus où la thérapie devient possibilité de croissance.

Des psychothérapeutes comme James L. Framo [1] ou Norman Paul [2] sont traditionnellement inclus dans ce courant intergénérationnel.

James L. Framo, qui n'hésite pas à recevoir conjointement les membres des couples en thérapie et les membres de leurs familles d'origine, justifie cette pratique par la nécessité d'établir une relation entre l'intrapsychique et l'interpersonnel : selon lui, en effet, ces sessions de psychothérapie associant plusieurs générations ont pour avantage de permettre d'étudier les problèmes qui se posent à la lumière des conflits intériorisés dans le passé. Son approche, à la recherche d'un pont unissant l'individu et son contexte, intègre donc des concepts aussi bien psychodynamiques que systémiques.

Ce psychothérapeute se réfère à la théorie de la relation d'objet telle que Fairbairn la décrit [3] et que Dicks l'applique aux théories de couple [4]. L'« objet » dont il est ici question est bien entendu la personne visée par des pulsions : comme Fairbairn, Framo postule que le besoin d'une relation satisfaisante est un moteur fondamental pour tout être humain (le plaisir étant défini comme la recherche de l'objet et l'agression comme une réaction au refus, de la part de l'objet recherché, d'autoriser la satisfaction désirée).

Quand un comportement parental sera perçu comme rejetant, l'enfant, pour se défendre contre l'angoisse suscitée par cette perception, intériorisera sur un mode fantasmatique l'objet et ses qualités par un processus d'introjection ; les objets intériorisés sous forme de structures mentales seront divisés en bons et mauvais objets : ces derniers pourront devenir des « saboteurs internes » ([1], p. 113) qui influenceront négativement certaines relations en déformant les perceptions individuelles qui seront faites de la réalité.

Pour Framo, lorsque, en thérapie familiale, « la personne adulte » est mise en présence de ses parents et des membres de sa fratrie et que chacun se confronte de la sorte aux problèmes personnels et familiaux du passé et du présent, les problèmes sont ramenés à leur origine, ce qui permet d'accéder directement aux facteurs étiologiques [...]. Se confronter aux parents réels, externes [...] diminue l'emprise et l'intensité des objets intériorisés en les exposant aux réalités actuelles ([1], p. 113).

Norman Paul, grand spécialiste du deuil, estime que les images des personnes décédées dont il n'a pas été possible de faire le deuil conservent souvent une sorte de vie propre. Ce processus est totalement inconscient aussi bien pour ceux chez qui il se déroule que pour ceux qui sont perçus comme des représentants de ces images. La thérapie, à travers un processus de « deuil opérationnel », amènera donc les familles à vivre ce deuil ineffectué, afin qu'elles puissent se libérer ainsi des effets néfastes d'une telle situation.

Cet auteur aborde les couples à la lumière des réactions que leurs membres ont déployées pour faire face à la perte, tant imaginaire que réelle, d'objets totaux ou partiels [1]. Il tente de « faire apparaître chez l'un et l'autre une aptitude accrue à tester la réalité, des frontières du moi plus sûres et de meilleures relations d'objet » ([2], p. 43) ; et il estime avoir « d'autant plus de chances de parvenir à un terme effectif du traitement que de meilleures relations conjugales auront été obtenues et que chacun des conjoints se sera préparé à la perte finale du thérapeute en apprenant préalablement l'art du deuil au cours de la thérapie » (*ibid.*).

Helm Stierlin, psychiatre qui dirige le département de recherches psychanalytiques et de thérapie familiale de l'université de Heidelberg, appartient à la constellation des thérapeutes familiaux qui insistent sur l'aspect intergénérationnel. Sa double formation de philosophe et de psychanalyste lui a permis d'élaborer des concepts extrêmement riches.

L'un de ces concepts les plus employés par les thérapeutes de famille est celui de « délégation » : conformément au double sens du verbe latin *delegare*, qui signifie en même temps « envoyer » et « confier une mission », ce concept

---

1. J. Laplanche et J.P. Pontalis décrivent ainsi l'objet partiel dans leur *Vocabulaire de la psychanalyse* ([5], p. 294) : « Type d'objets visés par les pulsions partielles sans que cela implique qu'une personne, dans son ensemble, soit prise comme objet d'amour. Il s'agit principalement de parties du corps, réelles ou fantasmées (sein, fesses, pénis), et de leurs équivalents symboliques... »

implique que la personne déléguée est tout à la fois envoyée par sa famille et liée à elle par un processus de loyauté ; or il importe de noter que cette délégation n'est pas forcément source de pathologie, puisqu'elle concourt aussi à bâtir l'image que nous nous faisons de nous-mêmes.

Selon Stierlin, il existe trois types de missions selon qu'elles servent le ça, le moi ou le surmoi de la personne qui délègue. Les missions qui servent le ça peuvent déboucher, notamment, sur des comportements de toxicomanie ou de promiscuité sexuelle ; celles qui sont au service du moi aident les parents à faire face aux aspects pratiques de la vie quotidienne ; quant à celles déléguées par le surmoi, elles suscitent le désir de réussir dans tel ou tel domaine où les parents n'ont pas réussi. (Ce concept de réussite doit être compris en un sens très large : Stierlin cite l'exemple de ces jeunes Allemands que leurs parents ont envoyés travailler dans des kibboutzim israéliens afin qu'ils expient à leur place les fautes passives ou actives qu'ils avaient commises sous le régime nazi.)

Ces délégations peuvent se révéler problématiques si elles ne sont pas adaptées à l'âge de l'enfant, si elles vont à l'encontre de son propre désir ou si l'enfant est exposé à des conflits provoqués par des missions en « double contrainte » (dès lors que deux réalisations contradictoires sont exigées par le même parent), simplement opposées ou plus ou moins incompatibles avec l'ordre socioculturel ambiant [6].

Dans son *Dictionnaire des thérapies familiales* [7], Jacques Miermont fait remarquer que le concept de legs proposé par Boszormenyi-Nagy peut être tenu pour une extension transgénérationnelle du principe de la délégation.

Helm Stierlin, qui a dirigé pendant de nombreuses années l'Institut de recherche systémique de Heidelberg aux côtés de Fritz Simon, Gunther Schmidt, Gunthard Weber et Arnold Retzer, m'a expliqué en quoi ses travaux philosophiques sont directement liés à la création de ce concept de délégation. Dans le contexte de la dialectique hégélienne du couple maître/esclave, m'a-t-il précisé, l'esclave est parfois tenu de créer ou de développer des qualités qui dépassent celles du maître afin de pouvoir survivre (cf. les minorités nationales ou religieuses face à un groupe dominant, les femmes dans un monde d'hommes sexistes, etc.) ; dans le cadre de la délégation, par conséquent, on peut tout à fait imaginer que l'enfant qui se vit comme un « esclave » par rapport au désir de ses parents s'appliquera lui aussi à créer ou à développer une situation dans laquelle non seulement sa survie, mais également l'élaboration des stratégies qui l'aideront à grandir seront favorisées en dépit de toutes les contraintes relationnelles qui pèseront sur lui.

Giuliana Prata, qui faisait partie du groupe de Mara Selvini Palazzoli à Milan au moment de la rédaction de *Paradoxe et Contre-paradoxe* [8], a créé en 1985 le Centre de thérapie familiale systémique et de recherche de Milan peu après sa séparation d'avec Mara Selvini. Son hypothèse de base est que, dans les familles très perturbées, les parents du patient désigné ont eu très souvent le sentiment d'avoir été « non aimés » par leurs propres parents ; et, dans son optique, le parent « non aimé » vit ses relations d'adulte essentiellement en fonction de sa famille d'origine : il n'arrive pas à « se marier » avec sa partenaire parce qu'il ne se dégage jamais du « jeu » de sa famille d'origine [9]. Pour certains de ces parents, même la naissance d'un enfant n'est pas vécue comme un événement en soi dans la vie du couple ou de la famille, si bien que l'accueil réservé au nouveau-né finit par dépendre de la façon dont les grands-parents réagissent à sa venue : si ceux-ci ne s'intéressent pas à cette naissance, les parents la vivent comme un échec, et l'enfant devient à son tour un être « non aimé ». Ainsi se perpétue un « jeu » qui tend à devenir de plus en plus rigide et répétitif, et auquel ces familles sont trop mêlées pour qu'elles puissent s'en dégager toutes seules. (Prata attache une si grande importance à cette notion de « jeu » qu'elle entre en séance en se disant qu'elle va rencontrer des « joueurs acharnés », plutôt que des gens « malades ».)

Pierre Benghozi, psychiatre et thérapeute familial français qui s'intéresse beaucoup à l'anthropologie [10], distingue pour sa part entre la transmission intergénérationnelle et la transmission transgénérationnelle, en s'inspirant notamment des travaux de René Kaes.

Dans le premier cas de figure, le matériel psychique reçu par une génération serait métabolisé de telle sorte qu'il puisse être transformé et transmis à la génération suivante ; alors que, dans la transmission transgénérationnelle, ce matériel psychique ne serait pas symbolisé. Et Benghozi reprend la notion d'incorporation psychique pour décrire cette situation où il n'y a ni élaboration du fantasme, ni accès au refoulement.

Ce point de vue peut être rapproché de celui de René Kaës, qui établit une distinction entre la transmission brute, dénuée de tout fantasme de transmission, et la transmission transitionnelle. Selon cet auteur, « la première peut être qualifiée de traumatique parce que, non transformée, elle est vouée à la répétition du même à travers les générations : dans ce cas, la répétition est celle des objets psychiques non traités par la fonction symbolisante de la parole » ([11], p. 13).

Les recherches de Benghozi s'enracinent donc tout autant dans la pensée et l'épistémologie systémiques que dans l'approche psychanalytique des interactions fantasmatiques inhérentes aux « économies psychiques de type groupal ». Dans son article « Porte-la-honte et maillage des contenants généalogiques » [10], il donne un exemple concret de l'utilité de ce double éclairage en postulant que la honte pourrait constituer l'« organisateur généalogique » de la transmission du « négatif ».

Jacques Pluymaekers [12], thérapeute familial spécialiste de l'intervention en institution, et Chantal Nève, psychanalyste jungienne et thérapeute familiale, tous deux formateurs en Belgique aussi bien que dans de nombreux pays francophones, ont créé le concept de « génogramme paysager[2] ».

Estimant, à la base, que l'élaboration d'un génogramme est potentiellement thérapeutique, ces deux thérapeutes ont inventé une technique d'actualisation qui permet de mieux exploiter ce que le génogramme dévoile. Leur modèle, qui associe le psychodrame à un travail sur les familles d'origine conduit sous forme génogrammique, permet aux patients de se confronter émotionnellement et métaphoriquement à leur histoire familiale aussi bien qu'à leur propre parcours. Intéressés par mes travaux sur le rôle du thérapeute au sein du système thérapeutique [13], et très attentifs par ailleurs aux

---

2. « Le génogramme est une carte qui donne une image graphique de la structure familiale sur plusieurs générations, et qui schématise les grandes étapes du cycle de la vie familiale, ainsi que les mouvements émotionnels associés » [7].

enseignements de la phénoménologie, ils rappellent que « c'est dans la mesure où chacun accepte d'être entièrement dans le jeu – ce qu'il est – qu'émerge la distance » ([12], p. 235).

Dans un remarquable article [14] consacré à l'approche intergénérationnelle, Magda Heireman, thérapeute familiale qui dirige des séances de formation au Communicatiecentrum de Lovenjoel-lez-Louvain, et Paul Igodt, thérapeute familial qui enseigne la psychiatrie à la Katholieke Universiteit van Leuven (Belgique), remarquent que l'approche intergénérationnelle tend à susciter d'importantes résistances de la part des thérapeutes systémiques. Ils évoquent à ce propos le spectre du déterminisme et disent redouter la multiplication des thérapies de longue durée.

Se réclamant des travaux de Nagy et assimilant les liens personnels étroits à une dépendance ontologique, ils prônent l'adoption d'une éthique relationnelle fondée sur une individuation et une autovalidation réalisées dans le cadre de relations humaines intergénérationnelles.

Fidel Lebensohn et Elena K. de Lebensohn, du Centro de Estudio de Terapia Familiar de Rosario, en Argentine, soulignent également que les relations circulaires impliquant trois générations sont essentielles à la compréhension des relations intrafamiliales. Reprenant la distinction que Humberto Maturana établit entre structure et organisation, ils font valoir que les membres des familles ne sauraient s'épanouir si les structures de l'organisation familiale sont insuffisamment flexibles.

Bernard Geberowicz, psychiatre et thérapeute familial français habitué à travailler avec des familles au sein desquelles de très forts liens de dépendance coexistent avec des comportements « addictifs » (toxicomaniaques, etc.), étudie, dans ce contexte, en quoi la transmission transgénérationnelle de la notion de dépendance peut être vue comme un choix relationnel qui n'exclut en rien la prétendue recherche de l'autonomie.

Sans se rallier explicitement au point de vue intergénérationnel, de nombreux psychothérapeutes se réclament néanmoins d'une approche qui peut être qualifiée d'« intégrée » : c'est le cas du psychiatre québécois Claude Villeneuve [15], qui insiste sur la double étiologie – à la fois interpersonnelle et intrapsychique – des problèmes individuels et familiaux.

C'est ainsi que Gill Gorell Barnes, de l'Institute of Family Therapy de Londres (dirigé par ce remarquable thérapeute familial qu'est Hugh Jenkins), s'est appliquée à jeter une passerelle entre les modèles de Bowlby et les études psychanalytiques des relations mère/nourrisson ou du développement de l'enfant ; ses recherches personnelles portent sur le mode de transfert subjectif de la réalité familiale, c'est-à-dire sur la façon dont la réalité de la famille peut se transférer dans un nouveau contexte à travers des individus particuliers.

De même que Gill Gorell Barnes a élargi ses centres d'intérêt aux modes de narration et à l'approche féministe de la thérapie familiale, Alan Cooklin, l'une des figures marquantes de ce champ en Grande-Bretagne, a été séduit à la fois par l'approche structurale et par la démarche de Carl Whitaker, tout en s'appuyant en outre sur les théories de la relation d'objet telles que les décrivent Ronald Fairbairn et Donald Winnicott ; il a travaillé, pour l'essentiel, sur les divers types de réactions familiales qui se manifestent au sein de telle ou telle situation expérimentée ou vécue.

Cette volonté d'associer la thérapie familiale aux théories de la relation d'objet est également au centre du travail de Nuria Hervas Javega, présidente de l'Association andalouse de thérapie familiale et des systèmes humains ; comme Cooklin, cette thérapeute espagnole attache une importance primordiale à la capacité d'accepter les différences, en y voyant, à l'instar de Fairbairn, le signe cardinal de l'accès à la maturité.

Siegi Hirsch, thérapeute familial et formateur depuis de longues années dans divers pays européens, associe lui aussi diverses grilles de lecture : si la perspective intergénérationnelle reste fondamentale à ses yeux, il s'efforce également d'être attentif aux éléments psychodynamiques, interactionnels et sociaux qui peuvent se surajouter aux facteurs intergénérationnels.

Robert Neuburger, lui-même formé par Siegi Hirsch, a créé le premier groupe parisien de formation à la thérapie familiale. Son parcours personnel l'ayant amené à s'intéresser vivement au modèle psychanalytique, il a traité, dans *L'Autre Demande* [16], des rapports entre psychanalyse et thérapie familiale, affirmant notamment que la psychanalyse lui semblait s'adresser à des demandes individuelles déjà constituées, alors que la thérapie familiale conviendrait plutôt à des demandes familiales de type groupal.

Neuburger préfère réserver les traitements familiaux aux situations où le sujet ne se reconnaît pas comme étant personnellement en difficulté et où l'environnement familial exprime plus de souffrance que lui-même. Selon lui, les éléments de la demande, dans ce dernier cas, sont « dispersés dans le groupe familial : l'un supporte le symptôme, un autre ou d'autres en souffrent, un troisième allègue ces symptômes pour demander de l'aide. Le rapport du sujet à son symptôme ne se fait plus alors sur le mode de l'avoir, mais d'un "être le symptôme" auquel le sujet est identifié par le groupe familial » ([16], p. 9).

Appelant « allégation » ce qui vient étayer la demande, Neuburger soutient que l'intervention systémique doit viser avant tout à restituer les conditions individuelles de la demande ; et il s'applique donc, dans cette perspective, à faire apparaître les règles et les mythes qui réduisent toute production individuelle à sa dimension familiale.

De nombreux thérapeutes familiaux, tels Daniel Angel en Suisse ou Romano Scandariato en Belgique, se focalisent quant à eux sur les liens qui existent entre l'interaction et le vécu intrapsychique : Scandariato se réclame de cette optique tout en s'orientant de plus en plus vers la pratique des thérapies systémiques individuelles.

Il faudrait, dans cette mouvance, faire une place particulière à des thérapeutes français comme Catherine Guitton, Jacques Miermont, Sylvie Sternschuss et Pierre Angel.

Catherine Guitton est l'auteur du livre *Instant et Processus* [17], où elle a étudié l'analogie en tant que raisonnement et créé le terme d'« analexie » pour désigner la démarche du thérapeute ; comme on lui doit, en outre, d'avoir tenté d'intégrer la discontinuité de la pensée et de la création dans la continuité du vivant et de la famille.

Jacques Miermont, psychiatre et thérapeute familial à la vaste culture et aux dons multiples, a étudié les opérateurs rituels, mythiques et épistémiques grâce auxquels le tissage et la transformation des liens peuvent s'effectuer [18]. Auteur d'une thèse d'université (1993) consacrée aux processus cognitifs et communicationnels qui permettent l'aménagement de l'autonomie, il a mené à bien un important travail théorique qui fournit un précieux contrepoint à ses activités cliniques de thérapeute familial confronté à des patients atteints de troubles psychotiques et/ou comportementaux impliquant le plus souvent de multiples prises en charge institutionnelles.

Sylvie Sternschuss et Pierre Angel, tous deux psychiatres, sont les deux principaux créateurs et animateurs du centre de thérapie familiale Monceau, à Paris. Cet établissement essentiellement réservé aux toxicomanes est devenu, en l'espace de quelques années, un centre pilote de niveau international.

Intéressés aussi bien par l'approche intergénérationnelle que par les démarches psychanalytique et systémique, Sylvie Sternschuss-Angel et Pierre Angel ont produit de nombreux travaux qui font autorité dans le domaine du toxicomane et de sa famille [19].

Au lieu de tenir les approches psychanalytique et systémique pour radicalement opposées, de nouvelles voix s'élèvent aujourd'hui pour plaider la complémentarité de ces deux lectures. Anna-Maria Nicolo-Corigliano, pédopsychiatre, thérapeute familiale et psychanalyste, qui préside l'Istituto di Psicoterapia Psicoanalitica della Famiglia à Rome, met ainsi l'accent sur les similitudes qui existent entre la « politique économique » du psychisme de l'individu et celle du système où ce même individu s'inscrit [20] : pour cet auteur, ce sont ces points de correspondance qu'il convient de cerner, d'expliciter et de modifier dans le contexte du travail thérapeutique familial. En effet, à ses yeux, seul le recours conjoint à des formes de traitement à la fois familiales et individuelles est susceptible de se révéler fructueux en situation psychotique.

Daniel N. Stern, professeur à la faculté de psychologie de Genève, qui a mené des recherches approfondies sur le monde interpersonnel du nourrisson [21], affirme que la perspective développementale peut jeter un éclairage inestimable sur le dialogue intrapsychique/interpersonnel. Conseillant aux thérapeutes de tourner leur attention vers l'interface dynamique qui relie l'intrapsychique et l'interactif, dans le but d'étudier les processus d'échanges qui s'y déroulent, il écrit : « Les frontières entre l'intrapsychique et l'interactif doivent être

maintenues et mieux définies conceptuellement et opération-
nellement » ([22], p. 56), mais sans alimenter la vieille controverse entre approches psychanalytique et systémique.

C'est également à la recherche de cette interface entre
intrapsychique et interactif que se consacre Élisabeth Fivaz-
Depeursinge : elle utilise, quant à elle, la micro-analyse pour
décrire exhaustivement et systématiquement des séquences
significatives, observées en situation naturelle. Ses travaux,
ainsi que ceux de ses collaborateurs du Centre d'étude de la
famille, à Prilly, en Suisse, se réfèrent au modèle de l'encadrement tel qu'il a été élaboré dans ce même CEF pour rendre
compte des processus de développement [23].

Peut-être ce tour d'horizon ne rend-il pas justice à certaines
écoles non mentionnées, et pourtant liées, elles aussi, à cette
mouvance particulière des thérapies familiales. J'espère néanmoins que ces pages auront permis de mesurer, à travers toutes
ces écoles mises au premier plan, à quel point ce champ est
riche, complexe et sujet à de perpétuelles transformations.

M. E.

*
**

RÉFÉRENCES BIBLIOGRAPHIQUES

[1] Framo, J.L., *Family-of-Origin Therapy*, New York, Brunner/
Mazel, 1992.

[2] Paul, N., « Deuil et empathie en thérapie conjugale conjointe »,
Résonances, Toulouse, 1994, nᵒ 6, p. 42-51.

[3] Fairbairn, R.D., *An Object-Relation Theory of the Personality*,
New York, Basic Books, 1952.

[4] Dicks, H.V., *Marital Tensions*, New York, Basic Books, 1967.

[5] Laplanche, J., et Pontalis, J.-B., *Vocabulaire de la psychanalyse*,
Paris, Presses universitaires de France, 1967.

[6] Stierlin, H., *Delegation und Familie*, Francfort, Suhrkamp,
1978.

[7] Miermont, J., *Dictionnaire des thérapies familiales*, Paris,
Payot, 1987.

[8] Selvini Palazzoli, M., Boscolo, L., Cecchin, G., Prata, G., *Paradoxe et Contre-paradoxe,* Paris, ESF, 1978.

[9] Prata, G., Vignato, M., Bullrich, S., *Il Bambino che seguiva la barca*, Rome, La Nuova Italia Scientifica, 1992.

[10] Benghozi, P., « Porte-la-honte et maillage des contenants généalogiques », *Le Groupe familial en psychothérapie, Revue de psychothérapie psychanalytique de groupe*, n° 22, Paris, Eres, 1994.

[11] Kaës, R., « La transmission psychique intergénérationnelle et intragroupale », *Penser la famille*, Arles, 1994 ; voir aussi « Thérapie familiale analytique ou psychothérapie », *Le Groupe familial en psychothérapie, Revue de psychothérapie psychanalytique de groupe*, n° 22, Paris, Eres, 1994.

[12] Pluymaekers, J., et Nève, C., « Travail sur les familles d'origine et génogramme paysager », *L'Histoire de vie au risque de la recherche, de la formation et de la thérapie*, Paris, CRIV, 1992.

[13] Elkaïm, M., *Si tu m'aimes, ne m'aime pas*, Paris, Éd. du Seuil, 1989.

[14] Heireman, M., et Igodt, P., « L'approche intergénérationnelle : la danse de la loyauté et de l'autonomie. L'éthique relationnelle dans la thérapie et dans la formation », *Cahiers critiques de thérapie familiale et de pratiques de réseaux*, Toulouse, Privat, n° 12, 1990.

[15] Villeneuve, C., « La thérapie familiale : les enjeux de son évolution et sa pratique actuelle », *Psychiatrie de l'enfant*, XXXIII, 1990, p. 153-187.

[16] Neuburger, R., *L'Autre Demande*, Paris, ESF, 1984.

[17] Guitton, C., *Instant et Processus*, Paris, ESF, 1988.

[18] Miermont, J., *Écologie des liens*, Paris, ESF, 1993.

[19] Angel, S., *Décrochez ! Tabac, alcool, médicaments, drogues*, Paris, Éd. n° 1-TF1 Éd. 1991 ; voir aussi Angel, P., Geberowicz, B., Sternschuss-Angel, S., « Le toxicomane et sa famille », *Cahiers critiques de thérapie familiale et de pratiques de réseaux*, Paris, Éd. universitaires, 1982, n° 6.

[20] Nicolo-Corigliano, A.-M., « Soigner à l'intérieur de l'autre : notes sur la dynamique entre l'individu et la famille », *Approche systémique et Thérapie familiale : Aux interfaces, Cahiers critiques de thérapie familiale et de pratiques de réseaux*, Toulouse, Privat, n° 12, 1990.

[21] Stern, D.N., *Le Monde interpersonnel du nourrisson*, Paris, Presses universitaires de France, 1989.

[22] Stern, D.N., « Dialogue entre l'intrapsychique et l'interpersonnel : une perspective développementale », *Texte et Contexte dans la communication*, de Fivaz-Depeursinge, E. (éd.), *Cahiers critiques de thérapie familiale et de pratiques de réseaux*, Toulouse, Privat, 1991, n° 13.

[23] Seywert, F., et Fivaz-Depeursinge, E., « De l'ajustement du cadre en thérapie familiale », *Texte et Contexte dans la communication*, de Fivaz-Depeursinge, E. (éd.), *Cahiers critiques de thérapie familiale et de pratiques de réseaux*, Toulouse, Privat, 1991, n° 13, voir aussi Fivaz-Depeursinge, E., *Alliances et Mésalliances dans le dialogue entre adulte et bébé*, Neuchâtel, Delachaux et Niestlé, 1987.

Daniel V. Papero *

La théorie bowenienne
des systèmes familiaux

Les sociétés humaines ont toujours dévolu une fonction d'assistance à certains de leurs membres, et, dans notre monde occidental, c'est aux psychothérapeutes que cette mission incombe. Au cours du XXᵉ siècle, la psychanalyse, référence originelle de la psychothérapie, s'est scindée en de nombreuses écoles, dont chacune a proclamé que ses propres conceptions de la nature humaine étaient plus pertinentes et plus utiles que celles des groupes rivaux. Mais savoir comment venir en aide à autrui n'en demeure pas moins une question majeure pour l'humanité : car, pour les soignants professionnels comme pour n'importe qui, rien n'est plus difficile que d'évaluer l'impact de ses propres efforts sans s'aveugler.

Au début des années soixante est apparue une nouvelle approche clinique qui a rompu avec nombre de conventions de la pratique psychanalytique. Cette approche, dite « thérapie familiale », s'est enracinée et développée, mais elle a aussi revêtu des formes de plus en plus différentes. Les cliniciens ont élaboré un vaste ensemble d'idées et de techniques, et ce qu'on appelait du même nom de « thérapie familiale » a fini très vite par varier considérablement d'un groupe à l'autre – et cela même si tous ces groupes partageaient, en règle générale, un même intérêt pour la technique, un désir commun d'aider les patients et une semblable volonté d'éliminer les symptômes. Les idées de Freud, que cette influence fût ou non reconnue, constituaient le fondement de la plupart de ces approches ; mais les thérapeutes, sans changer fonda-

* Directeur de la formation au Georgetown Family Center, moniteur clinicien au département de psychiatrie de la faculté de médecine de l'université de Georgetown, Washington D.C.

mentalement leur façon de penser, ajoutèrent diverses techniques issues de la thérapie familiale à leur arsenal clinique.

Parmi les diverses formes de thérapies familiales qui virent alors le jour, une seule se réclamait d'une théorie de la famille véritablement nouvelle : cette approche-là s'appuyait en effet sur la théorie des systèmes familiaux de Murray Bowen (*Bowen Family Systems Theory* ou *BFST*). Au dire même de son concepteur, qui ne l'avait élaborée qu'après avoir longuement observé des familles humaines dans toutes sortes de circonstances, cette théorie était beaucoup plus importante que le type de thérapie qui en était dérivé, car il considérait que les thérapies sont susceptibles de se modifier à mesure que la théorie qui les sous-tend évolue et s'affine, alors que les corpus théoriques peuvent potentiellement engendrer des approches radicalement originales de problèmes réputés épineux en modifiant le regard que les êtres humains portent sur eux-mêmes et sur les autres. Telle est, de fait, la visée de la *BFST* : décrivant ce que les individus *font* plutôt que ce qu'ils *disent faire*, elle s'applique à proposer un mode de pensée qui puisse aider à surmonter des dilemmes apparents, tout en définissant, dans ses grandes lignes, une approche clinique compatible avec ses prémisses.

Exposé de la théorie bowenienne

Pour Bowen, la famille humaine est avant tout une unité émotionnelle et ses membres sont liés de telle sorte que le fonctionnement de l'un influe automatiquement sur le fonctionnement de l'autre. La famille, autrement dit, forme un *système*, mot que Bowen explicite de la façon suivante :

> La famille *est* un système en ceci que tout changement dans l'une des parties de ce système est suivi de changements à visée compensatrice dans d'autres parties. J'ai choisi de me représenter la famille en termes de systèmes et de sous-systèmes. Les systèmes fonctionnent à tous les niveaux d'efficacité, du fonctionnement optimal au dysfonctionnement et à l'échec complets ; comme il est nécessaire également de penser en terme de surfonctionnement, ce dernier pouvant être compensé ou décompensé [...]. Le fonctionnement de n'im-

porte quel système dépend du fonctionnement des systèmes plus vastes dont il fait partie, ainsi que de celui de ses sous-systèmes (1978, p. 154-155)[1].

C'est donc cette unité familiale, et non plus les individus qui la composent, qui devient l'objet principal du traitement.

Les symptômes, qu'ils soient spécifiques à un individu ou inhérents à une relation, s'enracinent dans des processus qui se déroulent au sein de l'unité familiale. Ils ne reflètent donc pas une pathologie ou une défaillance individuelle ou relationnelle, mais attestent seulement qu'un changement s'est produit à l'intérieur de cette unité et/ou dans son environnement, modifiant par là même les conditions de fonctionnement des diverses parties du système : tout à coup, la composante symptomatique commence à fonctionner moins efficacement, tandis que d'autres composantes laissent voir un surfonctionnement. Or deux points importants doivent être soulignés : d'une part, non seulement l'apparition et l'aggravation des symptômes, mais également leur atténuation ou leur disparition dépendent de ces changements ; d'autre part, n'importe quel symptôme peut être traité pour autant que le système relationnel familial est pris en considération.

Le symptôme, de fait, peut être regardé comme l'expression des processus naturels de métabolisation (c'est-à-dire de la lutte pour circonscrire ou minimiser le handicap) qui tendent à entrer en action dès lors qu'une unité émotionnelle est atteinte d'une gêne fonctionnelle. De même que la fièvre montre comment l'organisme malade lutte pour recouvrer la santé, l'apparition d'un symptôme dans une unité familiale dénote simplement comment cette unité réagit aux pressions qui menacent de perturber ses fonctions naturelles : le symptôme, en ce sens, peut être tenu pour un marqueur des efforts que l'unité familiale accomplit spontanément pour restaurer sa viabilité.

Les symptômes, si divers soient-ils, reflètent l'interaction des forces de vie et des systèmes vivants qui sont à la fois

---

1. Nous renvoyons le lecteur, partout où c'est possible, au recueil d'articles du Dr Bowen intitulé *Family Therapy in Clinical Practice* (1978). Toutes les références données ici se rapportent à cet ouvrage, qui indique en outre quand et où les articles en question furent pour la première fois publiés.

le produit et le moteur de l'évolution. Bowen décrit ces forces et ces systèmes comme autant de *systèmes émotionnels* qui nous ont été légués par le développement évolutionnaire et sont inscrits dans chaque organisme ou espèce. Tout être vivant, selon lui, possède un système émotionnel, et chacun de ces systèmes est composé d'éléments similaires, agencés selon divers degrés de complexité : le système émotionnel des organismes unicellulaires, par exemple, est essentiellement biochimique – des variations d'équilibre de nature chimique, autrement dit, déterminent les différents comportements de la cellule ; tandis que les organismes multicellulaires disposent de systèmes chimiques et électriques complexes qui ont été à l'origine d'abord du système nerveux central, puis de l'encéphalisation.

Tous les comportements automatiques et instinctifs résultent de ces systèmes émotionnels : les interactions cellulaires et l'activité du système nerveux, aussi bien que les ajustements continuels opérés par l'individu afin de s'adapter à son environnement, relèvent de ces systèmes. D'autre part, la présence et le comportement des autres créatures vivantes, quelle que soit l'espèce à laquelle elles appartiennent, constituant une part importante des défis environnementaux qui sont lancés à l'individu, le concept de système émotionnel peut également être étendu au comportement des groupes animaux. Enfin, les multiples structures et interactions spécifiques aux groupes doivent être pareillement référées à des systèmes émotionnels fonctionnant au niveau groupal.

Pour un individu particulier et pour un groupe donné, les comportements et les séquences interactionnelles ont un caractère répétitif : certains comportements et interactions apparaissent régulièrement chaque fois que des conditions particulières sont réunies. Cette répétition non seulement atteste que tout comportement résulte d'une interaction, mais indique également que tout changement des conditions de survenue de ce comportement provoquera en retour des changements comportementaux : la récurrence du lien existant entre conditions et comportement autorise, en d'autres termes, un certain degré de prévision.

Selon Bowen, les deux variables qui influent le plus sur l'activité du système émotionnel humain sont la *différenciation du soi* et l'*angoisse* : la première de ces notions, comme on le verra, joue un rôle tout à fait central dans la *BFST* ; et à ces deux variables s'ajoutent encore sept autres concepts qui décrivent en quoi la différenciation du soi et l'angoisse peuvent influer sur la famille humaine et la société. Toute l'approche clinique que Bowen a élaborée pour aider les patients à modifier les conditions dont le symptôme est le reflet découle de ces perspectives théoriques.

L'angoisse est une variable essentielle du système émotionnel. La définissant comme la peur d'une menace réelle ou imaginaire, Bowen la divise en deux types, qu'il qualifie d'*aigu* et de *chronique*. L'*angoisse aiguë*, qui apparaît chez les organismes confrontés à une menace réelle, est assez facile à décrire : ici, une menace effective suscite toute une gamme de manifestations psychophysiologiques de durée limitée (en règle générale, ces manifestations se dissipent rapidement au cours de la période de récupération qui fait suite à la menace) et d'intensité variable. (Toutes les versions existent, depuis la poussée aiguë d'angoisse de caractère *bénin* jusqu'aux formes les plus *sévères* : les sensations que tant de gens éprouvent quand ils se rendent chez leur dentiste pour y subir des soins courants illustrent, selon Bowen, le premier cas de figure ; tandis que les intenses réactions physiques et psychologiques du soldat qui s'apprête à combattre sont un exemple typique d'angoisse à la fois aiguë et sévère.)

De plus, les individus ne réagissent pas de la même façon à des stimuli similaires : l'expérience montre que les manifestations d'angoisse aiguë peuvent différer à l'extrême d'un sujet à l'autre. Ainsi, telle personne tenue de subir des soins dentaires présentera des symptômes modérés, alors que telle autre éprouvera une appréhension incomparablement plus prononcée dans des circonstances identiques, sans raison apparente. Le concept d'angoisse chronique permet d'expliquer ces réactions différentes à des stimuli semblables.

Le terme d'*angoisse chronique* s'applique à un état ou à une condition organiques qui existent indépendamment de tout stimulus particulier : la peur de ce qui risque d'arriver est une forme particulièrement fréquente de cette variable. D'un point de vue physiologique, ce type d'angoisse pourrait être assimilé à une sorte d'organisation ou de réglage biologique qui induit une sensibilité, une réactivité et des réponses comportementales spécifiques, l'impact des facteurs génétiques s'ajoutant sans doute au poids des structures et des processus façonnés au cours du développement individuel ou créés par les expériences que suscitent les interactions entre l'organisme et l'environnement. L'angoisse chronique, en tout cas, influe assurément sur la façon dont le monde est perçu et interprété : il est certain qu'elle peut accroître l'angoisse aiguë, donnée qui explique peut-être les variations constatées dans l'expression de cette dernière variable.

Cette angoisse chronique, par ailleurs, est susceptible de se transmettre d'une génération à l'autre en modelant les sensibilités, les perceptions, les interprétations et les réactions individuelles : elle s'apparente, en cela, à une programmation ou à un réglage du système émotionnel qui soumettrait le présent au passé proche ou lointain. Sur ce plan aussi, par conséquent, il est concevable que les conditionnements génétiques exercent une influence partielle, mais peut-être vaut-il mieux parler simplement de prédisposition marquée ou de tendance particulière à réagir intensément aux stimuli environnementaux, car le système de relations qui se noue entre l'enfant et les adultes qui en ont la charge suffit presque toujours à expliquer le développement et la transmission de ce type d'angoisse.

S'il est vrai que l'expression de l'angoisse chronique est régie par des mécanismes individuels, le fait est, par ailleurs, que celle-ci s'exprime essentiellement dans la sphère délimitée par l'unité familiale. Et le système relationnel familial, par voie de conséquence, tend à véhiculer cette angoisse à travers toutes sortes de configurations et de comportements : les symptômes récurrents et les postures relationnelles stéréotypées, en particulier, sont chargés d'une angoisse chronique d'autant plus intense que leur caractère permanent ou semi-permanent découle de l'échec même des processus de restauration d'un fonctionnement correct que dénote le symptôme. Dans une même famille, chaque génération hérite donc du niveau d'angoisse chronique des générations précédentes, et l'intensification ou la réduction de ce seuil d'angoisse dépend autant des efforts des individus concernés que de l'ampleur des défis fonctionnels qui sont lancés à la famille.

La deuxième pierre angulaire de la *BFST* réside dans le concept de *différenciation du soi*. Bowen, après avoir longuement médité sur les différences de fonctionnement interindividuelles, a élaboré un concept théorique qu'il nomme *échelle de différenciation du soi* :

> Mon échelle permet d'évaluer tout individu au sein d'un conti-nuum unique qui inclut tous les niveaux possibles de fonc-tionnement humain, depuis le plus bas jusqu'au plus élevé. Elle va de 0 à 100, et on peut la comparer à une échelle de maturité émotionnelle [...]. Le degré de différenciation mesure pour moi le niveau de fusion ou de mélange qu'un soi atteint dans ses relations intimes avec un autre soi, et mon échelle élimine la notion de normalité, que la psychiatrie n'a d'ailleurs jamais pu cerner avec précision [...]. Elle n'a donc rien à voir avec les troubles émotionnels ou la psychopathologie : ainsi, certains individus faiblement différenciés préservent leur équi-libre émotionnel et évitent les maladies mentales tout au long de leur vie, alors que des individus hautement différenciés peuvent au contraire développer de graves symptômes dès lors qu'ils sont tendus. En règle générale, toutefois, les sujets de niveau très inférieur sont particulièrement vulnérables aux stress et beaucoup plus prédisposés à tomber malades, leurs dysfonctionnements pouvant prendre des aspects tant physio-logiques que sociaux et risquant davantage de se chroniciser ; les sujets de niveau supérieur, en revanche, retrouvent rapide-ment leur équilibre émotionnel aussitôt que les circonstances stressantes ont disparu (1978, p. 200).

La différenciation du soi peut être envisagée sous de mul-tiples angles, mais la définition précitée – le niveau de « fusion » ou de « mélange » qui est atteint dans les relations interindividuelles quand deux personnes ou plus se rappro-chent pour créer un soi commun – jette assurément un éclai-rage essentiel sur cette notion. Bowen, quand ce phénomène se produit dans la famille, parle d'*unité émotionnelle fami-liale* ou de *masse moïque familiale indifférenciée* (1978), termes qu'il a explicités dans le passage suivant :

> Je me représente les moi des membres de la famille comme une sorte de grappe fusionnée qui serait dotée d'une frontière moïque commune. Certains moi se fondent totalement dans la masse moïque familiale, d'autres moins. Quelques-uns s'en-foncent sans retenue dans cette masse pendant les périodes de stress, et moins à d'autres moments [...]. La fusion moïque est maximale dans les familles les plus immatures [...]. *A priori*,

un degré de fusion plus ou moins poussé devrait s'observer dans tous les groupes familiaux, seules faisant exception les familles dont les membres ont atteint leur pleine maturité émotionnelle. Car, en théorie, un sujet parvenu à son point de maturité forme une unité émotionnelle complète qui est capable de maintenir les frontières de son moi sans fusionner émotionnellement avec les autres moi (1978, p. 107-108).

La relation primaire que l'enfant noue avec ses parents joue également un rôle capital dans la différenciation du soi. Dès l'instant de la conception, les séparations physiques s'enchaînent selon une séquence comportementale prévisible et les séparations émotionnelles obéissent à un scénario similaire : les parents et l'enfant progressent, ensemble et naturellement, sur la voie de l'autonomisation émotionnelle. Or la distance qui peut être parcourue sur ce chemin dépend du degré personnel d'autonomie que le père et la mère ont eux-mêmes atteint dans la relation qu'ils ont entretenue avec leurs propres parents. Si rien n'entravait cette progression, l'enfant ne manquerait pas d'atteindre un très haut niveau de différenciation de soi, mais l'angoisse chronique des parents (ou des personnes qui s'occupent de l'enfant), aussi bien que leur propre manque de différenciation, peut faire obstacle au processus naturel de développement. Plus les parents auront besoin que leur enfant complète leurs soi partiels, plus celui-ci, à son tour, aura besoin d'un autre pour se sentir complet. Et les liens ainsi tissés seront d'autant plus étroits que le processus de séparation émotionnelle demeurera inachevé : à l'extrême, il pourra s'installer une symbiose si poussée que les parents et l'enfant seront incapables de survivre séparément. Sur l'échelle de la différenciation du soi, une infinité de gradations existent donc entre la symbiose totale et l'autonomie complète, et Bowen nomme *attachement émotionnel irrésolu* le reste d'attachement qui subsiste entre les parents et l'enfant.

Souvent tenu pour un vecteur d'indifférenciation, cet *attachement émotionnel irrésolu* pour les parents est associé, fonctionnellement, à un certain niveau personnel d'angoisse chronique. Car, au sein d'une unité familiale, il n'est pas rare que les membres d'une même fratrie atteignent des niveaux de différenciation de soi légèrement différents à l'issue de leur croissance ; cette observation a donné naissance au concept de *projection familiale*, qui peut s'expliciter comme suit : les enfants les plus exposés à l'angoisse chronique parentale présenteront des degrés d'indifférenciation égaux ou même supérieurs à ceux de leurs parents, alors que leurs frères et sœurs moins exposés seront à la fois plus nettement différenciés et moins angoissés.

Plus le niveau de différenciation personnel et familial sera élevé, moins l'indifférenciation ou les attachements émotionnels irrésolus seront difficiles à gérer dans les relations interindividuelles. Or la quantité d'attachement résiduel qui continue à être témoignée aux parents est déterminée par plusieurs facteurs : le premier réside dans le degré d'indifférenciation du père et de la mère, tel qu'il résulte de leur propre histoire familiale ; la façon dont les membres du couple parental ont géré leur attachement dans leur mariage constitue un deuxième facteur ; le troisième, enfin, réside dans l'intensité de l'angoisse à laquelle les parents et la famille ont été exposés ou qu'ils ont eux-mêmes engendrée pendant les périodes clés de leur vie, ainsi que dans leur mode de gestion de cette angoisse.

L'attachement émotionnel irrésolu incite de même à la fusion. En effet, si aucun fonctionnement n'est intégralement autonome, le besoin d'autrui varie largement, allant de la symbiose pure et simple (le sujet, alors, ne peut survivre sans l'autre) jusqu'à une résolution assez satisfaisante de l'attachement associée à un degré minime de fusion, en passant par une dépendance psychologique bénigne (le sujet, dans ce cas, fonctionne plus efficacement et se sent mieux quand il peut s'attacher à quelqu'un). Et ce besoin, quelle que soit la profondeur du sentiment d'incomplétude éprouvé en l'absence de l'autre, est d'abord ressenti dans la cellule familiale originelle, avant d'être transféré dans toutes les futures relations – pour Bowen (et ce point de vue s'intègre parfaitement à la *BFST*), l'attachement émotionnel irrésolu aux parents s'établit très tôt au cours de la vie : c'est, pour l'essentiel, un produit de la relation parents/enfants. Avec de la chance et s'ils ont bien manœuvré, les parents pourront faire décroître la quantité d'indifférenciation qu'ils transmettront à leurs enfants ; s'ils sont moins chanceux ou se sont plus mal débrouillés, cette quantité augmentera.

La différenciation va aussi de pair avec la capacité personnelle de distinguer entre les comportements automatiques qui relèvent du système émotionnel et ceux qui sont fondés sur le système intellectuel ou découlent de la faculté de penser (le fonctionnement du système émotionnel est largement inconscient : seul est accessible à la conscience humaine le système affectif, qui fait partie du système émotionnel et jette un pont entre cette instance et le système intellectuel). Plus le niveau de différenciation du soi est bas, plus il est difficile de distinguer entre les deux systèmes : le comportement, en conséquence, est régi dans une large mesure par le système émotionnel, qui semble l'emporter sur le système intellectuel. Et, quand les systèmes émotionnel et intellectuel sont fusionnés, l'aptitude individuelle à modifier ponctuellement son comportement ou à choisir à tout moment entre les divers types de comportements disponibles (entre ceux qui dépendent du système émotionnel et ceux qui relèvent du système intellectuel) est altérée.

Sur l'*échelle de différenciation* de Bowen, l'incapacité absolue de choisir entre un fonctionnement émotionnel et un fonctionnement intellectuel correspond à l'indice 0 : les sujets ainsi cotés sont en fait totalement incapables d'établir le moindre distinguo entre l'un et l'autre système. Un peu plus haut, mais toujours dans la zone inférieure, les comportements automatiques prédominent, l'individu se laissant guider uniquement par son instinct et son affectivité (par ce qui lui fait plaisir ou lui semble bien sur le moment) et ne prenant des décisions que si son confort est menacé. Aux alentours de la zone médiane, les potentialités intellectuelles peuvent être utilisées dans certaines circonstances (en général, quand l'angoisse reste modérée), mais les comportements automatiques reprennent le dessus en cas de stress intense. Enfin, les individus tout en haut de l'échelle maintiennent leur capacité de penser dans la plupart des contextes : ils semblent disposer d'une latitude maximale en ce qui concerne le choix du système à employer. Mais l'indice 100 n'est jamais atteint : la capacité illimitée de choisir librement et inconditionnellement entre tel ou tel type de comportement ne se rencontre jamais.

L'utilité respective de ces deux systèmes de guidage émotionnel ou intellectuel dépend des conditions auxquelles l'individu doit s'adapter. Les comportements automatiques peuvent tout à fait permettre de naviguer sans encombre dans un environnement mouvant – ce n'est d'ailleurs guère surprenant, si l'on pense aux origines biologiques du système émotionnel et aux innombrables améliorations qui lui ont été apportées par l'évolution et la sélection naturelle. Mais il peut arriver aussi que l'on soit confronté à un ensemble de conditions telles que les réactions de type émotionnel non seulement se révèlent inappropriées en tant que telles, mais sont même susceptibles de faire obstacle à l'adaptation. La capacité de passer d'un système à l'autre pour régler le comportement constitue donc un atout majeur.

Les positions occupées sur l'échelle de différenciation du soi varient donc considérablement d'un individu à l'autre, et le niveau primaire de différenciation atteint par l'individu influe profondément sur la façon dont il tend à répondre aux défis de l'existence. En règle générale, les sujets dotés d'un faible niveau de différenciation sont plus vulnérables aux revers de la vie que ceux qui sont sur ce plan mieux lotis : leurs réactions sont plus émotionnelles qu'intellectuelles ; ils réussissent quelquefois à fonctionner assez correctement dans leurs contacts interpersonnels, pour autant que les conditions environnementales restent bonnes ; mais leur fonctionnement est en même temps susceptible de changer du tout au tout pour peu que des perturbations apparaissent ou que l'angoisse s'accroisse : dans l'unité familiale, des changements de rôles reflétant le changement des conditions environnementales pourront alors être constatés – par exemple, telle personne s'occupera davantage de ses proches ou se révoltera, telle autre semblera tout à coup fonctionner à la perfection, etc. Les sujets dotés d'un haut niveau de différenciation, à l'inverse, sont moins affectés par les modifications de leur système relationnel et parviennent mieux à maintenir un fonctionnement satisfaisant dans les situations instables : leurs réactions sont plus réfléchies, moins automatiques.

Bien que le niveau primaire de différenciation du soi soit probablement atteint dès les premières années de la vie et résulte, selon toute vraisemblance, de facteurs à la fois héréditaires et acquis, qui ou bien sont activés au cours de la croissance, ou bien sont intégrés à mesure que l'enfant commence à nouer des relations importantes avec les membres de son entourage, la *BFST* postule également l'existence d'un niveau fonctionnel de différenciation du soi qui peut être plus élevé ou plus bas que ce niveau de base. La différenciation fonctionnelle varie en effet en fonction des modifications et des pressions qui surviennent ou s'exercent dans le système relationnel : ainsi, un renforcement relationnel efficace peut induire un niveau de fonctionnement supérieur à celui que laisserait attendre la configuration manifeste du soi de « base » ; en revanche, si le réseau relationnel est critique, hostile ou anxieux, l'individu peut fonctionner moins bien que prévu.

Une observation illustrera ce point : elle a trait aux problèmes d'un jeune couple à l'origine assez harmonieux – au dire même du mari, lui et sa partenaire étaient aussi bien armés pour la vie, aucun ne le cédant à l'autre sur le plan des facultés de réflexion. Mais, peu après les noces, ce jeune homme avait renoncé à se laisser guider par ses idées et croyances personnelles : il s'était de plus en plus laissé obnubiler par ce qu'il croyait que sa femme attendait de lui. Et plus il s'était efforcé de satisfaire les désirs qu'il prêtait à son épouse, plus celle-ci l'avait accablé de ses critiques. Il était donc devenu au fil des jours de moins en moins capable d'agir lui-même et avait fini par présenter les symptômes classiques d'une dépression grave : non seulement il avait perdu tout goût pour l'existence, mais il avait commencé en outre à se détacher de sa compagne. Or un déclic se produisit le jour où la question du divorce vint sur le tapis : le mari recommença alors à pouvoir penser par lui-même, et ce fut comme si on lui avait enlevé un grand poids – ne se sentant plus tenu de satisfaire en permanence les aspirations présumées de son épouse, il put de nouveau réfléchir à ce que lui-même souhaitait et redevint capable d'analyser les modalités de ses relations conjugales. Si bien que les critiques de sa femme s'atténuèrent ensuite à mesure qu'il retrouva un comportement rationnel : l'un et l'autre, ainsi, recommencèrent à s'intéresser à leur relation. Dans ce cas, donc, une amélioration s'était produite, permettant à un fonctionnement temporairement perturbé de retrouver son niveau de base.

J'ai cité cet exemple parce qu'il a des implications cliniques particulièrement importantes : il montre, d'une part, que le fonctionnement individuel est bel et bien susceptible de varier en fonction de facteurs inhérents au réseau relationnel familial ou à l'unité émotionnelle que constitue la famille ; d'autre part, que le niveau fonctionnel de différenciation du soi peut être modifié dès lors que les réactions automatiques aux événements survenus dans l'unité émotionnelle familiale sont contrebalancées par la guidance de la pensée et de la réflexion.

En même temps, l'interaction du niveau de différenciation du soi et du degré d'angoisse qui caractérisent telle ou telle famille peut modifier elle aussi les fonctionnements individuels et relationnels qui sont spécifiques à cette unité familiale ou régissent ses rapports à son environnement. Pour les membres de la famille, aussi bien que pour les observateurs extérieurs, les modifications fonctionnelles particulièrement importantes peuvent être perçues comme des symptômes ; mais, si on les réfère au système familial où elles s'inscrivent, ces modifications reflètent simplement les changements qui se sont opérés à l'intérieur dudit système, consécutivement aux variations de l'angoisse familiale : d'un point de vue systémique, en effet, un lien existe entre l'émergence ou le reflux du symptôme et les variations d'intensité de cette angoisse. Pour l'observateur, par conséquent, le symptôme signale l'accroissement de l'angoisse intrafamiliale, mais il faut noter aussi qu'il peut permettre également de gérer ou de contenir cette angoisse : il montre que, si une détérioration fonctionnelle peut être localement constatée dans l'unité familiale, d'autres composantes de cette unité ont su effectuer de légères adaptations qui leur ont permis d'éviter toute atteinte fonctionnelle importante – l'apparition du symptôme, en quelque sorte, indique peut-être comment l'impact global de l'angoisse sur l'ensemble de l'unité familiale a été naturellement minimisé.

L'accroissement de l'angoisse familiale est susceptible de se manifester par toutes sortes de marqueurs ou de signes : les symptômes peuvent être d'ordre émotionnel (ce terme incluant tous les problèmes définis comme « mentaux »), physiologique ou social (difficultés chroniques à garder un emploi, évitement systématique des contacts sociaux par tous les membres d'une famille, etc.). Quand l'angoisse chronique dépassera un certain seuil, le symptôme pourra devenir consubstantiel à l'unité familiale, tandis que la conjonction de ce type d'angoisse avec des poussées ponctuelles d'angoisse aiguë aura des effets directs sur l'aggravation ou l'atténuation du dysfonctionnement : dans certains cas, un nouveau symptôme pourra même apparaître à cette occasion dans la famille.

Bowen a constaté que, chaque fois qu'un système familial dépasse un certain seuil d'angoisse, un processus relationnel caractéristique, qu'il nomme *triangulation*, tend à se mettre en place : les relations duelles, autrement dit, deviennent de plus en plus instables, puis sont finalement remplacées par des relations à trois participants. Bowen, au départ, avait décrit ces triangles dans des articles consacrés aux mécanismes schizophréniques intrafamiliaux, mais il élargit plus tard ce concept pour l'appliquer aux familles particulièrement angoissées. Ce processus de triangulation n'est en soi ni positif ni négatif : il se trouve simplement que les êtres humains tendent à créer des triangles chaque fois qu'ils sont en proie à une angoisse intense, chacun en accord avec son niveau personnel de différenciation de soi. Récemment, les éthologues (De Waal, 1982, notamment) ont repéré des structures similaires en observant des groupes de singes : cela signifie, peut-être, que la triangulation est un trait général du comportement des primates.

Le concept de triangle décrit donc un système d'interaction à trois participants : globalement, le processus de triangulation implique une dyade, plus un tiers qui fait figure d'*outsider*. En règle générale, tout accroissement de l'angoisse à l'intérieur d'une dyade provoquera un malaise qui incitera ses membres à rechercher un interlocuteur extérieur assez concerné pour jouer le rôle de confident ; la dyade se réorganisera ainsi en incluant cette tierce personne et en laissant de côté l'un des membres du couple originel. Or, à l'intérieur d'une famille, différents triangles se forment et se dissolvent de façon récurrente : des triangles caractéristiques apparaissent sitôt que l'angoisse s'accroît, et cette récurrence même permet la prévision – la composition future de ces triangles, les positions caractéristiques qui seront prises par leurs membres, les processus cycliques qui se manifesteront, tout cela peut être anticipé.

Quand un calme relatif régnera dans le triangle, la configuration de base consistera souvent en une dyade étroitement soudée à laquelle sera adjoint un tiers très périphérique ; et, dans la mesure où cet élément tiers occupera ici la position la plus inconfortable, il pourra parfois tenter de convaincre l'un des membres du couple de créer une nouvelle dyade associée à un autre élément extérieur. En revanche, quand l'angoisse et les tensions atteindront un seuil critique, la position de complément de la dyade deviendra plus désirable, car les stress y seront moins fortement ressentis ; il pourra arriver, dans ces circonstances, que l'un des membres de la dyade tente de rapprocher l'élément tiers de son ex-partenaire afin d'occuper lui-même cette position extérieure relativement protégée. Mais ces descriptions, si pertinentes soient-elles, ne rendent compte que très imparfaitement des processus complexes de la triangulation.

Ces triangles, en effet, ne sont ni statiques ni figés : ils se modifient au fil des jours ou des semaines, leurs changements reflétant le flux et le reflux du niveau d'angoisse ou obéissant à une dynamique interne. Et les unités émotionnelles plus larges où s'inscrivent ces triangles jouent également un rôle, car ces unités, elles non plus, ne sont pas immuables : les réseaux relationnels s'élargissent et se rétrécissent, entrent en activité ou sont désactivés, selon que l'angoisse qu'ils véhiculent s'accroît ou décroît et que leur environnement ou leur dynamique propre évoluent. Or ces processus influent aussi bien sur la sensibilité, les perceptions et les interprétations de chacun des membres des triangles que sur les réactions secondaires qui en découlent. Ainsi, plus l'angoisse montera dans l'unité familiale, plus des stimuli qui avaient pu jusque-là être ignorés ou rester sans réponse seront désormais pris en considération ; les perceptions et interprétations des comportements d'autrui prendront une tonalité plus personnelle et moins objective ; et les comportements réactifs de l'un ou de l'autre pourront finalement eux-mêmes changer, donnant ainsi naissance à de nouvelles perceptions et interprétations qui augmenteront encore le seuil de sensibilité des participants. Quand l'angoisse décroîtra, les sensibilités individuelles, les perceptions, les interprétations et les comportements pourront se modifier, mais les processus de triangulation seront seulement endormis : ils se manifesteront à nouveau sitôt que l'angoisse remontera.

Quand l'unité familiale n'est pas trop angoissée, les triangles peuvent rester invisibles : les individus, dans ce contexte, tendent à constituer des unités de fonctionnement duelles qui cherchent rarement à inclure un troisième participant. Mais, dès que l'angoisse s'intensifie, les triangles redeviennent observables – le processus de triangulation semble même si naturel qu'il peut tout à fait se mettre en place sans que les participants en aient conscience. En cas d'angoisse modérée, un triangle peut se former, puis disparaître dès que l'angoisse recommence à baisser : la triangulation, donc, signale l'intensification de l'angoisse tout en servant en même temps à l'absorber et à la dissiper. Quand cette fonction d'absorption et de dissipation ne peut être remplie par un triangle isolé, l'angoisse déborde et active des triangles additionnels : Bowen parle dans ce cas de *triangles imbriqués*, et cette imbrication est parfois si poussée qu'il devient presque impossible de distinguer les différents triangles impliqués.

L'exemple qui suit permettra de mieux cerner ce processus.

Imaginons qu'un mari, bavardant un jour en tête à tête avec le pasteur de sa paroisse, révèle à son interlocuteur que sa femme a un problème de boisson et qu'il la soupçonne d'être alcoolique, puis ne parle pas de cet entretien à son épouse. L'homme, après cette conversation, éprouvera éventuellement un mieux-être passager, mais qu'en sera-t-il du pasteur ? Il s'inquiétera peut-être pour sa paroissienne et commencera à la prendre en pitié, sa préoccupation modifiant peu à peu l'opinion qu'il se faisait de cette femme.

Quand il la rencontrera, le pasteur pourra donc être confronté à un cas de conscience. Que devra-t-il faire, en effet ? Dire qu'il est au courant de tout ou garder le silence ? Révéler ses sources ou les cacher ? Exprimer son inquiétude ou la dissimuler ? Intervenir activement ou rester sur la réserve ? Bref, tant le regard que l'attitude de cet ecclésiastique auront changé : les révélations qui lui auront été faites auront accru son angoisse et, à moins qu'il ne réussisse à conserver un parfait contrôle de lui-même, ces modifications survenues dans ses systèmes perceptif et émotionnel seront perçues par son interlocutrice, ce qui aura presque inéluctablement pour effet de modifier la nature de leur relation – les propos du mari auront ainsi suffi à changer et le regard que chacune de ces deux personnes portait sur l'autre, et les réactions spontanées de l'une par rapport à l'autre. L'épouse percevra bien ce changement relationnel, mais elle sera incapable de se l'expliquer : elle réagira, peut-être, en retirant sa confiance au pasteur ou en se mettant en colère contre lui. En d'autres termes, l'environnement interpersonnel de chacun des membres de ce triangle se sera transformé, mais cette femme ignorera les raisons de cette transformation.

Mais parfois aussi, comme on l'a vu, l'angoisse qui a conduit à la formation du triangle originel est si intense que de nouveaux triangles étroitement imbriqués tendent à se constituer... Le même mari, de fait, aurait pu aussi bien se confier au sacristain, lequel non seulement n'aurait pas pu s'empêcher de nourrir de l'animosité contre cette paroissienne alcoolique, mais se serait empressé également de tout aller raconter à sa compagne. Que serait-il alors arrivé lorsqu'il aurait rencontré cette femme prétendument alcoolique ? Peut-être aurait-il évité de la regarder ou de lui parler plutôt que de déployer son humour habituel, et son interlocutrice n'aurait pas manqué d'en rester perplexe. Puis imaginons, d'autre part, que la compagne du sacristain ait déclaré à sa meilleure amie qu'elle était inquiète pour cette pauvre paroissienne et se demandait comment lui tendre une main secourable : la nouvelle, ensuite, aurait pu se répandre dans toute la communauté, chacun des membres de ce réseau relationnel réagissant différemment à cette rumeur. Au terme de ce processus, les positions respectives du mari et de la femme auraient pu changer du tout au tout, le premier suscitant de plus en plus la compassion générale et la seconde étant de plus en plus isolée. Or, dans notre exemple, il ne faut pas l'oublier, toutes ces triangulations imbriquées furent mises en branle non par des faits, mais par de simples paroles : c'est ainsi, très certainement, que les procès intentés aux « sorcières » de Salem ont commencé !

La triangulation est donc un trait typique des systèmes familiaux où l'angoisse prédomine ; son apparition, dans les familles angoissées, est aussi prévisible que les mouvements des tournesols, dont les fleurs, comme leur nom l'indique, s'orientent toujours vers le soleil. C'est sur cette toile de fond – prévisibilité générale des processus de triangulation et possibilité d'acquérir des informations spécifiques sur les triangles particuliers à chaque famille – que la différenciation du soi peut tout à la fois être observée et se développer.

**Les six autres concepts fondamentaux
de la théorie bowenienne des systèmes familiaux :**
Processus émotionnel dans la famille nucléaire,
Projection familiale,
Position occupée dans la fratrie,
Transmission multigénérationnelle, Coupure émotionnelle,
Processus émotionnel dans la société

Pour les tenants de la *BFST*, les comportements et les capacités individuelles des membres des unités familiales, qu'ils soient héréditaires ou acquis, sont regroupés sous l'appellation générique de *différenciation du soi* ; et l'aptitude de chacun à maintenir une séparation entre ses systèmes émotionnel et intellectuel est déterminée par son passé multigénérationnel tout autant que par les expériences qu'il a vécues au sein de sa propre famille.

Deux concepts de la *BFST* décrivent les influences que le passé tend à exercer sur le présent. La *projection familiale*, en premier lieu, rend compte de la transmission inégale du niveau de différenciation parental : il peut arriver, en effet, que, au terme de leur croissance, les membres d'une même fratrie présentent un niveau de différenciation plus élevé que ceux de leurs parents pour l'un d'entre eux, égal pour un autre et inférieur pour un troisième. En règle générale, les sujets chez qui la différenciation sera la moins marquée auront été plus fortement exposés à l'angoisse chronique et à l'immaturité de leurs géniteurs que leurs frères et sœurs : plus sensibles que ces derniers aux fonctionnements et aux personnalités de leurs parents, ils transféreront cette hyper-sensibilité dans toutes les relations ultérieures qu'ils viendront à nouer – non seulement leurs perceptions et interprétations des comportements d'autrui seront modelées sur ces expériences infantiles, mais leurs propres comportements émotionnels seront marqués du sceau de ce passé ; ils auront, de même, plus de mal à séparer leur système émotionnel de leur système intellectuel et se laisseront par conséquent beaucoup plus guider par leur affectivité et leurs automatismes que leurs aînés ou cadets ; et il leur sera, enfin, plus difficile de se séparer en douceur de leur famille, cette séparation pouvant même se révéler impossible dans certains cas extrêmes. Or tout autre sera la destinée des enfants mieux différenciés : ayant eu la chance d'être moins directement exposés aux fonctionnements émotionnels de leurs parents, ils parviendront mieux à mobiliser leur énergie pour atteindre des objectifs personnels – ils seront, autrement dit, plus libres d'explorer le monde pour y faire leurs propres expériences.

Le concept de *transmission multigénérationnelle*, en second lieu, dépeint comment la répétition transgénérationnelle du processus de projection familiale peut amener à la longue les diverses branches d'une même famille à présenter des niveaux de différenciation différents, qui induiront une plus ou moins grande vulnérabilité aux dysfonctionnements. Les enfants qui auront atteint un niveau de différenciation légèrement supérieur à ceux de leurs parents, par exemple, auront à leur tour des enfants qui soit progresseront sur l'échelle de la différenciation, soit régresseront ; et dans chaque fratrie, de même, les sujets les plus fortement différenciés transmettront un niveau de différenciation encore plus élevé à quelques membres de la génération suivante, tandis que les sujets les moins différenciés auront parfois des descendants qui seront encore plus mal lotis qu'eux. C'est ainsi que, sur de nombreuses générations, le niveau de différenciation monte ou descend dans les branches d'une même famille.

Le concept de *processus émotionnel dans la famille nucléaire*, quant à lui, renvoie aux procédés que le couple parental et la famille nucléaire utilisent pour gérer les difficultés entraînées par l'attachement émotionnel irrésolu. Le seuil au-delà duquel ces difficultés ou ces symptômes apparaissent varie en fonction du niveau de différenciation des partenaires et de l'intensité de leur angoisse : plus le niveau de différenciation du soi sera élevé dans une famille donnée, plus les individus seront en mesure de maintenir leur fonctionnement quand l'angoisse s'accroîtra et moins les écarts de fonctionnement porteront à conséquence quand ils se manifesteront. D'après Bowen, quatre écarts de fonctionnement signalent l'augmentation de l'angoisse au sein de la famille nucléaire.

Selon la théorie bowenienne, qui s'assemble se ressemble : cette théorie postule que les niveaux de base de différenciation du soi et par conséquent aussi les niveaux d'indifférenciation ou d'angoisse chronique sont identiques chez les membres d'un couple. Or le niveau d'indifférenciation détermine aussi bien le degré d'attachement émotionnel non résolu de chacun des conjoints considéré isolément que le degré de fusion qui s'établira entre eux. Plus la fusion sera importante, moins les membres du couple seront capables de fonctionner de façon autonome, et plus chacun aura besoin que l'autre soit présent et affiche des comportements prévisibles et acceptables pour parvenir à gérer son propre fonctionnement ; plus le degré d'attachement irrésolu, et donc de fusion, sera élevé, moins la différence sera tolérée chez le partenaire, et plus les divergences généreront de l'angoisse quand elles surgiront.

D'un point de vue systémique, tout mariage peut être figuré comme l'un des côtés d'au moins trois triangles imbriqués. Chacun des jeunes conjoints, en effet, a hérité de ses parents ou acquis au fil de ses expériences un niveau particulier d'angoisse chronique – laquelle angoisse, comme on l'a vu, est associée à la fois à des attitudes émotionnelles qui modèlent la sensibilité individuelle, à des modes de perception et d'interprétation intellectuelle du comportement d'autrui et à un certain type de réactivité développé dans le cadre de la relation triangulaire infantile ; or, en cas d'angoisse, l'activation conjointe de ces structures fera apparaître une séquence ou une configuration (*pattern*) interactionnelle qui sera à la fois particulière au couple en question et liée au niveau d'angoisse chronique programmé dans le triangle parental.

Bowen a remarqué que quatre configurations manifestement liées aux attachements émotionnels irrésolus sont typiques des couples angoissés. La première est la *distance émotionnelle* : quand l'angoisse montera, les conjoints impliqués réagiront en limitant leurs contacts. Soit ils s'éviteront réellement, soit la distanciation sera intériorisée – ils pourront aussi bien fuir les sujets de discussion « épineux » que s'absenter plus longuement de la maison, partir plus tard du bureau ou passer plus de temps en compagnie de leurs amis. A l'extrême, un véritable « divorce émotionnel » pourra même se produire : les conjoints, dans ce cas, s'éloigneront tant que chacun ignorera presque tout des pensées, du vécu et du mode de vie de l'autre. Quoi qu'il en soit, les modalités concrètes de la prise de distance dépendront à la fois du niveau de différenciation des individus concernés et de l'intensité de l'angoisse qu'ils affronteront.

Une deuxième configuration émotionnelle très fréquente dans les familles nucléaires est le *conflit conjugal*. D'intensité variable (tous les degrés de violence sont possibles, depuis la simple chamaillerie jusqu'à l'agression physique caractérisée) et souvent à rebondissements (une phase de prise de distance précède souvent l'éruption de ces crises, laquelle est elle-même suivie d'une période de calme relatif où les processus de distanciation recommencent à se manifester), ces conflits suscitent une série d'attaques et de contre-attaques qui s'enchaînent réciproquement. Les « problèmes » évoqués dans ces contextes peuvent être comparés à des balles de tennis qui seraient tour à tour mises en jeu sur le « court » conjugal : l'un des membres du couple « servira » un problème en lui donnant un « effet » tel que l'autre ne pourra pas ignorer ce coup ; et l'autre renverra cette balle, en mettant un autre « effet » émotionnel dans son lancer. Après quoi le conflit se poursuivra jusqu'à épuisement complet des deux protagonistes ou jusqu'à ce que l'un des participants réussisse à briser cet enchaînement en modifiant ses réponses – mais la réaction en chaîne émotionnelle que ces épisodes induiront interdira en général toute résolution véritable du problème, car ces conflits peuvent être aussi référés à la fusion de base qui caractérise le couple : en quelque sorte, chacun se sera contenté d'expliquer à l'autre, clairement et vigoureusement, en quoi il (ou elle) aura violé l'interdépendance mutuelle et ce qu'il convient de faire pour revenir au *statu quo ante*.

Toujours selon Bowen, une troisième configuration caractéristique de la famille nucléaire est le *dysfonctionnement d'un des conjoints* : l'un des membres du système conjugal, en l'occurrence, se décharge de ses responsabilités sur l'autre, qui gère en retour un secteur décisionnel de plus en plus large. En dernier ressort, si ce processus continue à être alimenté par une angoisse suffisante et que rien ne vient dévier son cours, l'époux démissionnaire peut finir par présenter un grave dysfonctionnement émotionnel, physiologique ou social. Bowen souligne d'autre part qu'on a affaire ici à un processus bipolaire, car le gain fonctionnel qui est enregistré dans une partie du système est compensé ailleurs par une perte exactement équivalente. Mais les deux partenaires, en même temps, paient le prix de cette réciprocité : celui ou celle qui se déresponsabilise de la sorte s'expose à toutes sortes de troubles physiques ou mentaux ; et l'autre, qui accepte de le prendre en charge, assume par la même une énorme responsabilité, qu'il pourra traîner comme un boulet et qui restreindra d'autant l'énergie et la liberté de manœuvre dont il aurait pu disposer pour atteindre ses propres objectifs.

La quatrième configuration propre à la famille nucléaire est la *projection du problème sur un enfant*, que Bowen décrit dans le passage suivant :

> Le processus de projection, paraît tourner autour du problème de l'instinct maternel et de la manière dont l'angoisse permet son fonctionnement pendant la période de reproduction et d'éducation de l'enfant. Le père joue alors habituellement un rôle de soutien dans le processus de projection [...] Le processus commence donc avec l'angoisse de la mère. L'enfant y répond aussi par de l'angoisse, qu'elle perçoit de manière erronée comme étant un problème existant chez lui. Le parent va faire anxieusement des efforts pour montrer sa sympathie, sa sollicitude ; il débordera d'une énergie hyperprotectrice qui sera plus déterminée par l'angoisse maternelle que par la réalité des besoins de l'enfant, [lequel deviendra] de plus en plus fragile tout en ayant des exigences de plus en plus nombreuses. Une fois ce processus mis en place, l'angoisse de la mère aussi bien que l'angoisse de l'enfant peut le déclencher (1978, p. 381 ; trad. fr., p. 94).

Cette configuration, liée aux tensions du triangle parental, constitue une version particulièrement pernicieuse de la projection familiale.

Bowen souligne par ailleurs que la *position occupée dans la fratrie* influe aussi bien sur les processus familiaux que sur les attitudes particulières qu'adoptent les individus angoissés. Sa pensée, sur ce point, ne parvint à sa pleine maturité qu'après qu'il eut pris connaissance des études de

Walter Toman (1961) sur les profils de personnalité dans les fratries : utilisant des données recueillies systématiquement auprès de milliers de familles américaines et européennes, Bowen intégra ce paramètre important dans sa grille interprétative en repérant dix positions types, auxquelles il associa des modes de pensée et des traits de comportement caractéristiques. Bien entendu, les expériences réelles se démarquent toujours plus ou moins de ces portraits-robots et aucune position n'est préférable à une autre – chacune a ses avantages et ses inconvénients, notamment en ce qui concerne les capacités d'adaptation à autrui. Mais cette classification permet néanmoins de faire des prévisions assez fiables sur les comportements interactifs des individus qui occupent des positions différentes dans leurs fratries respectives, en particulier quand de l'angoisse se manifeste chez un ou plusieurs de ces sujets.

Les deux derniers concepts de la *BFST* décrivent en quoi les processus émotionnels, qu'ils se manifestent uniquement dans le champ familial ou aient une dimension sociale, ont un impact direct sur les ressources dont dispose chaque individu ou chaque membre d'une famille nucléaire. Le concept bowenien de *coupure émotionnelle (emotional cut-off)* s'applique aux situations qui se caractérisent par une mise à distance émotionnelle maximale : cette distance peut consister en une véritable séparation physique, les gens mettant des kilomètres, voire quelquefois des continents, entre eux ; comme elle peut également être intériorisée, divers mécanismes intrapsychiques ou même physiologiques étant alors utilisés pour éviter le contact avec autrui. Dans un cas comme dans l'autre, la coupure constitue un moyen de gestion de l'attachement émotionnel irrésolu qui lie aux parents ou à d'autres individus importants, mais les effets de ces stratégies ne sont pas identiques.

> La personne qui s'éloigne de chez elle reste aussi fortement attachée que celle qui demeure au foyer et use des mécanismes internes qui lui permettent de contrôler cet attachement. Celui qui s'éloigne emprunte effectivement des voies différentes au cours de son existence. Il a besoin d'intimité émotive, mais il [est en même temps] allergique [à ce besoin]. Il s'éloigne en s'imaginant faussement qu'il est en train d'obtenir son

« indépendance ». Plus intense est la mise à distance par rapport à ses parents et plus il est susceptible d'avoir à répéter le même schéma dans les relations ultérieures (1978, p. 535 ; trad. fr., p. 146).

Le huitième et dernier concept de la *BFST*, la notion de *processus émotionnel dans la société*, rend compte des forces qui modèlent l'environnement global auquel toutes les familles doivent s'adapter. Pour Bowen, en effet, les processus qui sont à l'œuvre dans la famille opèrent également au niveau social : l'augmentation de la population mondiale et la réduction des ressources naturelles, par exemple, entraînent périodiquement des poussées et des retombées d'angoisse qui traversent l'ensemble de nos corps sociaux. Or certains groupes sont plus sensibles que d'autres à ces montées d'angoisse : leurs réactions, dans ces contextes, tendent à s'automatiser et à devenir moins rationnelles, les engouements ou les peurs de caractère collectif l'emportant sur les croyances ou principes personnels. Il est évident que tant les dysfonctionnements familiaux que les problèmes individuels ou relationnels peuvent être considérablement aggravés par ces phénomènes.

Les implications de la théorie bowenienne

Elles sont radicales et ont une portée considérable. La théorie bowenienne suggère en effet que les fonctionnements humains à tous les niveaux – physique, social ou émotionnel – sont régulés par les relations humaines. Et elle tient en outre la famille humaine multigénérationnelle pour un réseau relationnel qui joue un rôle tout à fait central dans la vie de l'individu. La théorie bowenienne des systèmes familiaux est donc une théorie globale du comportement humain qui comporte de multiples facettes ou composantes – les implications cliniques de la *BFST*, en particulier, ressortissent à trois catégories distinctes mais liées : (1) la conceptualisation du problème ; (2) les efforts faits pour résoudre ou atténuer ledit problème ; (3) le rôle du clinicien.

Dans l'optique de la *BFST*, les individus « normaux » n'existent pas plus que les familles « normales » ; et les

« pathologies », si l'on entend par là un défaut ou une faille repérable chez une personne ou une famille, n'ont pas non plus d'existence avérée. Car les processus qui deviennent apparents dans les symptômes extrêmes sont en fait communs à chacun d'entre nous, sous une forme moins intense : en réalité, ces processus sont si courants qu'ils passent inaperçus tant qu'ils ne revêtent pas des formes extrêmes. Tous les symptômes et comportements doivent par conséquent être replacés dans un continuum où le sévère n'est rien d'autre qu'une variante du bénin.

Selon la *BFST*, d'autre part, l'apparition d'un symptôme dans une famille découle de l'interaction momentanée du niveau de différenciation et de la quantité d'angoisse qui caractérisent cette unité ou ce champ émotionnel. Le symptôme, autrement dit, ne signale pas l'occurrence individuelle ou familiale de tel ou tel défaut ou pathologie : il reflète seulement l'état présent d'une famille, tel qu'il est déterminé par l'histoire de ce groupe familial, les processus à l'œuvre en son sein et les défis qu'il doit relever ; et le symptôme remplit par ailleurs une fonction régulatrice en fonctionnant comme un mécanisme protecteur qui contient et réduit les effets érosifs et souvent toxiques de l'angoisse aiguë ou chronique : on peut le voir, en quelque sorte, comme un nœud énergétique ou un point focal autour duquel d'autres rôles et postures gravitent et s'organisent.

Tous les symptômes, qu'ils aient un aspect personnel ou se manifestent dans un segment interpersonnel de l'unité familiale, sont susceptibles de remplir une fonction prophylactique : tant que la manifestation symptomatique régulera ou absorbera l'excès d'angoisse qui aura envahi l'unité familiale, les autres membres de la famille pourront continuer à présenter un fonctionnement relativement inaltéré et asymptomatique. Parallèlement, il suffira que le symptôme s'aggrave pour que l'intensité de l'angoisse tende de nouveau à augmenter : un symptôme supplémentaire pourra alors apparaître, lequel réussira parfois mieux que le précédent à juguler les effets de l'angoisse. Chaque fois que l'angoisse s'accroît dans une famille ou dans une unité émotionnelle, l'aggravation du symptôme déjà existant et/ou son extension à des individus jusque-là non affectés sont donc prévisibles ; et toute baisse du niveau d'anxiété, en retour, pourra déboucher sur un remaniement fonctionnel qui autorisera la disparition du symptôme et permettra aux membres de l'unité concernée de ressentir un mieux-être patent à mesure qu'ils recommenceront à fonctionner à leur niveau optimal de rendement (ces modifications sont connotées si positivement qu'elles sont souvent prises pour des changements véritables).

La *BFST*, donc, non seulement décrit avec précision le fonctionnement des familles humaines et des individus qui les composent, mais encore indique comment la résolution ou l'atténuation du (ou des) symptôme(s) peuvent être pratiquement obtenues. Si, comme on l'a vu, l'angoisse est bien un paramètre central de l'émergence d'un symptôme, on doit en déduire que toute baisse de cette variable peut permettre au symptôme de s'atténuer ou même de disparaître complètement ; et l'objectif premier des familles, par conséquent, consistera à réduire cette angoisse.

L'angoisse et les niveaux de fonctionnement se modifient plus ou moins vite – la modification est lente dans certaines unités émotionnelles et très rapide dans d'autres –, mais la fragilité fondamentale de l'individu ou du système n'en reste pas moins inchangée en dépit de ces fluctuations. Dans les cas les plus heureux, les symptômes pourront disparaître à jamais si aucun événement ne fait remonter le niveau d'angoisse à son seuil critique, mais rien n'aura réellement changé pour autant : la vulnérabilité de base de l'unité émotionnelle n'aura pas été réduite – elle ne diminuera que si les niveaux de différenciation primaires et fonctionnels s'élèvent simultanément.

Il s'ensuit que l'objectif le plus fondamental de la thérapie familiale consiste à renforcer la différenciation de soi individuelle ou systémique. Les contacts avec la famille élargie peuvent parfois concourir à réduire l'angoisse, mais il importe plus encore de tenir l'unité familiale pour une sorte de laboratoire où la différenciation du soi peut tout à la fois être étudiée et « travaillée » : car c'est seulement dans ce cadre que des techniques et méthodes permettant à chacun de maintenir son fonctionnement personnel dans le champ émotionnel familial peuvent être peu à peu découvertes et affinées à mesure que la différence entre le « fonctionnel » et le « ressenti » est apprise et reconnue. Et comme, dans notre approche, c'est l'ensemble de la famille qui constitue « le patient », tout individu suffisamment motivé peut embrasser à lui seul l'ensemble du dilemme familial – si bien que, dans certains cas, il ne sera même pas nécessaire que le ou les porteurs du symptôme participent aux séances.

Enfin, la *BFST* considère que c'est sur la *gestion du soi*, bien plus que sur la famille ou sur l'individu porteur du symptôme, que le thérapeute doit concentrer toute son attention. Bowen n'aimait pas que les cliniciens se disent « thérapeutes » : il préférait le terme d'« entraîneur » (*coach*) et comparait volontiers le processus thérapeutique à un « entraînement » (*coaching*) – il avait emprunté ces vocables au monde du sport, où le *coach* non seulement s'applique à créer un climat propice à l'amélioration des niveaux de performance individuels, mais encore fait en sorte que l'interaction de l'équipe aide chacun à aller plus loin qu'il ne pourrait le faire seul ; et il appartient de même au clinicien de pratiquer une forme de gestion du soi qui active et renforce les processus naturels d'autorégénération inhérents à chaque famille.

Le clinicien, en fait, doit se polariser sur la gestion du soi tout en restant en contact émotionnel avec la famille. Celui qui se réclame de la théorie bowenienne ne s'assigne pas pour objectif d'« inciter au changement » : même s'il suggère parfois des axes de réflexion, il ne cherche pas à résoudre le problème à la place de l'unité familiale – étant, comme lui-même, pleinement responsable de ses actes, cette unité est libre, tout comme lui, d'interrompre à chaque instant le travail entamé. Plutôt que de se draper dans un rôle d'expert, le clinicien essaiera de progresser au même pas que la famille, en apprenant petit à petit à mieux la connaître à mesure qu'elle-même se connaîtra davantage. Et l'accent, pour ce faire, ne sera pas mis sur la création d'un « lien thérapeutique » : le clinicien s'emploiera plutôt à minimiser le transfert en ramenant systématiquement les individus aux relations qui auront exercé une influence déterminante sur leur évolution personnelle ou sur le fonctionnement de leur famille.

Comment le clinicien peut-il réussir à être en « contact émotionnel » avec la famille ? Il doit tout d'abord, pour aboutir dans cette entreprise, cerner avec précision les processus émotionnels qui sont à l'œuvre dans telle ou telle famille, ce qui implique qu'il s'interroge sur un certain nombre de points. Où, à l'origine, les symptômes sont-ils apparus ? Quels sont les processus, définis par la théorie, qui semblent actifs dans cette famille particulière ? Sous l'effet de quelles pressions environnementales ou à la suite de quels événements intrafamiliaux l'angoisse a-t-elle augmenté ? Comment la triangulation s'est-elle mise en place et quelles interactions successives a-t-elle induites ? Les triangles sont-ils encore actifs aujourd'hui ? La réactivité émotionnelle revêt-elle des formes différentes chez les divers membres de la famille et en quoi les réactions émotionnelles de l'un contribuent-elles à susciter les réactions de l'autre ? Des informations de cet ordre peuvent être recueillies tout au long du processus thérapeutique, que le clinicien les obtienne en réponse à ses questions ou que la famille les fournisse spontanément en discutant de sa situation.

D'autre part, le clinicien, pour nouer et maintenir un tel « contact émotionnel » avec la famille, doit satisfaire à une deuxième condition : il doit maîtriser assez ses propres zones de fragilité pour ne pas aviver inconsidérément la réactivité familiale – car les réactions en chaîne systémiques ne peuvent être court-circuitées que si l'on permet d'abord aux patients d'exprimer pleinement leurs émotions, puis que l'on désamorce progressivement les réactions qui se rattachent à ces affects : rien de tout cela n'est possible si le clinicien se laisse déborder par ses réactions personnelles. Il faut donc qu'il connaisse à fond sa propre réactivité émotionnelle, sache la reconnaître quand elle se manifeste et conserve une maîtrise de soi suffisante pour ne pas ajouter le poids de ses propres émotions à la pesanteur du problème familial.

L'important effort auquel doit consentir le thérapeute pour conserver son propre niveau de différenciation de soi tout au long du processus clinique est désigné par plusieurs termes dans les écrits de Bowen : les expressions *neutralité émotionnelle, maintien en dehors du système émotionnel familial et détriangulation*, qui reviennent ici et là sous sa plume, suggèrent toutes que le clinicien ne peut en même temps être en « contact émotionnel » avec la famille et préserver la différenciation de son soi qu'au prix d'un effort intense. Bowen décrit ce processus comme suit :

> Pour développer sa capacité de se maintenir à l'extérieur des systèmes émotionnels familiaux auquel il est confronté dans son travail clinique, le thérapeute, avant tout, doit s'appliquer sans relâche à se différencier du système émotionnel de sa propre famille aussi bien que de celui de la famille à laquelle il est confronté. Il est indispensable, autrement dit, qu'il étudie les triangles et applique son savoir aux systèmes émotionnels qui sont pour lui importants. Mais certaines règles ou principes n'en sont pas moins essentiels dans la situation clinique : il importe, notamment, que le thérapeute prête une attention sans faille au processus en cours et se distancie en permanence de ce qui est en train d'être dit (1978, p. 250).

Pour le clinicien qui souhaite travailler sur sa neutralité émotionnelle, la position idéale consisterait donc à entrevoir toujours les multiples facettes de ce qui est dit, puis à commenter chacune de ces facettes, soit sérieusement, soit avec humour.

Atteindre et conserver une totale neutralité émotionnelle est une entreprise d'autant plus ardue qu'elle suppose des efforts constants : il est très difficile, pour un thérapeute, de reconnaître et de gérer ses propres manifestations d'angoisse d'un bout à l'autre du processus clinique. Mais c'est pourtant une tâche à laquelle il convient de s'atteler, car lourdes sont les responsabilités du clinicien angoissé : il risque, en effet, de faire fuir la famille qu'il reçoit ; son inquiétude est susceptible de se manifester par une bienveillance ou une dureté outrancières qui infantiliseront la famille ; il peut aussi finir par faire partie intégrante du processus émotionnel familial en prenant ouvertement parti dans une situation difficile ; l'énergie personnelle qu'il investit dans la thérapie risque de bloquer la résolution du problème – l'issue la plus fréquente de ces situations où quelqu'un tente de « donner un coup de main à autrui » est un *court-circuit* (*burn-out*), terme qui désigne dans la terminologie bowenienne une augmentation de l'angoisse chronique directement associée à l'érosion du soi (se traduisant par une perte d'énergie vitale et la désorientation) qu'engendre le comportement altruiste ; et il peut, enfin, tant chercher à se montrer indispensable qu'il suscitera en fait une angoisse liée à la crainte de ne plus bénéficier de son assistance, qui fera perdre une précieuse énergie vitale aux membres de la famille concernée.

Mais l'apport clinique le plus essentiel de la *BFST*, en fin de compte, réside peut-être dans la conception originale des séances qu'entraîne cette approche : la séance proprement dite est tenue pour bien moins importante que tout ce qui a pu être fait, en l'absence du clinicien, pour affiner la différenciation fonctionnelle du soi dans les relations perçues comme capitales. La séance devient donc un intermède où l'on parle de ce sur quoi on a travaillé, des succès éventuels qu'on a remportés et des informations nouvelles qu'on a recueillies sur soi-même – les relations réelles et quotidiennes, et non celle entretenue avec le clinicien, deviennent ainsi le principal laboratoire où s'affine la différenciation du soi.

Notices biographiques

La *BFST*, au fil des années, a été étudiée par maints cliniciens, et prétendre nommer les principaux représentants de ce courant serait aussi impossible qu'injuste. Parmi tous les noms qui mériteraient d'être cités, les personnes évoquées ci-dessous ont consacré de nombreuses années de leur vie à étudier et à appliquer la théorie bowenienne des systèmes familiaux : ce sont avant tout des professionnels responsables et compétents. Chacune de ces personnes a prêté un intérêt passionné à cette théorie, s'est appliquée assidûment à propager ses concepts et a contribué puissamment à faire progresser son enseignement et/ou son utilisation ; et, ce qui ne gâte rien, ces quatre chercheurs se sont initiés aux idées et méthodes boweniennes en collaborant longuement avec le Dr Bowen.

Michael E. Kerr. Directeur du centre familial de Georgetown et maître de conférences au département de psychiatrie de la faculté de médecine de l'université de Georgetown. Doctorat en médecine, obtenu en 1966 dans cette même université. Interne en psychiatrie générale et boursier en psychiatrie infantile à l'hôpital universitaire de Georgetown. Initié à la théorie bowenienne par Murray Bowen lui-même pendant son internat et les années suivantes. Certificat de spécialité (en psychiatrie) reconnu par l'American Board of Psychiatry and Neurology. Coauteur, avec le docteur Murray Bowen, de *Family Evaluation* (New York, W.W. Norton, 1988) et de nombreux articles consacrés aux caractéristiques et implications de la théorie bowenienne.

Laura Havstad. Psychologue clinicienne exerçant dans le secteur privé à Sebastopol, Californie. Professeur adjoint au département de médecine familiale et sociale et de sciences comportementales de l'université de Californie, San Francisco, et formatrice en pratique familiale pour les étudiants de deuxième et troisième années à l'hôpital de Santa Rosa, Californie. Doctorat de psychologie clinique obtenu en 1980 à l'université de Californie du Sud, Los Angeles. Initiée à la théorie bowenienne au centre familial de l'université de Georgetown entre 1976 et 1980 et responsable depuis cette date des programmes de formation de ce centre. Dispense également depuis 1989 des cours de théorie et de psychothérapie familiales boweniennes aux praticiens de Sebastopol, Californie. Centres d'intérêt : psychothérapie, enseignement de la théorie bowenienne aux professionnels de la santé mentale et aux médecins et relations entre la théorie bowenienne et d'autres disciplines scientifiques, incluant la médecine. Prépare la publication d'un recueil de textes de Murray Bowen qui sera vendu au bénéfice du centre familial de l'université de Georgetown.

Ann D. Bunting. Psychologue patentée exerçant dans le privé à Burlington, Vermont. Dirige depuis 1989 un séminaire mensuel de théorie et de psychothérapie boweniennes destiné aux professionnels de la santé mentale de l'État du Vermont, ainsi que des séminaires de supervision ou de sciences naturelles. Maîtrise de consultation psychologique obtenue en 1970 à l'université de Harvard, puis doctorat de développement humain soutenu en 1977 à l'université du Maryland. Interne et boursière en pratique clinique et en méthodologie psychologique et familiale à l'hôpital général du Massachusetts, à l'hôpital de Cambridge et au centre de recherches familiales de l'université George Washington, entre 1969 et 1978. Initiée à la théorie bowenienne au centre familial de l'université de

Georgetown, entre 1979 et 1982, et responsable depuis cette date des programmes de formation de ce centre.

Robert J. Noone. Directeur du centre d'aide familiale de Wilmette. Illinois. Professeur et fondateur du centre de consultation familiale d'Evanston, qui vise à développer l'apprentissage, l'enseignement et la recherche en appliquant à la famille la théorie bowenienne des systèmes naturels. Psychologue dans le secteur privé à Evanston, Illinois, et maître de conférences de thérapie familiale au département de sciences sociales de l'université Loyola à Chicago. Initié à la théorie bowenienne au centre familial de l'université de Georgetown entre 1975 et 1976 et responsable depuis cette date des programmes de formation de ce centre. Doctorat de travail clinico-social obtenu en 1983 à l'université de l'Illinois, Chicago. Auteur de plusieurs articles traitant de la théorie bowenienne. Centres d'intérêt : théorie du développement individuel, envisagée du point de vue de l'évolution biologique ; participation à des symposiums et séminaires éducatifs consacrés à la théorie bowenienne ou à la psychothérapie familiale ; pratique clinique.

*
**

RÉFÉRENCES BIBLIOGRAPHIQUES

Bowen, M. (1978), *Family Therapy in Clinical Practice*, New York, Jason Aronson ; trad. fr. partielle : *La Différenciation du soi*, Paris, ESF, 1984 (chap. 17, 16, 15, 13 et 22 de l'original).

De Waal, F. (1982), *Chimpanzee Politics : Power and Sex among Apes*, New York, Harper and Row.

Kerr, M.E., et Bowen, M. (1988), *Family Evaluation : An Approach Based on Bowen Theory*, New York et Londres, W.W. Norton and Company.

Papero, D.V. (1990), *Bowen Family Systems Theory*, Boston et Londres. Allyn and Bacon.

Toman, W. (1961), *Family Constellation : Its Effects on Personality and Social Behavior*, New York, Springer Publishing Company.

Catherine Ducommun-Nagy *

La thérapie contextuelle

Introduction

Connu pour son travail de pionnier dans le domaine de la thérapie familiale dès la fin des années cinquante, Ivan Boszormenyi-Nagy a produit une œuvre considérable, dont l'impact continue de s'étendre.

La thérapie contextuelle est tout d'abord une méthode thérapeutique qui se distingue aussi bien de la thérapie individuelle que de la thérapie familiale classique. De plus, elle ouvre une perspective nouvelle pour la compréhension du fonctionnement des relations interpersonnelles. Elle se fonde sur une vision dialectique des relations humaines et elle introduit dans le champ de la thérapie la notion d'« éthique relationnelle ».

L'approche contextuelle se distingue des autres modalités thérapeutiques par une série de prémisses dont nous allons dresser ici la liste :

a) L'identité d'une personne est inséparable de son contre-point, l'autre, tout comme l'image est inséparable de son fond. Seule la relation permet donc l'accès à l'individuation et à l'autonomie.

b) C'est le respect d'un principe d'équité et de réciprocité qui constitue le ciment de toute relation proche et qui est à la base de la dimension éthique des relations interpersonnelles.

* Catherine Ducommun-Nagy est psychiatre et thérapeute de famille. D'origine suisse, elle est professeur assistant à la Hanhemann University et à l'université de Pennsylvanie. Elle est directrice associée de l'Institute for Contextual Growth, à Ambler, Pennsylvanie, où elle enseigne avec son époux, Ivan Boszormenyi-Nagy, pionnier de la thérapie familiale et fondateur de la thérapie contextuelle.

c) Quatre groupes de déterminants influencent la réalité relationnelle : la dimension des faits, la dimension de la psychologie individuelle, la dimension systémique et la dimension éthique.

d) Le thérapeute contextuel prend en considération tous les éléments des modèles thérapeutiques individuels ou systémiques qui se montrent compatibles avec la perspective éthique. C'est la dimension de l'éthique relationnelle qui permet leur intégration et ouvre le champ à de nouvelles possibilités d'intervention thérapeutique.

e) Le contrat thérapeutique doit prendre en compte l'intérêt de chacune des personnes qui pourraient directement ou potentiellement être affectées par les résultats du traitement. Le thérapeute utilise pour ce faire une stratégie définie sous le terme de « partialité multidirectionnelle ».

f) Le but de la thérapie est de permettre à chaque individu d'accéder à une autonomie véritable. Pour le thérapeute contextuel, cette autonomie est inséparable de la capacité, pour un individu, de tenir compte de manière réaliste des besoins d'autrui et d'assumer sa part de responsabilité dans les relations.

Ivan Boszormenyi-Nagy et le mouvement de la thérapie familiale

Après une formation de psychiatre en Hongrie, Ivan Boszormenyi-Nagy (que nous désignerons simplement par « Nagy ») a émigré aux États-Unis où il a travaillé à Chicago, puis à Philadelphie. Tout le début de sa carrière a été marqué par sa préoccupation de trouver une manière efficace de venir en aide aux patients psychotiques. En 1957, il a été nommé directeur de l'unité de recherche pour le traitement de la schizophrénie de l'Eastern Pennsylvania Psychiatric Institute, centre de recherche dans le domaine de la santé mentale. En fonction de ses découvertes et du mouvement thérapeutique qui en résulta, Nagy rebaptisa rapidement son département « département de psychothérapie familiale ». Il en a été le directeur jusqu'à sa fermeture, en 1980.

Ce département était devenu, dès le début des années soixante, l'un des premiers centres de formation en thérapie familiale aux États-Unis, ainsi qu'un lieu de nombreuses publications et d'échanges entre les pionniers de la thérapie familiale.

C'est dans ce même département que de nombreux thérapeutes européens ont eu l'occasion de s'initier à la thérapie familiale. Plusieurs d'entre eux sont ensuite devenus les principaux leaders de ce mouvement, en particulier aux Pays-Bas, en Allemagne, en Italie et en Suisse : dans ce sens, Nagy a joué un rôle déterminant pour le développement de la thérapie familiale en Europe. Il a du reste été, avec ses collaborateurs, l'organisateur du premier programme de formation en thérapie familiale organisé à un niveau national à Leyde, Pays-Bas, en 1967. Depuis lors, les invitations à enseigner en Europe se sont multipliées et ce sont maintenant plusieurs générations de thérapeutes qui ont été influencés par ses idées.

Les dernières années ont été marquées par la diffusion de la thérapie contextuelle dans une nouvelle série de pays, France, Belgique, Espagne, Hongrie, Israël, etc., et des pays aussi distants l'un de l'autre que le Japon et le Chili. Nombreux sont d'autre part les collaborateurs de Nagy qui ont acquis leur propre renommée et contribué à l'essor du mouvement de la thérapie familiale aux États-Unis et ailleurs.

A l'heure actuelle, la thérapie contextuelle est enseignée dans la plupart des programmes universitaires américains de formation en thérapie familiale et dans toute une série de cycles de formation privés, aussi bien aux États-Unis qu'en Europe. Certains des concepts issus des travaux de Nagy, comme ceux de « loyauté » et de « parentification », sont maintenant si communément utilisés par les thérapeutes familiaux qu'ils en oublient souvent leur origine.

Dans un premier temps, Nagy a nommé sa méthode thérapeutique « psychothérapie familiale intergénérationnelle dialectique ». Durant cette période, son approche était caractérisée par l'intégration des acquis de la psychanalyse classique, des théories de la relation d'objet, de la philosophie existentielle de type hégélien et de la théorie des systèmes, avec la découverte de l'importance de la question de la justice pour la dynamique des relations. Il trouve alors dans les écrits de Martin Buber une confirmation de ses découvertes cliniques et un appui pour ses formulations théoriques. Il introduit dans le champ de la thérapie familiale le concept de loyauté.

Le terme de « thérapie familiale contextuelle » est apparu ensuite pour souligner l'importance de la dimension de l'éthique relationnelle dans le contexte relationnel et pour souligner la visée intégrative de son modèle thérapeutique. De cette époque datent les concepts de « partialité multidirectionnelle » et de « légitimité constructive ou destructive ».

Nagy, depuis les années quatre-vingt, a remplacé le terme de « thérapie familiale contextuelle » par celui de « thérapie contextuelle ». Il souligne ainsi que son approche touche à des domaines qui vont bien au-delà du champ de la thérapie familiale. Dans ses travaux les plus récents, il voit la solidarité intergénérationnelle comme seul antidote à une exploitation accélérée des générations futures telle qu'on la constate au niveau familial (maltraitance, inceste) ou au niveau général (exploitation anarchique des ressources naturelles, risque de destruction globale). Il estime que les thérapeutes, quelle que soit l'école à laquelle ils appartiennent, ne peuvent se permettre d'ignorer les dangers réels qui menacent la survie de l'espèce humaine. Nagy s'est également activement engagé à appliquer certaines prémisses de la thérapie contextuelle aux relations entre groupes, en particulier en ce qui concerne la question des minorités ethniques et nationales.

Bien que nous puissions constater au cours des années une évolution considérable de ses formulations théoriques, Nagy est resté d'une constance remarquable dans sa stratégie thérapeutique. La stratégie de « partialité multidirectionnelle », formulée en 1967 déjà, continue à servir d'outil principal d'intervention et d'aboutissement du traitement contextuel.

Alors que Nagy reste constamment préoccupé de pousser plus avant ses formulations théoriques pour rendre compte des aspects les plus complexes des relations interpersonnelles, il s'est toujours refusé à élaborer des hypothèses étiologiques sur la base de ses constatations cliniques ou de ses formulations théoriques. C'est cette prudence qui lui a permis d'échapper aux critiques parfois sévères du public, qui a accusé les thérapeutes de famille de trop souvent blâmer implicitement les parents d'être la cause des symptômes présentés par leurs enfants. Nagy n'a jamais non plus écarté la possibilité qu'un facteur biologique soit à l'origine de la schizophrénie : en cela, l'approche contextuelle reste compatible avec un modèle biologique du traitement de la psychose.

Pour lui, la thérapie doit servir à mobiliser les ressources relationnelles qui permettront à l'individu de mieux faire face à toute une série de troubles, allant de la maladie mentale au sens étroit du terme jusqu'aux troubles somatiques. Il s'est particulièrement intéressé à l'impact relationnel des maladies génétiques.

La vision dialectique de la relation

La présence d'un autre est la condition *sine qua non* de la définition du soi. En permettant l'établissement de la limite du soi, l'autre devient fondateur de ce soi, et l'antinomie dialectique soi/autre va se résoudre dans une synthèse où l'autre va devenir une partie constitutive du soi. Cette dépendance ontologique est absolue et elle n'est fondée sur aucun besoin fonctionnel concret.

La notion d'interdépendance soi/autre va entraîner des conséquences considérables pour le thérapeute, puisque c'est dans les relations qu'il établit avec autrui que le client va trouver la source de son individuation et de son autonomie. Cette vision entraîne le thérapeute dans une voie nouvelle : puisque l'individuation ne peut être envisagée autrement que dans le cadre d'un contexte relationnel, la distinction que l'on fait d'habitude entre thérapie individuelle et thérapie familiale perd son sens.

Les théories psychanalytiques, que ce soit la théorie freudienne classique ou les théories de la relation d'objet, n'ont jamais prétendu aborder la question de la relation individu/autrui. Les théories systémiques, elles, rendent compte des particularités du fonctionnement de systèmes complexes par rapport aux composants qui le constituent et ne répondent pas non plus à cette question.

Le modèle contextuel du dialogue intègre pour sa part l'ensemble de ces éléments : il implique la somme des rapports de besoin de gratification, de relations d'objet réciproques, des mécanismes de rétroaction ou des jeux transactionnels et, de plus, le rapport d'obligation ou de mérite qui s'est établi pour chaque individu.

L'éthique relationnelle

C'est la constatation clinique suivante qui a amené Nagy à considérer que les questions de justice et d'injustice devaient être au centre de la préoccupation du thérapeute : malgré la détérioration parfois sévère de leur capacité de jugement et de communication, les patients psychotiques restent accessibles à des questions touchant à la confiance, à la fiabilité et à l'équité dans les relations qu'ils ont avec les membres de leur famille. Il a aussi pu se rendre compte que le moment où la confiance entre les membres d'une famille donnée peut être restaurée représente un tournant capital dans le cours de la thérapie et pour ses chances de succès.

Il faut également se rappeler que la langue de l'éthique relationnelle est parlée par chacun d'entre nous, quels que soient son origine ou son milieu social. Qui n'a jamais dit : « C'est injuste », ou : « Tu me le dois bien » ?

Le fait d'avoir été le débiteur de notre partenaire nous oblige à la réciprocité. Celui qui a été lésé va compter sur une compensation directe ou indirecte. Ces éléments vont déterminer les transactions entre partenaires, tout autant, si ce n'est plus, que les mécanismes d'autorégulation décrits dans les théories systémiques. Sans référence à la dimension éthique, il n'est pas possible de rendre compte avec exactitude de la complexité des relations interpersonnelles.

Le contexte

Dans l'univers de la thérapie familiale et également dans d'autres domaines de la thérapie, le terme « contexte » est utilisé dans toute une série d'acceptions diverses. Ici, il fait référence à un domaine tout à fait précis : il se rapporte à l'ensemble des individus qui se trouvent dans un rapport d'attente et d'obligation ou dont les actes ont un impact sur l'autre. Il ne recoupe donc pas la notion de système d'interaction ou de système familial. Quelles que soient la forme des interactions ou la forme sociale que prend la famille (famille élargie, famille uniparentale, etc.), il incombe à chaque personne de tenir compte de ce qu'elle a reçu des autres et de ce qu'elle leur doit.

Nous allons prendre, pour illustrer ce point, deux exemples cliniques. Supposons tout d'abord qu'un enfant, issu d'un premier mariage de la mère, a été élevé dès la petite enfance par elle et son nouveau mari, dont elle a maintenant un autre enfant. Du point de vue transactionnel, il est possible d'imaginer que l'histoire de la formation de cette famille n'ait laissé aucune trace : les deux adultes arrivent à jouer un rôle semblable pour leurs enfants et les deux enfants acceptent de manière similaire l'autorité de leurs parents.

Pourtant le contexte existentiel et éthique de ces deux enfants est différent. Le premier aura la charge de trouver la manière de faire une place à son père biologique, que ce soit pour décider de nier son existence ou pour établir avec lui des contacts réguliers. Cet enfant devra de plus prendre en considération les besoins de trois adultes. L'autre enfant n'aura à prendre en compte que deux personnes et son fardeau sera donc moins lourd. Pour revenir aux adultes, le père biologique gardera la responsabilité d'avoir engendré cet enfant, quel que soit le devenir de leur relation ultérieure, et l'adoption ne mettra pas fin à cette responsabilité.

Le second exemple va nous démontrer qu'un contexte relationnel peut exister même en l'absence d'un système de transactions : un couple vient consulter en raison de ses conflits sur un point précis. Une maladie génétique constitue un risque sérieux pour l'enfant qu'ils engendreraient. Le mari estime que l'adoption est la seule solution acceptable pour répondre à leur désir d'enfant, la femme, elle, souhaite prendre le risque d'une grossesse.

Le système transactionnel ne comprend donc ici que les deux protagonistes et peut-être leurs propres familles d'origine. Pourtant cet enfant fait partie intégrante de leur contexte relationnel, puisque c'est du devenir de leur relation que va dépendre son existence même. Il est donc le « client » pour lequel la thérapie aura le plus d'impact et le thérapeute devra s'attacher à explorer avec les deux conjoints les conséquences de leurs positions respectives pour l'enfant en question.

Vers une théorie contextuelle des motivations

Chaque individu est poussé à agir en fonction d'une série de motivations qui font partie soit du domaine individuel (besoins biologiques et pulsions inconscientes), soit du domaine transactionnel (lois systémiques). Le thérapeute contextuel ajoutera à cette liste deux types de motivations qui sont ancrées dans la dimension éthique des relations : il s'agit des légitimités constructive ou destructrice.

Nos actes sont dans une grande mesure régis par le rapport de dette ou de mérite qui s'est établi avec nos partenaires : nous leur devons compensation de ce que nous avons reçu d'eux et nous attendons un retour pour ce que nous leur avons donné. Sans la prise en compte de cette « balance éthique », il ne sera pas possible de comprendre la raison de nos agissements à leur égard.

Le thérapeute contextuel peut de plus démontrer que l'être humain tire un profit du fait de pouvoir donner à autrui. Ce profit ne se limite pas à la simple possibilité pour celui qui a donné d'avoir des exigences vis-à-vis de la personne qui a reçu. En pouvant donner à un autre, l'individu gagne une possibilité de légitimation (*entitlement*) et de satisfaction intérieure qui le motivera dans la poursuite d'actes généreux. Cet élément est au cœur de la notion de « spirale de la légitimité constructrice » et joue un rôle fondamental dans la stratégie d'intervention du thérapeute contextuel.

La *légitimité destructrice* fait référence à la situation de la personne lésée qui est poussée à agir par la recherche d'une restitution ou d'une compensation. Le thérapeute devra être très attentif à la réalité de tels mécanismes, dont les conséquences peuvent être considérables pour les relations transgénérationnelles. La personne qui a été lésée est en droit de réclamer une compensation et trouve chez son conjoint, puis ses propres enfants l'espoir d'un redressement des injustices du passé. Le conjoint pourra se défendre contre une telle attente, alors que l'enfant, en raison de sa générosité spontanée et de sa loyauté, va tendre à répondre aux besoins de la personne en question. L'enfant qui est régulièrement exploité dans sa disponibilité et, de plus, accusé d'être un

fauteur de troubles, au lieu d'être reconnu dans sa contribution, va subir à son tour une injustice. Ce sera là l'amorce
d'une nouvelle spirale de légitimité destructrice : en recherchant la compensation à laquelle il aurait droit auprès de
tiers innocents, c'est maintenant l'enfant lui-même qui va
provoquer de nouvelles injustices. Si, au contraire, il renonce
à réclamer son dû, c'est à lui-même qu'il porte préjudice.
C'est ici que se situe le dilemme éthique de la légitimité
destructrice.

Quand l'injustice n'est pas trop patente et que la confiance
entre parents et enfants n'est pas altérée, l'individu peut
continuer à trouver dans des actes constructeurs une source
de gratification. La satisfaction personnelle qu'il retire de ses
actes compense alors d'une manière indirecte les injustices
subies et il peut renoncer à en réclamer le dédommagement.

La partialité multidirectionnelle

C'est autour de la définition d'un changement souhaitable
que va se dessiner le contrat thérapeutique. Dans un traitement individuel, le patient définit ce qu'il en attend et, pour
autant que la demande soit réaliste, le thérapeute peut s'engager d'emblée dans un contrat thérapeutique avec son client.
Si, en revanche, les membres d'une famille consultent dans
le cadre d'un conflit et attendent chacun une aide spécifique
du thérapeute, comment va-t-il pouvoir répondre à leurs
attentes contradictoires ? Qui va donc déterminer le choix
de la direction du changement ? Face à cette difficulté, le
thérapeute sera acculé à devoir définir lui-même la nature
du changement souhaitable ou alors il sera réduit à la position
d'observateur neutre.

Ici, le thérapeute résout cette difficulté par le recours à
une stratégie spécifique à l'approche contextuelle : la « partialité multidirectionnelle ». Elle va permettre la mise en
place d'un contrat thérapeutique multilatéral qui prendra en
compte l'intérêt de toutes les personnes pouvant être affectées
par ses interventions.

La *partialité multidirectionnelle* est une stratégie par
laquelle le thérapeute invite chacun des membres de la
famille à définir sa position et à prendre en compte les impli-

cations qu'elle entraîne pour les autres à travers un « dialogue interpersonnel » qui offre à chacune des parties en présence l'occasion de définir et de valider sa position.

Le thérapeute offre à chacun son empathie et son effort de compréhension : son attitude va progressivement servir de modèle aux membres de la famille, jusqu'à ce qu'ils puissent spontanément maintenir une attitude similaire de respect de l'autre et de disponibilité à en comprendre le point de vue.

Le but thérapeutique, dans une situation de conflit par exemple, va être le rétablissement d'une possibilité de confiance entre les participants à la relation.

Les quatre dimensions de la réalité relationnelle

Les faits

Les faits ont trait à l'ensemble des déterminants biologiques ou socio-historiques des individus qui participent à la relation. Du point de vue thérapeutique, c'est dans cette dimension que s'inscrivent les interventions médicales, les interventions sociales et les autres types de prise en charge qui visent à agir sur les faits de réalité.

Pour le thérapeute contextuel, cette dimension a une grande importance de par ses conséquences sur la « balance éthique » des relations : un trouble physique, tout comme un avantage économique, va placer un des partenaires dans une position de vulnérabilité ou d'avantage vis-à-vis de l'autre, et obliger celui qui se trouve en position de force à rétablir l'équilibre en se montrant généreux pour maintenir l'équité et la viabilité de la relation.

Dans ce sens, le thérapeute contextuel va plus loin que les thérapeutes féministes et ceux qui se préoccupent de l'impact de l'ethnicité dans leurs traitements. Ces thérapeutes s'attachent essentiellement à décrire l'impact des éléments de faits – comme le sexe de l'individu, son origine raciale et économique – sur la manière dont il va entrer en transaction avec l'autre et sur la hiérarchie de pouvoir que ces différences vont entraîner.

La psychologie individuelle

La dimension psychologique fait référence à l'appareil psychique de chaque individu, à la force de son moi, à ses mécanismes de défense, à son équipement cognitif et à son bagage intellectuel. Cette dimension, tout comme la précédente, est purement individuelle et existe même en l'absence de toute relation, comme par exemple dans le cas du navigateur solitaire ou du prisonnier qui continueront à avoir une représentation du monde et des réactions émotionnelles face à leur environnement même en l'absence de tout contact avec autrui.

Pour le thérapeute contextuel, il est impensable d'ignorer cette dimension des relations interpersonnelles, puisqu'elle détermine dans une mesure considérable le comportement de chaque individu envers les autres. Le psychothérapeute, quelle que soit l'école à laquelle il appartient, doit être capable d'identifier des phénomènes de transfert, des mécanismes projectifs, être en mesure de reconnaître la différence qu'il y a entre la représentation interne qu'un individu se fait de l'autre et la manière dont l'autre se présente dans la réalité.

Font partie de cette dimension tous les acquis de la psychanalyse freudienne ou jungienne et des théories de la relation d'objet, dont il faut se rappeler qu'elles sont des formulations du fonctionnement psychique de l'individu et non des théories relationnelles. Les théories cognitives et celle du développement intellectuel de Piaget relèvent également de cette dimension. Les interventions cliniques qui s'y rapportent sont aussi nombreuses que les théories sur lesquelles elles sont fondées.

La part que le thérapeute contextuel attribue à cette dimension a souvent été source de confusion. Il s'agit ici de faire une distinction claire entre la connaissance que le thérapeute doit avoir de ces éléments pour ne pas se laisser entraîner à une vision naïve du fonctionnement humain et l'utilisation qu'il fera de son savoir. Le thérapeute contextuel remet en question l'idée que la dimension psychologique constitue la seule base d'intervention psychothérapique. Il est donc inexact de placer la thérapie contextuelle dans le groupe des thérapies d'inspiration analytique.

Le symptôme névrotique, par exemple, a des conséquences non seulement pour la personne qui en est porteuse, mais aussi pour les membres de son entourage. Prenons pour exemple la situation d'une mère qui présente une agoraphobie. La peur qu'elle a de sortir oblige son conjoint et ses enfants à une réorganisation importante de leur vie courante, dont ils souffrent peut-être bien plus que la patiente elle-même. Si les enfants d'une telle patiente sont eux-mêmes dans une période délicate de leur adaptation, ils peuvent subir des dommages qui persisteront bien après la disparition des symptômes chez leur mère.

Au lieu d'aider la patiente à comprendre la signification inconsciente de son symptôme, comme pourrait le faire un thérapeute individuel, le thérapeute contextuel va examiner avec elle quelles sont ses possibilités d'action. Il va l'aider à prendre en compte les besoins de ses proches et à trouver des aménagements qui soient équitables pour chacune des personnes impliquées. Elle pourra par exemple être encouragée à demander l'aide de son mari ou d'une voisine pour emmener les enfants en promenade plutôt que de les priver d'une sortie. Il faut se rappeler ici que bien des parents qui souffrent de graves carences dans leur développement affectif, et dont la force du moi est insuffisante pour entreprendre un travail analytique, sont susceptibles de bénéficier d'un traitement contextuel qui amènera de plus un profit aux autres membres de la famille.

La dimension transactionnelle

La dimension transactionnelle des relations exige la présence d'au moins deux personnes. De plus, certains phénomènes transactionnels nécessitent la présence de trois individus, comme par exemple dans la triangulation. C'est dans cette dimension que peuvent s'observer les lois systémiques, et tous les phénomènes décrits par les thérapeutes familiaux classiques, comme ceux de complémentarité, de fusion, d'escalade, etc.

Il faut se rappeler que si les thérapeutes familiaux diffèrent par les stratégies qu'ils emploient, la grande majorité d'entre eux voient dans la théorie générale des systèmes un outil fondamental pour la compréhension du fonctionnement des familles.

Ici encore, le thérapeute contextuel se distingue par l'usage qu'il fait de ses connaissances. Il va se montrer attentif à la forme que prennent les transactions et la communication dans une famille donnée. Il aura toutefois la prudence de se rappeler que la signification qu'une personne donnée attribue à un comportement spécifique ne coïncide pas toujours avec l'expérience affective qui en résulte pour elle ou avec la signification que lui trouverait un observateur neutre.

Ici, avec les thérapeutes constructivistes, le thérapeute contextuel peut reconnaître une part subjective dans l'appréhension de la réalité. Pourtant, encore une fois, le but du thérapeute sera de comprendre comment chacun des membres de la famille perçoit la réalité et dans quelle mesure cette vision affecte les autres.

C'est surtout par son activité que le thérapeute contextuel se distingue clairement des thérapeutes familiaux classiques, qui fondent leurs interventions sur des notions purement systémiques. Son activité thérapeutique consiste à maintenir sa stance de partialité multidirectionnelle. Le fait qu'il s'adresse à tour de rôle à chacun des membres de la famille pour explorer quelle est la part de vulnérabilité ou, à l'inverse, la part de responsabilité qu'il a à l'égard des autres permet, en fait, une restructuration considérable des relations. Interpeller un parent pour l'aider à prendre en compte la vulnérabilité de son enfant est un levier bien plus puissant de rétablissement de la barrière intergénérationnelle que simplement lui demander de contrôler le comportement de ce même enfant dans le cadre d'une séance donnée.

La dimension de l'éthique relationnelle

Comme nous l'avons déjà vu, cette dimension est particulière à l'approche contextuelle. Nous devons constater que ni la psychologie de chacun des individus impliqués dans une relation, ni les lois systémiques qui régissent leurs interactions ne suffisent à expliquer la nature de la force de cohésion qui permet aux relations de durer. Puisque l'équité et la justice sont nécessaires à la survie des relations, elles vont servir de principe régulateur des relations familiales et de toutes les relations proches.

Cette dimension nécessite, comme la précédente, l'existence de deux protagonistes au moins, celui qui donne et celui qui reçoit, celui qui a une obligation et celui qui mérite la considération. C'est dans la mesure où chaque individu impliqué dans une relation personnelle assume la responsabilité d'examiner ce qu'il a reçu de l'autre et s'engage à maintenir l'équité de la relation qu'il respecte les principes de l'éthique relationnelle.

Le concept d'éthique relationnelle n'est donc pas un concept théorique. Il ne s'agit pas non plus d'un concept moralisateur ou d'une injonction à l'altruisme. Les notions d'engagement, de responsabilité et d'éthique relationnelle vont de pair et sont dans ce sens pour ainsi dire synonymes.

Nagy a tout d'abord utilisé l'image du « livre des comptes » et plus tard celle de la « balance de l'équité » pour décrire le rapport d'obligation ou de mérite qui existe entre deux personnes : la restauration de la confiance entre les divers protagonistes passe par la possibilité pour chacun d'eux de réclamer leur dû. Mais ce modèle s'est heurté à deux limites : comment intervenir dans les cas où une personne est incapable de reconnaître la contribution d'autrui ou dans l'impossibilité de donner à son tour, et comment envisager qu'une personne puisse donner sans attente de retour et ne pas se trouver lésée ? C'est ici que le thérapeute doit s'appuyer sur la notion de gain indirect et de légitimité, qu'elle soit constructrice ou destructrice. Ces notions font appel à une vision beaucoup plus dynamique de la relation que le modèle comptable qui les a précédées et ouvrent au thérapeute de nouvelles voies d'intervention.

S'il est vrai que l'individu retire un bénéfice de sa générosité envers les autres, il sera donc possible d'aider une personne à tenir compte des besoins de l'autre sans devoir faire appel à une attitude altruiste (la personne qui a subi un dommage grave va en être incapable) et à l'attente d'une récompense directe (pensons ici à la personne qui s'occupe d'un parent mourant qui n'est plus capable de remercier).

Illustration clinique

Une jeune fille vient consulter pour une dépression que son médecin traitant met en rapport avec le fait qu'elle a appris récemment qu'elle souffrait d'une maladie génétique. Il apparaît très vite que les symptômes entraînés par cette affection sont minimes et qu'elle peut de ce fait mener une vie entièrement normale. Elle se trouve par contre dans une situation qui limite sérieusement ses choix ultérieurs. En l'absence de tests génétiques, il ne lui est pas possible de savoir si l'enfant qu'elle pourrait concevoir serait ou non porteur de cette affection, et la maladie pourrait d'autre part se manifester d'une manière plus sévère à la génération suivante. Elle a, de ce fait, renoncé à l'idée de maternité et se prépare à une carrière professionnelle. Sa décision l'a entraînée dans un conflit grave avec son père, qui se considère comme lésé dans son espoir de devenir grand-père. Sa mère, elle, paraît tout à fait disposée à la soutenir dans le projet de vie qu'elle a établi et se trouve de ce fait en conflit avec son mari, qu'elle accuse de provoquer la dépression de leur fille par ses reproches constants. Le thérapeute convie les parents à participer au traitement et découvre à sa grande surprise que le père est lui-même infirme et présente les séquelles d'une très grave paralysie. Ni la patiente ni son médecin traitant ne l'avaient mentionné.

Le thérapeute offre alors au père sa partialité et l'invite à décrire la situation telle qu'elle se présente pour lui. Il apprend qu'il a eu constamment à se battre contre son handicap, que ce soit dans son travail ou dans sa vie familiale : chacune des activités qu'un père a ordinairement avec ses enfants a été pour lui l'objet d'efforts considérables.

Vue sous l'angle de sa maladie, son attente de devenir grand-père a pris un nouvel éclairage et s'inscrit dans la spirale de la légitimité destructrice. Ayant été victime du destin, il espère maintenant une compensation pour l'injustice qu'il a subie. Il se montre de ce fait aveugle à la situation tragique dans laquelle se trouve sa fille, qui ne veut pas le décevoir mais qui ne peut pas pour autant ignorer le risque qu'elle ferait courir à son enfant. Elle doit de plus accepter en ce qui la concerne l'idée de ne jamais être mère.

Le thérapeute examine ensuite avec les autres membres de la famille quelles ont été les implications pour chacun de la maladie du père. Son courage est-il devenu un fardeau pour les autres ? Quel est d'autre part l'impact de la maladie de la patiente sur les parents ? Quelle est l'injustice qu'elle a subie elle-même ?

Dans le cours de la séance, un dialogue s'engage entre le père et la fille : « Comment peux-tu imaginer ne pas avoir d'enfant alors que tu ne souffres d'aucun handicap ? Sais-tu quels efforts je devais faire pour simplement jouer avec toi en dépit de mes béquilles ? dit le père. – Papa, tu n'as jamais eu à te faire le reproche de m'avoir transmis ta maladie [les deux affections n'ont en effet aucun lien et, de plus, l'origine de la maladie de la patiente n'est pas établie.] Si mon enfant est handicapé, je devrai faire face à ses questions et admettre que c'est moi qui suis la cause de son malheur. Comment peux-tu dire que ma situation est plus facile que la tienne ? », répond la fille.

Cet exemple nous montre à quel point la dimension des faits et la dimension éthique sont liées. Sans comprendre la réalité de la différence des handicaps de ces deux protagonistes, comment pourrons-nous comprendre leurs positions respectives dans la relation et les reproches qu'ils se font ?

Nous constatons d'autre part que, quelles que soient les compétences du thérapeute dans le domaine des troubles de la communication, des lois systémiques, et quelle que soit la construction de la réalité qu'il se soit faite, le thérapeute familial ne pourra pas effacer les conséquences pour la relation de la réalité de leurs deux maladies.

Pour le thérapeute contextuel, le but thérapeutique sera d'offrir sa partialité aussi bien à la fille qu'aux deux parents et de rétablir entre chacun des membres de la famille un dialogue constructif qui leur permettra de regagner une confiance réciproque. Ils en auront besoin pour aborder tous les trois une situation existentielle difficile.

On leur proposera de plus une exploration active des voies par lesquelles ils pourraient surmonter leurs conflits d'intérêt. Ici par exemple, on encouragera le père à prendre en considération l'intérêt des générations futures plutôt que de s'acharner à faire des reproches à sa fille. Il pourra peut-être se montrer plus partial envers l'enfant à venir, dont il pourra imaginer la vulnérabilité, qu'envers sa fille-même, dont il n'arrive pas à envisager la souffrance en raison de sa propre légitimité destructrice.

Conclusion

Le traitement contextuel ne vise pas simplement à la correction d'un symptôme donné, chez un ou plusieurs individus, mais à la mobilisation de ressources relationnelles qui leur permettra l'accès à l'autonomie. On considère ici que c'est la faculté d'une personne à manifester sa considération pour autrui qui va représenter le critère le plus clair de sa capacité de maturité et, dans ce sens, d'autonomie véritable. Le thérapeute contextuel partage la même préoccupation que ses collègues thérapeutes de famille ou thérapeutes individuels : il s'efforce de permettre à chacun de réaliser son plein potentiel de développement. Il serait donc faux de croire qu'il imagine que ses clients sont condamnés à se soumettre aux injonctions de leurs proches et à leur sacrifier leur vie ; il va au contraire les aider à trouver la voie qui leur permettra d'accéder à une liberté authentique au lieu de s'enfermer dans l'illusion que l'autonomie peut résulter d'une simple coupure des relations.

C'est donc essentiellement par sa volonté de prendre en considération la dimension éthique des relations que le thérapeute contextuel se distingue des autres thérapeutes, qu'ils soient individuels ou familiaux.

Nous espérons que le lecteur pourra trouver dans le complément bibliographique qui suit une source d'informations qui lui permettra d'approfondir ses connaissances et de trouver dans la prise en compte de la dimension éthique des relations humaines une nouvelle ressource thérapeutique.

*
**

RÉFÉRENCES BIBLIOGRAPHIQUES

Boszormenyi-Nagy, I. (1987), *Foundations of Contextual Therapy : The Collected Papers et Ivan Boszormenyi-Nagy*, New York, Brunner/Mazel.
– et Framo, J. (éd.) (1965), *Intensive Family Therapy*, New York, Harper and Row ; rééd. Brunner/Mazel, 1985 : trad. fr. partielle : *Psychothérapie familiale*, Paris, Presses universitaires de France, 1980.
– et Krasner, B.R. (1986), *Between Give and Take : A Clinical Guide to Contextual Therapy*, New York, Brunner/Mazel.
– et Spark, G. (1973), *Invisible Loyalties*, New York, Harper and Row ; rééd. Brunner/Mazel, (1984).
Liste des articles d'Ivan Boszormenyi-Nagy : plus de quatre-vingts articles : cf. bibliographie dans *Foundations of Contextual Therapy*.
Van Heusden, A., et Van den Eerenbeemt, E. M. (1987), *Balance in Motion : Ivan Boszormenyi-Nagy and his Vision of Individual and Family Therapy*, New York, Brunner/Mazel ; original publié en néerlandais. De Toorts, 1983 ; trad. fr., *Thérapie familiale et générations*, coll. « Nodule », Presses universitaires de France, 1994.

Traduction d'articles en français :

Boszormenyi-Nagy, I., « Thérapie contextuelle et unité des approches thérapeutiques », *Dialogue*, n° 111, 1er trimestre 1991.
– et Krasner, B., « La Confiance comme base thérapeutique : la méthode contextuelle », *Dialogue*, n° 111, 1er trimestre 1991.
– et Krasner, B., « Glossaire de thérapie contextuelle », *Dialogue*, n° 111, 1er trimestre 1991.

Travaux en français sur Ivan Boszormenyi-Nagy
et la thérapie contextuelle

Ducommun-Nagy, C., « L'agenda invisible : le couple, perspective contextuelle », *Autrement*, Paris, 1989.

Heireman, M., *Du côté de chez soi : la thérapie contextuelle d'Ivan Boszormenyi-Nagy*, Paris, ESF.

Le Goff, J.-F., « Présentation des livres de Nagy », *L'Évolution psychiatrique*, t. 55, n°s 1 et 2, 1990.

– et Guarrigues, A., « Parentification, confiance et droit de donner de l'enfant », *Dialogue*, n° 115, 1992.

Salem, G., *Loyautés, dettes et mérites : contribution théorique et clinique à la thérapie contextuelle, L'Évolution psychiatrique*, 47, p. 745-770, 1982, repris dans la revue *Dialogue*, n° 110, 1990.

Maurizio Andolfi *

Famille/individu : un modèle trigénérationnel

L'Académie de psychothérapie entre passé et futur

Préambule historique

En Italie, la thérapie familiale comme traitement spécifique n'est apparue que dans les années 1967-1968. C'est en effet en 1967 que Mara Selvini Palazzoli ouvre le Centre pour l'étude de la famille à Milan.

Un peu plus tard, en 1969-1970, ce type de traitement commence à se développer à Rome grâce à l'impulsion de recherches sur les facteurs familiaux et sociaux de la toxicomanie chez les adolescents. De ces travaux, coordonnés par Luigi Cancrini, naît le premier groupe romain de psychothérapie familiale (dont je faisais moi-même partie), qui remet en question la pratique psychiatrique traditionnelle et cherche d'autres possibilités d'intervention.

En 1971-1972, après quelques années de travail clinique de groupe, principalement sur des situations schizophréniques graves, une scission initiale se produit, provoquée en premier lieu selon moi par le problème essentiel de la formation. Quand commence-t-on à apprendre ? Quand commence-t-on à enseigner ? Comment situer la clinique par rapport à l'apprentissage ?

La majorité des membres se déclare prête à enseigner, alors qu'une minorité, dont moi-même, quitte le groupe pour entreprendre une formation. C'est donc ainsi que commence mon apprentissage aux États-Unis, en 1972.

* Maurizio Andolfi, pédopsychiatre, est professeur au département de psychologie de l'université la Sapienza, à Rome, directeur de l'Académie de psychothérapie de la famille, président de la Société italienne pour la thérapie familiale et rédacteur en chef de la revue *Terapia familiare*.

Jusqu'alors, j'étais déjà intimement convaincu que, pour travailler avec les familles, il ne suffisait pas de suivre une formation dans des instituts familiaux, alors prestigieux, avec des maîtres comme Ackerman, Minuchin, Haley, Bowen, Zwerling, La Perrierre, pour ne citer que ceux qui, à cette époque, ont particulièrement compté dans ma formation : il me semblait en effet nécessaire de ne pas dissocier l'observation et le traitement des familles du tissu social dans lequel elles étaient ancrées. En ce sens, mon travail de chargé de cours en psychiatrie sociale et communautaire au Bronx State Hospital, ainsi que mon intégration à une équipe stable d'intervention à domicile sur la crise et l'étude systémique du comportement délinquant de jeunes Noirs et Portoricains dans un collège du sud du Bronx ont représenté pour moi une école de vie tout autant qu'un travail dans un laboratoire de recherche. En même temps, mon analyse personnelle ainsi que le travail clinique centré sur l'individu que j'ai pu mener à bien à la Karen Horney Clinic m'ont permis de penser qu'il était possible de voir l'individu à travers le filtre de la famille, et vice versa.

L'atmosphère culturelle qui régnait au début des années soixante sur la côte est des États-Unis était assez vivante et se trouvait aussi correspondre à mon besoin de rompre avec une tradition – celle de la psychiatrie infantile à laquelle j'avais été formé à l'université de Rome – qui tendait à fragmenter les ressources familiales en une myriade d'interventions techniques, pratiquées en « col blanc ». D'une part, l'enfant en difficulté devenait de plus en plus un objet de recherche psychiatrique et, d'autre part, la famille devait patienter pendant un laps de temps très long avant de savoir quel était le problème de son enfant et quel comportement on avait adopté à son égard. C'est pourquoi mon objectif premier jusqu'à la fin de ma spécialisation (en 1968) a été de faire tomber ce mur entre la salle d'attente et le cabinet du thérapeute ; à cette fin, la thérapie avec la participation de la famille me semblait le meilleur moyen de redonner un sentiment de compétence et de confiance à un groupe en difficulté, précisément en utilisant la tension cristallisée autour des symptômes de l'enfant. La recherche d'un rapport dynamique entre l'individuel, le familial et le social est alors devenue mon principal objectif et n'a cessé d'imprégner mon enseignement dans les années qui suivirent, en Italie comme à l'étranger ; ce type d'approche est aussi, me semble-t-il, devenu le pivot autour duquel s'est structuré le travail clinique et pédagogique de l'équipe de l'Institut de thérapie familiale de la rue Reno, à Rome, pendant une quinzaine d'années, et, plus récemment, de la nouvelle Académie de psychothérapie familiale.

A mon retour en Italie, en 1975, naquit le projet de Carmine Saccu de créer l'Institut de thérapie familiale de Rome, et d'y accueillir de nombreux neuropsychiatres d'enfants désireux d'acquérir et d'expérimenter un modèle de thérapie auquel le milieu universitaire s'oppose encore fortement. Menghi et Nicolo comptèrent parmi les premiers élèves de l'école. Je dois aussi citer, parmi ceux qui, avec eux, ont donné vie à la structure didactique et clinique de l'institut, Claudio Angelo, Iaja Berardi, Rodolfo de Bernard, Marcella de Nichilo, Giovanni Fioravanti, Katia Giacometti, Ruggero Piperno, Silvia Soccorsi. En 1977, la plus ancienne et prestigieuse revue italienne consacrée à ce domaine, *Terapia familiare*, vit le jour.

A partir de 1981, les membres de l'école lancèrent un projet de formation avec des collègues étrangers de langue anglaise (suivis par moi-même et Nichilo) et française (avec Menghi, Nicolo et Saccu).

Dès 1978, lors du congrès international de Florence, Minuchin avertit ses collègues :

> Nous entrons maintenant dans une nouvelle phase, pleine d'incertitudes et d'interrogations, auxquelles les pères charismatiques de la thérapie familiale ne peuvent plus répondre. Alors que les premières générations de thérapeutes familiaux – dont Ackerman, Bowen, Whitaker, Minuchin, Satir, Haley, pour ne nommer qu'eux – avaient trouvé une unité et un but commun dans la lutte contre les paradigmes mécanistes, il appartient désormais aux nouvelles générations de trouver de nouvelles intégrations qui permettent de formuler une théorie plus solide et de prendre en compte non seulement la famille, mais aussi le développement normal et pathologique, ainsi que le changement.

En me penchant *a posteriori* sur l'évolution des théories systémiques au cours des vingt dernières années, j'ai constaté que de nombreuses écoles de thérapie familiale sont apparues en Europe et aux États-Unis, mais ce sont plutôt des instituts techniques que de véritables laboratoires d'étude et de recherche sur l'histoire de la famille, tant normale que pathologique. Et aujourd'hui, dans les années quatre-vingt-dix, la vieille dialectique apparue aux États-Unis en 1963-1964 entre les systémiciens « puristes » et les « conducteurs »* ne semble en fait pas dépassée. Les premiers ont traversé la première, puis la seconde cybernétique, pour ensuite avancer avec le constructivisme et le constructivisme radical. Toujours partisans d'une relative neutralité, ils se sont déclarés en faveur d'une prédominance constante du monde des significations sur celui des sentiments. La conversation thérapeutique, le *languaging*, est ainsi devenue le fondement d'un style qui permet d'interpréter la manière d'être que l'on a soi-même par rapport à l'autre. Quant aux conducteurs, ils apportent à l'intérieur de l'espace thérapeutique leurs ressources, leur bagage culturel, leurs propres valeurs et étudient comment se servir en thérapie de leurs propres résonances émotives. Une autre différence essentielle est l'attention accordée à l'enfant, qui, en thérapie familiale, me semble être devenue une sorte d'« option ». Un grand nombre des thérapies fondées sur la « compréhension », la « signification », la « construction » d'une histoire avec la famille, et sur l'idée de trouver des comportements et modalités logiques de dialogue, ont en effet mis de côté l'enfant, avec qui on communique plus facilement par le langage symbolique et la communication ludique.

Le retour à l'« évolutivité »

La position idéologique consistant à voir dans l'enfant porteur de symptômes la voie qui permet d'atteindre les dilemmes existentiels et évolutifs de la famille était déjà présente dans mes précédents ouvrages (Andolfi, 1985*a* et 1990*b*). J'y décris l'importance de l'enfant comme *point*

---

* Allusion à la classification proposée par Beels et Ferber. Dans cette classification, certains systémiciens « puristes », comme Haley et Jackson, s'opposent aux « conducteurs » charismatiques, comme Ackerman, Satir, Minuchin et Bowen.

d'entrée dans le système familial, et avance qu'on pourrait le considérer comme le *régulateur de tout le processus thérapeutique*, une sorte de fil d'Ariane pour entrer dans le labyrinthe familial sans risquer d'aboutir à une impasse ou bien, pis encore, de ne pouvoir en trouver la sortie.

J'ai toujours travaillé avec le patient identifié en considérant qu'il était la clé d'accès à la famille ; néanmoins, de nombreuses années d'expérience clinique m'ont amené à reformuler ma position théorique sur ce point.

La phase du signal

La première période de notre travail clinique avec les familles a été essentiellement caractérisée par la recherche sur l'importance relationnelle des problèmes présentés (Andolfi, 1982).

J'ai avancé l'hypothèse que l'enfant « n'est pas le problème », mais plutôt un signal d'alarme indiquant chez chaque membre de la famille un profond malaise qui n'a cessé de s'amplifier avec le temps. Les symptômes de l'enfant atténuent la tension chez les membres de la famille en concentrant l'attention sur cet enfant problématique et non sur un mariage malheureux, un mécontentement d'ordre professionnel ou un problème d'identité qui date de la famille d'origine. Je me suis posé la question de savoir non seulement ce que l'enfant signale dans cette situation, mais aussi à qui il envoie un message.

Cette recherche m'a mené à des hypothèses certes intéressantes mais pas toujours bien acceptées par les familles, qui se sentaient menacées par cette façon de recadrer le problème, et encore moins bien perçues par les institutions psychiatriques où l'on traitait (à grands frais) l'enfant comme un patient.

Au-delà de ces difficultés prévisibles, cette idée que l'enfant signale quelque chose n'était pas sans présenter des limites importantes. D'abord, on ne considérait pas le symptôme de l'enfant en fonction de sa spécificité : on ne faisait qu'une petite différence entre divers symptômes, comme, par exemple, une phobie, une énurésie, des troubles de l'alimentation ou un comportement violent. Une telle conception nous amenait à nous concentrer davantage sur l'intensité du signal plutôt que sur ses qualités intrinsèques ; comme si cette intensité suffisait à expliquer l'urgence du signal plutôt que le type de souffrance exprimé et la persistance de certains symptômes. Par exemple, nous ne nous demandions pas : « Pourquoi, dans telle famille, une enfant a-t-elle choisi comme signal de se laisser mourir de faim ? » Ou bien : « Qu'est-ce que ce garçon nous dit sur sa famille en refusant d'aller à l'école ? »

Selon cette conception, le thérapeute voyait tous les symptômes comme faisant partie d'un même problème non spécifié, avec quelque chose de générique qu'il lui appartenait de découvrir. Pis encore, on observait comment l'enfant, quand il sentait que l'on s'en prenait à l'harmonie de sa famille, développait une stratégie très « saine » consistant à intensifier le symptôme : ainsi parvenait-il à concentrer toute l'attention sur lui alors que nous essayions, quant à nous, d'élargir notre point de vue et, par là même, de recadrer le problème comme étant propre à l'ensemble de la famille, et non à un de ses membres en particulier.

La phase fonctionnelle

Dans un second temps, nous nous sommes attachés à étudier les symptômes de l'enfant en tant qu'il remplit une fonction particulière.

Ainsi, à partir de l'idée que la *fonction* de chaque membre est le point spécifique de connexion entre l'individu et la famille, nous avons commencé à prêter une plus grande attention aux interactions complexes entre les tâches et les rôles que le système familial assigne à ses membres.

J'ai passé quelques années avec mon groupe à étudier les typologies familiales fondées sur le réseau des performances fonctionnelles des membres d'une famille. A partir de la théorie des différences entre familles enchevêtrées et familles désengagées développée par Minuchin, nous avons distingué les familles en fonction de leur évolution dans le temps et de la persistance des symptômes. Il s'est agi pour nous d'établir une distinction entre *famille en danger* et *famille qualifiée de rigide* en fonction de leur plus ou moins grande flexibilité au changement et aux variations des fonctions remplies par chaque membre dans le contexte familial. Dans *La Forteresse familiale*, nous avons, par exemple, expliqué comment une famille peut réagir à un éventuel changement qui semble traumatique pour la totalité du système, en faisant en sorte qu'un de ses membres, en particulier un enfant, assimile le stress à travers la manifestation d'un ensemble de symptômes.

Le comportement symptomatique du membre choisi sert à ce que le thérapeute détourne son attention de la famille à un moment où l'équilibre du groupe est en danger. Le *patient désigné* a dès lors pour fonction temporaire de maintenir la stabilité du système, mais aussi d'assumer le rôle de décideur, de nourricier, de parent sage et de standard de la communication familiale.

Toutefois, si le mécanisme réversible et temporaire de désignation n'atteint pas son objectif – préserver la stabilité de la famille –, il risque de devenir rigide et d'avoir pour effet que tant l'identité du patient désigné que celle de la famille soient progressivement remplacées par des fonctions répétitives, pour la plupart prévisibles et automatiques. La rigidité des fonctions – par exemple, celle de malade, d'individu sain, distant ou surinvesti – confirme la famille dans sa solution immuable.

Redécouverte de l'individu et famille trigénérationnelle

En Italie, les années quatre-vingt ont été marquées par la « redécouverte » de la subjectivité, de l'histoire et de la relation famille/thérapeute. En 1983, la revue *Terapia familiare* publie un premier numéro spécial sur les rapports entre la famille et l'individu, puis, en 1989, un second volume qui décrit les différentes applications cliniques de cette nouvelle dialectique entre systèmes familiaux et systèmes individuels. L'attention particulière accordée à l'individu ainsi qu'à ses processus de développement familiaux et sociaux représente non seulement le début d'une césure entre les membres de l'école de la rue Reno, mais aussi la fin de l'expérience de l'Institut de thérapie familiale après environ dix-huit années assez fertiles de recherche et de formation clinique.

On trouve, d'une part, ceux qui (comme Nicolo et Giacometti) se sont situés dans une continuité avec le modèle psychanalytique d'origine kleinienne : le problème du rapport entre famille externe (actuelle) et famille interne (passée ou d'origine) a conduit à recourir à des catégories conceptuelles – collusion, identification projective, introjection, par exemple – afin de permettre une lecture des relations au sein de la famille.

Il y a aussi ceux qui, comme Menghi, ont cherché l'individu intérieur en se tournant vers la philosophie orientale et ont fondé l'école de thérapie Kundalini Yoga.

Avec de nombreux collègues qui ont maintenu leur adhésion au modèle systémique, j'ai pour ma part décidé de consolider les recherches cliniques menées depuis des années déjà à l'Institut de thérapie familiale et développé la pensée trigénérationnelle, ainsi que les principes des théories évolutives, du reste déjà présents dans le travail de recherche mené à bien avec Angelo et De Nichilo, dont on trouve la description dans *Temps et mythe en psychothérapie familiale* (1990*b*).

C'est sur un tel modèle conceptuel que se fonde tant la clinique que la recherche et l'enseignement de la nouvelle Académie de psychothérapie de la famille.

L'approche trigénérationnelle* représente un changement d'optique et une nouvelle orientation dans le domaine de la thérapie systémique, qui tient compte de la dimension historique-évolutive du système avec lequel le thérapeute est en interaction, aussi bien pour ce qui concerne l'individu porteur du symptôme que pour les autres membres de la famille. Dès lors, on prend en compte non seulement l'histoire personnelle du patient, mais aussi celle des parents et celle des relations qu'ils ont entre eux, ainsi qu'avec leurs familles d'origine respectives tout au long de chemins de recherche qui se rejoignent donc sur un axe vertical, autant de niveaux que de générations prises en considération (les niveaux des enfants, des parents, des grands-parents, etc.).

---

* Le sujet traité ci-dessous est développé dans l'article « Tre generazioni in terapia » (Andolfi et Angelo, 1991). J'ai moi-même élaboré les graphiques, déjà publiés *ibid.*

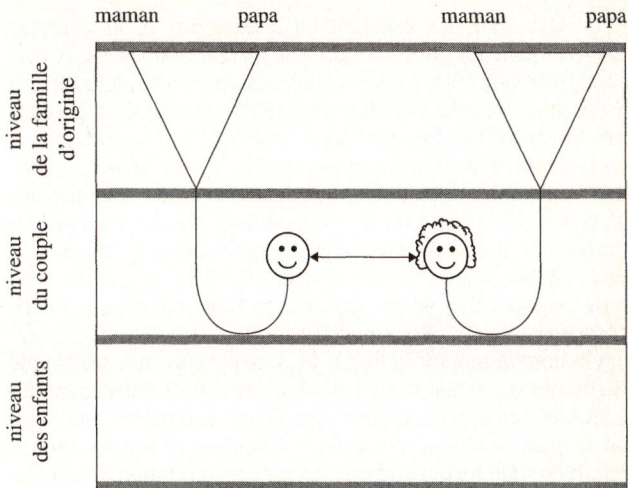

Figure 1a

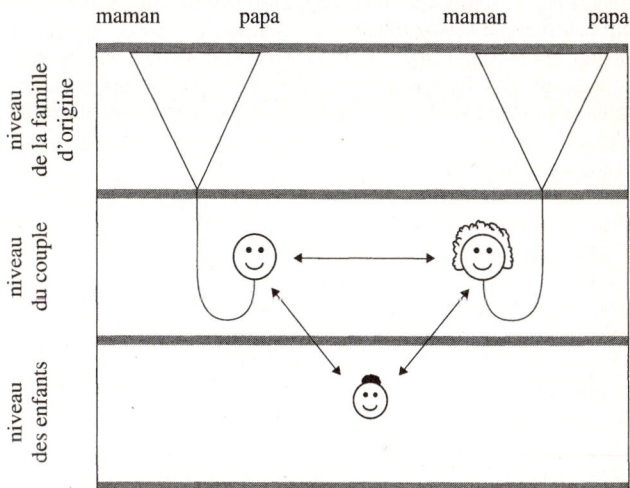

Figure 1b

D'autre part, les événements contingents et le contexte dans lesquels un premier rapport s'instaure ou un choix personnel se fait contribuent à leur tour à fournir une lecture d'une histoire relationnelle, en éclairant des aspects particuliers et en mettant en relief les composants qui entrent le plus en résonance avec la situation actuelle. L'expérience quotidienne semble de toute façon indiquer que plus les relations dans la famille d'origine sont dépourvues d'éléments conflictuels non résolus, plus le choix du partenaire est « libre », au sens où les liens, les barrages, la nécessité de se lier à un type « particulier » de partenaire sont beaucoup moins contraignants (figures 1*a* et 1*b*).

Comme le montre la figure 1*a*, qui se rapporte à un couple harmonieux, ayant trouvé un bon équilibre entre appartenance et séparation, chacun des deux partenaires entretient un rapport non conflictuel avec sa famille d'origine, dont il reçoit les valeurs qui entrent en jeu dans sa relation de couple. Si on assimile la famille d'origine à un modèle d'apprentissage, on peut dire que les relations qui s'y sont développées n'ont pas fait naître chez les enfants le besoin de chercher des figures de substitution à travers lesquelles combler des vides relationnels qui leur sont propres ou qui existent au niveau des parents. Cela se traduit aussi, au cas où il y a des petits-enfants, par une relative liberté (figure 1*b*) de leur part à l'égard des fonctions de « déchargement » des tensions présentes dans le couple parental, entraînant l'apparition de symptômes, ou à l'égard de rôles réparateurs qu'ils peuvent jouer au sein de la famille.

En fait, selon Boszormenyi-Nagy et Spark (1973), dans chaque couple, ce ne sont pas seulement une femme et un homme qui sont unis, mais aussi deux systèmes familiaux.

Mais que se passe-t-il quand il existe, par exemple, d'importants conflits touchant le rôle associé à chaque sexe, ou encore des problèmes de refus, d'abandon, de perte ou de séparation ? On a justement souligné l'importance de la « délégation » familiale, concept proposé par Stierlin (1978) pour décrire comment les parents assignent un rôle et des tâches aux enfants ; on peut aussi dire que cette « délégation » représente d'une certaine façon le trait d'union entre le mythe familial et la façon dont il s'exprime à travers les attentes de chaque membre de la famille, en particulier des parents.

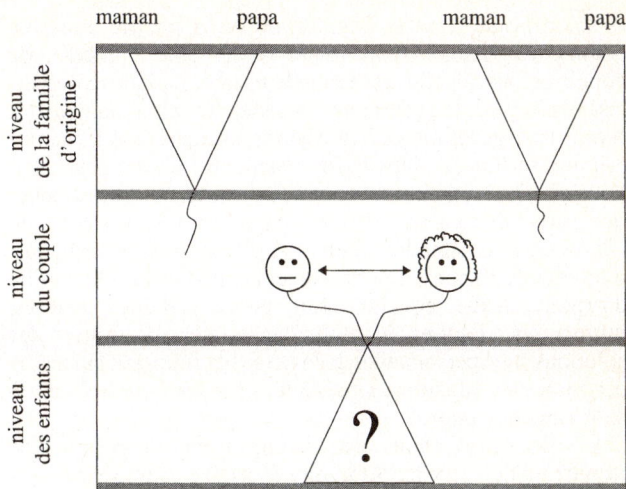

Figure 2a

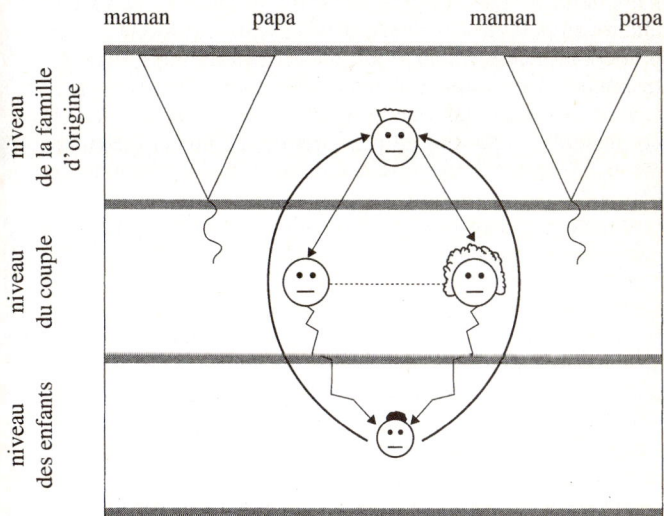

Figure 2b

Selon Framo (1988), l'utilisation de la famille d'origine comme ressource thérapeutique en thérapie familiale, de couple et individuelle représente le résultat logique et l'application clinique de la formule conceptuelle selon laquelle des forces transgénérationnelles cachées exercent une influence critique sur les relations intimes actuelles. Framo pense que les difficultés actuelles du couple, aux niveaux tant personnel que parental, sont des efforts réparateurs visant à corriger, contrôler, à se défendre contre – et effacer – des paradigmes relationnels anciens et perturbateurs appartenant à la famille d'origine. Ainsi, en choisissant plutôt certaines relations intimes que d'autres, les individus essaient de trouver des solutions interpersonnelles à des conflits intrapsychiques. A cet égard, les situations représentées par les figures *2a* et *2b* sont caractéristiques.

Les deux partenaires connaissent un état de perte ou de rupture du lien avec leurs familles d'origine respectives, associé à un sentiment profond d'« orphelinité » qui les pousse à chercher dans l'autre un parent de substitution ou un « compagnon de voyage » (figure *2a*). Non seulement l'incapacité qui, tôt ou tard, ressort chez chacun de satisfaire les demandes de dépendance ou d'affection du partenaire, mais aussi les tensions qui en résultent inévitablement ont pour effet que le désir d'un enfant qui vienne combler le vide présent dans le couple devient de plus en plus intense. Et quand cet enfant arrive, il lui est souvent demandé de remplir une fonction parentale de substitution, avec un renversement du rôle hiérarchique et la négation qui en résulte des besoins de dépendance des parents (figure *2b*).

Si les patients viennent en thérapie prêts à affronter des sujets très difficiles avec leurs parents et leurs frères et sœurs, rapportant ainsi les problèmes au contexte dans lequel ils sont apparus, une partie des « toiles d'araignée » qui affectent les rapports avec le partenaire et les enfants peut être expliquée et éliminée.

La plupart des gens disent pendant des années à des amis, des thérapeutes ou des conjoints ce qu'ils auraient dû dire à leurs parents et à leurs frères et sœurs afin d'évacuer la colère et l'amertume de leur confrontation avec ces personnes ; car ce n'est qu'à cette condition qu'il devient possible de les percevoir comme des personnes réelles.

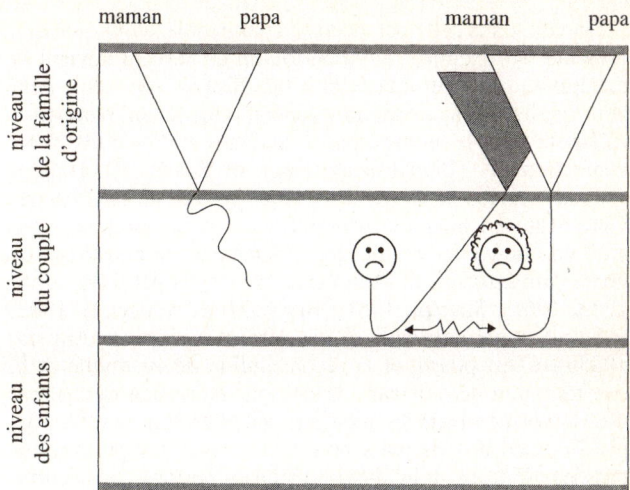

Figure 3a

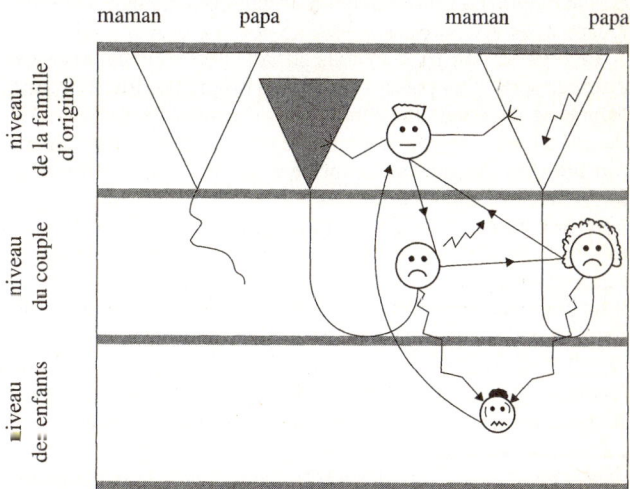

Figure 3b

On voit, dans cette perspective, comment le symptôme que présente par exemple un enfant ou un adolescent devient la métaphore ou le produit final d'une histoire non seulement personnelle, mais encore transgénérationnelle, qui persiste et s'élabore dans le temps à partir de dettes et de crédits inter-générationnels (Boszormenyi-Nagy et Spark, 1973) dont chaque individu se trouve à son tour porteur. C'est l'enche-vêtrement des histoires personnelles des partenaires ayant créé une nouvelle famille qui, finalement, va constituer ce *mythe familial* dont de nombreux auteurs ont parlé (Ferreira, 1963, 1965 ; Stierlin, 1981 ; Bagarozzi et Anderson, 1982, 1983 ; Selvini Palazzoli *et al.*, 1977 ; Andolfi et Angelo, 1985*b*). C'est pourquoi la reconstitution de ce mythe et la confrontation de plusieurs générations en séance permettent d'observer combien les relations actuelles sont surchargées par le poids des rapports non résolus avec les générations passées, dont les individus impliqués n'ont pas conscience.

Ainsi, avant même d'être un instrument thérapeutique, l'approche trigénérationnelle représente un instrument dia-gnostique qui permet de donner une signification plus large aux manifestations psychopathologiques en les ramenant à des éléments qui transcendent les relations actuelles et s'enra-cinent dans les familles d'origine de chacun.

Le rapport conflictuel (mais aussi la perte ou l'inexistence d'un rapport) d'un partenaire avec sa propre famille d'origine le pousse à choisir un compagnon (ou une compagne) qui, du fait de son appartenance réelle ou supposée à une famille d'origine « très unie », se prête à représenter une relation familiale « idéale » (figure 3*a*). Il est toutefois fréquent de voir surgir assez vite des conflits entre le partenaire « adop-tif » et la famille « adoptante » au sujet de l'appartenance de l'autre partenaire à l'espace du couple ou à celui de la famille d'origine. En fait, le second partenaire entretient habituelle-ment des liens très étroits avec cette dernière, souvent de manière ambivalente et conflictuelle, et entraîne le membre « adoptif » dans cette lutte pour l'autonomie qui s'identifie finalement à l'autonomie du couple lui-même. Quand il ne l'acquiert pas, le couple vit sous la tutelle de la famille d'ori-gine « adoptante », qui devient titulaire des choix et décisions les plus importants. Souvent, le conflit au niveau du couple se manifeste par de continuels reproches de la part de l'« adopté » à l'égard du conjoint excessivement dépendant de sa famille d'origine. Et cela se reporte inévitablement sur d'éventuels enfants, les parents ayant alors tendance à leur faire assumer des rôles générationnels inversés.

Quand un couple de ce type a effectivement des enfants, l'un d'eux est généralement chargé d'un rôle parental (figure 3*b*), avec la tâche non seulement de gérer les conflits du couple, mais aussi de résoudre les tensions avec les familles d'origine respectives des deux parents, les déchargeant ainsi d'une confrontation directe entre eux et avec leur famille d'origine.

Trois générations en thérapie :
l'exemple de la famille Terra

« Je suis Carlo Terra, quarante-quatre ans, et j'exerce ma profession, ingénieur, en libéral. Outre moi-même, ma famille se compose de ma femme, Patrizia, du même âge que moi, et de nos deux fils, Franco, dix-huit ans, et Gianluca, vingt-six ans.

Je me suis marié très jeune avec Patrizia – nous n'avions que dix-neuf ans et malgré l'opposition farouche de ma mère, qui n'a jamais pardonné à ma femme de lui avoir "pris son fils" ; à ce point que le rapport entre la belle-mère et la belle-fille s'est développé sur des tensions continuelles, de ruptures en réconciliations plus ou moins voilées, jusqu'à la rupture définitive, qui date d'environ trois ans. Puis, presque soudainement, il y a environ deux ans, le problème de Franco s'est manifesté, presque comme une courbe exponentielle. Mon fils avait pris comme modèle la violence, la violence pure, absolue, sans aucune règle, sans respect ni pour lui-même, ni pour les autres, et encore moins pour sa mère, son père et son frère aîné. Ma famille vivait littéralement dans un climat de terreur et de peur, confrontée à d'innombrables épisodes de brutalité. Nous constatons de plus comment Franco s'éloignait du monde, de la vie, de ses amis, et ne faisait plus qu'une chose : manger, tout le temps et de tout, jusqu'à atteindre le poids effrayant de cent trente-six kilos ! Un véritable monstre ! »

En étudiant la dynamique existant au sein de familles qui connaissaient des difficultés graves – telle celle décrite plus haut par le père de Franco au début de la thérapie familiale – et après des années de travail clinique, je me suis convaincu que le vrai problème ne concerne pas tant les comportements symptomatiques du patient – dans ce cas, la violence de Franco – que les significations que ceux-ci prennent dans chaque groupe familial spécifique, et davantage encore dans les réponses émotives qui les accompagnent.

Franco bouleversait les équilibres familiaux en semant la violence et la terreur chez lui et à l'école. Son poids monstrueux venait confirmer non seulement le caractère dramatique de ses comportements à la Rambo, mais encore les membres de sa famille dans leur peur – peur d'être agressé ou d'être anéanti par un fils devenu un monstre que personne ne parvient plus à contrôler.

Franco était devenu le creuset de la souffrance de toute une famille et la raison ultime d'une intervention thérapeutique dans laquelle on cherche, avec désespoir et impuissance, la solution à un problème sans aucun doute complexe.

Mais peut-on aborder un cas de violence aussi grave en élargissant la perspective dans laquelle s'inscrit l'attitude destructrice de Franco, plutôt que de tenter la voie peut-être plus logique de l'apaisement immédiat, d'essayer de calmer avant tout la souffrance des membres de la famille ? Peut-on attendre d'une famille aussi désarmée et paralysée par la peur qu'elle soit à même de se présenter comme ressource active et vitale dans une thérapie ? Sans parler des sentiments du malheureux thérapeute qui, pour aborder le problème autrement, devrait courir le risque d'affronter Rambo et peut-être même expérimenter lui-même cette peur d'être agressé dont les membres de la famille lui ont parlé.

Mais alors, quelle est la bonne distance thérapeutique et sur quel terrain pouvait-on rencontrer Franco et sa famille ? Ou fallait-il éviter la rencontre afin de limiter les risques de part et d'autre ?

Ces questions nous mènent, me semble-t-il, à un carrefour ou à un choix, mais qui n'est pas simplement d'ordre opérationnel, au sens où il s'agirait de savoir quoi faire ; le problème est en fait de savoir comment penser le projet thérapeutique dans son ensemble.

Ma position de thérapeute, d'abord considérablement influencée par Carl Whitaker, a ensuite profondément changé dès lors que j'ai adopté une théorie évolutive, avec une méthodologie humaniste-expérientielle fondée sur l'idée d'offrir aux familles en traitement un lieu qui puisse contenir le monde de leurs émotions et redonner vie aux processus de choix qui semblent s'être arrêtés avec le développement d'une pathologie chez un des membres de la famille.

Les motivations et attentes du thérapeute ne peuvent alors être ni neutres ni d'ordre générique, mais se caractérisent au contraire par l'autoréférentialité et sont guidées par ses convictions personnelles, ainsi que par son propre système de valeurs.

Dans sa façon même de formuler les demandes et d'écouter les réponses, dans ses réactions émotives, le thérapeute s'en tient aux prémisses conceptuelles de son système d'information et à sa cohérence dans le passage, en thérapie, de la pensée à l'action, et vice versa.

Si l'on croit à l'expérience de la thérapie, à un « faire » qui est avant tout du côté de ce que l'on éprouve ou ressent, il devient alors fondamental et prioritaire de rencontrer la famille sur le terrain même des symptômes, point de convergence et de connexion essentiel pour tout projet thérapeutique. Les explications du problème et les raisons données par les différents interlocuteurs constituent un matériel privilégié non seulement pour comprendre les motivations de chacun eu égard à la démarche thérapeutique, mais encore pour évaluer la souplesse plus ou moins grande du système familial.

D'autre part, si l'objectif n'est pas orthopédique et si l'on ne se limite pas à réparer des dommages, il est alors possible de proposer une union thérapeutique et de respecter les symptômes présentés par le patient afin d'avoir accès, à travers ceux-ci, aux parcours évolutifs de la famille. Aussi, dès lors que l'on réévalue la force inhérente à la pathologie et que l'on commence à s'en servir au lieu de s'y opposer, devient-il possible de trouver un espace de jeu dans la violence. Ainsi, avec Franco, je me suis d'abord intéressé à sa métaphore de Rambo le justicier, puis j'ai introduit d'autres personnages : John Wayne, Marlon Brando dans le film *Apocalypse Now* et les terroristes palestiniens, afin d'introduire des différences dans la violence et la recherche de la justice.

Je suis donc parti du sang et des fantasmes d'extermination pour en arriver au cœur et au besoin d'être rassuré d'un enfant qui avait grandi trop vite en s'empiffrant progressivement. Mais, en même temps, j'ai aussi suggéré à l'adolescent-problème ainsi qu'à sa famille l'idée que ses comportements destructeurs révélaient des niveaux plus profonds et même des points forts, qui se manifestaient à travers son étrange façon de se combattre lui-même, sa famille et le monde autour de lui. En somme, j'ai amené le groupe à croire qu'une famille apparemment désagrégée possède encore les ressources thérapeutiques intactes dont elle a besoin pour évoluer. Il suffit qu'elle veuille s'en servir et ne se perde pas dans d'inutiles jeux de pouvoir et de contrôle réciproque. D'où l'intérêt de recourir à ce que nous appelons la *provocation thérapeutique*, qui vise à repousser les limites tracées par la famille en faisant accepter l'idée que ce qu'elle présente comme le maximum de ressources disponible est en fait toujours trop peu.

Une remarque faite à plusieurs reprises par la mère en séance : « Franco et ma belle-mère se ressemblent comme deux gouttes d'eau : ils sont aussi égoïstes et violents l'un que l'autre » m'a confirmé dans l'hypothèse-guide que Franco représentait la synthèse physique et psychologique d'une violence interpersonnelle et d'une problématique intergénérationnelle qui ne se limitait certainement pas à ses seuls troubles et actes. La profonde conviction que l'adolescent était devenu le pivot existentiel autour duquel tournaient des tensions, violences et conflits interpersonnels – ne le concernant pas seulement, lui et son adolescence – m'a permis de dépasser mes propres peurs et de risquer une rencontre sur le terrain le plus miné : celui des symptômes.

Un tel élargissement de l'unité d'observation à la famille trigénérationnelle, mais aussi l'idée que cet élargissement n'est pas limité, tant horizontalement que verticalement, permettent de déplacer le problème par de véritables « sauts temporels » visant à bouleverser l'enchaînement des significations construites peu à peu par la famille et reproduites avec une très grande rigidité dans des situations de stress.

Par exemple, séparer la violence de la belle-mère de celle de Franco s'est avéré très difficile, mais partiellement possible, parce que j'ai été assez tenace pour jouer plus d'un an avec les « résistances » de la mère et de son fils, Franco, tous deux fermement opposés à l'idée d'inclure physiquement la grand-mère à la thérapie – grand-mère pourtant toujours

présente aux séances en qualité de persécuteur universel.
Pour la mère de Franco, elle était l'ennemi dont il fallait se
défendre à cause de ses tentatives répétées pour détruire le
couple de son fils et de sa belle-fille.

Quant à son propre fils, il la décrivait comme une mère
dénaturée qui l'avait abandonné petit dans un orphelinat,
après la mort du père. Enfin, pour Franco, sa grand-mère
était une sorte de miroir dans lequel il pouvait observer sa
propre violence dans un continuum, de la première à la troisième génération.

Paradoxalement, la violence de la grand-mère d'abord,
puis celle de Franco, au cours des dernières années, étaient
devenues non plus seulement la source de tous les malaises
familiaux, mais aussi un masque derrière lequel cacher
d'autres peurs et d'autres malaises, davantage liés à un manque d'estime de soi et à la difficulté de dépasser des vides
affectifs élaborés dans les familles d'appartenance, tel celui,
par exemple, structuré autour de la perte précoce du père
chez les deux conjoints.

Ce n'est qu'après une longue période de thérapie et un
éloignement progressif de la tension qu'ont surgi des informations assez importantes pour faire comprendre comment
l'histoire de Franco était déjà tracée avant sa naissance.

Il naît en effet à la suite d'un deuil : celui d'un petit frère,
décédé peu après sa naissance. Franco, qui, contrairement à
Gianluca, le premier enfant toujours en vie, est beau, fort et
sympathique, vient d'une certaine façon nier cette perte et
remplacer l'enfant mort. Ainsi, sur le mythe du fils miracle qui
redonne vie et espérance aux parents, se constitue l'image
toute-puissante de Franco, qui non seulement fait oublier un
deuil très lourd, mais encore éclipse complètement le développement et les besoins de Gianluca – ce premier fils de santé
depuis toujours fragile, qui adopte l'attitude de fils pour ainsi
dire de série B et de frère punching-ball sur lequel Franco
décharge toute sa colère afin d'être et de rester spécial.

Dès lors qu'on élargit le cadre, qu'on en sort et qu'on
remonte à des moments d'émotion dans la famille, les mailles
de cette structure rigide commencent à se modifier. En parvenant à défaire des nœuds, il devient aussi possible de passer à un second niveau de souffrance, où il ne s'agit plus de
l'adolescent perturbé, mais des implications personnelles et

subjectives d'une problématique commune. On passe alors du plan de la pathologie à un plan évolutif, où la thérapie devient pour la famille une possibilité de croissance. Et ce sont précisément des changements physiques – Franco perd progressivement plus de cinquante kilos, il sourit de nouveau, la mère, très myope et physiquement désagréable, devient de plus en plus féminine et à l'aise dans son comportement, le père semble rajeunir de vingt ans – qui accompagnent une impression de bien-être général, le sentiment d'y être enfin arrivé. Si Franco réussit à s'affranchir du mythe du fils miracle et de celui du fils monstre qui en découle, il pourra finalement découvrir son vrai frère, dans lequel il ne voyait jusqu'alors qu'un jouet à manipuler.

Nous devrons toutefois nous attendre à de nouveaux conflits quand les peurs de Franco passeront du milieu familial au monde extérieur. Nous nous trouverons alors face à un individu manquant d'assurance, préoccupé par le refus, avec des difficultés à supporter des situations de frustration en renonçant à sa centralité, auparavant tellement bien mise en actes au sein de sa famille.

A l'extérieur, il se réorganisera sans doute et sera contraint de régler ses comptes avec une réalité moins absolue et moins gratifiante. Un virage lui permettra toutefois d'affronter des peurs et des difficultés propres à son âge, et non plus dictées par un comportement pathologique au service des besoins inexprimés des autres. Ces peurs et ces difficultés pourront être dépassées à condition que les parents sachent aussi se réapproprier les leurs, en se dégageant d'un modèle de dépendance réciproque de leur fils.

La formation à plusieurs niveaux :
comment transformer le handicap de l'étudiant
en ressource thérapeutique

Pour ce qui concerne maintenant la formation du thérapeute[1], il semble évident, d'après ce que nous avons dit jusqu'ici, qu'un approfondissement seulement théorique ou

---

1. Le thème traité dans cette partie est développé dans mon article « I tempi della formazione relazionale » (Andolfi, 1990*a*).

technique n'est pas suffisant : l'étudiant doit trouver un style personnel unique qui lui permette d'entrer dans une relation intense et personnelle avec chaque famille en traitement, de façon qu'ils puissent construire ensemble un projet thérapeutique. Il lui faut apprendre à se servir des aspects les plus divers de sa propre personnalité, dont il doit reconnaître la complexité, de façon à faire jouer toute position relationnelle faisant partie de son patrimoine perceptif et cognitif, et appropriée à tel « moment » de la thérapie. C'est précisément l'apprentissage de cette gymnastique intérieure et sa mise en pratique au service d'une compréhension systématique de la réalité thérapeutique qui exigent non seulement beaucoup de temps, mais encore de pouvoir accepter des moments de crise et d'inconfort.

En ce sens, on peut dire que le groupe des étudiants (dont nous allons maintenant parler) constitue un véritable laboratoire relationnel, à la fois contexte et instrument de formation.

Le cours de psychologie relationnelle

Le premier niveau de formation propose d'étudier et d'approfondir une culture sur l'observation, d'un point de vue relationnel, de systèmes normaux en évolution.

Au cours des deux premières années que dure le cours, un grand espace, tant théorique qu'opérationnel, est offert aux étudiants pour approfondir des concepts comme ceux de complexité, relation observateur/objet observé, information, niveau de lecture, etc.

Le système-famille et ses processus évolutifs constituent le terrain sur lequel nous expérimentons notre travail. Afin de donner à l'étudiant une meilleure capacité d'observation, nous avons utilisé différents instruments : par exemple, l'étude d'images relationnelles tirées de films et de photographies des membres (sur trois générations) des familles des élèves, la présentation de leur propre génogramme familial ou encore la représentation dans l'espace de la famille à travers la sculpture des relations familiales.

L'examen des différents types de demandes relationnelles, ainsi que la recherche de modèles de contact interpersonnels permettant de connaître l'évolution de la famille de l'élève sont des procédés tout à fait similaires à ceux dont le thérapeute fait ensuite l'expérience avec des familles qui ont besoin d'une thérapie ; ainsi l'élève acquiert, à travers l'expérience qu'il en fait sur sa « propre peau », une grande flexibilité dans la compréhension de ses étapes évolutives – apprentissage fondamental qu'il s'agira d'explorer par la suite, pendant la formation clinique.

La formation clinique

Ce second niveau de formation, qui dure quatre ans, est assuré en alternance par deux formateurs qui se relaient pour conduire le groupe, composé d'une douzaine d'étudiants. Ce groupe clinique acquiert les bases de la psychothérapie selon une approche systémique, incluant aussi des aspects plus particulièrement psychodynamiques.

Au cours de cette phase assez délicate de la formation, les capacités perceptives et les réponses émotives de l'étudiant sont tout particulièrement sollicitées. Le futur thérapeute doit apprendre à « être avec le processus », mais aussi à le bloquer afin d'alléger le malaise et la souffrance de la famille. Ce malaise et cette souffrance sont des valeurs que la famille apporte avec elle et il ne s'agit pas de les nier ou de les minimiser car ils représentent au contraire une voie privilégiée pour entrer en contact avec le monde complexe des significations que la famille apporte en thérapie.

Je considère que « la famille en thérapie fait émerger avec vivacité et intensité tant les handicaps individuels que les potentialités créatives de chaque étudiant » (Andolfi, 1990*a*). Quant à la tâche du formateur, dans son travail de supervision et/ou de cothérapeute, elle consiste pour ainsi dire à « attaquer » avec assurance et respect les handicaps pour faire émerger les ressources thérapeutiques.

La spécialisation en psychothérapie familiale

La formation continue avec un troisième niveau de spécialisation en thérapie familiale. Les candidats choisis à la fin du cursus de formation clinique doivent accomplir deux cycles de supervision, d'une durée globale d'au moins trois ans. Ils choisissent deux superviseurs et sont suivis par groupes de deux étudiants. Il s'agit, à ce niveau de formation, de se concentrer sur l'étude du processus thérapeutique à travers la supervision directe, avec les familles et les couples en traitement.

Avec l'expérience, nous avons appris à tolérer les limites du thérapeute et à les accepter, comme nous lui demandons d'accepter celles de la famille – l'objectif suivant étant de savoir comment transformer ces limites, ces incapacités au niveau des ressources, qui agissent en coulisses.

Alors, comme l'affirme Iaja Berardi, notre tâche d'enseignant consiste à « prendre la force de l'intérieur, toujours alourdie du poids des modèles et des connaissances, et de la faire sortir, en donnant suffisamment de place à la fantaisie, à l'invention, à la curiosité ».

Le reste vient de lui-même, comme le dit Nathan Ackerman quand, en 1970, alors jeune étudiant, je lui demandai quel était son modèle de psychothérapie : « Pour ouvrir une brèche dans un mur de ciment, une petite cuillère ne suffit pas. Il faut un pic et l'intensité nécessaire pour faire la brèche. »

Le reste du travail, ce n'est pas nous qui le faisons, mais ceux qui se trouvent de part et d'autre du mur.

Les cours intensifs pour nos collègues étrangers

Il existe depuis treize ans des cours pour nos collègues anglais et, depuis moins longtemps, pour des thérapeutes de langues française et espagnole. Le noyau central de l'expérience formative consiste en un travail sur le *handicap professionnel du thérapeute familial*, à savoir, sur cette zone frontière toujours très perméable entre famille en thérapie et famille interne du thérapeute.

*
**

RÉFÉRENCES BIBLIOGRAPHIQUES

Andolfi, M. (1982), *La Thérapie avec la famille*, Paris, EFS.

–, Angelo, C., Menghi, P., Nicolo, A.M. (1985*a*), *La Forteresse familiale*, Paris, Bordas.

– et Angelo, C. (1985*b*), « Famiglia e individuo in una prospettiva trigenerazionale », *Terapia familiare*, n° 19.

– *et al.* (1988), *La Famiglia trigenerazionale*, Rome, Buizoni.

– (1990*a*), « I tempi della formazione in psicoterapia familiare », *in* Benvenuto, S., et Nicolaus (éd.), *La Bottega dell'anima*, O., Milan, Franco Angeli.

–, Angelo, C., De Nichilo, M. (1990*b*), *Temps et Mythe en psycho-thérapie familiale*, Paris, ESF.

– et Angelo, C. (1991), « Tre generazioni in terapia », *in* Malagoli Togliatti, M. di, et Telfener, U. (éd.), *Dall'individuo al sistema*, Bollati Boringheri.

Bagarozzi, D., et Anderson, S. (1982), « The Evolution of family mythological systems : Considérations for meaning, clinical assessment, and treatment », *Journal Psychonal Anthropol.*

– (1983), « The use of family myths as an aid to strategic therapy », *Journal of Family Therapy*, t. 5, p. 145-154.

Boszormenyi-Nagy, I., et Spark, G. (1973), *Invisible Loyalties. Reciprocity in Intergenerational Family Therapy*, New York, Harper and Row.

Ferreira, A. (1963), « Family myth and homeostasis », *Archs. Gen. Psychiat.*

– (1965), « Family myths : The covert rules of the relationship », *Contemp. Psychiat.*

Framo, J.L. (1988), « Un approcio trigenerazionale alla terapia di coppia, alla terapia familiare e a quella individuale », *in* Andolfi *et al.* (1988).

Minuchin, S. (1974), *Families and Family Therapy*, Cambridge, Massachusetts, Harvard University Press, 1974 ; trad. fr. : *Familles en thérapie*, Paris, J.-P. Delarge, 1979.

Neill, J., et Kniskern, D. (éd.) (1982), *From Psychoanalysis to Family Therapy*, New York, Guilford.

Selvini Palazzoli, M., Boscolo, L., Cecchin, G., Prata, G. (1977), « Una prescrizione ritualizzata nella terapia della famiglia : giorni pari et giorni dispari », *Arch. Psicol. Neurol. Psichiat.*, n° 3.

Stierlin, H. (1978), *Delegation und Familie*, Francfort, Suhrkamp.

La thérapie familiale psychanalytique

Alors que, dans la section précédente, les auteurs tentaient d'allier les approches psychanalytique et systémique, les tenants de la thérapie familiale psychanalytique insistent sur le pôle psychanalytique « groupaliste », par opposition au pôle systémique-interactionnel.

André Ruffiot, dans son introduction à *La Thérapie familiale psychanalytique* [1], décrit l'approche systémique comme centrée sur la réalité comportementale de la famille et en déduit qu'elle est d'essence comportementaliste :

> A l'opposé l'approche psychanalytique groupaliste est inspirée, dans sa théorie et dans sa technique, par une représentation du statut *fantasmatique* et *groupal* de l'individu au sein de sa famille. Elle est une écoute, au-delà des échanges verbaux et comportementaux, du fonctionnement de la fantasmatique familiale dans l'*appareil psychique groupal* de la famille ([1], p. VII).

L'analyste sera donc à l'écoute de la communication inconsciente, à un niveau où les membres de la famille « diluent leurs psychés individuelles dans une psyché groupale » ([1], p. VII). Car, selon cette approche, ce sera l'élucidation du transfert véhiculé par les productions fantasmatiques de la psyché familiale qui fournira à l'analyste son principal levier thérapeutique.

Il nous a semblé important, pour présenter à nos lecteurs le courant de la thérapie familiale psychanalytique, de faire appel à Alberto Eiguer, auteur de plusieurs ouvrages fondamentaux en ce domaine.

Alberto Eiguer, psychiatre et psychanalyste d'origine

argentine installé en France depuis 1973, décrit ce courant comme à la fois groupaliste et psychanalytique. S'assignant pour objectif de permettre aux différents membres de la famille de créer un nouvel espace imaginaire et fantasmatique au sein duquel leurs mythes pourront évoluer, Eiguer estime appartenir au groupe plus large des thérapeutes de la famille et ne considère pas que la pratique de l'ensemble de ses collègues systémiciens soit inévitablement comportementaliste.

Sans gommer en rien les différences des pratiques thérapeutiques, y compris dans les détails les plus concrets (le thérapeute familial analytique n'utilise pas le miroir sans tain ni ne sort de la salle de thérapie en cours de séance, et il privilégie la parole plutôt que les éléments non verbaux), Alberto Eiguer met l'accent également sur les points communs des thérapeutes familiaux : présence en séance de l'ensemble des membres du groupe familial, participation d'au moins deux générations, regard antidéterministe et effet d'« après-coup », terme par lequel il désigne les situations où le passé est modifié par l'intermédiaire du fantasme.

Alberto Eiguer ne croit pas utile de différencier les transmissions transgénérationnelles et intergénérationnelles, comme le fait René Kaës, car il pense que la transmission transgénérationnelle peut être aussi bien fonctionnelle que dysfonctionnelle, organisatrice que désorganisatrice.

Les principaux représentants de ce courant de la thérapie familiale psychanalytique sont des auteurs comme André Ruffiot, Evelyn Granjon, Jean-Pierre Caillot, Gérard Decherf, Paul-Claude Racamier, Didier Anzieu, Serge Tisseron, Simone Découvert, etc.

Et les théories de cette école se retrouvent aussi chez des psychiatres et/ou psychanalystes tels que D. et J. Scharff aux États-Unis, I. Bérenstein, J.G. Badaraco et J. Puget en Argentine, M. Hurni en Suisse, B. Meissner en Allemagne, S. Nicolic en Croatie, ou chez des psychologues psychanalystes tel que M. Marinopoulou en Grèce.

M. E.

*
**

RÉFÉRENCES BIBLIOGRAPHIQUES

[1] Ruffiot, A., Eiguer, A., Litovsky de Eiguer, D., Gear, M.C., Liendo, E.C., Perrot, J., *La Thérapie familiale psychanalytique*, Paris, Dunod, 1981 (voir aussi Eiguer, A., Ruffiot, A., Bérenstein, I., Puget, J., Padron, C., Decobert, S., Soulé, M., *La Thérapie psychanalytique du couple*, Paris, Dunod, 1984).

Alberto Eiguer *

Le thérapeute familial psychanalytique comme étranger, familier et parent adoptif : processus évolutif du transfert

Ce qui nous semble le mieux caractériser le mouvement des thérapeutes familiaux psychanalytiques est leur pratique. Analystes praticiens souvent, ils se servent de modèles théoriques différents, mais ils ont en commun certaines exigences techniques : le protocole est organisé comme toute autre thérapie analytique de longue durée aux séances rapprochées (hebdomadaires ou bimensuelles) ; *cadre* strict, accent mis sur l'*histoire* de la famille actuelle et *transgénérationnelle* visant à la construction du passé refoulé, analyse du *contenu verbal* et des productions *fantasmatiques*, notamment par le récit des rêves, et intérêt pour le *transfert* et le *contre-transfert* (voir références bibliographiques).

Dans cette étude, nous nous proposons d'examiner la façon dont la famille vit le thérapeute, imprévisible pour beaucoup, ce qui touche à la question du sens de la thérapie et à celle de l'empreinte que le processus laissera sur chacun de ses participants. Le problème du changement, autrement dit de l'abandon d'un ancien fonctionnement stéréotypé pour un nouveau, reste implicite dans ces questions, mais, faute d'espace, nous ne pourrons pas l'analyser ici.

Histoire de l'idée de transfert familial

Sensible à ce concept depuis notre formation, nous en avons fait l'objet de notre première communication écrite,

---

* Alberto Eiguer est psychiatre et psychanalyste. Il est l'auteur d'un grand nombre d'ouvrages et d'articles sur les thérapies familiales (voir références bibliographiques, p. 167-169).

en 1978. Au début, nous étions plutôt surpris de voir nos patients et des membres de leurs familles nous associer à tel ou tel personnage significatif de leur histoire. Pendant longtemps, le transfert nous est apparu comme une curiosité intellectuellement excitante, quelque part flatteuse pour notre narcissisme, ce qui fut fréquemment évoqué dans nos échanges avec nos cothérapeutes. Mais ce fut longtemps après les premières constatations que nous avons saisi tout son intérêt. Les membres de la famille y trouvent l'occasion d'élaborer des conflits, d'évoquer des traumatismes et des fantasmes liés aux personnages mentionnés. Ils en tirent des conclusions insoupçonnées pour eux et pour nous, qui les marqueront longtemps après l'arrêt de la thérapie. Ce champ transitionnel permet d'atteindre l'un des *buts* les plus chers de notre travail : la croissance de l'imaginaire et sa mise en mots, ainsi que la formation de nouveaux mythes.

Nous allons nous attarder ici sur l'évolution du transfert, en étudier une des fonctions principales. Pendant le processus va se développer une formation à laquelle les familles rigides n'ont souvent pas accès : l'intériorisation du quatrième personnage familial, celui auquel aucun lien de sang ne nous lie, mais seulement un lien psychique – lien à la fois structurant et contraignant, lien de protection et d'instauration de la loi.

Nous avons fréquemment comparé nos positions à celles des auteurs systémiques, qui soulignent l'importance de phénomènes semblables mais sous d'autres désignations : communication intrathérapeutique, totalité famille-groupe de cothérapeutes. Cette tendance, qui s'affirme aujourd'hui, s'inspire de la deuxième cybernétique (Foerster, 1974), qui montre la place incontournable de l'observateur, car c'est lui qui définit l'observable ; elle confirme nos critères sur l'intérêt mutatif du transfert.

Il nous semble effectivement que la clé du changement dérive de la relation famille/thérapeute, ce qui va de pair avec le constat que le désir de maîtrise familiale est aiguisé au contact dérangeant du cadre, que même les résistances sont le plus souvent provoquées par le transfert, et, d'un autre côté, qu'un des moteurs du changement viendra des fantasmes évoqués et provoqués dans la psyché du thérapeute, laquelle fournira en retour aux membres de la famille un style associatif plus souple, plus nuancé et susceptible de contenir de façon créative la violence primitive.

Souvenons-nous de la première définition du transfert dans la thérapie familiale, en 1981, reprise et analysée en 1983 : « Le transfert familial est le commun dénominateur des fantasmes et des affects rattachés à la psyché commune ou à un objet du passé familial, et référé au thérapeute par déplacement ou par projection. » En 1987, nous avons consacré un ouvrage au transfert et au contre-transfert. La place de l'*ancêtre* (objet transgénérationnel) donne une force supplémentaire au concept : fréquemment, le transfert recueille la représentation refoulée ou clivée de ces *autres* objets qui ont gravité jadis de façon significative sur les membres de la famille.

En 1983, nous avons essayé de préciser les formes qu'adopte ce transfert au fur et à mesure de l'évolution de la thérapie, évolution marquée par les modifications des *clivages*, idée que Donald Meltzer (1967) applique par ailleurs au processus analytique. La *première phase* de la thérapie est influencée par un fort clivage entre le sous-groupe familial des « sains d'esprit » et le sous-groupe constitué par le « patient désigné ». Leurs oppositions se « latéralisent » sur le thérapeute, qui sera la cible de projections massives, de résistances marquées par le déni, le chantage ou la recherche, plus rare, de séduction, afin qu'il prenne parti pour l'un ou l'autre bord. Nous avons repéré aussi des *interversions de rôles* : le thérapeute est traité en malade ou en enfant. Avec l'évolution du processus et un changement d'orientation dans le sens du clivage (*deuxième phase*), les membres sous-valorisés deviennent les *juges* des autres, parfois les parents ; ces derniers peuvent alors s'interroger sur leur vie commune. Apparaissent les mésententes du couple, des interrogations sur l'origine du lien, sur la sincérité de leur amour, etc. Différents aspects de la *scène primitive* marquent les points forts de cette étape (voyeurisme à propos de la vie sentimentale du couple, souffrance suscitée par le maintien à l'écart des enfants). Au même moment, le thérapeute est idéalisé. A peine la famille évoque-t-elle son mythe fondateur qu'il est sollicité pour en devenir le « nouvel auteur ».

Pendant la phase suivante (*troisième phase*), des mois ou des années après le commencement de la cure, le clivage se déplace : le dehors se révèle comme hostile (l'institution psychiatrique, une partie éloignée de la famille), en même temps que le dedans est intégralement idolâtré dans une espèce de *fête maniaque* partagée. Surviennent, à cette occasion, des images fondatrices exaltantes correspondant à tel ou tel *ancêtre idéalisé*. La *quatrième phase* est celle de la dissolution des clivages, de la lente élaboration des séparations et des pertes.

Problématique du lien adoptif

Cette façon d'observer le transfert, si elle était juste et utile, n'en présentait pas moins des points obscurs que la suite a permis d'éclairer. Aujourd'hui, nous aimerions reformuler la problématique de l'évolution du transfert, confrontée à un vecteur qui nous semble essentiel : celui du transfert comme un avatar de l'adoption. Si le transfert reproduit le vécu infantile le plus primitif, il n'en est pas moins traversé par la question de la double paternité, à relier à la maternité, qui, elle, est singulière. La double paternité introduit le quatrième personnage familial, un autre que le père, la mère et l'enfant : le père symbolique, père de la culture qui peut revêtir les traits d'objets significatifs, comme le parrain, l'instituteur, le maître, le grand-parent, celui qui donne le nom. L'ancêtre, porteur du message des origines de l'espèce, le serait d'autant plus qu'il sous-tend le noyau vital de l'identité familiale et individuelle. De même, l'adoption reproduit la configuration du modèle de la double paternité. Le *quatrième personnage* est communément investi par des pulsions entravées, bien qu'il soit le point d'origine d'*identifications* non moins puissantes.

L'expérience nous a montré que le quatrième personnage n'est transféré sur le thérapeute qu'au bout d'un long travail d'élaboration et de déblaiement ; le thérapeute est alors considéré « comme le parent adoptif ».

Disons-le tout de suite afin d'éviter des malentendus : l'étranger, le familier/familial et l'adoptif sont ici des personnages de la réalité psychique (objets), donc des assignations imaginaires.

Tout au début de la thérapie, le thérapeute est vécu comme un *étranger*, voire un intrus. Des sentiments d'étrangeté, de persécution, de confusion avec perte des limites sont exprimés à son encontre. Nous avons droit à l'indifférenciation entre l'homme et le technicien, entre le clinicien qui a posé l'indication et le thérapeute, entre l'inventeur de la méthode et celui qui l'applique ; parfois il s'agit de confusions entre l'être humain et l'animal, voire entre un objet inanimé et un objet animé.

Bon nombre de ces sentiments nous rappellent les parents devant leur nouveau-né : avant qu'ils n'éprouvent un sentiment parental, ils le voient comme un être étrange : « Il ressemble à un lapin écorché », « à un rat », « il ne me rappelle personne de ma famille ». Ces expressions ne traduisent que faiblement le vécu de *rejet* du nouveau-né, vite contre-investi.

Dans la suite de la thérapie, nous entrons dans une deuxième période, celle du thérapeute considéré comme un *familier*. Parfois, il est littéralement vécu comme un membre de la famille. On voit apparaître un état de confusion extrême. Invité, adulé, le thérapeute est convoqué à participer au repas totémique. Il est néanmoins le plat à dévorer. Nous pouvons y voir reproduites les constantes de la *fusion* mère-nourrisson, à laquelle le père est convié à condition qu'il ne soit pas père, mais qu'il s'accommode de la règle du « même », de l'inexpugnabilité et de la félicité absolue.

Dans cette phase, le nourrisson, qui a pu être vécu comme un étranger, est totalement intégré aux lignées ; il est déjà admis comme humain ; on note des ressemblances physionomiques avec tel ou tel membre de la famille. Si les parents reconnaissent dans l'enfant le continuateur de la lignée, ils ne se sentent pas moins des enfants eux-mêmes. Curieusement, ils se vivent ici tout à la fois enfant, parent et aïeul.

Dans le cas de la famille L. (les enfants avaient été conçus par insémination artificielle avec donneur), j'ai éprouvé une impression bizarre. En observant simultanément l'enfant et le père, qui n'était pas le géniteur, j'ai noté que le fils lui ressemblait fortement. Je me suis dit qu'il devait être son père biologique. Les membres de la famille continuaient à parler, alors que moi, sans pouvoir les écouter, je continuais à confronter longuement les traits de l'un et de l'autre. Ils m'apparaissaient « pareils » : les cheveux, le nez, les yeux, la bouche. Ma curiosité était si forte que je me disais qu'il serait très utile que les parents me donnent des détails sur le jour et l'heure de l'insémination. Il devait y avoir eu une erreur, le centre de donneurs de sperme s'était trompé ou du moins ce jour-là le sperme du mari avait fécondé l'épouse. J'ai conclu que cet homme n'était pas stérile.

Je ne connaîtrai jamais la réponse à cette énigme, si ce n'est que mon contre-transfert enregistra à ce moment-là les signes d'une communion familiale exceptionnellement puissante.

La troisième période de la thérapie familiale est celle de la représentation du thérapeute comme un *parent adoptif*. Ici, le thérapeute est vu comme un autre « décorporalisé », parent de la loi, garant du cadre et de la capacité *alpha** (de la pensée). Il sera détaché de la représentation du cadre et de la situation thérapeutique, et apprécié dans la multiplicité de son être et de ses fonctions. En général, il ne subira plus d'attaques et ne sera plus pris comme un juge. Simultanément, la thérapie devient pour la famille un événement « hors du commun ». Des histoires souvent rocambolesques se bâtissent autour de la vie privée du thérapeute, dans une sorte de roman néo-familial.

Cette représentation nous rappelle que tout père serait un père adoptif dans ce sens que le droit à la paternité se façonne, se construit, s'acquiert et se conquiert, péniblement parfois. Il ne suffit pas qu'un père soit le géniteur pour être « le père ».

Revenons au roman familial, avec ses deux versions : 1. Mes parents ne sont pas ceux qui m'ont conçu, ces derniers sont plus nobles et prestigieux. 2. Mon père ne m'a pas conçu, mais un autre, dont ma mère a été amoureuse. Ces fantasmes de l'enfant adopté ou bâtard, si douloureux soient-

---

* Les éléments *alpha* et *bêta* sont des concepts créés par Wilfred R. Bion. Jacques Miermont, dans son *Dictionnaire des thérapies familiales*, Paris, Payot, 1987, p. 192, définit ainsi l'élément *alpha* : « La théorie de la fonction *alpha* concerne l'étude et la compréhension de la capacité de penser et ses troubles. Elle postule, dans la personnalité, l'existence d'une fonction qui transforme les éléments sensoriels en éléments *alpha* [...]. Les éléments *alpha* correspondent aux impressions sensorielles qui, transformées en images, servent à former les pensées oniriques, le penser inconscient de l'état de veille, les rêves, les souvenirs et les représentations. Les impressions sensorielles non transformées sont les éléments *bêta*. »

ils, n'en stimulent pas moins chez l'enfant le désir de savoir et de se surpasser.

Dans le cas des enfants adoptés tardivement, Ombline Ozoux-Teffaine (1987) remarque combien le processus d'adoption devient long et difficile : parents d'un côté et enfants de l'autre régressent successivement vers des positions primitives : fusion, corps à corps, communion.

Le *moment de résolution* de ce processus est le plus douloureux : c'est le « travail de deuil de l'enfant idéal » que l'on avait imaginé. Aussi bien la mère que l'enfant (le père est déjà plus nettement distingué) ont besoin de laisser une place à l'autre, de s'accommoder de la réalité de l'autre, de son histoire. Mais on n'observera pas de véritable intégration tant que les parents n'arriveront pas à localiser dans leur roman historique familial quelques souvenirs, qui se trouvent être semblables chez certains partenaires du couple, concernant l'adoption ou l'abandon d'un enfant dans leurs généalogies respectives. L'enfant, s'il est assez grand, pourra même, dans un après-coup fantasmatique, « modifier » son histoire antérieure, « inventer » des rencontres avec ses nouveaux parents, qui auraient eu lieu avant même qu'il les ait connus. Il s'inscrit de la sorte dans le désir de ses nouveaux parents.

Nous pensons que tout parent, surtout le père, réalise pleinement qu'il est le parent de son enfant lorsqu'il s'imagine, ne fût-ce qu'un instant, que son enfant a été conçu par un autre, et il l'aime malgré cela. Dans ses contradictions, se dessaisissant de cette parcelle de narcissisme réconfortant qu'est l'hérédité biologique, il peut (le parent, le père) sentir que son enfant l'intéresse pour ce qu'il est, peu importe d'où il vient et ce qu'il deviendra. La paternité se conquiert, car elle ne va pas de soi ; et l'on sent comment, faisant jouer la contrainte, le « puisque tu es mon enfant, il te faut accomplir tel ou tel geste » crée plus de complications que de véritable prédisposition affective du côté de l'enfant. Son désir se confond avec un « don » du moi, plus ou moins coupable, plus ou moins sacrificiel. Le désir et la reconnaissance de la « qualité » parentale du parent s'épanouiront d'autant plus que l'adoption imaginaire planera sur le lien filial.

La *nature biologique* de la filiation attise et exalte le narcissisme, alors que la *nature adoptive*, c'est-à-dire psychologique, prédispose à l'objectalité, à l'aiguisement du désir génital, à l'individuation/séparation. Si la première met l'accent sur la fierté de la ressemblance, elle donne libre cours à l'assujettissement également. La deuxième est porteuse d'érotisme, de diversité et de liberté.

Pour les deux parents, les choses ne sont pas semblables. La mère est *certissima*, le père incertain. La position de ce dernier est celle d'un géniteur qui deviendra père longtemps après la reconnaissance de son enfant. Parce qu'il s'occupe de lui, il gagnera ultérieurement sa place de père de cet enfant (Bourdier, 1978). La position de la mère génitrice qui doit aussi conquérir sa fonction est plus complexe, dans la mesure où porter l'enfant lui permet de se sentir enfin femme, désirée par un homme qui lui offre ainsi l'occasion rêvée depuis son enfance (déplacement symbolique pénis/bébé). Toutefois, ultérieurement, elle pourra imaginer qu'on lui a changé son enfant à la naissance, ce qui renvoie à une forme d'« adoption », tout cela dans l'orage de la rivalité avec sa mère, à qui elle aurait fantasmatiquement volé ce précieux objet de plaisir qu'est le pénis/bébé... A ce moment surgira, avec toute sa complexe richesse, le sens multiple de la maternité. La mère saura s'approprier son enfant quand elle sera en condition d'admettre qu'elle a été dépossédée de lui. Possession et partage sont les clés de la maternité. Et un enfant qui est « élu » à tout loisir de se dire aimé pour lui-même.

Pour qu'il ne reste pas un poids immobile, le lien par le sang doit se reconvertir, prendre le large, se mesurer aux vagues des passions.

Nous avons été amené à distinguer le père géniteur du père filial, mais ces deux catégories ne se superposent pas à celles du familier/familial et de l'adoptif, car le père filial est déjà vécu comme familier/familial lors de la passion amour/haine de l'œdipe, pour devenir objet/sujet du lien dépassionné qui consacre et clôt l'œdipe. C'est à ce moment qu'il peut être reconnu comme adoptif. Nous disons bien « reconnu ».

Pour le schizophrène, par exemple, le père est seulement géniteur, et il ne l'est même pas dans le délire de filiation. Le schizophrène vit dans un antiroman familial en quelque sorte.

Souvenons-nous que dans l'Antiquité de nombreux héros mythiques furent des enfants adoptifs ou des bâtards, ce qui redoublait probablement leurs chances de croissance en les protégeant des dangers. Un cas intéressant est celui d'Héraclès, qui montre la curieuse représentation que les Grecs se faisaient de la fécondation. Héraclès avait un frère jumeau, le modeste Iphiclès, qui, lui, fut conçu par Amphitryon, alors qu'Héraclès le fut par Zeus. Par une ruse, le dieu a su séduire Alcmène ; il s'est métamorphosé en son mari qui se trouvait alors à la guerre. Les deux enfants ont pourtant été conçus au même moment !

Pensant à mes doutes lors de l'observation rapportée il y a un instant, vous auriez bien le droit de me dire que j'y réalise un « contre-transfert grec » !

Comment repérer la configuration de l'objet

Ces trois phases du transfert (étranger, familier, adoptif) se superposent aux quatre périodes du processus de la thérapie évoquées au début de ce travail, qui se caractérisent, comme nous l'avons souligné, par les transformations du clivage. La phase du thérapeute comme étranger évoque la première période du fort clivage malade/sains d'esprit. La suivante (le thérapeute vécu comme un familier) renvoie à la deuxième période, d'assouplissement des clivages et d'apparition des problématiques parentales, ainsi qu'à la troisième période, d'« élation maniaque », lorsque le clivage se redéfinit par rapport à l'opposition dedans/dehors. La période du transfert où le thérapeute est considéré comme un parent adoptif coïncide avec celle de la résolution des clivages, de l'entrée dans l'œdipe et, plus tard, de son dépassement.

Nous aimerions ajouter quelques précisions :

1. En thérapie familiale, le transfert s'exprime de façon privilégiée dans l'activité du *rêve* individuel, par les personnages et par certaines images oniriques, comme la maison, l'espace des villes ou des campagnes. Ces images apparaissent également dans le dessin fait en séance ou dans des associations, et elles ont une valeur semblable. La maison figure le corps, elle peut aussi refléter la représentation du *soi familial*, le niveau d'*appartenance* et le stade du déplacement sur le transfert des objets inclus dans ce soi familial.

Ainsi, il est intéressant de souligner la *dialectique* entre l'espace contenant et le sujet – le premier traduisant la représentation de la totalité et le deuxième les transformations des objets internes, leur plus ou moins grande familiarité et les affects qu'ils suscitent. Si la salle de thérapie, ses objets matériels, ses « entrées » et ses « sorties » trouvent rapidement un intérêt pour les patients, il n'en reste pas moins qu'ils deviennent – et nous le savons déjà depuis longtemps – le lieu d'expression du *transfert sur le cadre*. Celui-ci sera d'autant plus rassurant que la famille aura pu se constituer une peau commune contenante, dans la lignée de l'intégration narcissique (Eiguer, 1987). Mais une fois ce transfert sur le cadre établi, les objets inconscients significatifs prendront plus de force. Autrement dit émergeront des objets transgénérationnels à la base de passions et d'identifications.

2. Au moment du passage de la première phase à la deuxième, nous avons remarqué que le thérapeute était associé à certains personnages comme « l'accoucheur ou la sage-femme qui a fait naître un enfant », nous annonçant la question de la conception, l'origine de l'être.

3. La sortie de l'« étrangeté » du thérapeute a pu également se traduire, dans mes exemples, par le fait que les membres de la famille ont « découvert » des objets du bureau, même s'ils s'y trouvaient depuis toujours, ou m'ont offert des plantes « pour égayer ce sombre endroit » ! L'« appropriation » des lieux sera parfois massive : ils auront du mal à les quitter.

4. En général, nous avons observé que le récit concernant les ancêtres, objets de honte et de secret, a lieu lors de la deuxième phase.

5. Il convient d'insister sur le fait que chaque phase engendre la suivante ; elles sont toutes incontournables, nécessaires et structurantes.

Bien que la phase d'étrangeté soit le témoin d'explosions, voire d'*extension des réactions psychotiques* à tous les membres de la famille, elle n'en est pas moins essentielle pour l'abord des fantasmes archaïques, donc fondateurs. A la différence du lacanisme, ce transfert imaginaire ne nous paraît pas représenter une résistance au transfert symbolique, auquel le transfert adoptif peut ressembler, mais en être la matrice.

6. Par commodité d'exposition, nous avons parlé d'un seul thérapeute, mais le transfert sous ses trois formes évolutives

se manifeste également avec un couple de thérapeutes ou plusieurs. Dans la forme la plus claire et affirmée, ce sera l'équipe thérapeutique qui sera vécue comme « objet » étranger, etc.

7. Hormis la représentation parentale, il n'est pas exclu que le thérapeute soit traité comme un frère ou même un enfant, le plus intéressant restant, pour nous, l'*adjectif* de la formule : c'est ce qui marque le degré de rapprochement/ distance sur lequel nous nous sommes centrés. Voici deux exemples suggestifs : 1. Le thérapeute est imaginé comme l'enfant adoptif de l'institution dans laquelle il est inséré et où l'enfant est pris en charge. 2. Les membres de la famille croient que les deux thérapeutes sont comme un frère et une sœur qui font l'amour en se communiquant toutes leurs pensées.

Illustration clinique à propos du thérapeute comme un objet familier/familial

Dans l'un de mes cas, une famille de type pervers, les discussions lors des séances de thérapie familiale étaient interminables, suscitant la même colère et la même intransigeance que lors des premiers accrochages. Mais l'attitude envers moi était très positive et respectueuse. Ce contraste a attiré mon attention. Christian, l'aîné, vingt-cinq ans, prend souvent la défense de la mère. Denise, la fille cadette, dix-huit ans, héroïnomane actuellement sevrée, est inconfortablement installée dans une position incertaine.

Une des controverses s'exprime autour de la vente de la maison commune après le divorce des parents, qui a eu lieu dix ans auparavant. Le père, s'étant occupé du déménagement, a jeté « par mégarde » la chaîne hi-fi de Christian, car il ne savait pas « à quoi cela servait ». Le fils s'emporte, lui reprochant aujourd'hui comme jadis : « Tu aurais dû me demander. » Le père : « Tu aurais dû me prévenir. » Christian : « Comment allais-je imaginer que tu allais la jeter ? Une chaîne hi-fi, ça se voit, c'est énorme. » Le père réplique à son fils qu'il mettait la musique trop fort exprès. Christian lui rappelle son plaisir d'entendre la musique moderne : « Ça se joue fort, toujours. »

Après un moment de durs échanges, Denise réagit avec cette clairvoyance propre à certains patients désignés : « Quand vous vous disputez comme ça, je sens que vous vous fichez de moi... de mon état, de ma souffrance. Plus je vous explique que "ça va pas", plus vous trouvez un prétexte pour vous disputer. »

En me démarquant du conflit, mais en prenant en considération les propos de Denise, qui confirme que la dispute les excite et leur sert à éviter de se confronter à la douleur, je leur dis que cette maison représente l'« unité familiale ». Faute de pouvoir la conserver, ils s'entre-déchirent, s'expulsent, s'attaquent. L'un « oublie » de communiquer la présence de la chaîne hi-fi, l'autre « oublie » qu'elle appartient au fils... Pour éviter la douleur de la séparation, et parce qu'il a l'impression que cela implique la *cassure* de la famille et un rejet de la *chaîne* filiale, chacun préfère attaquer et se dire négligé par l'autre.

Dans cet exemple, au-delà de la mésentente, tous les membres de la famille s'accordent pour déposer sur le thérapeute le rôle d'arbitre. Pour cela, ils jouent un double jeu : d'une part, ils investissent massivement le débat et, d'autre part, chacun essaie de séduire le thérapeute pour l'amener à prendre parti en sa faveur, si possible en exaspérant l'autre, le faisant ainsi apparaître comme ridicule. Les membres de la famille désirent que le père imagoïque projeté sur le thérapeute les aime d'un amour égal. S'ils sont extrêmement susceptibles et virulents entre eux, ils vont en revanche accepter ses interprétations sans protester.

Quelques semaines plus tard, ils relatent l'« épisode de la clé » : lorsque Christian a quatorze ans, le père lui donne un double de la clé d'un studio qu'il possède, lui disant vaguement que maintenant « il peut s'en servir » (comme d'une garçonnière ?). Au retour du travail, la mère et Christian reçoivent le père sur le palier de la maison avec des cris. La mère : « Dégénéré, tu veux pervertir ton fils. » Christian : « Tu ne m'expliques rien. » La mère : « Tu es une brute. »

Le père riposte : « Rapporteur ! Le bébé est allé tout raconter à sa maman. » Quand on me fait le récit de cet épisode, Denise ose à peine réagir. Il s'ensuit une vive discussion sur l'incompréhension du père, sur son immaturité. A vingt-cinq ans, lorsque la mère s'est trouvée enceinte de Christian, *le père dit ne pas avoir été sûr que l'enfant fût de lui.* La mère ajoute : « C'était un gamin incapable d'assumer sa paternité. Pour faire l'amour, il était prêt. Pour reconnaître son fils, pas du tout [...]. J'ai dû sauver Christian » (car le père voulait qu'elle avorte). Les enfants sont consternés. Et, tout de suite, ridiculisant encore son ex-mari, elle leur expose d'autres détails de leur mésentente sexuelle. Elle semble y trouver une justification au divorce. On perçoit que le désir de complicité mère-fils est très fort et réactivé dès que le père essaie de s'approcher du fils.

La scène est sordide. Le père ne sait pas s'il lui faut se taire, riposter, faire des révélations compromettant l'image de sa femme auprès des enfants, ou s'il doit dévoiler son insatisfaction sexuelle, qui l'a conduit à chercher des maîtresses. Vite, le dialogue devient un affreux déballage d'insatisfactions et d'infidélités. Chacun essaie de montrer qu'il est le plus noble et le plus dévoué des parents ; la rivalité pousse le père à trahir des secrets.

Le transfert agit néanmoins d'une façon *contenante*, permettant aux parents de dire pour la première fois leur amertume, d'expliquer la nature de leur incompatibilité. Certes, chacun peut apparaître comme un affreux : un père qui nie la paternité de son fils ; une mère incapable de satisfaire érotiquement son mari ; des êtres pleins de ressentiment, sans scrupules, perfides, cyniques.

Malgré l'horreur que les parents m'inspirent, ils ne s'en montrent pas moins humains, désespérément dépendants de ma considération. Ils semblent partagés à l'extrême, coupables de leur sexualité devant un parent imaginaire, de leur échec de couple et aussi d'avoir fait jouer aux enfants un rôle de rassembleurs de la famille. Si l'*avortement* est déjà mis en scène lors de l'acte second – le divorce –, le père jetant la chaîne hi-fi, il se rejoue encore plus dramatiquement lors de la prise de drogue de la fille. La révélation du désir d'avortement pendant cette dernière séance permet d'associer néanmoins sur le sens donné à la fécondité.

Un peu gêné, j'ai interprété que le mari a peut-être déposé sur la femme le désir de garder l'enfant, et que tous les deux devaient vouloir tout à la fois garder l'enfant et s'en défaire.

Christian est venu par la suite « sauver » la situation en expliquant qu'il avait suivi le même chemin professionnel que le père... Au moins intellectuellement, il lui a été possible de se sentir en contact avec lui. Le père n'a pas « su » lui parler d'autre chose que de son travail, alors que la mère réagissait avec jalousie chaque fois que père et fils avaient quelque chose à se dire. A ce moment, Denise réagit vivement, elle avoue se sentir très proche de ce père rejeté par « tout le monde ».

Durant les séances suivantes, la mère du père « apparut » comme ayant joué le rôle d'une femme possessive, très attachée à son fils et l'idéalisant. Lors de ce récit, tous les quatre semblaient plus détendus.

Chaque étape du transfert bâtit le « familial » ; je suis associé à un père idéal et juste, qui autorise la parole, mais aussi à un père-surmoi sévère.

Toutefois, dans cette dernière séquence, une autre représentation m'est attribuée. La mère m'identifie probablement à un homme « bien », qui ne douterait jamais de la paternité de son enfant, à la différence de la « brute irresponsable » qu'est son ex-mari. Je deviens son objet le plus désiré. Cette association surgit après que le père a cherché ma complicité, me désignant comme un homme libéral, à l'instar de lui-même, qui n'hésite pas à montrer le chemin de l'épanouissement sexuel à son fils adolescent. Chacun des parents compte sur mon adhésion à sa position. Christian et Denise aussi, à leur manière, en mettant en avant leur attachement œdipien, participent à cet investissement transférentiel.

Conclusion

1. Le transfert familial évolue en s'organisant sur le mode d'une *névrose transférentielle* dont dépendra le changement.

2. L'*histoire* tissée avec le thérapeute s'intégrera au moi de chaque membre de la famille comme une expérience nouvelle.

3. Le processus transférentiel devient un long exercice de *possession/dépossession* du père, qui sera attaqué, exclu, accepté ; et un modèle d'identification dans une longue mise en scène où chacun assume un autre rôle que le sien.

4. Les étapes de l'étranger, du familier et de l'adoption de l'enfant par ses parents et des parents par l'enfant vont se

succéder sans toutefois exclure des retours à l'étape précédente.

5. La représentation de l'*habitat*, reproduite en séance et par rapport à la séance, permettra de consolider les enveloppes fonctionnelles de la famille.

6. Nous avons insisté sur le fait que la thérapie permet de mieux distribuer la folie ; nous ajouterons qu'elle permet aussi de mieux distribuer la fonction intrafamiliale de « soignant », de la développer et de la rendre efficace.

7. Au bout de notre parcours, la légitimité analytique de notre thérapie ne paraît pas difficile à prouver. La thérapie familiale analytique, née je-ne-sais-où de je-ne-sais-qui, trouvera-t-elle une place parmi les méthodes issues de l'analyse, comme l'analyse d'enfant, le psychodrame ou la relaxation analytique ?

Sera-t-elle également reconnue dans sa singularité aussi bien par les analystes que par les systémiciens ? Ce que nous avons voulu montrer ici, en tous cas, c'est que l'adoption est la voie royale qui prépare l'avènement du sujet.

*
**

RÉFÉRENCES BIBLIOGRAPHIQUES

Berenstein, I. (1981), *Psicoanálisis de la estructura familiar*, Buenos Aires, Paidós.

Bourdier, P. (1978), « La paternité : essai sur la procréation et la filiation », *in* Sztulman, H., *Œdipe et la psychanalyse d'aujourd'hui*, Toulouse, Privat, p. 85-110.

Caillot, J.-P., et Decherf, G. (1989), *Psychanalyse du couple et de la famille*, Paris, Apsygée.

Dicks, H. (1967), *Marital Tensions*, Londres, Routledge and Keagen.

Eiguer, A. (1978), « La prise en charge de familles dans un hôpital de jour », *L'Information psychiatrique*, 54, 9, p. 953-960.

– (1983), *Un divan pour la famille*, Paris, Le Centurion, coll. « Paidos ».

– (1984), « Le lien d'alliance, la psychanalyse et la thérapie de couple », *in* Ruffiot, A., Bérenstein, I., Puget, J., Padrón, C., Decobert, S., Soulé, M. (éd.), *La Thérapie psychanalytique du couple*, Paris, Dunod, p. v-xii et 1-83.

– (1987), *La Parenté fantasmatique : transfert et contre-transfert en thérapie familiale psychanalytique*, Paris, Dunod.

– (1989*a*), *Le Pervers narcissique et son complice*, Paris, Dunod.

– (1989*b*), « L'objet transgénérationnel », *Perspectives psychiatriques*, 25, 17, 2, p. 108-115.

– (1991), *La Folie de Narcisse : la double conflictualité psychique*, Paris, Dunod.

– (1992), « Thérapies familiales et schizophrénie », *Encyclopédie médico-chirurgicale*, section « Psychiatrie ».

– *et al.* (1981), « Contribution psychanalytique à la théorie et à la pratique de la psychothérapie familiale », *in* Ruffiot, A., *et al.*, *La Thérapie familiale psychanalytique*, Paris, Dunod.

Foerster, H. von (1974), « Notes pour une épistémologie des objets vivants », *in* Morin, E., Piattelli-Palmarini, M., *L'Unité de l'homme*, Paris, Éd. du Seuil, p. 401-416.

Freud, S. (1914), « Introduction au narcissisme », *La Vie sexuelle*, Paris, PUF, 1969. p. 80-105.

– (1921), « Psychologie collective et analyse du moi », *Essais de psychanalyse*, Paris, Payot, 1951, p. 80-175 ; nouv. trad. : « Psychologie des masses et analyse du moi », Œuvres complètes XVI, 1921-1923, Paris, PUF, 1991, p. 5-83.

Granjon, E. (1987), « Traces sans mémoire et liens généalogiques dans la constitution du groupe familial », *Dialogue*, 99.

Lebovici, S. (1982), « A propos du traitement de la famille », *Psychiatrie de l'enfant*, 2.

– Diatkine, G., Arfouilloux, J.-C. (1969), « A propos de la psychothérapie familiale », *Psychiatrie de l'enfant*, 12, p. 447-536.

Lemaire, J. (1971), *Les Thérapies du couple*, Paris, Payot.

– (1979), *Le Couple, sa vie, sa mort*, Paris, Payot.

Meltzer, D. (1967), *Le Processus psychanalytique*, Paris. Payot, 1971.

Nicoló, A.-M. (1990), « Soigner à l'intérieur de l'autre : notes sur la dynamique entre l'individu et la famille », *Cahiers critiques de thérapie familiale et de pratiques de réseaux*, 12, p. 29-51.

Ozoux-Teffaine, O. (1987), *Adoption tardive*, Paris, Stock.

Pichon-Rivière, E. (1976), *La Teoria el vínculo*, Buenos Aires, Galerna.

Ruffiot, A., Eiguer, A., Litovsky. D., Liendo, E., Gear-Liendo, M.C., Perrot, J. (1981), *La Thérapie familiale psychanalytique*, Paris, Dunod ; 2ᵉ éd., 1982, 3ᵉ éd., 1989.

Willy, J. (1975), *La Relation de couple : le concept de collusion*, Paris, Delachaux et Niestlé, 1982.

Les approches systémique, structurale et stratégique en thérapie familiale

Cette section décrit les approches que l'on associe le plus fréquemment à la thérapie systémique : ce sont celles qui ont sans doute le plus influé sur la théorie et la pratique des thérapeutes de famille.

Il s'agit des travaux de l'école de Palo Alto, de la thérapie familiale structurale de Salvador Minuchin, de l'approche stratégique telle que Jay Haley puis Cloé Madanes l'ont développée et, enfin, des recherches que Mara Selvini Palazzoli a menées à travers les différentes étapes de son cheminement personnel.

Aussi bien Paul Watzlawick [1] que Jay Haley [2] ont souligné que Gregory Bateson a profondément modifié la vision traditionnelle de la maladie mentale. Watzlawick résume cet apport ainsi :

> Le psychiatre est formé pour aborder un cas particulier avec un modèle de maladie mentale. Ou plutôt, il a en tête un modèle théorique de maladie et, quand il va se trouver confronté à ce cas particulier qu'est le patient, il va essayer de se l'expliquer grâce au modèle qu'il a en tête. L'anthropologue agit à l'opposé [...]. Bateson ne s'est pas demandé pourquoi cette personne-ci se comporte de manière folle. Il s'est demandé dans quel système humain, dans quel contexte humain, ce comportement peut faire sens ([1], p. 9 et 10).

Et Haley [2] a, lui aussi, relevé l'aspect novateur de l'analyse de Bateson, qui a consisté à décoder le comportement du schizophrène comme un comportement adaptatif approprié à une situation sociale donnée.

Le premier groupe de Palo Alto (1952-1962), avec Bateson, Haley, Weakland, Fry et Jackson, a joué un rôle déterminant pour la genèse de l'approche systémique. Les travaux de cette équipe, originellement subventionnée par la fondation Rockefeller afin d'étudier les « paradoxes de l'abstraction dans la communication » et la « confusion des types logiques », préparèrent l'apparition du Mental Research Institute (MRI), en 1958 : le personnel de cet institut devait augmenter rapidement, Don Jackson, Virginia Satir et Jules Riskin étant rejoints par Paul Watzlawick en 1961, puis par John H. Weakland et Lynn Segal en 1962, ces effectifs s'élargissant encore par la suite grâce à la collaboration de thérapeutes tels que Carlos Sluzki, Richard Fisch et Arthur Bodin.

Gregory Bateson, comme on le sait, déclina l'invitation de Don Jackson de participer aux travaux du MRI, dont l'orientation était essentiellement clinique. Mais il convient cependant de rappeler (car c'est une chose peu connue) que ce dédain apparent de la pratique thérapeutique n'a pas empêché Bateson de « fonctionner » comme un thérapeute à divers moments de sa vie. D'après Haley [1], en effet, Bateson, qui avait été engagé comme ethnologue au Menlo Park Veteran's Hospital dans les années quarante, avait alors beaucoup travaillé avec des Irlandais, population qui comptait un si grand nombre d'intempérants que l'on peut dire qu'il avait très souvent fait office de thérapeute d'alcooliques au cours de cette décennie. Puis Bateson avait dirigé des thérapies individuelles de schizophrènes au début des années cinquante et avait même suivi en thérapie quelques familles de schizophrènes lorsque le premier groupe de Palo Alto s'était orienté vers les thérapies familiales, à partir de 1956.

En outre, Haley [2] rappelle aujourd'hui que, même s'il est devenu d'usage de souligner que Bateson et lui-même s'opposèrent à propos du concept de « pouvoir », l'objection que l'on attribue à cet égard à Bateson ne fut pas formulée entre 1952 et 1962, années au cours desquelles le premier groupe de Palo Alto poursuivit ses activités : non seulement Bateson n'émit cette objection qu'ultérieurement, mais il étudia même avec un très vif intérêt, tout au long de cette décennie, les techniques utilisées par John Rosen (dont le

1. Communication personnelle.

travail avec les psychotiques était fort autoritaire) et Milton Erickson (qui était passé maître dans l'emploi de stratégies de pouvoir en psychothérapie).

Watzlawick [1] insiste aussi sur l'importance du concept de *variety reducer* (« réducteur de complexité ») : Stafford Beer, qui avait inventé ce terme, désignait par là la méthode qui vise à diminuer la complexité d'une situation sans pour autant en détruire la variété. Et, aux yeux de Watzlawick, le réducteur de complexité le plus utile en psychothérapie est le concept de « solution déjà tentée », car la compréhension de cette donnée peut permettre d'éviter que le symptôme finisse par être maintenu par les efforts mêmes qui visent à le résoudre : le thérapeute, en utilisant convenablement cet outil, peut réussir à dissuader les familles de continuer d'appliquer des stratégies qui risqueraient de mettre en branle ces boucles rétroactives empêchant tout changement.

Le groupe de Palo Alto ne cessa jamais d'évoluer. En 1967, Richard Fisch, Paul Watzlawick, John Weakland et Arthur Bodin créèrent d'abord le Brief Therapy Center (Centre de thérapie brève), et Alma Menn et Loren Mosher lancèrent en 1971 le projet Soteria (« Délivrance ») : s'inspirant des travaux antipsychiatriques, et plus particulièrement des recherches de David Cooper et de Ronald Laing, les responsables de ce projet dirigèrent des « paraprofessionnels » qui vécurent en communauté avec de jeunes schizophrènes dans différents lieux de vie. Puis Diana et Louis Everstine, assistés par Arthur Bodin, ouvrirent en 1975 l'Emergency Treatment Center, animé par une équipe de psychologues qui intervenaient à domicile afin de traiter les crises aiguës *in situ*.

La thérapie structurale fut fondée par Salvador Minuchin. Travaillant dans les années soixante à la Wiltwyck School for Boys, internat d'un quartier très pauvre de New York, Minuchin et ses collègues furent confrontés à la nécessité de créer une approche thérapeutique adaptée aux besoins d'une population terriblement défavorisée.

En 1965, Minuchin quitta Wiltwyck pour prendre la direction de la Philadelphia Child Guidance Clinic, avec l'aide de Braulio Montalvo. Puis il invita Jay Haley, à l'époque à Palo Alto, à venir le rejoindre dans cet établissement qu'il avait transformé, en moins de trois ans, en un centre très important de formation à la thérapie familiale : cette collaboration ne s'interrompit que lorsque Haley fonda son propre institut à Washington, dix ans plus tard.

Selon Minuchin, une famille, à l'instar d'un organe vivant, ne peut remplir correctement ses fonctions que si sa structure n'est pas perturbée, ce concept de structure devant être entendu au sens le plus médical du terme. Il a donné des précisions récemment, à l'occasion d'une interview :

> En réalité, ce terme [thérapie familiale structurale] s'est associé dans mon esprit à ce que je savais des structures corporelles : il m'a renvoyé au fait qu'il existe dans le corps humain des structures qui tout à la fois autorisent certaines actions et imposent des contraintes, et il est donc devenu chez moi une métaphore qui m'a permis de parler de certaines configurations [3], p. 12).

Et Minuchin, par conséquent, s'est attaché à préciser ce que peut être une structure familiale saine (l'établissement de frontières clairement délimitées entre les générations et les individus lui paraît à cet égard indispensable), tout en s'intéressant à des éléments aussi divers que les règles familiales, la composition des sous-systèmes, les distances interpersonnelles, la complémentarité et l'adaptation aux changements.

Bien qu'ayant rejoint très tôt (dès 1953) le premier groupe de Palo Alto, qui introduisit l'approche systémique en thérapie familiale, Jay Haley critiqua vigoureusement cette approche au nom du changement :

> En ce qui me concerne, la contribution révolutionnaire de la théorie des systèmes n'a pas consisté à faciliter le changement en psychothérapie, mais à rendre compte de la raison pour laquelle les gens sont comme ils sont, ce qui est un tout autre sujet ([4], p. 97).

Très influencé par les travaux de Milton Erickson, il élabora donc une démarche axée sur le changement et la prescription de directives : l'approche stratégique.

Après avoir quitté Philadelphie, où il avait travaillé pendant neuf ans (de 1966 à 1975) avec Minuchin, Haley alla s'établir à Washington pour y ouvrir, en 1975, un centre spécialisé dans la thérapie stratégique, qu'il codirigea avec Cloé Madanes. Son approche stratégique se focalisa durant cette période sur les rapports de pouvoir et les hiérarchies inversées : considérant que le symptôme est fréquemment une métaphore du problème familial, Haley et Madanes prirent l'habitude de s'allier avec le père et la mère pour recréer une nouvelle hiérarchie et modifier ainsi le triangle constitué par les deux parents et l'enfant, usant, pour susciter de telles alliances, de paradoxes, recadrages, directives, « épreuves », prescriptions, etc.

Depuis 1993, Jay Haley a quitté le centre qu'il avait créé avec Madanes. Continuant à organiser des ateliers sur la thérapie stratégique et s'intéressant plus particulièrement à la supervision, il reste encore aujourd'hui l'une des figures les plus prestigieuses et les plus influentes du champ des thérapies familiales.

Mara Selvini Palazzoli, quant à elle, fonda en 1967 son centre milanais d'études de la famille avec l'aide de trois autres psychiatres-psychanalystes : Luigi Boscolo, Gianfranco Cecchin et Giuliana Prata. Les interventions thérapeutiques de ce groupe visaient essentiellement à modifier l'organisation relationnelle de la famille, vue comme un système. En 1975, dans *Paradoxe et Contre-paradoxe* [5], l'équipe de Selvini décrivit les quatre méthodes thérapeutiques qu'elle utilisait avec des familles psychotiques : à la connotation positive du comportement de chaque membre de la famille s'ajoutaient les méthodes dites des rituels familiaux, du long intervalle entre les séances et du recadrage paradoxal du jeu familial. Et ce fut avec cette même équipe que Mara Selvini publia en 1980 son article « Hypothétisation-circularité-neutralité, guide pour celui qui conduit la séance » [6].

En 1979, après la scission de l'équipe initiale, Mara Selvini et Giuliana Prata élaborèrent ensemble un programme expérimental incluant la consigne d'une série invariable de prescriptions. Mara Selvini elle-même souligne l'importance de cette consigne dans sa contribution (*infra*) : « Il nous apparut, tout à la fois, écrit-elle, que nous avions jusque-là toujours fait la même chose en croyant faire des choses différentes, et que, depuis que nous nous appliquions au contraire à faire exactement la même chose [...], nous réussissions en réalité à faire des choses extrêmement différentes. »

En analysant les réactions que ces prescriptions invariables suscitèrent au sein des familles, Mara Selvini et Giuliana Prata furent amenées, d'une part, à redécouvrir l'importance des individus qui constituent un système, d'autre part, à repérer deux phénomènes relationnels récurrents aussi essentiels que l'« imbroglio des affections » (c'est-à-dire la coalition d'un parent avec un enfant contre le conjoint) et l'« instigation » (situation où l'un des parents se présente comme victime du comportement tyrannique du conjoint).

En 1982, Mara Selvini forma une nouvelle équipe, avec Stefano Cirillo, Anna Maria Sorrentino et Matteo Selvini, puis elle cessa, à partir de 1988, d'employer des séries invariables de prescriptions pour prendre désormais en considération les familles élargies des deux parents du patient. Les recherches de cette nouvelle équipe visaient à reconstruire le processus pathogène sur trois générations, en mettant en relief la « méconnaissance partagée de la réalité » des membres de la famille et en travaillant avec le sous-groupe constitué par les frères et les sœurs.

Aujourd'hui, Mara Selvini s'intéresse autant à la reconstruction historique du processus familial pathogène qu'à la théorie du changement thérapeutique. Les types de séances qu'elle préconise et pratique peuvent inclure non seulement la famille, mais encore le couple parental ou la fratrie, et – changement plus notable encore – elles ne se limitent plus à dix entretiens comme naguère. Quant aux thérapeutes, ils tentent, comme elle le dit dans son exposé, de se « dégager du détachement déshumanisant qui caractérisait les phases stratégiques » si importantes au début de son parcours.

Mara Selvini Palazzoli, pourrait-on dire, a tenté sans cesse d'évoluer sur cette étroite zone frontière qui se situe entre, d'un côté, les approches thérapeutiques soucieuses de comprendre les mécanismes familiaux sous-jacents à l'apparition des pathologies et, de l'autre, les visions des changements donnant la priorité à des directives dont l'efficacité n'est pas toujours avérée.

Mara Selvini compte parmi les personnalités les plus marquantes du mouvement des thérapies familiales. Toujours prête à se critiquer et à changer totalement de cap si nécessaire, elle a dissuadé sans relâche les différents thérapeutes qui se sont inspirés de ses recherches de s'installer dans une quiétude par trop rassurante. On peut donc la décrire comme une thérapeute authentique, intègre et imperméable aux modes, qui, à chacune des étapes de son évolution, s'est efforcée de faire avancer la compréhension des processus familiaux liés à des symptômes particulièrement douloureux et invalidants.

Ces différentes écoles ont toutes exercé une influence fondamentale sur ce champ des thérapies familiales qu'elles ont par ailleurs contribué à créer.

Mais d'autres personnes ont joué un rôle de premier plan dans la constitution et la diffusion de ces idées. Une place importante, à cet égard, doit être réservée à Carlos Sluzki, psychiatre d'origine argentine qui compta parmi les figures de proue de l'école de Palo Alto.

S'appliquant, dès ses premières contributions au domaine des thérapies familiales, à étendre le concept de *double bind* au-delà du champ restreint de la schizophrénie, pour l'appliquer à l'émergence et au maintien de tout comportement symptomatique, quel qu'il soit, Sluzki a modifié la définition même de la « double contrainte », en insistant sur l'aspect circulaire des interactions plutôt que sur le lien linéaire que supposait implicitement la définition originelle [7].

Se présentant comme un passeur qui préférait les approches élégantes et utiles aux modèles théoriquement « corrects », ce psychiatre s'est efforcé d'établir des ponts conceptuels entre les modèles psychodynamique et systémique, qu'il tenait pour compatibles et non concurrentiels, en dépit des niveaux d'analyse différents qui les caractérisent.

Une autre place de choix doit être attribuée à Lynn Hoffman, en raison de ses apports notables aux recherches de cette époque. En 1963, Virginia Satir, alors à Palo Alto, cherchait quelqu'un qui pût l'aider à achever *Conjoint Family Therapy* [8], ouvrage qu'elle avait commencé à écrire avec Barbara Francisco juste avant qu'elle ne se sépare de cette dernière : elle recruta donc à cette fin Lynn Hoffman, qui découvrit ainsi le champ des thérapies familiales et fut d'emblée fascinée par l'aptitude de Virginia Satir à relever toujours les aspects les plus positifs des innombrables situations auxquelles elle était confrontée [2].

---

2. Communication personnelle.

Puis Lynn Hoffman rencontra Jay Haley, qui lui fit connaître les recherches de Gregory Bateson et de Milton Erickson et lui proposa de travailler avec lui sur un livre d'entretiens avec les premiers psychothérapeutes familiaux : ainsi fut rédigé *Techniques of Family Therapy*, texte où Charles R. Fulweiler, Virginia Satir, Don D. Jackson, Carl A. Whitaker et Frank Pittman III discutèrent avec les auteurs de leurs styles et de leurs approches à partir d'extraits d'entretiens avec des familles [9].

En 1965, l'époux de Lynn Hoffman, qui était professeur d'art dramatique, dut retourner à New York, et Lynn le suivit dans cette ville, où elle rencontra Dick Auerswald : elle travailla avec ce dernier pendant deux ans, tout en poursuivant des études d'assistante sociale. Puis elle s'établit, en 1972, à Philadelphie (où elle avait fait précédemment la connaissance de Ray Birdwhistell et d'Al Scheflen), afin que Harry J. Aponte pût la former à la thérapie structurale de Salvador Minuchin.

D'origine portoricaine, Harry Aponte s'était intéressé de très près au contexte socioculturel où vivent le patient et sa famille, en insistant particulièrement sur la structure évolutive de la relation famille/communauté [10], et ce fut avec lui que Lynn Hoffman cosigna « The open door » [11], article désormais classique qui commente une première entrevue avec une famille comportant une enfant anorexique (la plupart des formateurs en thérapie familiale conseillent à leurs étudiants de lire ce texte, car il brosse un tableau très clair de la vision structurale de l'organisation et des dysfonctionnements familiaux).

Retournant à New York en 1974 et collaborant ensuite avec Olga Silverstein à l'Ackerman Institute, Lynn Hoffman écrivit encore au cours des années suivantes *Foundations of Family Therapy* [12], ouvrage où elle décrivit l'évolution théorique du champ des thérapies familiales, tout en parlant en conclusion des travaux d'Ilya Prigogine et de l'usage que Paul Dell et moi-même avions fait chacun de ces travaux pour prendre nos distances avec une lecture systémique fondée sur la stabilité ; et la pratique du groupe de Mara Selvini Palazzoli lui était alors apparue comme particulièrement représentative du mouvement théorique que mon modèle de l'époque (importance de la mise hors de l'équilibre d'un système, rôle du hasard, respect des singularités, ouverture du thérapeute à un devenir qu'il découvrira avec ses patients) s'efforçait de promouvoir.

Après la séparation du groupe de Milan, Lynn Hoffman se rapprocha peu à peu des orientations de Luigi Boscolo et de Gianfranco Cecchin, avant de rédiger avec eux et Peggy Penn, en 1987, *Le Modèle milanais de thérapie familiale* [13] ; comme elle reprit aussi à son compte, à cette même époque, les critiques féministes de la psychothérapie familiale, avant de finir par adhérer au courant constructiviste.

On ne saurait parler de la thérapie dite « stratégique » et de l'impact de Milton Erickson, longtemps président de la Société américaine d'hypnose, sans évoquer les remarquables travaux de Jacques-Antoine Malarewicz, psychiatre, thérapeute familial et dirigeant de la Société française de thérapie et d'hypnose ericksonienne ; auteur de plusieurs ouvrages dans lesquels il a présenté Milton Erickson et son « hypnose sans hypnose » au public français et décrit en détail les divers emplois de la stratégie en thérapie. Malarewicz a rédigé également un cours complet d'hypnose clinique [14].

Solana Orlando, psychiatre et psychanalyste argentine qui enseigna à Buenos Aires dans un centre lié au Mental Research Institute de Palo Alto, associe dans son approche une lecture stratégique proche de celle du groupe de Palo Alto à mon concept de résonance [3]. Ayant pour habitude de donner des directives limitées aux membres des familles en thérapie afin de modifier la série des interrelations familiales et provoquer ainsi des changements d'envergure, cette thérapeute estime que l'utilisation consciente de la résonance comme règle transversale valable pour tous les membres du système famille/thérapeute permet de mieux choisir la prescription assignée aux membres du système familial.

Parmi les thérapeutes qui se sont référés au modèle de Salvador Minuchin tout en l'enrichissant par leurs contributions personnelles, Pedro Herscovici et Cecilia Rausch Herscovici, de Buenos Aires, Moises Groisman, de Rio de Janeiro, et Theo Compernolle, d'Amsterdam, méritent d'être signalés.

---

3. Pour mieux comprendre ce concept, voir « Description d'une évolution » dans la section VIII de cet ouvrage.

Le psychiatre argentin Pedro Herscovici introduisit vers le début des années soixante-dix la thérapie familiale dans le centre de santé mentale qu'il dirigeait à Buenos Aires. Il forma dès cette époque des équipes chargées d'agir dans les écoles et d'autres institutions sociales afin d'assurer des préventions de tous niveaux (tertiaire, secondaire et primaire).

Après un séjour à Philadelphie à l'occasion duquel ils s'initièrent à l'approche structurale de Minuchin, Pedro Herscovici et son épouse Cecilia Rausch Herscovici, psychologue d'origine, mirent sur pied un programme de formation à la thérapie familiale systémique, avant de fonder leur propre institut, baptisé TESIS. Leur approche, connue à la fois en Argentine, en Colombie et au Chili, élargit le champ d'application de la thérapie familiale structurale aux systèmes humains plus larges que la famille, tels les contextes sociaux.

Moises Groisman, psychiatre et psychanalyste, directeur du centre de thérapie familiale Nucleo-Pesquisas à Rio de Janeiro, a lancé un projet de recherche sur l'extension de la thérapie familiale brève aux familles dont un membre est schizophrène. Préconisant l'emploi d'interventions systémiques, de psychodrames, de techniques corporelles et de médicaments psychopharmacologiques parallèlement à l'utilisation active de la personnalité du thérapeute, Groisman est aujourd'hui à la tête d'une équipe qui se réfère surtout à Minuchin, bien que les pratiques de Haley, Whitaker et Andolfi l'aient aussi inspiré à certains égards.

Theo Compernolle est un neuropsychiatre d'origine belge. Après avoir, avec Paul Igodt et Edith Tilmans-Ostyns, introduit, dès les années soixante-dix, l'approche systémique dans le programme de formation des médecins de la Katholieke Universiteit van Leuven (Belgique), il est depuis 1989 professeur à l'université libre d'Amsterdam, où il coordonne des recherches sur la violence dans la famille tout en dispensant un enseignement qui essaie d'intégrer les principaux acquis des approches structurales (Compernolle a travaillé pendant deux ans avec Salvador Minuchin à Philadelphie), stratégique et comportementale.

Les dirigeants d'écoles de psychothérapie familiale qui se sont inspirés des approches décrites dans cette section sont si nombreux qu'il est impossible de tous les citer. On retiendra néanmoins le nom de Camillo Loriedo, psychiatre italien qui dirige le Centre de psychothérapie du couple et de la famille, à Rome, car, avec le professeur Vella de l'université de Rome, ce médecin est à l'origine d'initiatives capitales pour l'évolution des thérapies familiales transalpines ; particulièrement apprécié pour les travaux qu'il a conduits dans le domaine de l'hypnose, Loriedo s'intéresse également à la thérapie individuelle systémique et à la thérapie familiale des familles incluant des patients déprimés.

En Belgique, Denise Everaert, après avoir concouru à fonder l'Interaktie Akademie à Anvers, en 1975, a ouvert en 1981 le Centre de formation à la psychothérapie systémique, à Haacht. Insistant, dans sa formation, sur l'influence de la temporalité telle que Luigi Boscolo et Paolo Bertrando la décrivent [15], elle accorde une importance prépondérante à la façon dont le système familial vit son passé au présent et à l'impact que ce vécu aura sur l'évolution future de ce même système.

En Grande-Bretagne, Ivan Eisler, membre de l'Institute of Family Therapy, se réclame d'une approche à la fois systémique, structurale et centrée sur la relation d'objet. Spécialiste des troubles alimentaires, ce chercheur a tenté de déterminer comment les concepts systémiques peuvent être utilisés au mieux au niveau de la recherche et de la formation.

Enfin, ce tour d'horizon, si rapide soit-il, serait incomplet si je ne résumais pas en quelques mots les travaux de Georges A. Vassiliou, de Vasso Vassiliou et de Charis Katakis, tous trois d'Athènes.

Georges A. Vassiliou [16], président de l'institut athénien de l'Anthropos, a contribué, avec son épouse Vasso Vassiliou, à ouvrir la Grèce au champ des thérapies familiales. Décrivant ce qu'il nomme le « système Anthropos » comme un système biopsychosocial et mettant l'accent sur les modalités et conditions de la différenciation psychosociale, il a cherché à mettre en lumière les processus dialectiques indispensables au développement de relations harmonieuses au sein des groupes humains.

La psychologue grecque Charis Katakis [17], ancienne étudiante de Georges A. Vassiliou, qui dirige aujourd'hui le Laboratory for the Study of Human Relations, s'est inscrite dans cette ligne de recherche en développant l'outil qu'elle appelle *Self-Referential Conceptual System (SRCS)*. Selon Katakis, ce

SRCS propose une lecture systémico-constructiviste de l'auto-référence qui permet aux systèmes humains (individus, familles ou groupes sociaux) de « se relier à leur environnement dans n'importe quelle situation vécue tout en répondant aux questions fondamentales : "Qui suis-je ? Où suis-je ? Où vais-je ? Et pourquoi ?" », et l'ordre hiérarchique des catégories conceptuelles qui constituent ce *SRCS* est pour elle capital : à la base du triangle par lequel elle schématise son modèle se trouvent les comportements observables, tels que les rôles ; tandis que des notions susceptibles d'intégrer différents rôles (comme la question de l'identité : « Qui suis-je ? ») apparaissent à mesure qu'on progresse dans cette hiérarchie. Estimant, à la suite de Georges A. Vassiliou, que le processus thérapeutique peut être dépeint comme une spirale ascendante qui élève peu à peu vers des niveaux d'organisation de plus en plus complexes, elle définit la thérapie comme un processus auto-organisateur qui devrait viser *in fine* à permettre aux individus de continuer à s'épanouir dans le cadre du processus évolutif plus large que constitue l'expérience de la vie.

M. E.

*
**

RÉFÉRENCES BIBLIOGRAPHIQUES

[1] « Entretien avec Paul Watzlawick par Mony Elkaïm », *Résonances*, Toulouse, n° 1, 1991.

[2] « Entretien avec Jay Haley par Mony Elkaïm », *Résonances*, Toulouse, n° 8, 1995.

[3] « Un portrait de Salvador Minuchin. Entretien : Salvador Minuchin et Mony Elkaïm », *Résonances*, Toulouse, n° 6, 1994.

[4] Haley, J., « Aspects de la thérapie familiale des systèmes et psychothérapie », *in* Elkaïm, M. (éd.). *La Thérapie familiale en changement*, Paris, Les Empêcheurs de penser en rond, 1994.

[5] Selvini Palazzoli, M., Boscolo, L., Cecchin, G., Prata, G., *Paradoxe et Contre-paradoxe*, (1975), Paris, ESF, 1978.

[6] Selvini Palazzoli, M., *et al.*, « Hypothétisation, circularité, neutralité, guide pour celui qui conduit la séance », *Thérapie familiale*, 31 (3), 1982, p. 117-132, paru en anglais *in Family Process*, 19 (1), mars 1980, p. 3-12.

[7] Sluzki, C.E., et Ransom, D.C. (éd.), *Double Bind ; The Foundation of the Communicational Approach to the Family*, New York, Grune and Stratton, 1976 ; voir aussi id., « Vérone ; The double bind as universal pathogenic situation », *Family Process*, 10, 1971, p. 397-410.

[8] Satir, V., *Conjoint Family Therapy*, Palo Alto, Science and Behavior Books, 1964.

[9] Haley, J., et Hoffman, L., *Techniques of Family Therapy*, New York, Basic Books, 1967.

[10] Aponte, H., « Thérapie familiale et communauté », *Cahiers critiques de thérapie familiale et de pratiques de réseaux*, n° 2, 1980.

[11] Aponte, H., et Hoffman, L., « The open door », *Family Process*, 12, 1973, p. 1-44.

[12] Hoffman, L., *Foundations of Family Therapy*, New York, Basic Books, 1981.

[13] Boscolo, L., Cecchin, G., Hoffman, L., et Penn, P., *Le Modèle milanais de thérapie familiale*, Paris, ESF, 1993 ; paru aux États-Unis chez Basic Books en 1987.

[14] Malarewicz, J.-A., et Godin, J., *Milton H. Erickson : de l'hypnose clinique à la psychothérapie stratégique*, Paris, ESF, 1986 ; voir aussi Malarewicz, J.-A., *La Stratégie en thérapie*, Paris, ESF, 1990 ; id., *Quatorze Leçons de thérapie stratégique*, Paris, ESF, 1992.

[15] Boscolo, L., et Bertrando, P., *The Times of Time*, New York, Norton, 1993.

[16] Vassiliou, G. A. et V., « On the Diogenes search : Outlining a dialectic-systemic approach concerning the functioning of Anthropos and his suprasystems », *in* Pine, M. (éd.), *The Evolution of Group Analysis*, Londres, Routledge and Kegan Paul, 1983.

[17] Katakis, C., « The self-referential conceptual system : Towards an operational definition of subjectivity », *Systems Research*, t. 7, 2, 1990, p. 91-102.

Jean-Jacques Wittezaele *
Teresa Garcia **

L'approche clinique de Palo Alto

Avertissement

Comme nous appliquons nous-mêmes ce modèle thérapeutique depuis de nombreuses années, notre expérience et nos conceptions personnelles viendront immanquablement colorer notre exposé de l'approche clinique de Palo Alto. Nous tenons donc à rendre hommage à tous les membres du MRI, en particulier à Richard Fisch, Paul Watzlawick et John Weakland, les créateurs du modèle de la thérapie brève ; cependant, comme « pour le meilleur ou pour le pire, c'est le commentateur qui a le dernier mot [1] », nous assumons l'entière responsabilité de ce qui suit.

Préambule

La méthode d'intervention connue sous le nom d'« approche » ou d'« école de Palo Alto » relève du test projectif : chacun y perçoit les thèmes qui le préoccupent. Les spécialistes de la « nouvelle communication [2] » lui attribuent les tra-

* Jean-Jacques Wittezaele est docteur en psychologie et psychothérapeute, directeur du centre Gregory-Bateson de Liège, il est associé de recherche au MRI à Palo Alto.
** Teresa Garcia est psychologue et psychothérapeute. Elle est associée de recherche et formatrice au centre Gregory-Bateson de Liège. Jean-Jacques Wittezaele et Teresa Garcia ont publié en commun un ouvrage intitulé *A la recherche de l'école de Palo Alto* (Garcia et Wittezaele, 1992).
1. Nabokov, V., *Feu pâle*. Paris, Gallimard, 1965, p. 57.
2. Nous faisons allusion à l'ouvrage d'Yves Winkin (1981) où il brosse un tableau général des chercheurs (Bateson, Goffman, Hall, Watzlawick...) qui ont abordé la communication de manière interactionnelle, comme un

vaux novateurs de Gregory Bateson, systématisés et enrichis par Paul Watzlawick et ses collègues du MRI. Mais si pour certains d'entre eux ces derniers ont prolongé les recherches de Bateson et en ont précisé les applications thérapeutiques, pour d'autres l'orientation pragmatique du MRI dénature l'approche « esthétique » de leur mentor. Pour les thérapeutes familiaux, la situation est encore plus ambiguë ; Palo Alto reste, pour la plupart, le berceau de la théorie de la « double contrainte », première véritable concrétisation du paradigme systémique dans les sciences humaines ; d'autres y voient au contraire l'autel du pragmatisme anglo-saxon sur lequel les manipulateurs forcenés de la thérapie brève ont sacrifié l'essence même de la vision globale. Creuset d'une nouvelle approche du comportement humain ou bien de perdition de la systémique ? Si nous voulons éviter le piège d'une interprétation réductrice, nous pensons que le *sens* de l'approche clinique de Palo Alto ne peut se dégager que si nous prenons la peine de dépeindre, fût-ce à grands traits, sa continuité et ses divergences avec les travaux exploratoires de Gregory Bateson, ses liens avec la cybernétique, l'apport des techniques de Milton Erickson et du génie clinique de Don Jackson.

Chroniques d'un groupe inventé

Bateson et la cybernétique

C'est en observant les Iatmul de Nouvelle-Guinée, dès le début des années trente, que l'anthropologue Gregory Bateson constate que la façon dont les individus se comportent est déterminée par les réactions de l'entourage : pour lui, la psychologie doit tenir compte du réseau relationnel de la personne et ne pas se focaliser uniquement sur les déterminismes intrapsychiques. Dans le contexte scientifique américain en pleine évolution de l'immédiat après-guerre, Bateson participe à une série de réunions interdisciplinaires (les fameuses « conférences Macy ») d'où émergera une nouvelle science de la communication et du contrôle : la cybernétique.

---

processus circulaire pour lequel la métaphore de l'« orchestre » supplante celle, traditionnelle, du « télégraphe ».

C'est une révélation pour ce chercheur en quête d'outils explicatifs plus appropriés pour l'étude des phénomènes interactionnels ; ces conférences vont notamment lui apporter le concept de *feed-back* négatif, base de l'autorégulation.

Pour Bateson, l'homme ne peut être réduit à un simple transformateur d'énergie : il est avant tout capable de traiter les informations qu'il reçoit en permanence de son environnement. Le phénomène de la communication, c'est-à-dire la façon dont les informations sont décodées, structurées, organisées par les individus à travers leurs contacts avec l'environnement, devient l'objet de ses recherches. Une autre caractéristique de l'échange d'informations attire son attention : il existe des niveaux d'abstraction différents, et certains messages peuvent s'adresser à (et qualifier) un *ensemble* de messages échangés ; or des mélanges de niveaux d'abstraction peuvent engendrer une situation paradoxale. Reprenant la *théorie des types logiques* de Russell et Whitehead, Bateson fait l'hypothèse que, dans le cours des échanges d'informations entre individus, le même type de mélange de niveaux peut se produire et peut-être engendrer des paradoxes dont il se propose d'étudier les effets sur le comportement des individus qui y sont soumis.

Les recherches sur la communication

A la fin des années quarante, Bateson arrive dans la région de San Francisco. Avide de mettre à l'épreuve ses nouveaux outils conceptuels cybernétiques, il s'attaque aux problèmes de la communication et des relations humaines. Il travaille avec le psychiatre Jurgen Ruesch, et les deux hommes mettent en évidence des aspects jusque-là ignorés du langage verbal et non verbal, qui laissent entrevoir des possibilités très sérieuses d'aborder la maladie mentale sous un jour nouveau et prometteur. Mais le discours de Bateson est aux antipodes du jargon psychiatrique de l'époque : aux psychiatres qui parlent de pulsions, de traumatismes, de refoulements... Bateson répond paradoxes, niveaux logiques, cybernétique... En 1952, il obtient pourtant un budget de recherche pour un projet intitulé *L'Étude du rôle des paradoxes de l'abstraction dans la communication*. Il réunit une équipe de jeunes chercheurs pour l'aider dans sa tâche. Le premier, John Weakland, est un ingénieur chimiste de formation qui s'est reconverti à l'anthropologie et qui a été l'élève de Bateson à la New School for Social Research, à New York, dans les années quarante. Le deuxième, Jay Haley, est un étudiant en communication qui analyse des films de fiction et que Bateson a rencontré à la suite d'une demande de supervision. Pour compléter son équipe, il engage à mi-temps un jeune psychiatre, William Fry. Les bureaux de l'équipe sont situés dans un hôpital pour anciens combattants (Veterans Administration Hospital), proche de Palo Alto, et le discours décousu de schizophrènes constitue un bon sujet sur lequel exercer les idées. Fry entre à la Navy et Bateson est à la recherche d'un spécialiste qui pourrait les éclairer sur la maladie mentale. C'est à l'occasion d'une conférence de Donald D. Jackson que les deux hommes se rencontrent. Jackson vient y présenter un article sur la « Question de l'homéostasie familiale ». La recherche tous azimuts du départ se transforme peu à peu en une étude de la schizophrénie.

La double contrainte

Les différents membres de l'équipe se mettent à étudier la façon dont les familles des patients (les mères en particulier) communiquent avec ces derniers. Les aller et retour entre l'observation clinique et les réflexions théoriques vont finalement déboucher sur l'élaboration de la théorie de la « double contrainte », qui, pour la première fois, propose une explication de la schizophrénie en relation avec un phénomène interpersonnel : la maladie mentale n'est plus considérée comme la conséquence d'un psychisme perturbé mais comme un trouble de la communication au sein de la cellule familiale. L'hypothèse de la double contrainte a une importance historique considérable pour les pratiques thérapeutiques. C'est la première concrétisation scientifique de ce nouveau paradigme dans les sciences humaines. Elle implique une vision systémique de la maladie mentale, souligne l'importance de la confusion de niveaux logiques, résume la théorie batesonienne de l'apprentissage et de la formation du « caractère » et, surtout, définit la maladie mentale comme un trouble de la communication, changeant ainsi fondamentalement la perspective thérapeutique. Elle deviendra un des jalons essentiels de l'histoire de la thérapie familiale. Le succès du premier article de l'équipe de Bateson est quasi immédiat et les budgets affluent pour la poursuite des recherches, cette fois exclusivement axées sur la schizophrénie.

Les membres de l'équipe, perpétuellement confrontés à ces malades mentaux qui leur ont servi bien involontairement de cobayes, ne peuvent rester insensibles à leur détresse et à leur souffrance, aussi se mettent-ils tout naturellement à chercher des moyens de changer les modes d'interactions habituels des familles des patients ; les chercheurs en communication se transforment peu à peu en thérapeutes.

Le gourou de Phoenix

Un autre événement aura un impact déterminant sur les pratiques thérapeutiques de Palo Alto. Au cours du « projet Bateson », Haley et Weakland ont fait la connaissance d'un hypnothérapeute déjà réputé dans les milieux médicaux, Milton Erickson. Intrigués par les différents niveaux d'échanges qui semblent se produire entre l'hypnotiseur et ses patients, ils se rendent chaque semaine à Phoenix, dans l'Arizona, au domicile privé d'Erickson, pour comprendre ce type très particulier d'interaction. Peu à peu, ils sont séduits par les méthodes de travail déconcertantes de cet original de la psychothérapie et surtout par l'efficacité de ses interventions. Pendant près de dix ans, ils accumuleront les études de cas et les commentaires d'Erickson, tout en s'efforçant de les décoder à partir des prémisses communicationnelles qui orientent les différents travaux du groupe de Bateson [3]. La rencontre avec Erickson sera capitale pour la suite des travaux de Palo Alto ; à côté de la nouvelle vision interactionnelle, véritable révolution conceptuelle en psychiatrie, ce que Haley et Weakland observent chez Erickson ébranle la plupart des points de repère de la

---

3. Les techniques, bien souvent paradoxales, de l'hypnose, cadrent bien avec l'hypothèse de la double contrainte et peuvent donc être exposées dans un ensemble conceptuel cohérent, ce qui va faciliter leur assimilation aux techniques utilisées par les thérapeutes familiaux systémiciens.

pratique thérapeutique de l'époque ; ces deux pôles dirige-
ront leur réflexion ultérieure.

La création du Mental Research Institute (MRI)

Bateson n'a jamais été particulièrement intéressé par les
questions de psychothérapie ni même par la schizophrénie
elle-même, qui ne sont pour lui que des exemples parmi
d'autres mettant en lumière les difficultés de la communication. Il supporte donc assez mal que son projet plus général
de développer une théorie de la communication et de l'organisation de tous les systèmes vivants se voie limité à un
domaine précis. Pour lui, la théorie n'est qu'une esquisse,
rien n'est définitif et il est dès lors prématuré d'envisager des
applications, en particulier aux questions techniques du traitement de la maladie mentale. Le succès et la reconnaissance
de ses travaux ne font que s'accroître alors que lui s'en
désintéresse, souhaitant poursuivre les recherches qui lui
tiennent vraiment à cœur.

En 1959, Jackson fonde le Mental Research Institute à
Palo Alto. Bateson n'y participa pas [4]. Mais la psychiatrie
américaine est mûre pour une nouvelle mutation. Un peu
partout (en particulier sur la côte est, avec Nathan Ackerman), certains psychothérapeutes commencent à impliquer
la famille dans le traitement des malades mentaux. L'effort
théorique de Bateson, reliant le comportement individuel et
les groupes sociaux, permet une formalisation des différents
travaux relatifs à l'impact des familles sur la maladie mentale. Imprégnés des fondements théoriques de la nouvelle
épistémologie, les chercheurs du MRI vont centrer leurs
efforts sur l'application des nouvelles idées au soulagement
de la souffrance psychologique. La question essentielle
devient : comment peut-on modifier les règles du système
familial pour faire en sorte que le symptôme porté par l'un

---

4. Le « projet Bateson » et le MRI coexisteront pendant près de quatre
années mais sans avoir de réels liens institutionnels. En 1963, Bateson
part étudier la communication chez les dauphins dans un laboratoire des
îles Vierges, puis à Hawaii.

de ses membres disparaisse ? La théorie générale cède alors la place aux techniques de changement.

Jackson a engagé sa propre équipe pour étoffer son tout nouvel institut : en plus de Jules Riskin, jeune psychiatre formé à Cincinnati, il s'est adjoint les services de Virginia Satir, une assistante sociale venue de l'Illinois Psychiatric Institute de Chicago. Cette dernière est loin d'être une novice en ce qui concerne le travail avec les familles [5] ; et elle lance, dans le cadre du MRI, le premier programme officiel de formation à la thérapie familiale.

L'histoire du MRI devient celle de l'évolution d'une conception de la thérapie systémique. Avec la nouvelle vision systémique, l'objet de la thérapie n'est plus le porteur du symptôme mais tout le système de relations de la cellule familiale. Il ne s'agit plus de rechercher les causes des difficultés dans le passé du « patient identifié » mais de modifier la structure relationnelle du système familial. Peu importe l'origine du problème, le fait essentiel est qu'il se manifeste « ici et maintenant », et c'est cette structure actuelle qu'il faut modifier. Tout comme l'œil ne peut se voir lui-même, l'individu ne peut percevoir la globalité du système dont il est un élément ; c'est peine perdue que de vouloir le convaincre de son propre rôle dans le maintien du problème, il vaut mieux centrer les efforts thérapeutiques sur la modification des règles relationnelles, les prises de conscience deviennent subsidiaires. Toute la difficulté de la thérapie consiste donc à faire en sorte que les membres du système se *comportent* différemment pour modifier les interactions de telle manière que le symptôme devienne inutile ou inadéquat. Il faut accorder plus d'attention à ce que les personnes font plutôt qu'à la façon dont elles interprètent leurs actions. On se met à observer de près, puis à enregistrer et à filmer les interactions afin de mieux discerner les indicateurs relationnels. C'est le début de l'intrusion des techniques audio, puis vidéo, dans un milieu jusque-là fondé sur l'intimité et le secret. L'attitude du thérapeute et sa relation avec les patients changent elles aussi radicalement. D'une écoute neutre et bienveillante, on

5. Elle dira plus tard qu'elle avait déjà rencontré plus de cinq cents familles au moment des débuts officiels du Mental Research Institute, le 19 mars 1959.

passe à une attitude interventionniste. Le thérapeute devient un agent actif de changement ; il se met à prescrire à ses patients des tâches comportementales à effectuer pendant les séances ou à la maison.

Entre-temps, en 1960, Paul Watzlawick a rejoint le MRI. Ce philosophe et linguiste autrichien, diplômé de l'université de Venise, s'est formé à la psychanalyse à l'institut Carl-Jung de Zurich. Il a ensuite été professeur au Salvador pendant quelques années. Travailleur acharné, Watzlawick se lasse assez vite du confort tranquille de l'enseignement universitaire et décide de rejoindre l'Europe *via* les États-Unis, où il souhaite passer quelque temps à étudier l'approche thérapeutique de John Rosen. A Philadelphie, il rencontre Albert Scheflen, qui lui fait découvrir les travaux de l'équipe de Bateson. Il est immédiatement séduit par cette approche révolutionnaire et, à l'invitation de Don Jackson, il se rend à Palo Alto pour quelques mois... Il côtoie Bateson, lit toutes les publications des différents membres des deux équipes, dresse un état de toutes les recherches qui s'inspirent de l'hypothèse de la double contrainte et devient très vite l'un des membres les plus actifs du MRI.

Le Centre de thérapie brève

Nous l'avons dit, John Weakland et surtout Jay Haley sont fascinés par les techniques thérapeutiques de Milton Erickson. Si au début ils cherchent surtout à faire des liens entre la théorie de la double contrainte et la relation hypnothérapeute/patient, les résultats cliniques éblouissants d'Erickson vont donner aux travaux du MRI une orientation sensiblement différente des travaux des premiers thérapeutes familiaux systémiciens. Au départ, si Jackson et Satir restent dans la lignée de la thérapie familiale systémique, Jay Haley, qui a rejoint le MRI dès la fin du « projet Bateson », va exposer les travaux d'Erickson à partir du cadre de référence théorique de l'approche interactionnelle. Dès 1963, son premier ouvrage, *Strategies of Psychotherapy*, ouvre la voie aux interventions stratégiques de courte durée. Haley en établit certains principes de base : définition d'un objectif précis pour l'intervention, nécessité d'un rôle actif (interventionniste) de la part du thérapeute dans le processus de changement, focalisation sur le présent plutôt que sur le passé, priorité au changement comportemental plutôt qu'à la prise de conscience, utilisation du langage injonctif et de techniques paradoxales comme outils de changement privilégiés, etc.

La naissance du CTB

C'est l'arrivée au MRI d'un psychiatre new-yorkais, Richard Fisch, qui est le catalyseur du modèle d'intervention propre au MRI de Palo Alto. Il suit d'abord la formation à l'hypnose que donne Weakland au MRI, la formation de Virginia Satir, puis participe aux réunions informelles des membres du staff. Il rôde de plus en plus dans les couloirs de l'institut pour rompre l'isolement de son travail de thérapeute privé. Les discussions vont bon train : c'est le début des interventions familiales et chacun part à la découverte des meilleurs moyens de modifier les règles du système.

Au MRI, les réflexions ne sont pas limitées par le cadre de référence de la systémique, l'influence d'Erickson plane sur les interventions. Ce dernier n'a jamais voulu se laisser enfermer dans un modèle théorique qui risquerait de « compliquer » (au sens d'orienter *a priori*) l'intervention en limitant la liberté de manœuvre du thérapeute. La question implicite qui relie les différentes personnes présentes au MRI à cette époque pourrait se résumer comme suit : comment peut-on concevoir une théorie du changement dans le cadre d'une théorie explicative interactionnelle du comportement ?

C'est pour tenter de répondre à cette question que Richard Fisch propose à ses collègues de créer un projet de recherche. L'idée paraît séduisante, Jackson décroche des subsides, et c'est ainsi que, après bien des hésitations sur le nom à donner à la recherche, le Centre de thérapie brève commence ses activités, en janvier 1967. Paul Watzlawick, John Weakland et Arthur Bodin (un jeune psychologue intéressé par la recherche) complètent l'équipe. Jackson y participe de temps à autre, Haley y suivra un patient.

Après une période d'euphorie qui va, *grosso modo*, de 1959 à 1967, le MRI traverse une crise importante. N'ayant plus d'argent pour poursuivre ses recherches personnelles au

MRI, Haley accepte une proposition de Salvador Minuchin et part le rejoindre à Philadelphie ; Virginia Satir devient la première directrice de l'institut d'Esalen et quitte elle aussi le MRI ; Jackson, malade depuis plusieurs mois, meurt en 1968. Fisch, Weakland et Watzlawick poursuivent néanmoins leur recherche sur le changement.

Évolution de l'approche

Si la théorie de la double contrainte a révélé l'importance de la communication au sein du système familial, le travail de ces psychothérapeutes de génie que sont Don Jackson et Milton Erickson soulève des espoirs cliniques ; la réflexion des membres du Centre de thérapie brève oscille sans cesse entre l'adhésion aux principes systémiques et le désir de formaliser l'art des praticiens.

Si les règles de stabilité des systèmes familiaux permettent une approche étiologique de la maladie mentale, ces règles ne nous renseignent cependant pas sur les transitions entre états stables. Comment formaliser le changement ? Le Centre de thérapie brève est créé dans le but de rendre intelligible l'acte thérapeutique qui provoque ce changement.

Au début, la méthode d'intervention est donc une sorte d'hybride entre les idées systémiques, l'approche familiale de Virginia Satir, le modèle stratégique de Jay Haley et les techniques idiosyncrasiques de Jackson et d'Erickson – approche chaotique qui fonctionne un peu par essais et erreurs et dans laquelle les contraintes et le hasard vont peu à peu structurer la pratique.

La première contrainte est temporelle et méthodologique : comme il s'agit d'un projet de recherche, il faut limiter les variables pour qu'une comparaison soit possible ; les membres du CTB décident alors, un peu arbitrairement, de limiter le nombre de séances à dix pour tous les cas qui seront suivis. En un temps aussi bref, on ne peut espérer assister à des bouleversements complets. Ils chercheront donc à amorcer une évolution favorable : le thérapeute doit restreindre ses attentes, se fixer un objectif réaliste. Ils commencent à parler d'« objectif minimal », germe de changement qui pourrait s'amplifier par un « effet boule de neige ». Mais cette limite temporelle a également des répercussions sur le rôle du thérapeute : plus question de rester attentiste, l'intervenant se doit de jouer un rôle plus actif dans la relation thérapeutique, il doit amener ses patients à se comporter différemment. Mais que doivent-ils faire d'autre et comment le thérapeute peut-il les amener à le faire ?

Peu à peu, le temps pressant, les questions de diagnostic sont abandonnées. Les réflexions systémiques recommandent de voir les différents membres de la famille ensemble et les premiers cas reflètent ces prémisses. Un beau jour, à la suite d'une thérapie de couple qui n'a pas donné de résultats satisfaisants, l'équipe estime que le mari n'a jamais pu exposer son propre point de vue car il cherchait systématiquement l'approbation de sa femme lorsqu'il prenait la parole. L'évaluation des séances débouche donc sur une interrogation : est-il vraiment nécessaire de voir le couple réuni ? N'aurait-il pas été plus efficace de voir le mari seul ? Après tout, même si la vision du problème est interactionnelle, cela ne signifie pas *ipso facto* que la meilleure stratégie de changement implique un traitement commun. Les tendances homéostatiques ne peuvent-elles pas être utilisées avec plus d'efficacité si l'on choisit de travailler avec la ou les personnes les plus motivées par un changement ?

C'est là le bouleversement des pratiques systémiques que de nombreux thérapeutes familiaux ne pardonneront pas à l'équipe de Palo Alto : c'est le cadre même de l'intervention qui est remis en question. Si jusqu'alors on avait insisté sur le rôle du patient désigné, on se penche maintenant sur la recherche du meilleur levier du changement : à l'intérieur du système familial, qui est la personne qui souffre le plus de la situation ? Qui est le plus désireux de voir se produire le changement ? Cette position hérétique est favorisée par le cadre de la recherche : on peut se permettre de prendre des risques avec la théorie établie[6].

C'est un autre cas qui apportera une réponse à la question lancinante à laquelle les membres du CTB tentent de répon-

---

6. Voir l'article « De certains thérapeutes marginaux », publié pour la première fois *in* Ferber, Mendelsohn *et al.*, *The Book of Family Therapy*, Science House, 1972 ; traduit en français *in* Watzlawick et Weakland (1981).

dre depuis le début : comment les patients doivent-ils se comporter pour se débarrasser de leur problème ? Richard Fisch
rapporte l'anecdote qui orienta la réflexion de manière
déterminante.

Nous étions assis, en train de discuter des cas que nous avions
suivis cette semaine-là, quand nous nous sommes mis à parler
du discours des clients. Je me souviens que nous nous disions
souvent : « Mon Dieu, comme c'est naïf ! » Nous étions tous
des thérapeutes expérimentés, ayant travaillé avec de nombreuses personnes et quantité de problèmes différents. Nous
savions que certaines réactions ne servaient à rien. Par exemple, la dépression ne disparaît pas parce qu'on dit à quelqu'un :
« Reprends-toi, allez, fais un sourire ! » Plusieurs exemples
comme celui-là revenaient souvent. Je me souviens clairement
d'un cas : des parents qui venaient avec leur enfant de six ou
sept ans, le père était le principal demandeur. Le gamin était
terrifié à l'idée d'aller à l'école, ce qu'on appelle une « phobie
scolaire ». Et le père disait : « J'essaye de le rassurer, je lui ai
déjà dit combien je me suis amusé à l'école et que lui aussi
sera content. » Je me souviens que j'étais derrière la glace
sans tain et que je me disais : « Ce n'est pas vrai ! Il ne s'attend
quand même pas à ce que son gosse lui dise : "Ah bon, papa,
si tu dis que tu t'es bien amusé, je n'ai plus peur". » Pas
possible ! C'était vraiment extrêmement naïf. Nous avons dis-
cuté de ça en équipe et nous sommes arrivés à la conclusion
que quoi que nous mettions en place après – parce que à
l'époque nous croyions encore aux « agendas cachés » et au
« besoin du symptôme », etc. –, nous devions d'abord stopper
cette attitude très naïve du père. Et nous avons donné au père
la tâche d'aller à la maison et de dire au fils : « Je dois te
confesser que je n'ai pas été totalement honnête avec toi sur
ma scolarité : c'était dur pour moi aussi. » Et, si mes souvenirs
sont bons, nous nous sommes dit : « Ceci n'est qu'un pas
préliminaire avant de vraiment intervenir. » Le père est revenu
à la séance suivante, il avait fait ce qu'on lui avait proposé
et... l'enfant était à l'école ! [...] Nous étions surpris, parce
que nous n'avions pas encore vraiment commencé notre intervention ! Je crois que c'est le premier cas où nous avons perçu
clairement l'importance stratégique de l'interdiction des tentatives de solution [7].

7. Richard Fisch, entretien personnel avec les auteurs.

Cela reflète bien l'esprit dans lequel le Centre de thérapie brève a progressé : pour lui, l'analyse interactionnelle n'offre pas de réponse automatique au processus de changement, c'est l'efficacité de l'intervention elle-même qui est déterminante, qui est l'objectif des réflexions théoriques. On cherche à poser un regard interactionnel sur la méthode de changement, ce qui permettra d'arriver à formaliser une « théorie de l'intervention » fondée non sur une théorie de la famille, mais sur l'efficacité d'une relation thérapeute/patient, avec un objectif précis : le changement de comportement souhaité par le patient. L'important est d'avoir des résultats concrets, dans la lignée de Jackson et, bien entendu, d'Erickson.

Le modèle d'intervention

Les prémisses de la thérapie brève

Bateson avait déjà montré que les prémisses théoriques d'un thérapeute influencent la représentation qu'il se fait de l'origine des problèmes humains, de leur nature et de la façon dont il faut les traiter [8]. Si ces présupposés restent informulés, implicites, ils sont potentiellement dangereux car non susceptibles de critique, de révision, d'amélioration ou même d'abandon. Les échecs sont alors automatiquement attribués à autrui, donc au patient, qui devient alors « difficile », « résistant », voire « incurable ».

Afin de ne pas trop canaliser l'observation directe des comportements, ni de conduire à des interprétations partiales, la théorie avancée par l'équipe de Palo Alto se présente comme « un ensemble d'idées ou de vues relativement générales, utiles pour intégrer dans un ensemble systématique et compréhensible des éléments de l'observation et de l'action [9] ». Ce modèle est décrit comme une carte conceptuelle, c'est-à-dire comme un outil permettant de guider les pas du thérapeute dans ces contrées mal connues et multiformes que sont les problèmes humains. Les trois postulats de base de la thérapie brève sont :

---

8. Voir notamment Ruesch et Bateson (1988) (éd. originale : 1952).
9. Fisch *et al.* (1986, p. 27) (éd. originale : 1982).

1. Les changements continuels de notre vie et de notre milieu nous amènent à devoir constamment affronter des difficultés. Une difficulté, habituellement passagère, devient un problème persistant lorsqu'elle a été gérée de manière inadéquate et que, la difficulté n'étant pas résolue, on répète la même « solution » encore et encore [10]. (On pourrait appeler cette prémisse la prémisse « étiologique ».)

2. Indépendamment de son origine, de son étiologie, de sa nature et de sa durée, un problème ne persiste que dans la mesure où il est maintenu par le comportement du patient ou les interactions entre celui-ci et son entourage. (Nous retrouvons ici l'affirmation d'une prémisse cybernétique.)

3. Si le comportement qui alimente le problème est éliminé ou modifié de manière appropriée, le problème disparaît ou devient une simple difficulté. (C'est là le paradigme de l'action thérapeutique du CTB.)

Le modèle de la thérapie brève

Pour présenter le modèle de Palo Alto, nous avons choisi d'utiliser une métaphore aux allures quelque peu mécanistes, bien dans l'esprit de ses origines cybernétiques ; nous verrons plus loin qu'il est nécessaire de la compléter par une approche plus cognitiviste si nous voulons cerner la totalité du travail du thérapeute. Pour l'instant, nous souhaitons rester à un niveau très général pour mettre en évidence les caractéristiques essentielles de l'approche. Nous envisagerons d'abord un schéma simple des processus adaptatifs de l'individu dans son milieu (la coévolution) pour en arriver à préciser le cadre de l'intervention thérapeutique.

La genèse d'un problème psychologique

Qu'il s'agisse de l'environnement physique ou de l'entourage social de l'individu, nous pouvons simplifier le comportement observable de l'individu de la manière suivante :

---

10. « Le problème, c'est la solution », ou encore, dans le langage imagé de John Weakland : « *Life is one damn thing after another, a problem is the same damn thing again and again !* »

– Toute personne s'efforce de maintenir un équilibre face aux perturbations du milieu (tant interne qu'externe). Tout changement significatif amènera donc une réponse de la personne visant à neutraliser la perturbation et rétablir (ou maintenir) un état satisfaisant.

– Si la réponse ne permet pas de retrouver de bonnes conditions, l'individu utilisera d'autres possibilités faisant partie de son répertoire comportemental, et cela jusqu'à ce que les conditions perturbantes disparaissent.

Nous pouvons schématiser ce processus comme suit :

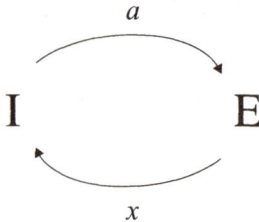

$$a$$

$$I \qquad E$$

$$x$$

Dans le schéma interactionnel ci-dessus, l'individu s'efforce de rétablir des conditions optimales par ses conduites a, ce qui entraîne un effet, une réaction x. Si l'effet des x sur l'individu n'est pas satisfaisant, d'autres comportements $a1$, $a2$, $a3$, etc., seront testés jusqu'à ce que satisfaction soit obtenue [11].

Si nous reprenons les prémisses énoncées plus haut, nous pouvons dire que l'individu est confronté à un problème lorsque toutes ses tentatives visant à rétablir des conditions acceptables (l'ensemble des a) sont inefficaces. Ce qui se produit habituellement, c'est qu'une fois une difficulté considérée comme un problème, si celui-ci n'est pas résolu, les personnes qui en souffrent se mettent à l'exacerber, à travers

11. Notons immédiatement qu'il n'est pas inutile d'envisager les décodages mentaux de la personne tant face à ses propres conduites que face aux réactions de l'environnement, mais qu'à ce stade du raisonnement il n'est pas nécessaire d'en tenir compte. Que la pensée de la personne sur son comportement ou sa réflexion sur la réaction soit sophistiquée ou totalement absente, nous pouvons nous contenter d'en observer le résultat (l'*output*, dirait-on en langage cybernétique), c'est-à-dire la conduite concrète observable.

un cercle vicieux, par des rétroactions positives inadaptées. La difficulté est traitée par des tentatives de solution qui ne font que l'intensifier.

L'intervention thérapeutique

A partir de ce schéma général, nous pouvons décrire l'intervention thérapeutique comme suit :

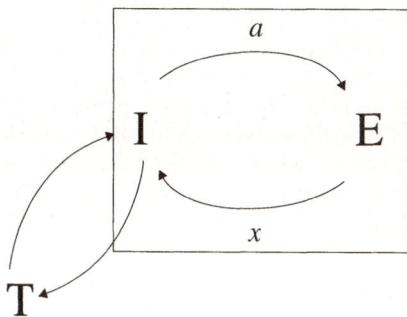

Ce que nous pouvons traduire en disant que le circuit I-E s'est adjoint une boucle de régulation T-I (thérapeute-individu). Ce modèle, quelque peu simpliste, a le mérite de relever l'aspect interactionnel de l'intervention thérapeutique elle-même.

Il faut noter que l'objectif du thérapeute concerne l'*ensemble* de l'interaction patient-environnement : il doit donc garder une position *méta* par rapport au problème présenté par le patient. S'il veut que son patient retrouve rapidement son autonomie, il lui faut à tout prix éviter que la boucle T-I devienne permanente, ce qui revient à dire que le thérapeute ne doit pas régler lui-même le problème, mais bien faire en sorte que le patient trouve les moyens de le dépasser par ses propres comportements, sa propre réflexion, etc. Le rôle du thérapeute consistera alors à faire en sorte que le patient retrouve des moyens de régulation autonome pour pouvoir se passer de cette aide momentanée.

Remarquons que l'intervention thérapeutique se situe à deux niveaux simultanément :

– A un premier niveau, le thérapeute est en relation avec

son patient, il lui parle, réagit à son discours, etc. Situation difficile pour le thérapeute car elle entraîne très rapidement des redondances dans l'interaction, redondances au sens de contraintes, de limitations des conduites, ce qui risque de réduire assez rapidement la liberté de manœuvre du thérapeute. C'est cette relation qui, aux yeux du patient en tout cas, dessine le contexte général de l'intervention.

– A un second niveau, le thérapeute est en quelque sorte un observateur de la relation I-E, il a une position *méta* par rapport à la relation de l'individu avec son milieu de vie.

Situation potentiellement paradoxale donc, et ce n'est pas sans raison que Paul Watzlawick a parlé de « moment de grâce » pour évoquer le temps relativement court dont dispose le thérapeute pour exercer son action thérapeutique sans être soumis aux contraintes de ce nouveau système relationnel qui ne manque pas de se créer entre son ou ses patients et lui.

Les règles de la relation thérapeutique

Pour l'équipe de Palo Alto, la situation thérapeutique n'est pas une simple conversation qu'on laisse évoluer au gré des circonstances. L'échange avec le patient est considéré comme une interaction basée sur la poursuite d'un objectif : l'arrêt de la souffrance du patient. C'est en fonction de ce but que le thérapeute va réguler la situation thérapeutique. Mais si l'objectif est commun au patient et au thérapeute, il est important que le thérapeute limite les contraintes qui restreignent les moyens dont il dispose pour réguler la relation thérapeutique. Le cadre des échanges entre le patient et le thérapeute est donc fixé par ce dernier. A ce métaniveau, il s'agit pour lui d'arriver à saisir, à formaliser les difficultés vécues par le patient dans son propre cadre de vie afin de définir le sens de l'intervention thérapeutique. Pour qu'il puisse pleinement remplir son rôle de « régulateur », le thérapeute doit pouvoir définir les caractéristiques de la souffrance de son patient. L'équipe de Palo Alto a déterminé une série d'éléments permettant de réduire la complexité de la relation patient/environnement (« diagnostiquer » le circuit en cause, en quelque sorte) en rapport avec la démarche de consultation.

Pour ce faire, il lui faut répondre aux questions suivantes :

qui souffre de la situation ? Quel est le problème ? Quelles ont été les tentatives visant à résoudre le problème ? Quel serait un objectif minimal indicatif d'une amélioration ?

L'étape suivante consiste alors à imaginer, puis à mettre en œuvre une stratégie destinée à empêcher le recours aux solutions inopérantes. Nous aborderons cette dernière étape, plus technique, ultérieurement. Voyons d'abord le sens qu'il faut attribuer aux quatre premières étapes de la rencontre thérapeutique.

Qui est le « client » de l'intervention ?

Cette question implique une vision systémique et anthropologique de la part du thérapeute, qui considère en effet le symptôme comme le résultat d'un processus d'adaptation à une situation spécifique. Peu importent les « raisons » de l'apparition d'une attitude ou de comportements déviants par rapport à quelque norme que ce soit, le thérapeute ne cherche pas à définir lui-même, sur la base d'une théorie de la santé mentale ou même du simple bon sens culturel (« Vous n'allez quand même pas me dire qu'il est normal de se comporter de la sorte ! »), la personne qui sera l'objet de son intervention. Sa tâche principale, pour entamer son action, consiste à déterminer l'élément du système (ou, pour parler plus simplement, la personne) qui n'arrive pas à trouver de satisfaction au travers des relations auxquelles il participe, bref, qui est mécontent de la situation et souhaite voir se produire un changement. C'est ainsi que, par exemple, le thérapeute ne centrera pas son intervention sur une épouse « alcoolique » mais plutôt sur le mari qui s'en plaint, sur l'enfant délinquant mais sur les parents qui en souffrent, sur un jeune schizophrène mais bien sur la mère (ou le père, ou les deux) qui n'en peut plus, etc. Moteur potentiel d'un changement, source des diverses tentatives visant à introduire des modes de fonctionnement différents, le « plaignant [12] » est à la fois celui qui multiplie les

---

12. L'équipe du MRI parle de « plaignant », c'est-à-dire la personne qui, dans le système, se plaint de la situation ; ou encore, du « client » de l'intervention, par analogie avec le domaine commercial. Notons au passage que si cette dernière terminologie peut choquer nos esprits européens, elle cadre bien avec le pragmatisme américain. Il faut remarquer que le

efforts pour améliorer ses conditions de vie et celui qui renforce l'homéostasie en mobilisant, par ses actions, les résistances des autres. Pour le thérapeute, il est surtout celui qui montre la direction du changement souhaité.

La définition du problème : « les mots et les choses »

En thérapie brève, comprendre quel est le problème ne revient pas à se contenter d'une simple déclaration du plaignant, d'une explication ou d'une interprétation de la situation douloureuse [13]. Ces dernières apportent surtout de l'information sur le mode de pensée du patient (ce qui est d'ailleurs un outil essentiel du thérapeute lors de l'élaboration de la stratégie de changement, comme nous le verrons plus loin) mais généralement très peu sur le problème lui-même. Le thérapeute va s'efforcer de faire en sorte que son client lui narre de la façon la plus concrète possible les faits qui l'amènent à consulter : « Pouvez-vous décrire ce qui s'est passé par exemple la dernière fois que vous avez été confronté au problème ? » Les exemples sont les plus parlants pour le thérapeute ; il cherche à faire préciser, en termes de comportement concret, les formulations trop générales, comme : « Nous souffrons d'un manque de dialogue », « Je suis déprimée », etc. Ici encore, la vision reste interactionnelle : « Donc, lorsque votre épouse vous demande de l'aider, que lui dites-vous ? Et que vous répond-elle ? Et ensuite que

---

plaignant n'est pas forcément le patient désigné, c'est-à-dire le porteur du symptôme ; dans ce cas, le plaignant peut être réticent à « devoir rencontrer un thérapeute alors que c'est l'autre qui a le problème ! ». Il est donc important que le thérapeute recadre la consultation selon des termes qui signifient en substance : « Nous avons bien conscience que ce n'est pas vous qui avez le problème ; pourtant la situation vous est extrêmement pénible et vous semblez prêt à lutter pour le résoudre ; si vous ne faites pas partie du problème, vous pouvez faire partie de la solution ! »

13. « Dick » Fisch aime citer l'exemple suivant à l'appui de cette position : une personne se rend chez son garagiste qui lui demande : « Quel est le problème ? » Il lui répond : « Je crois que c'est la transmission. » Le garagiste lui demande alors de décrire ce qui se passe, et le client explique que le moteur fait des hoquets dans les descentes. Le garagiste pourrait alors lui annoncer : « Je viens de vous faire gagner 700 dollars ; ce n'est pas la transmission mais le filtre à air ! »

faites-vous ? », etc., jusqu'à ce que le thérapeute puisse avoir une vision complète de l'échange incluant le problème.

Le thérapeute travaille sur un problème circonscrit, c'est-à-dire qu'il se focalise sur ce qui est difficile à vivre pour la personne qui consulte, en évitant le recours à des généralisations. Il faut remarquer qu'il ne se demande pas s'il existe un problème sous-jacent, intrapsychique ou même familial. Il n'établit aucun diagnostic, au sens d'un repérage de certains symptômes permettant un étiquetage du patient en fonction de certaines catégories pathologiques prédéfinies. Il travaille à partir de la structure des échanges qui incluent le problème.

Le recensement des tentatives de solution

Le concept de « tentative de solution » est vraiment la « marque déposée » du modèle de Palo Alto. L'idée en est apparemment assez simple (voire simpliste) : si la personne n'a pas dépassé son problème, c'est que tous les efforts qu'elle a déployés dans ce sens jusqu'ici n'ont pas été efficaces ; par conséquent, avant d'envisager quelque mode d'action que ce soit, il est important que le thérapeute ne s'égare pas dans des voies sans issue et qu'il sache ce que son intervention doit éviter *a priori*.

Si on l'examine d'un peu plus près, le concept révèle cependant toute sa richesse. Non seulement il apporte de l'information sur les comportements concrets de la personne, mais encore, par un passage à la classe, c'est-à-dire en cherchant la caractéristique commune à tous ces essais infructueux, le thérapeute obtient de l'information d'un niveau supérieur, sur l'attitude générale du patient à l'égard de son problème. C'est en effet à ce métaniveau relationnel que l'on quitte le rapport anecdotique des conduites ponctuelles pour rejoindre à la fois le « caractère » de l'individu, au sens batesonien du terme, le type de redondances qui définissent sa relation au monde, ses valeurs, ses prémisses.

Nous le voyons, lorsque le thérapeute interdit le recours aux solutions inopérantes, il ne se contente pas, comme on l'entend dire parfois, de faire en sorte que le patient fasse « tout simplement le contraire » ; il modifie le rapport du patient à la situation problématique, ce qui relève du changement 2 (pour reprendre un langage autrefois utilisé par l'équipe de Palo Alto). Nous retrouvons donc irrémédiablement liés deux niveaux d'intervention : le niveau comportemental (les différentes conduites effectivement mises en œuvre) et le niveau cognitif (le type de décodage, les « constructions mentales » qui accompagnent et renforcent le recours à ces comportements). Nous verrons d'ailleurs plus loin que ces niveaux permettent de catégoriser les deux grands types d'interventions thérapeutiques utilisés en thérapie brève : les injonctions comportementales et les techniques de recadrage.

Définition d'un objectif réaliste pour l'intervention

Nous l'avons signalé plus haut, c'est là une notion provenant directement des travaux d'Erickson : « Cherchez toujours un objectif concret dans un futur proche », recommandait-il à ses élèves. Afin d'éviter l'erreur (maintes fois dénoncée par Bateson) de réification des abstractions, le thérapeute ne doit pas chercher à amener son patient à faire l'expérience d'un changement drastique de niveau 2, ou encore d'un changement structural en profondeur ; c'est en visant un changement de conduite restreint mais significatif pour lui que le thérapeute amènera son patient à faire une expérience relationnelle différente. Si la démarche a été fructueuse, le patient pourra la renouveler, voire l'étendre, et c'est à partir de là que le changement pourra se généraliser par la suite et concerner une classe de comportements (et les prémisses qui y sont liées). Tout comme l'artilleur ne peut atteindre une cible mal définie, le thérapeute ne pourra définir avec précision une intervention bien ciblée si son objectif reste vague, trop abstrait ou trop général : « A objectif flou, thérapie floue ! », pourrait-on dire, en cédant à la facilité des slogans.

Tout comme le patient peut souffrir de ne jamais pouvoir satisfaire des attentes utopiques, le thérapeute qui se fixerait des objectifs démesurés peut même renforcer les difficultés de son patient. « Le thérapeute qui propose un but utopique (ou simplement vague), comme celui qui accepte un tel but de la part de son patient, en arrive à traiter une affection dont il est en partie responsable et que la thérapie entretient [14] »

Lorsque l'objectif est limité, il devient plus facile au patient de remarquer une évolution favorable du traitement, ce qui ébranle la vision souvent monolithique qu'il peut avoir du problème, surtout si celui-ci perdure depuis de longues années. Un autre avantage de cette pratique concerne la durée du traitement : le patient peut assez rapidement constater une amélioration de son état, ce qui l'encourage à reprendre la responsabilité de sa propre vie, augmente sa motivation et stimule ses progrès.

Il faut remarquer que la définition de l'objectif ne se fait pas de manière unilatérale par le thérapeute : c'est le patient lui-même qui fixe l'objectif. Il n'est cependant pas inutile de souligner l'importance du questionnement induit par le thérapeute dans ce processus. Ce dernier ne se contente pas de demander au patient de se fixer un objectif : « Quel serait pour vous un pas minime, mais significatif, qui vous amènerait à dire que votre problème est en passe de s'améliorer ? » Il est vrai que, par ses demandes de précision, par l'expression de certains doutes (« Êtes-vous sûr que cela serait significatif pour vous ? »), etc., le thérapeute participe à la formulation de l'objectif. Cependant, et c'est probablement là une des caractéristiques majeures de la thérapie brève, l'intervention se focalise sur ce que le patient lui-même considère comme un changement favorable. Le thérapeute ne prend pas une attitude d'expert (que ce soit en psychologie individuelle ou familiale) qui lui permettrait de décider *a priori* de ce qui est bon pour son patient ; c'est ce dernier qui décide de l'issue de sa démarche auprès du thérapeute. Cette approche non normative éloigne irrémédiablement la démarche thérapeutique d'une activité de contrôle social, risque non négligeable de toute intervention d'une autorité, qu'elle soit officielle ou morale [15].

---

14. Watzlawick, Weakland et Fisch (1975, p. 133) (éd. originale : 1974).

15. Pour une discussion approfondie de l'application de la thérapie brève sous contrainte (morale ou judiciaire), voir Seron et Wittezaele (1991).

*Remarques générales sur le questionnement
en thérapie brève*

Il n'est pas toujours facile pour le thérapeute d'obtenir des informations concrètes, précises, de la part d'un patient en souffrance. Chacun présente son propre mode de décodage des difficultés auxquelles il est confronté. Si, par exemple, un patient est persuadé (que ce soit par son raisonnement personnel ou parce qu'il a été induit à penser de la sorte) que son passé est déterminant pour la compréhension de sa souffrance actuelle, le thérapeute ne pourra se contenter de rejeter purement et simplement cette analyse, au risque de mettre en péril la relation thérapeutique. Même s'il explique à son patient combien il lui est nécessaire de disposer d'informations sur l'état actuel du problème, c'est progressivement que le patient pourra abandonner ses vues antérieures et apporter de plus en plus régulièrement les informations attendues par le thérapeute. La situation thérapeutique est interactionnelle et il appartient au thérapeute d'établir les normes de fonctionnement de cette interaction. Si ce dernier est bien souvent amené à adopter un « profil bas » vis-à-vis de son patient (voir plus loin), il est important qu'il puisse garder la maîtrise du cadre de l'intervention – pour « sauvegarder sa liberté de manœuvre » – et c'est à ce métaniveau que se définit la relation entre le thérapeute et son client.

Le questionnement extrêmement précis et concret de la thérapie brève peut parfois induire chez le patient le sentiment de ne pas arriver à se faire comprendre d'un thérapeute qui ne cesse de le harceler par des demandes de détails de plus en plus précis. Pour la plupart des couples qui consultent, par exemple, le « manque de dialogue » paraît souvent une description suffisamment précise et complète du problème pour que le thérapeute puisse commencer à aborder enfin les questions sérieuses des raisons sous-jacentes à ce manque de communication. L'insistance du thérapeute à vouloir concrétiser cette déclaration peut finir par lasser les patients, qui en viennent à se demander comment ce psychologue (ou ce psychiatre), qui est censé connaître les ressorts de l'âme humaine, ne peut-il se rendre compte de l'importance du dialogue dans un couple. Il faut donc, pour reprendre une expression utilisée par Bateson dans un autre contexte, « donner quelques poissons immérités [16] », c'est-à-dire faire comme s'il acceptait la définition du problème de son patient, passer à autre chose, puis revenir à la charge lorsque la relation ne risque plus de prendre la tournure d'une escalade symétrique.

Le questionnement en thérapie brève n'est pas laissé au hasard et ne sert pas simplement à obtenir des informations, il est déjà en lui-même une intervention capitale. Il arrive fréquemment qu'une personne qui consulte n'ait qu'une vision bien floue de son problème, des circonstances de sa souffrance ou de ce qu'elle souhaiterait obtenir de la rencontre thérapeutique ; il n'est pas rare que le questionnement qui mène à la clarification du problème soit, en lui-même, un grand pas vers sa résolution. De même, l'orientation interactionnelle des questions posées peut subitement ouvrir d'autres voies de résolution. Nous pensons notamment à certaines difficultés sexuelles ou encore à des hommes qui maltraitent leur compagne ; il est bien différent de venir en consultation afin d'« être capable de se maîtriser » dans l'absolu et indépendamment du conjoint et de « faire en sorte que la relation redevienne satisfaisante pour les deux partenaires ». Le questionnement permet donc de caractériser les choses sous un angle moins pathologique et plus contextuel, ce qui ouvre aux patients des voies d'actions nouvelles.

Stratégies, tactiques et techniques de changement

Pour l'équipe du MRI, l'acte thérapeutique essentiel consiste à amener le patient à renoncer à ses tentatives de solution inadéquates. Pour ce faire, le thérapeute va induire un comportement qui ne se situe pas dans le registre des essais infructueux de son patient, qui soit *qualitativement*

---

16. Sans entrer dans les détails, Bateson raconte comment un dresseur put conditionner un dauphin à produire des comportements originaux, donc à faire un apprentissage secondaire (d'un type logique supérieur), en ne renforçant plus les conduites renforcées précédemment mais en attendant, à chaque nouvelle séance, l'apparition d'un comportement nouveau. Pour plus d'informations, cf. Bateson (1984, p. 129 *sq.*).

différent, afin qu'il puisse faire l'expérience d'une interaction différente avec son environnement[17], du moins pour ce qui concerne le problème traité. Ce faisant, le patient est amené à renoncer à ses conceptions antérieures, à faire preuve de créativité lorsqu'il se trouve confronté à la situation problématique. Cela permet d'introduire une nouvelle diversité dans ses conduites, ce qui, en fin de compte, est bien la mission principale du thérapeute. A notre sens, l'effort principal de l'équipe de Palo Alto a été d'opérationnaliser ce concept essentiel.

Pour amener le patient à mettre en œuvre ce nouveau type d'expérience, il est exceptionnel qu'une simple prescription comportementale directe suffise ; en effet, dans la plupart des cas la solution du patient lui paraît la plus logique possible à la lumière de son décodage de la situation-problème. Si, dans tous les cas, c'est le changement de comportement qui est visé – et ce afin que la personne fasse réellement l'expérience d'une interaction nouvelle –, il est la plupart du temps nécessaire de modifier les conceptions du patient pour obtenir ce changement comportemental. Les « intentions » des patients et, par voie de conséquence, les comportements qui en découlent témoignent de prémisses cognitives non seulement inefficaces mais encore génératrices de problèmes. Le thérapeute doit arriver à discerner d'abord la cohérence de ces prémisses (comprendre le « langage » de son patient), modifier cette vision du monde de manière à « recadrer » le problème, pour, enfin, faciliter le changement comportemental souhaité.

La façon dont les patients perçoivent la « réalité » de leurs interactions contribue à maintenir leurs difficultés, mais c'est

17. Nous restons volontairement à ce niveau très général pour plusieurs raisons : selon les cas, l'environnement peut se ramener à une ou plusieurs personnes de l'entourage (partenaire de vie, enfant, parent, patron, chef de service ou employé...) ou à un lieu (comme dans le cas de peur des avions, des ascenseurs, des ponts...), ou même à certaines activités physiologiques de l'organisme même du patient (sommeil, érection, alimentation...). Ces derniers cas mettent d'ailleurs en évidence la dualité expérientielle corps/esprit (résultat d'une erreur épistémologique, dirait Bateson) à la base de nombreuses difficultés psychologiques, du moins dans nos sociétés occidentales qui ont pour structure commune le remplacement d'une régulation naturelle par un contrôle volontaire (se mettre soi-même dans un paradoxe de type « sois spontané », dirait Watzlawick).

à travers l'actualisation de conduites différentes que les changements se produisent. Ces deux aspects (comportemental et cognitif) définissent les deux grandes catégories d'interventions thérapeutiques : les *injonctions comportementales* et les techniques de *recadrage*.

Les injonctions comportementales

Comme il est impossible de « ne pas se comporter », la meilleure façon d'empêcher le recours aux tentatives de solution est de proposer un autre type de comportement. Le thérapeute va donc imaginer une conduite qui se situe à l'opposé des solutions inefficaces ; dans le jargon de l'équipe de Palo Alto, il va provoquer un « virage à cent quatre-vingts degrés ». A un père qui s'efforce par tous les moyens d'exercer un contrôle sur le comportement imprévisible de sa fille il va demander de se montrer indifférent, à une épouse qui cherche à retarder au maximum les rapports sexuels il va demander d'en prendre l'initiative ; à quelqu'un qui s'efforce de cacher une faiblesse il proposera au contraire de l'afficher publiquement, etc. Nous pourrions multiplier les exemples. Si le principe de base est donc on ne peut plus simple, la mise en œuvre concrète nécessite néanmoins certaines précisions et soulève des questions importantes.

Lorsque le thérapeute demande au plaignant de renoncer à ses solutions, il se heurte souvent à une réaction d'incrédulité, les solutions étant habituellement des réactions de « bon sens », c'est-à-dire entièrement logiques pour le mode de raisonnement (souvent de type linéaire et n'incluant pas l'aspect interactionnel de la situation) utilisé par le patient. Et il est vrai que demander à un insomniaque de rester éveillé, proposer au père d'un enfant délinquant de cesser de lui accorder de l'attention (« Il fait déjà les quatre cents coups alors que je suis toujours derrière lui. Que va-t-il se passer si j'arrête ? ») ou encore exiger d'un patient qu'il provoque lui-même les crises d'angoisse qui le terrorisent... autant de suggestions qui peuvent soulever l'étonnement, voire la méfiance. Si le thérapeute souhaite que son patient n'entre pas dans une suite d'arguments et de contre-arguments qui risquent fort d'évoluer en une escalade symétrique autant inutile qu'inefficace, il lui faudra tenir compte de plusieurs dimensions interactionnelles qui, bien qu'elles soient évidemment indissociables et entremêlées dans l'interaction, méritent d'être distinguées pour les besoins de l'exposé : le type de relation qu'il a pu établir avec son patient, la « position » de son patient, le « langage » de son patient (celui-ci explicitant sa vision du monde).

L'aspect relationnel est, par définition, le plus difficile à préciser digitalement. Il n'en constitue pas moins le mode de calibrage qui détermine tous les échanges entre le thérapeute et son patient. Le thérapeute doit avoir créé une relation dans laquelle il est en position d'obtenir de son patient qu'il accepte de remplir la « tâche » qu'il lui propose. Si le patient se méfie du thérapeute – que cette méfiance soit le fruit du contexte de l'intervention ou simplement de l'accumulation des échanges antérieurs entre les deux personnes –, il devient très difficile de l'amener à mettre en œuvre les injonctions proposées. Le thérapeute devra donc veiller à montrer, verbalement et non verbalement, qu'il a bien compris les difficultés de son patient, respecte ses convictions et son mode de vie, et travaille dans son intérêt. Il doit se montrer prudent et ne pas se lancer dans des stratégies prématurées ou trop « grossières », qui peuvent donner à son patient (surtout lorsque des techniques paradoxales sont utilisées) le sentiment d'être le jouet d'expériences peu sérieuses, de manipulations gratuites, etc. La relation, tout comme la perception du contexte, est toujours susceptible de changements brusques et radicaux, aussi la formulation même de l'injonction est-elle de toute première importance. C'est ici que l'utilisation de la « position » du patient prend tout son sens. Par « position », on entend son attachement à « des croyances, des valeurs et des priorités personnelles qui déterminent sa manière d'agir ou de ne pas agir [18] » par rapport au problème concerné ; et c'est autour des réactions émotionnelles globales du patient que celle-ci s'articule. Ces émotions définissent en quelque sorte la direction de « moindre frottement » pour l'injonction. Pour simplifier, nous pourrions dire que si la tâche proposée rencontre l'attitude émotionnelle dominante (colère, peur, abnégation, souffrance, etc.) du

18. Fisch, Weakland et Segal (1986, p. 120).

patient par rapport à son problème, elle a de fortes chances d'être acceptée et donc mise en œuvre. A une mère furieuse de voir son adolescent refuser de respecter les normes élémentaires de la vie familiale le thérapeute devra cadrer l'injonction comme un « moyen de mettre un terme à ces comportements rebelles qui dénotent un retard de maturité » par exemple, ou encore : « Il serait dans son intérêt d'avoir un peu plus de plomb dans la cervelle. » Si les parents sont, au contraire, tracassés par le comportement du garçon, s'ils craignent qu'il gâche sa vie, s'ils pensent qu'il souffre, etc., il faudra que le thérapeute formule son injonction sous forme d'une « aide » à lui apporter... Cependant, il est important que cette attitude, cette position ne soit pas révélée explicitement lors de la formulation de l'injonction ; le thérapeute doit l'inférer à partir des échantillons de discours de son patient, la définir, puis l'utiliser de manière indirecte, implicite, et cela pour éviter toute réaction de défense contre une position parfois inconciliable avec les convictions du plaignant. (Par exemple, une mère dévouée reconnaîtra difficilement en public que son fils ou sa fille lui porte sur les nerfs !)

Le concept de « position » du patient est d'un niveau d'abstraction supérieur aux conduites ou attitudes spécifiques manifestées par ce dernier. C'est de l'ordre de la classe par rapport aux éléments, ce qui signifie que ce système de valeurs n'est pas accessible à une investigation directe, donc à un questionnement précis. De plus, il faut signaler que même si nous pouvions questionner le patient sur ce système de valeurs, il est probable que le contexte familial ou culturel filtrerait les interprétations que le thérapeute en obtiendrait. Au thérapeute donc de saisir, dans le cours des conversations avec son patient, la façon dont ce dernier ressent la situation. Il faut noter que, dans de nombreux cas, le thérapeute, qui lui aussi se réfère à un certain nombre de valeurs qui lui sont propres, ne partagera pas le système de valeurs de son patient, il est impératif de ne pas entrer dans une suite d'argumentations pour « faire prendre conscience » au patient de l'inadéquation de son attitude mais, au contraire, d'utiliser sa position pour l'amener à se comporter autrement. Nous rejoignons donc la notion de non-normativité dont nous avons parlé plus haut.

Ces éléments posés, nous pourrions résumer la démarche stratégique du thérapeute de la façon suivante :

1. Le thérapeute doit arriver à cerner la position du patient.

2. Il doit avoir saisi, comme il est habituel dans les techniques hypnotiques, la structure et la logique du langage du patient.

3. Il doit reconnaître et accepter cette vision des choses (et se garder de s'y opposer ou de la critiquer).

4. Il doit introduire de nouveaux éléments dans cette vision, de façon à l'ouvrir ou à la modifier dans un sens différent, rendant envisageable la tâche qu'il se propose de soumettre au patient.

5. Il doit alors proposer des actes précis qui vont permettre de modifier la manière dont le patient essaie de trouver une solution à son problème.

Nous avons déjà abordé l'importance de la modification de la vision du monde du patient, il nous reste à préciser davantage les moyens d'y parvenir.

Le recadrage

Nous quittons à présent le domaine relativement clair du comportement observable pour envisager sa contrepartie cognitive, la question du sens, de la signification des messages échangés. Pour ce faire, il est intéressant de revenir aux débuts de la cybernétique et de se tourner vers la manière dont les cybernéticiens ont posé ce problème.

Le sens d'un message dépend de l'ensemble de référence dont il provient ou encore de son contexte. C'est le contraste message/contexte qui définit le sens. Pour l'être humain, il est probablement indispensable, du point de vue de sa survie, de définir le sens des événements auxquels il est confronté, de les classer, donc de les étiqueter [19]. Tout événement nouveau ou inconnu doit donc être identifié, et cela se réalise en lui attribuant un nom ou, en tout cas, en le classant dans une

19. Probablement en fonction des grandes variables biologiques. Il est impérieux de savoir si tel ou tel événement est potentiellement dangereux ou favorable, s'il renvoie à un partenaire sexuel possible, s'il peut ou non servir de nourriture, etc.

catégorie préexistante. Le contexte n'est pas défini une fois pour toutes, il varie au gré des expériences, des réactions des autres, d'informations complémentaires, etc. Il n'empêche qu'à tout moment n'importe quelle expérience doit faire sens le plus rapidement possible.

On peut considérer l'organisation mentale d'une personne comme un système d'idées ; ce système, comme la plupart des systèmes, est structuré, hiérarchisé, et possède les propriétés habituelles de totalité, d'homéostasie, etc. En haut de la hiérarchie, on trouve ce que l'on appelle les prémisses du comportement, les grandes valeurs, les principes fondamentaux... Pour qu'un individu puisse faire face à son environnement, sache comment réagir par rapport à des événements, ces différents éléments de connaissance doivent être reliés de façon à former une *Gestalt* cohérente. A travers ses contrats, l'individu cherche à préserver ses règles de conduite fondamentales. C'est le classement d'un événement nouveau dans une catégorie donnée qui va définir le type de réactions qui permettra à ce système d'idées de rester cohérent, de préserver ses variables essentielles pour la suite de sa vie. Il faut noter, comme l'avait déjà remarqué Milton Erickson, que les attitudes de l'être humain sont souvent liées à une émotion, réponse globale de l'organisme indispensable à sa survie. Le thérapeute se doit d'être conscient de cette composante affective dans les recadrages qu'il va tenter de pratiquer :

> Quand on a compris comment l'homme défend réellement les idées que forme son intelligence – l'importance de l'élément émotionnel qui intervient dans cette défense –, il faut se rendre compte que la première chose à faire en psychothérapie est de ne pas contraindre l'être humain à modifier sa manière de penser, il est préférable de se ranger à ses vues, de les modifier peu à peu et de créer des situations dans lesquelles l'individu modifiera lui-même volontairement sa manière de penser[20].

Le thérapeute ne va pas chercher à convaincre, à forcer, à expliquer, tout comme il ne cherchera pas à raisonner les émotions sous-tendant les idées de son patient. Il pourra jouer

20. M. H. Erickson, cité *in* J.K. Zeig, *La Technique d'Erickson*, Paris, Hommes et Groupes, 1988, p. 107 (éd. originale : 1985).

sur les limites de l'ensemble de référence, notamment en associant des éléments de pensée attribués à des ensembles séparés ou en les dissociant, en y ajoutant des éléments nouveaux, ou encore en confondant certains de ses repères habituels, etc. [21].

Il est intéressant de remarquer que l'on peut changer le sens d'un événement en jouant uniquement sur son contexte ; le thérapeute en arrive ainsi à changer la signification d'un fait sans donner au patient le sentiment de rejeter ou de nier les sens que ce dernier lui attribue [22]. L'utilisation des métaphores permet également de court-circuiter les réactions émotionnelles et d'ouvrir le champ des conduites à des éléments qui sinon seraient jugés inacceptables.

Il faut garder à l'esprit que, pour le patient, comme pour chacun d'entre nous, changer d'avis revient à mettre en péril le fragile échafaudage de ses connaissances sur le monde, sur les autres et sur lui-même. Tout effort du thérapeute visant à modifier le système de pensée entraînera donc des réactions de défense, des contre-arguments, etc., c'est-à-dire le reflet des tendances homéostatiques habituelles [23].

Le principe même du recadrage consiste donc à jouer sur l'ensemble de référence ou sur le contexte du problème de façon à ce que *le nouveau cadre rende le problème accessible à une solution.*

21. Toutes ces techniques d'influence et de recadrage ont été développées longuement par ailleurs, notamment *in* Watzlawick (1980) et dans les ouvrages qui traitent des techniques de l'hypnose éricksonienne.

22. Paul Watzlawick a longuement développé ce sujet dans ses divers ouvrages. A l'appui de ses thèses, il a notamment fait un lien explicite avec certains philosophes, biologistes et cybernéticiens qui étudient la perception et les processus cognitifs et défendent une vision « constructiviste » de l'esprit humain. Celui-ci y est décrit non pas comme un observateur plus ou moins objectif d'une réalité extérieure absolue, mais comme un constructeur d'images mentales auxquelles il accorde une valeur de réalité qu'elles ne peuvent revendiquer. Ces constructions peuvent être « adaptées », auquel cas les interactions qui en découlent se réguleront naturellement, mais elles peuvent ne pas l'être, pour telle ou telle situation déterminée, empêchant alors l'issue créative et appropriée d'une difficulté relationnelle.

23. C'est bien en ce sens qu'il faut comprendre la raison du recours à des tentatives de solution inopérantes ; il n'est pas surprenant que les patients soient prêts à tout faire (ou presque) pour éviter de remettre en question le cadre cognitif général de leurs actions.

Tactiques générales

Nous avons préféré ne pas nous situer à un niveau trop anecdotique afin d'éviter de donner au lecteur le sentiment que la méthode de Palo Alto se résume à une série de recettes thérapeutiques. Au risque de tenir un discours plus abstrait, nous avons choisi de métacommuniquer sur la pratique plutôt que de multiplier les exemples de techniques précises déjà utilisées dans des cas spécifiques[24]. Cela dit, nous aborderons ici certaines tactiques de changement fréquemment utilisées dans l'application du modèle de Palo Alto.

Les directives paradoxales.

Bien que l'on ne puisse écarter *a priori* l'utilité et l'efficacité des injonctions directes dans certains cas, il est certain que la plupart des injonctions thérapeutiques prennent la forme de prescriptions paradoxales. Cela est lié au fait que les tentatives de solution habituelles sont définies par la logique du contexte considéré par le patient ; pris dans ce contexte, ce dernier ne peut imaginer que d'autres angles d'attaque du problème sont possibles, aussi toute proposition de changement directe sera-t-elle immédiatement rejetée à coups d'argumentation logique. Il ne faut pas oublier que le contexte de la thérapie prolonge en quelque sorte les tentatives de solution du patient après tout, la démarche de consulter n'est qu'un effort supplémentaire du patient pour résoudre son problème. C'est donc ce cadre qui constitue le métaniveau en contraste duquel la suggestion spécifique du thérapeute va acquérir ses caractéristiques paradoxales. On pourrait donc résumer toutes les stratégies ou techniques paradoxales en disant que, dans un cadre censé apporter le changement (donc le soulagement espéré), le thérapeute va, au contraire, prescrire, sous une forme ou une autre, le *statu quo*.

24. Les lecteurs intéressés par la créativité des thérapeutes pourront consulter notamment : Watzlawick, Weakland et Fisch (1975), Fisch, Weakland et Segal (1986) et les divers ouvrages décrivant les interventions, souvent déroutantes, de Milton Erickson ; cf. par exemple Haley (1984).

Savoir ce qu'il faut éviter. La thérapie brève nous enseigne que, avant même d'envisager des interventions brillantes ou décisives, le thérapeute peut obtenir un bon résultat thérapeutique rien qu'en évitant de se lancer sur les autoroutes du bon sens, c'est-à-dire en apportant au patient le type de réponses que celui-ci induit par l'exposé de son problème. N'oublions pas que tout message du patient, en plus de son contenu manifeste, comporte un élément « commande », c'est-à-dire qu'il induit une réponse culturellement déterminée. Par exemple, il est courant de souhaiter répondre à un déprimé d'une manière énergique et réconfortante, ou encore de rassurer une personne qui se méfie de tous, d'encourager un faible, de calmer les délires de grandeur, etc. Ces réponses sont tout à fait logiques par rapport aux interactions standardisées par notre culture. Il est donc quasi inévitable que l'entourage du patient ait réagi de la sorte, sans résultat aucun. Le simple fait de ne pas entrer dans cette « voie royale » constitue déjà une intervention stratégique déterminante, non seulement d'une manière négative – parce qu'il permet au thérapeute de ne pas commettre d'erreurs risquant de compromettre les interventions ultérieures (comment encourager le symptôme, par exemple, après l'avoir combattu comme tout le monde ?) –, mais également comme technique active pouvant avoir un effet thérapeutique décisif s'apparentant aux interventions paradoxales. Il n'est peut-être pas inutile d'ajouter que ces interventions ne doivent pas se faire sur le ton de la provocation ou de l'ironie mais qu'elles doivent toujours être présentées comme une nécessité thérapeutique.

Donc, à un insomniaque qui s'efforce de toutes les façons possibles de trouver le sommeil le thérapeute pourra demander de prolonger ses heures de veille pour obtenir des informations complémentaires sur la lutte qu'il mène chaque nuit. On pourra compatir à la souffrance d'un déprimé, insister sur l'aspect dramatique de sa situation, tout en lui demandant des informations supplémentaires sur les moments où il se sent si mal. A un couple qui n'arrête pas de se chamailler on proposera de planifier une dispute, etc.

Nous le voyons, dans ces différents cas l'intervention thérapeutique prend des allures paradoxales simplement parce que le contexte social définit une classe de réactions habituelles qui sont contradictoires avec la réaction du thérapeute, tout en restant logiques dans les deux cas.

Pour préciser un peu plus ce type d'interventions, on peut encore signaler.

Adopter un « profil bas ». Nous l'avons dit, le thérapeute dépend des informations concrètes que son patient va lui donner, aussi doit-il utiliser la relation thérapeutique pour favoriser l'émergence de ce type de données. Bien qu'il puisse y avoir des exceptions, le thérapeute évite de prendre une attitude d'expert et adopte un profil bas, et cela pour diverses raisons :

– D'une part, le contexte thérapeutique lui-même définit une complémentarité de rôles : le patient est, par définition, une personne qui est en souffrance ou qui se trouve confrontée à des difficultés importantes dans sa vie, alors que le thérapeute est censé détenir les réponses et les solutions, connaître la « nature humaine », etc. Toute position haute du thérapeute risque donc de renforcer encore cette complémentarité, ce qui risque de nuire au traitement.

– Plus le client considère le thérapeute comme un expert, plus il risque d'utiliser un langage elliptique afin de ne pas lui-même paraître manquer de profondeur. « A une personne aussi importante il n'est pas nécessaire de donner trop de détails, elle comprendra tout de suite. » Inutile de dire que s'il ne veut pas perdre tout crédit, le thérapeute sera alors réduit à jouer le jeu, ce qui ne facilitera pas le cours du traitement.

Il est donc recommandé d'établir une relation plus égalitaire avec le patient, du moins en ce qui concerne le déroulement des entretiens. Il faut noter cependant que le thérapeute doit garder le contrôle sur le cadre de l'intervention (niveau de calibrage des échanges), tout en restant proche du patient. Nous retrouvons donc ici la dualité des échanges évoquée plus haut. Ce n'est cependant pas contradictoire car cela s'inscrit dans la relation thérapeutique même, à savoir : « Je ne peux vous aider qu'avec votre aide. »

Le pessimisme. Au lieu de se montrer confiant quant à l'issue du traitement, le thérapeute va plutôt soulever des objections, prévoir des difficultés, afficher ses hésitations, laisser transpirer les possibilités d'échec. Cette stratégie est particulièrement recommandée dans le travail avec des personnes qui ont déjà vu de nombreux thérapeutes et qui, bien qu'elles fassent preuve d'une volonté ouverte de changement, dans leur for intérieur s'attendent à un nouvel échec. Elle sera également utile dans les situations où le patient est certain de l'impossibilité d'obtenir un changement. L'idée principale est de déclencher une situation de défi pour le patient, situation qui, quelle que soit son issue, va changer les données de la relation patient/thérapeute.

Les dangers de l'amélioration. Cette technique comporte deux types d'avantages : d'une part, elle permet de contrer les efforts volontaires inefficaces tant du patient que de son entourage pour mettre un terme au problème et, d'autre part, elle permet d'expliciter les tendances homéostatiques. Lorsque le thérapeute, plutôt que d'encourager le changement, se met à douter de son intérêt, cela mobilise la motivation. Le thérapeute peut, par exemple, insister sur les risques d'un changement rapide : « Après tout, on sait ce que l'on a et tout changement représente le risque d'un saut dans l'inconnu. Dieu sait si le résultat peut s'avérer encore plus pénible... Et puis toute votre vie tourne depuis tant d'années autour de ce problème, songez à toutes les transformations qui risqueraient de vous arriver, à vous et à votre entourage, si le problème disparaissait soudain. Aussi vaudrait-il bien mieux, avant d'envisager la moindre action allant dans le sens d'une amélioration, considérer les risques que cela pourrait entraîner... » Cette technique nous semble extrêmement intéressante car elle permet de neutraliser les craintes, même vagues, que tout changement représente par définition puisqu'il force à renoncer à un état connu, du point de vue tant du système cognitif (cohérence des idées, valeurs, etc.) que du système de vie de l'individu (relations avec les proches, responsabilités nouvelles, etc.). Il arrive d'ailleurs que ces craintes, une fois explicitées, recadrent le problème différemment et entraînent sa disparition, celui-ci étant alors évalué de manière complètement différente. Une de nos patientes qui souffrait de douleurs épouvantables lors de chaque rapport sexuel, et qui donc les évitait au maximum (son mari et elle n'avaient pu en avoir que six fois en deux ans), se rendit compte, en envisageant les risques d'un changement, que cela représentait la seule preuve d'attachement que son mari lui témoignait car elle ne doutait pas de sa fidélité malgré cette difficulté conjugale. Elle hésita longuement avant de poursuivre le traitement. Lorsque finalement elle revint nous voir, son attitude de « résistance » avait changé du tout au tout et il ne fallut que deux séances supplémentaires pour résoudre le problème.

Refréner la hâte. Les problèmes sont autant d'urgences, de souffrances qui mendient l'intervention dans la hâte. Cette pression est bien souvent difficilement supportable pour le patient désespéré qui la reporte alors sur le thérapeute. Ce dernier doit éviter de voir sa liberté de manœuvre entravée par le désir de suivre ce rythme qui lui fait prendre le problème à son compte. Il prêchera donc la temporisation, arguera de la complexité du problème et de la nécessité de disposer d'informations supplémentaires avant d'envisager un changement, retardera la mise en œuvre de solutions en proposant uniquement une visualisation plutôt qu'une mise en pratique des tâches, ce qui constitue un recadrage de l'urgence.

Les tâches plus complexes.

Dans les cas où plusieurs personnes sont plaignantes, il n'est pas rare de devoir recourir à des tactiques plus élaborées, qui impliquent les différents acteurs et tiennent compte des caractéristiques de leurs relations et de leurs points de vue respectifs sur le problème. Si les principes généraux restent applicables, la complexité relationnelle réclame une élaboration plus fouillée des directives. Un exemple permettra d'illustrer nos propos : Patrick, dix-sept ans, avait commis une série impressionnante de délits (fugues, innombrables vols de voiture, violence vis-à-vis du père, etc.). Les parents, qui avaient eu ce dernier enfant sur le tard, ne savaient plus à quel saint se vouer. Les séquences interactionnelles apparurent très vite assez clairement : la mère, extrêmement préoccupée par le comportement de son fils, « mettait tous les atouts de son côté » pour lui éviter des problèmes avec la police en le suivant à la trace et en prenant note de tous ses faits et gestes. C'est ainsi que, à peine avait-il manifesté le désir de sortir prendre l'air, elle le harcelait de questions sur sa destination, ce qu'il comptait faire, l'heure à laquelle il rentrerait, etc. ; dès qu'il avait quitté la maison, elle téléphonait à tous les cafés des environs pour savoir si son fils était bien là, demandait à lui parler, etc. Le moindre écart par rapport au programme (et ils étaient nombreux !) la mettait dans un état de détresse épouvantable. Le père ne pouvait supporter de voir sa femme souffrir à ce point et rendait bien sûr son fils responsable de cette douleur, aussi, dès que le fils réapparaissait à la maison, il s'empressait de le prendre à partie et de l'accabler de reproches. Patrick ne comprenait pas les raisons de cette agressivité et était persuadé que son père n'avait jamais pu le supporter. La stratégie du thérapeute impliquait les trois personnes :

– A Patrick il prescrivit le symptôme en le recadrant : « Nous pensons qu'il est important que tu continues à commettre des délits car cela te donne une position de force dans la famille. C'est vrai que tu cours le risque que le juge te place dans un home fermé, mais, te connaissant, nous pensons que ce n'est pas cela qui va t'arrêter. »

– L'intervention visait principalement à faire en sorte que la mère cesse ce contrôle excessif mais il était évidemment important que le père n'interfère pas dans la tâche qui lui était proposée ; aussi, le thérapeute fit-il l'intervention suivante en présence des deux parents : « Vous avez déjà tout essayé pour améliorer le comportement de votre fils. Jusqu'à présent, vous n'avez obtenu aucun résultat durable [acquiescement des deux parents]. Si Patrick veut continuer à vivre comme il l'entend, et risquer de se retrouver une nouvelle fois en prison, vous ne pourrez rien y faire. Aussi allons-nous vous demander une chose qui risque d'être très difficile à réaliser, surtout pour vous, madame. [Celle-ci : "Vous savez, au point où nous en sommes, nous sommes prêts à faire n'importe quoi s'il y a encore un espoir..."] Nous allons vous demander de ne plus prêter aucune attention aux comportements de votre fils. Laissez-le se débrouiller tout seul. De toute façon, s'il fait des bêtises, vous n'arriverez pas à l'en empêcher et, en plus, vous mettrez votre santé en danger. A vous, monsieur, nous demandons de veiller à ce que votre femme ne se préoccupe plus de Patrick et qu'avec votre aide elle prenne bien soin de sa santé. Quant à Patrick, ce n'est jamais qu'un adolescent qui, même s'il veut montrer son indépendance, a encore énormément besoin de ses parents. Ne lui facilitez pas la tâche ! Vous verrez que si vous ne vous en occupez plus, il se sentira tout perdu et c'est lui qui viendra vers vous... »

– Le thérapeute envisagea alors très concrètement ce que le mari pouvait faire s'il voyait que sa femme continuait malgré tout à se tracasser. Institué « garant de la santé de son épouse » – rôle qui lui tenait tout particulièrement à cœur –, il était notre meilleur allié pour faire en sorte que Patrick s'aperçoive du changement d'attitude.

Les résultats de cette triple tâche furent spectaculaires et, quelques semaines plus tard, non seulement Patrick ne commettait plus le moindre délit, mais encore il aidait sa mère dans les tâches ménagères, accompagnait ses parents dans leurs visites à d'autres membres de la famille et ne sortait pratiquement plus.

Dans d'autres cas, il peut être intéressant d'utiliser une stratégie qui combine différents aspects de la situation. Ici encore, nous nous limiterons à donner un exemple à titre d'illustration : un de nos patients de vingt-cinq ans venait nous consulter parce qu'il était obnubilé par l'idée de perdre ses cheveux. Il se promenait dans la maison un centimètre à la main et poursuivait sa mère jusque dans la cuisine pour qu'elle mesure la progression de sa calvitie. Bien sûr, il avait utilisé toutes les lotions possibles et imaginables (et imaginées !), avait consulté nombre de coiffeurs et de dermatologues, mais toutes leurs conclusions convergeaient sur un point : son angoisse à l'idée de perdre ses cheveux ne faisait qu'aggraver le problème. Il en était d'ailleurs convaincu lui-même, mais n'en pouvait mais... Afin de limiter les moments de stress, il passait le plus clair de son temps au lit, après avoir avalé des somnifères ou des tranquillisants pour ne pas penser à ses cheveux. Il ne travaillait pas et avait donc tout le loisir de se morfondre pendant les longues heures de solitude qu'il devait néanmoins affronter avant de pouvoir retrouver des amis dans la soirée.

Ces deux aspects du problème nous avaient amenés à lui proposer l'injonction suivante : dès son réveil, il nous contacterait par téléphone et viendrait nous voir pour que nous puissions élaborer ensemble un programme d'activités qui le tiendraient occupé pendant tout l'après-midi. Nous l'avions assuré de l'impossibilité de toute guérison si ce programme n'était pas suivi à la lettre ; une supervision « stratégique » avait d'ailleurs confirmé notre diagnostic : notre superviseur était entièrement d'accord avec nous : sans cela pas d'amélioration possible ! Nous n'avons reçu aucun coup de téléphone dans la semaine qui suivit, mais à la séance suivante le patient nous prouva, avec une satisfaction non dissimulée, que tous les spécialistes s'étaient trompés car il n'avait eu aucune angoisse pendant toute la semaine. Notre pessimisme, doublé de l'assurance d'une rechute inéluctable, confirma le progrès, attesté par la maman, qui se demandait ce qui avait bien pu provoquer ce changement subit.

Conclusion : les implications de l'approche

Au-delà des techniques de changement, du « contenu » clinique proprement dit, le message de Palo Alto, comme tous les messages, doit se lire dans la proposition de relation au monde qu'il implique ; sa conception de la déviance et de la folie, de la relation entre le thérapeute et son patient, mais également de l'acte thérapeutique en lui-même et de la place et du rôle de la psychothérapie dans notre culture. Nous souhaitons conclure en abordant certaines de ces positions, en évoquant l'interventionnisme du thérapeute et en expliquant le peu de place laissé à l'analyse du passé et à la prise de conscience.

Si Ross Ashby a pu dire que la cybernétique n'était jamais que « l'art de trouver son chemin », nous pourrions avancer que les métaquestions de la thérapie brève jouent un rôle semblable pour le thérapeute, qui doit trouver son chemin dans la complexité d'une intervention dans les affaires humaines. Elle permet de le faire sans que le thérapeute doive exercer un contrôle unilatéral sur la relation thérapeutique : il ne lui appartient pas d'être le gardien de l'ordre établi, de définir les critères de normalité et de folie et d'amener son patient à s'y conformer, ce dernier reste responsable de son sort en précisant l'issue de son interaction temporaire avec le thérapeute. La grille de résolution de problèmes de la thérapie brève n'est finalement rien de plus qu'un outil permettant au thérapeute de décoder cette interaction : que me demande ce patient ? Comment vais-je le lui apporter ? Nous l'avons signalé, l'approche du cas est de type anthropologique et relativiste. La thérapie brève ne s'aventure pas dans la définition de normes de « bon fonctionnement », tant personnel que familial. Considérer le symptôme comme un moyen adaptatif et non comme le reflet d'une faiblesse individuelle intrinsèque ouvre la voie à une vision plus souple de la personne et donc à des perspectives de changement démultipliées par la possibilité d'action au niveau du réseau relationnel du patient. Cette approche de la résolution des problèmes constitue d'ailleurs un modèle d'intervention efficace dans les contextes les plus variés (école, entreprise, groupe de travail, consultation obligée...), et cela sans grands aménagements. Les métaquestions du modèle constituent, à notre sens, un outil puissant de débroussaillage pour toutes les questions complexes, bien souvent obscurcies par les positions idéologiques ou partisanes.

Quelques mots à propos de la question, souvent évoquée, de la manipulation du patient par le thérapeute. Il faut remarquer que tout échange interpersonnel comporte, d'une certaine manière, une lutte pour imposer le sens ; la relation thérapeutique n'échappe pas à cette règle. Par ses questions et ses réactions aux informations données par le patient, le thérapeute modifie déjà le sens du problème ; en relevant ce qui lui paraît important, en restant impassible lorsque le patient rapporte des faits ou des attitudes qu'il juge inopportuns, il introduit des différenciations, fait ou défait certains amalgames, en un mot influence son patient. De quelque obédience méthodologique qu'il soit, le thérapeute « manipule » ses patients ; il véhicule irrémédiablement ses propres valeurs, cherche à imposer ses vues sur la responsabilité, sur la maladie et la santé mentale, sur le processus thérapeutique lui-même. La reconnaissance explicite de ce fait permet, à notre sens, de rechercher les outils thérapeutiques les plus efficaces tout en abordant de front les questions éthiques que toute intervention thérapeutique soulève.

Il apparaît assez clairement que les divergences entre les approches analytiques et la thérapie brève vont bien au-delà d'une simple question de durée du traitement. Sans vouloir entamer ici une comparaison étoffée, il nous semble neanmoins utile de préciser certaines divergences qui concernent le processus même de l'analyse et l'importance accordée au passé et à la prise de conscience.

Pour l'école de Palo Alto, même si le problème peut *s'expliquer* par des événements qui se sont déroulés dans le passé, seul le présent détient les clés de la solution. Nous savons que l'histoire d'une personne n'est pas le résultat d'une suite linéaire de causes et effets, mais qu'elle est faite de bifurcations, de changements de contexte, etc., et que les souvenirs sont plus une reconstruction de nos expériences passées qui convient à notre existence actuelle qu'une description « objective » de notre histoire personnelle. Le fait demeure que, pour le patient qui consulte, la souffrance est actuelle et qu'elle concerne son cadre de vie d'aujourd'hui, et c'est ce que le thérapeute va privilégier. Même face à des souvenirs d'expériences particulièrement traumatisantes, la question essentielle reste de savoir comment le patient peut retrouver la souplesse adaptative nécessaire à un « fonctionnement » satisfaisant aujourd'hui. Pour ce faire, le thérapeute va privilégier la promotion d'expériences de vie nouvelles plutôt que l'exploration des souvenirs pénibles.

Nous touchons là à une autre particularité de l'approche, celle qui concerne le rôle de la prise de conscience en tant qu'outil thérapeutique. Personne ne peut nier que certaines prises de conscience – c'est-à-dire la découverte d'un sens nouveau, de liens insoupçonnés, etc., à certaines relations ou événements du passé – peuvent être accompagnées de réactions émotionnelles très vives et signifiantes pour l'individu. Ce qui est moins sûr néanmoins, c'est le rôle thérapeutique de ces expériences, c'est-à-dire le fait qu'elles soulagent les difficultés vécues dans le présent. Prendre subitement conscience, par exemple, d'avoir été l'objet du mépris d'un père ou de l'emprise excessive d'une mère peut, sans aucun doute, représenter une expérience émotionnelle intense ; savoir si cette prise de conscience va permettre de retrouver une meilleure relation avec le partenaire actuel reste néanmoins une tout autre question ! Question à laquelle nous répondons par la négative dans la plupart des cas : l'expérience cathartique n'entraîne pas *ipso facto* le dépassement du problème ; il vaut donc mieux amener la personne à.entamer une autre relation avec le partenaire actuel, et ce *malgré* les maladresses ou même les malveillances dont elle a pu faire l'objet antérieurement. Que ce changement donne lieu à une prise de conscience ou non importe peu. De toute manière, nous accordons probablement déjà trop de poids aux expériences passées et il est sans doute plus utile de pouvoir garder l'esprit le moins encombré possible pour affronter l'inéluctable diversité de la vie[25].

Pour ce qui est du rôle de l'analyse dans le processus thérapeutique, notre position est encore plus iconoclaste. Analyser un phénomène revient – pour reprendre les termes de Bateson – à le cartographier sur une matrice explicative. Il est certain que si l'on nie l'existence d'*une* bonne manière d'expliquer les événements, d'*une* « bonne théorie » valable pour tous les individus, mais que l'on considère plutôt qu'aucune explication n'est « vraie » en soi et que la recherche de sens – phénomène humain par excellence – est plus souvent une source de rigidité que le signe d'un progrès psychologique, le rôle de l'analyse (que ce soit des conduites ou des émotions) en psychothérapie change radicalement. En bref, nous pensons que les patients souffrent bien souvent d'un excès d'analyse. C'est lorsque nous sommes enferrés dans des systèmes d'idées, d'explications, d'interprétations, etc., que nous perdons le contact avec ce qui se passe autour de nous. Nous voulons prévoir, prédire l'issue de nos actes, reproduire nos réussites, éviter nos déceptions et nos échecs sur la base des leçons de nos expériences passées ; nous poursuivons alors nos « buts conscients » (dirait Bateson), nos solutions antérieures (dirait l'équipe du MRI), nos idéaux, nos principes... tout ce qui ramène le nouveau à l'ancien et qui nous empêche de percevoir les modifications, la nouveauté, qui, bien que minime parfois, peut exiger une approche toute différente. Nous perdons ainsi la souplesse d'adaptation nécessaire pour affronter l'incessant changement de notre milieu de vie. Dans une optique constructiviste, les théories ne sont que transitoires ; elles sont utiles (au sens premier de constituer un outil) pour faire face à telle ou telle situation concrète si elles mènent à trouver une solution satisfaisante ; mais il vaut mieux les abandonner lorsqu'elles

---

25. Il faut noter que l'explication du comportement à partir de la notion d'information (plutôt que l'explication fondée sur celle d'énergie) n'induit pas les contraintes imposées par un modèle énergétique (dans lequel certaines pulsions doivent d'abord être libérées pour pouvoir rejouer un rôle actif dans le comportement) et permet d'envisager une restructuration relationnelle malgré le poids des expériences passées.

conduisent à des impasses adaptatives. Donc, si la thérapie brève s'efforce de casser certains de nos *a priori* mentaux (par les recadrages par exemple), ce n'est pas pour les remplacer par d'autres trop rigides (car trop généraux). Il est certain que tout le monde va chercher à trouver un sens aux changements, mais ce n'est là qu'un mal nécessaire en quelque sorte, et il faut plutôt éviter de lui attribuer un trop haut degré de vérité en le rigidifiant par l'explication d'un « expert ». Comme tout système, il est important que le système de pensée de l'individu puisse se modifier au gré des changements de son contexte de vie.

En plus de ce rejet des idéologies, remplacées ici par des positions pragmatiques et transitoires, le modèle de Palo Alto remet en question certains aspects de la personnalité humaine jusqu'alors portés au pinacle par nos cultures occidentales : la force de caractère, la ténacité à tout prix, la poursuite incessante des buts conscients... Toutes ces caractéristiques individuelles se révèlent en effet extrêmement néfastes (à partir d'un certain point en tout cas) car elles participent à cet entêtement à utiliser ces tentatives de solution inadéquates. En ce sens, l'itinéraire de l'équipe du MRI finit par rejoindre les préoccupations de Bateson. Il rejoint également l'explication « négative » de la cybernétique, dans le sens où interdire le recours aux solutions habituelles redonne de la liberté au système en faisant éclater les redondances (donc les contraintes) inadéquates.

Plus de restructuration complète de la personne ou du système global (qu'il soit familial ou plus complexe) : le thérapeute va simplement chercher à définir un objectif circonscrit à son action, une cible à son intervention, et limiter ses efforts à l'atteinte de ce but restreint et délimité. On peut lui reprocher cette attitude minimaliste et il est vrai que cette approche clinique consiste un peu à donner trois petits tours de clé pour que la mécanique puisse repartir... Mais, après tout, qui peut vraiment offrir plus ? Comme le disait Bateson, « il ne peut y avoir de compétition dans l'ignorance », et nous nous trouvons tous également perplexes devant la complexité de la nature humaine. L'humilité du thérapeute est peut-être le signe d'un début de sagesse.

*
**

RÉFÉRENCES BIBLIOGRAPHIQUES

Bateson, G. (1977 et 1980), *Vers une écologie de l'esprit*, Paris, Éd. du Seuil, 2 vol.
– (1984), *La Nature et la Pensée*, Paris, Éd. du Seuil.
Fisch, R., Weakland, J.H., et Segal, L. (1986), *Tactiques du changement*, Paris, Éd. du Seuil.
Garcia, T., et Wittezaele, J.-J. (1992), *A la recherche de l'école de Palo Alto*, Paris, Éd. du Seuil.
Haley, J. (1963), *Stratégies of Psychotherapy*, New York, Grune and Stratton ; 2ᵉ éd., Triangle Press, 1990.
– (1984), *Milton H. Erickson : un thérapeute hors du commun*, Paris, EPI. Herr, J., et Weakland, J.H. (1979), *Counseling Elders and their Families*, New York, Springer.
Jackson, D.D. (éd.) (1968*a*), *Human Communication*, t. 1 : *Communication, Family and Marriage*, Palo Alto, Science and Behavior Books.
– (éd.) (1968*b*), *Human Communication*, t. 2 : *Therapy, Communication and Change*, Palo Alto, Science and Behavior Books.
Ruesch, J., et Bateson, G. (1988), *Communication et Société*, Paris, Éd. du Seuil.
Seron, C.L., et Wittezaele, J.-J. (1991), *Aide ou Contrôle : l'intervention thérapeutique sous contrainte*, Bruxelles, De Boeck.
Watzlawick, P. (1978), *La Réalité de la réalité*, Paris, Éd. du Seuil.
– (1980), *Le Langage du changement*, Paris, Éd. du Seuil.
– (1984), *Faites vous-même votre malheur*, Paris, Éd. du Seuil.
– (éd.) (1988*a*), *L'Invention de la réalité*, Paris, Éd. du Seuil.
– (1987), *Guide non conformiste pour l'usage de l'Amérique*, Paris, Éd. du Seuil.
 (1988*b*), *Comment réussir à échouer*, Paris, Éd. du Seuil.
– (1991), *Les Cheveux du baron de Münchhausen*, Paris, Éd. du Seuil.
–, Helmick-Beavin, J., Jackson, D. (1972), *Une logique de la communication*, Paris, Éd. du Seuil.

–, Weakland, J.H., Fisch, R. (1975), *Changements : paradoxes et psychothérapie*, Paris, Éd. du Seuil.
– et Weakland, J.H. (éd.) (1981), *Sur l'interaction*, Paris, Éd. du Seuil.

Winkin, Y. (éd.) (1981), *La Nouvelle Communication*, Paris, Éd. du Seuil.

Édith Goldbeter-Merinfeld *

L'approche structurale
en thérapie familiale

L'approche structurale en thérapie familiale compte parmi les modélisations essentielles de notre champ. Elle a le mérite de proposer une grille de lecture claire, construite à partir d'une série de dimensions bien définies et débouchant sur des lignes d'intervention cohérentes.

Introduction : histoire et contexte

Le créateur de ce modèle est sans conteste le pédopsychiatre Salvador Minuchin, qui l'élabora en collaboration avec Braulio Montalvo.

D'origine argentine, Minuchin exerça brièvement en Israël, avant d'émigrer définitivement aux États-Unis, en 1954 : c'est là qu'il rencontra le psychanalyste et pionnier de la thérapie familiale Nathan W. Ackerman, qui guida ses premiers pas dans le domaine de la pédopsychiatrie.

Ce psychanalyste (Ackerman, 1937, 1958 et 1966) n'avait pas hésité à intégrer l'étude des familles dans sa pratique clinique. Lynn Hoffman (1981) a écrit à son propos :

> En dépit de ses formulations psychodynamiques, l'analyse des transactions survenues au cours d'une seule séance suffit à nous convaincre de la persévérance avec laquelle Ackerman mit en place ce qui serait connu plus tard sous le nom d'ap-

* Édith Goldbeter-Merinfeld travaille comme psychologue et psychothérapeute au département de psychiatrie de l'hôpital Erasme (université libre de Bruxelles). Elle est en charge de la formation à l'Institut d'études de la famille et des systèmes humains à Bruxelles, et est membre fondateur et membre du bureau directeur de l'European Family Therapy Association.

proche « structurale » de la thérapie familiale : il s'appliqua, sans relâche, à lier les symptômes à des structures familiales dysfonctionnelles.

A quoi Hoffman ajouta, en se penchant sur un entretien familial décrit par ce même auteur (Ackerman, 1966) :

> Cette analyse, tout en faisant ressortir le « style provocant » d'Ackerman, montre aussi à quel point son approche de la thérapie familiale est essentiellement politique et organisationnelle. Bien que cette orientation soit chez lui moins explicite que chez Minuchin, Ackerman observe attentivement les configurations relationnelles qui se manifestent au cours de la séance, afin de parvenir à les « normaliser ».

Même s'il critiqua ces propos (communication personnelle) et contesta qu'Ackerman ait joué un rôle majeur dans la genèse de l'approche structurale en thérapie familiale, Minuchin reconnut les talents de clinicien de ce psychanalyste et admit avoir subi son influence pendant son apprentissage de la pédopsychiatrie.

Minuchin suivit ensuite une formation de psychanalyste au William Alanson White Institute, à New York, où il fut particulièrement impressionné par Harry S. Sullivan, autre grand clinicien et théoricien de l'époque. Puis Dick Auerswald le fit entrer à la Wiltwyck School, vers la fin des années cinquante : les enfants accueillis dans cet internat spécialisé venaient des ghettos les plus défavorisés de New York.

En l'espace de quelques années, Minuchin, toujours soutenu par Ackerman mais entouré désormais d'une équipe de collaborateurs, parmi lesquels figurait Braulio Montalvo, remplaça l'approche individuelle des problèmes jusque-là employée (sans succès) dans ce centre d'éducation par un nouveau mode de traitement (Minuchin *et al.*, 1967) triplement novateur :

– Cette approche, en effet, privilégiait une conception familiale, et non plus individuelle, des problèmes.

– Elle était spécialement adaptée aux milieux défavorisés, alors que les thérapeutes familiaux ne s'étaient intéressés jusqu'à cette date qu'aux populations appartenant à la classe moyenne.

– Elle faisait appel à l'action et à des techniques concrètes – plus proches, donc, du mode de fonctionnement de la population suivie –, plutôt qu'à la parole et aux théories abstraites. Certaines notions importantes (familles enchevêtrées ou désengagées, hiérarchie, etc.), sur lesquelles je reviendrai en détail dans la suite de cet exposé, ont été définies dans le cadre de cette recherche – de même que le miroir sans tain commença vraisemblablement à être utilisé dans le contexte du réglage de cette nouvelle approche.

En 1965, Minuchin quitta Wiltwyck pour prendre la direction de la Child Guidance Clinic, à Philadelphie. En trois ans, toujours avec la collaboration de Montalvo, non seulement il transforma cette institution en un centre modèle de thérapie familiale, mais il invita également Jay Haley (lequel faisait partie de l'équipe de recherches de Palo Alto) à se joindre à lui pour qu'il l'aide à mettre au point de nouvelles orientations cliniques. A eux trois, ces thérapeutes créèrent un cursus de formation pour les professionnels appelés à intervenir dans un contexte « social et communautaire » ; ils dispensèrent leur enseignement dans leur Institute for Family Counseling, où ils développèrent notamment des techniques de supervision en direct (*live supervision*). Si tous ces acquis paraissent aujourd'hui presque banals aux pratiquants de la thérapie familiale, ils constituaient à l'époque des innovations particulièrement audacieuses : cette discipline, il ne faut pas l'oublier, n'en était alors qu'à ses premiers balbutiements.

Cette collaboration entre Minuchin et Haley se poursuivit durant dix ans. De leurs échanges naquirent deux modèles frères, mais nettement différenciés : le *modèle structural* (Minuchin, 1974) et le *modèle stratégique* (Haley, 1973 et 1978). Selon Stanton (1981), ces deux modèles ont en commun :

– la prise en compte des individus et de leurs interactions au sein d'un contexte qui influe sur eux tout en étant lui-même affecté par leurs actes ;

– l'importance accordée, dans la définition du diagnostic comme dans le choix de la stratégie thérapeutique, au cycle de vie de la famille (*family life cycle*) et au stade de développement familial ;

– la conception des symptômes comme des manifestations qui sont à la fois maintenues par le système et concourent à la persistance de ce dernier ;

– l'interrelation établie entre le changement individuel et le changement du système interpersonnel.

Ces deux courants systémiques, par ailleurs, mettent l'accent sur le présent bien plus que sur le passé. Visant l'un et l'autre à modifier *activement* des séquences de comportements, ils ne séparent pas le diagnostic de l'intervention et prônent aussi bien la prescription de tâches comportementales que l'utilisation maximale des ressources du recadrement.

Mais, si ces deux écoles accordent une place importante au concept de hiérarchie, la notion de pouvoir, telle que Haley la comprend, ne coïncide pas tout à fait avec la fonction de « direction exécutive » des parents, telle que la conçoit Minuchin : car, dans la perspective structurale, cette fonction est définie comme une compétence spécifique, liée à un rôle qui engage la responsabilité de tous ceux qui le remplissent.

Ces deux approches, d'autre part, se réclament conjointement de la première cybernétique, où l'intervenant observe de façon neutre l'espace familial et les « danses » qui s'y produisent ; mais, là encore, des différences peuvent être repérées en dépit de cette filiation commune, car le thérapeute structural observera la configuration familiale en se focalisant sur les distances et les frontières : si bien que le symptôme sera pour lui le « marqueur » d'une structure dysfonctionnelle qui devra être remodelée. Tandis que le thérapeute stratégique, de son côté, sera plus centré sur le symptôme proprement dit : pour les tenants de cette approche, en effet, le symptôme n'est rien d'autre qu'une communication exprimée par une séquence de comportements qui ont été mis en place à un moment où les membres du système ont eu du mal à gérer tel ou tel changement exigé par les inévitables « transitions » du cycle de vie de la famille ; le thérapeute tentera donc ici de modifier cette séquence de comportements dysfonctionnels en appliquant des stratégies qui viseront à éliminer ou à réduire le symptôme, et les résistances au changement compteront par conséquent au nombre des principaux obstacles à surmonter (notamment à l'aide de l'intervention paradoxale).

Concernant la comparaison de ces deux modèles, le dernier mot peut être laissé à Minuchin, qui s'exprima en ces termes au cours d'une interview :

> Dans un premier stade de ma réflexion, j'ai observé les familles sous l'angle de leur développement – c'était alors l'objet

essentiel de l'approche structurale : il s'agissait, avant tout, de décrire des familles en tant que systèmes complexes, tout en rendant compte des transitions qu'elles traversent au cours du temps, en même temps que leurs sous-systèmes. Puis j'ai élaboré une méthodologie du changement à partir de cette perspective initiale, alors que Jay, lui, a traité plutôt les problèmes immédiats que soulèvent les changements [...]. Nous nous sommes souvent rejoints : ma technique d'ouverture des conflits familiaux, par exemple, que j'ai mise au point en recevant des familles incluant un enfant anorexique, réapparaît dans le travail de Jay avec les adolescents psychotiques. Mais nous définissons différemment le symptôme : pour Jay, le symptôme est une métaphore des problèmes familiaux, métaphore dont la suppression entraîne des changements systémiques ; tandis que moi, j'appelle « symptôme » la façon dont les membres de la famille se positionnent par rapport au porteur de symptôme, et c'est pourquoi je mets à l'épreuve la structure de la famille (Simon, 1984, p. 29).

Ces lignes mettent donc en relief le rôle joué par le symptôme. Pour Haley, le symptôme concentre en lui des configurations de comportements qui appartiennent à tous les membres de la famille, et pas exclusivement au patient désigné. (Encore que ces configurations puissent ne s'exprimer ouvertement que chez ce seul patient : il n'est pas rare qu'elles demeurent plus discrètes, voire masquées, chez les autres membres du système familial.) Si le thérapeute induit un changement qui entraîne une modification (ou la disparition) du symptôme, on peut donc s'attendre à ce que l'ensemble des comportements familiaux où ledit symptôme s'inscrit soit bouleversé également... Tandis que, pour Minuchin, le symptôme révèle comment chacun des membres de la famille se positionne par rapport au patient désigné : il organise, en quelque sorte, la mise en scène de la structure familiale que le thérapeute s'efforcera ensuite de déstabiliser, pour permettre la disparition du symptôme.

Ce fut donc au sein de la Child Guidance Clinic, à Philadelphie, que notre modèle structural se précisa peu à peu, à partir d'observations initialement effectuées sur des familles normales (Minuchin, 1974) et psychosomatiques (id. *et al.*, 1978). Mais Minuchin quitta ensuite cet établissement, auquel il avait donné un renom international : il prit cette décision peu après avoir publié un livre où il décrivait un vaste éventail de techniques utiles en thérapie familiale (Minuchin et Fishman, 1981).

Se consacrant à divers projets et retrouvant cette sensibilité sociale et institutionnelle qui l'avait poussé à écrire *Families of the Slums*, il commença alors à s'intéresser aux contextes plus larges – notamment judiciaire et psychiatrique – dans lesquels certaines familles se débattaient (Minuchin, 1984 ; Elizur et Minuchin, 1989), tout comme il entreprit également de méditer sur les similitudes et les différences entre les plus grandes écoles de thérapie familiale (Simon, 1984).

Mais les modèles thérapeutiques découlent souvent de la théorisation *a posteriori* de ce que l'on a fait avec succès, de façon non concertée : comme on le sait, non seulement le thérapeute occupe, dans le système thérapeutique, une position qui est liée à son histoire systémique personnelle, mais encore il lit et construit le monde afin de maintenir la cohérence et la préservation de sa propre « construction du monde » (Elkaïm, 1989). Dans la citation suivante, Minuchin décrit quelques-unes de ses constructions personnelles (1974) :

> Mon style, en partie, est le produit de mon enfance passée dans une famille enchevêtrée qui comptait quarante oncles et tantes et environ deux cents cousins, le tout formant, à un degré ou à un autre, un réseau familial étroit. Je suis né en Argentine, dans un milieu rural [...]. Dans notre entourage immédiat vivaient mes grands-parents, deux oncles, un cousin et leurs familles. Tel l'habitant d'un quartier chinois, j'avais l'impression d'être observé par une centaine de cousins chaque fois que je me promenais dans la rue. J'ai donc dû apprendre, comme enfant, à me sentir à l'aise dans les situations de promiscuité, tout en m'abstrayant suffisamment pour protéger ma personnalité [...]. Si bien que mon style thérapeutique s'articule autour de deux paramètres : comment préserver mon individualité et comment promouvoir la réciprocité. Je suis toujours soucieux de préserver les frontières qui déterminent l'identité individuelle [...]. Je soutiens en particulier la lutte des enfants qui s'efforcent de conserver une indépendance appropriée à chaque phase de leur croissance [...]. En tant que thérapeute, j'aurais tendance à me positionner comme un parent éloigné de la famille.

On peut se demander, bien entendu, si Minuchin n'a pas construit un modèle ancré dans la première cybernétique dans le seul but de protéger cette individualité et cette autonomie pour lui essentielles : en restant un observateur plutôt extérieur, en effet, on risque beaucoup moins de se laisser « induire » (terme cher à Minuchin) dans la famille, la distance et les frontières entre le thérapeute et la famille étant par là même mieux protégées.

Les éléments de base de l'approche structurale

Pour illustrer les propos qui suivent, je me référerai au cas d'une famille qui est venue me consulter, il y a quelques années de cela, dans le cadre d'un hôpital universitaire, à Bruxelles [1].

Quatre concepts essentiels constituent le fondement de l'approche structurale : la structure, les règles, les sous-systèmes et les frontières ; mais d'autres éléments complètent cette grille explicative.

La structure

Une famille ne se réduit pas à la somme des dynamiques biopsychiques de ses membres. Car ceux-ci établissent des relations dont les séquences, souvent implicites ou même non reconnues, sont essentiellement prévisibles : les interactions familiales s'inscrivent en ce sens dans un canevas préorganisé qui constitue la *structure de la famille*, structure qui n'appartient pas au même ordre de réalité que les membres du système familial.

Des parents m'amènent, sur le conseil d'une pédopsychiatre, leurs trois enfants : Pierre, dix-huit ans, a pris trois ans de retard durant ses études secondaires. Fils aîné de la famille Robin, il affiche une attitude ironique et dédaigneuse face à ses parents, qui décrivent avec découragement la succession de ses échecs scolaires. Bertrand, âgé de quatorze ans, est un élève à peine moyen, mais « il étudie ». Malgré ses quinze ans, Claire fait plus jeune que son âge : on jurerait, à la voir,

---

1. Tous les indices (noms et prénoms, etc.) qui pourraient permettre d'identifier cette famille ont été modifiés.

que c'est le plus jeune élément de la fratrie ; présentée comme « n'ayant plus de problème », elle se tait, montrant un visage boudeur et étalant une corpulence où son adolescence semble comme engloutie.

Le père décrit longuement la situation (mauvaise entente dans l'ensemble de la famille, scolarité médiocre de Pierre). Son « discours de directeur d'école », à la fois fortement moralisateur et fourmillant de conseils ou d'exemples entrecoupés de digressions, masque difficilement son désarroi. Sa femme et ses enfants échangent des regards de connivence, pouffent de rire ou chahutent sans qu'il paraisse s'en apercevoir.

Pierre parle ensuite, dissertant doctement sur la manière idéale d'élever les enfants. La mère joue un rôle de « central téléphonique » : non seulement tout échange spontané passe par elle, mais elle seule est écoutée réellement et attentivement, quand bien même ses propos ou ses plaintes ne sont pas toujours approuvés par les autres membres de la famille. Les enfants s'adressent à leur mère plutôt qu'à leur père, ce dernier répondant chaque fois à leur interpellation en regardant sa femme. Mme Robin se déclare d'ailleurs fatiguée de porter tout le poids psychologique et matériel (les « charges du ménage ») de ses « quatre enfants ».

Ces données nous amènent à concevoir la structure familiale comme suit : *a*) le pouvoir semble partagé entre la mère et Pierre ; *b*) le « directeur d'école » et le « central téléphonique » constituent deux façons d'étiqueter les parents ; *c*) des alliances existent entre la mère et les enfants, qui forment une coalition dirigée contre le père, Bertrand occupant à cet égard une position plus périphérique ; *d*) les rôles semblent rigidifiés et le langage est tantôt moralisateur ou même pontifiant (le père et Pierre), tantôt revendicatif (la mère), tantôt obstinément silencieux (Claire).

Les règles

Les configurations transactionnelles exercent une régulation sur le comportement des membres de la famille, lequel est maintenu par deux systèmes de contraintes. Le premier de ces systèmes est général : il comprend les lois universelles qui régissent l'organisation familiale, traitent des interdépendances (dans le couple) ou définissent les hiérarchies (entre parents et enfants) ; et le second est spécifique : il englobe les attentes réciproques (concernant, par exemple, tel ou tel mode d'échanges émotionnels particulier) des membres de la famille.

Le passage inévitable de toute communication signifiante par Mme Robin pourrait refléter une règle spécifique : tout autre mode d'échange est superficiel ou non entendu. Et il en va sans doute de même de l'interdiction de cacher quoi que ce soit à qui que ce soit : cette connotation négative de toute intimité personnelle à l'intérieur de la famille peut être tenue pour un autre exemple de règle propre aux Robin.

Les sous-systèmes

La famille s'acquitte de ses fonctions en différenciant des sous-systèmes qui sont déterminés par la génération, le sexe, l'intérêt ou la nature des tâches à remplir. Incluant un seul membre (l'individu), une dyade (les systèmes conjugal et parental) ou plusieurs membres (la fratrie) et de caractère fondamentalement temporaire et modifiable, ces sous-systèmes s'échafaudent autour d'un projet commun ou se fondent sur des alliances passagères.

L'individu appartenant toujours à différents sous-systèmes, au sein desquels il jouit de pouvoirs variables et apprend à exercer différentes compétences, il me paraît utile d'ouvrir ici une parenthèse à propos des notions de pouvoir et de hiérarchie. Chez Minuchin, le concept de « pouvoir » est à peu près entendu au sens d'« assumer une responsabilité ». Il écrit :

> Les adultes du sous-système parental ont la responsabilité de soigner, de protéger et de socialiser les enfants, mais ils ont aussi des droits. Les parents, en effet, prennent des décisions liées à la survie de l'intégrité du système dans des domaines tels que les déménagements, le choix des écoles ou la détermination des règles qui protègent tous les membres de la famille. Mais ils ont aussi le droit – c'est en fait un devoir – de sauvegarder l'intimité du sous-système conjugal et de déterminer le rôle qui incombe aux enfants dans le fonctionnement familial (Minuchin et Fishman, 1981, p. 18).

On pourrait donc dire que la hiérarchie reflète l'organisation des différents niveaux de responsabilité qu'implique le système.

Dans le cas de la famille Robin, le sous-système parental paraît se réduire essentiellement à la mère, le sous-système de la fratrie incluant le père et les enfants.

Les frontières

Les frontières d'un sous-système ne sont rien d'autre que les règles qui définissent qui participe à ses transactions et comment s'opère cette participation. Dans la mesure même où chaque sous-système familial assume des fonctions particulières et adresse des demandes spécifiques à ses membres, le développement des compétences interpersonnelles acquises suppose que l'autonomie interne soit maintenue et qu'une protection soit établie contre l'ingérence des autres sous-systèmes : des frontières, autrement dit, sont nécessaires pour soutenir et préserver la différenciation – seules des limites suffisamment *claires* et précises peuvent permettre aux composantes des sous-systèmes de s'acquitter de leurs fonctions sans ingérence illicite, étant entendu que ces limites ne doivent pas entraver pour autant les contacts avec l'extérieur. Et c'est pourquoi la *clarté* des frontières est un paramètre précieux pour évaluer le fonctionnement familial.

Toute famille peut être située sur un axe reliant un pôle, où les frontières interpersonnelles sont diffuses ou *enchevêtrées* (*enmeshed*), au pôle opposé, où la rigidité exagérée des frontières se manifeste par un *désengagement*.

La *famille enchevêtrée* forme un système tourné sur lui-même et développant son propre microcosme. Ses membres se heurtent à diverses difficultés liées à l'intensification du sentiment d'appartenance et au fléchissement de l'autonomie, tandis que leurs relations interpersonnelles se caractérisent à la fois par une véritable surabondance de communications et par un souci excessif des besoins du prochain : les frontières individuelles sont brouillées, la différenciation est diffuse et le comportement de l'un affecte immédiatement le comportement de l'autre, les tensions traversant massivement les frontières et se répercutant très vite dans les sous-systèmes voisins. Dans ces systèmes familiaux, les capacités d'adaptation ou de changement exigées dans des circonstances difficiles sont souvent déficientes.

Dans la *famille désengagée*, à l'inverse, les frontières sont beaucoup trop rigides. Les individus peuvent y fonctionner de façon autonome, mais leur sens de l'indépendance est comme perverti : les sentiments de fidélité et d'appartenance sont chez eux si fragiles qu'ils sont incapables de se percevoir comme interdépendants et ne peuvent demander l'aide et le soutien dont ils ont besoin ; la communication est malaisée et les fonctions protectrices de la famille sont rarement exercées. Ces systèmes, qui se situent donc à proximité du pôle de désengagement maximal, tolèrent une grande diversité de variations chez leurs membres ; mais les frontières sont ici si marquées que les difficultés tendent à conserver un caractère individuel : elles ne prennent en général de l'extension que lorsqu'elles entraînent des répercussions assez importantes pour activer les systèmes de soutien de la famille.

Dans ces deux systèmes relationnels, les difficultés surgissent chaque fois que des mécanismes adaptatifs doivent entrer en jeu : la famille fortement enchevêtrée répondra à toute variation avec une rapidité et une intensité excessives, alors que la famille désengagée tendra à ne pas réagir, même quand une réaction serait nécessaire.

Minuchin (1974) schématise les frontières en recourant aux conventions suivantes :

frontière rigide	frontière claire	frontière diffuse
désengagement	zone de normalité	enchevêtrement

De fait, le thérapeute structural fonctionne souvent comme un réparateur de frontières : il clarifie les frontières diffuses et ouvre celles qui sont trop rigides.

Dans la famille Robin, les frontières des sous-systèmes sont diffuses ; par rapport à Pierre, la dyade parentale peut paraître clairement délimitée dans un premier temps, mais cette impression ne résiste pas à l'examen : le père finit toujours par se ravaler au rang des enfants en se dévalorisant lui-même ou en acceptant de se laisser disqualifier.

Les frontières individuelles sont peu respectées, trait qui dénote une structure familiale de type enchevêtré. Claire, qui entretient avec sa mère un rapport quasi fusionnel – elle n'a aucun secret pour sa maman –, se maintient soigneusement à l'écart de ses frères : elle reproche à Pierre d'entrer trop fréquemment dans sa chambre alors qu'elle-même n'y est pas. Et les parents n'ont aucune intimité au niveau de leur vie de couple : les enfants traversent régulièrement leur chambre à coucher pour entrer dans la salle de bains familiale, « ignorant » une autre porte qui donne directement sur le palier – porte que les parents ont d'ailleurs occultée en obstruant ce passage par une commode ; tout comme ils se rendent aussi à tout bout de champ dans la chambre parentale pour y regarder la télévision (alors qu'il y a plusieurs postes dans la maison) ou pour lire et perdre ensuite les revues achetées par la mère.

M. et Mme Robin aborderont plus tard le thème de leur vie sexuelle insatisfaisante, en l'absence de leurs enfants. Leur chambre, expliqueront-ils alors, ne leur a jamais plu ; car non seulement elle fait office de lieu de passage, mais elle est en outre garnie de meubles empruntés aux familles d'origine : dans ce décor disparate et impersonnel, ils ont l'impression de « faire l'amour sous le regard de leurs parents et grands-parents » !

On peut noter que, vers la fin de la thérapie, le couple, pour la première fois en vingt ans de mariage, décidera de s'offrir une nouvelle chambre à coucher et de rendre la salle de bains accessible depuis le palier : dès lors que leur « porte frontière » sera fermée à leurs enfants et aux fantômes de leurs familles d'origine, la vie intime de M. et Mme Robin s'améliorera.

Les distances interpersonnelles et la carte familiale

La carte familiale est un schéma d'organisation : elle est statique, alors que la famille est constamment en mouvement, mais elle n'en fournit pas moins une simplification efficace sur laquelle le thérapeute peut s'appuyer pour organiser les divers éléments qu'il relève aussi bien que pour déterminer les objectifs thérapeutiques.

Minuchin a inventé un code simple qui permet de représenter schématiquement toute une gamme de frontières intrasystémiques. Ainsi peuvent être figurées les distances émotionnelles qui se manifestent à travers des transactions semblables et répétées (isomorphismes), tout en s'exprimant en même temps dans le mode de gestion de l'espace et des distances topographiques que les participants adoptent au cours des entretiens.

——————————	frontière rigide
– – – – – – – – – –	frontière claire (relation fluide)
· · · · · · · · · · · · · · · ·	frontière diffuse
═══════════	affiliation, association
≡≡≡≡≡≡≡≡≡	implication
———| |———	conflit
	coalition
—————————→	déviation

La carte de la famille idéale (compte tenu des distances et des frontières) aurait cette apparence :

P ══════════ M

········· frontière intergénérationnelle

enfant

La carte de la famille Robin, en début de psychothérapie, pouvait être tracée comme suit :

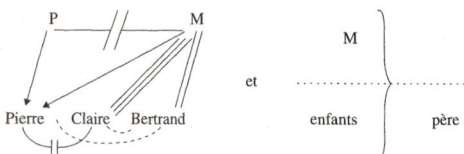

Ce mode de représentation si éminemment « visuel » – le symbole et le concret y deviennent harmonieusement visibles – compte parmi les plus grandes richesses de cette approche.

L'espace thérapeutique pourra être utilisé comme une dimension susceptible d'être flexibilisée : pour intensifier la « mise en acte » (*enactment*) de certains échanges entre les membres de la famille, Minuchin les fait changer de place, modifie la disposition des sièges, etc. – bref, il restructure la géographie physique de la salle de thérapie en transformant les distances interpersonnelles ; il éloigne les participants assis trop près l'un de l'autre, gesticule comme un agent de la circulation pour mettre fin aux interruptions, etc. On voit donc ici comment un vécu concret de la modification des distances peut recouper l'appréhension symbolique de la géographie émotionnelle.

Cette expérience de modification des distances habituelles se poursuivra parfois à la maison, à travers les tâches-devoirs que le thérapeute proposera à la famille.

Au cours de la troisième séance, j'incitai successivement Bertrand et Claire à discuter avec M. Robin d'un sujet qui les amènerait à solliciter leur père comme parent (plutôt que de l'assimiler à une sorte de frère cadet). Ayant fait asseoir le père et l'adolescent l'un en face de l'autre, j'aidai la mère à garder ses distances en l'éloignant physiquement du groupe et en l'installant près de moi : nous pûmes ainsi parler toutes les deux de l'issue possible de l'expérience que les autres vivaient. Mobilisée de la sorte, Mme Robin ne pouvait ni répondre aux appels visuels des siens ni intervenir spontanément dans leurs échanges. Claire résista d'abord à l'idée de parler directement à son père, arguant qu'« il ne savait pas l'écouter », mais elle accepta de tenter l'expérience après que sa mère l'y eut encouragée. Cette séance fut particulièrement importante pour Claire et pour M. Robin : ils remarquèrent l'un et l'autre à quel point le discours de « directeur d'école » de ce père renforçait chez sa fille le sentiment de n'être jamais écoutée ni entendue et, de là, de ne compter pour rien – cela alors même qu'il prétendait vouloir la « ramener sur le droit chemin » !

Finalement, M. Robin parvint à offrir à Claire une écoute plus authentique, ainsi que des réponses plus proches du sujet immédiat qu'ils venaient d'aborder. La mère se déclara soulagée de ne pas avoir eu à intervenir, même si cela lui avait été très difficile. Je proposai comme tâche que M. Robin aille dîner à l'extérieur avec sa fille pour poursuivre la discussion engagée et que son épouse leur rappelle cette consigne si jamais ils paraissaient l'oublier.

La complémentarité

Comme le souligne Colapinto (1991), les règles familiales se développent essentiellement au sein de processus de différenciation corrélés : les comportements de deux membres de la famille s'ajustent mutuellement, de telle sorte que, sitôt que l'un met en avant certains aspects de sa personne, l'autre affiche un trait complémentaire.

Quand Mme Robin fonctionne en « super-maman », son mari adopte complémentairement une attitude infantile. En dépit de ses longs discours, il ne prend jamais clairement position sur l'éducation de ses enfants : il affectionne un « flou philosophique » qui devient très vite lassant pour tous.

Dans une famille qui fonctionne bien, la complémentarité se traduira par un bon travail d'équipe.

Minuchin, à cet égard, semble se référer à une vision idéale de la famille, tout en se défendant simultanément d'étiqueter les familles en termes de dysfonctions ; cette position peut paraître ambiguë, mais elle enrichit son modèle et apporte un soutien indiscutable à nombre d'intervenants. Selon lui (1974) :

> Aucun modèle familial n'est en soi normal ou anormal, fonctionnel ou dysfonctionnel. La différenciation d'une famille est

toujours particulière et spéciale, relative à sa composition, à son stade de développement et à la sous-culture qui est la sienne. N'importe quel modèle peut fonctionner de façon satisfaisante, mais tous, aussi, ont des faiblesses intrinsèques, lesquelles peuvent constituer des points de rupture dès lors que la capacité de la famille à faire face à une situation commence à s'épuiser.

Je tiens à souligner que, même si les termes de « normalité » et « dysfonction » apparaissent dans ses évaluations, Minuchin porte sur les familles un regard qui n'est jamais négatif, de même qu'il ne pose pas non plus de diagnostics rigides. Bien au contraire, l'attention respectueuse qu'il prête au poids des contextes (métasystèmes), tels que le niveau social, la famille élargie, les familles d'origine ou les institutions, lui permet de « comprendre » l'espèce de nécessité qui a poussé les familles à fonctionner comme elles le font (Minuchin, 1984 ; Elizur et Minuchin, 1989) : son objectif essentiel consiste à créer, à travers la mise en place du système thérapeutique, un autre métasystème où se dérouleront des expériences structurales inédites qui induiront éventuellement un mieux-être réparateur en élargissant l'éventail des processus habituellement utilisés.

Et cette attention prêtée aux impacts des métasystèmes sur l'équilibre intrafamilial est encore approfondie dans ses ouvrages les plus récents : Minuchin y souligne notamment combien les rigidités structurelles des réseaux institutionnels et judiciaires peuvent se révéler pesantes (Minuchin, 1984 ; Elizur et Minuchin, 1989).

En fait, même si elle incite le thérapeute à se définir comme un participant actif du système thérapeutique, cette approche ne relève pas moins de la première cybernétique. Car la structure « lue » par l'intervenant est une donnée « réelle » et presque objectivable, qui peut être tenue pour indépendante de la structure du milieu d'origine du thérapeute – si bien que celui-ci est en droit de se considérer comme un « observateur neutre », en dépit de l'usage stratégique (et émotionnel) qu'il fait de cette lecture.

Le symptôme

Le symptôme, quel qu'il soit, est maintenu par la structure tout en faisant partie intégrante de cette même structure.

En suscitant une inquiétude commune chez les parents, le désinvestissement scolaire de Pierre dévie des conflits conjugaux sous-jacents : en effet, la mère reproche au père son immaturité et son absence de soutien, et ce dernier, insatisfait sur le plan sexuel, se dit fatigué des perpétuelles récriminations de son épouse.

Par-delà les singularités familiales, des configurations structurales semblables peuvent être observées dans les systèmes qui présentent un même type de symptômes. (Je reviendrai plus loin sur ce point dans le passage consacré aux familles défavorisées et psychosomatiques.)

L'adaptation et le changement

Minuchin admet que la famille constitue un système ouvert qui fonctionne à l'intérieur de contextes sociaux spécifiques : dans le schéma qu'il propose ce système se développe au cours du temps en passant par un certain nombre d'étapes, qui nécessitent chaque fois une restructuration.

Ces systèmes, bien entendu, résistent aux changements en maintenant au maximum leurs configurations transactionnelles favorites : ils tendent, fondamentalement, à s'auto-entretenir. Néanmoins, certaines structures de remplacement sont disponibles : la continuité de l'existence de la famille, en tant que système, dépend aussi du nombre de ces structures, de leur disponibilité et de leur plus ou moins grande souplesse d'activation quand le besoin s'en fait sentir.

Le maintien de la continuité est une tâche essentielle pour toute famille : c'est à ce prix seulement qu'un sentiment d'appartenance peut se perpétuer chez ses membres. Cependant, les familles doivent répondre également à des demandes constantes de changement : elles sont soumises en permanence à des pressions internes ou externes – les premières découlent des modifications qu'entraîne le développement de leurs membres (enfants, en particulier) et sous-systèmes ; les secondes, de l'adaptation aux institutions sociales (changements d'emploi, déménagements, grèves scolaires, etc.) –, et les types de réponses adoptés, par rapport à chacune de ces demandes, seront un autre élément clé de la structure familiale.

Toutes ces perturbations créent un déséquilibre qui peut jouer un rôle moteur pour la croissance et le développement de la famille, tout autant que pour ceux de l'individu. De nouvelles configurations transactionnelles doivent en effet se mettre en place : si elles sont acceptées, elles deviendront de plus en plus familières et seront finalement préférées aux configurations antérieures. Mais les membres du système sont enclins en même temps à ne pas modifier leurs habitudes, afin de maintenir la continuité : il peut donc arriver aussi que la famille ne change pas, quand bien même les configurations privilégiées sont devenues inadéquates. Cette persistance sera toujours la marque d'une rigidité *malsaine* : les membres de la famille incapable de changement se laissent piéger par des stéréotypes pernicieux.

Dans le cas des Robin, l'arrivée de l'adolescence implique un changement auquel la famille paraît incapable de s'adapter. Alors même que les enfants auraient besoin de s'autonomiser grâce à une confrontation qui les aide à éprouver leurs limites, l'incapacité de M. Robin à soutenir son épouse dans l'exercice commun de leur fonction parentale comme dans l'entretien du ménage est de plus en plus mal vécue par Mme Robin. Des configurations transactionnelles infantiles, et donc inadaptées à la phase actuelle du cycle de vie de la famille, se maintiennent : Claire, que sa mère traite comme un gros bébé, semble refuser toute forme de féminité et d'autonomisation ; le père discourt à perte de vue, sans tenir compte de l'âge de ses enfants ; Mme Robin surprotège et « materne » l'ensemble de sa famille, tout en se plaignant du trop lourd fardeau des responsabilités qui pèsent sur ses épaules ; enfin, l'apparente insouciance de Pierre accentue l'attention qui lui est accordée et renforce ces attitudes parentales « anachroniques ».

Les familles « normales »

Minuchin a précisé dès 1974 les variables structurales « objectives » auxquelles il se réfère pour cataloguer les groupes familiaux. Après avoir d'abord étudié les familles dysfonctionnelles dans *Families of the Slums* (Minuchin *et al.*, 1967), il enrichit en effet sa grille de lecture dans *Familles en thérapie*, où il se pencha cette fois sur le cas des *familles « normales »*.

Il souligna dans ce texte que le système familial joue un rôle essentiel pour l'évolution de l'individu, car l'identité procède à la fois du sentiment d'appartenance et du sentiment de séparation. Les familles seraient en quelque sorte les laboratoires où ces deux ingrédients seraient dispensés et mêlés : ce seraient des matrices de l'identité individuelle aussi bien que des instruments de socialisation. La famille « normale » pourrait donc se définir comme un système qui encourage la socialisation en fournissant à ses membres tout le soutien, toute la régulation et toutes les satisfactions qui sont nécessaires à leur épanouissement personnel et relationnel : dans ce type de famille, la clarté des frontières facilite les associations dans une même tranche d'âge tout en favorisant la fluidité des relations entre les membres de générations différentes.

La thérapie

Pour Minuchin, la thérapie familiale structurale regroupe un ensemble de théories et de techniques qui abordent l'individu dans son contexte social. Les thérapeutes qui se réclament de ce courant se proposent avant tout de changer l'organisation de la famille – car toute modification de la structure des groupes familiaux entraîne à leurs yeux un changement de positionnement qui suffit à modifier les expériences individuelles des membres de ces groupes (Minuchin, 1974).

Le *thérapeute structural* est donc un stratège orienté vers le présent. Non seulement il fait partie intégrante du système thérapeutique, mais encore il participe activement et intrusivement au système familial afin de le modifier : il s'assigne pour fonction d'aider le patient désigné et sa famille en favorisant des transformations systémiques. En règle générale, cette démarche comprend trois étapes principales : tout d'abord, le thérapeute *s'allie ou s'affilie (joining)* à la famille en prenant une position active ; après quoi, il s'efforce d'évaluer et de percer à jour la *structure familiale* ; enfin, il s'applique à créer les conditions qui permettront la *transformation* de cette structure (j'ai adopté ici une présentation chronologique, mais ces trois étapes sont souvent indissociables au cours du processus thérapeutique).

Dès la première séance, je félicitai Pierre pour l'étendue de ses connaissances en pédagogie et en éducation, en lui disant que son savoir s'appuyait visiblement sur une « longue expérience » des enfants. Je lui renvoyai, en cela, un son d'humour à base d'ironie et d'autodérision, tout en m'alliant à ses parents.

Les transformations structurelles, autrement dit, se traduiront par des changements de position au niveau des membres de la famille, lesquels modifieront à leur tour les expériences et attentes individuelles ; et le thérapeute, pour susciter ces transformations, devra sonder en premier lieu la structure dysfonctionnelle : il localisera ainsi les zones d'adaptabilité et de changement possibles, afin de faire apparaître ensuite ces aires jusque-là occultées.

Si la famille répond à l'intervention thérapeutique en promouvant un changement, le coup de sonde devra s'accompagner d'une intervention de restructuration. Car le thérapeute aura suscité une crise : il aura déséquilibré l'homéostasie du système en le soumettant à des pressions croissantes ; et il sera indispensable, lors de cette rupture du processus d'équilibre, que la famille continue à lui témoigner sa confiance.

Il existe au moins huit grandes *opérations de restructuration*. Les voici, telles qu'on peut les recenser :

Mettre en acte les configurations transactionnelles habituelles

Encourager la famille à agir en séance, plutôt que de l'écouter décrire telle ou telle série d'événements, peut se révéler précieux. Ce type d'intervention aide les membres de la famille à percevoir leurs propres transactions avec plus d'acuité, tout en décentrant le thérapeute – il peut ainsi mieux observer ses patients en action, et donc concourir plus efficacement à tisser de nouveaux canaux de communication.

Au cours de la deuxième séance, j'invitai M. et Mme Robin à venir me voir seuls pour « réfléchir en tant que parents » aux problèmes posés. Je les incitai à discuter de l'attitude commune qu'ils adopteraient face à leurs enfants. Après avoir réfléchi aux raisons pour lesquelles leurs échanges étaient habituellement si stériles, ils parvinrent enfin à s'entendre. Ils sortirent de cet entretien en ayant le sentiment qu'ils pourraient désormais s'appuyer l'un sur l'autre pour jouer leur rôle d'éducateurs et que je les soutenais pleinement dans cette entreprise.

Jouer sur l'espace

La réorganisation spatiale compte aussi parmi les techniques qui permettent de mettre en scène les transactions familiales. Il s'agit, ici, d'utiliser l'espace concret de manière métaphorique pour matérialiser la proximité ou la distance entre les personnes.

En rapprochant les sièges de M. Robin et de sa fille et en leur permettant de se voir tout en ignorant les rétroactions des autres membres de la famille, je leur ai fait vivre une expérience relationnelle intense en relation avec ces modifications spatiales.

Délimiter les frontières

Pour fonctionner sainement, les familles doivent aussi bien protéger l'intégrité des systèmes globaux qu'elles constituent que préserver l'autonomie fonctionnelle de chacune des parties qui les composent. Chaque membre de la famille et chaque sous-système familial devront donc négocier, tout à la fois, l'autonomie et l'interdépendance de leur territoire psychologique, et le thérapeute s'efforcera par conséquent d'aider ses patients à accéder à un meilleur épanouissement psychosocial au sein du groupe familial en permettant à ce groupe de satisfaire souplement et sans déséquilibre à cette double exigence.

Par exemple, il favorisera l'individuation des enfants en leur accordant des droits et des égards appropriés à leur âge et adaptés à leurs situations intrafamiliales respectives – cela tout en veillant à ce que les frontières du sous-système conjugal restent assez nettes pour protéger le couple contre l'intrusion des enfants ou l'invasion des autres membres de la famille.

Bertrand a dit à son père qu'il lui semblait qu'il n'était « pas autorisé » à avoir des relations sentimentales avec des filles. M. Robin s'est moqué gentiment de son fils en lui rappelant qu'il n'était plus un bébé et en lui affirmant que sa vie privée ne regardait que lui. Puis Mme Robin est intervenue à ce propos en évoquant des paroles désobligeantes qu'elle avait adressées un an plus tôt à « une fille qui tournait autour de [son] fils » ; mais elle s'est aussitôt empressée d'ajouter que Bertrand avait sans doute grandi depuis et qu'il devait maintenant avoir appris à se comporter de façon plus responsable.

Minuchin, dans cette même optique, estime qu'il est indispensable qu'existe un sous-système capable de prendre des décisions, notamment en ce qui concerne l'éducation des enfants : selon lui, le sous-système parental doit nécessairement être investi d'une autorité importante.

Et la fratrie a besoin, elle aussi, d'une frontière protectrice pour remplir ses fonctions traditionnelles : c'est seulement à l'abri d'une telle frontière que les enfants peuvent s'initier à la compétition et à la coopération, s'accoutumer à l'évitement ou à l'abandon, apprendre à conclure des alliances ou à les rompre, etc.

Le thérapeute, en cas de besoin, pourra imposer l'une ou l'autre de ces frontières en travaillant sélectivement avec les différents sous-systèmes familiaux.

Au début de la thérapie des Robin, j'ai aidé M. et Mme Robin à renforcer leur sous-système parental. Puis, après que la situation familiale s'est améliorée, ils ont continué à venir me voir sans leurs enfants, cette fois pour me parler de problèmes spécifiquement conjugaux.

Surmonter les tensions et les stress

Si le thérapeute réussit à induire des tensions dans telle ou telle partie du système, les capacités de restructuration du groupe familial – son aptitude à se réorganiser lorsque les circonstances changent – lui apparaîtront plus clairement (en même temps qu'à la famille elle-même). Or l'intervenant dispose de plusieurs moyens pour provoquer des perturbations : il peut soit bloquer les configurations transactionnelles habituelles, soit souligner les divergences que la famille tend à escamoter, soit expliciter des conflits auparavant implicites, soit, enfin, nouer des alliances ou des coalitions temporaires avec l'un des membres de la famille.

En bloquant toute possibilité d'interférence de la mère dans les relations entre le père et les enfants, j'ai suscité une perturbation que les membres de la famille tentèrent d'abord d'annuler ; mais ils essayèrent ensuite de s'adapter à cette tension.

Attribuer des tâches thérapeutiques

Ces tâches, qui visent à créer de nouveaux cadres de fonctionnement, seront proposées par le thérapeute au cours des séances : il indiquera comment et avec qui les membres de la famille devront communiquer, en accompagnant éventuellement cette prescription d'une manipulation spatiale (modification de la place ou de l'orientation des participants, etc.)

qui dramatisera certaines transactions familiales en symbolisant la nécessité du changement ; tout comme il pourra également prescrire des « devoirs à faire à la maison », qui « introduiront » le thérapeute dans le domicile familial en établissant des règles applicables en dehors des séances.

Parmi les tâches proposées aux Robin ont figuré une sortie de Claire avec son père, la tenue d'une discussion entre Pierre et ses deux parents réunis et, durant la dernière phase de la thérapie, deux « sorties-surprises » pour le couple, l'une et l'autre organisées en cachette tantôt par le mari, tantôt par l'épouse.

Se servir des symptômes

Le thérapeute se concentrera dans ce cas sur le symptôme qui, en tant que noyau concentré de tension familiale, ouvre une voie royale vers la structure familiale. Une manœuvre de restructuration possible consistera à renforcer le symptôme en augmentant son intensité, mais d'autres interventions pourront aussi être pratiquées avec profit dans certaines circonstances : le thérapeute pourra également se servir du symptôme en en réduisant l'importance, en le redéfinissant, en transformant les affects qui lui sont corrélés ou en s'intéressant à un autre symptôme.

Manipuler l'ambiance affective

Après s'être allié à la famille, l'intervenant peut, en imitant sous une forme amplifiée le style émotionnel de cette famille, provoquer une rétroaction génératrice de changement.

J'ai « reproché » aux parents de ne pas se fier assez aux compétences de Pierre, dont les connaissances pédagogiques et éducatives s'appuient pourtant sur une « expérience fort longue ». Cette remarque ironique amplifia le mode d'échanges habituel aux Robin : en règle générale, en effet, les récriminations des parents, chaque fois que ceux-ci se plaignaient de l'attitude de leur fils, s'éteignaient rapidement devant les arguments assurés (et humoristiques) que ce dernier leur opposait ; or mon intervention aida M. et Mme Robin à critiquer davantage les discours de leur fils aussi bien que mes propres affirmations.

Le soutien, l'instruction, la guidance

Les soins divers et le soutien moral que les familles offrent à leurs membres sont d'une importance vitale pour chacun, comme pour l'ensemble du système. Le thérapeute veillera donc à promouvoir ces éléments lorsque cela se révélera nécessaire : en certaines occasions, par exemple, il devra apprendre à la famille comment chacun pourrait confirmer les autres dans les rôles qui leur incombent.

Quand les membres responsables du groupe familial seront incapables d'exercer leurs fonctions, le thérapeute s'impliquera davantage et jouera un rôle directeur en se proposant comme modèle ; puis il renoncera à ce rôle pour permettre aux parents de récupérer cette fonction.

J'ai fait en sorte que M. Robin regagne une certaine forme de crédibilité, consolidée par le soutien de son épouse. Il devint ainsi plus sûr de lui et la clarté de son discours en fut améliorée.

Remarques

Toutes les modélisations qui précèdent visent à brosser une carte topographique claire du système familial. Or, même si son ton est parfois un peu péremptoire, Minuchin n'ignore pas que « la carte n'est pas le territoire » – lors du stage (*Summer Practicum*) que je fis en 1980 dans la Child Guidance Clinic, à Philadelphie, il dit à maintes reprises : « *Don't be so sure : reality is a construct !* » (« Ne soyez pas si sûre de vous : la réalité n'est qu'une construction ! »)

Bien plus que des certitudes, ces modélisations fournissent des repères qui permettent d'échafauder une ligne thérapeutique cohérente ; mais cette orientation n'est nullement exclusive d'autres approches ; elle peut tout à fait s'associer à d'autres ouvertures, fondées sur des lectures différentes.

Les familles défavorisées et psychosomatiques

Les familles des ghettos

Peu après avoir achevé ses études de pédopsychiatrie, Minuchin travailla à la Wiltwyck School, où il fut confronté à des enfants noirs ou portoricains des ghettos les plus défavorisés de New York : les pensionnaires de cet établissement appartenaient à des familles « multi-assistées », qui étaient unanimement tenues – tous les « professionnels » s'accordaient sur ce point – pour incapables de remettre leurs enfants délinquants sur le droit chemin.

Prenant conscience de l'inefficacité des interventions psychosociales jusque-là pratiquées dans ce centre d'éducation – elles visaient, pour l'essentiel, à remplacer les « mauvaises influences » familiales par une « bonne » structure scolaire ou institutionnelle –, Minuchin s'intéressa de plus près au fonctionnement de ces familles (Minuchin *et al.*, 1967) ; les considérant sous l'angle de leur appartenance à un groupe socioculturel précis, il constata que nombre de leurs prétendues caractéristiques étaient en fait communes à tous les membres dudit groupe.

Selon lui, les familles défavorisées incluant des enfants délinquants se distinguent par ces aspects :

1. *Deux modalités de contact particulières* peuvent être observées dans ces milieux : les familles étudiées se situent soit au pôle de l'enchevêtrement *(enmeshment)*, soit au pôle du désengagement (comme elles peuvent aussi osciller entre ces deux extrêmes au cours du temps). Aucun de ces modes extrêmes d'interaction ne favorise un vécu différencié des transactions familiales : les composantes du groupe familial sont, dans ces deux cas, relativement désarmées face aux tensions interpersonnelles, car les instruments qui pourraient leur permettre de résoudre les conflits leur font le plus souvent défaut.

2. *Les caractéristiques structurelles* suivantes peuvent être repérées :

a) Les familles sont majoritairement monoparentales ; la mère incarne la continuité par rapport à une succession de figures paternelles instables.

b) Dans les familles « intactes », le sous-système conjugal fonctionne surtout comme un sous-système parental.

c) La nature du pouvoir parental est ambiguë ; les parents tantôt exercent un pouvoir et un contrôle absolus et autocratiques, tantôt se sentent complètement dépassés.

d) Les parents délaissent les fonctions exécutives soit en déléguant les rôles instrumentaux à un ou plusieurs *enfants parentifiés*, soit en abandonnant totalement leur famille (psychologiquement et/ou physiquement).

e) Le sous-système de la fratrie fonctionne comme un agent socialisant.

f) La communication parents/enfants est interrompue, la fratrie encourageant systématiquement les conduites d'opposition au contrôle parental.

Les familles psychosomatiques

Publié aux États-Unis en 1978 par Minuchin et une équipe pluridisciplinaire, *Psychosomatic Families* réunit les conclusions d'une recherche menée durant dix ans sur une population d'enfants hospitalisés au centre de recherches cliniques du Children's Hospital de Philadelphie. L'originalité de cette publication réside dans les motivations de ses auteurs : ils ne se proposaient rien de moins que d'inclure les composantes extra-individuelles du processus psychosomatique dans notre champ d'observation en étudiant un échantillon de familles dont les enfants devaient être réhospitalisés régulièrement pour des crises graves, alors même que la qualité du traitement suivi aurait dû normalement dispenser de ces réhospitalisations.

Après des études approfondies, Minuchin mit finalement en évidence quatre caractéristiques communes à l'ensemble des familles observées ; si aucune de ces caractéristiques ne suffit, en tant que telle, à déclencher ou à renforcer un symptôme psychosomatique, tous les traits transactionnels qu'elles impliquent peuvent être tenus pour typiques des processus familiaux qui encouragent la somatisation. Il s'agit de :

1. *L'enchevêtrement (enmeshment)* : une forme extrême de proximité et d'intensité peut être observée dans les interactions familiales. Les frontières des sous-systèmes sont floues, fragiles et aisément traversées, tandis que la différenciation

interpersonnelle reste pauvre : les membres de ces familles tendent à faire intrusion dans les pensées et les sentiments d'autrui.

2. *La surprotection* : elle se traduit par une attention excessive au bien-être de l'autre. Tous les membres de ces familles sont hypersensibles aux signaux de détresse indiquant l'approche de zones de tension dangereuse ou de conflit menaçant.

3. *La rigidité* : ces familles cherchent à tout prix à maintenir un *statu quo* intangible, car elles vivent très difficilement les périodes qui nécessitent un changement et une maturation. Même lorsqu'elles acceptent de suivre une thérapie, elles se déclarent « normales » et se disent seulement gênées par le problème médical de l'enfant.

4. *L'absence de résolution des conflits* : le seuil de sensibilisation aux conflits y étant très bas, ces familles tendent à éviter les différends en se référant à un code religieux ou éthique très strict. Les problèmes restent ainsi irrésolus et menacent en permanence de réapparaître : si bien que des circuits d'évitement du conflit dont la forme est dictée par la structure et le fonctionnement familiaux doivent être continuellement réactivés. Dans la plupart des familles psychosomatiques, le consensus et l'harmonie sont fortement investis : ces familles nient en général l'existence de quelque problème que ce soit et occultent toutes les « raisons » de désaccord. Il peut arriver que des oppositions se manifestent ouvertement, mais les thèmes conflictuels sont dilués par diverses manœuvres (interruptions constantes du discours par un tiers, changements de sujet ou de position, distractions visant à dissiper les tensions, etc.) avant qu'ils ne deviennent aigus : les membres de ces systèmes se mobilisent rapidement afin de maintenir un niveau de conflit gérable, et leur incapacité à tolérer les différences peut interdire toute possibilité de négociation on de résolution des désaccords.

Ces quatre caractéristiques générales sont donc typiques des familles incluant un enfant psychosomatique, en termes structuraux comme à un niveau fonctionnel. Du point de vue relationnel, tout symptôme acquiert une nouvelle signification en tant que régulateur du système familial où il s'inscrit. Or ici la clé de voûte de l'organisation familiale paraît résider dans *l'implication de l'enfant dans le conflit parental* – à tel

point que ce dernier facteur constitue une cinquième caractéristique des familles psychosomatiques.

Cette implication se présentera sous divers aspects :

a) Des parents incapables de s'affronter directement peuvent s'unir grâce à l'attention protectrice qu'ils témoignent
à leur enfant malade et éviter ainsi d'entrer dans un rapport
conflictuel.

b) Un conflit conjugal peut se transformer en conflit parental axé sur la personne du patient et la façon de le traiter.

c) Dans certaines familles, l'enfant soit est activement
incité à se ranger aux côtés de l'un des parents, soit joue de
lui-même un rôle de médiateur ou de soutien.

Dans tous ces cas de figure, l'efficacité du porteur de
symptôme, en tant qu'agent régulateur de la stabilité interne
de la famille, renforce à la fois la persistance du symptôme
et les aspects particuliers de l'organisation familiale.

Minuchin a démontré de même que *trois configurations
d'évitement du conflit* peuvent se manifester dans ces situations impliquant l'enfant. Les familles peuvent passer des
unes aux autres au fil du temps, mais, le plus souvent, telle
ou telle configuration prédomine :

1. Dans les situations dites de *triangulation*, l'enfant est
placé dans une position telle qu'il ne peut s'exprimer sans
sembler s'allier à l'un de ses parents contre l'autre.

2. Dans la *coalition parent-enfant*, l'enfant tend à nouer
une coalition stable avec le père ou la mère ; le rôle du parent
exclu varie en fonction de la force avec laquelle celui-ci tente
de rompre la coalition.

3. Dans le cas du *détournement*, en revanche, la dyade
conjugale est ostensiblement unie. Les parents dissimulent
leurs conflits derrière des attitudes communes de protection
ou de blâme visant l'enfant malade, lequel est défini comme
l'unique problème de la famille.

Cette même grille d'analyse a permis enfin à Minuchin de
brosser un tableau très précis des familles anorexiques.

Selon lui, les frontières extérieures des familles anorexiques sont solides et bien définies : elles maintiennent la
surimplication mutuelle des membres de la famille et renforcent leur séparation d'avec le reste du monde ; à l'intérieur
du système, en revanche, les frontières sont plutôt fragiles et
diffuses : elles sont très ténues, notamment, entre la famille

nucléaire et la famille d'origine. Les époux (ou, à tout le moins, l'un d'eux) conservent une forte affiliation à leur famille d'origine, trait qui peut contribuer à la persistance des conflits conjugaux pour autant que la coalition transgénérationnelle se développe aux dépens de l'accommodation mutuelle des conjoints. Ce type de coalition est parfois reproduit au sein de la famille nucléaire : quand un époux est resté très proche de ses parents, il peut transférer ce mode de relation sur sa progéniture, comme il arrive aussi que l'époux périphérique s'allie à un enfant pour contrer la coalition de son conjoint avec un grand-parent.

En plus du recours à ses techniques habituelles, Minuchin organisa des *lunch-sessions* (« séances-repas ») dans les cas d'anorexie grave nécessitant une hospitalisation : ce type de séances permet à la fois d'observer les configurations familiales rigides qui maintiennent le symptôme et de choisir des stratégies adaptées à la configuration du système familial. Le thérapeute, dans ce contexte, pourra recadrer le comportement de l'enfant anorexique comme un acte de désobéissance, tout en encourageant en même temps les parents à contrôler plus étroitement cette manifestation de rébellion – ce qui les amènera à exiger que leur enfant s'alimente. Souvent utile en début de traitement pour faire manger l'anorexique, cette focalisation sur les thèmes alimentaires pourra être ensuite abandonnée, la thérapie se poursuivant alors de la même façon que celle de toute autre famille enchevêtrée.

La guérison de l'anorexie et la modification de ses composantes sociales furent obtenues dans 86 % des cas (sur un total de cinquante-trois anorexiques) traités par Minuchin (Minuchin, 1978, p. 133).

L'expansion de l'école structurale

Harry J. Aponte a compté parmi les tout premiers collaborateurs de Minuchin. Bien qu'ayant offert à notre champ une étude de cas de familles enchevêtrées qui est restée exemplaire (Aponte et Hoffman, 1973), ce thérapeute d'origine portoricaine s'est surtout intéressé aux interventions dans les familles de bas niveau socio-économique. Plutôt que d'employer le terme « désorganisation » pour qualifier le comportement de ces familles, Aponte propose de parler de *sous-organisation* : ce concept, en effet, lui semble mieux décrire le problème structural – manque de constance, de différenciation et de flexibilité – que les individus et les sous-groupes de ces systèmes familiaux affrontent dans leur organisation sociale (Aponte, 1976).

M.D. Stanton et T.C. Todd ont fait également partie de l'équipe de la Child Guidance Clinic de Philadelphie. Ils ont, quant à eux, utilisé la grille structurale pour élaborer un modèle d'intervention applicable aux familles de toxicomanes (Stanton et Todd, 1979 et 1981). Décrivant les relations conjugales difficiles des parents de toxicomanes, ces auteurs soulignent que le problème de l'enfant devient et demeure ici la seule « cause » qui unit le couple et lui permet de ne pas se séparer ; et ils insistent, d'autre part, sur la *pseudo-individuation* du toxicomane, qui résout paradoxalement, grâce à la drogue, le dilemme (quitter sa famille ou y rester) où il est enfermé car sa toxicodépendance lui permet d'afficher un certain niveau de compétence (débrouillardise) dans un cadre d'incompétence (marginalité socioprofessionnelle) et d'assujettissement (même quand ils sont adultes, les patients toxicomanes maintiennent le plus souvent des liens étroits avec leurs familles).

Dépassant le stade de la description d'une configuration classique mais non spécifique (la surimplication d'un parent et l'absence ou la position distante de l'autre), Stanton et Todd ont mis en lumière une série de facteurs spécifiques aux familles des toxicomanes :

– la fréquence des comportements de dépendance est plus élevée dans les générations antérieures ;

– l'expression des conflits est primitive et directe, tandis que des alliances assez explicites sont établies entre le toxicomane et le parent surimpliqué ;

– les comportements des parents ont une tonalité « manifestement non schizophrène » ;

– l'individu toxicomane fait souvent partie d'un groupe de pairs ou d'une sous-culture où il s'est réfugié (brièvement) après tel ou tel conflit familial : l'illusion de l'indépendance est ainsi intensifiée ;

– les « conduites éducatives » se maintiennent plus longtemps chez les mères des toxicomanes que chez les mères

d'enfants schizophrènes ou normaux, tendance qui dénote des besoins de symbiose plus importants ;
– les thèmes de mort, associés ou non à des décès familiaux prématurés ou inopinés, sont prépondérants ;
– le symptôme de la dépendance toxicomaniaque produit une sorte de « pseudo-individuation » à différents niveaux, allant du plan pharmacologique individuel à la sous-culture de la drogue.

Par la suite, Stanton élargit encore sa pratique structurale en y adjoignant des éléments de thérapie stratégique tels que les interventions paradoxales. Contrairement à Minuchin, qui a toujours préféré travailler avec les familles nucléaires (au complet), ce thérapeute s'est intéressé à la thérapie de couple, conçue dans une perspective à la fois structurale et stratégique (Stanton, 1981).

Luigi Onnis, dans les recherches qu'il a menées à Rome sur des familles d'enfants asthmatiques (1986), s'est efforcé lui aussi d'étendre l'approche structurale au domaine des troubles psychosomatiques. Les concepts structuraux, qui ont imprégné toute sa pratique, l'ont aidé à poursuivre une vaste réflexion sur le langage du corps et l'utilisation du symptôme psychosomatique comme métaphore familiale. Pour dramatiser la rigidification de la structure familiale autour du symptôme psychosomatique, ce thérapeute propose aux familles de représenter des moments saillants de leur existence au moyen de sculptures ; comme il a tenté aussi, plus récemment, d'orienter sa lecture vers des systèmes plus larges, en se demandant en quoi les relations entre la famille et les centres de soins peuvent avoir un impact sur la définition de la maladie, et donc influer sur l'évolution et la qualité de la prise en charge (1989).

Enfin, la prescription invariante, élaborée par Mara Selvini Palazzoli et son équipe (1989), constitue pour moi une technique de restructuration familiale. Séance après séance, ce mode d'intervention renforce les frontières entre les générations tout en modifiant les distances. Le thérapeute, ici, travaille directement sur l'architecture familiale : il consolide les frontières entre les sous-systèmes en se rapprochant momentanément de l'un d'eux et reconstruit une hiérarchie perçue initialement comme floue ou inadéquate en se plaçant au sommet de l'échelle hiérarchique.

En guise de conclusion

Je viens de présenter l'un des rares modèles qui tentent de définir la famille « normale » ; les concepts « visuels » de la topographie familiale permettent aux thérapeutes débutants de le mettre très facilement en pratique.

C'est dans l'expérience clinique, cependant, que réside la principale richesse de cette approche. Au-delà de la grille « objective » qui détermine avec précision les caractéristiques de la constellation familiale et oriente les interventions, il faut tenir compte, en effet, de la démarche singulière du thérapeute ; car le travail clinique de Minuchin n'apprend pas seulement à appliquer le modèle structural : il enseigne aussi que l'ingéniosité du thérapeute joue un rôle prépondérant et que, de même qu'il ne suffit pas de connaître l'alphabet pour écrire comme Marcel Proust, il ne suffit pas d'avoir bien assimilé une leçon pour être créatif.

Une carte routière, on le sait, rend compte des villes, de la distance qui les sépare et de leurs orientations respectives ; mais la représentation qu'elle fournit n'empêche pas de rêver à ce que peuvent être ces cités lointaines ou proches, ni d'imaginer les routes qui y mènent : c'est parfois ce rêve, plus que tout autre élément, qui nous fait décider de nous rendre sur ces lieux ou d'annuler le voyage projeté. Sans carte, pas de rêve... Mais, sans rêve, que reste-t-il ?

*
**

RÉFÉRENCES BIBLIOGRAPHIQUES

Ackerman, N.W. (1937), « The family as a social and emotional unit », *Bulletin of the Kansas Mental Hygiene Society*, octobre.
– (1958), *The Psychodynamics of Family Life*, New York, Basic Books, rééd. 1972.
– (1966), *Treating the Troubled Family*, New York, Basic Books.
Aponte, J.H. (1976), « Underorganization in the poor family », *in*

Guerin, J.P. (éd.), *Family Therapy. Theory and Practice*, New York, Gardner Press.

– et Hoffman, L. (1973), « The open door : A structural approach to family with an anorectic child », *Family Process*, 12, t. 1.

Colapinto, J. (1991), « Structural family therapy », *in* Gurman, A.S., et Kniskern, D.P. (éd.). *Handbook of Family Therapy*, t. II, 2ᵉ éd., New York, Brunner/Mazel.

Elizur, J., et Minuchin, S. (1989), *Institutionalizing Madness. Families, Therapy and Society*, New York, Basic Books.

Elkaïm, M. (1989), *Si tu m'aimes, ne m'aime pas*, Paris, Éd. du Seuil.

Haley, J. (1973), *Uncommon Therapy*, New York, Norton and Company ; trad. fr. : *Un thérapeute hors du commun, Milton Erickson*, Paris, Epi, 1984.

– (1978), *Problem-Solving Therapy*, New York, Harper Colophon Books (1ʳᵉ publication chez un autre éd., 1976) ; trad. fr. : *Nouvelles Stratégies en thérapie familiale*, Paris, Éditions universitaires, Jean-Pierre Delarge, 1979.

Hoffman, L. (1981), *Foundations of Family Therapy*, New York, Basic Books.

Minuchin, S. (1974), *Families and Family Therapy*, Cambridge, Harvard University Press ; trad. fr. : *Familles en thérapie*, Paris, Éd. universitaires, 1979.

– (1984), *Family Kaleidoscope*, Cambridge, Harvard University Press.

–, Montalvo, B., Guerney, B.J.R., Rosman, B., Schumer, F. (1967), *Families of the Slums : An Exploration of Their Structure and Treatment*, New York, Basic Books.

–, Rosman, B., Baker, L. (1978), *Psychosomatic Families : Anorexia Nervosa in Context*, Cambridge, Harvard University Press.

– et Fischman, H.C. (1981), *Family Therapy Techniques*, Cambridge, Harvard University Press.

Nichols, M.P., et Schwartz, R.C. (1991), « Structural family therapy », *Family Therapy : Concepts and Methods*, Boston, Allyn and Bacon (2ᵉ éd.).

Onnis, L. (1986), « Systems research on chronicity factors in infantile asthma : The interaction between family-patient Systems and health care Systems », *Family Process*, t. 25, 1.

– (1989), *Corps et Contexte : thérapie familiale des troubles psychosomatiques*, Paris, ESF.

Selvini Palazzoli, M., Cirillo, S., Selvini, M., Sorrentino, A.M. (1989), *Family Games : General Models of Psychotic Processes in the Family*, New York, Norton (éd. originale : 1987) ; trad. fr. : *Les Jeux psychotiques dans la famille*, Paris, ESF, 1990.

Simon, R. (1984), « Stranger in a strange land : an interview with Salvador Minuchin », *The Family Therapy Networker*, t. 8, 6.

Stanton, M.D. (1981), « Marital therapy from a structural stratégic view-point », *in* Sholevar, G.P. (éd.), *The Handbook of Marriage and Marital Therapy*, New York, Spectrum Publications.

– et Todd, T.C. (1979), « Structural Family Therapy with Heroin Addicts », *in* Kaufman, E., et Kaufmann, P. (éd.), *The Family Therapy of Drug and Alcohol Abusers*, New York, Gardner.

–, Todd, T.C., *et al.* (1981), *The Family Therapy of Drug Addiction*, New York, Guilford Press.

James Keim *

L'approche stratégique

Enracinée dans le travail de Milton Erickson et le « projet Bateson », puis développée par Jay Haley et Cloé Madanes, la thérapie stratégique n'a cessé d'évoluer au cours des trente dernières années et reste aujourd'hui un des modèles psychothérapeutiques les plus influents. Pragmatique, non orthodoxe et ne craignant pas la controverse, cette approche se fonde sur l'idée que les thérapeutes doivent œuvrer de façon active, directive, et avec habileté. Après la brève définition et l'aperçu historique que nous proposons d'abord, nous traiterons ici essentiellement du diagnostic, des directives et de l'éthique tels que l'approche stratégique les conçoit.

Bien que le terme « stratégique » figure déjà dans le titre de l'ouvrage de Haley, *Strategies of Psychotherapy* (1963), ce n'est qu'une dizaine d'années plus tard que l'on commencera à l'employer largement. Dans *Uncommon Therapy : The Psychiatric Techniques of Milton Erickson, MD*, Haley l'emploie pour décrire le modèle suivant :

> Le clinicien provoque ce qui se passe pendant la thérapie et met au point une approche particulière pour chaque problème [...] c'est en grande partie le thérapeute qui prend des initiatives. Sa tâche consiste à identifier les problèmes résolubles, fixer des objectifs, concevoir des interventions qui permettent de les atteindre, examiner les réponses et réactions qu'il obtient pour corriger son approche et, finalement, examiner le résultat de la thérapie afin de déterminer si elle a été efficace. Le thérapeute doit être extrêmement attentif au patient et à son environnement social (1973, p. 17).

* James Keim est directeur de la formation au Family Therapy Institute de Washington, dont les directeurs ont été Jay Haley et Cloé Madanes.

Aujourd'hui encore, ces caractéristiques constituent l'essence de la thérapie stratégique.

Pour ce qui concerne le développement de cette approche, on peut distinguer plusieurs phases depuis le début des années cinquante : d'abord, entre 1952 et 1967, où l'on s'intéresse davantage à la recherche en thérapie qu'à la pratique, puis entre 1967 et 1972, période où Salvador Minuchin, Braulio Montalvo et Jay Haley mettent au point une approche cohérente : le groupe de Philadelphie crée alors non seulement un modèle d'intervention, mais encore un modèle de formation. Une troisième période, du milieu des années soixante-dix au milieu des années quatre-vingt, commence quand Jay Haley et Cloé Madanes fondent leur propre institut à Washington, ce qui marque le début d'une thérapie stratégique clairement définie. La quatrième et actuelle phase de développement, qui prend en compte toute la gamme des problèmes traités en thérapie, ainsi que tous les âges de la vie, se caractérise par son intérêt particulier pour les questions éthiques, les problèmes des violences sexuelles ou corporelles et les droits de l'homme.

La phase de recherche

La phase de recherche en thérapie stratégique (1952-1967) couvre la période du « projet Bateson », l'étude de Milton Erickson et les années passées au Mental Research Institute (MRI). Bien qu'au cours de cette période Jay Haley ait presque toujours pratiqué la psychothérapie, il s'est toutefois surtout consacré à la recherche. Dans les années soixante, Cloé Madanes a aussi fait de la recherche en communication au MRI, tout en travaillant comme assistante de recherche pour Margaret Singer.

Le « projet Bateson »

Le projet de recherche mis en œuvre par Bateson de 1953 à 1963 fut extraordinairement fécond, tant sur le plan de la qualité que sur celui de la quantité des recherches et publications ; il est, directement ou indirectement, à l'origine de bon nombre des concepts employés dans la pratique de la thérapie stratégique. Ici, nous parlerons seulement des apports que l'on peut mettre en rapport avec la pratique clinique moderne telle qu'elle est définie dans ce mode d'approche.

En 1952, Gregory Bateson obtient une subvention de la fondation Rockefeller pour étudier les paradoxes en communication. John Weakland est le premier assistant embauché, suivi de Jay Haley, en janvier 1953. Les psychiatres William Fry et Don Jackson se joignent bientôt au groupe. En 1954, les membres du projet reçoivent des fonds pour explorer la communication schizophrénique ; ils se concentrent essentiellement sur un aspect de cette communication, qui est la confusion des types logiques. En 1956, le groupe publie dans *Behavioral Science* un article révolutionnaire, « Toward a theory of schizophrenia », qui décrit l'étiologie et la nature de la schizophrénie du point de vue de la théorie de la communication. Pour Salvador Minuchin, cette publication a pour effet de briser la barrière linguistique qui handicapait le domaine de la théorie familiale en train d'émerger et donne finalement aux thérapeutes familiaux un langage propre (Minuchin, 1993).

« Toward a theory of schizophrenia » introduit le concept de « double contrainte » ou « double lien » *(double bind)*, dans son rapport avec la schizophrénie. Les auteurs (Bateson, Jackson, Haley, Weakland) définissent la situation de double contrainte : « Quoi que fasse un individu pris dans cette situation, il ne peut pas être gagnant », et en décrivent ainsi les caractéristiques :

1. Deux personnes ou plus.

2. Une expérience répétée. La double contrainte est un thème récurrent dans l'expérience de la « victime ».

3. Une injonction négative primaire.

4. Une injonction secondaire, qui contredit la première à un niveau plus abstrait.

5. Une injonction négative tertiaire, qui interdit à la victime d'échapper à la situation.

6. Pour finir, il convient de noter qu'il n'est plus nécessaire que ces éléments se trouvent réunis au complet lorsque la « victime » a appris à percevoir son univers sous la forme de la double contrainte.

En 1954, le groupe pense que des dommages « causés » pendant la petite enfance sont à l'origine de la schizophrénie (Haley, 1981, p. 10). Bateson soupçonne, quant à lui, que ces dommages résultent de la double contrainte suivante : une mère commence par punir son enfant « pour certains actes, et le punit ensuite d'avoir appris que ces actes entraîneront une punition : en associant ainsi apprentissage négatif et apprentissage secondaire, la mère met son enfant dans une situation paradoxale » (Haley, 1981, p. 10). Au cours d'une séance de travail intense au fin fond des Sierra Mountains, le groupe développe le concept de « facteur pathogénique » et conclut qu'à l'origine de la schizophrénie il y a plutôt le type de paradoxe décrit précédemment que cette contrainte spécifique, qui reçoit le nom de « double contrainte ». Les chercheurs du projet font ensuite un autre pas important en suggérant que c'est le contexte social présent, plutôt que les dommages subis par le passé, qui entretient le comportement schizophrène (Haley, 1959 et 1981, Bateson, Jackson, Weakland, 1963). Dans son article « The family of the schizophrenic : a model system » (1959), Haley affirme que le comportement schizophrène ne correspond pas seulement à un certain type de communication, mais aussi à un certain type de système familial.

En 1967, Haley écrit que les principales idées du « projet Bateson » ont été non seulement d'« élargir le champ de la description afin d'y inclure le patient et le thérapeute, et de distinguer des niveaux de communication dans l'analyse d'un échange » (1981, p. 51-52), mais aussi d'introduire dans les études sur la famille un nouveau langage qui permettrait aux thérapeutes de prendre en compte la nature et les besoins d'une famille ou d'un autre système social, et non plus seulement les individus qui le composent. Une autre contribution importante du groupe a été de considérer les problèmes humains comme entretenus par des interactions sociales présentes, et non plus seulement par un passé qu'il est impossible d'atteindre.

On retrouve dans l'approche stratégique la sensibilité de Bateson aux niveaux de communication, à l'apprentissage, au paradoxe, à la métaphore, aux séquences interactionnelles, aux coalitions changeantes et, à un degré moindre, à la fonction homéostatique de certains symptômes (Haley, 1980 ;

Grove et Haley, 1993). La thérapie stratégique accorde aussi une place importante aux structures triangulaires – auxquelles le groupe de Bateson s'est intéressé dans les dernières années de ses recherches (Weakland, 1960).

D'autres concepts développés dans le cadre du projet n'ont en revanche qu'une importance secondaire dans ce mode d'approche ; ainsi la notion systémique d'homéostasie n'y est employée que de façon limitée (Grove et Haley, 1993) et n'y occupe pas une place centrale (Haley, 1980). Aussi, bien qu'intéressant comme outil de recherche, le concept de double contrainte n'a pas été considéré comme utile pour amener des changements en thérapie (Haley, 1980). Les études sur cette notion ont influencé néanmoins de façon évidente la pratique moderne de la thérapie stratégique sous la forme des interventions paradoxales, dont nous parlerons plus loin.

Sur le plan de l'éthique, une des plus importantes contributions de Bateson à l'approche stratégique est sans doute l'idée que l'on ne peut pas ne pas communiquer ou que l'on ne peut pas ne pas influencer ceux avec qui l'on est en interaction (Ruesch et Bateson, 1951 ; Haley, 1981). Bateson définit toute communication humaine comme étant à la fois un rapport et un ordre (Ruesch et Bateson, 1951). Et c'est à travers les travaux de Bateson que Haley et Weakland comprennent que l'« on ne peut éviter d'influencer » (Haley et Weakland, 1987). Il n'est donc pas surprenant qu'une grande partie du projet de recherche entrepris sous la direction de Bateson ait été consacrée à l'influence interpersonnelle. C'est aussi Bateson qui supervisa les études de deux des thérapeutes de l'époque les plus intéressés par la notion de pouvoir, Milton Erickson et John Rosen, qui étaient ses amis et pour lesquels il avait une grande fascination.

Bien qu'il ne critiquât jamais le travail clinique de Haley et Weakland (fondé sur les directives et l'influence indirecte), Bateson n'était pas pour sa part à l'aise avec les questions d'influence interpersonnelle ni avec la notion de pouvoir en général (Haley, 1981 ; Haley et Weakland, 1987). Dans la dernière phase du projet, Haley chercha comment décrire les luttes pour le contrôle et le pouvoir en fonction des « besoins » du système, et non plus de l'individu (1981, p. 23). Bateson attira l'attention de Haley sur le problème posé par les concepts de « contrôle » et de « pouvoir », qui impliquaient une opposition entre besoins individuels et besoins de système. Des années après que le projet eut pris fin, Haley, qui avait l'intention de publier une petite histoire de ces dix ans de recherche, demanda à Bateson de commenter son travail. Celui-ci écrivit alors : « [Haley] croyait en la validité de la métaphore du "pouvoir" dans les relations humaines. Je pensais alors – et j'en suis aujourd'hui encore davantage convaincu – que le *mythe* du pouvoir corrompt parce qu'il propose toujours une épistémologie fausse (bien que conventionnelle) » (Haley, 1981, p. 54). Au centre des désaccords entre Bateson et d'autres membres du groupe sur la question du pouvoir, il y avait la fonction associée à l'emploi de ce terme. Alors que, au cours du projet, Bateson s'intéressait essentiellement à la description de l'interaction, Haley, Weakland et Jackson cherchaient davantage à comprendre le changement plutôt qu'à seulement le décrire de façon très précise ; et, tout en reconnaissant les problèmes inhérents au concept de pouvoir, ils le trouvaient irremplaçable dès lors que la description devait avoir pour fonction d'être efficace sur le plan de l'intervention thérapeutique (Haley, 1980).

Bateson était attiré (et cependant méfiant) par les questions liées au pouvoir et à l'influence. Thérapeute [1] à la fois dévoué et à « contrecœur » (Bateson, M. C., 1991, p. 323), Bateson ne vint jamais à bout de la contradiction entre son désir d'aider ses clients et celui de ne pas les influencer ; *cela ne l'intéressait d'ailleurs pas non plus*. Il organise une recherche sur la thérapie parce qu'il pensait que c'était important, mais il ne cherchait pas particulièrement à en améliorer les résultats. Comme sa fille, Mary Catherine Bateson, l'écrit :

> L'aversion de Gregory pour la politique venait de sa profonde opposition à l'idée que l'on puisse déterminer la vie d'autres êtres ou laisser d'autres essayer de le faire ; il aurait fait un épouvantable roi-philosophe et était un thérapeute extraordinairement hésitant. Pour nous, cette situation était un dilemme, une double contrainte, en fait. Nous savions que des idées devaient être transmises, mais on nous déconseillait de le faire. Vingt ans plus tard, je vois le caractère erroné de la position

1. Sur Bateson thérapeute, cf. Lipset, D., *Gregory Bateson : The Legacy of a Scientist*, Boston, Beacon Press, 1982, p. 215-221.

de Gregory : refusant de dominer, il étendait ses objections à l'acte de persuader (1991, p. 323).

C'est cette confusion entre domination et persuasion qui fait du concept de thérapie batesonienne le plus étrange des paradoxes.

Milton Erickson

En 1953, Haley commence à s'intéresser à la communication dans l'hypnose et demande alors à Bateson d'arranger pour lui la possibilité d'assister à un séminaire sur ce sujet, animé par Milton Erickson, docteur en médecine. Un appel téléphonique de Bateson à l'hypnotiseur, qu'il connaît déjà (Margaret Mead et lui-même l'ont consulté quelques années auparavant à propos de films tournés à Bali, montrant des danses de transe), permet d'exaucer le souhait de Haley, qui peut donc participer au séminaire et commence, avec John Weakland, à rencontrer Erickson pour étudier la communication hypnotique.

Haley et Weakland, d'abord concentrés sur certains aspects de ce type de communication, s'intéressent bientôt à des questions plus larges ayant trait au style de la thérapie pratiquée par Erickson. Au milieu des années cinquante, Haley ouvre un cabinet privé d'hypnotiseur et psychothérapeute spécialisé en thérapie brève et fait alors appel à Erickson pour des consultations de cas. L'influence d'Erickson est si considérable que l'on peut voir en lui l'inventeur des grandes lignes du mode d'approche stratégique actuel ou en tout cas celui qui les a développées (Haley, 1973 et 1976).

Erickson prenait la responsabilité de changer ses patients et employait pour chaque cas une approche différente, bien que toujours centrée sur les symptômes et le changement, qui, pensait-il – contrairement à d'autres psychiatres de son époque –, pouvait se produire de façon soudaine et discontinue (Haley, 1981). Sa thérapie était directive, minutieusement organisée et souvent brève. Il lui arrivait de recevoir des familles entières dans son cabinet ; d'ailleurs, dans les années cinquante, il était connu non plus seulement comme psychiatre et hypnotiseur, mais aussi comme conseiller familial (1981). Courtois dans son style et mettant l'accent sur les choses positives, il voyait l'inconscient comme une part sage, et non destructrice, du psychisme. Maître dans l'art de s'associer à ses patients, il ne craignait toutefois pas, à l'occasion, de provoquer des résistances à des fins thérapeutiques. Un aspect important de sa pratique consistait à se servir de ce qu'un individu apporte en thérapie ; les caractéristiques d'un client, que d'autres thérapeutes auraient considérées comme bizarres, constituaient pour lui des outils à l'aide desquels il pouvait s'associer à lui et provoquer des changements. Avant que cela ne devienne la mode, Erickson fit preuve d'une sensibilité particulière au cycle de la vie familiale et montra une grande compréhension de ce qui est « normal » à différents âges et stades – point de vue qui lui permit de considérer certains problèmes humains comme inévitables parce que liés au développement d'une famille au cours du temps (Haley, 1973). Tous ces traits de l'approche d'Erickson sont demeurés des aspects essentiels de la pratique thérapeutique stratégique actuelle.

Haley a décrit Erickson comme le premier vrai psychothérapeute américain. Comme Mark Twain est à l'origine d'une tradition littéraire américaine fondée sur le pragmatisme, un sens de l'absurde mêlé d'humour, une élégante simplicité et une tradition orale, Erickson a développé une pratique thérapeutique à partir de ces mêmes éléments, visant avant tout à résoudre le problème du client. Outre la simplicité et l'élégance de ses interventions, l'originalité de sa pratique résidait dans sa façon créative de recourir au paradoxe et la sensibilité à l'absurde qui lui était sous-jacente. Du reste, les meilleurs moyens de connaître les méthodes d'Erickson, c'est de lire les versions écrites des histoires pédagogiques qu'il racontait. Le cas décrit ci-dessous illustre sa façon de travailler :

> Un de mes étudiants en médecine, qui avait épousé une très belle fille, resta totalement impuissant lors de sa nuit de noces. N'avait-il pourtant pas jusqu'alors fait preuve d'une certaine virilité en couchant avec de nombreuses filles de la ville ? Pendant les deux semaines qui suivirent le mariage, le problème ne s'arrangea aucunement. Il essaya pourtant tout, y compris la masturbation, mais sans résultat aucun. Au terme

de ces deux semaines d'une lune de miel pour le moins triste, l'épouse consulta un avocat en vue d'annuler son mariage.

Le jeune homme vint me parler de son problème. Je lui dis de demander à quelques-uns de ses amis connaissant sa femme de la persuader de venir me voir. Ce qu'elle fit. Pendant que je la recevais, le jeune époux attendit dehors. Pleine d'amertume, elle raconta sa grande déception. Elle pensait être séduisante et pourtant, devant elle complètement nue, son mari restait incapable de faire l'amour. La nuit de noces est un événement pour une jeune fille, car c'est alors qu'elle devient une femme, et toute femme veut être désirée, comme si elle était la seule et unique au monde. Je lui décrivis de la façon suivante cette situation pour elle accablante.

Je lui demandai si elle avait songé au compliment que son mari lui faisait en réalité. Elle resta perplexe car cela semblait contredire ce qu'elle venait de dire. Je continuai : « Eh bien, de toute évidence, il a trouvé votre corps si beau qu'il s'est senti comme anéanti. Complètement submergé. Et vous avez pris cela pour de l'impuissance. Il était impuissant parce qu'il s'est senti incapable de vraiment apprécier la beauté de votre corps. Maintenant, passez dans le bureau à côté et réfléchissez à cela. »

Je fis alors entrer son mari dans mon cabinet, l'écoutai me raconter la triste histoire de sa nuit de noces, et lui dis ensuite la même chose qu'à sa femme, en insistant sur le formidable compliment qu'il lui avait fait. Il avait un fort sentiment de culpabilité à l'égard de ses anciennes aventures, mais son actuelle incapacité lui prouvait qu'il avait cette fois trouvé la seule et unique femme possible.

Ils repartirent ensemble chez eux et durent presque s'arrêter en route pour faire l'amour. Dès lors, tout se passa bien pour eux (Haley, 1973, p. 157).

Erickson avait ainsi recadré le symptôme du couple afin de le présenter comme une preuve de l'incomparable amour du mari pour sa femme, ainsi que du respect mêlé d'admiration qu'elle lui inspirait. Un tel recadrage permit à l'épouse de ne plus se déprécier en se considérant comme l'une des nombreuses conquêtes sexuelles de son mari, mais au contraire de se valoriser en voyant combien elle était pour lui unique et intimidante. Son rôle devenait alors acceptable puisque résoudre le problème consistait pour elle à passer avec compassion d'une position de supériorité à une position d'équivalence dans sa relation à son mari, au lieu d'être dans une position d'infériorité. Quant au mari, ce recadrage l'aida à se sentir moins coupable à l'égard de ses anciennes aventures du fait qu'il avait prouvé qu'avoir des relations sexuelles avec sa femme représentait quelque chose de complètement différent ; dès lors, dans son esprit, ses anciennes conquêtes, qu'il mettait sur un plan résolument inférieur, ne ternissaient plus son mariage.

Le type de thérapie pratiquée par Milton Erickson ayant influencé bon nombre des approches actuelles, il est difficile d'imaginer la grande originalité de son travail à l'époque du « projet Bateson ». Dans les années cinquante, un jeune homme dans la situation décrite ci-dessus aurait dû faire un ou deux ans de psychanalyse parce que telle était l'approche thérapeutique la plus courante. Erickson résolut le problème en une séance.

Les parallèles et les contrastes entre Bateson et Erickson sont tout à fait remarquables. Tous deux se sont au plus haut point intéressés au paradoxe et à l'interaction entre différents niveaux d'apprentissage et de communication. Alors, que, presque tout au long de son projet de recherche, Bateson a exploré l'usage pathologique du paradoxe, Erickson s'est concentré sur son emploi thérapeutique. Bateson a étudié l'emploi schizophrénique de la métaphore pour communiquer ; Erickson, lui, au-delà d'une simple interprétation du langage métaphorique, l'a utilisé non seulement pour communiquer avec ses patients, mais aussi pour provoquer en eux un changement. Bateson s'est attaché à décrire les séquences interactionnelles, Erickson à les changer. En somme, chacun s'est intéressé à un côté différent de la même médaille. Les outils fondamentaux de la thérapie d'Erickson se trouvaient être précisément les mêmes aspects de la communication qui, sous leur forme pathologique, ont tellement fasciné Bateson tout au long de son projet, dans les années cinquante et au début des années soixante. Après avoir observé des familles de schizophrènes, Bateson en est venu à partager le point de vue d'Erickson, selon lequel ce sont des interactions sociales présentes, et non un passé enfoui, qui entretiennent les symptômes (Haley, 1981).

Le Mental Research Institute

En novembre 1958, quand Don Jackson fonde le Mental Research Institute à Palo Alto, en Californie, aucun autre membre du « projet Bateson » n'en fait partie. Ce n'est en effet qu'en 1962, à la fin du projet, que Weakland et Haley intègrent le MRI. De 1962 à 1967, Jay Haley y entreprend des recherches, en particulier des expériences avec des familles « normales » et des familles « à problèmes ». Pendant cette période, il crée la première revue de thérapie familiale, *Family Process*, dont il reste l'éditeur jusqu'en 1969. Haley publie aussi son ouvrage fondamental, *Strategies of Psychotherapy*, qui, au début des années soixante, introduit de nombreux lecteurs à la notion de système, ainsi qu'aux concepts de la thérapie familiale.

Cloé Madanes se joint à l'équipe du MRI en 1966, en tant qu'assistante de recherche. Pendant qu'elle y travaille, elle publie deux articles où elle compare différents types de famille (Sojit Madanes, 1969 et 1971). Madanes est en même temps assistante de recherche de Margaret Singer. En 1971, elle intègre la Philadelphia Child Guidance Clinic.

De 1967 à 1973, Haley travaille avec Salvador Minuchin et Braulio Montalvo à la création d'une approche cohérente tant de la pratique que de la formation en thérapie familiale. Une des forces organisatrices de leur travail est un projet visant à former des non-professionnels (choisis parmi les communautés environnantes, afro-américaine et portoricaine) au métier de thérapeute familial. Le concept affiné de « hiérarchie » (Minuchin, 1967 et 1974) et les techniques perfectionnées de formation développées par le groupe sont l'apport le plus important de Minuchin et de la Philadelphia Child Guidance Clinic à la thérapie stratégique.

C'est en 1975 que Cloé Madanes et Jay Haley ouvrent le Family Therapy Institute de Washington. Une dizaine d'années de publications et d'ateliers permettent à l'approche stratégique de se définir et de faire de nombreux adeptes. Les deux ouvrages les plus populaires publiés par eux à cette époque sont peut-être *Problem Solving Therapy* de Haley et *Strategic Family Therapy* de Madanes.

La thérapie stratégique aujourd'hui

La thérapie stratégique est un modèle pragmatique tourné uniquement vers l'intervention clinique et se compose de deux théories : l'une tente de rendre compte de ce qui entretient un problème, l'autre du changement. Le refus d'établir une théorie de la formation des problèmes est caractéristique de la nature avant tout fonctionnelle de ce mode d'approche. « A objectifs différents théories différentes [...]. Des théories différentes sont en effet nécessaires selon que la fonction de l'application est la prévention, l'étiologie, le changement thérapeutique ou encore la description de ce que c'est que vivre normalement » (Haley, 1986, p. 153). A cet égard, la psychothérapie a atteint un stade de développement comparable à ceux de l'économie et de la physique, qui ont dû créer des sous-ensembles artificiels-macro- et micro-économie ou physique quantique et newtonienne – sans lesquels aucune application pratique n'était plus possible. La psychothérapie a aussi atteint ce degré d'extension où différentes théories étiologiques d'intervention et de prévention sont devenues nécessaires.

Quant à la pratique de la thérapie stratégique, elle met en avant le fait que le thérapeute doit se montrer actif, directif, habile, en même temps que chaleureux et respectueux. Il lui appartient non seulement de planifier ce qu'il voudrait voir se produire en thérapie, mais encore d'en prendre l'initiative. En cas d'échec, la responsabilité lui en incombe. Ce mode d'approche se définit aussi par le fait qu'une stratégie spécifique est mise au point pour chaque problème (le traitement des auteurs de violences sexuelles, dont nous parlons plus loin, fait partiellement exception à ce principe) – l'objectif premier étant de la résoudre (Haley, 1973), essentiellement à l'aide des directives données, de façon directe ou indirecte, par le thérapeute. Son rôle est d'éviter des erreurs qui fassent obstacle au maintien d'une relation de coopération avec les clients, et la résistance à la thérapie est considérée comme le résultat d'erreurs faites par le thérapeute. Une part de jeu n'est pas exclue du processus thérapeutique et l'humour y est aussi fréquemment employé. De plus, le thérapeute s'efforce, chaque fois que cela est possible, de travailler à l'intérieur de la vision du monde de son patient. Du fait que toutes les cultures sont supposées avoir le vocabulaire nécessaire pour décrire des problèmes, des relations et des changements, il est parfois considéré comme irrespectueux d'introduire de « nouveaux » mots ou concepts au lieu d'employer ceux du patient. Au départ de la thérapie, il y a l'idée que le patient est compétent, ou capable de l'être si le contexte social le lui permet. Bien que l'on se serve de miroirs sans tain tant en formation qu'en consultation, le thérapeute apprend néanmoins à travailler sans aide au cours de l'entretien.

La thérapie stratégique se caractérise essentiellement par sa souplesse et met en avant la nécessité de développer des approches différentes compte tenu de la variété des problèmes et des contextes – culturels, ethniques, et sociaux –, auxquels le thérapeute est confronté. La principale qualité qu'elle requiert n'est pas de savoir concevoir de brillantes interventions, mais plutôt de pouvoir développer une relation de coopération avec les clients et d'avoir recours au bon sens commun pour traiter les problèmes.

Les différentes étapes

On peut voir dans le premier entretien comme un résumé du processus thérapeutique tout entier. Bien que les étapes de ce processus diffèrent en fonction des problèmes présentés, des patients et des contextes, nous en donnons ici, à des fins explicatives, une description générique. Dans son ouvrage *Problem-Solving Therapy* (1976), Haley distingue cinq phases dans le premier entretien : il y a successivement la phase de la rencontre, celle où l'on explore le problème, la phase interactionnelle, celle où l'on fixe un objectif, enfin celle où l'on définit des tâches. Au cours de la première, le thérapeute commence, avec chaleur et respect, à élaborer une relation de coopération. Pendant la deuxième, il interroge le patient, ainsi que d'autres personnes importantes de son entourage, sur le problème présenté. Pendant la phase interactionnelle, les clients sont amenés à discuter entre eux des différents points de vue exprimés ; l'accent est alors mis sur l'interaction des clients entre eux, et non avec le thérapeute. Celui-ci peut leur demander de faire la démonstration d'un comportement symptomatique et des réactions qui en résultent – leurs actes sont toujours considérés comme plus importants que les mots. La quatrième phase est celle où l'on fixe un objectif, où l'on établit un contrat thérapeutique dans lequel les problèmes présentés et les buts de la thérapie sont définis en termes pratiques, exploitables. La contribution de chaque partie à la thérapie est aussi mise au clair. La cinquième phase, enfin, est celle où l'on définit des tâches : le thérapeute donne des directives qui, de différentes façons, sont en rapport avec le problème présenté. Il s'agit aussi, au cours de cette dernière phase, de terminer la séance de telle manière que les clients se sentent non seulement à l'aise avec le thérapeute, mais aussi capables de – et engagés à – résoudre les problèmes présentés.

La thérapie stratégique exige de la souplesse car chaque cas suit un cours qui lui est propre. On peut cependant décrire comment un processus thérapeutique évolue généralement. Une thérapie de ce type dure en moyenne entre huit et dix séances (une minorité des traitements, tels que ceux de psychoses graves ou de violences sexuelles, durent en général au moins un an). Alors que les deux premiers tiers du processus visent à résoudre le problème présenté, le dernier tiers est davantage consacré à la consolidation du changement, à l'orientation des clients vers l'avenir et la fin de la thérapie.

La première phase : préparation et coopération.

La description suivante se rapporte à des cas où il ne s'agit pas d'intervenir dans une situation de crise, et où les clients ne sont pas particulièrement motivés. Dans les situations de crise et avec des clients très motivés, le passage de la première à la deuxième phase se fait très rapidement au cours du premier entretien. Avec des individus moins motivés, le but au cours de cette première phase est de préparer non seulement le contexte thérapeutique, mais encore l'environnement social des clients au changement. Il s'agit alors pour le thérapeute de développer une relation de coopération (que nous décrivons plus loin en détail). Pour ce qui concerne la préparation des clients au changement, elle se fait en deux temps : ils doivent d'abord se considérer, au moins avec l'aide du thérapeute, comme assez compétents pour résoudre leur problème. Le thérapeute parvient généralement à les en assurer, parfois en leur donnant aussi des petites tâches à accomplir chez eux, avec pour principal objectif de leur procurer quelques succès favorisant la confiance en soi. Il s'agit ensuite de faire en sorte qu'ils établissent des relations de coopération suffisamment affectueuses pour pouvoir accomplir les directives du thérapeute. Prenons l'exemple de parents qui doivent faire bloc pour traiter leur fils adolescent avec amour et fermeté : si leur relation de couple est marquée par la désunion et la froideur, le thérapeute peut alors décider de travailler d'abord ou simultanément sur la relation conjugale. Dès lors que les parents se comportent de façon appropriée entre eux, il leur est beaucoup plus facile d'adopter envers un adolescent difficile l'attitude qu'il faut.

Cette première phase se caractérise par l'accent qui y est mis sur les interventions préparatoires, visant essentiellement à préparer l'environnement social des clients au changement, et non à traiter directement le problème présenté (Keim, 1993). A ce stade du processus thérapeutique, l'une des interventions les plus courantes consiste à définir le problème d'une façon exploitable. On trouve un exemple de ce qui peut se passer au cours de cette phase chez Milton Erickson, qui surprit un jour des clients en leur demandant d'escalader une petite montagne, et cela afin d'opérer un changement positif dans leur contexte de vie ; il ne s'agissait pas par là de résoudre le problème présenté par eux, mais bien de leur donner confiance en eux, de les amener à se situer dans une perspective positive, et par conséquent de faciliter la résolution de ce problème. Autre exemple, pris chez un autre thérapeute : des parents vinrent le consulter, se plaignant de ne plus vivre que pour leurs filles adolescentes et de n'avoir de ce fait plus aucune relation de couple. Le thérapeute demanda au mari d'acheter à sa femme un bel article de lingerie et de le lui offrir dans un paquet-cadeau, non devant leurs enfants, mais de telle façon qu'elles puissent observer la scène. Quant à la femme, elle devait, en recevant le cadeau, adresser un regard sensuel à son mari et l'embrasser, puis répondre à toutes les questions de ses filles par un : « Tu comprendras quand tu seras mariée. » Cette directive une fois accomplie, et une distance plus appropriée étant ainsi instaurée entre les parents et leurs filles, l'environnement du couple devenait beaucoup plus réceptif à d'autres efforts, plus énergiques, visant à l'amélioration de la relation conjugale. Dans cette première phase, comme nous l'avons montré, l'essentiel est donc de préparer au changement, de favoriser une relation de coopération, et non de résoudre le problème. Il est important de noter que le thérapeute s'efforce, ensuite, tout au long du processus, de maintenir ce qu'il a gagné sur le terrain de la préparation et de la coopération.

La phase de résolution du problème.

C'est le passage de la préparation du contexte au changement à un processus visant à changer le problème lui-même qui marque le début de la phase de résolution. Trois ou quatre ensembles de tâches sont presque toujours nécessaires pour finalement résoudre le problème – en partie parce que la toute première tentative de résolution échoue souvent. Ce sont d'ailleurs les difficultés rencontrées au cours de celle-ci qui donnent au thérapeute les éléments nécessaires pour réussir. Le style thérapeutique le plus couramment adopté encourage la patience et évite de faire naître un espoir irréaliste de changement immédiat. Il faut toutefois noter que, dans quelques cas peu nombreux – tels ceux où il s'agit d'intervenir dans une situation de crise –, le thérapeute tente résolument, dès la première séance, de mettre fin au problème et continue d'agir avec la même énergie jusqu'à ce qu'il soit résolu. La partie de cette communication intitulée « Les directives » illustre concrètement ce qui se passe au cours de cette phase du processus thérapeutique.

La phase terminale.

Une fois le problème résolu, la phase terminale de la thérapie peut commencer. Quand il forme des thérapeutes, Jay Haley attire l'attention sur le fait que le clinicien débutant peut se trouver désorienté par le changement (que lui-même a provoqué) des données du problème présenté. Simplement parce que, trop concentré sur ce problème, il en oublie parfois le contexte plus large de la thérapie.

Pour durer, la réussite exige d'être consolidée. A cette fin, le thérapeute et les clients s'efforcent souvent ensemble de comprendre comment ils sont parvenus à résoudre le problème. L'explication de la réussite est en effet de première importance car elle définit la façon dont les clients vont aborder leurs difficultés futures. Le succès est généralement défini comme une adaptation réussie à une nouvelle période de la vie, et la description qui en est faite vise à ce que les clients se sentent capables de traiter leurs problèmes eux-mêmes. Il est en outre important que le langage employé à cette fin soit celui du client car les connaissances qu'il encode en des termes qui lui sont propres lui sont par la suite plus facilement accessibles que s'il les avait encodées dans une terminologie pour lui étrangère (Keim, 1993).

Une fois le problème résolu, le thérapeute peut prédire une « rechute ». Cela présente en effet plusieurs avantages. S'il n'y est pas préparé, le client perd souvent totalement confiance en lui au cas où elle se produit. Le prévenir d'une telle éventualité non seulement lui permet d'éviter cette perte de confiance, mais encore lui donne la possibilité de réfléchir à la façon de traiter un tel problème et, par là même, d'accroître la confiance qu'il a en lui-même. Parfois aussi, le refus obstiné de « rechuter » que les clients opposent à une telle prédiction a pour résultat paradoxal d'entretenir le changement positif.

Alors qu'au début de la thérapie le thérapeute joue un rôle d'expert, à la fin il instaure une relation plus égalitaire. Terminer de cette façon encourage en effet le client à se considérer de nouveau comme compétent puisqu'il n'a plus besoin du thérapeute.

Une fois la thérapie initiale terminée, la pratique actuelle du mode d'approche stratégique prévoit d'inviter les clients à des séances de « contrôle » périodiques. Il s'agit alors d'assurer un suivi dans le but, d'une part, de maintenir l'influence de la thérapie et, d'autre part, de faciliter le retour des clients au cas où ils seraient confrontés à de nouveaux problèmes. Pour le clinicien, ces séances sont l'occasion de collecter auprès des clients des informations sur les résultats obtenus.

Les phases de la vie de famille.
L'approche stratégique implique la prise en compte des différentes phases du cycle de la vie familiale. Concrètement, cela signifie que le thérapeute doit avoir une solide compré-

hension de ce qui est normal à différents âges et stades de la vie. Dans cette perspective, certains problèmes sont considérés comme inévitables compte tenu de la façon dont une famille se développe au cours du temps. Comme Haley le décrit dans *Uncommon Therapy* (1973), il y a l'époque où les futurs conjoints « sortent » ensemble, puis les noces, l'arrivée des enfants, leur éducation ; vient ensuite la période centrale du mariage, puis celle où les parents doivent se « sevrer » de leurs enfants, enfin la retraite et la vieillesse.

On définit souvent les buts de la thérapie comme consistant à aider les clients à passer d'une période de la vie à une autre. Prendre en compte le cycle de la vie d'une famille, c'est, par exemple, aider un couple à s'adapter à l'arrivée d'un premier enfant ou encore accompagner une famille au moment de la disparition d'un de ses membres (Minuchin, 1984). Les changements de séquence, dont nous traitons plus loin, sont aussi liés au cycle de la vie familiale et constituent un des points centraux de la thérapie ; c'est aussi ce cycle qui donne au thérapeute des indications sur ce que doit être la nouvelle séquence. La transition la plus subtile se produit quand les jeunes adultes commencent à quitter le foyer parental. L'ouvrage de Haley, *Leaving Home* (1980), traite plus particulièrement du processus thérapeutique qui consiste à aider de jeunes psychotiques dans cette période de transition.

Le diagnostic

L'un des exercices caractéristiques de l'enseignement de la thérapie stratégique consiste à demander aux étudiants de distinguer cinquante variables dans un problème (Keim, 1993) – des données telles que l'apprentissage opérationnel, l'appartenance ethnique, le traumatisme de la naissance, le développement du surmoi ou le mauvais karma sont nommées –, puis, dans un second temps, de déterminer combien sont valables dans une certaine mesure. En moyenne, entre trente et quarante sont considérées comme valables. L'enseignant affirme alors qu'un thérapeute ne saurait prendre en compte un aussi grand nombre de variables et ne peut en réalité se concentrer au mieux que sur trois ou quatre, car au-delà il devient trop difficile d'appliquer la théorie dans une séance de thérapie.

La question alors posée aux étudiants est de savoir comment les choisir, selon quels critères. Les variables choisies doivent permettre : 1) une thérapie qui respecte l'individu, et soit conforme à l'éthique ; 2) mais aussi une thérapie efficace ; 3) pratique sur le plan du temps et des ressources du client ; 4) d'élaborer une théorie simple, tant à enseigner qu'à acquérir ; 5) et une approche thérapeutique qui ait une vision positive du potentiel humain.

En thérapie stratégique, quatre variables ont été délibérément choisies en fonction de ces critères, et donc essentiellement sur la base de leur utilité thérapeutique : la protection, l'unité, la séquence et la hiérarchie sont les outils à l'aide desquels un thérapeute dissèque un problème présenté. (C'est Jay Haley qui a le premier employé l'acronyme PUSH.)

La protection.

Il est dans la nature humaine d'élaborer une théorie sur les motivations d'autrui. La thérapeute doit choisir avec vigilance une théorie de la motivation qui lui permette d'aborder d'une manière positive la situation des clients.

Ainsi la notion de protection offre une lecture positive de la manière dont dans une famille, certains membres essaient d'en aider d'autres de diverses façons inefficaces (Madanes, 1981). Ainsi, par exemple, un adolescent qui perçoit des difficultés relationnelles chez ses parents peut mal se comporter pour tenter (de façon probablement inconsciente) de les réconcilier ; on considère dans ce cas qu'il cherche, par son comportement, à les amener à s'unir contre lui. L'hypothèse de la protection est un point de départ thérapeutique, même si ce n'est pas toujours la meilleure façon d'aborder un problème et si, en outre, on ne l'applique en général pas aux cas d'abus sexuels ou à certains autres types de violences. De toutes les théories qui influent sur l'attitude du thérapeute à l'égard de ses clients, cette hypothèse nous semble la plus féconde. En effet, un thérapeute qui croit en la présence de motivations affectueuses chez ses clients trouve des interventions du même ordre ; de même, un thérapeute qui croit en la présence de motivations uniquement autoritaires a tendance, dans ses interventions, à suggérer des motivations qui évoquent des attitudes autoritaires chez les membres de la famille.

Recourir au concept de protection permet aussi de voir les symptômes comme des incompatibilités dans la hiérarchie familiale (Madanes, 1981). La personne qui présente des symptômes occupe une place à la fois supérieure et inférieure : par exemple, les parents sont hiérarchiquement au-dessus de l'enfant, mais, en même temps, « l'enfant se place au-dessus de ses parents en cherchant à les protéger par son comportement symptomatique » (*ibid.*, p. 99). En plus d'être inappropriée, une telle protection fausse la hiérarchie familiale.

L'unité.

En thérapie stratégique, le triangle est l'unité de construction fondamentale, à la fois suffisamment importante pour permettre de décrire une coalition ou d'autres types d'interaction complexes (Haley, 1980) et assez simple pour constituer un outil pratique en thérapie. Un thérapeute peut avoir dans son bureau une vingtaine de clients impliqués dans un problème, il essaiera de toute façon de voir leurs relations à ce problème sous l'angle d'une triangulation de groupes et d'individus.

Du fait qu'il est trop difficile de réfléchir à des groupes plus importants, l'unité composée de trois éléments a été considérée comme la plus appropriée. L'exemple suivant est à cet égard assez convaincant : si nous observons trois personnes en train de se dire bonjour, on entend six « bonjour » ; si le groupe comprend cinq personnes, on entend vingt « bonjour ». La progression géométrique de la complexité rend presque impossible pour le clinicien de travailler avec des unités plus importantes.

Le triangle présente en outre des avantages sur la dyade. D'abord il permet, contrairement à la dyade, de prendre en compte la théorie de la coalition (une coalition se compose en effet d'au moins deux personnes unies contre au moins une autre). D'autre part, il prend en compte la hiérarchie dans un groupe social (Spector, 1993).

La séquence.

Il s'agit là de s'intéresser à l'ordre séquentiel des interactions impliquées dans le problème présenté. En thérapie stratégique, les séquences peuvent être décrites dans un ordre linéaire ou circulaire ; le but est ici de remplacer des séquences de comportement inadaptées par d'autres plus saines (Haley, 1976), qui doivent conduire non seulement à éliminer le problème présenté, mais encore à instaurer une hiérarchie plus normale. En général, une thérapie vise à remplacer des séquences où le problème est exacerbé par des séquences au contraire apaisantes (Keim, 1993). Là aussi, dans le changement de séquence, il est important de tenir compte de la phase du cycle de la vie familiale dans laquelle un client se trouve. Pour un jeune homme de vingt-cinq ans en situation d'échec et vivant toujours chez ses parents, le but de la thérapie ne sera probablement pas uniquement de l'amener à réussir dans la vie ; la prise en compte du cycle de la vie familiale suggère que son bonheur dépend aussi en partie du fait qu'il se sente assez motivé pour commencer à vivre indépendamment de sa famille.

La hiérarchie.

Parler de hiérarchie, c'est décrire, dans un contexte générationnel, l'expression de l'amour, de la protection et du pouvoir dans une famille. Une hiérarchie adéquate résulte non seulement de la capacité d'imposer des règles et ce qui en découle, mais encore de celle de protéger, d'apaiser et de rendre heureux.

Le cas d'un enfant ou d'un adolescent qui, dans une famille, a presque à lui seul le pouvoir de déterminer l'issue des confrontations présente un type de problème de hiérarchie tout à fait caractéristique (Minuchin, 1974). Une situation de cet ordre est celle où un enfant obtient généralement ce qu'il veut de ses parents par un comportement menaçant.

Autre cas : celui de l'enfant qui aide ses parents d'une façon inappropriée. Il peut s'agir, par exemple, d'une famille où un enfant parvient à mettre un frein aux querelles de ses parents en feignant d'avoir mal à l'estomac chaque fois qu'ils commencent à se disputer.

Un comportement trop « adulte » chez des enfants révèle aussi un problème de hiérarchie dans la famille. Les enfants sont en effet supposés avoir des préoccupations enfantines et non adultes. Un travail de correction vise à leur permettre de jouer et de faire des bêtises comme leur âge le veut, car des enfants avec des problèmes d'adultes perdent leur enfance (Keim, 1993).

On rencontre généralement des coalitions entre membres d'un même niveau hiérarchique (Minuchin, 1974), mais les coalitions intergénérationnelles méritent une attention particulière car elles peuvent faire obstacle à un changement positif, par exemple un enfant et un grand-parent ligués contre un parent, ou encore un père et un fils qui font bloc contre la mère.

Exemple de cas.

Afin de donner une idée de ce que peut être un diagnostic stratégique, nous présentons ci-dessous, de façon simplifiée à l'extrême, le cas d'une famille composée des deux parents, d'une fille de quinze ans et d'un garçon de seize ans – le problème présenté étant que de terribles disputes avaient lieu entre les parents et la fille, conduisant à des menaces de violences et de suicide. A travers le récit des clients, l'observation de leurs interactions, et celle de leurs réactions à l'intervention thérapeutique, l'hypothèse suivante fut avancée :

– la fonction protectrice résidait dans le désir de la fille d'aider sa mère ;

– les parents et la fille formaient l'unité, le triangle pathologique fondamental ;

– la séquence présentée était que *a)* la fille se conduisait mal ou exprimait des exigences déraisonnables ; *b)* cette conduite amenait dans un premier temps les parents à y faire face ensemble ; mais *c)* la fille se conduisant mal, les parents finissaient par ne plus faire bloc (souvent parce que le père s'excluait physiquement de la situation) et *d)* cédaient aux exigences de la fille ;

– la fille se situait à un niveau hiérarchique inapproprié pour une adolescente.

Le but était de faire de la séquence inadaptée une séquence où le problème n'ait plus lieu d'être, donc de remplacer des comportements d'exaspération par des comportements d'apaisement. Dans l'exemple présenté, il s'agissait de faire en sorte que les parents ne soient plus en désaccord et ne cèdent plus à des exigences déraisonnables, mais fassent au contraire bloc et exigent de leur fille qu'elle se conduise correctement. Pour ce qui concerne l'apaisement, la directive donnée aux parents était de calmer leur fille en la prenant dans leurs bras et de se montrer gentils mais sévères dans les moments difficiles.

Comprendre la métaphore.

Milton Erickson a insisté sur l'importance de comprendre non seulement la fonction communicationnelle de la métaphore, mais encore la nature métaphorique des symptômes (Haley, 1973). Dans *Strategic Family Therapy*, Cloé Madanes explique, quant à elle, comment on peut voir dans un symptôme la métaphore de l'état intérieur d'un individu, ou celui d'une autre personne, ou encore la métaphore d'une séquence interactionnelle dans laquelle le patient désigné, ou un autre groupe de personnes, se trouve impliqué (1981, 1984). Comprendre un symptôme de cette façon est essentiel dans la planification des interventions.

Le Family Therapy Institute a eu par exemple à traiter le cas d'une fillette de dix ans qui avait eu un geste suicidaire. Alors que le thérapeute qui l'avait adressée à l'Institut n'y voyait que l'affirmation de sa profonde tristesse, le thérapeute stratégique considéra le symptôme non seulement comme une affirmation de l'état intérieur de l'enfant, mais encore comme une métaphore de l'état d'une autre personne ou d'une relation faisant partie de son environnement social. Il soupçonna qu'un autre membre de la famille avait une tendance suicidaire et découvrit en effet que la mère de la fillette avait pensé mettre fin à sa vie, bien qu'elle n'en eût rien dit à personne. Il s'agissait donc dans ce cas de traiter autant le malheur de la fille que celui de la mère. Et c'est la perception d'une amélioration de l'état de la mère qui permit à la fille de redevenir une enfant heureuse.

Les directives

Dans toute communication entre client et thérapeute, il y a une directive, implicite ou explicite, et nous adhérons tout à fait à la conception de Bateson selon laquelle « une communication est en même temps un rapport et un ordre » (1951). Quant au but des directives, il est d'amener les clients à faire l'expérience de nouveaux modes d'interaction et de faire en sorte qu'ils s'y adaptent, ce qui implique de remplacer des séquences inadaptées par d'autres plus appropriées (Haley, 1976). Voyons maintenant ce qu'il en est de la façon de donner des directives, de leur fonction et de leur caractère parfois paradoxal.

La méthode.

Les directives peuvent être données directement ou indirectement. Elles sont directes quand le thérapeute, voulant que ses clients fassent quelque chose de spécifique, le leur demande directement. Dans ce cas, l'influence du thérapeute est manifeste ; le client l'identifie (Haley, 1976, p. 59) et en comprend généralement l'objectif. D'après mon expérience, les clients ont tendance à se souvenir de ce qu'ils font en réponse à des directives de ce type comme de réactions à des suggestions du thérapeute (Keim, 1993). Voici deux exemples :

– Une thérapeute, afin d'améliorer une relation conjugale, demande à son client de présenter des excuses à sa femme. Quand, plus tard, la thérapeute lui demande pourquoi il s'est excusé, il affirme l'avoir fait principalement parce qu'il avait tort et avait blessé son épouse, mais ajoute que c'est elle, la thérapeute, qui le lui a suggéré afin d'améliorer ses relations de couple. Le client a donc aussi bien perçu l'influence du thérapeute que l'objectif visé par la directive.

– Un thérapeute demande à un parent de punir un adolescent la prochaine fois qu'il rentrera ivre à la maison.

Quant aux directives indirectes, le thérapeute y a recours dès lors qu'il veut amener ses clients à faire quelque chose, mais sans le leur demander directement (Haley, 1976). Dans ce cas, le client n'identifie pas clairement la directive, ni son but. J'ai pour ma part constaté qu'il considère alors avoir agi en fonction de ses propres idées et non en suivant une directive donnée indirectement par le thérapeute (Keim, 1993). Les exemples suivants illustrent cette façon de procéder :

– Lors d'une séance de démonstration, un professeur demande à un sujet sous hypnose de mettre son manteau une fois qu'il sera réveillé et aura regagné son siège, mais aussi de ne pas se souvenir de ce qu'on lui a suggéré de faire. Le sujet se réveille, regagne sa place et met son manteau. Interrogé sur ce qui l'a amené à faire cela, le sujet répond qu'il craignait que son manteau ne tombât par terre s'il le laissait sur le dossier de sa chaise. Il ne reconnaît donc pas avoir agi en fonction d'une directive extérieure. Il est intéressant de noter que les individus qui se soumettent à ce type d'expériences croient donner une explication vraie et complète de ce qu'ils ont fait.

– Un thérapeute voulant amener une famille à prendre des vacances parle à cette fin, l'air de rien et comme s'il s'agissait d'une digression, d'un de ses amis parti à la campagne pour échapper au stress. Les clients reviennent la semaine suivante revigorés par quelques jours de villégiature. Dans ce cas, ils n'ont pas identifié la directive qui leur a été donnée de façon détournée.

– Un client qui n'a aucune relation sentimentale vient consulter en se plaignant de « ne pas réussir à avoir une petite amie » car il a des « difficultés à parler aux femmes », et parce qu'il ne « s'estime pas assez ». Le thérapeute en vient à penser que les objectifs de la thérapie ayant trait à la communication seraient le plus efficacement atteints si son client avait de nouveau une petite amie. Après le lui avoir en vain conseillé directement, le thérapeute essaie une approche indirecte qui consiste à recadrer la signification du manque d'estime de soi. Il dit à son client que ce manque d'estime est dû au fait qu'il n'a pas dans son entourage une personne proche, en qui il ait confiance et qui lui signifie quotidiennement qu'il est attirant, sur les plans tant spirituel que sexuel. Le client accepte ce recadrage et, involontairement, la directive implicite de se trouver une amie s'il veut se sentir mieux. Quand il revient en thérapie la semaine suivante, il raconte avoir pris rendez-vous avec quelqu'un qui le rend heureux. Interrogé sur ce qui a pu l'amener à le faire, il explique que « le moment était venu », sans donc se rendre compte de l'influence du thérapeute comme élément moteur dans la mise en route de cette relation.

Les fonctions d'une directive.

Les directives peuvent être *primaires, préparatoires* ou *terminales* (Keim, 1993). Une *directive primaire* vise directement à résoudre le problème présenté (*ibid.*). On demande, par exemple, à une femme insomniaque de faire sonner son réveil une demi-heure plus tôt que d'habitude et de se lever pour effectuer une corvée insupportable. Le résultat est qu'elle oublie constamment de régler l'alarme de son réveil et finit par dormir toute la nuit. Dans ce cas, l'intervention est considérée comme primaire car elle a directement résolu le problème.

Une *directive préparatoire* (Keim, 1993) crée le contexte nécessaire pour résoudre le problème présenté : elle prépare en quelque sorte le terrain pour la directive primaire qui le résoudra. Il s'agit, par exemple, de recadrer les choses de façon à donner au client le pouvoir de changer, sans pour autant imposer une direction spécifique à ce changement, ou encore de demander à des parents qui ont un adolescent à problèmes de s'organiser un week-end en amoureux. Bien que ce week-end ne résolve pas le problème de l'adolescent, il peut néanmoins considérablement renforcer la capacité du couple à communiquer, à travailler ensemble et, par là même, l'aider à faire beaucoup plus aisément le pas suivant qui est de s'occuper du problème de son enfant. Parfois, à la grande surprise du thérapeute, une directive préparatoire résout le problème présenté. Il arrive en effet que les membres d'une famille, devenus capables de mieux coopérer, n'aient plus besoin de l'aide spécifique du thérapeute pour venir à bout de leurs difficultés.

Enfin, une *directive terminale* (Keim, 1993) aide à mettre fin à la thérapie une fois le problème résolu. Prévoir une éventuelle « rechute » dans l'avenir est un exemple de ce type de directive.

Le recours au paradoxe.

Nous abordons là un des aspects les plus mal compris de la thérapie stratégique. Le concept de paradoxe a été, dans les années soixante-dix et quatre-vingt, à ce point mal employé et appliqué qu'il a alors presque perdu toute signification fonctionnelle. Et bien qu'elles représentent un type d'interventions très important, les directives paradoxales ne sont pas aussi couramment employées que d'autres moyens thérapeutiques.

En se servant des outils analytiques appliqués à la double contrainte, Jay Haley et John Weakland ont commencé dans les années cinquante à s'intéresser directement à l'emploi thérapeutique du paradoxe chez Erickson. Dans son ouvrage

Problem-Solving Therapy (1976), Haley avance l'idée que le paradoxe fait partie de toute thérapie, bien que le praticien n'ait pas toujours l'intention de l'y intégrer. En revanche, une directive paradoxale est délibérément donnée et se définit par le fait qu'« à un niveau d'abstraction différent elle est nuancée par une autre de façon contradictoire » (Madanes, 1981, p. 7). Les thérapeutes stratégiques ont recours à trois types de directives paradoxales. Deux sont empruntés à Erickson : l'un consiste à prescrire le symptôme (Haley, 1973), l'autre à susciter de la résistance à une amélioration (1976). Le troisième, qui consiste à faire semblant (Madanes, 1981), a été développé par Cloé Madanes.

Pour ce qui est de susciter de la résistance à une amélioration, le thérapeute demande aux clients de s'empêcher de changer, alors que prescrire le symptôme consiste à leur demander de continuer à avoir le symptôme qu'ils se sont engagés, avec le thérapeute, à changer. « Ces tâches, écrit Haley, peuvent sembler paradoxales aux membres de la famille car le thérapeute qui leur a dit vouloir les aider à changer leur demande en même temps de ne pas changer » (1976). Ces deux directives ont cependant pour objectif qu'en réaction à cette demande du thérapeute les clients résistent en changeant d'une façon qui résout le problème présenté.

Contrairement à ces deux types d'interventions qui doivent provoquer la résistance des clients, faire semblant exige qu'ils acceptent la directive du thérapeute (Madanes, 1981). Dans ce cas, il leur est demandé de jouer à faire semblant d'avoir des symptômes. Il s'agit donc ici, essentiellement, de les amener à contrôler des comportements qui sont en même temps définis comme incontrôlables. C'est l'aspect ludique inhérent à ce type de paradoxes et le fait qu'il n'implique pas de confrontation avec le client qui le différencient vraiment d'autres – celui défini par Mara Selvini-Palazzoli, par exemple, qui consiste à prescrire les règles du système (1978). Les directives qui invitent les clients à faire semblant offrent un vaste champ d'application et se révèlent particulièrement utiles pour les cas d'enfants présentant des problèmes qui sont en fait la métaphore des problèmes de – ou entre – certains adultes de leur entourage (Madanes, 1981). Dans un tel contexte, un parent peut, par exemple, recevoir l'instruction de demander à son enfant de faire semblant de l'aider (Madanes, 1981). Une directive de ce type est donnée quand il s'agit de modifier les efforts d'un enfant pour protéger ses parents au moyen d'un comportement symptomatique. Le thérapeute demande alors aux parents d'adopter ouvertement une position d'infériorité à l'égard de leur enfant, l'objectif étant de faire en sorte que « les parents et l'enfant résistent ensemble à cette organisation hiérarchique inappropriée, et que la famille se réorganise finalement pour redonner aux parents une position normale, c'est-à-dire supérieure » (Madanes, 1981, p. 77).

Les exigences de coopération dans une thérapie directive.
La *connaissance* du problème et du contexte, la *sympathie*, la *compétence* et l'*empathie* sont autant d'éléments qui contribuent à instaurer une relation de coopération entre le thérapeute et ses clients. Sur ce plan, la thérapie stratégique est la plus exigeante – à tel point que si l'un des critères nommés ci-dessus fait défaut, la thérapie devient beaucoup plus difficile et les chances de réussite diminuent.

La *connaissance du problème et du contexte* renvoie à une situation où le thérapeute et les clients ont le sentiment que le thérapeute connaît aussi bien le problème que le contexte dans lequel il surgit.

La *sympathie* est également un concept important. Il faut que les clients croient que le thérapeute les aime bien. En thérapie, le thérapeute se considère comme responsable du fait de bien aimer ses clients ; c'est son devoir d'organiser un entretien de façon à rendre les clients intéressants et sympathiques, et cela implique souvent de trouver des intérêts communs avec eux. Quand un thérapeute n'a pas de sympathie pour son client, son jugement de clinicien peut s'en trouver diminué. Cela ne signifie toutefois pas que la thérapie ne puisse réussir, mais elle en devient sans doute beaucoup plus difficile.

La *compétence* est nécessaire en cela que non seulement le thérapeute doit penser qu'il sait ce qu'il fait, mais aussi que les clients doivent en être convaincus. Il appartient donc au thérapeute de se comporter d'une façon qui inspire confiance et, pour paraphraser Oscar Wilde, d'éviter surtout de les offenser involontairement. L'exemple d'une famille traditionnelle chinoise de Taïwan illustre bien cela : le thérapeute peut bloquer toute coopération si, dans sa façon de poser des questions, il ne respecte pas le rang hiérarchique des parents.

L'*empathie*, qu'il ne faut pas confondre avec la pitié, est un point auquel on parvient dans la relation thérapeutique quand le client sent que le thérapeute sait ce que cela fait d'être dans la situation difficile où il se trouve. Comme un client de l'institut l'a remarqué, l'empathie est un état de compassion, alors que la pitié tient plutôt de la condescendance. Bien que les thérapeutes stratégiques ne pensent pas que l'expression d'une certaine empathie de la part du clinicien provoque le changement (Haley, 1963 et 1976), ils considèrent néanmoins cet élément comme le plus important pour le développement d'une relation de coopération. Et la principale raison de l'échec des thérapeutes est celui de leur tentative d'établir une relation de ce type. Haley insiste sur le caractère essentiel de la confiance dans le mode d'approche stratégique (1973) : quand la relation n'est pas assez solide, les paroles du thérapeute tombent pour ainsi dire dans l'oreille d'un sourd.

Le choix des interventions

Dans *Sex, Love and Violence*, Madanes propose un important cadre perceptuel pour le choix des interventions. Sa démarche consiste à présenter les dilemmes humains qu'il s'agit de traiter en thérapie comme une lutte entre amour et violence. Sa définition de cette lutte fait apparaître, dans l'interaction familiale (qui est toujours métaphorique), quatre dimensions : la domination et le contrôle, le désir d'être aimé, l'amour et la protection, enfin le repentir et le pardon.

La première dimension se caractérise par la lutte des clients pour parvenir à se dominer et se contrôler les uns les autres, souvent par l'intimidation et l'exploitation. Les problèmes de délinquance, de violence et les comportements incongrus sont souvent associés à cette dimension. Dans ce contexte, la thérapie est orientée afin d'obtenir une redistribution du pouvoir entre les membres de la famille « de façon à ce que la protection et la bienveillance prévalent, au lieu des comportements punitifs » (Madanes, 1990, p. 17).

Dans la deuxième dimension, la métaphore du problème est le désir d'être aimé, et les problèmes caractéristiques sont les troubles de l'alimentation, certains symptômes psychosomatiques, les phobies, certains types de dépression et l'angoisse. Quant aux interactions des membres de la famille, elles impliquent souvent des demandes excessives, des rivalités, la discrimination et une attitude critique. Sur le plan de la communication, ce sont les expressions de la douleur, des conflits intérieurs, voire du vide qui prévalent ; un autre aspect caractéristique de cette dimension est que lorsqu'un membre est bouleversé, un autre tombe malade. L'orientation de la thérapie tend à amener les membres de la famille à exprimer ouvertement leurs symptômes, avec, pour objectif, un changement de la fonction métaphorique des symptômes.

Au centre de la troisième dimension, il y a la tentative d'aimer et de protéger les autres membres importants de la famille. L'indiscrétion, la possessivité, différentes formes de domination et certains actes de violence font partie des problèmes présentés en thérapie – l'amour ou la jalousie étant souvent invoqués pour justifier la violence. Les obsessions, les tendances suicidaires, les abus et la négligence sont aussi caractéristiques de ce contexte. On remarque parfois une rivalité pour les rôles du « plus coupable » et du « plus digne d'amour » (Madanes, 1990, p. 33). L'intervention du thérapeute vise en général à renverser le phénomène d'exclusion, à changer la façon dont les membres de la famille tentent de s'aider les uns les autres, ainsi que le rôle de chacun, et enfin à introduire des métaphores d'amour.

Enfin, pour ce qui concerne la quatrième dimension, la principale question entre les membres de la famille est celle du repentir et du pardon. La thérapie consiste fréquemment, dans ce contexte, à traiter des problèmes de violence sexuelle et d'actes sadiques. Certaines familles, caractérisées par la réserve, ainsi que par des manifestations extrêmes sur le plan de la fusion et de la distance interpersonnelle, montrent un mode d'expression inapproprié de l'empathie et de la conscience. Les interventions insistent sur la responsabilité personnelle, la réalité, le dépassement de la réserve et l'éclatement des coalitions inadéquates, avec pour objectif de donner accès à des niveaux plus élevés de compassion et de spiritualité.

En rapport avec les quatre dimensions caractéristiques du continuum de l'amour-violence, nous présentons ci-dessous un certain nombre d'interventions dont le regroupement suggère qu'elles constituent, en général seulement, les principaux aspects sur lesquels le thérapeute se concentre. Certaines stratégies, comme la correction de l'organisation hiérarchique – bien que plus ou moins présentes dans toutes les interventions –, se trouvent figurer dans une seule catégorie à cause de l'importance qui est la leur dans une dimension donnée. La cinquième catégorie comprend des interventions d'un type trop général pour pouvoir entrer dans une dimension particulière.

I. *La domination et le contrôle.*

1. Correction de l'organisation hiérarchique (Minuchin, 1974 ; Haley, 1976 ; Madanes, 1981).
2. Négociations et contrats (Minuchin, 1974 ; Haley, 1976, Madanes, 1981).
3. Changement des bénéfices (Madanes, 1981 et 1984).
4. Rituels (Haley, 1973 ; Madanes, 1981 ; Haley, 1984).
5. Épreuves (Haley, 1973 et 1984).
6. Résistance paradoxale à l'amélioration (Haley, 1973 et 1976).
7. Contrats paradoxaux (Haley, 1973 ; Madanes, 1981).
8. Prescription du problème présenté, avec une petite modification au niveau du contexte (Haley, 1973 ; Madanes, 1981 et 1984).

II. *Le désir d'être aimé.*

9. Changer le rôle d'un parent (Minuchin, 1974 ; Haley, 1976 et 1980).
10. Changer des souvenirs (Haley, 1973 ; Madanes, 1984 et 1990).
11. Prescrire le symptôme (Haley, 1973, 1976 et 1980).
12. Prescrire de faire semblant d'avoir tel symptôme (Madanes, 1981).
13. Prescrire un acte symbolique (Madanes, 1981).
14. Demander aux parents de prescrire le problème pré-

senté ou la représentation symbolique de celui-ci (Madanes, 1981).

15. Prescrire de faire semblant sur le plan de la fonction du symptôme (Madanes, 1981).
16. Renforcer ou affaiblir des relations (Minuchin, 1974 ; Haley, 1976 ; Madanes, 1981).
17. L'illusion d'être seul au monde (Madanes, 1984).

III. *L'amour et la protection.*

18. Réunir les membres de la famille (Minuchin, 1974 ; Haley, 1976 ; Madanes, 1981).
19. Changer qui aide qui (Madanes, 1981).
20. Donner aux enfants le pouvoir d'aider de façon appropriée (Madanes, 1981).
21. Orienter vers – ou projeter dans – le futur (Haley, 1973 et 1976 ; Madanes, 1981).
22. Prescrire un renversement dans la hiérarchie familiale (Madanes, 1981 et 1984).
23. Prescrire qui aura le problème présenté (Madanes, 1984).

IV. *Le repentir et le pardon.*

24. Se repentir et réparer (Madanes, 1990).
25. Recadrer (Haley, 1973 et 1976 ; Madanes, 1981).
26. Créer un environnement positif (Madanes, 1981 et 1984).
27. Trouver des protecteurs (Madanes, 1990).
28. Provoquer la compassion (Madanes, 1990).

V. *Les stratégies généralement appliquées.*

29. L'illusion qu'il n'y a pas d'alternative (Haley, 1973 ; Madanes, 1981 et 1984).
30. Demander au client de proposer une solution (Haley, 1973 et 1976).
31. Répéter les propres stratégies du client qui ont précédemment réussi (Haley, 1973 et 1976).

Le traitement des violences sexuelles

Depuis les années soixante-dix, le problème des violences corporelles et sexuelles sont un des centres d'intérêt du domaine de la thérapie stratégique (Haley, 1973, 1976 et 1980 ; Madanes, 1981 et 1984, Stanton, Todd *et al.*, 1982). Dans les années quatre-vingt, Madanes, concentrée sur le problème des abus sexuels, développe une approche spécialisée consistant, dans le cadre familial, à aider les agresseurs à reconnaître leur responsabilité, à exprimer de la peine et à se repentir de leurs actes. On trouve dans *Sex, Love and Violence*, 1990, la description d'un processus en seize étapes pour le traitement des agresseurs et des victimes. Depuis la mise en place, il y a plus de six ans, d'un programme spécialisé pour des adolescents coupables de violences sexuelles, le groupe de Madanes a traité plus d'une centaine d'agresseurs et n'a constaté qu'un seul cas de récidive. Ce mode d'approche particulier est impressionnant, non pas à cause des résultats obtenus, mais parce qu'il permet le traitement simultané des agresseurs et de leurs victimes (quand ils font partie de la même famille) par un seul thérapeute ; d'où une réduction considérable des coûts et de la complexité qu'implique le traitement de ce type de population. Madanes accorde une importance particulière au fait de traiter les agresseurs au sein de leur famille afin de limiter les cas de placement dans des établissements spécialisés et la dislocation des familles.

La déontologie

1. En thérapie stratégique, la première règle est d'appliquer l'ancienne maxime médicale qui recommande avant tout de « ne pas faire de mal ». La thérapie ne doit donc nuire ni aux clients, ni à la société, ni aux thérapeutes. Une des lignes directrices auxquelles Haley conseille de se tenir est qu'un thérapeute ne devrait mettre en œuvre que des procédures dont il est lui-même prêt à faire l'expérience ou dont ses enfants pourraient, à ses yeux, faire l'expérience sans dom-

mages. Il ne peut donc en aucun cas entreprendre quoi que ce soit de préjudiciable, d'immoral, ou d'illégal, même dans le cadre d'une intervention paradoxale (Haley, 1989). Enfin, ne pas faire de mal, c'est aussi éviter de ne pas poser de diagnostic dommageable.

2. Dans sa pratique, le thérapeute doit se montrer compétent et accepter la responsabilité de provoquer des changements en thérapie. Ne pas l'accepter conduit à rejeter la responsabilité d'un échec thérapeutique sur les clients et, de ce fait, à les traiter avec condescendance ; une telle attitude a aussi pour conséquence de limiter les efforts du thérapeute et de perpétuer les schémas de condamnation qui font partie de la pathologie de l'environnement social du client.

3. Le thérapeute doit se rendre compte de l'influence considérable qu'il exerce. Aussi vaut-il mieux, pour la sécurité de ses clients, qu'il pense en avoir trop que pas assez. Contrairement à un conférencier qui se trouve face à un public relativement libre d'accepter ou de rejeter ses idées, un thérapeute est responsable des effets, voulus ou non, de son influence directe et indirecte sur les clients et leur système social. Un client en thérapie se trouve dans une position de très grande vulnérabilité, comparable à celle d'un sujet sous hypnose, dont on ne doit pas profiter.

4. Le respect des clients est une autre donnée essentielle du processus thérapeutique. Du fait de l'influence qu'ils exercent, les thérapeutes doivent se montrer particulièrement attentifs au fait qu'ils peuvent, par inadvertance, offenser leurs clients. La supervision en direct permet de les former à remarquer quand cela se produit.

5. Pour ce qui est de modifier la vision du monde des clients, le thérapeute doit se limiter à un minimum afin de respecter au maximum leurs propres points de vue. Sur ce plan, c'est le problème présenté, que le thérapeute s'est engagé à changer, qui délimite son champ d'intervention. Il ne s'agit donc pas de confondre thérapie et prise de conscience, ici définie comme le fait d'influencer un client sur des questions non directement liées au problème. Par exemple, l'idéologie fasciste d'un M. Dupont pourra être prise en compte dans le traitement si le problème présenté est la violence de son fils ; en revanche, on ne s'occupera pas nécessairement de l'idéologie de ce monsieur s'il vient

demander qu'on l'aide à faire le deuil de sa mère décédée à l'âge de quatre-vingts ans.

Adopter un point de vue minimaliste à l'égard du changement, c'est aussi reconnaître que la construction de la réalité du thérapeute n'est en général pas plus valable que celle des clients (Haley, 1973 ; Watzlawick, 1984). S'il est, par exemple, utile à un thérapeute de voir les problèmes en termes de hiérarchie et de séquence, il serait sans doute très fâcheux que les clients en fassent autant. Différentes constructions de la réalité peuvent être simultanément valables en fonction du rôle de chacune des parties engagées (Watzlawick, 1984).

6. Pour ce qui concerne le recours aux directives données ouvertement ou indirectement, il est important que les thérapeutes restent attentifs à leurs avantages et à leurs inconvénients. Comme nous l'avons vu plus haut, quand l'instruction est donnée directement, l'influence du thérapeute est évidente et clairement identifiable par le client, et la dépendance à l'égard du thérapeute est plus probable du fait que les clients lui attribuent parfois la responsabilité du changement au lieu de se l'attribuer à eux-mêmes. Néanmoins, le client peut examiner l'intention et l'influence de ce type de directives, qui, de ce fait, est moins susceptible de mener à des abus. En revanche, pour ce qui concerne les instructions données indirectement, le client ne perçoit pas clairement – parfois même pas du tout – l'influence du thérapeute et, du fait qu'il ne peut facilement les examiner, devient davantage vulnérable à des interventions inadéquates. Ce type de directives présente toutefois des avantages importants : il renforce davantage la détermination des clients, ainsi que la confiance qu'ils peuvent avoir en eux-mêmes, et leur permet une intériorisation plus rapide du changement dont ils se sentent plus responsables que lorsqu'on leur donne des instructions directes. Au-delà des avantages et inconvénients qu'il s'agit de contrôler dans chaque cas, on peut dire d'une façon générale que les interventions indirectes exigent une plus grande habileté clinique.

7. Quand il s'agit de déterminer ce qui pourrait faire du mal aux clients et, au contraire, quelles sont les interventions souhaitables, le bon sens joue un rôle aussi important que la

théorie. Le thérapeute doit écouter son instinct et parler de ses doutes avec un superviseur avant d'agir.

8. Le thérapeute se doit d'employer l'intervention la plus digne, la moins indiscrète, la plus susceptible de donner des résultats dans un délai raisonnable.

9. Enfin, la thérapie ne doit pas être orientée vers la condamnation ni mener à des comportements irresponsables ou dangereux, ou encore à un renoncement à la responsabilité individuelle.

Conclusion

Pragmatique, non orthodoxe et sans crainte de la controverse, la thérapie stratégique exige des thérapeutes une pratique active, directive et habile. Aussi, loin d'avoir pour objectif de décrire l'univers du comportement humain, ce mode d'approche est spécifiquement conçu pour guider les thérapeutes dans leurs tentatives d'aider les clients de façon efficace et bienveillante.

Si, du fait de sa clarté et de son caractère pratique, la thérapie stratégique est un des modèles les plus simples à acquérir, il faut toutefois rappeler que deux ou trois ans de formation intensive sont nécessaires pour la maîtriser. Un thérapeute stratégique bien formé sait traiter la gamme entière des problèmes fondamentaux qui peuvent lui être présentés : la toxicomanie, les violences corporelles ou sexuelles, les psychoses, les problèmes conjugaux et multigénérationnels, les troubles psychosomatiques ou comportementaux chez des enfants et des adultes.

Le modèle stratégique dispose d'une trentaine de types d'interventions possibles, et apprendre à déterminer laquelle mettre en œuvre constitue la part la plus simple de la formation. Les trois premiers mois suffisent en effet pour acquérir les bases du diagnostic et de l'intervention stratégique. Mais il faut deux ou trois ans pour apprendre à entretenir une relation de coopération avec des clients susceptibles de présenter des problèmes et des contextes socioculturels très divers. Sur ce plan de la formation, la supervision en direct à travers un miroir sans tain et le recours à des vidéos de séances pendant la consultation sont essentiels ; les thérapeutes en formation ne se rendent souvent pas compte de certaines erreurs qui fragilisent leur relation de coopération avec le client.

Le nombre des thérapeutes qui se forment actuellement à cette approche est plus important que jamais et plusieurs tendances influencent aujourd'hui le développement de la thérapie familiale stratégique. Aux États-Unis, on insiste (pour diverses raisons) sur le fait que des différents instituts doivent sortir des thérapeutes prêts à travailler, et pas seulement à continuer leur formation.

Nous nous efforçons, plus que jamais, de former des thérapeutes stratégiques compétents, capables d'assurer leur rôle au sein d'une société moderne en lutte.

*
**

RÉFÉRENCES BIBLIOGRAPHIQUES

Bateson, G. (1951), « Information and Codification : A philosophical approach », *in* Ruesch, J. et Bateson, G. (éd.). *Communication : The Social Matrix of Psychiatry*, New York, Norton.
– (1972), *Steps toward an Ecology of Mind*, New York, Ballantine Books ; trad. fr. : *Vers une écologie de l'esprit*, Paris, Éd. du Seuil, 1980, 2 vol.
– (1979), *Mind and Nature*, New York, E.P. Dutton ; trad. fr. : *La Nature et la Pensée*, Paris, Éd. du Seuil, 1984.
– et Bateson, M.C. (1972), *Angels Fear*, New York, Macmillan Publishing Company.
–, Jackson, D.D., Haley, J. et Weakland, J.H. (1963), « A note on the double bind », *Family Process*, 2, p. 154-161.
Bateson, M.C. (1991), *Our Own Metaphor*, Washington, Smithsonian Institution Press.
Grove, D., et Haley, J. (1993), *Conversations on Therapy*, New York, Norton.
Haley, J. (1959), « The family of the schizophrenic : A model System », *J. Nerv. Ment. Dis.*, 129, p. 357-374.
– (1963), *Stratégies of Psychotherapy*, New York, Grune and Stratton Inc.

– (1973), *Uncommon Therapy : The Psychiatric Techniques of Milton Erickson, MD*, New York, Norton ; trad. fr. : *Un thérapeute hors du commun : Milton Erickson*, Paris, EPI, 1984.

– (1976), *Problem-Solving Therapy : New Strategies for Effective Family Therapy*, San Francisco, Jossey-Bass ; trad. fr. : *Nouvelles Stratégies en thérapie familiale : le problem-solving en psychothérapie familiale*, Paris, Presses universitaires de France, 1979.

– (1980), *Leaving Home : The Therapy of Disturbed Young People*, New York, McGraw-Hill ; trad. fr. : *Leaving Home : quand le jeune adulte quitte sa famille, psychopathologie et abord psychothérapeutique*, Paris, ESF, 1991.

– (1981), *Reflections on Therapy*, Chevy Chase, MD, The Family Therapy Institute of Washington DC.

– (1984), *Ordeal Therapy*, San Francisco, Jossey-Bass.

– (1986), *The Power Tactics of Jesus Christ*, seconde édition, Rockville, MD, Triangle Press.

– (1989), *Fifth Profession Ethics*, manuscrit non publié.

– et Weakland, J. (1987), *Remembering Bateson*, The Family Therapy Institute of Washington DC.

Hoffman, L. (1981), *Foundations of Family Therapy : A Conceptual Framework for Systems Change*, New York, Basic Books.

Jackson, D.D. (1967), « The myth of normality », *Medical Opinion and Review*, 3, p. 28-33.

Keim, I., Lentine, G., Keim, J., Madanes, C. (1988), « Strategies for changing the past », *Journal of Strategic and Systemic Therapies*, 6 (3), p. 2-17.

– (1990), « No more John Wayne : Strategies for changing the past », *in* Madanes (1990, p. 218-247).

Keim, J. (1993), *The Family Therapy Institute Training Handbook*, manuscrit non publié.

Madanes, C. (1980), « Protection, paradox and pretending », *Family Process*, 19, p. 73-85.

– (1981), *Strategic Family Therapy*, San Francisco, Jossey-Bass ; trad. fr. : *Stratégies en thérapie familiale*, Paris, ESF, 1991.

– (1984), *Behind the One-Way Mirror*, San Francisco, Jossey-Bass ; trad. fr. : *Derrière la glace sans tain*, Paris, ESF, 1988.

– (1990), *Sex, Love and Violence : Strategies for Transformation*, New York, Norton.

Minuchin, S. (1967), « Family structure, family language and the puzzled therapist », *in* O. Pollak (éd.), *Family Theory and Family Therapy of Female Sexual Delinquency*, Palo Alto, Science and Behavior Books.

– (1974), *Families and Family Therapy*, Cambridge, Massachusetts, Harvard University Press ; trad. fr. : *Familles en thérapie*, Paris, Jean-Pierre Delarge, 1979.

– (1984), *Family Kaleidoscope*, Cambridge, Massachusetts, Harvard University Press.

– (1993), *Key Note Address at the Family Therapy Network Symposium*.

Ruesch, J., et Bateson, G. (1951), *Communication : The Social Matrix of Psychiatry*, New York, Norton.

Selvini Palazzoli, M., Boscolo, L., Cecchin, G., Prata, G. (1978), *Paradox and Counterparadox*, New York, Jason Aronson Inc. (éd. originale 1975) ; trad. fr. : *Paradoxe et Contre-paradoxe*, Paris, ESF, 1978.

Sojit Madanes, C. (1969), « Dyadic interaction in a double bind situation », *Family Process*, 8, p. 235-259.

– (1971), « The double bind hypothesis and the parents of schizophrenics », *Family Process*, 10, p. 53-74.

Spector, R. (1993), communication personnelle.

Stanton, D., Todd, T., *et al.* (1982), *The Family Therapy of Drug Abuse and Addiction*, New York, Guilford.

Watzlawick, P. (1984), *The Invented Reality*, New York, W.W. Norton ; trad. fr. : *L'Invention de la réalité*, Paris, Éd. du Seuil, 1988.

–, Beavin, J., Jackson, D. (1967), *The Pragmatics of Human Communication*, New York, W.W. Norton, trad. fr. : *Une logique de la communication*, Paris, Éd. du Seuil, 1972.

–, Weakland, J., Fisch, R. (1974), *Change : Principles of Problem Formation and Problem Resolution*, New York, W.W. Norton ; trad. fr. : *Changements, paradoxes et psychothérapie*, Paris, Éd. du Seuil, 1975.

Weakland, J. (1960), « The double-bind hypothesis of schizophrenia and three-party interaction », *in* Jackson, D.D. (éd.), *The Etiology of Schizophrenia*, New York, Basic Books.

–, Fisch, R., Watzlawick, P., Bodin, A. (1974), « Brief therapy : Focused problem resolution », *Family Process*, 13, p. 141-168.

Mara Selvini Palazzoli *

Survol d'une recherche
clinique fidèle à son objet

Le passé

J'ai déjà expliqué comment je suis devenue thérapeute familiale en 1979, lors de la *Seventh Don Jackson Memorial Conference*. Les organisateurs de ce colloque, qui se tient toujours à San Francisco, avaient invité tous les orateurs à s'exprimer sur ce point et je leur ai répondu en toute franchise.

Après mon doctorat en médecine à l'université de Milan, pendant ma spécialisation en médecine interne, j'avais rencontré à l'hôpital des patientes anorexiques (des « hypophysaires », comme on disait alors !) dont les cas mystérieux m'avaient tant fascinée que j'avais décidé de devenir également psychiatre et psychanalyste : voilà, ai-je expliqué, quelle avait été ma démarche initiale. Mais, au bout de dix-sept ans de pratique, la fascination avait cédé la place au désenchantement : la psychanalyse m'ayant déçue, je souhaitais trouver un instrument thérapeutique plus efficace. Si bien que je changeai radicalement d'orientation en 1967 : après avoir étudié en détail tout ce que les pionniers avaient déjà publié sur la thérapie familiale, et à la suite également d'un bref voyage aux États-Unis, je fondai à Milan le Centro per lo Studio della Famiglia, où vinrent bientôt me rejoindre les trois psychiatres-psychanalystes Luigi Boscolo, Gianfranco Cecchin et Giuliana Prata – ce fut ma première équipe.

* Mara Selvini Palazzoli est psychiatre et psychanalyste. Elle dirige le Nuovo Centro per lo Studio della Famiglia, à Milan, et a publié plusieurs ouvrages, dont *Paradoxe et Contre-paradoxe* (1975), en collaboration avec L. Boscolo, G. Cecchin et G. Prata, et *Les Jeux psychotiques dans la famille* (1987), en collaboration avec S. Cirillo, M. Selvini et A.M. Sorrentino.

Ensemble, nous convînmes d'adopter le modèle systémique dans notre travail clinique, en l'entendant et en l'appliquant à la façon des « systémiciens puristes » : notre approche de la famille et nos interventions visaient la famille conçue comme système, notre but étant de changer l'organisation relationnelle dudit système. Notre clientèle fut d'emblée très variée car, outre de nombreuses familles comprenant des jeunes filles anorexiques, nous eûmes également l'occasion de traiter des familles incluant des enfants ou adolescents psychotiques ; ces patients, quoique très difficiles à appréhender et présentant un besoin d'aide très important – la fermeture de tous les hôpitaux psychiatriques de notre pays venait en effet d'être décrétée par les législateurs italiens –, étaient tout à fait passionnants à étudier.

En 1975, notre livre *Paradoxe et Contre-paradoxe* rapporta les premiers résultats de notre travail avec ces familles « psychotiques », tout en décrivant les méthodes thérapeutiques que nous avions inventées pendant cette première phase d'apprentissage de la pensée et de l'intervention systémiques : *a*) la connotation positive du comportement de chaque membre de la famille ; *b*) les rituels familiaux ; *c*) la règle du long intervalle entre les séances ; *d*) le recadrage paradoxal du jeu familial en cours. Ces quatre méthodes pouvant recevoir des définitions brèves mais exhaustives, je vais essayer de les décrire en quelques mots.

La *connotation positive* correspondait pour nous à un principe thérapeutique fondamental : nous prescrivions leurs symptômes aux patients et nous ne pouvions donc prescrire ce que nous avions auparavant critiqué. Non seulement, en effet, nous nous abstenions de connoter négativement le symptôme du patient, mais nous agissions de même par rapport à tous les autres comportements familiaux ou parentaux : car connoter positivement le symptôme du patient et négativement certains comportements des autres membres de la famille serait revenu à tracer une ligne de démarcation entre les membres du système familial. Bref, notre premier acte thérapeutique, que nous appelions « connotation positive », visait à :

1. Mettre tous les membres de la famille sur le même plan, dans la mesure où ils sont complémentaires par rapport au

système. Éviter de tracer arbitrairement des lignes de démarcation entre les uns et les autres, et donc ne jamais les connoter en termes moralistes (c'est-à-dire comme « bons » ou « mauvais »).

2. Accéder au système et y être admis comme membres à part entière, grâce à notre reconnaissance de sa tendance prépondérante à l'homéostasie.

3. Connoter positivement la tendance homéostatique pour introduire paradoxalement la capacité de transformation.

4. Définir clairement la relation dans le rapport famille/thérapeutes.

5. Définir le contexte comme thérapeutique.

La méthode dite des *rituels familiaux* consistait, d'un point de vue formel, à prescrire une série d'actions, en général associées à des expressions verbales, auxquelles tous les membres de la famille étaient tenus de participer. Ces prescriptions visaient à résoudre un problème essentiel à savoir : comment changer les règles du jeu sans recourir ni à l'explication ni à la critique (ce qui équivaut, pour le thérapeute, à se ranger du côté de ce changement si redouté). Du fait même qu'ils étaient proposés sur un registre d'action, ces rituels familiaux s'apparentaient beaucoup plus à un code analogique qu'à un code digital : on pourrait les définir comme la prescription ritualisée d'un jeu qui, précisément parce qu'il interdisait tout commentaire verbal sur les normes qui perpétuaient les jeux en cours, permettait que des normes nouvelles se substituent tacitement aux précédentes.

Le *long intervalle entre les séances* découlait d'une constatation expérimentale : nous avions observé que les effets éventuels de changement que nos interventions pouvaient susciter dans le groupe familial étaient beaucoup plus tangibles si les séances étaient séparées par un laps de temps assez important (de l'ordre d'un mois).

La technique du *recadrage paradoxal du jeu familial en cours* était généralement employée par le thérapeute en conclusion de la séance. Ce recadrage, fondé sur une interprétation globalement positive du jeu familial qui prescrivait à chaque membre de la famille de persister dans son comportement, débouchait implicitement sur la question paradoxale : mais pourquoi cette cohésion du groupe familial, définie par les thérapeutes comme bonne et souhaitable, ne pouvait-elle donc être obtenue qu'aux dépens du « patient » désigné ?

Ces quatre méthodes eurent parfois des effets stupéfiants – immédiats dans certains cas ; mais nous enregistrâmes aussi des échecs fréquents, ainsi que des rechutes après un succès apparent. Nous souhaitâmes donc être mieux récompensés de nos efforts : l'équipe que nous formions devait découvrir, pour chaque famille et très rapidement, le jeu interactionnel qui était en train de se déployer (ce que nous appelons, en usant d'une métaphore, le *jeu familial*), et même ceux qui n'ont pas l'expérience directe de ce genre de situations peuvent imaginer à quel point c'était là une tâche ardue.

En conséquence, nous tentâmes, entre 1975 et 1979, d'améliorer nos résultats en travaillant sur le problème de la demande d'informations : nous élaborâmes des procédures qui nous permirent d'obtenir un plus grand nombre de renseignements utiles pendant les séances, notamment en ce qui concerne l'aspect relationnel. Les fruits de nos réflexions, pour ce qui est de ces années, ont été résumés dans notre article « Hypothétisation, circularité, neutralité » (1982*a*).

Au terme de cette période, notre équipe se scinda. Luigi Boscolo et Gianfranco Cecchin estimèrent qu'ils en savaient assez pour ouvrir à Milan un centre de formation pour les thérapeutes familiaux et jouer le rôle de *clerici vagantes* dans les nombreux ateliers où ils furent désormais conviés. Mais Giuliana Prata et moi-même restâmes fidèles à notre vocation initiale : nous continuâmes à étudier les milieux familiaux par l'entremise de la psychothérapie.

Puis, en mai 1979, nous fîmes une découverte capitale : alors que nous travaillions avec une famille très difficile, nous inventâmes une prescription qui se révéla extraordinairement puissante. La patiente de cette famille se nommait Marie : âgée de vingt et un ans, elle était l'aînée de trois sœurs et était devenue anorexique à seize ans, puis avait développé des conduites psychotiques et suicidaires. J'étais la thérapeute directe, Prata assumait la fonction de superviseuse, et nous ne parvenions ni l'une ni l'autre à comprendre le jeu de cette famille. Tout était confus, à l'exception d'un point : il était clair que les trois filles se mêlaient exagérément des affaires de leurs parents. Renonçant temporairement à percer à jour le jeu spécifique de cette famille, nous nous fixâmes pour tâche de réussir à interrompre la tyrannie que ces filles exerçaient sur leur père et leur mère et tentâmes d'y parvenir au moyen d'une intervention qui produisit des résultats inespérés en dépit de son caractère totalement improvisé.

Ayant recommandé aux parents de se rendre seuls au rendez-vous suivant, nous leur demandâmes d'abord au cours de cet entretien de déclarer à leurs filles qu'ils s'étaient engagés auprès de la thérapeute à garder le secret absolu sur le contenu des séances auxquelles ils participeraient sans elles, après quoi nous leur prescrivîmes de « disparaître » : le couple devait quitter la maison pendant des périodes de plus en plus longues, sans fournir aucune explication ni avant ni après son retour – il devait uniquement signaler ses absences par un message laconique, rédigé à la main sur un bout de papier. (Par exemple : « Ce soir, nous ne serons pas là. Nous rentrerons vers minuit. ») Et nous leur conseillâmes en outre de noter soigneusement dans un petit cahier tous les comportements des membres de la famille qu'ils pourraient mettre en relation avec leur respect du secret ou avec leurs disparitions.

Ces parents s'acquittèrent scrupuleusement de la série de tâches prescrites et les effets furent tout à fait remarquables : Marie renonça à ses comportements autodestructeurs et l'ambiance familiale changea du tout au tout. Trois ans après ces séances, la patiente continuait à très bien se porter : elle avait obtenu son diplôme d'infirmière, travaillait, était devenue championne régionale de marche à pied et avait épousé son entraîneur.

Ce succès nous stupéfia et nous adoptâmes donc la même approche face à d'autres familles : là encore, nous enregistrâmes des résultats positifs. Encouragées par ces réussites successives, nous lançâmes un programme de recherches expérimental : nous décidâmes que, chaque fois que des familles incluant un enfant psychotique (ou atteint d'un trouble mental grave) se rendraient dans notre centre pour demander notre aide, nous leur donnerions désormais cette même *série de prescriptions invariable*. Et cette stratégie, que nous appliquâmes durant sept ans, modifia totalement notre regard clinique en nous faisant découvrir un phénomène inattendu : il nous apparut, tout à la fois, que nous avions jusque-là toujours fait la même chose en croyant faire des choses différentes et que, depuis que nous nous appliquions au contraire à faire exactement la même chose d'un rendez-vous à l'autre, nous réussissions en réalité à faire des choses extrêmement différentes. Car nos prescriptions, identiques d'une séance à l'autre, provoquaient chaque fois des réponses et des réactions distinctes, spécifiques et révélatrices. A travers les réactions effectives qu'elles induisirent, ces prescriptions invariables nous fournirent des informations inestimables sur les aspects les plus cachés de l'organisation relationnelle des familles qui venaient nous consulter et l'histoire secrète de cette organisation. Peu à peu, année après année, toutes ces données – qui correspondaient à autant de faits observés – purent être réunies, évaluées et classifiées : nous apprîmes ainsi à affirmer nos prévisions en jaugeant mieux les capacités de changement de chaque famille.

En résumé, l'emploi régulier de notre série invariable de prescriptions nous permit :

a) de *comparer* les réactions différentes que notre série de prescriptions provoquait chez les divers membres du groupe familial ;

b) de repérer, puis de prévoir, les réactions et les phénomènes *récurrents* qui caractérisaient telle ou telle famille ;

c) de *redécouvrir les individus* avec leurs besoins et leurs buts personnels, ce qui nous força à abandonner les assertions vagues et généralisantes qui étaient jusque-là inhérentes à notre strict « respect » des règles systémiques, pour les remplacer par des formulations plus spécifiques.

Concernant ces phénomènes relationnels récurrents, nous avons nommé les deux plus importants « imbroglio des affections », et « instigation ». Le premier de ces termes renvoie au rapport pseudo-privilégié qu'un des parents a entretenu avec le futur patient durant l'enfance de ce dernier : le privilège, ici, n'est pas authentique, mais instrumental – il constitue une tactique qui s'inscrit dans un certain jeu, dirigé contre le conjoint. Quant à la notion d'instigation, elle décrit pour nous ces situations où l'un des parents se pose (le plus souvent au niveau analogique) comme une victime silencieuse du comportement provocateur et tyrannique de l'autre parent. Ces phénomènes ont donc un aspect *transgénérationnel* : dans les deux cas, l'un des parents exécute une manœuvre *avec un enfant – le fils ou la fille – qui est inconsciemment utilisé contre l'autre conjoint.*

L'identification des modalités relationnelles pathogènes influa considérablement sur notre recherche clinique : elle accrut notre connaissance des schémas de relation qui se mettent peu à peu en place dans les familles comportant des patients psychotiques. En étudiant certains de ces processus pathogènes, nous découvrîmes par exemple l'existence de malaises intenses, persistants et occultés – ils étaient tantôt camouflés sous la volonté de la « paix à tout prix », tantôt dissimulés sous des querelles très banales – qui empoisonnaient déjà les relations du couple parental bien avant l'explosion des symptômes de l'enfant ; et nous pûmes ensuite reconstruire comment les couples impliqués, en appliquant des « solutions » qui aboutissaient en fait à nier le ou les problèmes sous-jacents, en étaient arrivés à structurer inconsciemment un certain type de jeu : nous inspirant des échecs, nous avons appelé cette stratégie « pat de couple ». Si ces jeux s'étaient limités aux parents, ils n'auraient pas porté à conséquence pour les enfants, mais tel, hélas, n'était pas le cas, car ces pats de couple, comme l'imbroglio des relations ou l'instigation, constituaient des manœuvres transgénérationnelles : les enfants avaient été tant impliqués dans ces jeux que leurs univers cognitif et affectif s'en étaient trouvés totalement envahis ; et, tôt ou tard, des événements spécifiques ou des comportements parentaux particuliers les avaient conduits à découvrir douloureusement que leur univers intérieur était bâti sur de fausses certitudes : de là, en règle générale, datait l'apparition des souffrances psychologiques.

Dès la fin de 1987, donc, nous pûmes tracer une esquisse assez complète de notre conception des processus familiaux pathogènes : nous la résumâmes dans le manuscrit de notre livre *Les Jeux psychotiques dans la famille*, que nous remîmes cette même année à notre éditeur, Cortina.

Nous étions convaincus, à la base, que les troubles mentaux aigus dont souffraient nos jeunes patients s'enracinaient dans les *déceptions* graves éprouvées par leurs parents. Mais ces désillusions parentales ne suffisaient pas, en tant que telles, à expliquer l'apparition de souffrances, puis de pathologies relationnelles à la génération suivante, car il est évident que des millions de parents éprouvent des sentiments similaires sans que leurs enfants souffrent pour autant de troubles psychotiques. Plusieurs autres éléments étaient nécessaires :

il fallait, tout d'abord, que le malaise croissant que ces déceptions suscitaient soit occulté – qu'il soit dissimulé derrière une façade de sérénité ou des querelles apparemment stupides ; puis que les parents, en structurant ce jeu destiné à masquer leur souffrance réelle, inventent des stratégies qui soient tout autant camouflées ou niées ; enfin, que leurs enfants participent à ces stratégies en fonction de la position qu'ils occupaient dans l'organisation relationnelle familiale et de leur prédisposition personnelle à accepter l'invitation à s'immiscer dans ce type de jeu.

A cette étape de notre recherche clinique, l'essence des processus familiaux pathogènes résidait donc pour nous dans : *a*) les tentatives réitérées des parents de camoufler un malaise latent ; *b*) la transgénérationnalité – tels étaient, à nos yeux, les deux éléments indispensables pour qu'un trouble mental grave apparaisse chez un enfant. Et ces longues années de réflexion sur la genèse des souffrances relationnelles psychotiques débouchèrent sur la construction d'un modèle triadique en six phases. Portant sur des processus interactifs et donc liés au temps, ce modèle doit être lu comme une carte fondamentalement dynamique, rythmée par des scansions temporelles :

Au *pat de couple* (*a*), défini plus haut, succède l'*engluement croissant* (*b*) de l'enfant dans le jeu des parents, lequel est lui-même suivi de ce que nous appelons le stade du *comportement inhabituel* (*c*) : au cours de cette troisième étape, le futur patient entre dans le jeu parental en développant des comportements actifs qui ne sont pas encore des symptômes – il paraît jouer un rôle en son nom propre, un peu comme s'il voulait renverser une situation établie. Puis commence le quatrième stade, où l'enfant est confronté à une *faillite totale* (*d*) : il a le sentiment de ne plus du tout être compris par le parent qu'il tenait jusque-là pour son allié et qui lui donne maintenant l'impression de le trahir en s'alliant à son conjoint. Dès lors que les objectifs de ces comportements inhabituels ne peuvent plus être atteints, c'est l'*explosion des symptômes psychotiques* (*e*), laquelle est encore suivie d'un sixième et dernier stade, celui des *stratégies fondées sur les symptômes* (*f*) : chaque membre de la famille, prévoyant que les symptômes persisteront, tente durant cette phase de profiter de cette persistance en élaborant une ou plusieurs stratégies différentes.

Le présent

Au mois de décembre 1982, je formai une nouvelle équipe thérapeutique avec les psychologues Stefano Cirillo, Anna Maria Sorrentino et Matteo Selvini. Nous décidâmes de maintenir l'emploi de la série invariable de prescriptions et l'étude des phénomènes récurrents provoqués par cette même série de prescriptions, tandis que Giuliana Prata se séparait de moi pour aller fonder son propre centre de thérapie et de recherches ; ce fut donc avec cette équipe que je rédigeai *Les Jeux psychotiques dans la famille* (1987) : ce livre, déjà évoqué, rendait compte de tout ce que nous avions réalisé jusqu'à cette date.

Notre petit groupe, durant les six années qui suivirent, resta fidèle à ce qui avait constitué notre vocation originelle – étudier les troubles mentaux graves des adolescents ou des jeunes adultes –, tout en adhérant à une philosophie thérapeutique qui privilégiait autant les critères d'ordre pragmatique ou éthique que la « recherche qualitative » et la capacité d'innovation : nous essayâmes humblement, sans oublier ni la complexité effroyable de l'objet de nos explorations, ni les limites tragiques de notre connaissance (risque inhérent à l'« institutionnalisation » de la thérapie familiale, mais aussi piège majeur de toutes les « écoles » qui forment à la pratique de ce type de thérapie), de substituer des techniques *ad hoc* aux procédés et dispositifs préconçus auxquels nous avions jusque-là eu recours.

La phase actuelle de notre travail clinique débuta en 1988. *Elle découlait de la nécessité de surmonter la limitation triadique qui était inhérente à notre modèle général, centré sur la triade père/mère/ enfant-patient :* car nous commençâmes à nous apercevoir que ce modèle non seulement était trop simpliste, mais ne pouvait expliquer qu'un nombre très restreint d'événements. Si bien que nous cessâmes d'utiliser la série invariable de prescriptions à partir de 1988 : nous nous efforçâmes, à la place, de surmonter cette limitation triadique en inventant des stratégies adaptées à ce nouvel objectif.

Nous dûmes, pour cela, infléchir notre investigation des processus familiaux en nous concentrant désormais sur les familles élargies des deux parents et sur le sous-groupe que constitue la fratrie. Et, contrairement à la phase précédente, où nous avions pour habitude de délivrer notre série invariable de prescriptions face aux seuls parents, nous adoptâmes un dispositif beaucoup plus souple : désormais, outre la famille nucléaire en tant que telle, nous fîmes aussi participer aux séances tel ou tel membre de la famille élargie s'il nous paraissait important, tout comme nous organisâmes parallèlement des entretiens tantôt collectifs, tantôt individuels, avec les membres du couple parental, les composantes de la fratrie et même le patient s'il acceptait de nous rencontrer séparément. Cette approche nous plaça dans une position beaucoup plus favorable pour étudier et comprendre de nombreux phénomènes : par exemple, en quoi la déception grave qu'un des conjoints avait éprouvée après le mariage avait sa raison d'être dans sa famille d'origine ; ou encore comment un frère apparemment affectueux et tout dévoué au patient pouvait aggraver les problèmes de ce dernier.

Je vais maintenant tenter d'expliquer, point par point, en quoi cet infléchissement de notre premier modèle théorique a modifié notre pratique.

Le pat de couple

C'est, sans aucun doute, le nœud le plus difficile à défaire, et notre présentation antérieure de ce phénomène était gravement limitative, en cela qu'elle se contentait de décrire une certaine modalité d'interaction : nous opposions un provocateur actif à un provocateur passif, un conjoint apparemment gagnant à un conjoint apparemment perdant, etc. Or notre travail, maintenant, se focalise plutôt sur les peurs et les besoins inexprimés de chaque conjoint, peurs et besoins que nous reconstruisons en explorant empathiquement les rapports (carences, frustrations, etc.) que chaque membre du couple entretient avec sa famille élargie. Bref, nous nous efforçons d'aller au-delà de la *description* du pat pour réussir à l'*expliquer en retraçant l'évolution (ou le « parcours ») des processus pathogènes sur trois générations :* nous essayons de cerner, autrement dit, les difficultés que chaque parent a vécues dans sa famille d'origine, afin de mieux comprendre, tout à la fois, les raisons qui l'ont poussé à choisir ce conjoint-là plutôt qu'un autre et l'origine de la déception qu'il a éprouvée après avoir fait ce choix – déception d'autant plus pénible qu'elle n'a été ni verbalisée ni admise.

De fait, ces investigations nous ont révélé que les parents de nos enfants ou adolescents psychotiques présentaient très fréquemment d'importantes anomalies de la personnalité qui tendaient à passer inaperçues au premier abord : ces adultes, qui étaient parfois des modèles de réussite dans leurs activités professionnelles ou culturelles, cachaient souvent, avec l'aide de leur famille, des failles diverses, se traduisant par des phobies, bizarreries, explosions agressives, actes suicidaires, etc.

Bien entendu, il ne suffit pas, dans cette perspective, de poser que le choix du partenaire est toujours inspiré par la recherche d'une satisfaction profonde : il faut comprendre, également, d'où viennent l'insatisfaction, la déception, la rancune. Sont-elles apparues parce qu'un besoin capital ne fut pas satisfait comme la personne l'escomptait ? Découlent-elles de la prise de conscience graduelle du prix trop élevé auquel la satisfaction a été payée ? Ou bien ont-elles été induites plutôt par quelque changement radical du rapport conjugal, tel celui qu'engendre toujours la naissance d'un enfant ? Ce sont là des questions qu'il importe chaque fois de creuser avec le plus grand soin.

La méconnaissance partagée de la réalité :
un obstacle majeur au traitement

Certaines difficultés auxquelles nous nous sommes heurtés en tentant de reconstruire la pathogenèse relationnelle des troubles mentaux graves des adolescents nous ont conduits récemment à identifier un autre phénomène récurrent qui compte parmi les plus grands obstacles à ce genre de reconstruction : je veux parler de ce mécanisme que nous avons nommé *méconnaissance (partagée) de la réalité*. Il nous fallut un temps considérable – là réside l'un des plus grands inconvénients de notre méthode d'investigation : sa lenteur est souvent exaspérante ! – pour comprendre que ce phénomène était récurrent, car nous nous étions longtemps laissés abuser par la diversité des situations où il se produisait : la méconnaissance pouvant concerner tel ou tel individu isolé, le couple au niveau conjugal ou parental ou les familles élargies, nous n'avions pas compris d'emblée qu'un même phénomène était à l'œuvre dans tous ces cas de figure et lui avions même donné des noms différents en fonction des divers contextes où nous l'avions rencontré – nous parlions de *difficulté radicale à se mettre en crise* quand cette méconnaissance prenait la forme d'une image de soi comme parent irréprochable, de *mythification* quand elle apparaissait au niveau des familles élargies, etc.

Concrètement, de telles méconnaissances de la réalité peuvent se traduire par la prévalence d'une image de soi irréprochable ou même extraordinaire par certains aspects, que l'un des parents transmet rigidement à ses enfants et qui le pousse à se défendre avec vigueur aussitôt qu'on le critique, en interdisant ainsi tout questionnement ou tout dialogue. Or ces mécanismes d'idéalisation sont très souvent étendus par les parents à leurs propres familles élargies (qu'ils n'admettent alors de critiquer que sur des points généraux qui « ne sont pas les vrais »), tout comme ils peuvent aussi conditionner certaines interactions entre conjoints : on peut les repérer, par exemple, dans ces « complicités » qui se révèlent si fréquemment au cours des entretiens de couple (souvent liées à une volonté de contrôle réciproque, elles diminuent peu à peu pendant les séances individuelles, pour disparaître finalement dès lors que le thérapeute a réussi à tisser des liens importants avec la personne concernée) ; ou, à l'inverse, même si le cas est plus rare, dans ces « descriptions démoniaques » où le mari ou l'épouse est perçu comme une sorte d'être diabolique à un niveau exclusivement implicite ou analogique, un peu comme si son conjoint lui attribuait des qualités ou des pouvoirs surhumains.

Que pensons-nous actuellement de ces méconnaissances de la réalité ? A notre avis, c'est le plus important des phénomènes récurrents qui se manifestent dans les familles incluant des enfants psychotiques : ces mécanismes jouent ici un rôle si spécifique qu'ils nous semblent pouvoir expliquer le choix psychotique de l'enfant – son choix du symptôme psychotique comme moyen de se détacher de la réalité, et donc de nier la réalité de sa souffrance... Dans ces familles en effet (maintes vidéocassettes en notre possession l'attestent), de telles méconnaissances ne se portent pas sur des vétilles, mais ont trait à des événements considérables qui supposent d'incroyables négations de la réalité : outre le pur et simple déni du réel qu'elles expriment, ces formes de méconnaissance sont souvent associées à ces attitudes que les Anglais nomment *disregard* « déni inconscient », *snubbing* « disqualification consciente », ainsi, parfois, qu'à des formes d'amnésie visant à éliminer tel ou tel souvenir déplaisant.

Il faut souligner aussi que ces méconnaissances sont souvent partagées par tous les membres de la fratrie... Un cas récent nous a particulièrement frappés : au cours d'une séance à laquelle nous l'avions priée de se rendre seule, une femme nommée Elda, sœur mariée d'un schizophrène chronique, s'acharna à nier le malaise conjugal profond de ses parents. Bien que nous ayons pu recueillir des preuves évidentes de leurs difficultés et vérifier que celles-ci étaient largement antérieures à la crise de son frère, elle s'obstina à répéter en secouant la tête : « Mais non, mais non... Ils ont toujours formé un couple lié par un amour parfait ! » Si bien que nous nous sentîmes confrontés à un problème incontournable : Elda était-elle une menteuse ? Mentait-elle de façon éhontée ?

En 1985, à New York, durant l'allocution que j'avais été invitée à prononcer au congrès de l'AAMFT pour présenter notre travail avec les familles psychotiques, j'employai le terme *brazen lies*, qui signifie « mensonges éhontés, sans pudeur », et donc conscients. Aujourd'hui, plus personne dans notre équipe ne se hasarderait à employer un tel vocable, mais cela ne signifie pas pour autant que nous avons réussi à comprendre ce phénomène si important dans toute sa complexité : nous en sommes bien loin et tout ce que l'on peut dire pour l'instant, c'est que l'hypothèse qui nous satisfait le plus est celle qui met l'accent sur le très grand prix que ces familles semblent attacher au *camouflage des souffrances relationnelles*. Ainsi, la mère d'un jeune schizophrène, une femme intelligente mariée depuis vingt-cinq ans à un homme qui avait toujours entretenu des liaisons de longue durée avec d'autres femmes (au point de former avec elles des ménages parallèles), n'avait jamais douté de la fidélité de son conjoint : ni ses absences répétées, ni ses coups de téléphone expéditifs ne l'avaient jamais alertée. Pour elle, cette méconnaissance de sa souffrance allait de pair avec l'image qu'elle se faisait du « couple parfait » : il lui fallait toujours camoufler cette souffrance, et tout ce qui n'allait pas dans le sens de ce camouflage devait être ignoré.

Bien entendu, l'étude de ce phénomène devra être poursuivie : c'est seulement en multipliant les expérimentations que nous pourrons vérifier la pertinence de nos hypothèses.

La reconnaissance de la réalité : le signe cardinal du changement thérapeutique

Les données précitées ne sont pas les seuls éléments permettant de penser que la méconnaissance de la réalité constitue un mécanisme pathogène fondamental : une série de contre-observations faites dans le cadre de traitements réussis – dans des situations, donc, qui sont comme le reflet inversé des cas précédemment évoqués – nous ancrent aussi dans cette conviction.

Il arrive, par exemple, que l'un des parents parvienne, dans le contexte du rapport thérapeutique, à reconnaître spontanément telle ou telle réalité (la sienne propre ou celle des autres) jusque-là occultée : on peut être certain alors qu'un changement thérapeutique s'est déjà produit en lui et que ce même changement ne tardera pas à se répercuter dans toute l'organisation familiale en raison des racines transgénérationnelles des symptômes de l'enfant-patient.

Pour me faire mieux comprendre, je vais résumer brièvement l'un des cas les plus difficiles que nous eûmes l'occasion de traiter, car il illustre comment certaines obstinations à nier des souffrances personnelles peuvent s'enraciner dans la méconnaissance de la réalité des générations précédentes. La famille à laquelle je fais allusion niait et camouflait tout, et nous avions vraiment tout tenté pour venir en aide au patient désigné, un schizophrène chronique âgé de vingt-quatre ans : nous avions essayé de travailler, tour à tour, avec la famille nucléaire sans le patient (car il refusait de se présenter à ces séances collectives), avec le couple parental, avec le sous-groupe des enfants auxquels le patient acceptait de se mêler, tout cela sans succès. Après avoir vainement proposé des entretiens individuels au patient (il ne se rendit qu'à quelques séances), puis au père (il refusa lui aussi ces rencontres, arguant qu'il voulait bien « aider son pauvre fils malade » mais ne ressentait pas le besoin d'un traitement personnel), nous nous tournâmes finalement vers la mère, presque en désespoir de cause, car nous avions toujours considéré que c'était elle, parmi tous les membres de la famille, qui était le moins susceptible de se mettre en question : à notre grande surprise, elle consentit à suivre un traitement individuel.

Cette femme, tout d'abord, raconta comment elle s'était convaincue que son mari était fou alors que les enfants étaient encore tout petits (Gilbert, le cadet et futur schizophrène, n'avait que trois ans). Elle était parvenue à cette terrible conclusion en observant certains comportements parfaitement absurdes et inexplicables que son époux avait eus à l'occasion d'un déménagement qui avait été pourtant décidé sur sa seule initiative : ne tolérant pas le changement qu'il avait lui-même concouru à provoquer, il avait imposé le retour immédiat à l'ancien domicile après des scènes épouvantables. Et voici ce qu'elle déclara spontanément à son thérapeute : « Aussitôt après que j'eus compris que j'avais épousé un fou et que je ne pouvais confier à personne cette effroyable découverte, je décidai de ne faire mine de rien... Je me suis astreinte à toujours paraître gaie et souriante et à ne jamais réagir à ses scènes, comme si tout avait été parfaitement normal. Et lui, le pauvre enfant, il m'imitait ! On l'entendait chanter dès le matin dans son lit avec sa petite voix, il était toujours gai, sympathique, comme si tout allait très bien. Je lui ai transmis un faux modèle et ce mensonge lui a fait beaucoup de mal... Je m'en aperçois maintenant ! » Quand elle entendit ces propos et mesura l'incroyable changement que cette révélation dénotait, l'équipe thérapeutique tressaillit de joie.

Le travail avec le sous-groupe des frères et des sœurs

Nous avons encore franchi un pas supplémentaire par rapport à notre modèle triadique père/mère/enfant-patient en décidant de travailler avec le sous-groupe des fils et des filles, c'est-à-dire avec les membres de la dernière génération[1] : depuis cinq ans, après un petit nombre de séances réunissant l'ensemble de la famille, nous rencontrons rapidement les membres de la fratrie. Cette procédure présente des avantages multiples, dont le plus important nous semble résider dans l'alliance qu'elle établit entre frères et sœurs : dans la mesure même où les méconnaissances de la réalité propres aux parents ou aux familles élargies sont toujours plus ou moins partagées par les enfants, ce type de séances unit la dernière génération en la faisant participer à un travail commun de démontage de ces méconnaissances familiales. Une telle collaboration, de surcroît, a l'avantage de placer les frères et sœurs dépourvus de symptômes dans une position qui leur interdit de se définir implicitement comme les « cothérapeutes du pauvre patient » ; car l'invitation, que nous lançons à tous ceux qui sont présents, à se libérer collectivement de certaines formes de méconnaissance (les idéalisations des parents ou grands-parents, etc.) met tout le monde sur le même plan, en indiquant que chacun partage les mêmes aberrations. Et nous profitons en outre de ce travail pour contrôler l'esquisse du processus pathogène que nous avons commencé à tracer pendant la première séance : nous apportons des modifications, ajoutons des détails, etc.

Bien souvent, nous parvenons, grâce à cette procédure, à sensibiliser les participants de ces séances aux souffrances du patient : nombreux sont les frères et sœurs qui ont ainsi pris conscience des responsabilités précises qu'ils avaient dans la genèse de ces souffrances. Nous avons, de la sorte, vu éclore des élans de solidarité qui dissolvaient les compétitions et les jalousies tout en incitant à sortir du jeu familial

---

1. Malheureusement, le terme anglais *siblings*, qui désigne l'ensemble des frères et des sœurs nés du même père et/ou de la même mère, n'a pas d'équivalent en italien ; en français, on peut dire « fratrie ».

– mouvement d'autant plus important que les rivalités, envies et rancunes opposant les composantes de la dernière génération peuvent être à l'origine de désordres psychiques très graves : leur maintien peut donc concourir à perpétuer la chronicité.

Ces investigations approfondies du sous-groupe des frères et sœurs constituent sans doute la part la plus novatrice et la plus vivante de notre travail.

Synthèse de l'évolution la plus récente de notre travail

A partir des années quatre-vingt-dix, notre modèle acéphale du processus familial pathogène que tend à induire le « pat de couple » a été pourvu d'une tête, ou d'un sommet, qui a réintégré les quatre dyades transgénérationnelles (c'est-à-dire les types de rapports que *chacun* des parents du patient avait établis avec *chacun* de ses propres parents) : nous avions négligé ces dyades pendant la longue période de notre rigide orthodoxie systémique. Et nous avons découvert par la suite à quel point cette réintégration était capitale : non seulement elle a donné un faîtage à notre modèle en six stades, mais elle nous a aidés à mieux comprendre les conséquences de certains phénomènes de « déplacement » – par exemple, les situations dans lesquelles une femme qui a refoulé (ou nié) une haine antérieurement nourrie contre sa mère reporte inconsciemment cette haine sur son fils ou sa fille, avec des effets catastrophiques.

Et deux événements culturels survenus au cours de l'actuelle décennie ont eu également un impact essentiel sur notre travail, bien que nos revues en aient fait écho trop tard pour que les orientations générales de la thérapie familiale s'en trouvent globalement modifiées.

On doit en premier lieu au génie de Bowlby d'avoir souligné que les attachements précoces de l'enfant exercent une influence fondamentale sur son évolution psychique : à la suite de ce grand théoricien, nombre de chercheurs ont montré en effet que les liens primordiaux que l'enfant noue avec sa mère (ou avec les personnes qui s'occupent de lui) se transformeront ultérieurement en un « *inner operational model* » qui déterminera les formes de ses futures relations à autrui (c'est-à-dire sa façon spécifique d'entrer en contact avec les autres en développant des attachements stables, anxieux, ambivalents, évitants ou désorganisés) ; si bien qu'il est désormais évident que les thérapeutes de la famille, notamment quand ils ont la charge d'enfants psychotiques, ne peuvent omettre d'enquêter sur ces *faits* (j'emploie ce terme délibérément, quand bien même les *constructionnistes narratifs* et les *constructivistes radicaux* le tiennent pour passé de mode).

Le deuxième de ces événements, qui n'est pas encore très connu, est tout récent : il a résidé dans la publication d'*Affect and Attachment in the Family. A Family-based Treatment of Major Psychiatric Disorders* (Basic Books, New York, 1994), ouvrage très précieux rédigé par Jery A. Doane et Diana Diamond. Ce texte m'a paru d'autant plus important que j'étais convaincue jusque-là que les recherches afférentes aux troubles mentaux majeurs étaient définitivement mortes et enterrées aux États-Unis – à ma connaissance, les thérapeutes familiaux américains n'avaient plus rien publié sur ce thème depuis belle lurette –, et j'ai donc obtenu de mon éditeur qu'il le fasse traduire immédiatement en italien (cette traduction paraîtra en octobre 1995). Ayant rejeté dès le début de leur carrière professionnelle l'orthodoxie systémique, qu'elles jugeaient inapplicable au traitement des familles incluant des enfants psychotiques, mais se référant tout de même à Bowen, Boszormenyi-Nagy, Framo et au premier Stierlin, J. A. Doane et D. Diamond se sont concentrées exclusivement sur la transmission de la souffrance dyadique à travers trois générations : grands-parents, parents, patient ; et elles ont le grand mérite de proposer dans ce livre des méthodes thérapeutiques claires, explicites et remarquablement détaillées qui me semblent accessibles à beaucoup de thérapeutes. Il me paraît très significatif que ces deux auteurs, en dépit des qualités de leur exposé, ne parlent à aucun moment du malaise réciproque des membres du couple parental ni de la manière dont le patient s'inscrit dans ce malaise : à mon sens, cette omission s'explique, d'une part, par la résistance énorme – parfois même insurmontable – que les parents opposent à toutes les tentatives de questionnement (si empathiques soient-elles) de leur déception mutuelle ;

d'autre part, par le danger qu'entraîne l'existence de la NAMI (National Alliance for Mentally III), association riche et puissante qui réunit maints parents de psychotiques (cette association a déclaré récemment que, si jamais un thérapeute essayait de se renseigner sur les liens éventuels qui pourraient exister entre le malaise réciproque de certains parents et la psychose de leur enfant, elle le poursuivrait en justice pour incompétence !). Quoi qu'il en soit, un chemin a été ouvert, et j'ose espérer qu'aux États-Unis, les thérapeutes familiaux qui sont confrontés à des troubles mentaux graves finiront un jour par regarder la *triade* comme un concept « politiquement correct ».

L'avenir

Il m'est apparu récemment qu'il m'était plus facile d'envisager l'avenir si je me plaçais en *métaposition* (c'est-à-dire en position autocritique) par rapport à mon travail. Cette idée m'a été suggérée par le thème d'une table ronde qui fut organisée en 1992 à Sorrente, à l'occasion du premier congrès européen de thérapie familiale de l'European Family Therapy Association (EFTA) : *Perspective historique ou techniques stratégiques : Visions du monde en collision ?* Ce thème magnifique a stimulé ma réflexion en m'obligeant à me poser des questions fondamentales – à savoir : comment ai-je résolu ce dilemme dans les différentes phases de ma pratique ? Quels ont été mes choix face à cette alternative ?

Il est certain que, pendant la toute première phase de notre travail, influencés comme nous l'étions par le groupe de Palo Alto, nous étions tous fascinés par la stratégie (nous ne nous intéressions pas à l'histoire relationnelle qui était à l'origine de la souffrance et nous nous focalisions sur les techniques qui provoquent le changement). Notre centre, qui avait démarré avec une équipe composée de quatre psychiatres – tous des « psychanalystes apostats » –, avait adopté en effet une approche religieusement systémique, dont j'ai rendu compte dans la deuxième partie de mon ouvrage *Self Starvation* (1978) et surtout dans *Paradoxe et Contre-paradoxe* (1975).

Après que Luigi Boscolo et Gianfranco Cecchin nous eurent laissées seules, Giuliana Prata et moi-même inventâmes la série invariable de prescriptions dont j'ai déjà parlé et que j'expérimentai durant sept ans. Dans un premier temps, cette méthode thérapeutique privilégia nettement – plus encore que les méthodes paradoxales – le pôle stratégie : il s'agissait, avant tout, de susciter un changement très rapide du jeu familial, avant même de connaître les données de ce jeu.

Mais, par la suite, après que je me fus séparée de Giuliana Prata et que j'eus formé mon équipe actuelle, avec Stefano Cirillo, Matteo Selvini et Anna Maria Sorrentino, nous apprîmes peu à peu à profiter du formidable potentiel informatif de cette méthode prescriptive en repérant les phénomènes qui réapparaissaient et se répétaient en réaction à nos prescriptions : nous obtînmes ainsi des informations importantes sur l'évolution (ce que nous appelons le « parcours ») du processus (ou du jeu) familial et les positionnements de chacun des membres de la famille par rapport à ce jeu, et nous essayâmes par conséquent de comprendre ou de reconstruire en quoi la psychose de l'enfant découlait de ces divers éléments. *Mais, hélas, l'apparition récurrente de difficultés insurmontables, combinée à la découverte de phénomènes étonnants, nous fit ensuite presque totalement basculer vers le pôle opposé :* désormais, la reconstruction historique du processus familial pathogène capta presque toute notre attention, un peu comme si le fait de décrypter les tenants et aboutissants des relations familiales pouvait être en soi thérapeutique.

Cette sorte d'état de déséquilibre a été très bien analysé dans un article de Laura Fruggeri ; ses réflexions, publiées à l'issue d'un séminaire que notre équipe donna en octobre 1991, portent sur la scission actuelle entre perspectives historiques et techniques stratégiques et les conséquences gravissimes que le clivage entre l'aspect historique et l'aspect stratégique de la recherche présente pour la thérapie familiale :

> Le premier aspect renvoie à la théorie du développement pathogène, tandis que le second concerne la théorie du changement thérapeutique. Ces deux aspects sont sans doute reliés l'un à l'autre, mais ils ne procèdent pas automatiquement l'un de l'autre. Si quelqu'un s'assigne pour objectif stratégique

d'expliquer les processus de changement, cela ne l'autorise pas à renoncer à décrire les processus interpersonnels et sociaux qui ont conduit les patients à solliciter une aide thérapeutique en provoquant l'apparition et le maintien de tel ou tel problème : un thérapeute qui n'émettrait aucune hypothèse quant à ces problèmes serait un thérapeute aveugle. Mais, à l'inverse, il ne suffit pas de disposer de telles descriptions et explications historiques pour qu'un changement soit automatiquement amorcé[2].

Depuis trois ans, toutefois, notre travail est entré dans une nouvelle phase qui nous paraît prometteuse. Nous essayons maintenant d'échapper au dilemme perspective historique/perspective stratégique en ne privilégiant ni l'une ni l'autre de ces exigences : nous nous efforçons de cerner la pathogenèse relationnelle typique des troubles mentaux graves des adolescents et des jeunes adultes, tout en nous appliquant en même temps à esquisser une théorie du changement thérapeutique. C'est dans ce deuxième domaine que nous avons récemment le plus progressé, et le résultat de nos efforts peut être brièvement présenté.

D'un point de vue strictement technique, nous avons abandonné le dispositif de la séance familiale comme contexte unique pour adopter des contextes qui favorisent la souplesse et la proximité relationnelles : désormais, nous organisons des séances avec la famille nucléaire, avec le couple parental et avec le sous-groupe des frères et des sœurs, en parallèle avec des entretiens individuels au cours desquels nous recevons les parents séparément ou même le patient désigné s'il demande ou accepte que nous le rencontrions tout seul ; et quelques thérapies conduites uniquement avec le parent motivé se sont soldées par de francs succès.

Mais le changement le plus important nous concerne : nous avons nous-mêmes changé... Cette nouvelle orientation, en effet, nous a aidés à nous dégager de ce détachement déshumanisant qui caractérisait les phases stratégiques : le temps des dix séances est définitivement révolu ! Désormais, notre prise en charge des familles est *radicale* et nous ne nous laissons plus guider par le désir de « vaincre » à tout prix

2. Fruggeri, L., « Famiglia e persone », *Terapia familiare*, 37, 1991, p. 85-88.

– à cette arrogante motivation nous préférons maintenant l'humble sentiment d'avoir répondu à un besoin extrême de soutien, même dans le cas où notre offre d'aide n'est acceptée que par un seul membre du groupe familial. Tant que la famille, dans son ensemble, ne refuse pas notre aide, nous respectons les termes du contrat thérapeutique et nous nous acquittons scrupuleusement de tous nos engagements. « Vous ne faites pas partie de ces gens qui se démoralisent et baissent les bras, nous nous en sommes rendu compte », nous a dit récemment un père. Nous ne craignons plus, de fait, de compatir à la souffrance de nos patients : bien au contraire, nous faisons en sorte que nos séances soient toujours empreintes d'une grande intensité émotionnelle. Et, par-dessus tout, nous nous intéressons aux souffrances que les deux parents peuvent avoir endurées dans leurs familles d'origine, puis aux dommages éventuels qui en ont résulté. Car ces malheureux parents, pour accepter de se sentir responsables de la détresse de leur enfant, *doivent d'abord avoir le sentiment que leur propre souffrance a été réellement comprise* – c'est à cette condition seulement qu'ils peuvent être aidés à affronter les frustrations de leur passé, que celles-ci aient été vécues comme des malaises individuels ou familiaux.

Si j'essaie maintenant d'anticiper sur nos futures évolutions cliniques, je dirai que l'heure me semble être venue de *livrer bataille contre l'actuelle orientation théorique disjonctive, qui perpétue l'antinomie funeste tendant à être établie entre deux modes d'investigation également indispensables aux progrès de la thérapie familiale : à savoir l'investigation des processus relationnels pathogènes et l'investigation des processus thérapeutiques qui produisent le changement.*

A mon sens, une telle bataille est inévitable, car je suis persuadée que cette dichotomie absurde est à l'origine, notamment en ce qui concerne les troubles mentaux graves, de la faillite présente de la thérapie familiale ; si nous ne réagissons pas, cette discipline déjà si menacée – les psychiatres biologisants la méprisent, tandis que les psycho-éducateurs l'attellent trop souvent au joug de leurs principes – risque fort de s'effondrer sous le regard cynique de ses pratiquants.

*
**

RÉFÉRENCES BIBLIOGRAPHIQUES

Barrows, S.E. (1982), « Interview with Mara Selvini-Palazzoli and Giuliana Prata », *The American Journal of Family Therapy*, 10, 3, p. 60-69.

Boszormenyi-Nagy, L., et Spark, G.M. (1985), *Invisible Loyalties*, New York, Brunner-Mazel.

Bowen, M. (1978), *Family Therapy in Clinical Practice*, New York, Aronson.

Bowlby, J. (1988), *A Secure Base*, New York, Basic Books.

Cirillo, S. (1988), *Familles en crise et placement familial*, Paris, ESF.

– et Di Blasio, P. (1992), *La Famille maltraitante*, Paris, ESF.

– et Sorrentino, A.M. (1984), « La terapia della famiglia con paziente handicappato », *in* Panzera, S. (éd.), *Handicap in movimento*, Milan, F. Angeli, p. 62-75.

– (1986), « Handicap and rehabilitation : Two types of information upsetting family organization », *Family Process*, 25, 2, p. 265-281.

Covini, A., Fiocchi, R., Pasquino, R., Selvini, M. (1984), *Alla conquista del territorio*, Rome, La Nuova Italia Scientifica (avec une préface de Mara Selvini Palazzoli).

Doane, J.A., et Diamond, D. (1994), *Affect and Attachment in the Family : a Family-based Treatment of Major Psychiatric Disorders*, New York, Basic Books.

Malagoli Togliatti, M. (1983), « Sul fronte dei servizi : intervista con Mara Selvini Palazzoli », *in* Vari, A., *La Terapia sistemica*, Rome, Astrolabio.

Prata, G. (1983), « Conflit conjugal avec tentative de suicide du mari », *Thérapie familiale*, Genève, 4, 1, p. 149-170.

– et Masson, O. (1984), « Résolution d'un syndrome de Gilles de La Tourette par une séance de consultation familiale », *Thérapie familiale*, 2, p. 101-119.

Selvini, M. (éd.) (1987), *Histoire d'une recherche : le travail thérapeutique de Mara Selvini Palazzoli*, Paris, ESF.

– (1991), « Comment on Alan Carr's article : Milan systemic family therapy, a review of ten empirical investigations », *Journal of Family Therapy*, 13, 3, p. 265-266.

– *et al.* (1982), « Al di là della terapia familiare : esperienza di ristrutturazione sistemica di un centro psichiatrico territoriale », *Terapia familiare*, 12, p. 19-39.

– et Selvini Palazzoli, M. (1991), « Team consultation : an indispensable tool for the process of Knowledge », *Journal of Family Therapy*, 13, 1, p. 31-53.

Selvini Palazzoli, M. (1975), « Le barrage du conditionnement linguistique dans la thérapie de la famille du schizophrène », *Évol. psych.*, XL, 2, p. 423-430.

– (1978), *Self Starvation : From the Individual to Family Therapy*, New York, Aronson.

– (1983), « La naissance d'une approche systémique globale », *Thérapie familiale*, 4, 1, Genève, p. 5-22.

– (1984*a*), « Behind the scenes of the organization : Some guidelines for the expert in human relations », *Journal of Family Therapy*, 6, p. 299-307.

– (1984*b*), « Recension of aesthetics of change by Bradford P. Keeney », *Family Process*, 23, p. 282-284.

– (1984*c*), « Recensione of S. de Shazer », *Patterns of Brief Family Therapy : An Ecosystemic Approach*, New York, The Guildford Press, 1982, rééd. *Familiendynamik*, 9, 2, p. 181-183.

– (1985), « Anorexia nervosa : A syndrome of the affluent society », *Transcultural Psychiatry Research Review*, 22, 3.

– (1986), « Verso un modello generale dei giochi psicotici nella famiglia », *Terapia familiare*, 21, p. 5-21.

– (1987*a*), « Good-bye paradox, hello invariant prescriptions : Interview with Simon, R. », *The Family Therapy Networker*, septembre-octobre.

– (1987*b*), « Le problème du référent quand celui-ci est membre de la fratrie », *Thérapie familiale*, Genève, 8, 4, p. 337-358.

– (1988*a*), « Réponse à Anderson », *Cahiers critiques de thérapie familiale et de pratiques de Réseaux*, 8, p. 135-138.

– (1988*b*), « Vers un modèle général des jeux psychotiques dans la famille », *Cahiers critiques de thérapie familiale et de pratiques de réseaux*, 8, p. 111-128.

– (1991), « Entretien avec E. Trappeniers et S. Kannas », *Résonances : revue de thérapie familiale et de pratiques de réseaux*, I, 2.

– (1992*a*), « Approche systémique et dimension individuelle », *in* Rey, Y., et Prieur, B. (éd.), *Systèmes, éthique, perspectives en thérapie familiale*, Paris, ESF, p. 169-177.

– (1992*b*), « Identifying the various recurring processes in the family that lead to schizophrenia in an offspring », *in* Zeig, J.

(éd.), *The Evolution of Psychotherapy : The Second Conference*, New York, Brunner/Mazel.

–, Boscolo, L., Cecchin, G., Prata, G. (1973), « Première séance d'une thérapie familiale systémique », *Cahiers critiques de thérapie familiale et de pratiques de réseaux*, 1, p. 9-13.

–, Boscolo, L., Cecchin, G., Prata, G. (1975), *Paradoxe et Contre-paradoxe*, Paris, ESF, 1978.

–, Anolli, L., Binda, W., Di Blasio, P., Giossi, L., Paruta, R., Pisano, I., Ricci, C., Sacchi, M., Ugazio, V. (1980*a*), « Les pièges des institutions », *Cahiers critiques de thérapie familiale et de pratiques de réseaux*, 2, p. 60-67.

–, Cirillo, S., D'Ettore, L., Garbellini, M., Ghezzi, D., Lerma, M., Lucchini, M., Martino, C., Mazzoni, G., Mazzuchelli, F., Nichele, M. (1980*b*), *Le Magicien sans magie ou comment changer la condition paradoxale du psychologue dans l'école*, Paris, ESF.

– et Prata, G.J. (1980*c*), « Die Macht der Ohnmacht », *in* Duss von Wertdt, Welter Enderlin, R. (éd.), *Der Familienmensch*, Stuttgart, Klett-Cotta.

–, Boscolo, L., Cecchin, G., Prata, G. (1982*a*), « Hypothétisation, circularité, neutralité : guides pour celui qui conduit la séance », *Thérapie familiale*, 3, 3, p. 117-132.

– et Prata, G. (1982*b*), « Snares in family therapy », *Journal of Marital and Family Therapy*, 8, 4, octobre, p. 443-450.

– (1983), « A new method for therapy and research in the treatment of schizophrenic families », *in* Stierlin, H., Wynne, L.C., Wirsching, M. (éd.), *Psychosocial Intervention in Schizophrenia : An Interactional View*, Berlin, Springer.

–, Anolli, L., Di Blasio, P., Giossi, L., Pisano, I., Ricci, C., Sacchi, M., Ugazio, V. (1984), *Dans les coulisses de l'organisation*, Paris, ESF.

– (1987), *Les Jeux psychotiques dans la famille*, Paris, ESF, 1990.

– et Viaro, M. (1988), « Le processus anorexique dans la famille : un modèle en six phases comme guide pour la thérapie individuelle », *Cahiers critiques de thérapie familiale et de pratiques de réseaux*, n° 9, p. 117-144.

–, Cirillo, S., Selvini, M., Sorrentino, A.M. (1989), « L'individu dans le jeu », *Thérapie familiale*, Genève, 10, 1, p. 3-13.

Sorrentino, A.M. (1987), *Handicap e riabilitazione : una bussola sistemica nell'universo relazionale del bambino handiccapato*, Rome, La Nuova Italia Scientifica (trad. en allemand et en espagnol).

Stierlin, H. (1974), *Separating Parents and Adolescents : a Perspective on Running Away, Schizophrenia and Waywardness*, New York, Quadrangle.

Viaro, M. (1980), « Case report : Smuggling family therapy through », *Family Process*, I, p. 35-44.
– et Leonardi, P. (1983), « Getting and giving information : Analysis of a family interview strategy », *Family Process*, 22, p. 27-42.
– (1984), « Les insubordinations », *Thérapie familiale*, Genève, 5, p. 359-381.

L'approche comportementale

Falloon [1] rapporte que les premières interventions comportementales en famille remontent au début des années soixante. Il s'agit des travaux de Williams en 1959 [2], de Boardman en 1962 [3] et de Lovibond en 1963 [4]. Ces premières interventions comportementales familiales avaient été effectuées à partir de problèmes que posaient de jeunes enfants, qu'il s'agisse de crises de colère, de comportement agressif ou d'énurésie. Par ailleurs, Wolpe avait, dès 1958 [5], commencé à aider des époux, à partir des techniques comportementales, à affronter des situations d'angoisses. A la différence d'autres formes de psychothérapie, ce n'est pas tant le passé ou le présent qui comptent ici pour comprendre le comportement de l'individu que les conséquences de son symptôme. Ainsi, un enfant peut développer un comportement symptomatique pour faire plier ses parents et les faire obéir à sa volonté. La réaction des parents cédant à l'enfant renforcera celui-ci dans le maintien de son comportement. Face à une situation de ce type, le thérapeute comportemental modifiera les conséquences de l'action symptomatique de l'enfant (par exemple, en encourageant les parents à réagir autrement) afin de permettre au comportement symptomatique de disparaître. Ce type de psychothérapie tient compte des relations interfamiliales, mais n'appartient pas au domaine des thérapies systématiques. Les problèmes comportementaux surgissent à la suite de structures dysfonctionnelles de comportement entre membres d'une même famille ou entre époux, structures qui vont être à la source d'un apprentissage acquis et renforcé.

Grâce aux travaux de Mahoney [6] et de Meichenbaum [7], les thérapeutes comportementaux s'ouvrent à une approche cognitiviste. Ils ne s'intéressent plus uniquement au stimulus et à la réponse, mais également aux schémas jouant un rôle entre ce stimulus et cette réponse. Ces schémas, acquis au cours d'expériences passées, donnent un sens particulier au vécu. Ils vont, avec l'aide de processus cognitifs, transformer l'information en événement cognitif. Ces événements cognitifs vont interagir alors avec les comportements, lesquels à leur tour confirmeront ou infirmeront ces schémas acquis. Le tableau suivant, extrait d'un article de Jean Cottraux [8], résume très bien ce modèle du traitement de l'information.

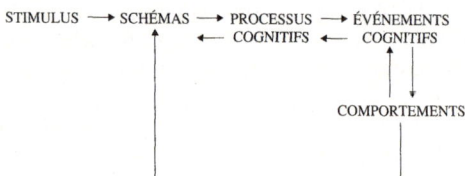

Ce modèle peut expliquer la raison pour laquelle, malgré l'amélioration du symptôme, certains membres d'une famille, loin d'être satisfaits de l'amélioration, n'en continueront pas moins à lire le comportement du membre symptomatique à la lumière de leurs schémas acquis. Leur réaction non seulement empêchera l'amélioration du patient, mais renforcera aussi son comportement et ses schémas.

L'approche comportementale s'attache à trois domaines spécifiques du champ des thérapies familiales et de couple : celui de la formation des parents pour faire aux problèmes de l'enfant, celui des thérapies de couple et enfin le champ des problèmes sexuels.

Fred P. Piercy et Douglas H. Sprenkle [9] rapportent les travaux de Foster et Hoier [10], qui ont tenté une comparaison entre les thérapies comportementales, stratégiques et structurales. Ces derniers auteurs relèvent un certain nombre de similarités, dont l'accent mis sur des séquences de comportements plutôt que sur des expériences subjectives, la conceptualisation des problèmes dans leur environnement, la fondation du symptôme maintenu par des processus familiaux, l'importance accordée à l'*ici* et au *maintenant*, ainsi que les tâches données tant en séance qu'à domicile. Ils voient également un parallélisme entre la formation des parents réalisée par le thérapeute comportemental et la restructuration des hiérarchies familiales.

Parmi les nombreuses différences qui apparaissent aux auteurs entre ces formes de psychothérapie, la principale est le statut de la résistance, rejetée dans l'approche comportementale mais prévue dans l'approche stratégique et structurale. De surcroît, le thérapeute comportemental ne pense pas en termes de système, mais en termes de facteurs qui peuvent être hypothétisés et testés.

Le champ des psychothérapies comportementales continue à évoluer. C'est ainsi qu'un psychiatre comme Robert Liberman [11], qui travaille avec des malades mentaux adultes, essaie surtout d'améliorer la qualité de vie de ses patients plutôt que de faire disparaître à tout prix leurs symptômes. A partir d'un centre de santé mentale, il travaille avec des services médicaux, éducatifs et d'autres groupes de la communauté afin de maintenir et d'accroître les améliorations acquises en psychothérapie.

Par ailleurs, certains thérapeutes, comme Alfons Vansteenwegen [12], professeur associé à la Katholieke Universiteit van Leuven (Belgique), utilisent des techniques comportementales avec les couples, tout en incluant dans leur travail thérapeutique des outils provenant d'autres domaines. C'est ainsi que Vansteenwegen insiste sur l'échange des émotions et des affects et, d'une manière plus générale, met l'accent sur l'échange de l'expérience vécue par les deux membres du couple avant de parvenir à un contrat.

Pour ce *Panorama des thérapies familiales*, j'ai demandé à Jaslean J. La Taillade et à Neil S. Jacobson (un des plus grands spécialistes de la thérapie de couple comportementale) de nous décrire cette approche, ainsi que les derniers développements dans ce domaine. Le texte qui suit offre, au dire des auteurs eux-mêmes, « la description la plus approfondie et la plus complète de la thérapie comportementale de couple » à ce jour.

M.E.

*
**

RÉFÉRENCES BIBLIOGRAPHIQUES

[1] Falloon, I.R.H., « Behavioral family therapy », *in* Gurman, A.S., et Kniskern, D.P. (éd.), *Handbook of Family Therapy*, New York, Brunner/Mazel, 1991.

[2] Williams, C.D., « The elimination of tantrum behaviour by extinction procedures », *Journal of Abnormal and Social Psychology*, t. 59, 1959, p. 269.

[3] Boardman, W.K., « Rusty : A brief behaviour disorder », *Journal of Consulting Psychology*, t. 26, 1962, p. 293-297.

[4] Lovibond, S.H., « The mechanism of conditioning treatment of enuresis », *Behavior, Research and Therapy*, t. 1, 1963, p. 17-21.

[5] Wolpe, J., *Psychotherapy by Reciprocal Inhibition*, Palo Alto, Stanford University Press, 1958.

[6] Mahoney, M.J., *Cognitive and Behavior Modification*, Cambridge, Massachusetts, Ballinger, 1974.

[7] Meichenbaum, D.H., *Cognitive Behavior Modification*, New York, Plenum, 1977.

[8] Cottraux, J., « Thérapies cognitivo-comportementales », *Neuro-Psy*, t. 8, n° 7, 1993, p. 336-345.

[9] Piercy, F.P., Sprenkle, D.H. *et al., Family Therapy Sourcebook*, New York, The Guilford Press, 1986.

[10] Foster, S.L., et Hoier, T.S., « Behavioral and systems family therapies : A comparison of theoretical assumptions », *American Journal of Family Therapy*, t. 10, n° 3, 1982, p. 13-23.

[11] Liberman R.P., « Behavioral approaches to family and couple therapy », *American Journal of Orthopsychiatry*, t. 40, 1970, p. 106-118 ; voir aussi id., *Réhabilitation psychiatrique des malades mentaux chroniques*, Paris, Masson, 1991.

[12] Vansteenwegen, A., « The outcome of marital therapy after seven years : Individual and relational changes », *in* id., Van Assche, F.A., Nijs, P. (éd.), *Human Sexuality and Family Health Sciences*, Louvain, Peeters Press, 1990.

Jaslean J. La Taillade *
Neil S. Jacobson **

La thérapie comportementale de couple

La thérapie comportementale de couple se distingue d'autres approches en ceci qu'elle considère l'investigation empirique comme le meilleur chemin possible vers le développement. Au cours des vingt dernières années, ce type de thérapie s'est révélé un traitement efficace, capable de résister aux rigueurs de bon nombre d'investigations empiriques. Nous essaierons ici de rendre compte de l'originalité de l'approche traditionnelle en thérapie comportementale de couple, à travers son histoire, ses principes théoriques sous-jacents et ses implications cliniques. Nous conclurons par une brève description de la thérapie comportementale de couple intégratrice *(Integrative Behavioral Couple Therapy, IBCT)*, un traitement récemment développé par Neil S. Jacobson et Andrew Christensen et qui, croyons-nous, nous ramène à nos racines comportementales.

Les débuts de la thérapie de couple

L'histoire de la thérapie de couple commence avec les débuts du mouvement d'action sociale, à la fin du XIXe siècle (Broderick et Schrader, 1991 ; Rich, 1956), période où les assistants sociaux concentrent leurs efforts sur l'aide à appor-

* Jaslean J. La Taillade, psychologue, participe aux recherches menées au département de psychologie du Center for Clinical Research, université de Washington, Seattle, avec Neil S. Jacobson.
** Neil S. Jacobson, docteur en psychologie, enseigne au département de psychologie du Center for Clinical Research, université de Washington, Seattle. Il est l'auteur de nombreux articles sur la thérapie comportementale de couple.

ter à la totalité de la cellule familiale plutôt qu'à un individu. Malgré un bon commencement, l'absence d'une littérature suffisante sur ce mouvement, et, finalement, sa domination par la psychiatrie au début des années vingt l'empêchèrent d'exercer une influence majeure sur le développement ultérieur de la thérapie familiale (Spiegel, Block, Bell, 1959).

Les écrits des premiers théoriciens analytiques, tels que Sullivan (1953), Fromm (1941), Fromm-Reichmann (1950), Horney (1939) et Thompson (1951), contribuent au développement de la thérapie de couple à travers leur discussion sur l'impact des expériences interpersonnelles sur les troubles psychiatriques. D'autres travaux influencent ce type de thérapie, dont ceux des premiers sexologues, comme Ellis (1936) et Hirschfeld (1940), qui conseillaient des individus insatisfaits dans les années vingt et trente, et ceux du Family Life Education Movement, dont les membres furent les premiers à faire de façon systématique du conseil et de la prévention en matière conjugale et familiale (Broderick et Schrader, 1991).

A ses débuts, la psychothérapie, dominée par les théories psychanalytiques, ne permet pas la participation des membres de la famille aux séances (Fruzzetti et Jacobson, 1991). Il faut attendre les années cinquante pour que l'on voie dans la thérapie de couple une alternative viable au traitement individuel pour certains problèmes. A cette époque, la reconnaissance accrue par la communauté psychanalytique des avantages d'une thérapie simultanée (bien qu'encore séparée) des deux époux (Sager, 1976), favorise l'acceptation de thérapies conjointes. Néanmoins, bien que la thérapie de couple ait une longue histoire, ce n'est qu'au cours des dernières décennies que les approches conjointes ont été acceptées par les professionnels et largement appliquées.

L'apparition de la thérapie de couple comportementale

Bien que, comme nous l'avons dit plus haut, les débuts de la thérapie de couple remontent à la fin du XIXᵉ siècle, la thérapie de couple comportementale *(Behavioral Couple Therapy)* n'est apparue que très récemment, à la fin des années soixante, avec l'application de principes de renforcement aux problèmes cliniques. En 1969, Richard Stuart présente la première application de principes d'échanges comportementaux à des problèmes de couple. A partir des théories de Thibaut et Kelley (1959), Stuart pose l'hypothèse que l'on peut distinguer les mariages réussis des mariages en détresse par la fréquence et l'amplitude des renforcements positifs réciproques échangés par les deux époux. Son traitement consiste à obtenir une liste d'objectifs de changements comportementaux de la part de chaque partenaire, avec échange de gages comme récompense chaque fois qu'un comportement désiré est atteint. Bien que la stratégie des gages mise en œuvre par Stuart ait depuis été remplacée par des contrats écrits, ainsi que par l'entraînement à la communication et à la résolution des problèmes, son recours à des paradigmes opérateurs de conditionnement a marqué tant le développement de la thérapie familiale que celui de la thérapie de couple comportementale (Falloon, 1991).

Outre Stuart, Robert Liberman recourt aussi à un cadre d'apprentissage opérant dans son travail avec les familles (Liberman, 1970). Il se sert en effet du concept d'apprentissage imitatif établi par Bandura et Walters (1963) et ajoute à son traitement des relations familiales dysfonctionnelles les stratégies de répétition de rôle et de création de schémas de communication interpersonnels alternatifs (Falloon, 1991). De plus, Liberman insiste sur la nécessité d'employer ces techniques dans le contexte d'une « alliance thérapeutique de collaboration », avec une analyse fonctionnelle approfondie des problèmes présents et des schémas d'interaction de la famille (Falloon, 1991). Aussi, dans ce cadre, l'analyse comportementale de Liberman continue tout au long de la thérapie, qui peut ainsi être modifiée quand cela se révèle nécessaire. Il faut noter que le recours à une analyse fonctionnelle constitue l'essence des approches comportementales du traitement.

Le recours à un conditionnement opérant dans la modification du comportement des enfants exerce aussi une forte influence sur le développement de la thérapie comportementale de couple (Patterson, 1974). En apprenant aux parents à modifier le comportement de leurs enfants, les chercheurs observent aussi l'échange de renforcement et de punition parmi les membres d'une famille (Holtzworth-Munroe et

Jacobson, 1991). De ce fait, on ne se concentre plus sur l'observation du comportement du membre déviant d'une famille (en général un enfant), mais sur les schémas d'interaction des autres membres de la famille, y compris la dyade conjugale. Les contributions respectives de Gerald R. Patterson et Robert L. Weiss ont été fécondes pour ce qu'elles ont montré de l'application de principes opérateurs à des couples en détresse (Patterson et Hops, 1972 ; Weiss *et al.*, 1973). Ainsi, lors des premières tentatives pour changer le comportement de couples de ce type, on observa le passage radical des principes opérateurs utilisés pour le comportement des enfants aux problèmes de couples en détresse (Holtzworth-Munroe et Jacobson, 1991).

Toutefois, ces premiers écrits sur les couples en détresse ne sont que très peu fournis et ne donnent aucun renseignement sur la technique et l'application clinique. Et ce n'est qu'à la fin des années soixante-dix et au début des années quatre-vingt que l'on assiste au rassemblement et à l'intégration de principes jusque-là disparates, ainsi qu'à l'élaboration de véritables techniques cliniques ; trois manuels de traitement détaillés alors publiés (Jacobson et Margolin, 1979 ; Stuart, 1980 ; Liberman *et al.*, 1981) apportent non seulement la compréhension des principes comportementaux, mais encore un guide pour l'application de techniques spécifiques au couple en détresse.

Le point de vue comportemental traditionnel sur la thérapie de couple

L'approche comportementale traditionnelle de la discorde dans un couple se fonde essentiellement sur des principes d'apprentissage similaires dérivés de l'expérimentation. Ce modèle suppose que le comportement des deux partenaires d'une relation conjugale est façonné, renforcé, affaibli et modifié par des événements, en particulier par ceux qui impliquent l'autre partenaire du couple. Ces événements déterminants peuvent se produire dans le contexte de la relation, mais aussi à l'extérieur de celle-ci, et ils affectent à la fois la tendance à rester dans la relation et, chez chaque partenaire, les sentiments subjectifs de satisfaction que les relations suscitent (Jacobson et Margolin, 1979). Ainsi, considérée dans la perspective comportementale traditionnelle, la satisfaction conjugale est fonction de la proportion des récompenses tirées du mariage par rapport aux « frais » encourus au sein de celui-ci.

Tout en reconnaissant l'importance du passé d'apprentissage des deux époux, les thérapeutes qui pratiquent la thérapie de couple comportementale traditionnelle se concentrent sur les événements actuels qui influencent de façon continue les interactions entre les deux partenaires. Du fait que les thérapeutes ne peuvent espérer modifier l'apprentissage passé d'un individu, mais peuvent en revanche exercer une influence sur des interactions présentes et futures, la thérapie vise avant tout à modifier les événements qui se produisent dans l'environnement actuel du couple. C'est pourquoi l'approche comportementale traditionnelle est contextuelle – en cela, elle est du reste comparable aux approches thérapeutiques dérivées de la théorie des systèmes. Il est néanmoins important pour les thérapeutes comportementaux de disposer des informations sur le passé des partenaires car elles les aident à mieux comprendre le problème ; de plus, certaines données du passé des partenaires (des abus sexuels, par exemple) doivent être connues pour établir le traitement ultérieur.

L'approche comportementale traditionnelle de la thérapie de couple considère aussi que la détresse des partenaires est en partie due au fait qu'ils n'ont pas entretenu les capacités leur permettant de favoriser dans leurs relations un sentiment de proximité. Par exemple, un élément essentiel pour réussir un mariage est l'aptitude à résoudre des conflits. Il arrive que des couples en détresse aient recours, pour obtenir un changement, à des comportements caractérisés par l'aversion (tels que la punition ou le renforcement négatif) ou nient l'existence même d'un conflit quand des tensions se manifestent dans la relation. Une insuffisance sur le plan de la capacité à résoudre un conflit, mais aussi sur celui de la capacité à changer de comportement et à communiquer, peut constituer un antécédent de la détresse, soit parce que ces capacités étaient absentes dès le début de la relation de couple, soit parce que les partenaires n'ont pu y recourir plus tard, quand cela est devenu nécessaire dans leur relation

(Jacobson et Margolin, 1979). Une importance particulière
est donc accordée aux capacités nécessaires pour tenir des
rôles et assurer des fonctions au sein de la relation de couple.
Notons toutefois que, pour certains couples, il s'agit davantage d'un « déficit sur le plan de la performance » que d'un
« déficit sur le plan des capacités » (Holtzworth-Munroe et
Jacobson, 1991). En particulier, il peut se trouver que des
capacités innées soient présentes malgré le caractère dysfonctionnel des schémas d'interaction.

Du fait que chaque partenaire présente à l'autre, de façon
continue, les conséquences de ses actes, et que chacun exerce
sur le comportement de l'autre une importante influence de
contrôle, la relation conjugale se compose de séquences comportementales réciproques et circulaires, dans lesquelles le
comportement de chaque époux est affecté par l'autre en
même temps qu'il l'influence (Jacobson et Margolin, 1979).
Et c'est cette dépendance de chaque partenaire à l'égard des
comportements de renforcement et de punition de l'autre qui
dicte les termes de l'analyse fonctionnelle conduite par le
thérapeute (Holtzworth-Munroe et Jacobson, 1991). Une
analyse fonctionnelle est utile à de nombreux égards pour
parvenir à la conceptualisation du traitement. Elle sert
d'approche empirique pour l'identification de variables dans
l'environnement qui entretient l'interaction destructrice du
couple. Bien que, comme on le verra par la suite, des recherches aient permis de commencer à déterminer quelques traits
des couples en détresse, la façon dont tel ou tel de ces traits
se manifeste dans une relation conjugale varie selon le passé
d'apprentissage propre aux individus qui forment le couple
– en fait, il n'existe pas deux couples semblables. Aussi le
recours à une analyse fonctionnelle dans l'examen de la
détresse conjugale empêche-t-il les thérapeutes adeptes d'une
approche comportementale de supposer l'existence de vérités
universelles quand ils expliquent des schémas d'interaction
propres à un couple. L'analyse fonctionnelle constitue
l'essence de l'approche comportementale de la thérapie du
couple et la distingue d'autres types d'approches en cela
qu'elle accorde une importance particulière à l'investigation
empirique et la considère comme la voie qui permet de réussir
le traitement.

Le point de vue comportemental traditionnel sur la détresse du couple

Alors que les premières applications d'une perspective comportementale ne se sont pas attachées à la description du mariage réussi, des chercheurs ont en revanche mis en évidence de nombreux traits des relations qu'entretiennent entre eux les partenaires d'un couple en détresse (cf., par exemple, Gottman, 1979 ; Jacobson et Margolin, 1979 ; Weiss, 1978). Aussi la plupart des descriptions comportementales des mariages réussis se fondent-elles sur des déductions et spéculations faites à partir des connaissances que l'on a sur les relations dans ce type de couples (Holtzworth-Munroe et Jacobson, 1991). Toutefois, ces dernières années, des chercheurs ont commencé à étudier tout particulièrement les caractéristiques des relations conjugales saines (Jacobson et *al.*, 1980 ; Markman, 1981).

On peut affirmer simplement qu'une relation de détresse se définit par la rareté des résultats positifs pour chacun des deux partenaires (Stuart, 1969). L'exemple de couples au sein desquels l'échange de stimuli de récompense n'est que très limité semble le montrer. Mais même si la fréquence des échanges de récompense reste constante, la détresse du couple peut néanmoins se développer du fait de l'augmentation de la fréquence des échanges interactionnels punitifs (Jacobson et Margolin, 1979). Des données empiriques montrent que les couples en détresse s'engagent moins fréquemment dans des échanges de récompense et davantage dans des échanges punitifs que les couples sains – que les termes « récompense » ou « punition » soient définis par des observateurs objectifs ou par les époux eux-mêmes. Ces différences sont démontrées tant par leur communication verbale directe (Birchler *et al.*, 1975 ; Gottman *et al.*, 1977 ; Gottman *et al.*, 1976 ; Vincent *et al.*, 1975) que par l'échange de schémas de renforcement autres que la communication verbale directe (Jacobson *et al.*, 1980 ; Robinson et Price, 1980).

Les schémas de leurs échanges permettent aussi de différencier les couples en détresse de ceux qui ne le sont pas. Par exemple, les premiers se renvoient davantage des comportements punitifs que les seconds (Jacobson et Margolin, 1979 ; Gottman, 1979 ; Margolin et Wampold, 1981). Il apparaît en effet que chaque partenaire d'un couple en détresse se concentre de façon sélective sur les comportements négatifs de l'autre, qu'il est en quelque sorte à l'affût de ceux-ci (Jacobson, Waldron, Moore, 1980) et, par conséquent, manque souvent de prêter attention aux récompenses qu'il lui offre. Certains auteurs ont suggéré que les époux en détresse semblent, en général, réagir davantage aux stimuli immédiats, que l'effet du stimulus soit de l'ordre de la récompense ou de la punition (Jacobson et Margolin, 1979 ; Weiss, 1978). Gottman *et al.* (1976) suggèrent quant à eux que les couples sains fonctionnent, sur le plan de leurs échanges conjugaux, suivant le modèle du « compte en banque », dans lequel des récompenses et des punitions sont pour ainsi dire « déposées » et les comportements de récompense conservés dans le temps sans que des échanges équivalents soient nécessaires (Holtzworth-Munroe et Jacobson, 1991). Quand, dans une relation, la proportion des « dépôts » est inférieure à celle des « retraits », comme c'est le cas pour les couples en détresse, les partenaires sont davantage enclins à « équilibrer le compte en banque », c'est-à-dire à prêter attention aux différentes transactions. Ce modèle tendrait donc à montrer qu'il existe une plus grande réciprocité chez les couples en détresse.

Une autre façon d'expliquer la distinction faite entre les couples en détresse et ceux qui ne le sont pas est de différencier les événements à court terme et ceux à long terme. En particulier, les couples en détresse sont davantage enclins à réagir à des stimuli immédiats, alors que les couples heureux, moins susceptibles de réagir uniquement à ce type de stimuli, s'occupent plutôt de la « réserve » (ou « compte ») d'échange de récompenses (Jacobson et Margolin, 1979 ; Holtzworth-Munroe et Jacobson, 1991). Comme nous l'avons dit plus haut, il semble que les couples en détresse prêtent une attention particulière aux comportements négatifs et soient à l'affût de ceux-ci (Jacobson et Margolin, 1979) : des données le montrent en effet (Jacobson et Moore, 1981). Notons toutefois que cette attention sélective contredit et entrave la capacité de réaction aux comportements positifs immédiats. La tendance à réagir plus fortement à des comportements négatifs est plus marquée chez les couples en détresse, mais la même distinction n'est pas valable pour les comportements positifs. En fait, les couples en détresse sont davantage susceptibles que les couples heureux de réagir à des comportements gratifiants (Birchler, 1973 ; Gottman *et al.*, 1976 ; Gottman *et al.*, 1977 ; Jacobson *et al.*, 1980). Dans l'ensemble, les résultats des premières recherches faites dans ce domaine accréditent plutôt l'idée d'un modèle d'échange de comportements selon lequel les couples en détresse ont tendance à recourir à une tactique de contrôle caractérisée par l'aversion (telle que la punition ou le refus de récompense) pour susciter un changement de comportement et l'acquiescement chez l'autre.

Le développement de la détresse du couple

Dans la présentation que nous venons de faire de notre modèle d'échange de comportements, nous avons décrit la relation de réciprocité entre les réactions échangées par des partenaires et les schémas d'interaction qui semblent indiquer la détresse dans un couple. Il faut néanmoins noter que les schémas destructeurs d'interaction observés à un moment donné sont le résultat de mois ou d'années d'interaction. C'est pourquoi on peut considérer une relation à long terme comme un processus développemental caractérisé par plusieurs phases successives (Jacobson et Margolin, 1979).

Si l'on suppose qu'il existe au départ une attirance entre deux personnes, la première phase d'une relation se caractérise par une fréquence élevée d'échanges de récompenses. Plusieurs raisons permettent d'expliquer ce taux élevé de renforcement. A cause de leur attirance réciproque, qui ne repose souvent que sur une connaissance réduite de l'autre, les deux partenaires choisissent dans leurs répertoires les comportements susceptibles de plaire à l'autre – d'où un grand nombre d'interactions de récompense. De plus, au début d'une relation, les partenaires d'un couple consacrent la plupart de leur temps à des activités agréables, sans avoir à faire aucun des sacrifices coûteux qui seront par la suite inévitables : et le schéma de renforcement de chaque partenaire est souvent maximal, essentiellement du fait de la nouveauté de la relation : aussi, dans les premiers stades d'une relation, les cognitions de chaque partenaire intensifient les expériences de renforcement. Enfin, étant donné le taux élevé des échanges positifs dans la relation, chacun s'attend à de nouvelles récompenses dans des domaines encore inexplorés de celle-ci. C'est pourquoi les coûts futurs d'un engagement plus poussé ne sont pas anticipés de façon adéquate.

Comme les premiers théoriciens de l'apprentissage social (Thibaut et Kelley, 1959) l'ont affirmé, des relations sont satisfaisantes dans la mesure où les partenaires s'offrent mutuellement des bénéfices, et le degré de satisfaction dépend du poids des bénéfices par rapport aux coûts inhérents à une relation. Aussi les coûts liés au fait d'être impliqué dans une relation donnée varient directement en fonction des bénéfices refusés à quelqu'un du fait même que l'on est dans cette relation. Les individus dont le schéma de renforcement dépend essentiellement des bénéfices que l'on peut tirer d'une relation perçoivent le fait d'être dans celle-ci comme moins coûteux que ceux dont la principale source de renforcement est constituée par des activités extérieures à cette relation (Holtzworth-Munroe et Jacobson, 1991). Tout individu impliqué dans une relation connaît ainsi une proportion minimale de récompenses par rapport aux coûts qui détermine le degré de satisfaction qu'il en tire (Holtzworth-Munroe et Jacobson, 1991). D'autre part, le comportement des individus étant interdépendant (Jacobson et Margolin, 1979), la distribution des récompenses se fait de façon mutuelle, réciproque et circulaire. Cette distribution mutuelle détermine le degré de satisfaction subjective de chaque partenaire impliqué dans une relation : on appelle « réciprocité » cette tendance chez les partenaires d'un couple à se récompenser mutuellement dans des proportions approximativement égales, et des recherches ont montré que ce phénomène avait caractère de loi chez les couples (Gottman *et al.*, 1976 ; Gottman, 1979 ; Patterson et Reid, 1970). Quand des changements environnementaux se produisent, que des solutions autres que la relation deviennent plus attirantes pour un partenaire, la détresse peut surgir dans la relation (Jacobson et Margolin, 1979). Parmi les facteurs extérieurs qui affectent parfois la stabilité d'un couple, mentionnons la possibilité d'un avancement sur le plan professionnel (qui peut avoir une influence sur le temps consacré à la relation) ou l'apparition d'une tierce personne qui offre à l'un des partenaires la possibilité d'une relation sexuelle (Jacobson et Margolin, 1979).

Dans un couple, l'apparition d'un conflit sur un sujet donné, qu'il soit interne ou externe à la relation, n'est pas seulement une question de temps. A cet égard, la capacité à résoudre un conflit est essentielle pour entretenir la santé de la relation (Jacobson et Margolin, 1979). Les partenaires qui ne sont pas surpris par ce conflit peuvent non seulement en parler de façon ouverte et directe quand il se produit dans les premiers temps de leur relation, mais encore ne pas le perdre de vue et se concentrer uniquement sur les comportements en question. Ce type de réactions aide à prévenir tant l'accumulation de problèmes non résolus que la persistance de ressentiments.

En revanche, les partenaires qui voient un conflit comme une catastrophe connaissent nécessairement d'importantes difficultés pour garder une relation satisfaisante. En effet, pour ce type de couples, reconnaître l'existence d'un conflit ou certaines choses qui ne vont pas revient à avouer que la relation est « mauvaise », voire même à nier l'amour. Tout conflit est donc ignoré dans l'espoir que le temps guérira les blessures. D'autres couples décident de parler des domaines où il y a conflit, mais d'une façon improductive, qui ne fait qu'amplifier la détresse existante. Dans leurs tentatives pour modifier leur comportement, des partenaires de ce type ont parfois recours à de mauvaises stratégies, telles que la contrainte, les menaces ou encore l'abus verbal ou physique.

Bien que la capacité à résoudre des problèmes ou des conflits soit importante pour garder une relation saine, c'est en fait l'aptitude à communiquer de façon adéquate qui, plus que tout autre type de comportement relationnel, différencie les couples en détresse des couples sains (Jacobson *et al.*, 1980). A long terme, savoir communiquer joue aussi un rôle à d'autres niveaux de satisfaction conjugale. Sur le plan sexuel, par exemple, les partenaires doivent continuer à avoir des rapports satisfaisants, en particulier quand la nouveauté de la relation ne joue plus. En outre, des capacités plus « matérielles », si l'on peut dire, sont nécessaires : savoir élever des enfants, mener un ménage, gérer un budget, par exemple. Ces capacités ne sont pas essentielles dans les premiers temps d'une relation, mais elles comptent de plus en plus au fur et à mesure qu'elle se développe.

Bien qu'il soit important que les partenaires d'un couple aient de réelles possibilités de changer de comportement, même la combinaison la plus extraordinaire de capacités reste inefficace s'ils n'ont pas l'un pour l'autre de valeur de renforcement. Comme nous l'avons dit précédemment, le potentiel de renforcement de chaque partenaire est maximal dans les premiers temps d'une relation, mais diminue en général peu à peu, simplement du fait de l'habitude (Jacobson et Margolin, 1979). Afin de contrecarrer de tels effets, les couples ont besoin d'étendre leur répertoire de comportements renforçants. Les couples réussis réagissent à cette érosion de l'effet de renforcement en gagnant fréquemment de nouveaux domaines d'échanges positifs, par exemple en élargissant leur répertoire sexuel, en variant leurs activités communes ou en développant de nouveaux intérêts communs ; alors que les couples dépendants d'un certain type de renforcement sont nécessairement amenés à subir les effets néfastes de l'habitude, car certains stimuli qui furent renforçants ont avec le temps perdu leur pouvoir.

Nous avons jusqu'à présent traité d'un certain nombre de facteurs environnementaux qui peuvent avoir une influence sur le développement de la détresse conjugale, dont l'insuffisance de la capacité à résoudre des problèmes ou à changer de comportement, ou encore des facteurs extérieurs qui augmentent l'attirance pour certaines alternatives au couple ou l'érosion de la valeur de renforcement. Toutefois, bien que des éléments de cet ordre puissent jouer un rôle déterminant dans le développement de la détresse, des différences individuelles entre les partenaires sont parfois aussi à l'origine de problèmes majeurs. Un des principaux conflits que nous rencontrons dans notre travail avec des couples est celui qui provient des différences d'estimation par les deux partenaires de ce que doit être l'intimité optimale (Christensen, 1988*a* et 1988*b* ; Jacobson, 1989). Du fait qu'il existe différentes façons de rechercher la proximité, ces conflits se manifestent de multiples façons : il peut, par exemple, s'agir de demander à passer plus de temps avec l'autre, ou exiger qu'il exprime davantage ses sentiments, ou encore prendre l'initiative de comportements affectueux – de même qu'il existe de nombreuses façons de chercher l'indépendance (par exemple, en s'engageant dans des activités indépendantes ou en refusant des tentatives visant à un rapprochement), (Holtzworth-Munroe et Jacobson, 1991). Une grande partie des recherches récentes s'est tout particulièrement intéressée à la dynamique où les partenaires d'un couple s'aspirent mutuellement par leurs tentatives pour atteindre un certain niveau d'intimité. Ce type d'interactions a été décrit de divers points de vue théoriques comme schéma de rejet/intrusion, ou demande/retrait, ou comme un conflit entre affiliation et indépendance (Holtzworth-Munroe et Jacobson, 1991 ; Jacobson et Margolin, 1979). Bien qu'une disparité quant aux niveaux d'intimité désirés ne soit en aucune façon la seule différence individuelle qui engendre un conflit conjugal, ce thème des relations de couple unifie ce qui autrement resterait un ensemble disparate de plaintes.

La structure de la thérapie

Le déroulement de la thérapie de couple comportementale traditionnelle suit une structure bien définie qui reflète à la fois le contexte de la recherche clinique à partir duquel de nombreuses techniques ont été développées et les thèmes communs qui permettent d'unifier de nombreux problèmes de couple malgré leur diversité (Jacobson et Holtzworth-Munoe, 1986). Il faut toutefois noter que, la principale caractéristique de ce modèle étant l'importance accordée à l'analyse fonctionnelle du comportement, la structure de la thérapie peut bien entendu varier d'un couple à l'autre. Néanmoins, même si les problèmes à traiter et les stratégies de traitement choisies changent, ce type de thérapie met en œuvre un ensemble défini de « phases » valant pour tous les couples.

L'évaluation

Différentes caractéristiques distinguent l'évaluation comportementale d'autres types d'évaluation. L'évaluation comportementale consiste essentiellement à identifier, d'une part, les schémas de comportement actuels qui ont contribué à l'état présent de détresse relationnelle qu'un couple connaît et, d'autre part, les variables qui sont à l'origine de ces schémas. Le thérapeute détermine les facteurs cognitifs et affectifs qui contribuent à la détresse des partenaires, ainsi que leurs comportements interactionnels observables. De plus, l'évaluation comportementale vise à mesurer directement les comportements, en insistant sur la description et la clarification de relations fonctionnelles existantes ; le plan de traitement finalement adopté est directement lié aux résultats de cette évaluation. Enfin, notons que ce type d'évaluation est continu, en cela qu'elle a lieu tout au long de la thérapie, au lieu de se terminer à la fin de la phase d'évaluation.

A moins que des couples n'arrivent en thérapie en état de crise aiguë, les trois premières séances sont uniquement consacrées à l'évaluation. Alors que la première consiste en un entretien avec le couple, centré sur les problèmes présents et les traitements passés, dans les deux suivantes, un interviewer reçoit séparément les deux partenaires. Pendant la phase de l'évaluation, les couples sont informés qu'aucune partie ne s'est engagée à entreprendre une thérapie et que, bien au contraire, le but de la thérapie est de déterminer si cette dernière est bien appropriée, mais aussi, s'il est possible, pour les deux parties, de travailler ensemble et, si la thérapie de couple n'est pas la meilleure solution, d'envisager d'autres possibilités (par exemple, une thérapie individuelle pour l'un des partenaires ou les deux). Les couples sont en outre avertis du fait qu'ils ne peuvent attendre d'amélioration au cours de cette phase, puisque le principal objectif est plutôt de rassembler des données que d'améliorer la relation perturbée.

L'évaluation du dysfonctionnement conjugal fait appel à de nombreuses procédures différentes, conçues pour estimer les forces et les faiblesses de la relation en fonction des schémas d'interaction du couple, de la diversité des comportements de renforcement et de punition potentiellement et réellement échangés, des compétences et capacités des partenaires dans les domaines de la communication et de la résolution des conflits, des déficiences sur le plan des capacités d'ordre matériel et d'autres domaines importants du point de vue interactionnel. En outre, avant d'assister aux trois séances d'entretien mentionnées plus haut, les couples répondent à plusieurs questionnaires écrits qui visent à rassembler des informations. Mentionnons, par exemple, des questionnaires permettant d'évaluer globalement la satisfaction du couple (Spanier, 1976), ou bien le questionnaire sur les domaines de changement *(Areas-of-Change Questionnaire, AC)* (Weiss *et al.*, 1973), qui demande au couple d'indiquer, parmi trente-quatre comportements du partenaire, lesquels il souhaiterait voir changer, dans quelle mesure et dans quelle direction, ou encore l'inventaire de la satisfaction conjugale *(Marital Satisfaction Inventory, MSI)* (Snyder, 1979), qui fournit des évaluations du fonctionnement du couple à différents égards, enfin, le formulaire sur les domaines de désaccord et l'échelle des tactiques de conflit (Straus, 1979) qui permettent d'évaluer les abus psychologiques et corporels dans les relations du couple. Les partenaires passent aussi des tests destinés à évaluer leurs compétences et vulnérabilités individuelles.

La liste d'observations des partenaires *(Spouse Observation Checklist, SOC)* (Weiss *et al.*, 1973) a été conçue pour les aider à rassembler des données observées chez eux et présente environ quatre cents comportements conjugaux regroupés en douze domaines : la camaraderie, l'affection, la considération, la communication, la sexualité, le couple, l'éducation des enfants, les responsabilités du ménage, la gestion des finances, les activités professionnelles (ou scolaires), les habitudes personnelles et l'indépendance – tant celle du partenaire que celle du couple. Il est demandé à chaque époux d'observer les comportements de son partenaire ainsi que leurs activités communes pendant vingt-quatre heures, en estimant la valence (positive, négative ou neutre) de chaque événement et son impact sur celui qui y est confronté. Cette liste d'observations remplit plusieurs fonctions d'évaluation. Elle indique d'abord au thérapeute la fréquence quotidienne des comportements significatifs et donne en outre des informations sur la valeur de renforcement ou de punition de comportements particuliers. Enfin, elle aide le thérapeute à diriger le processus de la thérapie puisqu'il peut, grâce aux évaluations quotidiennes complètes fournies par le couple pendant la période du traitement, observer des changements pertinents dans les domaines où il s'agit d'intervenir.

Quand les divers types d'évaluation lui ont fourni un maximum de données, le thérapeute connaît bien en principe les différents aspects des relations d'un couple : les points forts (par exemple, l'aptitude mutuelle de renforcement des partenaires, leurs compétences et capacités, les ressources qui expliquent leur degré actuel d'engagement), mais aussi les problèmes à traiter (par exemple, l'histoire développementale de ces problèmes), les objectifs de chacun pour sa relation de couple (tels que l'amélioration de celle-ci afin d'éviter la séparation ou le divorce), l'évaluation de facteurs environnementaux (comme les solutions de rechange pour chaque partenaire à la relation actuelle, le pouvoir d'attraction de ces solutions), et des détails spécifiques sur le fonctionnement individuel de chacun (éventuellement, son passé psychiatrique, médical, ou les autres traitements qu'il a pu déjà entreprendre, etc.).

Bien que la période d'évaluation soit distincte de la thérapie proprement dite, cette phase de prétraitement a souvent des effets thérapeutiques sur le couple. Du fait que le thérapeute se concentre autant sur les points forts que sur les domaines problématiques, les questions qu'il pose attirent souvent l'attention des époux sur les aspects positifs de leur relation. Les couples en détresse qui commencent une thérapie étant tout particulièrement à l'affût des événements négatifs, les amener à voir d'autres données a souvent pour effet positif de les soulager (Jacobson et Holtzworth-Munroe, 1986). De plus, l'expérience d'être en thérapie et de parler de leurs préoccupations à une tierce personne neutre et objective les aide parfois à développer des attentes positives.

Comme nous l'avons dit, l'évaluation ne se termine pas avec la fin de la phase de prétraitement : elle continue tout au long du traitement, et les données recueillies servent en premier lieu à donner au couple des informations en retour sur ses progrès, mais elles aident aussi le thérapeute à décider de modifier le plan de traitement quand cela lui semble justifié.

La table ronde

Une fois l'évaluation préalable au traitement terminée, le couple rencontre le thérapeute, qui lui donne des recommandations quant au traitement à entreprendre. Il lui présente un résumé de ce que l'évaluation a permis de mettre en évidence, c'est-à-dire essentiellement ses forces et ses faiblesses, et soit lui propose d'entreprendre une thérapie de couple et fournit une description du programme prévu, soit lui explique pourquoi ce type de thérapie lui semble contre-indiqué et lui parle d'autres traitements possibles. Il appartient bien entendu au couple de décider de suivre ou non les conseils du thérapeute. Au cas où la thérapie de couple est indiquée, le thérapeute et les partenaires s'engagent à entreprendre un programme de traitement structuré (environ vingt séances de soixante à quatre-vingt-dix minutes, au rythme d'une séance par semaine), avec des objectifs spécifiques destinés à améliorer leur relation en accord avec les désirs qu'ils ont exprimés.

Comme nous l'avons affirmé précédemment, une thérapie de couple réussie se fonde sur la volonté des partenaires de travailler avec le thérapeute à l'amélioration de leurs relations. Aussi, pour pouvoir adopter un programme de collaboration, les époux doivent-ils reconnaître leurs responsabilités mutuelles eu égard à leurs problèmes relationnels et s'engager à travailler ensemble à une amélioration. Malheureusement, les partenaires d'un couple arrivent rarement en thérapie prêts à collaborer. Le plus souvent, chacun attend que le thérapeute demande à l'autre de changer, et cela sans qu'il soit question de réciprocité. Il est de ce fait nécessaire, lors d'une première séance-table ronde, de favoriser et d'instaurer un esprit de collaboration.

Il appartient alors au thérapeute de tenter une première fois de construire un contexte de collaboration. Du fait qu'au début d'une thérapie chaque partenaire tient en général l'autre pour responsable de la détresse du couple et considère que c'est à l'autre de changer de comportement, le thérapeute doit mettre en évidence l'improductivité de tels points de vue et, par là même, justifier son attente de voir les époux collaborer (Wood et Jacobson, 1985). A cette fin, l'analyse des problèmes relationnels qu'il présente insiste sur la responsabilité mutuelle des partenaires eu égard aux difficultés qu'ils connaissent, sans attribuer de tort à l'un plutôt qu'à l'autre. En général, cette perspective plus large amène les partenaires du couple à prendre conscience d'autres possibilités, à voir les choses autrement et à accepter leur double responsabilité des problèmes actuels.

Une fois le plan de traitement présenté, il s'agit pour le thérapeute d'amener le couple à s'engager verbalement, ou par écrit, à suivre ses instructions et à collaborer. Mais, que le plan du thérapeute soit accepté ou non, les partenaires doivent s'engager à se conformer au modèle du thérapeute, ainsi qu'aux comportements exigés par celui-ci si le traitement est mis en œuvre. Une telle collaboration exige d'eux qu'ils se conforment non seulement à l'ordre du jour de chaque séance de thérapie, mais aussi à ce qu'il leur a été demandé de faire chez eux, et que chacun s'attache à modifier son propre comportement. Une fois qu'il s'est engagé à faire une thérapie et à suivre le plan de traitement présenté par le thérapeute, le couple réagit la plupart du temps en conséquence. Du reste, plutôt que d'attendre l'émergence d'un contexte de collaboration, le thérapeute peut exiger des comportements nécessaires sans tenir compte du contexte présent. Dès lors que les partenaires s'engagent effectivement dans ces comportements, des changements positifs sont susceptibles de se produire, et c'est de ces changements initiaux que naît la collaboration.

En reconnaissance de la collaboration dont un couple est capable au début de la thérapie, ce qui lui est demandé au cours des premières séances est moins astreignant et ne requiert qu'un minimum de coopération. D'une façon générale, on peut dire que les stratégies de traitement, décrites plus loin, ne présentent que peu de risques et offrent en revanche de grandes probabilités de réussite (Holtzworth-Munroe et Jacobson, 1991). De plus, les améliorations résultant de ces stratégies favorisent habituellement tant les attentes positives des époux que leur collaboration et, par là même, les préparent aux séances futures, où la réussite dépend alors de leur capacité de coopérer.

La structure générale des séances

Les séances de thérapie sont en général extrêmement structurées et d'une durée limitée ; le traitement prévoit habituellement vingt séances de soixante à quatre-vingt-dix minutes, à raison d'une séance hebdomadaire. Notons que pendant la phase de généralisation et d'entretien, les séances ont lieu moins fréquemment. Au début d'une séance, le couple et le thérapeute commencent habituellement par établir ensemble l'ordre du jour. Les tâches attribuées lors de la séance précédente sont ensuite passées en revue. Quant au reste du temps, il est consacré à ce qu'il y a de « nouveau » : il peut, par exemple, s'agir de travailler sur un problème spécifique, ou de passer en revue et d'analyser les événements tant positifs que négatifs qui se sont produits en rapport avec la dernière séance, ou encore de l'acquisition et de la pratique d'une capacité particulière. En général, la séance se termine par l'examen de ce qui s'est passé au cours de la séance et la présentation des tâches prescrites jusqu'à la prochaine.

Les techniques spécifiques

Augmenter la fréquence des échanges positifs

On s'efforce souvent, au début du processus thérapeutique, de mettre l'accent sur les interactions agréables dans l'environnement du couple ou d'en augmenter la fréquence. L'importance particulière accordée à l'augmentation des comportements positifs dans les premiers temps de la thérapie sert plusieurs objectifs. Comme nous l'avons dit précédemment, du fait qu'il peut être plus facile à un couple d'adopter avec succès de tels comportements, la collaboration des partenaires se trouve favorisée et les aide à croire qu'il leur est possible de changer. Mettre d'emblée l'accent sur les échanges positifs permet en effet de développer l'optimisme quant à la possibilité de changer en amenant les partenaires à se concentrer sur les aspects de leur relation qu'ils peuvent considérer comme des forces (Wood et Jacobson,

1985) ; cela contribue aussi à empêcher les couples en détresse d'être à l'affût des comportements négatifs dans leur relation. De plus, les stratégies d'échanges de comportements donnent au couple les moyens de surmonter les effets néfastes de l'érosion de sa capacité de renforcement. C'est seulement lorsque le couple qui se présente traverse une crise aiguë qu'il est recommandé de reporter l'application de ce type de procédures jusqu'à ce que le problème à traiter soit abordé, mais, en général, la concentration initiale sur l'augmentation des échanges positifs sert à stimuler l'amélioration de la relation, indépendamment du niveau de détresse du couple.

Au cours de cette phase de la thérapie, il est demandé à chaque époux d'augmenter la fréquence des comportements qui font déjà partie de son répertoire et coûtent peu en même temps qu'ils plaisent à l'autre. Cette directive permet au thérapeute d'accroître immédiatement la satisfaction des partenaires sans que cela leur coûte beaucoup. Il leur est ensuite demandé de se concentrer sur eux-mêmes et d'examiner comment chacun contribue aux problèmes dans leur relation et ce qu'ils peuvent faire pour l'améliorer en changeant certains de leurs comportements. Cette concentration sur soi aide les époux à restructurer leurs efforts en vue d'une telle amélioration et, par là même, entrave les anciens schémas destructeurs qui impliquaient la passivité et une propension excessive à se voir soi-même comme victime (Jacobson et Holtzworth-Munroe, 1986).

Dès lors que les deux partenaires sont d'accord pour faire attention à leur propre conduite, il s'agit de leur apprendre à discerner précisément les comportements de leur répertoire qui ont un impact positif sur la satisfaction qu'ils trouvent quotidiennement dans leur vie conjugale. Le thérapeute insiste alors fortement sur ce que le couple doit faire à la maison afin de stimuler des changements positifs dans son environnement privé. On emploie fréquemment la liste d'observations des partenaires, mentionnée plus haut, pour découvrir ces comportements agréables et qui ne coûtent pas cher. A cette fin, on encourage chacun à examiner la liste de l'autre dans le but de spécifier ou désigner précisément les comportements qui peuvent augmenter la satisfaction que chacun tire de sa relation de couple.

Contrairement à d'autres procédures directives visant à amener des changements de comportement, on commence par demander aux époux de formuler leurs propres hypothèses quant à ce qui pourrait avoir un effet de renforcement pour leur partenaire, plutôt que de demander à chacun ce qu'il voudrait ou attend de l'autre. De plus, plutôt que de formuler des directives pour changer des comportements particuliers, le thérapeute donne des instructions générales visant à accroître la fréquence de « certains » comportements parmi une liste d'éléments potentiels de renforcement. On considère ces deux types d'interventions comme des améliorations par rapport aux procédures directives traditionnelles à deux égards : d'une part, elles contribuent à amoindrir la résistance à la directive de changement de comportement de la part de celui qui donne et, d'autre part, elles font que tout changement de comportement est considéré par celui qui reçoit comme motivé intérieurement, volontaire, reflétant une attitude positive et susceptible de continuer (Jacobson et Holtzworth-Munroe, 1986).

Il appartient au thérapeute de s'assurer que les partenaires se conforment à ce qu'il leur prescrit de faire chez eux. A cet égard, les couples ont tendance à se montrer plus dociles quand les tâches assignées sont explicitement présentées comme faisant partie de la thérapie que quand le lien entre celles-ci et leur fonction en séance n'est pas clairement défini. Parmi les méthodes permettant d'augmenter le degré de coopération du couple, il y a les stratégies de contrôle du stimulus – qui consistent, par exemple, à concevoir la tâche individuellement, à en donner une explication raisonnée, à anticiper les excuses – ou bien le recours aux stratégies de contrôle des événements contingents.

Ainsi l'effort initial particulier qui vise à susciter des changements de comportement est conçu pour avoir un effet à court terme mais immédiatement positif sur la relation de couple. Les améliorations qui en résultent sur ce plan contribuent à encourager le couple à tenir bon, et à rester optimiste quant à la possibilité de changer. Notons que ces résultats ne favorisent pas seulement la collaboration entre les époux, mais renforcent aussi la crédibilité du thérapeute et de son modèle. C'est à travers la réussite d'une telle mise en œuvre d'échanges de comportements que le décor est planté pour le travail intensif qu'il s'agira d'accomplir ensuite afin de surmonter des déficits sur le plan de différentes capacités relationnelles.

L'entraînement à la communication et à la résolution des problèmes

Alors que l'échange de comportements amène des changements à court terme mais immédiatement positifs dans l'environnement naturel du couple, l'entraînement à la communication et à la résolution des problèmes (*Communication and Problem-Skills Training*, CPT) est au contraire conçu de façon à ce qu'il en tire des bénéfices à long terme. Ce type d'entraînement a ceci de particulier qu'il insiste largement, bien que non exclusivement, sur la résolution des conflits. Dès lors qu'ils ont appris en séance à développer certaines capacités – à travers les instructions qu'on leur donne, mais aussi à travers la répétition de comportements et le *feedback* qu'ils en retirent –, les partenaires peuvent, une fois la thérapie terminée, devenir eux-mêmes leurs propres thérapeutes et contribuer ainsi non seulement à la durabilité des bénéfices du traitement, mais encore à la poursuite des changements positifs.

La thérapie de couple comportementale, comme d'autres approches théoriques, met l'accent sur l'entraînement de la capacité à communiquer (Ables et Brandsma, 1977 ; Satir, 1967 ; Guerney, 1977) ; mais l'entraînement *comportemental* à la communication est unique à plusieurs égards (Holtzworth-Munroe et Jacobson, 1991). Ce type de thérapie emploie en effet une méthode systématique d'entraînement, dérivée d'autres paradigmes utilisés en thérapie comportementale pour fortifier des capacités déficientes et qui accorde une importance particulière à l'emploi de stratégies d'enseignement direct, ainsi qu'à la répétition de comportements. De plus, en thérapie comportementale de couple, l'entraînement à la communication vise à enseigner aux partenaires comment communiquer dans le but de les aider à résoudre des conflits, plutôt que de se concentrer essentiellement sur la communication en elle-même et pour elle-même (par exemple, comment paraphraser ou exprimer des sentiments).

Il faut aussi noter que, contrairement à d'autres approches, ce type de thérapie a recours, pour cet entraînement, aux principes de changement de comportement, comme la mise en évidence, la mise au point et le fait d'assurer l'emploi efficace du renforcement social (Holtzworth-Munroe et Jacobson, 1991).

Du fait que, quand ils commencent une thérapie, les partenaires d'un couple ont en général des difficultés évidentes non seulement à s'écouter attentivement l'un l'autre, mais encore à reconnaître qu'ils ont entendu l'autre, les thérapeutes comportementaux commencent souvent par leur apprendre à écouter ; les techniques employées à cette fin consistent, par exemple, à paraphraser, réfléchir ou valider, à travers l'observation de modèles (*modeling*) et l'interprétation de rôles dans lesquels les partenaires tantôt parlent et tantôt écoutent. Une importance particulière est accordée à ces capacités, car elles constituent un moyen d'aider les partenaires à communiquer clairement sur le problème auquel ils sont confrontés, ainsi qu'à se témoigner réciproquement de l'intérêt (Jacobson et Holtzworth-Munroe, 1986). Une fois qu'ils ont appris à écouter, les époux reçoivent ensuite des instructions sur l'emploi de certains tours d'expression, comme les énoncés à la première personne, qui aident à mettre en valeur la réalité subjective plutôt qu'objective de leur point de vue sur un problème particulier. On encourage aussi les partenaires à exprimer leurs sentiments comme faisant partie de ces affirmations à la première personne, afin qu'ils les identifient, les communiquent à celui qui écoute et favorisent ainsi la proximité et l'intimité dans leur relation avec l'autre. Entraîner leurs capacités d'expression peut aussi consister à leur apprendre à formuler des demandes constructives pour un changement de comportement ou encore à détourner les schémas d'interaction du couple de l'asymétrie et de la domination qui les caractérisent habituellement (Jacobson et Holtzworth-Munroe, 1986). On enseigne aux partenaires à faire ces demandes sans les dénier par des généralisations excessives, par l'attribution de traits de caractère ou par le manque d'à-propos (*ibid.*). La demande doit au contraire être spécifique et viser à favoriser les comportements positifs plutôt qu'à limiter les comportements négatifs. En voici un exemple : « Si tu passais moins de temps au bar et restais davantage avec moi quand nous sortons danser, je me sentirais séduisante et aimée de toi. » Lorsque ces outils sont utilisés avec succès en séance, des tâches à réaliser à la maison sont données dans le cadre de l'entraînement à l'utilisation efficace de ces capacités. D'une façon générale, le thérapeute doit se montrer directif et persévérant dans ses efforts pour empêcher toute communication destructrice entre les partenaires, en même temps qu'il les aide à acquérir de nouvelles capacités de communiquer.

Ensuite, une fois que les couples maîtrisent la capacité fondamentale d'écouter et de s'exprimer, on leur apprend à résoudre des conflits. A cette fin, le thérapeute s'attache avant tout à développer tant la volonté que les aptitudes des époux à discuter de façon constructive des domaines où les conflits ont lieu ; il leur apprend aussi à étendre la portée de ces capacités, en particulier celles qui aident à définir les problèmes, ainsi qu'à découvrir et mettre en œuvre des solutions appropriées. A travers non seulement l'élaboration de modèles par le thérapeute, mais encore la pratique et le *feedback*, les couples apprennent à développer les capacités qui leur permettront d'aborder les problèmes de façon productive et de collaborer suffisamment pour parvenir à les résoudre. Dès lors qu'ils maîtrisent une aptitude particulière en séance, le thérapeute leur donne des tâches auxquelles s'entraîner chez eux.

La résolution d'un problème comprend deux phases distinctes : celle où on le définit, puis celle où on le résout. La première consiste à apprendre au couple comment définir le problème, alors que dans la seconde on s'attache exclusivement à la façon de trouver des solutions et au moyen de les affiner. Il est important de bien faire cette distinction car souvent les couples échouent à résoudre un problème précisément du fait qu'ils ne la font pas.

L'identification et la définition d'un problème obéissent à certaines règles :

1. Pour ce qui concerne l'identification du problème, il est tout à fait souhaitable qu'elle soit précédée par l'expression d'appréciations permettant de placer le problème dans son contexte. Du fait qu'il est bien entendu plus facile d'accepter un compliment qu'une critique, les critiques sont plus aisément reçues dans le cadre d'une appréciation. Le compliment

adressé doit être spécifique, lié d'une façon ou d'une autre au problème qu'il s'agit de traiter, et constituer l'expression franche d'une appréciation, plutôt que l'introduction superficielle à une critique.

2. Il faut définir les problèmes de façon spécifique, en termes comportementaux, sans employer une terminologie générale, par exemple en attribuant des traits de caractère ou en formulant des affirmations désobligeantes.

3. Quand les époux désignent précisément des comportements problématiques chez l'autre, ils expriment directement des sentiments liés à ces comportements. Aussi, en révélant un sentiment, celui qui donne a quelque chose de désarmant qui conduit celui qui reçoit à être moins sur la défensive – d'où la collaboration accrue qui en résulte.

4. Dès lors qu'ils s'efforcent de résoudre un problème, les époux doivent accepter la part de responsabilité qu'ils y ont chacun. Chez un couple en détresse, la réaction habituelle de l'un des époux à une plainte de l'autre est de se défendre par des dénégations, des contre-plaintes, des excuses ou des justifications. C'est le plus souvent à ce point que les discussions visant à résoudre un problème échouent. Afin qu'elles mènent au contraire à un résultat positif, il s'agit de décourager de telles réactions et de leur substituer l'une des nombreuses attitudes de collaboration possibles : par exemple, l'empathie, l'aveu, l'apologie et la reconnaissance des sentiments de l'autre. Il est également important que l'époux qui désigne chez son partenaire des comportements problématiques reconnaisse la façon dont il a contribué lui-même à créer le problème et comment il l'entretient ou même l'exacerbe. Comme l'expression d'appréciations ou de sentiments, la capacité de l'un à reconnaître le rôle qu'il joue amène généralement l'autre à être moins sur la défensive et donc davantage prêt à collaborer. De plus, le fait que l'époux insatisfait reconnaisse le caractère de réciprocité du problème rend plus probable une réaction de coopération de la part de l'autre.

Une fois le problème défini, le couple peut aborder la phase de la résolution de la discussion, où il s'agit successivement de passer par un épisode de *brainstorming*, puis d'arriver à un accord de changement, enfin d'établir un contrat écrit.

Pendant le *brainstorming*, le couple établit une liste de solutions possibles au problème en question. A cette fin, il lui est demandé de verbaliser toutes les idées qui lui viennent à l'esprit, sans évaluer ou censurer aucune suggestion, si idiote ou absurde puisse-t-elle sembler. Le but de cet exercice est de permettre aux époux de trouver des solutions sans avoir à les évaluer. A ce stade, on leur demande de ne pas se soucier de la qualité de leurs idées. En général, parmi la longue liste des solutions avancées, certaines sont viables. Le *brainstorming* est conçu afin de contrecarrer la tendance qu'ont les couples à se censurer eux-mêmes et à évaluer négativement toutes les solutions avant de les examiner minutieusement.

Un accord de changement est ce à quoi les époux doivent ensuite arriver. A cette fin, ils examinent, pour chaque solution avancée, non seulement les avantages et les inconvénients qu'entraînerait son adoption, mais encore son efficacité quant à la résolution du problème. Après que le point de vue de chaque époux a été pris en considération, une décision est adoptée sur le caractère de la proposition discutée. Ils peuvent décider d'éliminer une solution parce qu'elle est trop coûteuse, ou bien la mettre de côté et y revenir plus tard, ou encore l'inclure dans la solution finalement adoptée. Il est aussi possible d'affiner ou de modifier les solutions dès lors que les époux approuvent les changements apportés.

La formulation d'un contrat écrit, qui est la dernière étape du processus de résolution d'un problème, consiste à synthétiser les solutions gardées parmi toutes celles figurant sur la liste établie lors du *brainstorming*, afin d'en faire un accord de changement cohérent et spécifique. En effet, l'accord final doit spécifier les comportements à changer, les situations dans lesquelles des changements devront se produire et la conduite que le couple prévoit d'adopter afin que l'accord passé ait le maximum de chances d'être tenu. Tous les accords de changement sont considérés comme des essais et peuvent être réexaminés si l'un des époux ou les deux n'en sont pas satisfaits. Une date est fixée à laquelle l'accord sera réexaminé, et les deux époux signent.

Afin d'arriver à ce type de contrat, les époux doivent continuer à collaborer et résister à la tentation de s'engager dans des interactions aliénantes qui entraveraient de façon caractéristique les discussions visant à résoudre des conflits. Le recours à des lignes directrices générales en communication – par exemple, paraphraser ou éviter de dévier du sujet – aide à garder le rythme de ce type de discussions et augmente les chances d'un couple de réussir à résoudre un problème donné.

Autres techniques

Bien que l'échange de comportements, l'entraînement à la communication et à la résolution de problèmes soient des techniques couramment employées en thérapie comportementale de couple, ce ne sont toutefois pas les seules disponibles. On a recours, par exemple, à la formation des parents ou à d'autres techniques comportementales si l'on veut aider un couple confronté à des conflits portant sur l'éducation des enfants. La thérapie sexuelle est aussi souvent employée pour compléter et même, dans certains cas, remplacer ces autres techniques (Jacobson et Holtzworth-Munroe, 1986).

Généralisation et entretien

Du fait que l'objectif final de l'approche comportementale est de permettre au couple de se servir, dans son environnement naturel, de ce qu'il a appris en thérapie, il est important que l'influence du thérapeute diminue dès lors que les capacités définies plus haut sont acquises. C'est pourquoi, afin que le couple acquière l'indépendance nécessaire pour devenir en quelque sorte son propre thérapeute, on insère dans le traitement des stratégies de généralisation et d'entretien. L'influence du thérapeute doit s'estomper peu à peu, au fur et à mesure que le couple devient de plus en plus responsable et capable de traiter ses propres problèmes ; et la séance de thérapie elle-même doit progressivement cesser d'être le centre vers lequel convergent tous les problèmes relationnels importants. Toutefois, afin de favoriser la persistance à long terme de l'amélioration des relations du couple, le thérapeute ne met pas formellement fin au traitement. Il est au contraire prévu que les couples reviennent périodiquement pour des

séances de « rappel » dans le but de faire durer les bénéfices
de la thérapie et de préparer les futurs « cafouillages » qui
pourront se produire par la suite.

Statut actuel et nouveaux développements :
le besoin d'approches intégrant différentes optiques

Parmi les thérapies de couple, l'approche comportementale
pour le traitement des problèmes conjugaux a sans doute été
(et de loin) la plus largement explorée (Baucom et Hoffman,
1986) puisque plus d'une douzaine d'études, menées dans
au moins cinq pays, ont confirmé son efficacité par rapport
aux groupes de contrôle (Hahlweg et Markman, 1988). Cette
thérapie s'est révélée être un traitement d'une efficacité comparable à ce que les textes des chercheurs décrivent généralement (Hahlweg et Markman, 1988).

Pourtant, malgré ces résultats positifs, nos recherches ont
montré que ce type de thérapie présente tout de même
d'importantes limites. Nous les décrirons à travers l'examen
de plusieurs études menées par notre équipe de chercheurs,
qui comparent l'efficacité de l'ensemble du dispositif thérapeutique comportemental avec celle de deux de ses principales composantes, l'échange de comportement *(Behavior
Exchange, BE)* et l'entraînement à la communication et à la
résolution de problèmes (Jacobson, 1984 ; Jacobson *et al.*,
1985 ; Jacobson *et al.*, 1987). Nous pensions que la première,
l'échange de comportements, engendrerait davantage de
changements dans l'environnement naturel du couple que la
seconde, l'entraînement, qui, nous semblait-il, assurerait une
plus grande durabilité des bénéfices du traitement une fois
la thérapie terminée. Du fait que l'échange de comportements
vise avant tout à produire des changements positifs dans
l'environnement naturel, principalement à travers les tâches
que le thérapeute prescrit au couple, plutôt que par l'entraînement de certaines capacités et la prévention de futures
détresses, on pourrait s'attendre à un pourcentage de rechutes
relativement élevé au cas où cette composante serait la seule
employée. De l'entraînement à la communication et à la
résolution de problèmes – qui s'attache tout particulièrement,
bien que de façon non exclusive, à développer la capacité de

résoudre des conflits – on pourrait en revanche attendre qu'il n'amène pas de changements positifs immédiats à la maison, mais soit efficace pour améliorer la communication et favoriser la durabilité des bénéfices du traitement.

Les résultats ont montré que les trois types de traitement étudiés ont produit des changements importants chez les couples. Par rapport au groupe de contrôle, mais immédiatement après la thérapie les trois versions ne se révélaient pas avoir une efficacité différente. Toutefois, après six mois, on a observé un pourcentage alarmant de détérioration chez les couples n'ayant pratiqué que l'échange de comportements et aucune amélioration sur le plan de la satisfaction que les époux pouvaient tirer de leur relation conjugale. En revanche, les relations des couples ayant suivi l'entraînement à la communication et à la résolution de problèmes, de même que les relations de ceux auxquels la totalité du traitement avait été proposée, ne s'étaient que relativement peu détériorées ; aussi, presque un tiers de ces couples avaient, à la suite du traitement, accru de façon significative la satisfaction tirée de leur relation conjugale. Tout cela confirmait donc nos hypothèses sur la façon dont le traitement fonctionne. L'échange des comportements et non l'entraînement à la communication et à la résolution des problèmes favorisait une augmentation des comportements positifs des époux chez eux, grâce à un contrôle quotidien des événements agréables et désagréables (Jacobson, 1984). En revanche, seul l'entraînement à la communication et à la résolution des problèmes se révélait efficace pour modifier la communication des époux dans des situations conflictuelles, comme des expériences d'interaction conjugale en laboratoire l'avaient établi (Jacobson *et al.*, 1985). En général, environ les deux tiers des couples traités avaient amélioré leurs relations ; et, sur la base de nos statistiques pour déterminer l'importance clinique des effets du traitement (Jacobson *et al.*, 1984) 58 % étaient considérés comme guéris – les tests faits par la suite ne révélaient pas de grandes différences.

Deux ans après la fin de la thérapie, les couples qui avaient suivi le traitement complet commençaient à rechuter. En particulier, parmi les couples dont le traitement était considéré comme réussi, environ 30 % avaient rechuté à un degré clinique significatif (Jacobson *et al.*, 1987). D'autre part, environ un tiers des couples traités dans le cadre d'essais cliniques n'avaient pas tiré profit de la thérapie comportementale de couple ; et, parmi ceux qui en avaient tiré profit, seulement un tiers pouvait jouir durablement des bénéfices du traitement. En résumé, ce type de thérapie semble suffisant pour environ la moitié des couples qui font appel à nos services, alors que pour l'autre moitié le traitement se révèle inefficace ou ne produit que des résultats éphémères.

On a dégagé, à travers l'examen des couples imperméables à la thérapie comportementale, quatre variables qui permettent de prévoir la réaction au traitement. Il y a d'abord la gravité de la détresse des époux – les couples dont la détresse est plus profonde réagissant, comme on peut s'y attendre, moins favorablement au traitement. L'âge est un deuxième facteur : les couples plus jeunes sont davantage susceptibles de réagir favorablement. Il y a ensuite le désengagement émotionnel – plus ce désengagement est grand, plus il est difficile de traiter le couple – et, enfin, l'incompatibilité, une forte polarisation sur des questions fondamentales laissant prévoir une réaction moins favorable au traitement (Jacobson, sous presse).

Tous les facteurs décrits ci-dessus sont liés d'une certaine façon à la capacité du couple à s'adapter et faire des compromis. Les époux en grande détresse ou assez âgés et engagés depuis des années dans des schémas d'interaction auxquels ils sont habitués et les époux qui ne peuvent s'entendre sur des questions fondamentales sont ceux qui ont des difficultés à s'adapter l'un à l'autre, à accepter des compromis et à conjuguer leurs efforts pour améliorer leurs relations. La thérapie comportementale de couple, telle que nous l'avons décrite ici, repose en grande partie sur des interventions orientées vers le changement, ainsi que sur des techniques destinées à stimuler la collaboration, le compromis et l'adaptation aux besoins de l'autre : c'est pourquoi tant les techniques d'échange de comportements que l'entraînement à la communication et à la résolution de problèmes exigent de chaque époux qu'il réagisse de façon positive aux besoins de changement de l'autre. Alors que la thérapie comportementale de couple traditionnelle se révèle efficace pour certains problèmes et certains couples, elle manque (en quelque sorte) le coche avec ceux qui ont des difficultés à s'adapter et à accepter des compromis.

Un examen approfondi de ce type de thérapie révèle que de telles limites peuvent être en partie dues au fait qu'elle dévie de diverses façons d'une véritable application des principes comportementaux (Jacobson, sous presse). Ni les stratégies d'intervention, ni les cibles d'intervention n'ont été dérivées d'une analyse fonctionnelle de l'interaction conjugale. Au lieu de cela, les techniques ont été mises au point à partir de la technologie thérapeutique comportementale disponible et les cibles d'intervention déterminées en fonction des comportements qui, statistiquement, permettent de distinguer les couples en détresse des couples sains. De plus, l'emploi de schémas de renforcement arbitraires plutôt que naturels (Ferster, 1967) pour façonner l'interaction conjugale a limité la possibilité de généralisation et de maintien du fait que ce sont précisément des renforcements naturels qui façonnent le comportement des individus dès lors qu'ils sont sortis du cabinet du thérapeute. Un dernier point est que l'on a essayé de susciter des changements à travers des règles établies, au lieu de se servir d'événements se produisant d'eux-mêmes dans l'environnement du couple pour renforcer l'interaction conjugale.

En réaction à ces découvertes, Neil S. Jacobson et Andrew Christensen ont tenté d'étendre l'applicabilité et l'efficacité de la théorie comportementale de couple. Leur nouvelle approche* (Christensen et Jacobson, 1991 ; Jacobson et Christensen, sous presse) essaie d'intégrer deux facteurs : le développement du « changement » et la stimulation de l'acceptation émotionnelle. Elle s'efforce de faire intervenir l'acceptation émotionnelle dans les situations où un changement de comportement (ce à quoi vise par excellence la thérapie comportementale de couple habituelle) ne se produit pas ou bien se produit, mais insuffisamment du point de vue du partenaire demandeur. Comme solution de remplacement d'un tel changement, il s'agit dans ce cas d'amener le demandeur à voir le comportement en question différemment : alors que le comportement était vécu comme intolérable, choquant

---

* Il s'agit de l'*Integrative Behavior Couple Therapy (IBCT)*, la thérapie intégrative comportementale de couple.

ou blâmable, il est désormais vécu au moins comme compréhensible et acceptable, sinon souhaitable, et, au mieux, comme quelque chose de précieux, bien que pas toujours agréable. Alors que le changement implique de s'adapter à un partenaire et d'accepter des compromis, l'acceptation consiste à relâcher la lutte pour le changement et peut-être même à adopter les aspects du comportement d'un partenaire qui étaient habituellement sources de conflits. Alors que les stratégies orientées vers le changement tentent de résoudre les problèmes présentés par un couple, le travail d'acceptation suppose qu'il existe des problèmes insolubles et vise à transformer les zones de conflit en sources d'intimité et de proximité.

Davantage que l'approche traditionnelle, la thérapie comportementale de couple intégratrice met l'accent sur la mise en œuvre de principes analytiques fonctionnels comme base pour l'identification de cibles d'intervention et le choix de stratégies d'intervention. Cela signifie que le renforcement est utilisé conformément à la conception des béhavioristes et non comme une métaphore pour des comportements identifiés *a priori* comme positifs ou négatifs.

Il faut noter que l'ensemble des procédures de la nouvelle approche thérapeutique n'est en aucune façon incompatible avec celui de la thérapie comportementale de couple traditionnelle : les deux approches sont au contraire complémentaires. En fait, l'approche intégratrice comprend toutes les techniques de la thérapie comportementale de couple traditionnelle, auxquelles elle ajoute de nouvelles procédures qui permettent de stimuler le travail d'acceptation émotionnelle, ainsi que le changement.

L'approche intégratrice se sert de presque toutes les procédures thérapeutiques employées en thérapie comportementale traditionnelle, mais elle en modifie toutefois certaines. Ainsi, par exemple, les procédures d'échange de comportement sont utilisées différemment, parfois à d'autres moments qu'au début de la thérapie, ou encore avec des objectifs parfois un peu divergents. De plus, contrairement à l'approche traditionnelle, l'approche intégratrice ne traite pas seulement au cours de la procédure d'échange de comportements des problèmes insignifiants, non conflictuels, à coût léger ; elle y inclut de façon explicite les zones de conflits fondamentaux. Afin d'éviter le ressentiment et la colère qui entravent dans bien des cas les changements positifs dès le début de la thérapie, l'approche thérapeutique intégratrice ne fait souvent intervenir l'échange de comportement que plus tard, après qu'un certain degré d'acceptation a été acquis ou bien en même temps que des stratégies d'acceptation émotionnelle, afin de se concentrer à la fois sur le changement et l'acceptation de manière intégratrice. Notons enfin un aspect essentiel de l'échange de comportements dans ce contexte intégrateur : le succès des procédures n'est pas à ce point déterminant. En effet, même s'il est agréable qu'un changement positif se produise, des informations importantes restent néanmoins acquises quand aucun changement n'intervient. Tout domaine dans lequel les demandes de changement ne sont pas exaucées, ou de façon seulement ambivalente, devient un indicateur signalant où il est nécessaire de renforcer les interventions d'acceptation émotionnelle.

L'approche intégratrice se caractérise aussi par les modifications qu'elle apporte aux procédures d'entraînement à la communication et à la résolution de problèmes. Comme nous l'avons dit plus haut, l'approche traditionnelle met en œuvre ces procédures afin de résoudre des conflits et des interactions coercitives, l'objectif ultime étant que les couples s'en servent efficacement dans de nouvelles situations conflictuelles. L'approche intégratrice est toutefois moins optimiste quant à la possibilité d'arriver à des changements sur des questions conflictuelles. Sans exclure une telle possibilité, et tout en s'attachant à la promouvoir, ce type d'approche suggère qu'il est nécessaire pour les époux d'accepter leurs différences et de se rendre compte qu'ils ne pourront peut-être pas exaucer les demandes de changement formulées de part et d'autre. Il s'agit donc plutôt d'aider les époux à comprendre et tolérer leurs différences, et même parfois à les apprécier ; mais l'importance accordée à la compréhension, la reconnaissance et l'acceptation des différences individuelles n'implique pas de gommer les difficultés que celles-ci engendrent sur la voie du changement de comportement.

Tout au long du processus thérapeutique, l'entraînement à la communication et à la résolution de problèmes est intégré aux stratégies d'acceptation émotionnelle. Il est, par exemple, possible de mettre l'accent sur cette dernière quand les couples rencontrent des difficultés sur le plan de la communication et de la résolution de problèmes : le degré accru d'acceptation qui en résulte permet à l'entraînement de continuer. De façon plus caractéristique, toutefois, la mise en œuvre des stratégies d'acceptation émotionnelle précède l'entraînement formel des capacités à communiquer et à résoudre des conflits afin d'empêcher l'apparition de problèmes sur le plan de cet entraînement.

Afin de stimuler l'acceptation émotionnelle, la thérapie comportementale de couple intégratrice recourt à trois types de stratégies. Il s'agit d'abord de favoriser l'acceptation d'un problème donné en apprenant au couple à en parler comme d'un « cela » – d'un ennemi commun, et non de quelque chose que l'un fait à l'autre ou d'un problème à résoudre. En parvenant à acquérir un répertoire pour discuter du problème qui reconnaît son caractère insoluble et les unit par là même contre ce problème insoluble, les époux deviennent plus proches et intimes.

Ensuite, c'est une tolérance accrue à l'égard des comportements négatifs de l'autre qui favorise l'acceptation. Le but de l'intervention est alors de changer le contexte où tel comportement négatif se produit et de le rendre ainsi plus acceptable, moins empreint d'aversion. Le thérapeute peut favoriser ces changements de contexte par des commentaires pendant la séance – par exemple, en attirant l'attention sur les aspects positifs de tel comportement négatif, ou encore en donnant des instructions sur différentes manières d'interagir sur ce problème. Il peut s'agir sur ce plan de demander au couple de répéter le problème en séance, ou chez lui, mais dans des conditions qui en modifient le contexte. Un exemple de ce type d'interventions consiste à amener un partenaire à s'engager dans un comportement négatif à un moment où il n'a précisément pas envie de le faire ; il peut ainsi observer plus objectivement la réaction de l'autre et favoriser davantage de compréhension et d'acceptation de sa part. L'essentiel dans cette intervention, c'est qu'elle ritualise l'interaction de telle façon qu'elle n'a plus le même impact négatif qu'auparavant.

Enfin, nous stimulons l'acceptation en aidant chaque époux à développer l'attention qu'il se porte à lui-même ;

chaque partenaire devient ainsi moins dépendant de l'autre et, de ce fait, accepte mieux ses imperfections.

*
**

RÉFÉRENCES BIBLIOGRAPHIQUES

Ables, B.S., et Brandsma, J.M. (1977), *Therapy for Couples*, San Francisco, Jossey-Bass.

Bandura, A., et Walters, P. (1963), *Social Learning and Personality Development*, New York, Holt, Rinehart, Wilson.

Baucom, D.H., et Hoffman, J.A. (1986), « The effectiveness of marital therapy : Current status and application to the clinical setting », *in* Jacobson, N.S., et Gurman, A.S. (éd.), *Clinical Handbook of Marital Therapy*, New York, Guilford Press, p. 597-620.

Birchler, G.R. (1973), « Differential patterns of instrumental affiliative behavior as a function of degree of marital distress and level of intimacy » (Doctoral dissertation, University of Oregon, 1972), *Dissertation Abstracts International*, 1973, 33, 14499B-4500B (University Microfilms, n° 73-7865, 102).

–, Weiss, R.L., et Vincent, J.P. (1975), « A multimethod analysis of social reinforcement exchange between maritally distressed and nondistressed spouse and stranger dyads », *Journal of Personality and Social Psychology*, 45, p. 494-495.

Broderick, C.B., et Schrader, S.S. (1991), « The history of professional marriage and family therapy », *in* Gurman, A.S., et Kniskern, D.P. (éd.), *Handbook of Family Therapy*, New York, Brunner/Mazel, t. 2, p. 5-35.

Christensen, A. (1988*a*), « Détection of conflict patterns in couples », *in* Hahlweg, K., et Goldstein, M.J. (éd.), *Understanding Major Mental Disorder : The Contribution of Family Interaction Research*, New York, Family Process Press.

– (1988*b*), « Dysfunctional interaction patterns in couples », *in* Nollern, P., et Fitzpatrick, M.A. (éd.). *Perspectives on Marital Interaction*, Clevedon, Multilingual Matters.

– et Jacobson, N.S. (1991), *Integrative Behavioral Couple Therapy* (manuel de traitement non publié).

Ellis, H. (1936), *Studies in the Psychology of Sex*, New York, Random House.

Falloon, I.R.H. (1991), « Behavioral family therapy », *in* Gurman, S.A., et Kniskern, D.P. (éd.), *Handbook of Family Therapy*, New York, Brunner/Mazel, t. 2, p. 65-95.

Ferster, C.B. (1967), « Arbitrary and natural reinforcement », *Psychological Record*, 22, p. 1-16.

Fromm, E. (1941), *Escape from Freedom*, New York, Farrar and Rinehart.

Fromm-Reichmann, F. (1950), *Principles for Intensive Psychotherapy*, Chicago, University of Chicago Press.

Fruzzetti, A.E., et Jacobson, N.S. (1991), « Marital and family therapy », *in* Hersen, H., Kazdin, A.E., Bellack, H.S. (éd.), *The Clinical Psychology Handbook*, New York, Pergammon Press, t. 2, p. 643-666.

Gottman, J.M. (1979), *Marital Interaction : Experimental Investigations*, New York, Academic Press.

–, Notarius, C., Markman, H., Bank, S., Yoppi, B., Rubin, M.E. (1976), « Behavior exchange theory and marital decision making », *Journal of Personality and Social Psychology*, 34, p. 14-23.

–, Markman, H., Notarius, C. (1977), « The topography of marital conflict : A sequential analysis of verbal and non verbal behavior », *Journal of Marriage and the Family*, 39, p. 461-477.

Guerney, B. (1977), *Relationship Enhancement*, San Francisco, Jossey-Bass.

Gurman, A.S., Kniskern, D.P., Pinsof, W.M. (1986), « Research on the process and outcome of marital and family therapy », *in* Garfield, S.L., et Bergin, A.E. (éd.), *Handbook of Psychotherapy and Behavior Change*, New York, Wiley (3ᵉ éd.).

Hahlweg, K., et Markman, H.J. (1988), « The effectiveness of behavioral marital therapy : Empirical status of behavioral techniques in preventing and alleviating marital distress », *Journal of Consulting and Clinical Psychology*, 56, p. 440-447.

Hirschfeld, M. (1940), *Sexual Pathology : A Study of Derangements of the Sexual Instinct*, New York, Emerson Books (trad. de J. Gibbs) ; éd. originale : 1932.

Holtzworth-Munroe, A.M., et Jacobson, N.S. (1991), « Behavioral marital therapy », *in* Gurman, A.S., et Kniskern, D.P. (éd.), *Handbook of Family Therapy*, New York, Brunner/Mazel, t. 2, p. 96-133.

Horney, K. (1939), *New Ways in Psychoanalysis*, New York, W.W. Norton.

Jacobson, N.S. (1984), « A component analysis of behavioral marital therapy : The relative effectiveness of behavior exchange and problem solving training », *Journal of Consulting and Clinical Psychology*, 52, p. 295-305.

– (1989), « The politics of intimacy », *Behavior Therapy*, 12, p. 29-32.

–, (sous presse), « Couple therapy : Integrating change and acceptance », *Behavior Therapy*.

– et Margolin, G. (1979), *Marital Therapy : Strategies based on Social Learning and Behavior Exchange Principles*, New York, Brunner/Mazel.

–, Waldron, H., Moore, D. (1980), « Toward a behavioral profile of marital distress », *Journal of Consulting and Clinical Psychology*, 48, p. 696-703.

– et Moore, D. (1981), « Spouses as observers of the events in their relationship », *Journal of Consulting and Clinical Psychology*, 49, p. 269-277.

–, Follette, W.C., Revenstof, D., Baucom, D.H., Hahlweg, K., Margolin, G. (1984), « Variability in outcome and clinical significance of behavioral marital therapy : A reanalysis of outcome data », *Journal of Consulting and Clinical Psychology*, 52, p. 497-504.

–, Follette, V.M., et W.C., Holtzworth-Munroe, A., Katt, J.L., Schmaling, K.B. (1985), « A component analysis of behavioral marital therapy : One year follow-up », *Behavior Research and Therapy*, 23, p. 549-555.

– et Holtzworth-Munroe, A. (1986), « Marital therapy : A social learning/cognitive perspective », *in* Jacobson, N.S., et Gurman, A.S. (éd.), *Clinical Handbook of Marital Therapy*, New York, Guilford Press, p. 29-70.

–, Schmaling, K.B., Holtzworth-Munroe, A. (1987), « Component analysis of behavioral marital therapy : Two year follow-up and prediction of relapse », *Journal of Marital and Family Therapy*, 13, p. 187-195.

– et Christensen, A. (sous presse), *Couple Therapy : An Integrative Approach*, New York, Norton.

Liberman, R.P. (1970), « Behavioral approaches to family and couple therapy », *American Journal of Orthopsychiatry*, 40, p. 106-118.

–, Wheeler, E.G., De Visser, L.A.J.M., Kuehner, J. et T. (1981), *Handbook of Marital Therapy : A Positive Approach to Helping Troubled Relationships*, New York, Plenum Press.

Margolin, G., et Wampold, B.E. (1981), « Sequential analysis of conflict and accord in distressed and nondistressed marital partners », *Journal of Consulting and Clinical Psychology*, 49, p. 554-567.

Markman, H. (1981), « Prediction of marital distress : A 5-year follow-up », *Journal of Consulting and Clinical Psychology*, 49, p. 760-762.

Patterson, G.R. (1974), « Interventions for boys with conduct problems : Multiple settings, treatments, and criteria », *Journal of Consulting and Clinical Psychology*, 42, p. 471-481.

– et Reid, J.B. (1970), « Reciprocity and coercion : Two facets of social Systems », *in* Neuringer, C., et Michael, J.L. (éd.), *Behavior Modification in Clinical Psychology*, New York, Appleton.

– et Hops, H. (1972), « Coercio, a game for two : Intervention techniques for marital conflict », *in* Ulrich, R.E., et Mounjoy, P. (éd.), *The Experimental Analysis of Social Behavior*, New York, Appleton.

Rich, M.E. (1956), *A Belief in People : A History of Family Social Work*, New York, Family Service Association of America.

Robinson, E.A., et Price, M.G. (1980), « Pleasurable behavior in marital interaction : An observational study », *Journal of Consulting and Clinical Psychology*, 48, p. 117-118.

Sager, C.J. (1976), *Marriage Contracts and Couple Therapy*, New York Brunner/Mazel.

Satir, V. (1967), *Conjoint Family Therapy*, Pablo Alto, Science and Behavior Books.

Snyder, D.K. (1979), « Multidimensional assessment of marital satisfaction », *Journal of Marriage and the Family*, 41, p. 813-823.

Spanier, G.B. (1970), « Measuring dyadic adjustment : New scales for assessing the quality of marriage and similar dyads », *Journal of Marriage and the Family*, 38, p. 15-28.

Spiegel, J.P., Block, A.D., Bell, N.W. (1959), « The family of the psychiatric patient », *in* Arieti, S. (éd.), *American Handbook of Psychiatry*, New York, Basic Books, t. 1, p. 179-201.

Straus, M.A. (1979), « Measuring intrafamily conflict and violence : The Conflict Tactics (CT) Scales », *Journal of Marriage and the Family*, 41, p. 75-88.

Stuart, R.S. (1969), « Operant-interpersonal treatment for marital discord », *Journal of Consulting and Clinical Psychological*, 33, p. 675-682.

– (1980), *Helping Couple Change : A Social Learning Approach to Marital Therapy*, New York, Guilford Press.

Sullivan, H.S. (1953), *Interpersonal Theory of Psychiatry*, New York, W.W. Norton.

Thibaut, J.W., et Kelley, H.H. (1959), *The Social Psychology of Groups*, New York, Wiley.

Thompson, C. (1951), *Psychoanalysis : Evolution and Development*, New York, Hermitage House.

Vincent, J.P., Weiss, R.L., Birchler, G.R. (1975), « A behavioral analysis of problem-solving in distressed and nondistressed married and stranger dyads », *Behavior Therapy*, 6, p. 475-487.

Weiss, R.L. (1978), « The conceptualization of marriage from a behavioral perspective », *in* Paolino, T.J., et McCrady, B.S. (éd.), *Marriage and Marital Therapy : Psychoanalytic, Behavioral and Systems Perspectives*, New York, Brunner/Mazel.

–, Hops, H., Patterson, G.R. (1973), « A framework for conceptualizing marital conflict, technology for altering it, some data for evaluating it », *in* Hammerlynck, L.A., Handy, L.C., et Mash, E.J. (éd.), *Behavior Change : Methodology, Concepts and Practice*, Champaign, Illinois, Research Press, p. 309-342.

Wood, L.F., et Jacobson, N.S. (1985), « Clinical applications of behavioral marital therapy », *in* Barlow, D.H. (éd.), *Clinical Handbook of Behavioral Disorders*, New York, Guilford Press.

L'approche expérientielle

Cette section présente les travaux de Carl A. Whitaker et de Virginia Satir. Bien que leurs styles soient extrêmement dissemblables, on classe généralement les thérapies pratiquées par ces deux auteurs sous le même intitulé, celui des thérapies familiales expérientielles. L'expression « thérapie expérientielle » fut employée pour la première fois en 1953 par Carl Whitaker et Thomas P. Malone dans leur livre *The Roots of Psychotherapy* ([1], p. 65) :

> Le psychothérapeute agit essentiellement d'une manière empirique lorsqu'il s'intéresse à la relation entre la pathologie et l'épanouissement. Il essaie de comprendre l'aspect psychodynamique de la psychopathologie d'un individu spécifique, mais cela essentiellement en tant que moyen de faciliter l'épanouissement thérapeutique de cette personne ([1]).

Pour Whitaker et Malone, la croissance de l'individu surgit au décours de l'expérience émotionnelle. La thérapie, à leurs yeux, est un contexte où le rôle du thérapeute est central, où l'*expérience* que vivent les différents membres du système thérapeutique est capitale et où l'épanouissement du patient constitue le but majeur.

Car Whitaker naquit le 20 février 1912 à Raymondville, dans l'État de New York. Jusqu'à l'âge de treize ans, il grandit dans la ferme de ses parents, rencontrant peu de gens en dehors des membres de sa propre famille, qui s'installa en 1925 à Syracuse pour lui permettre de continuer ses études. Devenu médecin en 1936, il épousa Muriel VanderVeer Schram en 1937 (Muriel, qui eut six enfants avec Carl, devait jouer un rôle très important dans le développement de son mari, pratiquant notamment des cothérapies avec lui pendant plusieurs années). Après avoir étudié l'obstétrique et la gynécologie en 1937 et 1938, Carl Whitaker travailla pendant deux ans en psychiatrie à l'hôpital universitaire de Syracuse avant de faire un an de psychiatrie infantile à Louisville, de 1940 à 1941. Il enseigna à la Kent School of Social Work, à Louisville, entre 1941 et 1944, puis fut membre du département de psychiatrie de l'hôpital d'Oak Ridge de 1944 à 1945, avant d'en devenir le directeur, de 1945 à 1946. En 1946, un important changement eut lieu, Carl Whitaker étant nommé professeur et président du département de psychiatrie du collège de médecine de l'université d'Emory : il devait y rester dix ans, durant lesquels il créa, dans l'hôpital précité, une formation extrêmement approfondie en psychothérapie et engagea Thomas Malone et John Warkentin, qui devinrent ses plus proches collaborateurs – comme ce fut à cette époque aussi qu'il publia avec Malone *The Roots of Psychotherapy* [1]. Après quoi, quittant Emory en 1955, il se lança avec ses collègues dans une pratique privée qui devait durer dix ans (ce fut à ce moment qu'il commença à voir des familles de schizophrènes), puis accepta, en 1965, de devenir professeur de psychiatrie à l'école de médecine de l'université du Wisconsin, où il pratiqua de plus en plus de thérapies familiales. Dans un ouvrage publié en 1967 sous la direction de Jay Haley et Lynn Hoffman, il tenait ces propos, que ne renièrent pas les tenants de l'antipsychiatrie : « Je différencie le fou [*crazy*] de l'aliéné [*insane*]. Les aliénés sont [...] ceux qui vont au travail tous les matins engoncés dans leur costume gris » ([2], p. 282). Puis il publia, en 1978, avec Augustus Napier, *Le Creuset familial* [3], ouvrage imprimé à plus de cent mille exemplaires qui contribua à le rendre célèbre en dehors du cercle étroit des thérapeutes familiaux. Il quitta l'université du Wisconsin en 1982 et, en dehors de deux séjours à la Philadelphia Child Guidance Clinic, son activité s'exerça depuis lors essentiellement à travers des ateliers donnés dans différents pays, ainsi que dans une pratique privée restreinte. Sa disparition le 21 avril 1995 a privé le champ des thérapies familiales de son représentant le plus original et le plus attachant.

Dans un entretien avec Haley et Hoffman publié en 1967 dans leur ouvrage *Techniques of Family Therapy*, Whitaker résume ainsi sa conception de la psychothérapie : « Ce n'est pas la compréhension qui fait changer le patient, car la prise de conscience affective n'est qu'un sous-produit du changement » ([2], p. 329). Réflexion à laquelle il ajoute, dans ce même ouvrage : « Je suis convaincu que ma thérapie est opérée essentiellement par mon inconscient. C'est comme si j'étais sur la berge en train de pêcher, je ne cherche à attraper rien de particulier, mais de temps à autre quelque chose s'accroche à ma ligne et alors je la tire » ([2], p. 265).

Ayant pour habitude de négocier longuement, avant la première séance, la participation de l'ensemble de la famille afin de créer un « champ stérile avant de commencer l'intervention » ([2], p. 268), Carl Whitaker affirme : « La thérapie ressemble à une opération chirurgicale. Je sais qu'il y aura de la douleur. Ce qui rend cette douleur supportable, c'est la relation entre le thérapeute et les membres de la famille. Et je fais ce que je peux pour ne pas aller plus loin que ce qu'ils peuvent tolérer » ([2], p. 289-290). N'aspirant nullement à contrôler la vie des membres des familles qu'il reçoit, il estime en revanche être responsable de l'évolution des psychothérapies qu'il conduit. Loin d'entrer dans les conflits qui déchirent les familles, il préfère allier leurs membres dans une bataille commune, dirigée contre lui. Il pense qu'une psychothérapie digne de ce nom doit viser avant tout à faire tomber le masque de la famille, car il ne s'agirait autrement que d'une thérapie de soutien : son objectif est de permettre aux membres de la famille concernée d'accéder à leur propre épanouissement en mesurant leur propre importance, et c'est pourquoi il insiste beaucoup, en psychothérapie, sur le prix qu'il attache à sa propre personne et à son propre bien-être. Ayant surtout travaillé en tant que cothérapeute, il a constamment défendu cette pratique :

(Je doute fort qu'il soit possible de s'occuper d'une famille lorsqu'il n'y a qu'un thérapeute. Je ne pense pas qu'un thérapeute unique puisse posséder assez de pouvoir pour induire du changement dans une famille et s'en sortir sans rester enlisé [...]. Même quand je pense que c'est possible, je ne souhaite pas en général courir ce risque. C'est la raison pour laquelle je préfère la sécurité que m'offre une bonne équipe, constituée de deux thérapeutes ([2], p. 307).

Carl Whitaker, de même, s'efforce en général d'amplifier certaines règles dysfonctionnelles, dans l'espoir que ces dernières, semblables à des tours de Pise imaginaires, atteignent une taille telle qu'elles s'écroulent d'elles-mêmes : c'est ainsi que, pour séparer les générations, il peut lui arriver de proposer à un fils d'épouser sa mère pour que son père, libre de nouveau, puisse se marier avec sa propre mère ! Dans un autre exemple, lors d'une simulation d'entretien familial réalisée à Bruxelles en 1981, Whitaker demanda à une jeune anorexique mariée qui vivait seule chez ses parents si elle était séparée de son mari ; découvrant qu'elle ne l'était pas et apprenant que son mari vivait dans leur appartement, il proposa alors aux parents de l'anorexique de retourner chacun auprès de leurs propres parents afin qu'ils les « aident à éviter la solitude ». Quand les parents se récrièrent, Carl Whitaker se contenta de dire que tout ce qu'il voulait faire, « c'était seulement aider ». Cet aspect « pince-sans-rire » de Carl Whitaker est inséparable de la chaleur humaine qui se dégage de lui.

Enfin, interrompant les séances au moment de la plus grande intensité affective, Carl Whitaker compte sur le déséquilibre ainsi créé pour ouvrir de nouvelles voies avant que l'impact dû à la situation thérapeutique ne soit dilué.

En voyant Carl Whitaker travailler à maintes reprises et en collaborant avec lui à l'occasion de différents séminaires donnés en commun, j'ai eu souvent le sentiment que son art tenait en partie à la manière qu'il avait de se présenter aux familles comme s'il était lui-même un patient, attitude qui rendait aux membres de ces familles leurs capacités thérapeutiques jusque-là bridées. Carl Whitaker a été pour moi l'un des thérapeutes les plus captivants et les plus passionnants de notre domaine.

Jacqueline C. Prud'Homme [4] ayant décrit la carrière de Virginia Satir dans un article publié à sa mémoire, je lui emprunte la matière du compte rendu qui suit. Née en 1916 dans une famille rurale – point commun avec Whitaker – où elle était l'aînée de cinq enfants, Virginia Satir dut s'occuper très tôt de sa mère, fréquemment malade, et elle décida dès l'âge de cinq ans de devenir une « détective de parents » (*sic*) pour mieux comprendre ces derniers (dans son article, Jacqueline Prud'Homme met en parallèle cette décision et celle de Françoise Dolto, qui voulut devenir « médecin d'éducation » dès sa huitième année). Après avoir obtenu un diplôme d'éducation à l'université du Wisconsin, elle enseigna et devint directrice d'école, puis elle se maria, en 1941, adopta deux filles, en 1942, et se sépara de son premier époux, en 1949. Faisant ensuite des études d'assistante sociale à l'université de Chicago, elle commença, dès 1951, à exercer la psychothérapie dans un contexte hospitalier et alla s'établir en Californie en 1958 avec Norman Satir, qu'elle venait d'épouser. Ce fut alors qu'elle fonda avec Don Jackson le Mental Research Institute de Palo Alto. En 1963, elle devint directrice de la formation à l'institut Esalen, qu'elle quitta en 1965 ; après quoi, elle créa, en 1969, l'International Human Learning Resources Network et, en 1977, l'Avanta Network, constitué de praticiens qu'elle avait elle-même formés. Depuis cette époque, elle ne cessa jamais de voyager dans les différents continents, formant pendant toutes ces années des centaines de psychothérapeutes. Puis elle s'éteignit, le 10 septembre 1988, par suite d'un mal foudroyant qui l'emporta en quelques semaines.

D'une générosité et d'une ouverture d'esprit exceptionnelles, Virginia Satir propose un modèle fondé sur la croissance, modèle qui lie la pathologie à une difficulté à épanouir son propre potentiel de développement. Une métaphore qui décrirait bien cette approche serait celle du bourgeon non encore ouvert, plutôt que l'image d'une fleur aux pétales disparus. Satir a toujours affirmé que les thérapeutes ne doivent pas se soucier de ce qui est bon pour les familles, mais plutôt se consacrer à créer de nouvelles possibilités pour leurs membres. Elle demandait par conséquent aux thérapeutes de se fier à leurs intuitions, tout en se méfiant des distorsions éventuelles que leurs conceptions et partis pris risquaient d'induire. Jusqu'au bout, elle demeura la personne chaleureuse et généreuse qu'elle avait toujours été et, à cinq jours de sa disparition, elle envoya à ses amis, à ses collègues et à sa famille une courte lettre dans laquelle elle les remerciait pour le rôle important qu'ils avaient joué dans son développement personnel et l'épanouissement de sa capacité d'aimer, leur disant sa reconnaissance d'avoir pu, grâce à eux, mener une vie riche et pleine. Depuis la mort de Virginia Satir, le champ des thérapies familiales a perdu à la fois son égérie et sa meilleure ambassadrice.

L'approche de Carl Whitaker et celle de Virginia Satir ont quatre aspects en commun : la primauté est donnée à l'expérience ; la personnalité du thérapeute est essentielle pour le processus thérapeutique ; le passé n'est abordé qu'à travers l'expérience du présent ; enfin, le but de la thérapie n'est pas de résoudre un problème spécifique, mais de permettre l'épanouissement du patient.

Bien que, dans leur introduction à *The Roots of Psychotherapy*, Whitaker et Malone aient précisé qu'ils ne souhaitaient pas développer une nouvelle école de psychothérapie ([l], p. 7), nombreuses sont les personnes qui ont choisi de se situer dans cette mouvance. Parmi elles, Walter Kempler [5] a utilisé des outils issus de la *Gestalt* pour traiter des familles, tandis que Bunny S. et Fred J. Duhl [6], du Boston Family Institute, ont développé pour leur part une approche expérientielle insistant sur les métaphores et l'analogie.

A certains égards, ma propre démarche recoupe en partie les orientations de cette école, car j'insiste particulièrement sur l'expérience vécue en thérapie, sur la santé du patient plutôt que sur sa pathologie, sur la personnalité du thérapeute et sur le vécu des membres du système thérapeutique (le concept de résonance visait précisément dans mon esprit à permettre au thérapeute d'utiliser son vécu sans renforcer pour autant sa propre construction du monde ni celle des membres de la famille ou du couple).

Proche de l'école expérientielle et notamment de Carl Whitaker, qui l'a énormément influencé, Maurizio Andolfi a replacé lui aussi le trouble mental dans une perspective d'évolution de l'individu et de la famille. Sous sa direction, l'école de Rome a élaboré aussi bien le concept de provocation (au sens où le thérapeute soutient l'individu tout en provoquant le système et en renforçant la fonction du symptôme) que celui d'objet métaphorique (lequel extériorise la fonction particulière exercée à un moment donné par tel ou tel membre de la famille). Extrêmement sensible, comme Whitaker, à l'enfant en thérapie, Andolfi utilise la relation de jeu avec l'enfant pour aider les membres de la famille à devenir moins rigides.

Jacqueline Prud'Homme [4], dirigeante de l'Institut québécois de psychothérapie, se réclame de l'influence de Virginia Satir. Estimant que les familles ont des ressources et pas uniquement des problèmes, et convaincue par ailleurs que les sentiments, le besoin d'aimer et d'être aimé, aussi bien que la peur du rejet, sont au centre des relations humaines, elle se définit comme une thérapeute qui, depuis vingt-cinq ans, cherche à créer un contexte de formation dans lequel le « savoir-être » puisse se développer et se libérer en permettant aux potentiels créateurs des étudiants et des formateurs d'évoluer de concert. Elle se décrit comme particulièrement proche de Virginia Satir, de Carl Whitaker et de moi-même. Elle dit à notre propos : « On ne les apprend pas, on les respire. » Mais c'est quand même de Virginia Satir qu'elle a le plus retenu, en particulier quant à l'authenticité du thérapeute et à la difficulté qu'il y a à faire école sans limiter la créativité des étudiants. L'originalité de l'institut qu'elle a fondé réside dans le fait qu'il forme à la fois des psychothérapeutes psychanalytiques et des psychothérapeutes systémiques : les deux groupes ont une première année commune, après quoi ils se séparent pour suivre chacun une formation spécifique, puis ils se réunissent cinq fois l'an les années suivantes pour participer ensemble à des présentations de situations thérapeutiques étudiées sous un éclairage à la fois analytique et systémique. N'enseignant pas seulement au Québec mais également en Europe, Jacqueline Prud'Homme a pendant une dizaine d'années formé plusieurs générations de thérapeutes familiaux en Bretagne.

Éric Trappeniers, président de l'Institut de la famille, à Toulouse, et directeur de la revue de thérapie familiale *Résonances*, a développé une approche qui se revendique à la fois de Carl Whitaker et de Jay Haley. Comme Carl Whitaker, loin de se heurter de front à une règle qu'il souhaite changer, il choisit de respecter cette règle, mais en l'amplifiant à un tel point qu'elle en devient insupportable : « Le thérapeute n'est plus alors dans la position d'un adepte du bras de fer, mais dans celle de quelqu'un qui se laisse porter par la logique d'un système et qui l'amplifie de manière telle que cette logique se fissure afin qu'à travers les interstices un autre jour puisse surgir » ([7], p. 41). Comme Jay Haley, Éric Trappeniers va s'allier aux parents du patient pour les aider à reconstruire une frontière plus claire entre les générations et leur permettre de sortir de la situation d'otages dans laquelle la hiérarchie inversée de la famille les avait enfermés.

Phoebe Prosky, du Center for the Awareness of Pattern, à Freeport, dans le Maine, insiste sur la « conscience intuitive ». Formant ses étudiants à aborder les situations sous un angle à la fois rationnel et intuitif, elle a développé à cette fin un ensemble d'outils qui accentuent l'aspect analogique, dont la sculpture familiale.

Kevin Peterson, responsable de l'American Association for Marriage and Family Therapy, à Seattle, est un thérapeute d'une exceptionnelle qualité. Influencé par Carl Whitaker et l'école romaine, il se sert également des concepts que j'ai mis au point dans le double but d'analyser la fonction du vécu du thérapeute par rapport à l'attente de la famille et de transformer ce vécu en un atout plutôt qu'un handicap.

Maria Cristina Ravazzola dirige avec Gaston Mazieres un institut à Buenos Aires. Formés par Hugo Hirsch à l'approche stratégique et structurale, puis à celle de Palo Alto, les membres de son institut et elle-même, soutenus par Maria Rosa Glasserman, se sont tournés vers l'école expérientielle. Grâce à Estrella Joselevich, l'équipe de ce centre a pu se familiariser avec les travaux de Whitaker et de Keith. Maria Cristina Ravazzola utilise également l'apport de l'école de Rome de Maurizio Andolfi, en particulier la « provocation » face aux fonctions répétitives des membres de la famille en thérapie.

Cette insistance sur le vécu du thérapeute est typique aussi de l'approche de Wanda Santi, directrice du Centro de Investigación Familiar, à Buenos Aires, dont les formations privilégient l'importance de l'expérience de l'étudiant en situation thérapeutique.

Lieven Migerode et Peter Rober dirigent à Anvers l'institut Feelings and Context. Inspirés par Maurizio Andolfi, ils attribuent une place centrale à la personnalité du thérapeute dans les formations qu'ils assurent, tout en trouvant en outre chez Tom Andersen, Harlene Anderson et Harold Goolishian des théories qui les rapprochent du mouvement constructiviste.

Enfin, Jorma Piha, professeur de psychiatrie infantile à l'université de Turku, essaie de développer en ce moment en Finlande une approche expérientielle inspirée de l'école romaine et de la pratique de Carl Whitaker.

Ces quelques pages ne se veulent nullement exhaustives, mais il me semblait important, en décrivant des écoles appartenant à différents contextes culturels, de montrer l'étendue de l'influence d'un mouvement, l'approche expérientielle en psychothérapie, qui s'était constitué originellement comme l'anti-école par excellence.

M. E.

*
**

RÉFÉRENCES BIBLIOGRAPHIQUES

[1] Whitaker, C.A., et Malone, T.P., *The Roots of Psychotherapy*, New York, Brunner/Mazel, 1981 (éd. originale : New York, The Blakiston Company, 1953).

[2] Haley, J., et Hoffman, L., *Techniques of Family Therapy*, New York, Basic Books, 1967.

[3] Napier, A., et Whitaker, C., *Le Creuset familial*, Paris, Robert Laffont, 1978.

[4] Prud'Homme, J.C., « En souvenir de Virginia Satir, 1916-1988 », *in* Goldbeter-Merinfeld, E. (éd.), *Derniers Développements en thérapie familiale, Cahiers critiques de thérapie familiale et de pratiques de réseaux*, Toulouse, Privat, n° 11, 1990.

[5] Kempler, W., *Experiential Psychotherapy with Families*, New York, Brunner/Mazel, 1981.

[6] Duhl, B.S. et F.J., « Integrative family therapy », *in* Gurman, A.S., et Kniskern, D.P. (éd.), *Handbook of Family Therapy*, New York, Brunner/Mazel, 1981.

[7] Trappeniers, E., « Thérapie systémique en l'absence du patient désigné », *in* Goldbeter-Merinfeld, E. (éd.), *Derniers Développements en thérapie familiale, Cahiers critiques de thérapie familiale et de pratiques de réseaux*, Toulouse, Privat, n° 11, 1990.

Gary M. Connell *
Tammy J. Mitten **
Carl A. Whitaker ***

Les fondements de la thérapie symbolique-expérientielle

A l'origine de la thérapie symbolique-expérientielle, il y a le travail clinique et les écrits de chercheurs comme Carl Whitaker, John Warkentin et Thomas Malone. Le modèle de cette thérapie se fonde sur une conception phénoménologique existentielle du développement humain, qui insiste, d'une part, sur le fait que c'est à travers l'expérience que l'on apprend le plus efficacement et, d'autre part, sur celui que l'on ne peut enseigner aux familles comment modifier les processus qui régissent leur vie. Dans ce type d'approche, les familles sont considérées comme responsables de leurs propres croissance et développement, et le thérapeute n'intervient que comme catalyseur du processus de changement. Mais une famille ne peut changer que si ses membres sont prêts à se montrer vulnérables les uns par rapport aux autres quand il s'agit pour eux de négocier leur identité d'individus au sein du système familial – une identité qui se définit dans une perspective trigénérationnelle. Quant au comportement des individus, on ne peut le comprendre que dans le contexte où il se manifeste : il apparaît en effet comme essentiel de comprendre les perceptions, intentions et relations des personnes concernées pour pouvoir donner un sens à un comportement.

* Gary M. Connell est *clinical member* et *approved supervisor* de l'American Association for Marriage and Family Therapy.
** Tammy J. Mitten est *clinical member* de l'American Association for Marriage and Family Therapy.
*** Carl Whitaker est un des pionniers de la thérapie familiale. Il a enseigné la psychiatrie à l'université du Wisconsin et a publié plusieurs ouvrages, dont *Le Creuset familial*, en collaboration avec A. Napier (1978).

A la base du mouvement des thérapies familiales, il y a une réaction contre les structures orthodoxes de la psychothérapie. Dans ses débuts, la thérapie familiale, en tant que mouvement, représente un effort pour se dégager de la domination théorique de la psychanalyse. La thérapie symbolique-expérientielle, pour sa part, est à la thérapie familiale ce que l'existentialisme est à la philosophie, une sorte d'anti-école de psychothérapie. Il s'agit d'une réaction contre le conventionnel au nom de ce qu'on perçoit, en lutte contre tout système théorique qui évacue l'expérience du thérapeute et de la famille dans ce qu'elle a de subjectif.

Pour les thérapeutes adeptes du modèle symbolique-expérientiel, la théorie et la mise en œuvre de techniques n'ont qu'une importance secondaire. En revanche, les relations entre les individus qui participent au système thérapeutique sont un élément essentiel. Car le changement se fait dans le contexte d'une relation intime, et l'un des buts premiers de la thérapie est de développer l'intimité ou l'engagement affectif au sein du système thérapeutique. Ce type d'approche a certes recours à plusieurs techniques, mais Connell et Russell (1987) mettent en garde contre leur application systématique et insistent sur l'importance de la spontanéité et de l'expérience vécue dans l'*ici et maintenant* de la situation thérapeutique.

Sur un plan philosophique, on peut rattacher notre modèle thérapeutique à la pensée constructiviste. En effet, bien que notre conception de la réalité soit plutôt post-positiviste, c'est dans cette perspective que nous envisageons le processus thérapeutique. En d'autres termes, nous pensons qu'il existe bien autour de nous quelque chose comme un monde « réel » dont nous faisons tous une expérience un peu différente (post-positivisme), mais, quand nous menons une thérapie, ce qui nous intéresse avant tout, c'est la réalité qu'une famille s'est construite. Aussi croyons nous fermement qu'il n'y a pas lieu d'imposer nos valeurs et système de croyances à la famille ; il ne faut pas essayer de transformer une famille juive en une famille italienne, ou inversement. De même, nous savons qu'il est impossible de parvenir vraiment à comprendre parfaitement une famille : « Le thérapeute est toujours un étranger dans une famille » (Connell *et al.*, 1990).

La thérapie permet aux membres d'une famille d'exprimer leurs perceptions individuelles et leurs constructions de la réalité en rapport avec leur vie familiale. En cas de divergences sur la perception d'expériences partagées, le thérapeute encourage chacun à confronter ses opinions à celles des autres membres de la famille, qui, souvent, au fur et à mesure qu'ils reconstruisent ces expériences communes, tirent profit de l'accès qui leur est ouvert à une vision collective de la réalité.

Dans ce processus, le thérapeute sert d'entraîneur. Mais, s'il parvient, par divers moyens, à entrer en contact avec la famille, et gagne par là même une relative compréhension de son univers, il reste néanmoins toujours en dehors de la réalité que cette famille s'est construite ; car il n'en fait pas partie et n'a pas lui-même vécu l'histoire qui lui est propre.

Le rôle du thérapeute, en tant qu'il participe activement au processus thérapeutique, se distingue de celui du psychanalyste, que l'on définit parfois comme un écran vierge. Du fait que, pendant la Seconde Guerre mondiale, il était souvent impossible de bénéficier du contrôle de psychiatres, le travail entrepris par Whitaker au début de sa carrière ne se fondait sur aucune théorie. Au lieu d'avoir recours à des techniques bien définies, Whitaker s'investissait émotionnellement dans le traitement de ses patients en y parlant de diverses façons ; or, il se rendit ainsi compte que plus il leur faisait partager sa propre expérience, plus il notait chez eux des évolutions positives : cette observation l'amena à penser que le premier élément curatif dans la thérapie n'est pas tant le transfert que la personnalité du thérapeute. En s'appuyant aussi sur son expérience antérieure de la thérapie par le jeu, pratiquée avec des enfants, il s'aperçut de l'importance que la communication symbolique semblait avoir pour ses clients ; ce qui l'amena à étudier en profondeur la portée du rôle du processus primaire en thérapie.

La thérapie familiale symbolique-expérientielle tire en partie son origine du travail psychothérapeutique avec des schizophrènes. A notre avis, nous sommes tous des schizophrènes, la nuit, dans nos rêves, et la schizophrénie – qui n'est finalement que le nom que nous donnons au noyau symbolique de chaque individu – a aussi quelque chose de sain : partie intégrante de notre humanité qui se développe, elle ne peut être, à proprement parler, soignée. Le travail psychothérapeutique avec des psychotiques nous a fait prendre conscience d'un puissant contact d'inconscient à inconscient, d'une intimité sur le plan de la communication, qui représente un objectif important de la psychothérapie, une expérience symbolique au sens large, au-delà de toute description d'ordre poétique.

La pathologie est un processus non rationnel mais interactif, qui met en œuvre des tentatives créatrices visant à faciliter la croissance de la famille. En thérapie, il s'agit pour nous de recadrer immédiatement la pathologie en définissant la fonction qu'elle remplit au sein de la famille ; cette démarche implique la totalité du système familial et se situe donc dans une perspective systémique. Ces processus interactifs non rationnels n'ont de sens que dans le contexte familial.

Par exemple, des parents amènent un jour chez le thérapeute leur fils, un psychotique de vingt-quatre ans, qui vit toujours chez eux et a déjà un lourd passé psychiatrique. Pour les parents, « il n'y a plus rien à en tirer ». Le thérapeute demande au fils : « Combien de temps comptez-vous continuer à faire le Christ en croix pour votre famille ? Allez-vous vraiment sacrifier toute votre vie pour sauver le mariage de vos parents ? » Ainsi recadrée, la pathologie apparaît comme une façon créative de permettre la croissance du système. Dans l'exemple présent, la pathologie du fils maintient les parents ensemble en leur donnant quelque chose à partager : le souci qu'ils se font pour lui. Et si leur inquiétude commune permet peut-être la survie du système en sauvant leur couple, l'individu est bel et bien sacrifié à l'ensemble.

L'objectif premier de la thérapie symbolique-expérientielle

La thérapie symbolique-expérientielle a pour objet l'intégration de deux mondes : celui de l'expérience et celui des symboles (Connell *et al.*, 1990). Nous avons accès au monde de l'expérience à travers nos sens, et c'est par les expressions de notre moi dans nos relations avec les personnes importantes de notre entourage que nous en prenons conscience. Ce que nous apprenons de notre expérience dépend de l'intensité de notre engagement. Quant au monde des symboles, qui génère nos perceptions et notre identité, il évolue en rapport avec l'expérience. Il faut aussi noter que tout ce qui est de l'ordre de l'expérience peut devenir symbolique. Les symboles véhiculent des significations que les mots seuls ne peuvent capter ; ce sont « des morceaux de la vie même, des images entièrement reliées entre elles par le pont des émotions » (Jung, 1964, p. 87). Comme notre cœur ne cesse de battre, la formation des symboles est une activité permanente de l'esprit. Dans une famille en bonne santé mentale, le passage du monde de l'expérience à celui des symboles se fait sans problèmes. Chaque famille élabore des conceptions de la vie qui lui sont propres et que ses membres vivent dans leur expérience quotidienne. De plus, leur participation, ou leur engagement dans la vie, leur fournit des informations inédites qui, transmises à l'inconscient, en modifient d'autres et en créent de nouvelles. Dans une famille saine, les expériences courantes remodèlent sans arrêt le symbolique ; d'où une assimilation continuelle de ces expériences par la mémoire. Une famille de ce type tient par conséquence son passé pour secondaire : optimiste quant à son avenir, elle vit avant tout dans le présent. En revanche, dans une famille dysfonctionnelle, il existe une coupure entre le monde de l'expérience et celui des symboles, et ses membres ont beaucoup de difficultés à se servir des informations nouvelles dont ils disposent pour remodeler d'anciens modèles ou en créer de nouveaux.

Par exemple, une petite fille dont la mère meurt quand elle a six ans pourra par la suite développer une représentation symbolique de la relation d'amour qui évoquera essentiellement la souffrance et, de ce fait, elle pourra avoir plus tard des difficultés à entretenir des relations intimes. Dans une famille mentalement saine, cette enfant vivra sans doute des relations positives susceptibles d'apaiser l'intensité de la souffrance évoquée par la représentation symbolique élaborée à la suite de la mort de sa mère ; dans une famille dysfonctionnelle, en revanche, elle ressentira probablement les autres comme affectivement distants ou pensera être victime d'abus et de négligence – autant d'expériences qui ne font que renforcer la représentation d'une relation d'amour essentiellement liée à la douleur.

La tâche du thérapeute consiste alors à conduire la famille à vivre des expériences qui puissent modifier certains symboles dysfonctionnels. La participation de la famille et son engagement dans le traitement permettent d'engendrer de nouvelles informations qui, répercutées au niveau des processus non rationnels qui régissent son inconscient, entraînent non seulement la modification de ces symboles, mais encore l'élaboration de nouveaux symboles autour desquels une réorganisation devient alors possible.

Intervenir dans le monde symbolique : L'utilité d'une typologie des langages

Afin de mieux exploiter le rôle du symbole dans le processus thérapeutique, Connell, Mitten et Whitaker (1991) ont défini une typologie des langages dont on peut se servir pour remodeler le monde symbolique d'une famille. Il s'agit, entre autres, des langages de la souffrance et de l'impuissance, de la déduction et des options.

C'est en effet à travers le langage de la souffrance et de l'impuissance que la famille commence par révéler ses conflits actuels. Pendant que ses différents membres exposent leurs difficultés, le thérapeute prête attention aux pièces et fragments symboliques qu'il s'agit pour lui de déceler dans les récits verbaux qu'ils font de leur vie commune. Il y parvient en passant du niveau du contenu à celui d'un processus plus symbolique. Prenons l'exemple d'une femme qui reproche à son mari de la traiter comme une esclave ; elle s'occupe des enfants, cuisine, fait le ménage et n'a pas une minute à elle. Exigeant, il la néglige, se montre indifférent envers elle et l'accuse d'être perfectionniste. Il ne manque pas, en de nombreuses occasions, de lui offrir son aide, mais ce qu'il fait ne lui convient jamais. A son avis à lui, elle ne cesse de critiquer son comportement avec les enfants. Chez lui, il a l'impression d'être lui-même un enfant et ressent de la colère parce qu'elle le materne trop. « Esclave » et « materner » sont des fragments de symbolique noyés dans le langage de la souffrance et de l'impuissance : ils représentent l'irrationalité.

Dans un deuxième temps, le thérapeute répond à ce langage par celui de la déduction, afin de déstabiliser les symboles familiaux dysfonctionnels. En inférant que les problèmes sont bilatéraux, le langage de la déduction permet de considérer l'angoisse de la famille dans une perspective plus large ; il met en évidence que la pathologie ne réside pas chez un seul individu. Le thérapeute peut, par exemple, demander au mari qui dit jouer le rôle d'un « enfant » dans sa relation conjugale : « Votre mère est d'accord pour que vous la remplaciez par une nouvelle maman ? », et, par là même, recadrer le problème et le faire apparaître comme bilatéral. La femme asticote et materne peut-être son mari ; mais il se peut aussi que le mari soit excessivement dépendant d'elle, parce qu'il croit, par exemple, qu'il ne peut fonctionner sans mère. Ainsi mari et femme sont tous deux victimes d'une dynamique inconsciente qui leur est commune.

Plus tard, dans le cours de la thérapie, le thérapeute a recours au langage des options afin d'intervenir activement dans le monde des représentations symboliques de la famille et le remodeler. Il incite la famille à être plus créative et moins rationnelle pour l'amener à penser au-delà des limites de la réalité ou au-delà des limites de l'expérience symbolique que ses différents membres ont en commun. A travers le langage des options, il expose aussi ce qui pourrait arriver de différent. Par exemple, à une femme qui dit de son mari : « Je n'arrive pas à lui parler. Quand on se dispute, il tourne les talons. En général, il part travailler sur son tracteur. J'ai tout essayé, il m'est impossible de communiquer avec lui », il peut répondre : « Pourquoi ne pas prendre un arc et une flèche et le menacer de vous en servir s'il ne revient pas discuter avec vous ? Ou lui faire un croche-pied lorsqu'il passe la porte ? Ou bien vous pourriez avoir un tracteur, vous aussi, et rouler à côté de lui tout en continuant à discuter. Au pis, vous pourriez peut-être aller vers votre homme pour voir s'il vous prendrait dans ses bras. Ça risquerait même de lui plaire. »

Au fur et à mesure que la thérapie avance, le thérapeute met en lumière les changements dans l'interaction familiale qui indiquent des modifications sur le plan des symboles familiaux. Il peut par exemple dire : « Au lieu d'entrer dans le conflit comme avant, votre mari n'a rien dit quand vous vous êtes mise en colère. Il semble qu'il ait voulu s'excuser ou régler la question avant que les choses n'aillent trop loin. Avez-vous lu les choses comme ça ? » En même temps que les représentations dysfonctionnelles se modifient, les perceptions des membres de la famille peuvent elles aussi se modifier. Des changements dans leurs perceptions facilitent la réorganisation autour de nouveaux symboles familiaux.

Les étapes de la thérapie

Whitaker et Keith (1982) ont défini quatre étapes dans le processus thérapeutique : la bataille pour la structure, la bataille pour l'initiative, l'épreuve du travail et la fin de la thérapie. Ces étapes sont fondées sur les changements du rôle du thérapeute. Voyons d'abord ce qu'il en est de la première.

La bataille pour la structure

Au cours de cette première étape, le thérapeute communique à la famille que c'est lui (ou elle) qui fixe les modalités pratiques de la thérapie. Il lui indique le prix des séances et les jours et heures de rendez-vous possibles et précise que tous les membres de la famille doivent être présents à la première séance. Les clients contestent souvent les exigences du thérapeute et font des commentaires, comme : « Eh bien, mon mari ne rentre pas du travail avant 18 heures », ou : « Les enfants ont leur entraînement de foot tous les soirs après l'école », ou encore : « J'aimerais mieux venir vous voir seule pour le premier entretien. » Le thérapeute doit néanmoins remporter la bataille administrative avant de commencer la thérapie, sinon la famille ne peut en rien le percevoir comme différent d'elle. Afin de pouvoir commencer à collaborer au processus thérapeutique, la famille doit sentir le thérapeute assez fort et compétent pour supporter l'angoisse à laquelle les problèmes exposés, apparemment insolubles, vont le confronter.

Une fois la famille d'accord avec les conditions posées par le thérapeute, la thérapie peut commencer. Il appartient alors à ce dernier, au cours des premières séances, de fixer des limites à la famille, de lui communiquer que, bien qu'intéressé par le récit des souffrances qui lui est fait, il n'a aucune

intention de devenir l'un de ses membres. Il s'agit pour lui
de délimiter en quelque sorte son territoire par rapport à celui
de la famille en traitement et, par divers moyens, de prendre
des distances afin de lui signifier qu'à ses propres yeux il
passe avant elle ; il peut, par exemple, se lever pour aller
chercher une tasse de café, aller aux toilettes, lire ses notes,
etc. Le thérapeute s'engage ainsi dans une suite de rappro-
chements et de mises à distance – l'attitude de distanciation
étant toutefois la plus importante dans cette phase initiale du
traitement. Les différents membres de la famille doivent en
effet savoir que, bien qu'il soit d'accord pour collaborer étroitement et, par là même, prêt à s'apparenter d'une certaine
façon à eux, il n'entend pas se faire coopter comme pseudo-
membre de la famille.

La bataille pour l'initiative

Dès lors qu'il a remporté la bataille pour la mise en place
de la structure du traitement, le thérapeute peut devenir beaucoup moins directif. La famille doit comprendre que s'il est
responsable de cet aspect des choses, il n'a pas la charge du
processus thérapeutique proprement dit – en fait il encourage
la famille à s'en saisir.

Notons à cet égard que les familles ont souvent du mal à
prendre en main la responsabilité de leur propre traitement
et qu'elles se reposent fréquemment sur le thérapeute pour
faire avancer les choses, posant des questions comme : « De
quoi voulez-vous qu'on parle ? », ou : « Que voulez-vous
savoir ? » Il peut par exemple répondre : « Je ne sais pas.
Vous aimeriez parler de quoi ? » Ou bien : « Pour quelle
raison êtes-vous tous ici présents et comment puis-je vous
aider ? » Le silence peut aussi être utilisé comme un moyen
d'accroître l'angoisse dans le système. Il arrive alors souvent
qu'un membre de la famille commence à exposer les conflits
familiaux du moment.

En thérapie, l'initiative doit venir de la famille. Pendant la
bataille pour la mise en place de la structure, le thérapeute
joue un rôle paternel en formulant des exigences, en fixant
les limites de ce qui sera abordé, etc. : d'où l'émergence des
sentiments transférentiels et l'ébauche d'une alliance théra-

peutique. Dans ce que l'on a appelé la bataille pour l'initiative, le rôle du thérapeute se modifie de façon importante. Au cours de cette étape, il renvoie à la famille la conduite des choses et devient lui-même le membre (parental) le plus responsable. Une façon d'amener les membres de la famille à prendre les choses en main consiste à adopter une attitude de retrait et à les laisser poser des questions, donner leur avis ou chercher à se disputer avec le thérapeute. On peut aussi provoquer la famille, la séduire, la déstabiliser, et introduire ainsi une confusion qui l'amène à prendre, dans un premier temps, l'initiative d'une réorganisation.

L'épreuve du travail

Activer le stress, stimuler la croissance et encourager la créativité : telles sont les fonctions du thérapeute pendant la phase du traitement que l'on a appelé l'épreuve du travail (Whitaker, 1982). Dans ce contexte, il s'appuie fréquemment sur la confrontation et l'*amplification des divergences* comme stratégies permettant d'augmenter l'angoisse. Par exemple, face à une mère qui entrave la croissance de ses enfants en les surprotégeant, le thérapeute peut dire : « C'est pour cela qu'ils coupent le cordon ombilical. » Quant à l'amplification des divergences, elle permet d'augmenter la pathologie jusqu'au moment où les symptômes s'autodétruisent : si vous, thérapeutes, vous devenez encore plus fous qu'eux, ce sont eux qui commencent à contrôler les choses ou à adopter la position la plus saine.

Prenons l'exemple d'un thérapeute qui, tout au long de la thérapie, avait proposé à une famille de nombreuses voies vers le changement. Les membres de la famille trouvaient régulièrement des prétextes pour dire que ces propositions ne marcheraient pas. Finalement, le thérapeute leur expliqua ceci : « Je pense que les choses ne vont pas encore assez mal pour que vous vouliez que ça change. Peut-être devriez-vous abandonner tout espoir en ce sens. Je suis d'accord : rien n'a l'air de marcher avec vous. Et si vous abandonniez et profitiez pleinement de vos malheurs ? » La famille sembla très froissée par ces propos. Ainsi la femme commenta : « Mais c'est ridicule ! » Par la suite, la famille commença à présenter

diverses alternatives viables à sa façon de vivre en commun.
Le thérapeute répondit alors en haussant les épaules :
« Essayez toujours, mais je suis sceptique ! »

Cette famille avait tendance à lutter contre le thérapeute.
Au cours des séances ultérieures, ses membres unirent leurs
efforts pour prouver que le thérapeute avait tort en discutant
des changements que ces solutions alternatives produisaient
au sein de la famille. En se montrant plus fou que la famille,
le thérapeute avait suscité une angoisse suffisante pour faciliter des échanges créatifs entre ses membres et, par là même,
permettre l'évolution de celle-ci.

Pendant cette troisième phase du processus thérapeutique,
le thérapeute s'efforce aussi de favoriser l'intimité des participants ; à cette fin, il joue le rôle d'un catalyseur. Plutôt
que d'établir une relation de responsabilité à leur égard, il
cherche désormais à mettre en place un lien de proximité
avec eux : il peut ainsi partager des fantasmes, des rêves,
des associations libres, ou encore révéler des éléments de la
dynamique de sa propre famille au sens large, ou raconter
des histoires contenant un message caché destiné à la famille
en thérapie.

A travers le partage de fantasmes et d'idées absurdes, le
thérapeute « ensemence » l'inconscient de ses patients. La
famille est ensuite libre de jouer avec ces idées et de leur
trouver la signification qui lui convient. Il ne s'agit pas
d'imposer des idées à la famille, mais seulement de partager
avec elle ses pensées et observations : c'est finalement la
famille qui décide quoi en faire.

La fin de la thérapie

Pendant la phase terminale du traitement, le thérapeute se
retire progressivement du système, son rôle se limitant peu
à peu à consacrer du temps à la famille et à lui offrir un lieu
où se réunir. A ce stade, il lui appartient de rappeler à la
famille qu'il ne fait pas partie de son système. Ainsi, par
exemple, face à des manifestations chaleureuses, il peut dire :
« J'ai l'impression que vous êtes en train de m'adopter, mais
je sais bien que je ne fais pas partie de cette famille. » Il peut
aussi consolider la famille en inversant les rôles : « J'apprécie

que vous me voyiez ainsi. Pouvez-vous m'aider dans ma propre évolution ? Peut-être avez-vous remarqué chez moi des choses que je pourrais changer afin de mieux m'entendre avec mes enfants et ma mère ? »

Enfin, bien que cela puisse être tentant, ce serait toutefois une erreur de continuer, à ce stade, à faire des interprétations. Comme il serait absurde qu'une mère dise à son fils adolescent qui se sent prêt à quitter sa famille : « Écoute, tu devrais rester encore quelques mois pour que je puisse t'apprendre à mieux te tenir à table », le thérapeute ne doit non plus d'aucune façon tenter d'intervenir dans la vie de la famille. Quand un enfant est sur le point de partir de chez lui, le rôle des parents est de lui souhaiter bonne chance. Dans le domaine de la thérapie, il arrive un moment où le processus perd peu à peu de son intensité et où il appartient alors au thérapeute de sortir du système et de laisser la famille mener sa propre vie.

Les obstacles en thérapie

Il arrive souvent, au cours de la thérapie, que l'efficacité de l'interaction soit entravée par l'ennui, la panique ou le désir de ne pas changer face à une pression vers le changement. Dans un article datant de 1991, Keith, Connell et Whitaker décrivent les erreurs tactiques qui perturbent fréquemment le processus thérapeutique et proposent diverses façons de venir à bout de l'inertie qui en résulte – l'objectif étant, bien entendu, de préserver la dynamique de ce processus. Ils distinguent deux catégories parmi les obstacles et les stratégies : 1) les difficultés d'ordre émotionnel *a)* venant du thérapeute *b)* ou de la famille ; 2) les obstacles d'ordre technique.

Les difficultés d'ordre émotionnel

C'est quand il y a incapacité à maîtriser des émotions intenses, ou absence prolongée d'émotion, ou au contraire quand l'émotion domine (Whitaker *et al.*, 1960) que ce type de problèmes surgit en thérapie. Comme nous l'avons dit, les difficultés peuvent venir de la famille ou du thérapeute.

Du côté du thérapeute, il peut y avoir :

– la projection de besoins symboliques dans la relation thérapeutique ;

– l'impression d'être incompétent ;

– l'illusion d'être tout-puissant ;

– différentes façons de livrer des informations sur lui-même.

Dans le premier cas – celui de la projection de besoins symboliques dans la relation thérapeutique –, on observe des distorsions dans le processus de la thérapie, qui, à leur tour, engendrent des tensions. De plus, une incapacité du thérapeute à différencier ses propres besoins émotionnels de ceux de la famille en traitement induit une certaine inertie. Il peut, par exemple, supposer de façon erronée que les membres de la famille ont entre eux les mêmes liens émotionnels que ceux qui existaient entre lui et sa propre famille. Et si cette représentation l'empêche d'identifier le besoin de la famille d'entrer dans un processus de régression thérapeutique, le thérapeute peut bloquer tout changement lorsque ses peurs à l'égard de sa propre famille sont activées. Prenons un exemple qui illustre ce point : le père se met à pleurer en parlant de sa relation avec sa femme ; le thérapeute, confondant le patient-père et son propre père, se dit que cette dépression exige un traitement médicamenteux, au lieu d'offrir à l'individu qu'il a en face de lui le soutien maternant qu'il lui faudrait pour régresser. On connaît différents moyens de supprimer ou de réduire au maximum les difficultés liées à l'intervention des besoins symboliques du thérapeute : il peut travailler avec un autre thérapeute, demander à se faire superviser, inviter un consultant à une séance ou engager une démarche psychothérapeutique avec sa famille d'origine.

Il arrive aussi fréquemment que les éventuels obstacles à la thérapie soient dus à un sentiment d'incompétence éveillé chez le thérapeute. La famille peut en effet trouver que le thérapeute ne lui convient pas pour toutes sortes de raisons : parce qu'il est trop noir ou pas assez noir, ou bien trop juif ou pas assez juif, ou encore trop vieux ou pas assez vieux. De ce fait, il peut se sentir intimidé ou réprimer ses affects afin de maintenir le *statu quo* et ainsi éviter de susciter de l'agressivité de la part de la famille. De telles distorsions ont pour effet de limiter la liberté d'action du thérapeute, paralysé par un transfert négatif et, par là même, d'entraver l'évolution du processus thérapeutique.

Une façon pour le thérapeute de gérer les situations où on lui reproche une certaine inaptitude est de l'exprimer honnêtement, ouvertement, ou d'adopter une attitude de pseudo-indifférence (Whitaker et Keith, 1982). Par exemple, à une patiente qui pense qu'il ne lui convient pas parce qu'il est un homme il peut répondre : « Madame, vous avez raison. Je ne suis pas une femme et je n'ai aucun moyen de me transformer en femme ! Je vous propose d'écouter votre point de vue sur ce que vous avez vécu, et peut-être je pourrai comprendre. Si vous voulez m'en dire un peu plus sur vous-même, nous verrons comment cela se passe. » Cette façon de répondre permet de construire une relation honnête, qui reconnaît une imperfection et offre par là même au client la possibilité d'une alliance qui a un sens, même si elle n'est pas parfaite.

Un autre type d'obstacles survient quand le thérapeute a l'illusion d'être tout-puissant ou d'avoir une responsabilité excessive. Par exemple, parce qu'il croit avoir *la* réponse aux problèmes posés ou parce qu'il pense devoir absolument aider la famille. On sait toutefois qu'il réussit mieux en se concentrant sur sa participation à un processus thérapeutique qui a du sens qu'en cherchant à identifier les facteurs déterminants des difficultés d'une famille ou en essayant de prévoir les effets potentiels de telle ou telle action. Un moyen de lever cet obstacle est la supervision : en effet, en discutant avec un consultant, le thérapeute gagne souvent en compréhension de la situation, et peut de ce fait y trouver d'autres solutions.

Enfin, toujours dans le registre des problèmes qui viennent parfois de l'attitude du thérapeute ou de sa façon de considérer les choses, notons qu'il peut en parlant de lui avoir tendance à exprimer sa toute-puissance : (« Faites donc comme moi ! ») ou un désir de dépendance (« Peut-être m'aimerez-vous si je montre que je suis exactement comme vous ? »). Une telle attitude est inadéquate quand elle vise à fournir au thérapeute la gratification affective dont il a besoin. Il peut certes rapporter une expérience personnelle, mais sans toutefois avoir pour but de mieux se faire connaître à la famille : son récit ne doit jamais viser qu'à proposer à ses membres des métaphores plus immédiatement saisissables pour comprendre la structure de telle ou telle expérience, personnelle ou thérapeutique, ou pour recentrer la thérapie sur l'interaction – en particulier, lorsqu'un échange devient trop répétitif et trop prévisible.

Venons-en maintenant aux obstacles venant de la famille. On peut y distinguer :

– la prédisposition émotionnelle des membres de cette famille ;

– leurs expériences négatives ;

– une objectivité excessive ;

– une trop grande rigidité.

La famille en traitement peut bloquer ses affects ; d'où une détérioration du processus thérapeutique qui l'amène parfois à prendre moins de responsabilités dans la conduite de la thérapie et à chercher davantage l'intervention et le soutien du thérapeute. Dans ce cas, la thérapie peut continuer, mais le retrait émotionnel empêche les progrès.

Quand le vécu familial accumulé est trop négatif, il arrive que les participants à la thérapie soient incapables de supporter la régression qu'elle implique. Et si, de ce fait, le retrait émotionnel domine le processus, il appartient au thérapeute d'en attribuer clairement la responsabilité à la famille. Par exemple, en disant : « Vous devez décider, vous, la famille, vers quoi vous voulez aller. Il semble que vous ayez accumulé tant de souffrance que vous n'osiez ni vous rapprocher les uns des autres, ni vous éloigner, de peur de souffrir davantage. Vous devez aussi savoir que je peux supporter que rien ne change. » Chaque fois que la thérapie perd son rythme, le thérapeute doit reconnaître les signes d'inertie et non faire un travail de stimulation. Loin de chercher à entraîner la famille sur le plan émotionnel, il doit au contraire l'inviter à prendre la responsabilité de restructurer ses façons de réagir face à la vie.

Une autre forme d'obstacles à la thérapie apparaît quand une famille insiste de façon excessive sur un élément particulier de sa situation afin d'éviter d'en ressentir les aspects émotionnels. On observe, par exemple, qu'elle se centre sur les aspects somatiques d'une maladie physique, plutôt que de parler des réactions émotionnelles (non verbales) ou de la perturbation psychologique provoquées par cette maladie. Ce déplacement empêche les participants de donner libre cours à leurs affects et prive donc aussi la famille de l'engagement émotionnel plus profond (de la régression) nécessaire à son évolution. Face à un tel surinvestissement du contenu, le thérapeute peut être attentif aux images et idées qui lui viennent à l'esprit et en reconnaître la valeur, exprimer des pensées irrationnelles, s'engager dans un type de communication paradoxale, absurde ou désordonné, ou encore se servir de métaphores comme moyen d'induire des réactions émotionnelles chez les membres de la famille en traitement.

Il nous faut maintenant dire un mot des modèles de comportement répétitifs et rigides auxquels le thérapeute peut se trouver confronté. Afin de contrer ces modèles d'interaction, nous préconisons de reconnaître la force du comportement répétitif observé, d'assurer les membres de la famille qu'ils peuvent agir autrement et d'encourager les efforts individuels visant à mettre fin à un processus dysfonctionnel (Metcoff et Whitaker, 1982). Il suffit souvent d'attirer l'attention sur un modèle de comportement stéréotypé pour qu'un ou deux membres de la famille cessent de participer à l'interaction. Par exemple, le thérapeute peut dire : « J'ai l'impression que dès que tu t'inquiètes pour toi, pour ton père ou ta mère, tu te mets immédiatement à parler de ce qui ne va pas dans ton école. » La mère demande : « Qu'est-ce que je peux faire ? » Le thérapeute suggère : « Pour le moment, la meilleure chose à faire, c'est de vous méfier de vous quand vous commencez à dire du mal de l'école. »

Les obstacles d'ordre technique

Les différentes techniques employées ont pour objectif de stimuler l'affect ou d'activer ce que Whitaker et Malone (1981) ont appelé un « mouvement lent », c'est-à-dire un processus thérapeutique qui n'avance pas. Il est important d'y recourir chaque fois que les membres de la famille en traitement n'expriment pas assez d'affect pour que la thérapie puisse progresser – le but étant donc de les amener à exprimer des sentiments plus profonds et de les aider à communiquer directement entre eux. Quand elles sont appropriées, les interventions techniques peuvent contribuer à combler le fossé émotionnel qui les sépare et encourager l'émergence de réactions affectives en catalysant la régression.

En revanche, appliquées de façon inadéquate, les techniques deviennent un obstacle qui, finalement, peut interrompre le cours de l'interaction et entraver la spontanéité des échanges. Notons aussi que si certaines techniques sont appropriées dans une phase de la thérapie, elles sont au contraire dommageables dans d'autres. Par exemple, s'engager dans une confrontation avant qu'un lien ne soit bien établi avec la famille risque d'être perçu comme une agression ou une humiliation. Des difficultés peuvent aussi surgir lorsque le thérapeute ne poursuit pas jusqu'au bout ses interventions. Nous avons ainsi observé un thérapeute qui, dans une séance, avait demandé aux parents d'échanger leurs sièges, mais sans rien faire de plus pour que le processus avance : les choses en étaient donc restées là. Plus tard, quand on lui demanda pourquoi il n'avait pas cherché à aller plus loin, il répondit : « Je ne sais pas. J'ai vu une fois Minuchin faire cela. »

Quand les interventions techniques ne marchent pas, il vaut mieux que le thérapeute batte en retraite plutôt que d'affronter les défenses de la famille. Et si la famille commence à s'inquiéter du silence qui dure, il peut faire une remarque d'ordre général : « Rien ne me vient non plus à l'esprit. Quelqu'un aurait-il une idée de ce que nous sommes tous en train d'essayer d'éviter ? » Quelle que soit sa façon de réagir, le rôle du thérapeute est d'accroître l'investissement général en partageant la responsabilité de l'impasse.

La consultation en séance

Essentiellement orienté vers un travail sur le plan affectif, le processus thérapeutique de type symbolique-expérientiel est inévitablement jalonné d'obstacles. Il arrive en effet que la thérapie ralentisse ou « coince » et que l'on se trouve dans une impasse qui empêche la progression du système thérapeutique ; dans ce cas, la relation thérapeutique se détériore de façon telle que la rigidité et la répétition finissent par prédominer. Un moyen de sortir d'une telle impasse est de demander la consultation d'un autre thérapeute.

La consultation d'un collègue pendant les séances est une technique utilisée en thérapie symbolique-expérientielle depuis les années quarante afin d'évaluer l'alliance thérapeutique qui a été établie. Cette technique a été développée pour permettre aux thérapeutes et aux familles de disposer d'une deuxième opinion – toujours utile du fait que la complexité d'un système n'est jamais comprise aussi clairement par tous les participants. Il s'agit là d'une consultation de type clinique qui vise à renforcer l'organisation et la capacité d'affirmation du système thérapeutique de façon que la dynamique relationnelle y soit traitée plus efficacement. La consultation représente un niveau organisationnel non seulement plus élevé, mais aussi plus complexe que celui mis en œuvre en thérapie, et exige une perspective plus vaste pour pouvoir activer l'interaction du système élargi.

Ce type de consultation diffère d'autres approches en ceci que le thérapeute consultant intervient en séance pour y recueillir des éléments vécus dans les interactions auxquelles il assiste. Sa participation directe a pour objectif, d'une part, d'aider un système thérapeutique à modifier des courants émotionnels susceptibles de mener à une impasse et, d'autre part, de lever les obstacles qui entravent la croissance relationnelle du système.

Le processus alors mis en œuvre est différent de celui de la thérapie familiale. Et bien qu'il puisse avoir une utilité thérapeutique, voire même constituer un épisode de la thérapie, il ne s'agit toutefois pas de thérapie familiale à proprement parler. La thérapie familiale se définit en effet par une relation entre une personne qui soigne et un système qui souffre : elle postule une sorte d'« attention maternante » mobilisée pour offrir à la famille la sécurité dont elle a besoin afin de travailler à reconstruire des solutions de compromis tentées en réponse à des situations de crise et qui, finalement, bloquent la croissance et le développement du système familial. La consultation en séance suppose en revanche ce que l'on pourrait appeler une « indifférence attentive » plutôt paternelle. L'intervenant extérieur est plus objectif, et donc aussi plus libre de faire appel à la réalité pour assumer le rôle établi consistant à encourager l'individuation dans la famille.

La consultation en séance accorde davantage d'importance au processus et à ce qui se passe sur le plan émotionnel qu'au contenu des échanges et à la pensée. Se concentrer sur le processus, c'est suivre et comprendre le cours et l'orientation des relations qui se définissent par une série systématique d'actions dirigées vers un but précis. Le processus ne change pas les choses : il est la clé qui permet de déceler comment on pourrait les modifier.

Mais une impasse peut survenir – essentiellement de deux façons : lorsque le thérapeute est « sur-attaché » à la famille ou, au contraire, lorsqu'il lui est « sous-attaché » (Smith et Corse, 1986, p. 255). S'il en vient à faire tellement partie de la famille qu'il n'est plus capable de garder une attitude suffisamment objective, on peut alors dire qu'il est excessivement attaché au système familial ; en revanche, s'il ne parvient pas à établir un lien avec la famille et reste de ce fait émotionnellement trop à l'écart du système, il y est probablement attaché de façon insuffisante.

Voici maintenant un exemple qui montre comment une thérapeute s'est sur-attachée à une famille en traitement avec elle, dont les membres avaient particulièrement peur d'exprimer leurs affects de crainte de faire de la peine à l'un d'eux. Aussi reconnaissaient-ils avoir fortement besoin de se « protéger » mutuellement. Malgré les tentatives de la thérapeute pour avoir accès au système émotionnel caché de la famille, celle-ci continuait à opposer une grande résistance.

Les membres de la famille critiquaient souvent la thérapeute et, par là même, parvenaient à détourner son attention et à se protéger les uns les autres de l'angoisse d'avoir à affronter des émotions intenses. Au fil du temps, la thérapeute se sentit de moins en moins prête à explorer ce qu'ils ressentaient, et sa relation à la famille prit finalement la même forme que celle entretenue par les membres de la famille entre eux. De même qu'ils s'efforçaient de se « protéger » les uns les autres en évitant d'exprimer leurs sentiments, la thérapeute cherchait inconsciemment à « protéger » la famille en se retenant de poser des questions susceptibles de faire émerger des émotions liées aux problèmes familiaux.

Afin de sortir de l'impasse où elle se trouvait, elle demanda à un collègue une consultation en séance. Quand il entre dans le système, le consultant a une vision en quelque sorte binoculaire qui lui permet de saisir le processus thérapeutique avec une plus grande perspective. Aussi, du fait qu'il n'est pas aussi impliqué émotionnellement que le thérapeute, il peut garder une certaine « indifférence », indispensable pour parler de choses qui n'ont pas été abordées auparavant. Dans le cas que nous évoquons maintenant, le consultant fit remarquer que la famille semblait s'être bien débrouillée pour apprendre au thérapeute comment la « protéger ». Il posa aussi des questions sur les sentiments non seulement de la famille, mais encore de la thérapeute à l'égard du traitement – le but étant alors d'avoir accès à des émotions sous-jacentes à la totalité du système thérapeutique et, par là même, de déloger l'angoisse enkystée dans une partie (un sous-système) du système thérapeutique. Du fait qu'il restait à l'extérieur du système, il lui était plus facile de ne pas se soucier de « protéger » les membres de la famille. Quand cette dernière commença à le critiquer afin de détourner son attention, il continua à s'efforcer à entrer en contact avec des émotions. Ainsi ce processus amorça un réinvestissement émotionnel de la thérapie dans son ensemble et remit le système en route.

Le rôle du consultant consiste non seulement à remarquer quels sont les obstacles qui peuvent contribuer à créer une impasse, mais encore à activer le stress et à catalyser les forces de changement à l'intérieur du système. En général perçu comme un intrus, il arrive fréquemment qu'il choque les familles ou les mette en colère. Alors que l'émotion exprimée à l'égard du thérapeute est positive, l'émotion exprimée à l'égard du consultant est au contraire négative. La famille lui reproche souvent de semer le trouble en disant des choses désagréables. Quoi qu'il en soit, il s'agit pour lui d'aborder les difficultés sous-jacentes. Et le processus qu'il met en place peut avoir un effet comparable à celui d'une crise qui surgit au sein d'une famille : en créant par ses interventions cette sorte de crise, il suscite le besoin de réorganiser le système.

La consultation dure en général quatre-vingt-dix minutes et comprend quatre phases : le consultant commence par s'informer sur l'histoire de la famille en traitement, il s'agit ensuite de définir les problèmes, puis d'accroître l'angoisse de façon « horizontale » ; enfin l'on parvient à la phase finale.

Afin d'éviter qu'il ne s'engage dans le processus avec des idées préconçues, il nous semble préférable que le consultant ne dispose d'aucune information sur la famille avant la consultation. Ainsi, au cours de la première phase, qui dure de dix à quinze minutes, il explique que le thérapeute l'a prié de venir et demande à ce dernier de rapporter l'essentiel de l'histoire de la famille en traitement. Pendant ce récit, la famille écoute sans intervenir ; seulement ensuite, il lui est demandé d'ajouter d'autres informations qui lui semblent pertinentes et de corriger d'éventuelles erreurs.

Pendant la phase de structuration (de nouveau dix à quinze minutes), le consultant demande au thérapeute et à la famille d'identifier les problèmes, les objectifs, ainsi que les méthodes de thérapie dont ils sont convenus, et commence par noter ce qui lui semble incohérent. Il parle aussi avec chaque membre individuellement afin de cerner la nature du fonctionnement familial. Alors que, pendant les deux premières phases du processus de consultation, il s'efforce délibérément d'entrer en contact avec la famille, en revanche, dans la troisième, il s'agit pour lui de prendre de la distance à l'égard du système afin d'activer le stress.

En effet, cette troisième phase (de trente-cinq à quarante minutes) se définit par une activation « horizontale » du stress dans le but de favoriser un engagement actif de tous les participants. A cette fin, le consultant demande au thérapeute de s'adresser directement aux membres de la famille pour, d'une part, désigner les problèmes qui ont contribué à créer une impasse et, d'autre part, définir ce qu'il ou elle attend ou veut de la famille. De même, il encourage la famille non seulement à désigner les problèmes qui, de son point de vue, contribuent à entretenir l'impasse actuelle, mais aussi à dire de quelles autres façons le thérapeute pourrait se comporter.

En même temps qu'il identifie l'obstacle le plus important formulé dans la séance, le consultant s'efforce de le lever. A travers l'activation du stress, il tente d'amener les participants à éprouver des émotions plus variées, tant positives que négatives, car c'est en s'immergeant davantage dans leur intimité qu'ils parviennent à se réinvestir dans le processus thérapeutique. Ainsi la thérapie, qui retrouve la dynamique qu'elle avait perdue, peut de nouveau favoriser une évolution vers le changement.

Quand le consultant sent qu'il a poussé le système aussi loin que possible, il en sort brusquement et entre alors dans la phase finale, qui dure en général de dix à quinze minutes. En effet, il ne s'agit pour lui de prendre part au processus que le temps nécessaire pour rétablir la dynamique du système. Après quoi, il rend en quelque sorte la famille au thérapeute, qui, au cours de cette dernière phase, fait part de ses observations, remercie la famille pour sa bonne volonté à se remettre en question et l'invite à réagir à ce qui s'est passé pendant la consultation.

Ensuite, le consultant informe la famille que, après son départ, il va discuter de la consultation de façon plus approfondie avec le thérapeute. En soulignant ainsi la responsabilité du thérapeute, il rétablit la hiérarchie. Il est également important que la famille prenne conscience de la solide entente qui existe entre le thérapeute et le consultant. Lors de son entretien avec le thérapeute, le consultant peut parler des différentes façons de traiter de futurs obstacles, ou suggérer la nécessité d'une cothérapie ou de consultations régulières, ou encore recommander de confier la famille à quelqu'un d'autre si cela s'impose.

L'aspect formateur de la supervision

En tant que processus, la supervision diffère à la fois de l'enseignement, qui vise à fournir des informations, et de la thérapie, qui tend à développer la croissance d'un système entier. La supervision, telle que nous la concevons, est un processus qui non seulement apporte un soutien au thérapeute de famille, mais encore l'aide à acquérir la maturité nécessaire pour l'exercice de sa profession, définie par le rôle qu'il est amené à jouer dans une structure donnée.

Notons la complexité de ce processus, qui implique la mise en œuvre de quatre niveaux en interaction. Il y a :

1. la dynamique personnelle du thérapeute ;
2. le fonctionnement professionnel du thérapeute ;
3. le processus de la psychothérapie, qui se caractérise par deux aspects principaux : *a)* le processus de l'entretien (ce

qui se passe pendant la séance) ; *b)* le processus administratif (comment faire venir les familles, les rapports avec les professionnels d'autres disciplines, ainsi qu'avec d'autres administrations et d'autres types de travail thérapeutique) ;

4. la compréhension de la dynamique de la famille (à quoi ressemble cette famille ? comment fonctionne-t-elle ?).

Cette conception de la supervision met principalement l'accent, en premier lieu, sur le développement d'une identité professionnelle, sur les conseils relatifs au fonctionnement professionnel du thérapeute et, en second lieu, sur le processus thérapeutique lui-même et les façons de le rendre plus efficace.

Le thérapeute progresse à travers les deux types d'expériences que sont la supervision individuelle et la supervision de groupe. On peut considérer la première, dans laquelle le superviseur joue le rôle de mentor à l'égard du supervisé, comme une formation de même nature que la thérapie, en cela que son but n'est pas non plus de parvenir à une compréhension intellectuelle des choses. Dans le cas de la supervision individuelle, la thérapie est enseignée à travers une relation de collaboration entre le superviseur et le supervisé, « comme une expérience personnelle, et non pas comme une fonction ou technique » (Whitaker, 1982). Il s'agit donc pour le thérapeute supervisé, qui partage le travail du superviseur avec des familles, de s'investir personnellement dans le processus thérapeutique et, par là même, de saisir les concepts plus abstraits et les dynamiques sous-jacentes à l'approche utilisée.

Notons qu'une bonne supervision doit encourager la créativité du thérapeute, c'est-à-dire sa capacité d'innovation, que nous considérons comme une partie intégrante de la thérapie familiale. Le thérapeute apprend ainsi à se servir de lui-même – et non d'un ensemble de techniques – comme de son outil de changement le plus important. Il apprend aussi à accéder au monde symbolique de la famille en lui racontant des histoires, en ayant recours à des métaphores et en partageant avec elle des expériences personnelles, des fantasmes et des associations libres. Pour cela, le thérapeute en formation doit non seulement avoir accès à son processus primaire, mais encore ne pas en avoir peur.

Au début de leur formation, lorsqu'il s'agit pour eux de recueillir des informations et de suggérer des possibilités de changement, les thérapeutes supervisés ont tendance à établir avec les familles des relations d'ordre cognitif. Le rôle du cothérapeute, ou superviseur, consiste alors à faire passer le processus thérapeutique du plan cognitif à un plan plus symbolique, en faisant part au thérapeute supervisé et à la famille de ses propres fantasmes, de ses images absurdes, ainsi que des associations libres et des histoires qui lui viennent à l'esprit. C'est en effet à travers l'expérience répétée d'un tel passage ou glissement dans le contexte de la supervision que le thérapeute en formation commence à percevoir la différence entre ces deux niveaux de communication : il lui appartient dès lors d'expérimenter lui-même diverses façons de faire passer du cognitif au symbolique – tâche souvent difficile pour les thérapeutes débutants car elle exige de ne pas être sur ses gardes et, en même temps, de savoir fixer des limites.

Par rapport à d'autres modes de supervision, la cothérapie donne au thérapeute supervisé une plus grande liberté d'expérimentation et davantage d'occasions de se montrer créatif. Elle lui permet aussi, au cas où il rencontre des difficultés, de s'appuyer sur la présence du superviseur et, plus généralement, de se retirer périodiquement du système thérapeutique afin de réfléchir à l'expérience qu'il vient de faire ; le superviseur est là pour prendre la relève. Le thérapeute supervisé peut alors étudier le processus en cours entre le superviseur et la famille.

D'autre part, la cothérapie empêche le thérapeute en formation de prendre le superviseur pour un gourou, car elle fait en quelque sorte descendre le superviseur de son piédestal. En effet, le supervisé se rend compte des sentiments d'incompétence que le superviseur peut avoir ou de la façon dont il doit parfois lutter avec les familles. Il constate aussi ses erreurs, les impasses dans lesquelles il lui arrive de se trouver, et voit comment, dans certains cas, il peut faire face à l'abandon par les familles du traitement même.

Tout au long du processus, le thérapeute en formation reçoit continuellement du superviseur des informations en retour. Du fait de leur collaboration, il est aussi amené à critiquer le travail du superviseur, sans qu'il s'agisse toutefois de remâcher des théories et techniques abstraites : c'est toujours le processus qui prime. A travers leur expérience commune, superviseur et supervisé sont amenés à s'entretenir de façon beaucoup plus profonde et personnelle des processus familiaux et de la relation interpersonnelle qu'est la psychothérapie (Whitaker, 1982).

Alors que la supervision individuelle offre au supervisé une « vue de l'intérieur » de la thérapie symbolique-expérientielle, la supervision de groupe lui permet plutôt de développer sa propre identité professionnelle. On peut dire qu'à travers, d'une part, les discussions du travail clinique et, d'autre part, l'association d'un travail de supervision et de consultation en séance, le groupe sert de laboratoire de thérapie familiale et offre en même temps à ses membres un environnement propice à la prise de conscience. La sécurité du groupe permet à ses membres de saisir plus clairement les objectifs de la thérapie familiale. Pour le thérapeute en formation, le groupe est donc une sorte de camp de base qui le soutient activement, d'abord dans l'aventure de sa rencontre avec les familles, puis dans la phase de retrait et de réindividuation. En fait, dans cette situation, c'est le groupe lui-même qui devient le consultant – le superviseur-meneur n'étant plus alors que le participant le plus expérimenté.

Ce type de supervision diffère de la thérapie puisqu'il ne s'agit pas de créer un groupe de thérapie. On n'y traite pas les difficultés générales que connaît un individu, ni ses relations avec son univers personnel. Mais les étapes sont semblables à celles de la thérapie. Au cours des quatre à six premières semaines, le superviseur a pour rôle de conseiller, comme, dans un autre contexte, un moniteur apprend à quelqu'un à conduire une voiture. Plus l'élève découvre les différents aspects de la conduite, plus le moniteur s'efface. Quant au superviseur, il s'efforce de mettre fin à la relation maître/élève en refusant peu à peu le rôle de meneur que lui impose le groupe (le moniteur, quant à lui, décide le moment venu d'aller s'asseoir à l'arrière de la voiture).

Le groupe traverse ensuite une période plus ou moins longue de confusion (il n'est pas rare que des membres le quittent à ce stade). Certains groupes saisissent rapidement que le travail sera fondé sur la collaboration mutuelle. D'autres, en revanche, deviennent cyniques et finissent par se scinder en sous-groupes, par faire des reproches au meneur ou par s'en faire entre eux ; parfois, ils recherchent des ordres du jour cachés. Il arrive aussi qu'un membre du groupe essaie de jouer le rôle de meneur ou tente de transformer le groupe de supervision en groupe de thérapie processuelle. Des membres cherchent parfois quels sont les motifs inconscients du superviseur, alors que d'autres s'efforcent de prendre soin de lui et de le protéger.

Pour sa part, le superviseur doit se garder de ne pas se laisser entraîner à prendre trop d'initiatives sur le plan de l'apprentissage des groupes. Cette étape a un but inconscient : de la confusion émerge un investissement expérientiel. Cet aspect recoupe un processus souvent observé chez des familles qui commencent une thérapie : on voit comment la confusion survient comme réaction à une structure trop lâche ou à des environnements pédagogiques inconnus, avec, pour cadre, le jeu et la découverte progressive de la liberté. Mais, en fait, il est important de noter qu'il s'agit là d'un moment essentiel sur le chemin qui mène à la collaboration mutuelle.

Pendant cette période, le superviseur est une sorte de père nourricier qui sait rester calme, soutient le groupe et propose que les séances soient toujours consacrées à la discussion du travail clinique, avec pour principale préoccupation le processus thérapeutique, c'est-à-dire la relation du thérapeute avec la famille et ce que la thérapie met en œuvre, plutôt que la dynamique interne à la famille.

Parfois, face à l'angoisse qui monte dans la famille ou parce que, au-delà de la reconnaissance des sentiments d'impuissance (liés à la découverte que savoir ne suffit pas), il y a la peur de l'inconnu, certains membres du groupe essaient de rendre leur travail objectif, factuel et cohérent du point de vue théorique. La demande ainsi exprimée a pour effet de désactiver le processus créatif nécessaire pour préserver la vitalité des éléments symboliques et expérientiels de la thérapie. Il appartient alors au superviseur de gérer l'exigence d'objectivité en orientant la discussion essentiellement sur le travail clinique et les expériences vécues.

Dès lors que le groupe devient capable de se diriger lui-même, le superviseur est libre de parler de ses propres échecs et de ses expériences personnelles et professionnelles – cette authenticité de sa part visant à faire prendre conscience aux participants que l'investissement dans la vie du groupe est égal des deux côtés de la relation (Schwartz, 1988). Notons que les récits sont aussi employés comme des hologrammes expérientiels pour décrire des événements. On ne les interprète pas car il s'agit dans ce cas de les laisser ouverts à la méditation de chacun.

Des membres du groupe peuvent aussi amener pour consultation des familles faisant partie de leur monde clinique. La famille et le groupe se réunissent dans la même salle, de façon que ce dernier puisse mener l'entretien, qui dure la moitié du temps de la séance ; ensuite, la famille s'en va et le groupe consacre l'autre moitié du temps à rendre compte de la rencontre qui vient d'avoir lieu. D'après l'expérience que nous en avons, cette méthode se révèle très profitable, tant pour les groupes de supervision que pour les familles. On observe aussi un renforcement considérable de la collaboration mutuelle quand le superviseur, lui-même dans une impasse thérapeutique et cherchant à se faire aider par le groupe, amène des familles. Expérience enrichissante pour toutes les parties : c'est alors le groupe qui joue le rôle de thérapeute consultant.

Conclusion

Pour finir, nous voudrions insister sur le fait que c'est essentiellement l'expérience pratique qui a permis de développer la thérapie symbolique-expérientielle. Les postulats théoriques de cette école de thérapie familiale ne sont pas toujours très clairs. En particulier, un des concepts les plus difficiles à faire passer est que personne ne peut enseigner à autrui comment devenir thérapeute symbolique-expérientiel : seule l'expérience peut l'apprendre. Notre modèle de thérapie repose solidement sur la conviction que toute thérapie est jeu ; et la liberté de jouer avec le plus grand sérieux est implicite dans tout ce que nous venons d'exposer. A travers cet article, nous avons tenté d'exposer une partie de la structure complexe des principaux composants de la thérapie symbolique-expérientielle. Il nous reste à espérer que les concepts et les exemples cliniques fournis ici constituent une carte qui permette d'intégrer l'art et la manière de pratiquer ce type de thérapie familiale. Mais rappelez-vous : la carte n'est jamais le véritable territoire !

*
**

RÉFÉRENCES BIBLIOGRAPHIQUES

Connell, G.M., et Russell, L.A. (1987), « Interventions for the trial of labor in symbolic-experiential family therapy », *Journal of Marital and Family Therapy*, 13 (1), p. 85-94.

–, Whitaker, C.A., Garfield, R., Connell, L.C. (1990), *Journal of Strategic and Systematic Therapies*, 9 (1), p. 32-38.

–, Mitten, T.J., Whitaker, C.A. (1991), « Reshaping family symbols : A symbolic-experiential perspective », article soumis au *Journal of Marital and Family Therapy*.

Jung, C.G. (1964), *L'Homme et ses symboles*, Paris, Éd. du Pont-Royal.

Keith, D.V., Connell, G.M., Whitaker, C.A. (1991), « A symbolic-experiential approach to the resolution of therapeutic obstacles in family therapy », *Journal of Family Psychotherapy*, 2 (3), p. 41-55.

–, Connell, G.M., Whitaker, C.A. (1992), « Group supervision in symbolic-experiential therapy », *Journal of Family Therapy*, 3 (1), p. 95-112.

Metcoff, J., et Whitaker, C. (1982), « Family microevents : communication patterns for problem solving », *in* Walsh, F. (éd.), *Normal Family Processes*, New York, Guilford Press.

Schwartz, R.C. (1988), « The trainer-trainee relationship in family therapy training », *in* Liddle, H.A., Breunlin, D.C., Schwartz, R.C. (éd.), *Handbook of Family Therapy Training and Supervision*, New York, Guilford Press, p. 172-182.

Smith, K., et Corse, S. (1986), « The process of consultation : Critical issues », *in* Mannino, F., Trickett, E., Shore, M.L., Kidder, M., Levin, G. (éd.), *Handbook of Mental Health Consultation*, Maryland National Institute of Mental Health.

Whitaker, C.A. (1982), « Multiple therapy and its variations », *in* Neill, J.R., et Kniskern, D.P. (éd.), *From Psyche to System : The Evolving Therapy of Carl Whitaker*, New York, Guilford Press.

–, Warkentin, J., Johnson, M. (1960), « The psychotherapeutic impasse », *American Journal of Ortho-Psychiatry*, 20, p. 641-647.

– et Napier, A.Y. (1978), *The Family Crucible*, New York, Harper and Row ; trad. fr. : *Le Creuset familial*, Paris, Robert Laffont, 1980.

– et Keith, D.V. (1982), « Symbolic-experiential family therapy », *in* Neili, J.R., et Kniskern, D.P. (éd.), *From Psyche to System : The Evolving Therapy of Carl Whitaker*, New York, Guilford Press.

– et Keith, D.V. (1991), « Symbolic-experiential family therapy », *in* Gurman, A.S., et Kniskern, D.P. (éd.), *Handbook of Family Therapy*, New York, Brunner/Mazel, t. 1.

– et Malone, T. (1981), *The Roots of Psychotherapy*, New York, Brunner/Mazel.

BIBLIOGRAPHIE COMPLÉMENTAIRE

Bumberry, W.M., et Tenenbaum, S., *A Different Kind of Caring : Family Therapy with Carl Whitaker*, New York, Brunner/Mazel, 1986.

Garfield, R., Greenberg, A., Sugarman, S., « Symbolic experiential journeys : A tribute to Carl Whitaker », *Contemporary Family Therapy*, t. 9, nos 1 et 2, 1987.

Keith, D.V., et Whitaker, C.A., « Play therapy : A paradigm for work with families », *Journal of Marital and Family Therapy*, juillet 1981, p. 243-254.

Whitaker, C.A., *Midnight Musings of a Family Therapist*, New York, W.W. Norton and Co., 1991.

– et Bumberry, W.M., *Dancing with the Family*, New York, Brunner/Mazel, 1988.

Joan E. Winter *

Le modèle évolutif de Virginia Satir

I. LES FONDEMENTS THÉORIQUES [1]

C'est une vue d'ensemble de la théorie sur laquelle se fonde le modèle évolutif de Satir que nous présentons ici [2]. Alors que de nombreuses études ont été publiées sur les méthodes et la pratique, la théorie à la base du traitement tel qu'il est défini dans ce modèle n'a pas encore été examinée et expliquée de façon assez détaillée. D'où l'utilité de l'étude que nous proposons ici.

Le modèle évolutif de Satir (1972) est un modèle systémique de thérapie familiale qui met l'accent sur la capacité d'intégrité, la créativité, la valeur personnelle et la communication. Non seulement le processus continu de développement et d'intégration du soi est intrinsèque à ce modèle, mais encore le fait que l'individu mature reconnaît la nécessité de

* Joan E. Winter, directrice du Family Institute of Virginia, est *approved supervisor* de l'American Association for Marriage and Family Therapy.

1. L'auteur tient à remercier Sue Tolson, Leanne Parker, Rosemary Lambie, Keren Humphrey et William Davis pour leurs contributions à ce texte.

2. La théorie de Virginia Satir a servi de base à des interventions thérapeutiques dans le cadre du Family Research Project (à Richmond, Virginia), une vaste étude sur l'efficacité de la thérapie familiale avec deux cent quarante-neuf familles traitées par des thérapeutes formés ou supervisés par Murray Bowen, Jay Haley, Virginia Satir et un groupe de comparaison. Dans le cadre de ce projet de recherche, un exposé général de la théorie sous-jacente à chaque approche thérapeutique a été développé. Ce chapitre est extrait d'un exposé sur la théorie de Satir, qui fera partie des futures publications sur cette exceptionnelle étude des résultats de la thérapie familiale (Winter, 1992).

la croissance et de l'assimilation. Satir (1988*a*) pense que les différentes parties du soi fonctionnent de façon systémique. Bien que chacune joue un rôle particulier et puisse être examinée comme une composante distincte, elle n'en est pas moins liée aux autres et interdépendante d'elles. D'où une interaction continue des parties ; rien ne peut affecter un aspect d'une personne sans avoir une influence correspondante sur tous les autres aspects.

Nous nous efforçons ici de présenter les aspects théoriques du modèle évolutif de Virginia Satir : d'abord les présupposés fondamentaux – sa conception de l'être humain, l'orientation systémique de ce modèle et sa conception du changement et de l'apprentissage –, puis les constructions de base, c'est-à-dire des concepts ou des théories élaborés pour intégrer de façon ordonnée les diverses données qui caractérisent un phénomène. Il s'agit du soi, de l'estime de soi, du triangle primaire et de la communication – tous concepts qui, pour Satir, servent à organiser de manière cohérente le vaste champ du comportement humain.

Les présupposés de base

La conception de l'humanité

Commençons cet exposé par l'examen des convictions philosophiques explicites de Satir, dont la théorie se fonde sur une conception de la nature humaine et du changement. Le premier des présupposés sous-jacents à son modèle concerne le potentiel de bonté et d'intégrité des êtres humains. Pour Satir (1988*a*), l'« empreinte digitale » de chacun est une représentation symbolique de l'intégrité « parfaite » et des très nombreuses capacités de l'individu dans l'univers.

De son point de vue, on peut distinguer, quant à la nature humaine, deux perspectives philosophiques opposées, historiquement décrites à travers les concepts du bien et du mal. Bien que Satir ne les emploie pas explicitement, les prémisses philosophiques sous-jacentes sont néanmoins présentes. Et si, pour les besoins de l'explication, ces deux perspectives sont présentées comme séparées, il semble toutefois plus approprié de les voir comme un continuum : à une extrémité, il y a la vision hiérarchique des choses, fondée sur l'idée qu'une population est organisée par rangs, échelons et classes où un ensemble de règles et des relations de pouvoir déterminent les résultats, et, à l'autre, la vision organique composée de parties liées de façon systémique, isomorphiques et organisées de l'intérieur – ces deux perspectives opposées se caractérisant par leurs différentes définitions des personnes, des relations, ainsi que par leurs explications des événements et leurs attitudes à l'égard du changement.

Dans le cadre de la vision hiérarchique, l'être humain est considéré comme faible par nature et « intrinsèquement mauvais » (Satir et Baldwin, 1983, p. 165). C'est pour contrôler ce caractère mauvais qu'une hiérarchie existe et que des modèles de comportement sont prescrits et maintenus. Les individus les plus haut placés sont supposés agir pour le bien des autres en contrôlant l'obéissance à ces modèles au moyen de récompenses et menaces de punition. Aussi ont-ils la responsabilité de montrer aux autres les façons justes et productives de gérer la société ; d'où un partage des rôles entre dominants et dominés.

Selon cette vision, les individus sont définis en fonction de leur capacité à se conformer aux règles établies par la hiérarchie. Il s'ensuit qu'ils tirent leur identité des rôles qu'elle assigne aux uns et aux autres, et que leurs relations se fondent précisément sur ces rôles et les normes qui les sous-tendent – mode de relation artificiel, qui empêche chacun d'explorer et exprimer sa propre individualité, car les choix à faire se situent dans les limites de ces rôles prescrits. Cette façon de définir les personnes et leurs relations entraîne le désespoir, la rébellion, la culpabilité, la peur et l'absence de changement pour ceux qui sont situés au plus bas niveau de la hiérarchie. Quant à ceux qui sont situés aux niveaux les plus élevés, leur situation peut sembler à première vue plus satisfaisante, mais les rôles qui leur sont prescrits et les responsabilités qui y sont attachées les limitent en réalité de la même façon.

La vision hiérarchique est avant tout un cadre linéaire qui permet de voir dans les processus dysfonctionnels le résultat d'un échec de la hiérarchie à maintenir la conformité nécessaire pour que les gens agissent de façon adéquate. Selon Satir, cette vision du monde fondée sur la causalité ne peut qu'être critiquée et condamnée. Une énergie considérable y est dépensée pour résister au changement, car un comportement non conformiste constitue une menace pour l'ordre établi et le *statu quo*.

En revanche, dans la vision organique, la différence est encouragée. Les individus sont considérés comme doués d'un potentiel de bonté et d'intégrité, et définis à partir de leurs propres caractéristiques – ce qui favorise le désir de bien se connaître soi-même. Quant aux relations, elles sont fondées sur l'appréciation mutuelle du caractère unique de chacun. Du fait qu'aucune limite n'est imposée de l'extérieur aux individus, les possibilités d'exploration de soi et des autres sont aussi illimitées. Une telle conception des individus et de leurs relations permet de choisir et de changer, et par là même crée un potentiel d'espoir, d'acceptation et d'ouverture qui ouvre la voie de l'évolution et de la croissance.

Dans un cadre organique, les relations sont nécessairement égalitaires puisque le caractère unique de chacun est valorisé. De plus, définir les personnes en fonction de leur individualité et non par rapport à des rôles et des règles met en avant le processus relationnel plutôt que le pouvoir qui mène à la domination des uns et à la soumission des autres. La contribution de chacun est appréciée, indépendamment de son rang ou de son rôle.

Le paradigme organique est par nature systémique en ceci que tous les éléments sont reliés entre eux et qu'il existe une structure sous-jacente identique, un isomorphisme. Quant aux événements, ils résultent d'un ensemble complexe d'interactions entre différentes variables. Dans ce contexte, le changement est considéré comme un processus naturel et continu par lequel les individus non seulement apprennent à se connaître eux-mêmes, mais encore réalisent leur potentiel et peuvent se mettre en relation avec d'autres.

Ces valeurs reconnues aux êtres humains sont au cœur du modèle évolutif de Virginia Satir. Supposer l'intégrité potentielle de chacun, indépendamment de ses difficultés personnelles, conduit à voir tant les individus que les familles comme capables de bonté et doués des ressources de santé nécessaires. C'est le caractère unique de chacun, qu'il soit fonctionnel ou dysfonctionnel, qui est apprécié. Et les événements qui se produisent dans une vie s'expliquent par l'interaction complexe de multiples variables, et non en terme de responsabilité. De plus, le changement, reconnu, dans la vision organique, comme un phénomène naturel, est bienvenu car il donne l'occasion de se découvrir soi-même, ainsi que d'accéder à la créativité.

Le processus systémique

Le deuxième présupposé du modèle de Satir postule que tout processus est le résultat de multiples variables liées entre elles. Alors que la vision hiérarchique, décrite plus haut, fonde son explication des événements dans les relations humaines sur une conception linéaire de la causalité, le modèle évolutif de Satir se définit par une orientation systémique qui permet de les comprendre comme le résultat de phénomènes d'interaction complexes. En effet, l'ordre est ancré dans tous les systèmes vivants, et Satir affirme que les individus sont aussi ordonnés que l'univers ; même si sa forme et sa structuration ne sont pas immédiatement apparentes, un processus systémique est toujours à l'œuvre. De son point de vue, « on peut comparer les thérapeutes qui ne reconnaissent pas l'existence des systèmes à des généticiens qui ne reconnaîtraient pas l'ADN » (Satir, 1975*c*). En appliquant cette prémisse à la famille, Satir et Baldwin [...] ont écrit :

> [...] chaque partie est liée aux autres de telle façon qu'un changement dans l'une d'elles se répercute dans toutes les autres. Ainsi, dans une famille, chaque individu, événement et chose a une influence sur les autres, et vice versa. Il est donc important, quand on évalue une famille, de bien saisir les multiples stimuli et effets à l'œuvre au sein du système qu'elle forme (1983, p. 191).

Le principe d'homéostasie familiale, à l'origine élaboré par Don Jackson en 1954 (Satir, 1987*b*), constitue l'un des éléments du modèle évolutif de Satir – l'homéostasie étant la tendance des organismes vivants à chercher un équilibre dynamique dans des conditions et des relations instables. Au sein des familles, cet équilibre se révèle, d'une part, dans le comportement complémentaire de ses membres et, d'autre part, dans leurs schémas de communication circulaires, prévisibles et récurrents. Ce qui se produit dans des relations n'est jamais fortuit, ni simplement le résultat d'un processus causal linéaire, mais représente plutôt une tentative logique et compréhensible de préserver l'équilibre du système familial et, par là même, d'en assurer la survie.

Selon Satir, les familles développent à cette fin différentes façons de s'adapter et de s'ajuster. Pendant les transactions, les ajustements institués pour préserver l'homéostasie familiale peuvent engendrer un comportement dysfonctionnel, qui, au lieu de rééquilibrer le système familial, contribue à le déséquilibrer davantage encore. Quand cela se produit, des symptômes révèlent le stress auquel la famille est alors soumise : ils représentent les tentatives des membres de la famille pour corriger un déséquilibre en eux et dans leur système familial.

La perspective systémique prend en compte les principes d'auto-organisation inhérents aux organismes en les appliquant à la famille, considérée elle aussi comme un organisme ou un système. Dans le modèle évolutif de Satir, ces principes s'expriment à travers les schémas, ou règles de comportement, et les styles de communication auxquels la famille a recours pour rétablir son équilibre. A ce propos, Satir postule que la clé pour comprendre le système est de reconnaître que les schémas sont beaucoup plus importants que le sujet autour duquel ils sont activés. Indépendamment du contenu, du sujet ou de l'événement qui peut perturber le système familial et en menacer l'équilibre, ces schémas habituels restent immuables. Tant qu'ils se concentrent sur le contenu du problème, les membres de la famille sont pris au piège des luttes de pouvoir, et ont de ce fait des difficultés à résoudre leurs conflits sous-jacents ; en revanche, dès que l'on met en cause le processus qui régit le problème, la question de savoir qui a tort et qui a raison perd de son importance. Car il s'agit alors d'examiner et de modifier la façon dont un problème est traité afin de mettre en œuvre un processus de résolution. C'est pourquoi Satir attire l'attention sur le processus, ou la façon dont des schémas sont engendrés et entretenus, plutôt que sur le contenu : « Le problème, ce n'est pas le problème, mais le processus », tel est le conseil qu'elle donne aux cliniciens (1975*c*).

Le changement et l'apprentissage

Fondamentalement, Satir pense que « le changement est une autre façon de parler de la vie » (1987*c*). La vision organique à la base de son modèle évolutif reconnaît le processus de changement naturel et continu comme un élément qui favorise la croissance et le développement de relations fonctionnelles. Au cœur de son approche thérapeutique, il y a la conviction que les individus peuvent assurément changer, se développer, et que c'est en apprenant de nouvelles façons de penser et d'agir qu'ils y parviendront. Leur donner à travers de nouvelles expériences et connaissances la chance de voir le monde différemment : tel était l'objectif des méthodes de traitement et de formation de Satir. Le résultat de cet effort – ce qu'elle appelle les « nouveaux acquis » – est à la base même de toute évolution. Dès lors qu'ils disposent de ressources constructives et d'une plus grande conscience des processus qui les traversent, les êtres humains peuvent avoir, outre la capacité de changer, le désir de le faire, ainsi que de chercher activement de nouveaux acquis stimulant une évolution saine.

Le processus de transformation et d'atrophie est celui par lequel il s'agit de développer la conscience et de provoquer intentionnellement le changement. Pour Satir, il n'est pas nécessaire de faire disparaître les « anciens acquis », c'est-à-dire les anciens comportements, pour favoriser le changement : les nouveaux acquis peuvent, à eux seuls, fonctionner comme une « ardoise magique » ouvrant de nouvelles possibilités. En d'autres termes, quand de nouveaux acquis viennent s'ajouter aux anciens, ils se révèlent parfois à ce point efficaces que ces derniers deviennent naturellement obsolètes : ils s'atrophient, parce qu'ils ne servent plus à rien, et disparaissent, laissant ainsi l'ardoise « propre ».

Les constructions de base

Satir a décrit plusieurs constructions de base qui servent à intégrer les présupposés sous-jacents à son modèle (c'est-à-dire, comme nous l'avons vu, sa conception de l'être humain et du processus de changement, ainsi que l'orientation systémique de ce modèle) et délimitent ainsi un ensemble de conceptions théoriques concernant l'expérience du soi, la valeur que les individus s'attribuent à eux-mêmes, leur estime de soi, les relations formatrices entre les membres de la famille au sein du triangle primaire et la manière dont ils interagissent ou s'engagent dans la communication. Bien que l'on puisse examiner ces constructions de base comme des entités séparées, c'est néanmoins dans leurs relations mutuelles que réside leur signification. Ainsi, on ne saurait comprendre la communication sans le sentiment de la valeur personnelle, le sens de soi, ni les relations familiales formatrices ; ou encore l'estime de soi sans ses manifestations communicationnelles et la façon dont elle modifie les relations familiales formatrices, ainsi que l'expérience de soi. Comme dans la théorie systémique, il faut, pour saisir les concepts de Satir, comprendre non seulement les parties, mais encore le tout qui dépasse la somme des parties.

Le soi*

Satir voit dans le soi le noyau de chaque individu. C'est là que réside le « je suis » de chacun, et c'est de cette structure, qui est le plus profond de chaque être, de ce centre de croissance et de développement qu'émanent tous les autres aspects de sa personnalité. Sur le plan théorique, Satir propose de concevoir métaphoriquement le soi comme le centre d'un mandala composé de huit aspects, décrits plus loin, qui définissent les relations du corps et de l'esprit. Le choix du mandala – une figure ancienne qui représente l'univers – comme symbolisation graphique des éléments du soi souligne une fois encore les relations systémiques qui existent entre tous les domaines de l'expérience humaine : même si l'on peut considérer chaque facette indépendamment des autres, c'est toutefois l'action dynamique réciproque de toutes les facettes qui constitue la totalité du soi. De plus, chaque élément du tout est une voie ou frontière ouverte où

* Self

l'échange d'information et d'énergie avec les autres et l'environnement peut avoir lieu (figure 1).

Voyons maintenant plus précisément ce qu'il en est des huit aspects du soi, liés entre eux, qui forment la carte conceptuelle de base du modèle évolutif de Satir : le physique, l'intellectuel, l'émotionnel, le sensuel, l'interactionnel, le nutritionnel, le contextuel et le spirituel.

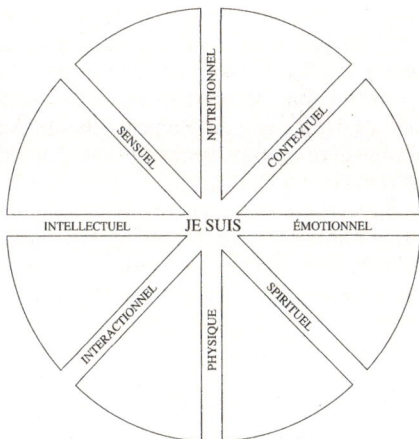

Figure 1
Le modèle évolutif de Satir.
Le mandala du soi : les aspects du soi.

Ce mandala décrit les voies qui facilitent la capacité de l'individu à ouvrir les frontières et à échanger de l'énergie et de l'information avec d'autres, ainsi qu'avec l'environnement. Sous cet aspect, il diffère d'autres schémas présentés ailleurs (cf. Satir et al., 1991 ; Buckbee, 1990).

1. L'aspect physique est celui des relations de l'individu à son corps, ainsi que ses attitudes à son égard. Satir suggère à ce propos que la relation au corps influence le sens de soi et que, de ce fait, plus le corps et l'attitude à l'égard du corps sont sains, meilleur est le sens de soi.

2. A travers l'aspect intellectuel, on aborde le domaine de la pensée, que l'on peut en général définir comme celui de

l'hémisphère gauche du cerveau, associé au traitement rationnel, analytique, de l'information. Cette capacité d'examiner et d'évaluer des données de façon objective et réflexive est intrinsèque à l'être humain. L'aspect intellectuel du soi, qui développe et modifie des règles, des croyances et des conclusions, joue aussi un rôle important en ceci qu'il fournit des interprétations objectives nécessaires pour que l'individu puisse fonctionner efficacement dans le monde.

3. L'aspect émotionnel du soi est celui des sentiments et concerne l'hémisphère droit du cerveau, associé à l'intuition et à la synthèse dans le traitement de l'information. Bien que parfois dévalorisé dans la culture occidentale, Satir voit néanmoins dans cet aspect un complément vital de l'aspect intellectuel et considère comme important que les individus non seulement reconnaissent et acceptent leurs sentiments, mais encore soient libres de les exprimer de façon appropriée. En outre, dans son modèle évolutif, les impressions que chacun a sur ses sentiments révèlent des données importantes quant à sa valeur personnelle. L'aspect émotionnel constitue aussi une source de créativité qui élargit la conscience et donne de l'énergie aux êtres humains. Avec l'aspect intellectuel, il fournit l'équilibre nécessaire au fonctionnement humain.

4. L'aspect sensuel concerne les dimensions de l'expérience humaine qui contribuent à notre perception holistique du monde. Les sensations corporelles sont essentielles sur le plan de notre expérience de la vie et la façon dont on peut l'apprécier. Du fait qu'elles sont tout à fait personnelles, les interprétations et réactions tactiles, visuelles, kinesthésiques, auditives, olfactives, gustatives et sexuelles représentent une autre part du soi propre à l'individu.

5. Avec l'aspect interactionnel, il s'agit bien entendu de la communication du soi avec le soi, ainsi que du soi avec l'autre. Il s'agit non seulement des multiples façons dont les individus sont à la fois identiques et différents, mais aussi du caractère unique de leurs interactions réciproques. Satir observe en outre que la composante interactionnelle du soi détermine comment l'on se sert du pouvoir : abandonne-t-on tout pouvoir pour devenir une victime, ou au contraire, s'en sert-on pour devenir un dictateur, ou encore parvient-on, en matière de pouvoir, à un équilibre qui varie de façon appropriée aux différentes situations ?

6. L'aspect nutritionnel décrit comment un individu nourrit son corps par une série de processus qui consistent à absorber et assimiler des aliments afin de permettre la croissance et le remplacement de tissus usés ou blessés : « La part nutritionnelle a pour fonction de convertir de l'énergie. Sans énergie, le système devient la proie du chaos [...]. Chaque partie dépense de l'énergie et a besoin d'énergie pour maintenir l'équilibre » (Buckbee et Gross, 1991, p. 8). Satir s'intéresse ici à la tendance naturelle du corps humain à chercher la santé, ainsi qu'aux effets néfastes des comportements malsains, tels que la consommation excessive de certains produits (alcool, tabac, drogue, etc.) et les troubles de l'alimentation.

7. L'aspect contextuel est la part du soi qui s'adapte et réagit à l'environnement. La lumière, le son, la couleur, la température, l'espace, le temps et le décor sont des données de l'environnement qui participent de l'expérience qu'un individu fait d'une situation particulière. Sur ce plan, deux dimensions temporelles entrent en jeu : le passé et le présent. C'est pourquoi l'aspect contextuel du soi comprend une multitude de données du passé mêlées à celles du présent. Il peut même arriver que le futur ait aussi une influence sur cette partie du soi.

8. Enfin, l'aspect spirituel du soi se rapporte au sens de la vie. La dimension spirituelle, propre à chaque individu, représente une expérience de la « force vitale » et la façon dont chaque être humain interprète cette expérience. Fondamentalement, Satir pense que la croissance est la « force vitale qui se révèle elle-même », qu'elle est une « manifestation de l'esprit » (1988*a*, p. 334). C'est du respect de la vie que découle l'aspect spirituel du soi.

Le processus de synthèse par lequel le soi intègre ses parties est la maturation, « le concept le plus important en thérapie car il constitue la pierre de touche de tout le reste » (Satir, 1987*b*, p. 91). Selon Satir, on reconnaît un individu mature à « sa capacité de faire des choix et de prendre des décisions à partir des perceptions précises qu'il a de lui-même, des autres, ainsi que du contexte dans lequel il se trouve ; quelqu'un de mature sait aussi reconnaître ces choix et décisions comme étant les siens et accepter la responsabilité de leurs résultats » (*ibid.*). Augmenter sa maturité permet à un individu d'être cohérent non seulement dans sa communication avec les autres, mais encore à l'égard de ses propres messages internes, de distinguer entre son propre soi et celui des autres, de considérer la différence comme une chance d'exploration plutôt qu'une menace, de reconnaître le contexte réel d'une situation, au lieu de le voir à travers le verre déformant d'expériences passées ou d'espoirs pour l'avenir, d'accepter la responsabilité de ses propres pensées, sentiments et actions, et d'avoir la capacité de contrôler de façon adéquate la signification qui s'échange entre lui et les autres.

Pour Satir, la maturité est un facteur décisif du fonctionnement de l'individu, qui touche les huit aspects du soi que nous venons d'examiner. Le développement du soi est par définition lié à un modèle évolutif : l'individu mature reconnaît la nécessité de la croissance et de l'assimilation. La citation suivante résume la pensée de Satir :

> Chacune de ces huit parties accomplit une tâche différente et peut-être comprise séparément. Toutefois, aucune ne peut fonctionner indépendamment des autres. Toutes sont continuellement en interaction. En d'autres termes, quoi qu'il arrive à une partie, cela influence les autres (1988a, p. 46).

Avec la valeur personnelle, c'est-à-dire celle qu'une personne se donne à elle-même, nous abordons un pivot du modèle évolutif de Satir. Il s'agit ici de l'amour et du respect que l'on a pour soi-même, indépendamment des perceptions des autres. Satir pense :

> Nous venons tous au monde avec une valeur intrinsèque égale. La question qui se pose n'est pas de savoir si nous avons cette valeur personnelle, mais comment nous la manifestons. Cet aspect est toujours en nous et se bat pour être reconnu, accepté et validé (Satir *et al.*, 1991, p. 19).

C'est à partir de ce qu'il vit au sein de sa famille d'origine qu'un individu développe sa valeur personnelle. Selon Satir, lorsque, sur ce plan, des sentiments positifs sont établis et maintenus au cours des cinq premières années de la vie, alors l'individu est moins susceptible d'avoir plus tard des problèmes à cet égard. (Mais elle reconnaît aussi que ce type d'environnement positif est plutôt rare.) Des facteurs ultérieurs – comme le rôle d'autres personnes importantes, des efforts concertés en thérapie ou des environnements bénéfiques – peuvent par la suite faire évoluer positivement la valeur personnelle d'un individu, et les triades protectrices, dont nous parlerons plus loin, offrent aussi parfois d'autres possibilités pour qu'une telle évolution se produise.

Les personnes dont la valeur personnelle est insuffisante se montrent anxieuses et incertaines à l'égard d'elles-mêmes. Peu sûrs d'eux-mêmes et incapables d'estimer leur caractère unique, ces individus s'intéressent tout particulièrement à ce que les autres pensent d'eux. Pour Satir, prêter une telle attention aux signaux que d'autres peuvent communiquer quant à notre propre valeur est un processus épuisant qui favorise la dépendance et augmente l'angoisse – état qui se caractérise par un certain degré de tension et de malaise physique, ainsi que par des contradictions sur le plan de la communication verbale et interpersonnelle. Fondée sur la perception d'attentes extérieures, un décalage s'installe entre ce que la personne sent réellement et ce qu'elle communique. Les individus qui n'ont pas suffisamment développé leur sentiment de valeur personnelle interprètent le processus naturel d'inclusion et d'exclusion inhérent à toute relation comme un rejet – d'où un sentiment d'exclusion qui accroît l'anxiété, le manque d'assurance, la dépendance, et favorise un type de communication inapproprié :

> Le petit enfant dont la survie dépend des autres devient un enfant dont l'identité dépend des autres. De l'état où, nouveau-nés, ils étaient ouverts à tout, les enfants apprennent bientôt à éviter des situations potentiellement douloureuses, comme la désapprobation [...]. A cette fin, ils cultivent – ou au contraire font obstacle à – différents aspects qui constituent leur essence d'êtres humains (Satir *et al.*, 1991, p. 22).

Dans de nombreux cas, le manque de valeur personnelle va de pair avec un développement et une intégration inadéquats des huit aspects du soi. Chez des personnes de ce type, qui ne sont pas orientées par la croissance, qui résistent au changement et cèdent à la conformité, le développement de

ces différents aspects est entravé. Or, selon l'orientation systémique, quand une partie est entravée, la totalité l'est aussi.

Satir attire l'attention sur le caractère contagieux d'un déficit sur le plan de la valeur personnelle au sein des familles :
ainsi, une personne chez qui ce sentiment est faible se marie
souvent avec un conjoint dans le même cas, et tous deux ont
des enfants dont le sentiment de valeur personnelle est aussi
peu développé que le leur : le mode de fonctionnement d'une
génération se répercute donc sur celui de la génération suivante. Il n'est de ce fait pas surprenant qu'une organisation
hiérarchique structure ce type de familles où chacun se définit
en fonction d'une conformité à des rôles et à des règles. Un
individu dont le sentiment de valeur personnelle est faible
cherche chez les autres la validation de son soi. Aussi l'énergie qu'il investit vise à gagner du pouvoir et de la reconnaissance au sein de la famille ; d'où, comme nous l'avons dit,
des relations qui reposent sur la soumission des uns et la
domination des autres, une résistance au changement considéré comme une menace pour l'équilibre du pouvoir et aussi
du stress, qui affecte la famille de telle façon que le manque
de valeur personnelle se trouve encore renforcé, enfin un type
de communication déformé et inapproprié. L'insuffisance du
sentiment de valeur personnelle peut entraîner la délinquance, la toxicomanie, un comportement violent à l'égard
des enfants et bien d'autres problèmes de ce genre. Satir écrit
à propos de ce sentiment :

> Derrière toute attitude défensive et toute réaction inappropriée,
> chacun de nous a une valeur personnelle qui demande tou-
> jours la même chose : « Je veux seulement que l'on m'aime. »
> Toutes nos relations – en famille, avec nos amis et amants, au
> travail, etc. – sont basées sur l'amour et la confiance. Quand
> un événement pose la question de savoir si cet amour et cette
> confiance existent vraiment, nous activons nos réactions de
> survie. Et derrière la question de la survie, il y a généralement
> la croyance que les autres sont responsables de nos vies, que
> nous ne pourrions nous débrouiller sans eux et que ce sont
> eux qui nous définissent (Satir *et al.*, 1991, p. 23).

En revanche, les individus dont le sentiment de valeur
personnelle est fort ne dépendent pas des autres pour ce qui
concerne leur identité. Ils sont capables d'apprécier eux-

mêmes leur caractère unique, ainsi que celui de chacun, et d'investir leur énergie de façon constructive, en maintenant à la fois leur individualité et leurs relations aux autres. La distinction nette entre soi et l'autre, ainsi que la capacité à s'autovalider leur permettent non seulement de s'engager plus librement dans des relations, d'y prendre plus fréquemment des risques, de révéler plus facilement leurs vulnérabilités, mais encore de très bien supporter le stress et d'établir un mode de communication à la fois clair et approprié. La capacité d'entretenir un équilibre entre individualité et relations aux autres est essentielle dans le modèle évolutif de Satir. Dans ce cadre théorique, le concept de valeur personnelle implique qu'un individu est capable de s'aimer et de se nourrir lui-même : la dépendance à l'égard des autres s'en trouve minimisée et le fonctionnement autonome favorisé. On peut ainsi dire que c'est son autonomie, sa capacité à reconnaître et accepter sa compétence et son autosuffisance, qui permet à un individu d'être vraiment en relation avec les autres, sans crainte de perdre son identité.

Si nous revenons à notre métaphore du mandala, nous pouvons dire que les huit aspects du soi apparaissent maintenir un équilibre fluide et dynamique chez les individus qui ont développé un sentiment de valeur personnelle positif. Cela ne signifie pas qu'ils n'aient pas de problèmes, mais plutôt qu'ils emploient bien leurs ressources, qu'ils reconnaissent et accueillent favorablement le changement, investissent leur énergie dans des expériences qui favorisent la croissance et gèrent le stress en agissant et communiquant de façon appropriée.

Une valeur personnelle positive est également contagieuse : dans les familles dont les membres ont suffisamment développé ce sentiment, le processus naturel d'exclusion et d'inclusion, inhérent à toute relation, n'est pas perçu comme signe de rejet ou de condamnation, mais plutôt comme faisant partie d'un flux relationnel systémique continu. Ce type de famille connaît moins de problèmes, et l'une des raisons en est qu'elle ne dépend pas exclusivement des autres sur le plan de ses besoins physiques et affectifs.

Le triangle primaire

C'est dans ce que Satir appelle le « triangle primaire » – la mère, le père et l'enfant – que se trouve la principale source d'apprentissage d'un individu au début de sa vie. Contrairement à d'autres théoriciens (Bowen, 1958 ; Minuchin, 1974 ; Haley, 1962*a* et 1962*b* ; Aponte, 1976*a* ; Zuk, 1966 et 1971) qui ont avant tout étudié les qualités dysfonctionnelles des triangles, Satir considère que la triade possède de façon inhérente la possibilité de devenir une source de valeur personnelle d'apprentissage, de soutien et de croissance. Quand ces conditions existent, Satir parle de triades nourricières. Nourricier ou pas, c'est en tout cas dans le triangle primaire que l'enfant commence à développer un sens de soi qui, avec le temps, aboutit à une conception de soi cohérente (1987*a*).

Du fait que la vie résulte de la rencontre du spermatozoïde d'un homme avec l'ovule d'une femme, rencontre qui est à l'origine d'une troisième personne, le concept de triangle est en quelque sorte inscrit en nous de façon innée, aux niveaux tant conscient qu'inconscient. En d'autres termes, on peut déduire du schéma triadique auquel la continuation de l'espèce humaine obéit que nous sommes prédisposés non seulement à reconnaître le concept de triangle, mais encore à donner une forme extérieure à cette connaissance innée. L'existence et le pouvoir des triangles sont un des principes de base à partir desquels Virginia Satir a élaboré sa théorie et ses modes d'intervention : « Pour Satir, les triades sont tout simplement » (Jacobs, 1991, p. 47). Ce sont des systèmes d'apprentissage à trois. Le triangle primaire représente :

> [...] le premier d'une série de systèmes dont nous allons faire partie [...]. A l'intérieur de celui-ci, l'enfant devient l'agent et la manifestation du changement [...]. A la naissance [...] nous sommes ouverts à tous les stimuli auxquels nos sens nous exposent. Cela signifie que nous sommes vulnérables à notre environnement, et peu protégés. Nous absorbons alors de façon chaotique des fragments qui ne vont pas ensemble, mais faisons aussi des expériences nourricières dont nous avons besoin dans le contexte de la triade primaire : car ce sont ces expé-

riences qui nous permettent, au-delà des besoins physiques nécessaires à notre survie, de nous développer jusqu'à devenir des êtres humains pleinement conscients [...] Au cours des neuf premiers mois [...] notre apprentissage est essentiellement corporel. Nous apprenons alors à travers la respiration, les mouvements, des personnes qui s'occupent de nous, ou encore la façon dont elles nous touchent, plutôt qu'à travers ce qu'elles nous disent (Satir *et al.*, 1991, p. 19-20).

A l'aide des données provenant de leur environnement, en particulier le triangle primaire, les nouveau-nés apprennent les rudiments de la communication en déduisant des significations. C'est de cette façon, avant de savoir parler, qu'ils commencent à élaborer une conception d'eux-mêmes, ainsi que leur sens de soi dans leurs relations aux autres. Cet apprentissage précoce peut procurer les perceptions les plus fondamentales, qui perdureront dans toute la vie d'un être humain. Satir accorde une telle importance au triangle primaire qu'elle y voit la « principale source de l'identité du soi. En effet, à partir de ses expériences au sein de la triade primaire, l'enfant détermine quelle place il occupe dans le monde et quelle confiance il peut avoir dans ses relations avec les autres » (Satir et Baldwin, 1983, p. 170). Baldwin note que, dans le modèle de Satir :

La thérapie peut être considérée comme l'art de soigner la triade originale. Dès lors que l'on comprend dans leur contexte original les problèmes qui remontent à la triade primaire, il devient possible de s'en servir pour éclairer le présent et de faire en sorte qu'ils ne le contaminent plus (1991, p. 28).

Nous allons examiner les caractéristiques du triangle primaire, parmi lesquelles nous distinguons trois catégories : *a)* l'inclusion et l'exclusion, *b)* la congruence et l'incongruence, *c)* les règles familiales, et nous allons présenter, en outre, une description des triades nourricières.

L'inclusion et l'exclusion.

Le triangle primaire constitue le fondement de nos principaux acquis sur le plan des relations. Toute triade comprend les mêmes éléments relationnels : il y a soi avec soi (A, B, ou C), soi avec un autre (A-B, A-C, B-C), et soi avec d'autres (A-B-C). Or le triangle primaire présente déjà tous ces éléments : l'enfant avec lui-même, l'enfant avec la mère, l'enfant avec le père, la mère avec le père et l'enfant avec la mère et le père. Du fait que le triangle primaire est la source originale de l'apprentissage relationnel, les connaissances que l'enfant y acquiert sur ce plan déterminent en grande partie comment il sera en interaction avec lui-même, ainsi qu'avec d'autres dyades et triades à l'extérieur de sa famille. Satir fait à ce propos remarquer : « Des problèmes triangulaires primaires non résolus continuent de se présenter par la suite dans d'autres triangles. C'est pourquoi le triangle est une source de transformation » (Satir, 1988*b*).

Le triangle primaire, qui offre à l'enfant l'opportunité de maîtriser tant les caractéristiques dyadiques que triadiques des relations, présente aussi un aspect particulier : à savoir l'inclusion et l'exclusion du soi dans ces relations. Une donnée anatomique fait partie intégrante de toute interaction humaine : un individu ne peut être pleinement en contact qu'avec une seule personne à la fois. Du fait que nous n'avons que deux yeux sur le devant de notre tête, nous pouvons ne pas voir une personne assise à côté de nous ou derrière nous. Si cette personne prend cela à cœur, elle peut alors avoir un sentiment d'exclusion ou de rejet et, bien que parfois incluse dans la conscience de l'autre, se sentir néanmoins ignorée ou, d'une certaine façon, méprisée. Dans une relation triadique, deux personnes sont généralement « en relation », pendant qu'une autre est « exclue » de ce qui occupe essentiellement les deux autres.

Le contexte détermine aussi parfois qui est inclus ou exclu à un moment donné. Par exemple, le père d'une jeune fille n'interviendra pas quand il s'agira pour elle de choisir son premier soutien-gorge. De tels choix ne se fondent pas sur le fait qu'une personne soit aimée ou pas, mais plutôt sur ce qui convient dans une situation donnée. Mais les contextes se développent et se modifient avec le temps.

Satir affirme qu'il n'y a rien d'intrinsèquement bon ou mauvais dans les variations sur le plan de l'inclusion et de l'exclusion qui affectent le processus triadique puisqu'il s'agit d'un élément naturel de l'existence humaine. Néanmoins, dans la triade, chaque individu réagit à la distance et à la proximité maintenues dans les relations avec les autres ; et ces réactions sont régies par le degré d'estime de soi de la personne, ainsi que par la qualité (la proximité, le confort) de ses relations aux autres. Pour Satir, dans une triade saine, chaque individu est « responsable de lui-même, capable d'estimer, d'aimer et d'accepter non seulement lui-même, mais aussi les autres, et d'entretenir des relations nourricières et sans esprit de compétition » (1988*b*) ; suffisamment individuel et souple, il peut aussi bien communiquer avec les deux autres personnes de la triade qu'apprécier les relations qu'elles ont entre elles. Baldwin affirme que dans une triade saine :

> [...] la relation à deux peut avoir lieu sans risque majeur. Le père est heureux de voir comme sa femme s'occupe bien de leur enfant, et s'il se sent un peu exclu, il peut en parler, au lieu de faire l'expérience, à travers ce sentiment, d'un manque de valeur personnelle. De même, la femme se réjouit de voir comment son mari et leur enfant ont plaisir à partager des activités. Enfin, l'enfant sait aussi que ses parents ont le droit de passer du temps ensemble sans qu'il intervienne. Dans une triade de ce type, la relation à deux est fluide en ceci qu'elle peut avoir lieu dans les trois cas de figure. Celui qui se trouve momentanément « hors jeu » sait qu'à un autre moment il sera à son tour au premier plan. A la base de ce type de fonctionnement, il y a chez chacun la conscience d'être le centre de son propre univers, et qu'il en va de même pour les autres. En d'autres termes, chacun accepte le dilemme fondamental dans la triade : comment faire de la place pour trois personnes, alors qu'à tout moment seulement deux peuvent être véritablement en interaction (1991, p. 35-36).

Pour Satir, dès lors qu'un enfant a appris des façons congruentes et positives d'établir et entretenir des relations au sein du triangle primaire, il devient ensuite capable de bien mener d'autres relations dyadiques et triadiques en dehors de sa famille : « Pouvoir maîtriser la dynamique relationnelle au sein de la triade primaire, c'est être capable de n'importe quelle relation » (Satir, 1988*b*).

Ce sont les enseignements tirés de l'étude du triangle primaire qui ont amené Satir à la ferme conviction qu'il est possible de modifier des schémas dysfonctionnels à travers l'adjonction de nouveaux acquis, par un processus de transformation et d'atrophie. A ce propos, le modèle évolutif de Satir postule que, les schémas dysfonctionnels étant acquis au sein de la triade, c'est encore dans un contexte triadique qu'un apprentissage de schémas plus fonctionnels peut se faire avec une efficacité maximale. Ce nouvel apprentissage peut avoir lieu au sein du triangle primaire ou dans d'autres relations triadiques. Indépendamment d'un contexte particulier, une triade offre l'opportunité d'établir des schémas relationnels fonctionnels avec soi-même, mais aussi avec un autre et des autres. Loin de présenter un facteur négatif sur le plan relationnel, la triade, en particulier le triangle primaire, est donc un trésor de ressources pour développer de bonnes relations et un sens de soi sain.

Il est toutefois important de noter que tous les triangles primaires ne sont pas susceptibles d'apporter un tel soutien. En dehors du triangle primaire, certaines relations à trois peuvent présenter les caractéristiques positives des triades nourricières. La théorie de Satir pose comme objectif de développer l'autonomie et la valeur personnelle des membres d'une triade au point qu'ils deviennent capables d'appliquer ce qu'ils ont nouvellement acquis aux futurs triangles primaires dont ils feront partie. En fait, on retrouve dans cette situation l'énigme de l'œuf et de la poule. Qu'est-ce qui vient en premier : le triangle primaire nourricier qui permet à des individus de développer un fort sentiment de valeur personnelle ou bien, à l'inverse, l'individu qui, ayant développé un tel sentiment, contribue de façon positive à un triangle primaire nourricier ? A l'égard du développement de ce sentiment, le modèle de Satir applique l'approche du « l'un comme l'autre ». Une intervention thérapeutique est le plus susceptible de réussir quand des individus qui n'ont pas fait l'expérience d'un environnement relationnel suffisamment nourricier dans leur propre triangle primaire cherchent à créer des conditions nourricières dans leur vie présente.

La congruence et l'incongruence.

Le nouveau-né arrive au monde petit, impuissant et dépendant. Aussi perçoit-il, dans une certaine mesure, les réalités de cet état très tôt dans sa vie, qui contraste avec celui de ses parents, grands, indépendants et capables de maîtriser les choses. En fait, une incongruence physique existe entre parents et enfants. En géométrie, deux figures sont dites congruentes quand, placées l'une sur l'autre, elles coïncident exactement, des points de vue tant de la forme que de la grandeur. Or, dans le développement de l'être humain, il n'existe pas de congruence physique entre les parents et les enfants. C'est d'abord à travers ses sens que l'enfant prend conscience de ces divergences – à travers la voix de ses parents, leur regard ou la façon dont ils le touchent :

> Vous avez vécu jusqu'au moment où vous avez parlé. Et quand vous avez parlé, vous aviez déjà une définition de vous-même. Avant d'avoir des symboles, vous aviez une image de vous-même, une conception de vous-même (Satir, 1975*c*).

Plus tard, quand le langage est acquis, une variété infinie d'interactions verbales, avec leurs différents niveaux de signification, compliquent encore davantage le processus par lequel l'enfant cherche de la congruence. Afin de survivre, il doit développer des façons de reconnaître la congruence et, en même temps, s'adapter aux incongruences qui existent au sein du triangle primaire. Satir postule que, longtemps avant qu'une conscience d'un comportement dirigé par le soi existe, l'enfant a d'abord dû faire face à l'incongruence dans le système familial.

Les règles familiales.

Le triangle primaire est aussi une matrice pour le développement des règles familiales. Selon Satir, les familles inventent leur propre ensemble de normes et d'attentes quant au comportement de chacun : aussi bien des règles explicites, par exemple pour l'attribution des tâches ménagères, que des règles implicites relatives à des problèmes douloureux, régissant, par exemple, la façon de parler de l'alcoolisme de la mère ou d'un suicide qui a lieu dans la famille. Ces règles déterminent ainsi comment, dans sa famille d'origine, chaque membre se définit et se conduit, mais aussi en grande partie, dès lors qu'il les a intégrées, ce qu'il attendra des autres et de leur comportement à l'extérieur de celle-ci. Lignes directrices de comportement à l'intérieur d'un système, elles peuvent malheureusement aussi, appliquées de façon trop rigide, contribuer à la formation de schémas dysfonctionnels.

C'est aussi à l'aide de règles que les parents apprennent à leurs enfants comment survivre dans différentes circonstances. Forces vitales dans la vie familiale, elles représentent en outre un moyen nécessaire d'établir des normes utiles de comportement. Satir observe toutefois que des problèmes surgissent quand elles manquent de souplesse : trop restrictives, elles peuvent devenir erronées et déplacées et ne plus servir de mécanisme de protection, mais plutôt de base au fait d'agir ou de ne pas agir. La règle perd sa raison d'être : seule sa formulation persiste, et la vie devient une question de « devrait », « jamais », « doit absolument », etc. – ce que Satir appelle des « non-libertés ».

Satir suggère que chaque règle possède un élément utile et protecteur : d'où l'importance de ne pas jeter le bébé avec l'eau du bain. Le problème est de transformer les règles en guides qui, centrés sur la réalité, permettent de développer la croissance et, en même temps, continuent à protéger l'individu. Il s'agit en quelque sorte de « trouver l'or » dans d'anciens acquis ou règles (1975c). Comme nous l'avons dit, c'est par un processus de transformation et d'atrophie, qui permet d'ajouter de nouveaux choix, qu'il est possible de modifier une règle et d'évoluer vers des façons de penser plus fonctionnelles et utiles.

Comme l'adhésion à des règles qui ne conviennent pas peut entraîner des limitations affectives et physiques, la capacité de transformer des règles en lignes directrices peut au contraire engendrer une liberté et une souplesse jusqu'alors inaccessibles. Un tel changement produit parfois des résultats visibles.

> Dans ce processus, le lien physiologique entre les mots et le corps apparaît clairement. Au fur et à mesure qu'un individu passe par les étapes qui consistent à ajouter des choix aux règles dont il dispose, sa respiration devient plus profonde, ses muscles se détendent et un ensemble de changements physiologiques deviennent visibles. De tout son être émanent une nouvelle liberté et une harmonie, tant sur les plans spirituel et corporel que sur celui des sentiments (Satir *et al.*, 1991, p. 309).

Satir considère la liberté de s'exprimer soi-même et d'explorer le monde comme une composante essentielle de relations saines et satisfaisantes (1975a). Elle définit plus précisément cinq libertés fondamentales :

1. la liberté de voir et entendre ce qui est là, au lieu de ce qui devrait être ou sera là ;

2. la liberté de dire ce que l'on ressent et pense vraiment, et non ce que l'on devrait penser ;

3. la liberté de ressentir ce que l'on ressent, et non ce que l'on devrait ressentir ;

4. la liberté de demander ce que l'on veut, au lieu de toujours attendre une autorisation ;

5. la liberté de prendre des risques pour soi-même, au lieu de ne choisir que la « sécurité » et de ne jamais faire bouger les choses.

Le triangle primaire – la mère, le père et l'enfant – est la source originale la plus formatrice pour les règles qui régissent nos relations au monde et dans le monde. C'est en effet dans cette triade que réside l'origine de notre expérience de nous-même, de l'autre et du monde (Aponte et Winter, 1987*a*, 1987*b*). Avec ses caractéristiques – l'inclusion et l'exclusion, la congruence et l'incongruence, ainsi que les règles familiales, le triangle primaire représente le fondement de toute interaction humaine. De plus, la triade nourricière, qui peut s'y trouver ou être créée dans des relations triadiques ultérieures, génère dans certains cas le sentiment de valeur personnelle et la possibilité d'interactions fonctionnelles.

La communication.

Satir arrive à la conclusion qu'une des clés des relations humaines est dans la souplesse et le caractère fonctionnel de la communication. Avec la mise en évidence des effets réciproques de la communication, Satir a identifié les schémas qui gouvernent les systèmes familiaux. Aussi son point de vue systémique sur le comportement humain s'enracine-t-il dans une compréhension approfondie de la réciprocité inhérente aux schémas de communication. La théorie systémique affirme que les organismes se maintiennent en vie à travers l'échange d'énergie et d'information avec leur environnement – d'où les nécessaires adaptations auxquelles ces systèmes vivants procèdent afin d'assurer leur survie – mais aussi par la capacité de fermer sélectivement leurs frontières aux stimuli extérieurs afin d'intégrer de nouvelles informations et de survivre en tant qu'entités séparées.

Notons ici la coïncidence entre la façon dont Satir appréhende la communication systémique et le concept d'échange d'énergie dans la théorie générale des systèmes. Dans les systèmes vivants, l'information est filtrée et traitée d'une façon sélective qui permet à leurs composantes de réagir par l'ouverture ou la fermeture, c'est-à-dire à la fois en favorisant et en limitant l'échange d'énergie. Certains systèmes, dont la capacité de traitement est diminuée, essaient de se fermer à tout échange d'information avec leur environnement, mais un organisme qui parvient à maintenir une telle fermeture finit par mourir. A l'inverse, les systèmes ouverts sont capables, par un échange mutuel d'informations, de s'adapter de différentes façons et à différents points et d'assurer ainsi leur croissance continue. Une donnée essentielle de la survie d'un système est donc le processus d'échange sélectif de l'énergie et de l'information. Dans les relations humaines, y compris au sein des systèmes familiaux, cet échange d'information s'appelle communication.

Le modèle évolutif de Satir montre que la communication dysfonctionnelle révèle (et contribue à) un type de relations dysfonctionnel (celui qui caractérise les systèmes clos) ; inversement, un mode de communication fonctionnel révèle (et contribue à) un type de relations fonctionnel (celui des systèmes ouverts). C'est pourquoi il faut mettre l'accent sur la capacité d'un individu à s'ouvrir à de nouvelles informations ainsi qu'à un échange d'énergie. La méthode de Satir implique d'ajouter à des procédures, et non pas d'y soustraire. Dans la théorie générale des systèmes, les émotions sont considérées pouvoir ouvrir des frontières, alors que la pensée sert à les fermer (Durkin, 1981). Aussi Satir s'est-elle orientée vers l'élaboration de processus qui favorisent la transformation à travers l'ouverture des frontières : une composante fondamentale de son modèle évolutif est liée au développement et au maintien d'une communication ouverte et fonctionnelle entre les êtres humains.

La communication est supposée se faire à une multitude de niveaux dans le processus d'échange d'énergie et d'information. Satir considère que la façon dont les données sont présentées et reçues a davantage à voir avec la signification réelle échangée qu'avec la donnée en elle-même. La communication comprend un réseau complexe de signaux verbaux et non verbaux, d'intentions, de symboles, de significations variées, d'intonations, de sensations et de schémas qui permettent à deux ou plusieurs personnes de produire du sens entre elles. On peut définir la communication comme la façon dont « les individus transmettent des informations, font du sens entre eux et réagissent – tant intérieurement qu'extérieurement » (Satir *et al.*, 1991, p. 31-32). Elle devient dysfonctionnelle dès lors que les significations sont incertaines, non congruentes ou déformées, et elle se fige quand les personnes impliquées n'ont pas suffisamment d'occasions de les clarifier. En revanche, un mode de communication fonctionnel ou congruent peut avoir lieu dès lors qu'il y a « correspondance entre l'intention et le résultat de la communication ; ou bien, si cette correspondance n'existe pas, dès lors qu'une clarification est possible » (Satir et Baldwin, 1983, p. 197).

Rappelons que Satir s'est tout particulièrement intéressée au besoin qu'ont les participants d'une interaction de voir, entendre, sentir et commenter librement ce dont ils font l'expérience – tâche bien entendu difficile du fait que la communication humaine est un processus extraordinairement complexe, et que cette complexité se trouve encore renforcée quand la communication n'a pas lieu « simplement » entre deux personnes, mais entre plusieurs. Dans une famille, par exemple, un nombre infini de variables intervient dans les interactions au sein des triades.

Une peur ou un besoin inexprimé est souvent présent dans les interactions humaines. Satir parle à ce propos d'aspirations qui signifient un désir profond de contact et de relation, « le désir de chacun d'être aimé, accepté, validé et confirmé. Ces aspirations non seulement à s'aimer soi-même, mais aussi à aimer les autres et à être aimé par eux sont universelles » (Satir *et al.*, 1991, p. 151) et représentent une force puissante et inconsciente dans les relations humaines. Dans la théorie de Satir, le besoin humain de contact joue un rôle important dans le processus de la communication. La puissance des signaux affectifs et non verbaux peut dépasser la signification apparente des mots. Faire le tri dans ce processus complexe est un élément inhérent au modèle évolutif. Saisir la structure intérieure ainsi que le schéma communicationnel général et lier cette connaissance au contexte plus large de la relation est essentiel à la compréhension de la communication humaine. Satir a contribué à élucider la complexité du processus communicationnel en distinguant trois composantes en jeu dans toute interaction : le communicateur – soi-même –, l'individu auquel l'interaction s'adresse – l'autre – et la situation dans laquelle l'interaction a lieu – le contexte. Chacun de ces trois éléments, présents dans toute transaction, est plus ou moins accentué dans les schémas de communication d'un individu, mais tous trois influencent également le processus communicationnel et son résultat. Bien que la conscience des sous-systèmes en jeu – (le soi, l'autre et le contexte) varie, leur influence est toujours présente.

Aussi un mode de communication fonctionnel n'est possible qu'avec la reconnaissance de ces trois dimensions. Des frontières perméables contribuent à l'instauration d'un équilibre harmonieux et souple entre elles et, par là même, permettent d'établir une communication optimale.

Les mécanismes qui permettent de faire face.

Il s'agit là de schémas universels, ou façons habituelles dont les individus réagissent à des facteurs de stress qui menacent leur sentiment de valeur personnelle ou leur survie. Les personnes chez lesquelles ce sentiment est insuffisant, qui manquent de confiance en elles et ont de ce fait tendance à laisser les autres les définir ont recours à ce type de mécanismes qui réduisent momentanément la menace à laquelle elles se sentent exposées, mais entraînent aussi un mode de communication non congruent. Au contraire, les personnes qui ont suffisamment développé leur sentiment de valeur personnelle et sont davantage sûres de leurs sentiments et pensées ont recours à des mécanismes qui permettent d'établir un mode de communication congruent. Les mécanismes dysfonctionnels consistent à tenter d'apaiser, à condamner, à être hyper-raisonnable et à avoir des comportements ou propos inappropriés. Par contre, la congruence est le mécanisme qui permet de faire face à des situations de façon fonctionnelle.

C'est dans le triangle primaire, où ils servent à traiter le stress familial, que ces mécanismes ont leur origine. Selon Bernhard :

> La dichotomie de la dépendance et de l'autonomie devient souvent une question de survie. Un individu développe son caractère en apprenant à survivre et à faire face à des réalités

au sein de sa propre famille. C'est par ce processus qu'il apprend à apaiser, à condamner, à évaluer ou à distraire comme autant de méthodes d'autopréservation. Satir affirme que des manifestations somatiques sont associées à chacune de ces méthodes de survie. En effet, par le fait qu'elle est ressentie physiquement, la contrainte de maintenir un mode de comportement caractéristique renforce ou intensifie des faiblesses et maladies physiques (1991, p. 22).

Bien qu'elles changent au fur et à mesure que les individus croissent et se développent, les attitudes ne sont souvent pas très éloignées des mécanismes mis en œuvre dans l'enfance.

Dans la réaction d'apaisement, des sentiments d'insuffisance sur le plan de la valeur personnelle se manifestent dans la tentative de plaire aux autres au détriment de soi. Les comportements caractérisés par la passivité, la faiblesse et la dépendance sont parfois diagnostiqués comme dépressifs, névrotiques ou suicidaires. Le mode de communication est incongruent en cela que le soi est dénié ou négligé et que la priorité est donnée à l'autre et au contexte. Ce type de mécanismes dissimule les sentiments de dévalorisation habituellement associés à la réaction d'apaisement. Sur le plan physique, on observe souvent des dysfonctionnements du système digestif, tels qu'ulcères ou constipation.

Dans la réaction de condamnation, l'individu manifeste son insuffisance sur le plan de sa valeur personnelle par la tentative de contrôler les autres et par de faibles efforts pour établir cette valeur à travers l'expression d'un désaccord avec les autres et l'assujettissement de ceux-ci. Ce type de comportements, souvent caractérisé par l'hostilité, le harcèlement et la tyrannie, est parfois considéré comme paranoïde ou délinquant. L'incongruence de la communication réside dans le fait que la participation des autres est ignorée au profit du soi et du contexte. Ce mécanisme dissimule des sentiments d'échec et de vulnérabilité. Sur le plan physique, la réaction de condamnation entraîne parfois des problèmes musculaires ou dans les tissus – par exemple, hypertension ou mal au dos.

Un autre type de réaction consiste à se montrer hyperraisonnable : dans ce cas, le manque de valeur personnelle s'exprime dans le déni des sentiments et l'intellectualisation de la communication. Le comportement caractéristique de cette

réaction, souvent décrit comme rigide, cérébral et manipula-
teur, est dans certains cas diagnostiqué comme obsessionnel-
compulsif ou sociopathique. C'est dans ce cas la priorité
donnée au contexte au détriment du soi et de l'autre qui
définit l'incongruence du mode de communication. Ce type
de réactions, qui dissimule des sentiments de vulnérabilité,
est susceptible, selon Satir, de se manifester sur le plan physique par des cancers, des maladies du système lymphatique
ou une diminution des sécrétions glandulaires.

Le comportement inapproprié où l'individu feint de ne pas
être stressé est souvent décrit comme déconcertant ou inadéquat et parfois diagnostiqué comme hyperactif ou, dans des
cas extrêmes, comme schizophrénique. Le mode de communication établi est incongruent en ce que le soi, l'autre et le
contexte sont tous déniés. Ce type de mécanismes, qui dissimule des sentiments d'angoisse et de solitude, entraîne souvent des troubles de la digestion ou du système nerveux
central, par exemple des migraines et des vertiges.

En revanche, la réaction congruente reflète une perception
positive de sa valeur personnelle manifeste dans une correspondance entre les sentiments et la communication qui, dans
ce cas, est claire, rarement déformée et ouverte à l'éventualité
d'une clarification et d'une modification. Ce mécanisme
représente le choix conscient de reconnaître le stress et de
tolérer la différence, et vise en même temps à maintenir un
équilibre harmonieux entre le soi, l'autre et le contexte. La
congruence a parfois comme effet secondaire une solitude
temporaire due au fait que les individus « mettent eux-mêmes
en action ce dans quoi ils s'engagent » (Satir, 1975c). La
solitude d'une attitude congruente, telle que Satir la définit,
correspond à la description par Maslow de la personne auto-
actualisée, qui choisit parfois de longues périodes de retrait
et d'intimité (Corey, 1991). Bien qu'elle reconnaisse qu'être
seul n'est pas la même chose qu'être isolé, Satir remarque
néanmoins qu'il y a un certain isolement dans la congruence.

Avoir le choix de changer, c'est d'abord apprendre à se
« lire » soi-même et à développer une conscience de son propre manque de souplesse. Mais, « bien que la liberté soit peut-
être dans la capacité de prendre des risques pour soi-même, la
plupart d'entre nous se sentent plus en sécurité dans la non-
liberté qui consiste à se tourner vers les autres dès lors qu'il

s'agit de prendre des décisions » (Satir *et al.*, 1991, p. 62-63). Satir dit aussi : « La plupart préfèrent la certitude de la misère à la misère de l'incertitude » (1987*c*). Il est donc irréaliste de penser que tous les membres d'une famille pourraient toujours avoir recours à des attitudes congruentes, mais il n'en demeure pas moins qu'apprendre à avoir conscience de soi, de l'autre et du contexte est un processus vital pour le développement d'un type de communication congruent, à travers des réactions plus fonctionnelles.

Satir remarque que nous sommes capables de nous servir de tous les modes de communication, mais qu'en général nous en préférons plus particulièrement un. Ces modes, employés à des fins de protection et de survie, correspondent essentiellement à un des trois schémas communicationnels : dénier, ignorer ou projeter. De plus, les modes dysfonctionnels sont complémentaires et systémiques. Par exemple, dans un système, condamner et apaiser ne persistent pas longtemps l'un sans l'autre. Aussi, dans un système familial, il existe souvent un schéma complémentaire des attitudes de survie. Toutefois, « afin de se soulager d'être dans un type d'attitude de survie, les individus en changent souvent [...]. La plupart d'entre nous ne peuvent supporter en permanence les mêmes attitudes » (Satir *et al.*, 1991). En effet, persister longtemps dans une attitude suppose que l'on investit beaucoup d'énergie et que l'on accroît sa propre vulnérabilité et sa propre angoisse. Il est important de souligner la position de Satir sur ce point : adopter une attitude habituelle de communication ne constitue pas une situation immuable. L'emploi d'un mécanisme particulier pour faire face à des situations est à l'origine une réaction acquise : c'est pourquoi il est possible d'acquérir d'autres types de réaction.

Du fait que ces attitudes autoprotectrices sont des symboles de la capacité des individus à survivre, et qu'elles sont employées comme moyens de faire face à des menaces perçues par eux, on peut les considérer comme dignes de respect. Bien qu'incongruentes, elles leur ont « permis de vivre dans le monde de vie et de mort des relations humaines » (Satir, 1988*b*). Satir affirme : « Chaque fois qu'on entend quelqu'un parler sur deux niveaux, on sait qu'il nous dit comment il a appris à survivre. Tout moyen de survivre est digne de respect » (1975*c*). Au pis, on pourrait dire que le mieux qu'un individu puisse faire à tout moment, c'est communiquer de façon incongruente car il y a dans ce type de communication son sentiment de valeur personnelle et sa volonté de vivre. Mais, comme telle, la communication incongruente représente des frontières fermées.

Satir note que le noyau de tout comportement renferme un potentiel à la fois positif et négatif (Winter et Parker, 1991 et 1992). Par conséquent, alors que l'on peut voir dans les attitudes de survie l'expression de la vulnérabilité d'un individu, elles sont néanmoins porteuses de ressources qui peuvent être investies dans un fonctionnement congruent. Ainsi une réaction d'apaisement, transformée, peut représenter de la bienveillance et de la sensibilité ; au centre de la condamnation se trouve aussi la capacité de s'autoprotéger et d'être sûr de soi ; les ressources à trouver dans l'attitude hyper-raisonnable sont l'intelligence et la capacité de penser de façon analytique ; enfin, une réaction inappropriée peut engendrer un sens spontané de la plaisanterie et permettre de développer une certaine créativité.

Comme nous l'avons vu, selon le processus de transformation et d'atrophie défini par Satir, il n'est pas indispensable d'effacer un comportement dysfonctionnel dès lors qu'il n'est plus nécessaire à la survie. Il s'agit plutôt, par une plus grande compréhension et l'apport de nouvelles informations, de le reconnaître, de l'évaluer et de le modifier de façon à faire émerger de nouvelles possibilités des anciens schémas. Satir illustre très simplement cette idée en disant que si l'on ajoute la chaleur à l'eau, on forme de la vapeur. C'est pourquoi :

> Nous n'avons pas à nous débarrasser de quoi que ce soit. L'idée est d'ajouter une nouvelle conscience, des connaissances, des manifestations et de l'expérience pour faire que quelque chose de nouveau arrive. Chaque attitude contient déjà la graine de l'intégrité et de la congruence (Satir *et al.*, 1991, p. 88).

Un cuisinier, même pas très expérimenté, le sait : si l'on a trop salé la soupe, il est inutile d'essayer d'enlever l'excès de sel. La solution est plutôt d'y ajouter de nouveaux ingrédients afin de transformer le liquide salé en un mets délicieux.

Conclusion

Deux choses ressortent essentiellement du modèle évolutif de Satir : la valeur inhérente de l'être humain et la certitude que le changement est possible. Convaincue que chaque individu est en fait un miracle, « plein de trésors » à découvrir, Satir s'est surtout intéressée aux différentes façons dont les individus et les systèmes familiaux peuvent apprendre à transformer d'anciens schémas, comportements et modes de communication en une valeur personnelle renforcée, en congruence et en croissance.

La reconnaissance de la capacité des systèmes vivants à ouvrir leurs frontières et à absorber de nouvelles informations est un aspect essentiel de la théorie de Satir. L'utilisation consciente de processus qui donnent accès aux structures émotionnelles y est conçue pour stimuler l'échange d'énergie et d'information ; les processus émotionnels – qui impliquent des réactions complexes, avec des manifestations à la fois physiques et mentales – favorisent en effet l'ouverture des frontières. Du fait qu'il intègre le principe d'homéostasie familiale, le processus systémique reflète la tendance naturelle des organismes vivants à trouver un état d'équilibre avec des environnements toujours changeants et des frontières perméables. Comme nous l'avons montré, la capacité de passer à travers celles-ci et de stimuler la transformation est caractéristique du modèle de Satir, qui, en outre, reconnaît qu'afin de survivre les systèmes vivants ferment leurs frontières à des stimuli supplémentaires, limitant ainsi l'échange d'énergie. Ancré dans les processus d'ouverture et de fermeture, le changement se fonde aussi, pour Satir, sur l'idée d'abondance : « ajouter à la soupe » des ingrédients des informations et de l'énergie – est la voie qui mène au changement. Enfin la capacité des émotions à ouvrir les frontières est un aspect fondamental de l'application clinique du modèle de Satir.

La valeur personnelle de l'individu est un autre élément essentiel de la théorie de Satir. Ce sentiment, façonné en grande partie en réaction aux autres ainsi qu'à l'environnement, est fondamentalement influencé par des expériences précoces au sein de la famille d'origine. Ainsi la valeur que les individus s'attribuent et le respect qu'ils ont pour eux-mêmes déterminent la force ou la faiblesse de leur valeur personnelle.

La communication comprend aussi bien des échanges verbaux que non verbaux, et le sens passe par de nombreux canaux. Selon Satir, la transmission et le déchiffrage de la communication constituent un processus qui implique le corps entier, avec tous ses sens, et la capacité particulière à l'être humain de forger des symboles.

Tant la théorie que la pratique de Virginia Satir sont centrées sur la possibilité de faire changer l'individu, la famille, la société et le monde. Le but de sa vie a été de développer un contexte où les individus et les cultures puissent devenir plus pleinement humains. Il nous appartient de recueillir l'héritage de ses enseignements qui montrent le chemin vers de nouvelles possibilités et une meilleure communication, non seulement entre les membres de cultures différentes, mais encore entre les membres d'une famille. Dans son approche, Satir met l'accent sur la force vitale, qui est le potentiel de chacun : « Nous ne créons pas la vie, nous l'activons seulement » (1987*a*). Le processus de changement commence avec l'individu et ses possibilités, mais aussi l'ouverture des frontières et l'intégration de nouvelles informations à travers l'échange d'énergie et d'émotions. C'est l'effet catalytique de l'échange à la fois mental et physique qui active le potentiel de chacun à être « plus pleinement humain »[3]

---

3. Les références bibliographiques de ce texte sont groupées avec celles de l'article suivant. Voir p. 460-463.

Maria Gomori *
Joan E. Winter

Le modèle évolutif de Virginia Satir

II. LES IMPLICATIONS PRATIQUES

Virginia Satir parvenait, par ses interventions, à susciter des transformations importantes chez ses clients – capacité qu'on attribuait souvent à son charisme, à son intuition, voire à une certaine magie personnelle. Convaincus que les résultats de son travail dépendaient entièrement de ses qualités personnelles, beaucoup pensaient ne pas pouvoir généraliser son approche. En désaccord avec ce point de vue, Satir a développé des façons d'enseigner les idées qui sous-tendent son travail de façon à ce que d'autres puissent s'appuyer sur sa théorie et son approche clinique dans leur propre pratique.

C'est dans les années soixante-dix que Satir commence à former des praticiens, avec l'idée qu'ils pourront mettre à profit son approche du changement, chacun d'une façon qui lui soit propre. Son enseignement, qui se fonde sur des approches expérientielles intenses, permet aux thérapeutes non seulement de comprendre des problèmes dans leurs propres familles, mais encore de les résoudre. Elle pense de plus que les capacités techniques du thérapeute sont essentielles pour mener efficacement un traitement psychothérapeutique (Aponte et Winter, 1987). C'est pourquoi elle apprend aux cliniciens à se servir de leur soi dans la conduite d'une thérapie (Satir, 1987a).

* Maria Gomori est professeur assistant à l'université de Manitoba et dirige l'Avanta Network, créé par Virginia Satir en 1977. Elle est *approved supervisor* de l'American Association for Marriage and Family Therapy.

Au fur et à mesure qu'elle développe ses méthodes de formation et tente de communiquer son système de croyances, ses principes de base et les concepts sous-jacents à son mode d'approche – son point de vue théorique – deviennent globalement de plus en plus clairs et transmissibles à travers un enseignement. D'autres thérapeutes peuvent alors non seulement saisir ce qu'il y a dans la « magie » de Satir, mais encore trouver la leur et l'appliquer d'une façon qui leur est propre.

Qu'est-ce que la thérapie ?

Satir répondait à cette question par la métaphore suivante : les périodes douloureuses et difficiles de la vie sont parfois sombres. Dans ces moments, les patients ne se rendent pas toujours compte qu'ils possèdent en eux-mêmes le pouvoir de changer et attendent du thérapeute qu'il « allume leur bougie ». Mais, au cours du traitement, les thérapeutes donnent en quelque sorte du feu aux patients afin qu'ils trouvent leurs propres bougies et les allument eux-mêmes. Ensemble, le patient et le thérapeute éclairent le chemin qui conduit au changement. Il s'agit donc là d'un processus auquel chacun participe à égalité et qui, au lieu de favoriser la dépendance du patient, lui donne au contraire du pouvoir.

Le soi du thérapeute est une des principales composantes du processus thérapeutique. C'est pourquoi dans la formation qui découle de l'enseignement de Satir, on passe beaucoup de temps à aider les thérapeutes tant à devenir congruents qu'à communiquer de façon congruente. Virginia Satir les encourageait à considérer leurs patients comme des êtres humains d'une valeur égale à la leur et à établir un contact avec eux sur cette base. Cela implique un pouvoir également partagé et renforce la force intérieure de chacun ; car le thérapeute a aussi besoin de prendre conscience de ce qu'il a lui-même acquis au cours de son développement, et il est souhaitable qu'il ait accepté ses parents et établi avec eux des liens dans le respect de la personne de chacun.

Plus le thérapeute est intégré et conscient de lui-même, plus la thérapie a en réalité de chances d'atteindre un niveau suffisamment profond pour que des changements fondamentaux puissent intervenir. Satir écrit :

> Je me suis rendu compte que lorsque je suis complètement présente face à un patient ou une famille, mon aisance thérapeutique est aussi beaucoup plus grande. Je peux atteindre les profondeurs où je dois aller et, en même temps, respecter la fragilité, la puissance et le caractère sacré de la vie qui est en l'autre. Quand je suis pleinement en contact avec moi-même, avec mes sentiments et mes pensées, avec ce que je vois et entends, je deviens plus congruente, plus « entière », et capable d'établir un plus grand contact avec l'autre [...]. En bref, je viens de décrire des thérapeutes qui font passer leur personne et celle de leurs patients avant tout. C'est un contact positif avec les individus qui prépare le chemin pour les risques qu'il faudra nécessairement prendre (Baldwin et Satir, 1987, p. 23).

La thérapie comme processus de transformation

Dans l'approche thérapeutique qui se réclame de l'enseignement de Virginia Satir, la transformation ou le changement profond ne résulte pas d'une concentration sur le problème présenté, mais de l'exploration du processus qui lui est sous-jacent. Satir voyait dans le concept de *processus* la voie royale vers le changement. Or le processus n'est pas tant le contenu que la façon dont quelque chose arrive dans une relation ou en thérapie. Par exemple, si deux personnes débattent d'une question, c'est cette question qu'elles présentent au thérapeute comme le « problème » qu'il faut changer ; mais le processus, ce sont les réponses internes de chacun à l'égard de ce problème et ce qu'il fait pour essayer de le résoudre. Pour Satir, il ne s'agissait donc pas de se concentrer sur le récit du problème, mais d'en explorer le processus sous-jacent. A cette fin, elle préconisait de dépasser le niveau du comportement ou du contenu et de chercher à mettre en lumière les processus tant internes qu'interpersonnels de chacun : c'est-à-dire les aspirations profondes, les attentes, les perceptions, les sentiments et les façons de faire face à différentes situations.

L'exemple suivant illustre ce que peuvent être les couches plus profondes de l'expérience humaine qui constituent le processus sous-jacent à un problème. Il s'agit d'un homme de trente-cinq ans, exerçant une profession libérale, qui souhaitait se sentir mieux et en était arrivé à la conclusion que ses parents ne l'avaient jamais autant aimé que son frère quand ils étaient enfants. Différents événements l'avaient amené à penser cela : par exemple, le fait que son père n'emmenait que son frère à la pêche ou encore que sa mère aidait son frère à faire ses devoirs à la maison, mais pas lui. Aussi aspirait-il, enfant, à être aimé et valorisé : si ses parents l'avaient aimé, ils l'auraient prouvé en faisant avec lui les mêmes choses qu'avec son frère. Sa perception de la situation reposait donc essentiellement sur une comparaison : ses parents ne le traitaient pas exactement comme ils traitaient son frère, donc ils ne l'aimaient pas. Il se sentait rejeté, déçu, mal aimé et, de ce fait, se dévalorisait. Quand il était devenu adulte, son estime de soi était restée faible, malgré tout ce qu'il réussissait. Son raisonnement d'enfant continuait à peser sur sa vie d'adulte.

L'identification des multiples niveaux de l'expérience humaine est le processus que la thérapie fondée sur l'enseignement de Satir se propose d'explorer. Le patient a différentes possibilités d'exprimer des sentiments (celui de blessure, par exemple) et d'élargir ses perceptions en se souvenant d'autres expériences avec ses parents, ainsi que de séparer ses propres besoins de ceux de son frère. Prendre pour ainsi dire possession de ses attentes qui n'ont pas été satisfaites lui permet de se libérer de fantasmes irréalistes. De plus, ce processus le mène à une nouvelle compréhension et acceptation de ses parents en même temps qu'il lui permet de trouver des moyens de satisfaire ses attentes dans l'« ici et maintenant », sans condamner ceux qui, autrefois, n'y ont pas répondu.

On trouve souvent, en explorant des problèmes, que bien des schémas de comportement sont fondés sur des expériences passées. Satir insiste sur le fait qu'il nous faut voir dans nos anciens mécanismes créés pour faire face à des situations difficiles nos propres efforts courageux pour survivre. Il s'agit toutefois pour l'individu en thérapie de ne plus être victime d'événements et de perceptions passés : c'est la possibilité de traiter son passé à différents niveaux et de faire la part entre ses anciennes perceptions et le présent qui lui permet de commencer à modifier les schémas qui ne lui sont plus utiles en développant et en intégrant de nouveaux choix. Libéré du poids de son passé, le patient devient libre de vivre plus pleinement et de façon plus responsable le présent.

Certains types de thérapies se concentrent uniquement sur les aspects comportementaux du changement, dans l'espoir qu'ils modifieront tout le système familial, alors que d'autres ne traitent que le niveau des sentiments. Satir pensait pour sa part qu'il fallait autant traiter le niveau des sentiments que ceux de la pensée et de l'action, qui, interdépendants, ne fonctionnent pas séparément. Un processus thérapeutique peut commencer à n'importe quel niveau, mais l'évaluation de chaque couche reste néanmoins nécessaire. Et c'est de nouvelles expériences et perceptions que résultent des changements comportementaux. Il faut donc explorer les différents niveaux en interrogeant le patient sur ce qu'il ressentait, ce à quoi il aspirait, ce qu'il attendait et percevait, ainsi que sur ce qu'il faut changer pour dépasser la situation qui pose problème. Le remplacement de schémas de survie par des réactions saines qui permettent de faire face amène des transformations majeures.

Il est important de noter que la cognition seule ne suffit pas à entraîner des transformations. La combinaison novatrice de différents modes d'approche, définie par Satir, comprend aussi des démarches non cognitives, où l'on se sert de divers éléments, comme l'humour, la transe, la méditation, le toucher, la musique et le son de la voix. Associé à la démarche cognitive, un apprentissage expérientiel – par les rôles, la « sculpture » et la métaphore – rend aussi le processus de changement plus complet. Car si les capacités cognitives sont importantes, d'une part pour constituer le contexte informationnel et d'autre part pour intégrer de nouveaux éléments de compréhension sur le soi et les relations, c'est avec l'inclusion de données expérientielles, qui dépendent de l'hémisphère droit du cerveau, que se produisent les modifications les plus efficaces et les transformations les plus profondes.

Dans la perspective du processus de changement élaboré par Satir, les individus et les familles s'acheminent vers un but : celui de développer leur estime de soi et de devenir plus congruents (voir Satir *et al.*, 1991 ; Winter, 1992). Avoir une estime de soi suffisamment solide ne signifie pas seulement se sentir bien, mais aussi être en accord avec tous les niveaux de sa personne, être entier, en harmonie et congruent en son soi. Plusieurs méthodes permettent d'atteindre cet objectif.

Les moyens du changement

Nous ne traiterons ici que de deux de ces moyens élaborés par Satir : la reconstruction familiale et la « réunion des parties » (*parts party*), qui vise à explorer ce qu'elle considère comme les deux forces les plus importantes dans le fonctionnement de l'individu comme de la famille : l'influence trigénérationnelle de la famille d'origine sur la formation du soi et l'impact des mécanismes de survie adoptés au sein de la famille nucléaire sur le soi et les relations aux autres.

La reconstruction familiale

La reconstruction familiale trigénérationnelle – qui représente un puissant potentiel thérapeutique et de croissance – vise à amener l'individu à revivre des événements clés et des acquis fondamentaux de son histoire familiale, mais aussi à lui donner la possibilité de recréer une image des relations entre les membres de sa famille dans les générations passées, ainsi que des événements qui y ont eu lieu. Un tel processus de reconstruction non seulement ouvre de nouvelles perspectives tant sur les schémas générationnels que sur les relations et les règles familiales, mais encore permet de forger une représentation des événements de plus grande envergure qui ont exercé une influence sur le système familial. L'individu en vient ainsi à percevoir les membres de sa famille comme de vraies personnes, et non comme des personnages ayant un rôle stéréotypé et, par là même, à mettre en lumière les effets résiduels de son histoire familiale à travers de nombreuses générations. Cette démarche fait émerger des aspects de ce que Jung appelle l'« inconscient collectif » (1973).

La reconstruction familiale peut se faire selon diverses méthodes, comme le psychodrame, la *Gestalt*, l'analyse transactionnelle, les images, la « sculpture » et l'expérience individuelle, dyadique, triadique et groupale. Il n'existe aucune règle précise qui indique quand et comment employer ces méthodes. Le processus peut être décrit grâce aux principes fondamentaux du cadre théorique élaboré par Satir pour définir l'impact trigénérationnel des systèmes familiaux sur le fonctionnement individuel. Nous ne pouvons donner ici une description complète – des ouvrages proposent une présentation plus exhaustive (Nerin, 1986 ; Satir *et al.*, 1991 ; Winter, 1992) – mais seulement un aperçu des éléments qui le composent.

Le processus de reconstruction familiale prend la forme d'un drame à travers lequel la « star », c'est-à-dire la personne dont on décrit la famille, ou encore le patient désigné, établit de nouveaux liens avec son passé et les personnes qui en font partie. Une reconstruction se fait habituellement en groupe et prend entre six et douze heures. Le patient désigné choisit parmi les participants ceux qui vont jouer les rôles des membres de sa famille et d'autres personnes qui ont été importantes dans son enfance. C'est par ce processus qu'il commence à libérer son soi d'anciens mécanismes devenus inutiles et à se sentir de plus en plus responsable des processus de sa vie intra- et interpersonnelle.

Quant à la tâche du « guide », ou thérapeute, elle consiste à employer le matériel présenté par le client afin de reconstruire certains tableaux familiaux, car c'est de cette façon que des pans dissimulés de sa vie peuvent émerger et que des pensées qui n'avaient jusqu'alors pu être exprimées le sont. L'objectif d'un tel processus est d'amener le client à voir et comprendre le système familial dont il fait partie et, finalement, à pouvoir accepter la personne de ses parents. La reconstruction familiale, qui révèle l'origine des anciens acquis du patient désigné et lui ouvre la voie vers la découverte de sa propre personne, avec son caractère unique, est une démarche puissante et une expérience spirituelle où plusieurs niveaux entrent en jeu.

Au cours des cinq dernières années de sa vie, Virginia Satir a développé une version plus courte du travail de reconstruction familiale, fondée sur le même processus de changement, avec les mêmes objectifs généraux, et centrée sur certains problèmes de survie en rapport avec les buts particuliers que le patient désigné se propose d'atteindre dans la vie. Cette version abrégée prend environ trois ou quatre heures et se concentre sur un ou deux problèmes majeurs dans lesquels le client se sent bloqué.

Notons que l'on peut appliquer les principes fondamentaux de la reconstruction familiale, ainsi que la dimension trigénérationnelle qui lui est sous-jacente, aussi bien dans un travail avec un seul patient qu'avec des couples et des familles. Ce type de processus offre au patient désigné, ainsi qu'aux autres membres du groupe, une opportunité exceptionnelle de modifier d'anciennes et profondes transes hypnotiques dont il a hérité de sa famille d'origine.

La réunion des parties

Un autre des principaux moyens de provoquer le changement élaboré par Satir est la réunion des parties, processus qui offre au patient l'opportunité d'identifier, de reconnaître, de posséder, d'accepter, de transformer, d'intégrer ses ressources intérieures et, par là-même, de devenir plus complet, équilibré et congruent. La conception de Satir selon laquelle la personnalité d'un individu se compose de différentes parties ou « côtés » est comparable à la théorie de la psychosynthèse de Roberto Assagioli, qui parle quant à lui de sous-personnalités (1973).

Nous évoquons nous-mêmes nos « côtés » positifs ou négatifs, bons ou mauvais, et faisons en général ce type de distinction afin d'essayer de nous débarrasser de nos « mauvais côtés » ; ainsi investissons-nous notre énergie dans la présentation de nos « bons côtés ». Mais en dissimulant les aspects de notre personnalité que nous considérons comme mauvais, nous éliminons aussi des possibilités de croissance et de changement. Car aussi longtemps que nous étouffons, dissimulons, rejetons ou dénions quoi que ce soit qui fait partie de nous-mêmes, nous ne pouvons employer librement notre énergie. Au lieu de les considérer comme inacceptables, il s'agit au contraire de transformer ces « mauvais côtés » de notre personnalité afin d'en faire des ressources auxquelles nous ayons accès.

Certaines personnes pensent ne pas disposer de ressources suffisantes pour faire face aux défis de la vie. Le processus thérapeutique les amène à découvrir en elles des richesses nombreuses et variées dont elles n'avaient pas conscience, à réveiller des parts de leur personnalité restées jusqu'alors inexploitées. Du fait que les différents aspects de la personnalité d'un individu luttent souvent entre eux au point de le rendre impuissant, l'examen de leur fonctionnement a pour objectif de mettre en évidence les processus internes qui l'habitent : ainsi il peut devenir responsable des différentes parts de lui-même et trouver les moyens de développer leur efficacité.

Les règles que nous avons acquises dans notre enfance, en général à travers nos relations avec nos parents, nous empêchent de reconnaître, d'intégrer et de transformer les différents aspects de notre personnalité. Ces règles de survie, que nous intériorisons au cours de notre développement, guident notre comportement dans nos tentatives pour être en accord avec ce que nos parents attendent de nous. Par exemple, si une de nos règles nous dit que nous ne devons pas nous mettre en colère, nous refoulons ce sentiment. Mais par cette dénégation nous ne reconnaissons pas notre capacité à nous affirmer nous-mêmes et continuons à nous sentir en colère et incapables de réagir. Rejeter une part de nous-mêmes, c'est en quelque sorte nous mutiler. Et ces aspects de notre personnalité dont nous décidons que nous ne devons pas les exprimer font finalement surface de façon destructrice, parfois détournée, généralement à travers une souffrance émotionnelle ou physique, ou les deux à la fois.

Virginia Satir a créé un contexte d'apprentissage spectaculaire pour la réunion des parties et accordé une importance considérable à la bonne humeur et au plaisir, souvent associé, dans son travail, à l'humour, ainsi qu'à une dimension dramatique. Elle avait aussi recours au paradoxe et au recadrage : en traitant des problèmes difficiles dans le cadre d'un divertissement ou d'un jeu, elle créait un paradoxe en demandant aux patients de découvrir des aspects humoristiques dans des expériences jusque-là vécues comme menaçantes.

Pour la réunion des parties, la façon classique de procéder consiste à former un groupe de huit à dix personnes disposées à jouer des rôles qui représentent différents aspects de la personnalité de l'« hôte », c'est-à-dire l'individu dont il s'agit de transformer et d'intégrer les multiples facettes. D'autres ouvrages présentent une description détaillée de ce processus (Satir *et al.*, 1991 ; Winter et Parker, 1991 et 1992). Nous ne donnons ici qu'un aperçu des cinq phases qu'il comprend :

1. La première consiste en une préparation au cours de laquelle il s'agit d'abord d'identifier les différents aspects de la personnalité de l'hôte en les associant à des personnages historiques bien connus, puis de choisir et de classer par catégories des qualificatifs pour chacun, enfin de déterminer qui va jouer quel rôle.

2. La deuxième consiste à diriger les personnages, qui correspondent chacun à un aspect, afin qu'ils se rencontrent et commencent à interagir. Il leur est ensuite demandé de geler l'action à certains points et d'identifier leurs sentiments ou de recommencer à interagir et d'exagérer ce qu'ils ressentent.

3. La troisième consiste à développer un conflit en demandant à tous les personnages d'essayer de dominer le jeu. Pendant cette phase de la réunion, les sentiments sont identifiés et les zones de conflit font surface.

4. La quatrième amène la transformation du conflit en faisant émerger les ressources protectrices et positives inhérentes à chaque partie/rôle. Les personnages commencent alors à coopérer, à se rendre compte qu'ils ont besoin les uns des autres pour atteindre l'objectif qui leur est propre et, par là même, instaurent entre eux une plus grande acceptation les uns des autres et une plus forte harmonie.

5. La cinquième conduit à une intégration rituelle dans laquelle chaque partie/personnage reconnaît les transformations auxquelles elle ou il est arrivé et présente les ressources particulières qui lui sont inhérentes. Chaque personnage demande à l'hôte d'accepter le caractère unique de sa contribution. Il est ensuite demandé à l'hôte d'accepter, de reconnaître et d'intégrer toutes les parties/rôles. De cette façon, avec un niveau de conscience accru et une plus grande énergie, l'individu devient responsable de chacun des aspects de sa personnalité.

Il est possible d'inventer un grand nombre de variations à partir de l'idée de base selon laquelle nous avons en nous de multiples aspects que nous pouvons transformer afin de les rendre plus utiles. Les techniques de recadrage élaborées par Bandler et Grinder (Bandler *et al.*, 1982) dans le domaine de la programmation neurolinguistique en sont un exemple. Dans le contexte de la thérapie individuelle, l'hôte a la possibilité de faire l'expérience des différents aspects de sa personnalité à travers la visualisation et le recours à l'image. La réunion des parties a un impact particulièrement important au sein de la relation conjugale :

> En adaptant la réunion des parties au couple, Satir a créé une façon vivante de représenter ce que chaque personne apporte au soi et à la relation. Ce processus permet à chaque partenaire de voir les éléments qui composent son soi et d'apprendre comment ils interagissent avec ceux de son conjoint, mais aussi d'observer comment les différents aspects de la personnalité de chacun s'influencent simultanément les uns les autres, enfin de transformer un mode d'interaction entre les partenaires jusque-là dysfonctionnel en un schéma relationnel davantage fondé sur l'estime et la compréhension (Winter et Parker, 1991, p. 62).

Les groupes de formation fondés par Satir

La complexité du processus de reconstruction familiale et de la réunion des parties, ainsi que celles d'autres types d'interventions fondés sur l'enseignement de Satir rendent nécessaire de bien former le thérapeute, à la fois en tant que personne et en tant que professionnel. Bien conscient des multiples facettes du développement des compétences cliniques, Virginia Satir a créé deux groupes pédagogiques capables d'enseigner sa théorie et ses méthodes, de former d'autres thérapeutes après sa mort et de continuer son travail[1].

_____

1. Le lecteur qui souhaite se renseigner sur d'autres possibilités de formation peut prendre contact avec Margarita Suarez (The Avanta Network, 310 Third Avenue, suite 126, Issaquah, WA 98027, tél. : 206-391-7310), ou encore avec l'International Human Learning Resources Net-

Conclusion

Où qu'elle se rendît dans le monde, Virginia Satir était toujours reçue avec enthousiasme, tant par les professionnels, les professeurs et les étudiants que par le public : c'est que les processus thérapeutiques élaborés par elle sont universellement applicables, indépendamment des différences culturelles, raciales, religieuses, sexuelles ou nationales, car son mode d'approche traite des aspirations et des sentiments fondamentaux de l'être humain, ainsi que des mécanismes universels qui guident le comportement des humains dans les relations qu'ils établissent entre eux.

Tant la théorie que la pratique de Satir visaient à changer non seulement l'individu et la famille, mais encore la société et le monde. Développer un contexte par lequel les individus et les cultures deviennent plus pleinement humains, tel fut le but de sa vie. Il nous appartient maintenant de prolonger son enseignement vers de nouvelles possibilités, de développer les liens entre les membres des différentes cultures et une meilleure communication entre les membres d'une même famille.

*
**

RÉFÉRENCES BIBLIOGRAPHIQUES

Aponte, H.J. (1976*a*), « The family-school interview », *Family Process*, 15, p. 303-310.
– (1976*b*), « Underorganizing in the poor family », *in* Guerin, P., *Family Therapy : Theory and Pratice*, New York, Garner.
– et Winter, J.E. (1987*a*), « The person and practice of the therapist : Treatment and training », *in* Baldwin, M., et Satir, V. (éd.), *The Use of Self in Therapy*, New York, Haworth Press, p. 85-110.
– (1987*b*), « The person and practice of the therapist : Treatment and training », *Journal of Psychotherapy and the Family*, 3, p. 85-111.

work. Pour plus d'informations, prendre contact avec Michele Baldwin (1550 Lakeshore Drive 18G, Chicago, IL. 60610, tél. : 321-337-0506).

Assagioli, R. (1973), *The Act of Will*, New York, Viking Press.

Baldwin, M. (1991), « The triadic concept in the work of Virginia Satir », *Journal of Couples Therapy*, 2, p. 27-42.

– et Satir, V. (1987), *The Use of Self in Therapy*, New York, Haworth Press.

Bandler, M., Grinder, J., Satir, V. (1976), *Changing with Families*, Palo Alto, Science and Behavior Books.

– (1982), *Reframing*, Moab, Real People Press.

Bernhard, Y.M. (1991), « Theory and practice of the Satir system », *Journal of Couples Therapy*, 2, p. 21-26.

Bowen, M. (1958), « Family relationships in schizophrenia », article présenté à un symposium sur la schizophrénie lors du Hawaiian Divisional Meeting of the American Psychiatric Association, Honolulu, Hawaii, mai 1958.

Buckbee, S. (1990), *Exploring the Satir Model of System Change*, Escanaba, I-Q Publishing.

– et Gross, S. (1991), Ébauche de cartes de démonstration informatique pour le modèle évolutif de Satir, Boston Massachusetts, BDD Training Associates.

Corey, G. (1991), *Theory and Practice of Counseling and Psychotherapy*, Pacific Grove, Brooks/Cole Publishing Co.

Durkin, J.E. (éd.) (1981), *Living Groups : Group Psychotherapy and General System Theory*, New York, Brunner/Mazel.

Haley, J. (1962a), « Family experiments : A new type of expérimentation », *Family Process*, 1, p. 265-293.

– (1962b), « Whither family therapy ? », *Family Process*, 1, p. 69-100.

Houston, J. (1988), communication personnelle à Virginia Satir sur vidéo.

Jacobs, J.B. (1991), « Virginia Satir's triad theory for couples therapy », *Journal of Couples Therapy*, 2, p. 43-58.

Jung, C.J. (1973), *Mandala Symbolism*, Princeton, Princeton University Press.

Minuchin, S. (1974), *Families and Family Therapy*, Cambridge Massachusetts, Harvard University Press ; trad. fr. : *Familles en thérapie*, Paris, Jean-Pierre Delarge, 1979.

Moskau, G. (1992), « Virginia Satir's pathways to growth », *in* Muller, G. F. (éd.), *Virginia Satir's Wege zum Wachstum*, Pederborn, Junfermann.

Nerin, W.F. (1986), *Family Reconstruction : Long Day's Journey into Light*, New York, W.W. Norton.

Price, R. (1986), *A Study Guide for Teaching Tapes Featuring Virginia Satir*, Kansas City, Golden Triad Films.

Satir, V. (1972), *Peoplemaking*, Palo Alto, Science and Behavior Books.

– (1975a), « When I meet a person », *in* Spitzer, R. (éd.), *Tidings of Comfort and Joy*, Palo Alto, Science and Behavior Books, p. 111-127.

– (1975b), *Self-Esteem*, Millbrae, Celestial Arts, 1re éd., 1970 ; 2e éd.

– (1975c), notes prises au cours d'un séminaire avec J. Winter, Banff, Canada, juillet.

– (1976), *Making Contact*, Millbrae, Celestial Arts.

– (1978), *Your Many Faces*, Millbrae, Celestial Arts.

– (1981), communication personnelle avec J. Winter, mars.

– (1982), « The therapist and family therapy : Process model », *in* Horne, A., et Ohlsen, M. (éd.), *Family Counseling and Therapy*, Itasca, F.E. Peacock Publishers, p. 12-42.

– (1985), *Meditations and Inspirations*, Millbrae, Celestial Arts.

– (1987a), « The therapist's story », *in* Baldwin, M., et Satir, V. (éd.), *The Use of Self in Therapy*, New York, Haworth Press, p. 17-23.

– (1987b), *Conjoint Family Therapy*, Palo Alto, Science and Behavior Books, 1reéd., 1964, 2e éd., 1967, 3e éd.

– (1987c), *Avanta Presentation*, Crested Butte, Colorado, juin.

– (1988a), *The New Peoplemaking*, Palo Alto, Science and Behavior Books.

– (1988b), conférence avec l'équipe du Family Research Project, Washington DC, février.

–, Stachowiak, J., Taschman, H. (1975), *The Satir Model*, Palo Alto, Science and Behavior Books.

– et Baldwin, M. (1983), *Satir Step by Step*, Palo Alto, Science and Behavior Books.

– et Banmen, J. (1983), *Virginia Satir Verbatim 1984*, 1983, disponible aux Delta Psychological Services, 11213 Canyon Crescent, N. Delta, British Columbia, Canada, V4E, 2R6.

–, Gerber, J. Gomori, M. (1991), *The Satir Model : The Family and Beyond*, Palo Alto, Science and Behavior Books.

Schwab, J. (1985), *A Manual for a Communications Workshop Using the Satir Approach*, disponible chez Avanta Network, 139 Forrest Avenue, Palo Alto, CA 94361.

Sprenkle, D., Keeney, B., Sutton, P. (1982), « Theorists who influence clinical members of AAMFT : A research note », *Journal of Marital and Family Therapy*, 8, p. 367-369.

Winter, J.E. (1992), *Family Research Project : Family Therapy*, étude de résultats de Bowen, Haley et Satir, manuscrit non publié.
– et Parker, L. (1991), « Enhancing the marital relationship : Virginia Satir's parts party », *Journal of Couple's Therapy*, 2, p. 62.
– (1992), « Enhancing ths marital relationship », *in* Muller, G.F., *Virginia Satir Wage zum Wachstum*, Pederborn, Junfermann.

Zuk, G.H. (1966), « The go-between process in family therapy », *Family Process*, 5, p. 162-178.
– (1971), *Family Therapy : A Triadic-Basec Approach*, New York, Behavioral Publications.

Les pratiques de réseaux et la critique féministe : la thérapie familiale en question

Cette section décrit deux mouvements importants qui ont remis en question le modèle classique des thérapies familiales. Le premier de ces mouvements a avancé qu'il ne fallait pas limiter à la famille le cadre de compréhension des problèmes de santé mentale et de marginalisation : s'inspirant à l'origine de l'« intervention en réseau social » de Ross Speck et de Carolyn Attneave et revendiquant une « défamilialisation » [1] de la thérapie familiale à partir de critiques à la fois sociales, culturelles et politiques, les membres de ce courant ont développé des pratiques de réseaux qui ont débordé le cadre étroit de la famille. Le second de ces mouvements de contestation a proposé une interprétation féministe des thérapies de famille : pour les tenants de cette optique, les thérapeutes familiaux, loin d'initier un processus de libération, renforceraient au contraire l'oppression familiale et sociale des femmes en se montrant incapables de tenir compte, dans leurs théories comme dans leurs pratiques, de l'importance de l'identité sexuelle aussi bien que du caractère séculairement aliénant des familles dites « normales » [2 et 3].

Vers la fin des années soixante, un certain nombre de thérapeutes familiaux engagés dans des luttes politiques avaient commencé à se sentir à l'étroit dans le cadre limité de la thérapie familiale : tout en admettant que cette approche leur avait permis d'effectuer un précieux « saut qualitatif » en les faisant passer d'une vision linéaire à une vision circulaire ou systémique des situations sociales, ces thérapeutes ne voulaient pas pour autant se laisser enfermer dans un familialisme trop réductionniste. Estimant que les situations humaines auxquelles ils étaient confrontés comprenaient des éléments économiques, sociaux et culturels qui ne pouvaient pas être intégrés aux grilles explicatives de la thérapie familiale alors en usage, beaucoup de ces psychothérapeutes coordonnèrent leurs pratiques à un niveau international dès les années soixante-dix, en se retrouvant au sein du Réseau-Alternative à la psychiatrie [4] – association pour laquelle le changement microsocial était inséparable d'un changement macrosocial, et inversement –, pendant que certains d'entre eux, à la recherche d'outils d'intervention toujours plus cohérents, se tournaient également vers les techniques d'intervention en réseau que Ross Speck avait contribué à créer.

Intéressé par les thérapies de groupe dès sa première année d'internat en psychiatrie, effectuée en 1953 dans l'État de New York, Ross Speck entreprit ses premières recherches en thérapie familiale peu après avoir suivi une formation psychanalytique à Philadelphie : sous l'égide du National Institute of Mental Health (NIMH) et sous la direction d'Alfred S. Friedman, il travailla pendant sept ans avec des dizaines de familles comportant un schizophrène. Or, si les équipes qui participèrent à ce projet parvinrent à modifier les psychopathologies socialement exprimées au point d'éviter l'hospitalisation dans 80 % des cas environ, il apparut cependant dans à peu près un cas sur cinq que l'explication des phénomènes qui empêchaient le patient d'évoluer devait être cherchée hors de la famille [5].

En 1964, à la suggestion d'Erving Goffman, Ross Speck lut un ouvrage d'Elizabeth Bott sur la famille et le « réseau social » [6], concept initialement créé en 1954 par l'anthropologue britannique John Barnes [7] : cette lecture l'aida à mettre au point la technique de travail en réseau qu'il intitula « interventions en réseau social », technique qu'il mit en pratique dès 1966 avec l'aide de ses collègues, Joan Lincoln Speck, Carolyn Attneave et Uri Rueveni [8].

L'équipe thérapeutique d'intervention en réseau comprend un chef d'équipe, un intervenant, un expert en techniques de groupe et deux ou trois membres appelés « consultants » : tels des chamans (Ross Speck lui-même a comparé les modifications des relations familiales qui s'opèrent dans ces contextes à un travail chamanique), ces cinq ou six personnes rassembleront autour d'elles des groupes composés d'une quarantaine à une centaine d'individus (famille, amis, voisins du patient désigné) qui se réuniront à plusieurs reprises pendant deux à trois mois (les interventions en réseau exigent en général d'une à six séances, qui durent chacune de trois à quatre heures et se succèdent au rythme d'une tous les quinze jours). Dans l'article qu'ils ont consacré à ces interventions, David Trimble et Jodie Kliman décrivent les différentes étapes de ces rencontres, où apparaissent tour à tour des phases de retribalisation, de polarisation, de mobilisation de résistance-dépression, de percée et, enfin, de plénitude-épuisement.

Cette approche, consistant à réunir une sorte de « microsociété » autour du patient, eut beaucoup de succès parmi certains travailleurs de la santé mentale : nombreux furent ceux qui se sentirent attirés par ces types d'interventions, même si certains leur reprochèrent de ne pas se préoccuper des contradictions socio-économiques, culturelles et politiques potentiellement présentes dans le réseau.

Malgré ces divergences d'orientation, les divers praticiens convertis au travail en réseau finirent par coordonner leurs recherches à travers leurs propres réseaux de travail : David Trimble joua ainsi un rôle majeur grâce à sa *Netletter*, de même que maintes initiatives furent synchronisées par le Réseau-Alternative à la psychiatrie, que j'ai personnellement animé entre 1975 et 1981. Soutenus par des théoriciens tels que Félix Guattari, David Cooper ou le sociologue Robert Castel et s'inspirant des réalisations de Franco et Franca Basaglia, Giovanni Jervis, Yvonne Bonner, Maria Ponsi, Françoise Castel, Robert Maier, Alain Riesen, Michel Monroy, etc., ces praticiens furent à l'origine de multiples expériences conduites en quartier aussi bien qu'en institution, surtout pendant les années soixante-dix et le début des années quatre-vingt [4 et 9].

A cette approche sont liées plusieurs expériences tout à fait remarquables, que je vais maintenant brièvement passer en revue.

La création à Bruxelles du centre d'animation communautaire, puis de santé mentale la Gerbe est à cet égard exemplaire. Son fondateur, le psychologue belge Jacques Pluymaekers, souhaitait fonder, en quartier, un centre communautaire ouvert aux jeunes qui évitaient le cadre traditionnel du contrôle social : très influencé par la phénoménologie, et plus particulièrement par la pensée de Merleau-Ponty, il voulait développer une expérience de psychiatrie sociale organisée autour du concept de « rencontre ».

Convaincu que notre existence, comme celle de toute réalité, n'émerge qu'à partir de la « reconnaissance de l'autre », Merleau-Ponty avait emprunté à Husserl la notion d'« enveloppement réciproque » pour définir les relations indistinctes (au sens où il est très difficile, en l'espèce, d'établir une distinction entre ce qui vient de l'un et ce qui vient de l'autre [1]) qui existent entre l'adulte et l'enfant (alors que Husserl avait originellement forgé ce terme pour décrire les liens qu'entretiennent la philosophie et la psychologie).

Jacques Pluymaekers, quant à lui, élargit ce concept d'enveloppement réciproque aux problèmes des jeunes gens en difficulté, en arguant que ces sortes de situations ne sont pas susceptibles d'être observées, décrites et traitées de l'extérieur, mais constituent des contextes dans lesquels les thérapeutes et les environnements familiaux sont tout autant inclus que ces jeunes eux-mêmes ; et il décida par conséquent de créer un espace de « rencontre », au sens phénoménologique du terme, en ouvrant le centre communautaire la Gerbe, à Schaerbeek, au cœur même d'un environnement populaire.

A la différence de ces psychothérapeutes pour qui il suffisait de comprendre dans quel contexte le problème de l'individu était apparu et s'était maintenu en remontant intellectuellement de l'individu à sa famille, Jacques Pluymaekers s'est fait une tout autre conception de l'intervention psychosociale : par choix éthique tout autant que pour des raisons philosophiques, il tint à mêler très étroitement sa vie à celles des familles menacées d'exclusion en habitant dans le même quartier que ces gens et en participant aux drames qui les concernaient. Au lieu de considérer, comme tant de professionnels de la santé mentale à cette époque, que les pratiques psychosociales fondées sur l'insertion active rendaient très difficile de maintenir la distance indispensable à toute intervention thérapeutique, Jacques Pluymaekers reprit au

---

1. Cette description rejoint celle brossée par Jay Haley dans un article (« An interactional description of schizophrenia », *Psychiatry*, 22, n° 4, novembre 1959, p. 321-322) où il remettait en question l'interprétation linéaire de la double contrainte et proposait le concept du « double contrainte réciproque ».

contraire le concept de « distance non distante » cher à son maître Waelhens (lui-même ancien élève de Merleau-Ponty et de Husserl), en affirmant que la distance nécessaire à l'action thérapeutique ou éducative n'équivalait pas à la mise à l'écart à laquelle s'astreignaient ses collègues, mais pouvait être créée uniquement dans le contexte d'une « rencontre » avec ceux qu'il s'agissait d'aider – car, à ses yeux comme à ceux de Waelhens, aucun être humain ne pouvait accéder à l'existence, et, par extension, créer la distance indispensable pour offrir une place à l'autre, en dehors de telles « rencontres ».

C'est à partir de ce centre, la Gerbe, que je rejoignis moi-même en 1975 à l'issue d'un long séjour à New York à l'occasion duquel j'avais dirigé un centre de santé mentale dans le sud du Bronx, que furent tissées, à la fin des années soixante-dix et au début des années quatre-vingt, ces multiples pratiques de réseaux dont David Trimble et Jodie Kliman rendent compte dans leur article.

Avec l'aide de Félix Guattari, je définissais en 1979 ces pratiques de réseaux comme des tentatives « à un niveau individuel ou à un niveau collectif de déconstruire les éléments de quadrillage qui nous imposent une lecture et une pratique réductionnistes ». Cette approche, que je qualifiais de « transversale », permettait de chercher « en dehors des stratifications officielles les ressorts pratiques d'une situation » et de « produire de nouveaux énoncés là où il ne s'en serait pas produit à l'intérieur des codages officiels » ([10], p. 63). Il est par ailleurs intéressant de relever dans cette définition deux aspects qui seront dix ans plus tard au cœur de l'approche narrative : la déconstruction et la production de nouveaux énoncés.

Nous parvenions alors à ces objectifs en tentant, à partir de thérapies multifamiliales ou de réseaux sociaux, d'aider les participants à se rendre compte que leurs problèmes propres n'étaient pas séparables de ceux d'un groupe plus large pris dans les mêmes contradictions. La distance acquise par rapport aux identités imposées par la culture dominante permettait aux membres de ces réseaux de vivre différemment leur condition, de la définir d'une manière plus combative et d'entamer dès lors des actions de solidarité au sein des nouveaux groupes que ces luttes suscitaient.

Force est de reconnaître, d'autre part, que les congrès ont joué un rôle particulièrement important pour les adeptes des pratiques de réseaux.

Ce fut à l'occasion de l'un de ces congrès, que j'avais moi-même organisé, à New York en 1975, que des psychiatres et des psychologues québécois assistèrent à un atelier de Ross Speck. Créant ensuite une équipe gravitant autour du centre hospitalier Douglas, à Montréal, ces personnes, parmi lesquelles figuraient notamment Danielle Desmarais, Henri Lavigueur, Linda Roy et Luc Blanchet, mirent au point un ambitieux projet de recherche-action qui leur permit de prendre en charge collectivement divers problèmes d'ordre psychiatrique. Ils conduisirent ainsi des dizaines d'interventions en réseau qui assignèrent une place centrale au patient désigné, à son réseau primaire et à l'équipe thérapeutique [11].

Depuis cette date, Linda Roy et Pierre Asselin, deux psychothérapeutes exceptionnels qui ont fondé le Groupe d'études des systèmes humains de Montréal, n'ont jamais cessé d'insister sur l'importance du contexte social pour les problèmes de santé mentale. Aujourd'hui, Linda Roy continue à former aux interventions en réseau et à l'approche systémique dans différentes institutions québécoises, tandis que Pierre Asselin est à la fois thérapeute dans un centre pour toxicomanes et formateur dans divers contextes d'enseignement et de formation.

C'est à l'occasion d'un autre de ces congrès, qui se tint cette fois à Bruxelles en 1981, que Marie-Renée Bourget Daitch, présidente du Mouvement pour le développement social (MDSL), a rencontré l'équipe québécoise d'intervention en réseau. Pratiquant depuis cette date ce type d'interventions dans le cadre de ses activités de conceptrice et d'accompagnatrice de projets de développement social de quartiers en difficulté, et s'appuyant d'autre part sur la théorisation que David Cooper, Sylvana Montagano [12] et moi-même avions faite des pratiques de réseaux, cette thérapeute a amené David Cooper, l'un des fondateurs de l'antipsychiatrie, à définir ainsi la pratique de réseau :

> Parmi les acceptions très diverses du mot « réseau », nous employons ce terme dans le sens d'*une forme d'agrégation d'organismes humains qui s'organisent autour d'un ou de*

plusieurs objectifs construits en commun, ou tendent vers un ensemble de pratiques communes qui peuvent constituer un *mode de vie transitoire* ou quasi permanent. Dans une population concrète, on trouve certes des *réseaux déjà existants* (réseaux d'entraide, de convivialité), mais il y a aussi *des réseaux à inventer*, produits d'une mobilisation *endogène de la population* (y compris les auteurs de ces services), qui visent à élaborer d'autres solutions jugées consensuellement et dialogiquement meilleures que celles apportées aux problèmes par les circuits conventionnels. Le réseau est une *ressource*, il n'est *ni une technique à enseigner ni une recette*. On peut provoquer, *induire, susciter un réseau de l'intérieur*, jamais de l'extérieur, comme un expert. Le savoir afférent à une population ne devrait *pas permettre de manipuler* cette population pour faire en sorte que des réseaux existent. C'est pourquoi, dans notre démarche, l'expression « pratiques de réseaux » n'a de sens qu'en tant qu'elle désigne des *pratiques endogènes* à une population concrète où se trouvent à la fois des réseaux existants et des réseaux à inventer. Ces pratiques sont aussi un *produit conjoint* plutôt que (sauf malheureusement dans les faits) des techniques et des procédures à appliquer sur des individus ou des groupes décontextualisés. Dans notre acception, les réseaux inventés visent, au-delà du bien-être, à assurer *l'autonomie croissante de la population vis-à-vis des structures et des dispositifs* [13].

Grâce à Marie-Renée Bourget Daitch, chacun des projets de développement impulsé par le MDSL s'appuie sur un réseau au sein duquel des professionnels et des non-professionnels s'appliquent en commun à résoudre des problèmes de vie quotidienne en recherchant des solutions susceptibles d'être relayées par des groupes soudés par une communauté d'intérêts (pour le moment, ces expériences sont menées à Paris, Bagneux, Rouen et Gennevilliers).

Dans la mouvance des expériences initiées par le Réseau-Alternative à la psychiatrie, le collectif Trames fut créé à Paris en 1981 sous l'impulsion de Danielle Sivadon, Jean-Claude Polack et Alain Valtier, trois psychiatres qui s'étaient assignés pour objectif de tisser, à partir d'un lieu d'accueil, des réseaux pour les personnes sortant d'institutions psychiatriques. L'ADRES (Association pour le développement de la recherche et de l'expérimentation en sciences sociales) apporta son appui aux collectifs de patients de Trames et, avec l'aide conjointe d'Annick Kouba et d'un réseau très large d'amis, dont Nathalie Sinelnikoff, auteur d'un remarquable ouvrage sur les psychothérapies [14], ce groupe fut à l'origine de nombreuses activités, telles que des émissions radiodiffusées ou la publication du bulletin *Fous de vous*. Le collectif Trames compta dans les années quatre-vingt plusieurs centaines de psychiatrisés, avant de s'étioler progressivement par manque de subsides.

La France ne fut pas chiche en expériences alternatives. Michel Montès se consacra d'abord à la réinsertion des patients chroniques en tentant, à Sommières (Gard), de trouver des emplois en zone rurale pour ces sujets psychiatrisés, puis, en 1986, les centres d'accueil qui souhaitaient proposer une solution de rechange à l'hospitalisation en psychiatrie se fédérèrent au sein de l'association Accueil. Paul Bretecher, qui anima ce mouvement, continue au milieu des années quatre-vingt-dix à s'occuper d'entreprises d'insertion, tel le restaurant du centre dramatique national de Campagnol à Corbeil-Essonnes, lequel offre des emplois à d'anciens psychiatrisés : cette initiative coordonne ses recherches avec d'autres expériences dans le cadre de l'association Progrès.

Tous les promoteurs de ces tentatives de réinsertion poursuivies en France ont souligné l'importance d'un contexte social favorable pour l'évolution positive des problèmes de santé mentale, lien qui avait été décrit également par d'autres chercheurs, tels que Schwartzman [15], Wynne, McDaniel et Weber [16], Imber-Black [17] et Elizur [18]. Ce dernier, auteur avec Salvador Minuchin d'un excellent ouvrage consacré aux interrelations entre familles, institutions et société [19], a créé un modèle qui permet d'intervenir en même temps au niveau de la famille et sur le plan des contextes sociomédicaux dans les situations psychosomatiques chroniques ; bien que ce modèle ait été développé à partir du centre de psychologie médicale des *kibbutz clinics* en Israël, Yoel Elizur propose de l'élargir à d'autres contextes que ceux des kibboutzim [18], car il lui semble autant propice à la transformation des structures écosystémiques responsables du maintien de la dysfonction qu'à la mobilisation des ressources sociales de la famille et du patient.

Les actions intégrant des contextes plus larges que celui de la famille sont généralement conduites sur l'initiative de travailleurs de la santé mentale chargés de populations particulièrement démunies. C'est le cas des interventions réalisées par Geneviève Platteau et Serge Faelli à partir d'une ville de province belge dont 23 % de la population active est réduite au chômage : très souvent confrontés à des symptômes d'enfants inséparables de leur contexte psycho-socio-économique, ces deux thérapeutes se sont tournés avec bonheur vers les thérapies multifamiliales [20]. Alain Marteaux et Romano Scandariato, qui travaillent à Bruxelles avec des immigrés de la deuxième génération, supposent à la base que la non-intégration de ces jeunes leur permet de se montrer solidaires de l'échec social de leurs parents. Avec ce qu'ils appellent le « groupe-classe », ils mènent avec succès des interventions préventives dans les écoles fréquentées par ces jeunes immigrés [21].

Elina Dabas et Carlos Sluzki, tous deux d'origine argentine, ont insisté eux aussi sur l'importance du contexte social. Elina Dabas intervient, entre autres, à partir de groupes multifamiliaux de femmes chefs de famille vivant dans les quartiers défavorisés de Buenos Aires, tandis que Carlos Sluzki met l'accent pour sa part sur l'importance du réseau social dans les processus de migration et de déplacement aux États-Unis [22].

Par ailleurs, beaucoup considèrent que les thérapeutes familiaux sensibilisés aux caractéristiques sociales des situations de souffrance ne peuvent pas laisser dans l'ombre les cultures d'appartenance des familles qui les consultent, comme Monica McGoldrick [23] et Celia J. Falicov [24] l'ont régulièrement rappelé. A cet égard, C. Christian Beels est un exemple type de psychiatre et de psychanalyste, formateur en thérapie familiale, gagné progressivement par une lecture culturelle de la pratique psychothérapeutique.

Dans les années 1967-1975, Christian Beels enseigna la thérapie familiale et l'histoire de la psychiatrie au Bronx Psychiatric Center (lequel dépendait de l'Albert Einstein College of Medicine) : il commença alors à prêter attention aux éléments susceptibles de favoriser l'apparition d'une guérison dans différents contextes médicaux, historiques ou culturels.

Bénéficiant du concours d'anthropologues tels que Vivian Garrison et Conrad Arensberg, Christian Beels étudia avec soin les approches des guérisseurs portoricains établis dans le quartier du Bronx, en se concentrant notamment sur leur lecture métaphorique du problème et sur la façon dont ils réussissaient à mobiliser l'environnement du patient.

A la même époque, Christian Beels, en collaboration avec Jane Ferber et John Schoonbeck, pensa à appliquer la méthode d'analyse du contexte mise au point par Albert Scheflen à une séance de psychothérapie familiale conduite par Donald Jackson et conservée sur support audiovisuel : cette étude du comportement non verbal des membres d'un système thérapeutique acheva de le convaincre que, comme ses recherches tendaient à le montrer, le « ballet gestuel » était essentiel à tout processus de guérison.

A partir de 1975, travaillant avec une population de psychiatrisés chroniques au New York Psychiatric Institute, Christian Beels publia plusieurs articles sur l'importance du contexte social pour le traitement des maladies mentales chroniques, et plus particulièrement de la schizophrénie [25 et 26]. Ce fut dans cet institut, ainsi que dans les autres hôpitaux publics où il exerça durant cette période, qu'il mit sur pied, avec son épouse, Margaret Newmark, et Bill McFarlane, son *Family Support Demonstration Project* pour développer une approche psycho-éducationnelle destinée aux familles comportant un schizophrène : pendant près de quinze ans de sa vie, Christian Beels s'allia de la sorte aux institutions publiques de santé mentale de la ville de New York afin d'amener ces établissements à mieux reconnaître les cultures de leurs patients et les potentiels thérapeutiques de leurs contextes spécifiques. Pour lui, les psychothérapeutes sont des guérisseurs, inventeurs de rituels et d'histoires, dont la légitimité dépend du pouvoir que les patients et leurs familles veulent bien leur concéder dans un environnement culturel donné.

Ce même intérêt pour les institutions, associé à l'idée qu'un travail intra-institutionnel est indispensable à tout projet novateur d'envergure, anime le psychiatre français Jean-Claude Benoit.

Psychiatre depuis 1957, Jean-Claude Benoit s'est tourné vers l'approche systémique à partir de 1975. Cette nouvelle orientation lui a permis de renouveler profondément sa pratique de psychiatre public de secteur (activité qu'il exerçait alors en hôpital à Villejuif et hors hôpital à Boulogne).

Surpris de ne pas trouver dans la panoplie des thérapies systémiques un modèle qui lui paraisse approprié à la psychiatrie institutionnelle, Jean-Claude Benoit a créé les « entretiens collectifs familio-systémiques » [27], voie qui s'est révélée si riche qu'il a publié depuis 1976 une dizaine d'ouvrages se rapportant à l'approche systémique.

Travailleur acharné et chercheur d'une créativité et d'une modestie rares, Jean-Claude Benoit, grâce à la collection qu'il a dirigée chez ESF, s'est attaché, à travers la cinquantaine de livres qu'il a fait publier, à rendre le champ des thérapies familiales et systémiques enfin accessible au public français. Le *Dictionnaire clinique des thérapies familiales systémiques* qu'il a édité avec l'aide de Malarewicz, Beaujean, Colas et Kannas [28], est devenu un ouvrage de référence fréquemment consulté par les thérapeutes familiaux d'expression française.

Le psychologue français Bernard Prieur s'est intéressé quant à lui aux institutions du champ médico-social. Il a ainsi contribué à développer l'intervention systémique dans les secteurs tels que le travail avec les familles non volontaires sous mandat du juge ou de la DDASS. Le centre qu'il a fondé à Paris (le CECCOF) a été habilité en 1991 comme service d'investigation et d'orientation éducative systémique, et des établissements analogues ont été ouverts par la suite dans plusieurs villes de France. Enfin, l'une de ses collaboratrices, Brigitte Camdessus, s'est efforcée d'appliquer l'approche systémique aux crises familiales du grand âge tout en travaillant également sur ce qu'elle appelle l'« enfance violentée ».

Les situations de maltraitance de ce type confrontent aux limites de la psychothérapie systémique en cela qu'elles obligent à s'interroger sur la notion de responsabilité. En effet, comme le relèvent aussi bien certains spécialistes de l'enfance maltraitée (Arnon Bentovim et Brian Jacobs, par exemple [29]) que des thérapeutes féministes, le concept de causalité circulaire risque de victimiser la victime : que penserions-nous d'un thérapeute qui, confronté à une situation de maltraitance, agirait comme si l'enfant victime de la violence parentale était coresponsable de ce qui lui arrive ?

C'est ce qui fait dire à Deborah Anna Luepnitz, dans son livre intitulé *The Family Interpreted : Feminist Theory in Clinical Practice* [30], que les explications cybernétiques manquent de complexité : elles expliquent en quel sens les relations intrafamiliales peuvent ressembler au fonctionnement d'un thermostat, mais pas en quoi elles en diffèrent. Qu'une épouse puisse, à son corps défendant, subir une situation d'abus ne signifie pas pour autant qu'elle y participe à part égale. La différence fondamentale réside dans l'inégalité des deux membres du couple, la femme n'ayant pas, et ce à divers niveaux, le pouvoir que possède l'homme.

Cheryl Rampage et Judith Myers Avis ont, pour cet ouvrage, rédigé un chapitre sur l'identité sexuelle, le féminisme et la thérapie familiale où elles précisent qu'elles ne proposent pas un nouveau modèle de thérapie familiale, mais « un filtre critique à travers lequel tous les modèles sont vus en fonction de la place qu'ils accordent aux questions d'identité sexuelles et de pouvoir ». Leur texte présente un résumé si complet des critiques féministes de la thérapie familiale qu'il ne me semble pas nécessaire – à la différence d'autres chapitres décrivant un modèle plus restreint – de lui consacrer une longue introduction qui risquerait d'être redondante.

Qu'il me soit néanmoins permis, parmi l'abondante littérature consacrée à ce domaine, de citer le remarquable ouvrage de Marianne Walters, Betty Carter, Peggy Papp et Olga Silverstein [31]. Ces quatre thérapeutes chevronnées, liées à différents centres des États-Unis, sont à l'origine du *Women's Project in Family Therapy*. Leur livre, *The Invisible Web* (« La Toile invisible »), pose des jalons pour une approche féministe de la thérapie familiale : il étudie, dans une perspective clinique, les relations et les moments de transition intrafamiliaux, ainsi que les limites et les potentialités des femmes célibataires confrontées aux stéréotypes de la culture ambiante.

L'apport de ce mouvement est essentiel car il rappelle à tous les thérapeutes familiaux, y compris aux tenants des pratiques de réseaux, qu'une approche psychothérapeutique ne peut être libératrice que si elle intègre l'identité sexuelle dans sa grille explicative et prend ses distances par rapport aux relations de pouvoir que la famille traditionnelle véhicule.

M. E.

*
**

RÉFÉRENCES BIBLIOGRAPHIQUES

[1] Elkaïm, M., « Défamilialiser la thérapie familiale : de l'approche familiale à l'approche sociopolitique », *Thérapies familiales, institutions, quartier, Cahiers critiques de thérapie familiale et de pratiques de réseaux*, Paris, Gamma, n° 2, 1980.

[2] Luepnitz, D.A., *The Family Interpreted : Feminist Theory in Clinical Practice*, New York, Basic Books, 1988.

[3] Goodrich, T.J., Rampage, C., Ellman, B., Halstead, K., *Feminist Family Therapy : A Casebook*, New York, W.W. Norton and Company, 1988.

[4] Elkaïm, M. (éd.), *Réseau-Alternative à la psychiatrie*, Paris, Union générale d'éditions, 1977.

[5] Speck, R.V., « L'intervention en réseau social : les thérapies de réseau, théorie et développement », *in* Elkaïm, M. (éd.), *Les Pratiques de réseau : santé mentale et contexte social*, Paris, ESF, 1987.

[6] Bott, E., *Family and Social Network : Roles, Norms and External Relationships in Ordinary Urban Families*, Londres, Tavistock Publications, 1957 ; rééd., New York, Free Press, 1971.

[7] Barnes, J., « Class and committees in a Norwegian island parish », *Human Relations*, 7, 1954.

[8] Rueveni, U., *Networking Families in Crisis*, New York, Human Sciences Press, 1979.

[9] Elkaïm, M. (éd.), *Les Pratiques de réseaux : santé mentale et contexte social*, Paris, ESF, 1987.

[10] Elkaïm, M., « Agencements, pratiques de réseaux », *L'Approche systémique en thérapie familiale, Cahiers critiques de thérapie familiale et de pratiques de réseaux*, Paris, Gamma, n° 1, 1979.

[11] Desmarais, D., Lavigueur, H., Roy, L., Blanchet, L., « Patient identifié, réseau primaire et idéologie dominante : le champ d'intervention en santé mentale », *in* Elkaïm, M. (éd.), *Les Pratiques de réseau : santé mentale et contexte social*, Paris, ESF, 1987.

[12] Montagano, S., « Les pratiques de réseau en Italie », *in* Elkaïm, M., (éd.), *Les Pratiques de réseau : santé mentale et contexte social*, Paris, ESF, 1987.

[13] Cooper, D., « Pour construire en réseau », *Revue de la Caisse nationale d'allocations familiales*, Paris, n° 1, février 1988.

[14] Sinelnikoff, N., *Les Psychothérapies : inventaire critique*, Paris, ESF, 1993.

[15] Schwartzman, J. (éd.), *Family and Other Systems : The Macrosystemic Context of Family Therapy*, New York, Guilford, 1984.

[16] Wynne, L.C., McDaniel, S.H., Weber, T.T. (éd.), *Systems Consultation for Family Therapy*, New York, Guilford, 1986.

[17] Imber-Black, E., *Families and Larger Systems*, New York, Guilford, 1988.

[18] Elizur, Y., « Ecosystemic training : Conjoining supervision and organizational development », *Family Process*, 32, 1993, p. 185-201.

[19] Elizur, J., et Minuchin, S., *Institutionalizing Madness, Families, Therapy and Society*, New York, Basic Books, 1989.

[20] Platteau, G., et Faelli, S., « Intervention auprès des familles défavorisées », *in* Goldbeter-Merinfeld, E. (éd.), *Approche systémique et thérapie familiale : aux interfaces, Cahiers critiques de thérapie familiale et de pratiques de réseaux*, Toulouse, Privat, n° 12, 1990.

[21] Marteaux, A., et Scandariato, R., « Un modèle d'intervention préventive avec des immigrés de la deuxième génération : une intervention de réseau dans le groupe-classe », *in* Goldbeter-Merinfeld, E. (éd.), *Approche systémique et thérapie familiale : aux interfaces, Cahiers critiques de thérapie familiale et de pratiques de réseaux*, Toulouse, Privat, n° 12, 1990.

[22] Sluzki, C.E., « Rupture et reconstruction du réseau lors du processus de migration/relocation », *in* Goldbeter-Merinfeld, E. (éd.), *Approche systémique et thérapie familiale : aux interfaces, Cahiers critiques de thérapie familiale et de pratiques de réseaux*, Toulouse, Privat, n° 12, 1990.

[23] McGoldrick, M., Garcia Preto, N., Moore Hines, P., Lee, E., « Ethnicity and family therapy », *in* Gurman, A.S., et Kniskern, D.P. (éd.), *Handbook of Family Therapy*, New York, Brunner/Mazel, 1981.

[24] Falicov, C.J. (éd.), *Cultural Perspectives in Family Therapy*, Rockville, Aspen Publications, 1983.

[25] Beels, C.C., « Social networks and the treatment of schizo-

phrenia », *International Journal of Family Therapy*, 3, 1981, p. 310-316.

[26] Beels, C.C., « Social support and schizophrenia », *Schizophrenia Bulletin*, 7, 1981, p. 58-72.

[27] Benoit, J.-C., et Roume, D., *La Désaliénation systémique*, Paris, ESF, 1986.

[28] Benoit, J.-C., Malarewicz, J.-A., Beaujean, J., Colas, Y., Kannas, S., *Dictionnaire clinique des thérapies familiales systémiques*, Paris, ESF, 1988.

[29] Bentovim, A., et Jacobs, B., « Children's needs and family therapy : The case of abuse », *in* Street, E., et Dryden, W. (éd.), *Family Therapy in Britain*, Milton Keynes, Open University Press, 1988.

[30] Luepnitz, D.A., *The Family Interpreted : Feminist Theory in Clinical Practice*, New York, Basic Books, 1988.

[31] Walters, M., Carter, B., Papp, P., et Silverstein, O., *The Invisible Web : Gender Patterns in Family Relationships*, New York, Guilford Press, 1988.

David W. Trimble *
Jodie Kliman **

L'intervention en réseau

Alors que la thérapie familiale élargit notre compréhension de l'expérience individuelle en l'intégrant dans son contexte, le mode d'approche qui prend en compte le réseau social permet de saisir des systèmes relationnels encore plus étendus et plus divers, qui comprennent toutes les personnes qu'une famille connaît. Barnes (1954) a comparé les réseaux personnels à des toiles composées de nombreux fils (les relations) reliant des points (les individus ou les groupes). Les réseaux se composent d'un secteur primaire – les parents, connaissances, voisins, collègues de travail, camarades de classe, baby-sitters, commerçants et barmans, ainsi que les liens à des groupes religieux, sociaux, politiques, à des groupes de volontariat ou encore à des syndicats et des bandes de jeunes, etc. – et d'un secteur secondaire – les agents de soutien et de contrôle social dans les écoles, les agents des services sociaux et de santé publique, les propriétaires, etc. D'une façon générale, les réseaux servent d'intermédiaires entre les familles et les structures sociales, économiques, politiques, culturelles, et influencent l'accès aux ressources ; enfin, ils contribuent à la reproduction des structures sociales, qui offrent la liberté à certains et la soumission à d'autres.

Composés d'individus, tant les familles que les réseaux

* David W. Trimble, docteur en psychologie, dirige la revue *Netletter*, destinée aux praticiens des interventions en réseau. Il est *fellow* du Center for Multicultural Training in Psychology du Boston City Hospital. Il exerce à Brookline, Massachusetts.

** Jodie Kliman, docteur en psychologie, enseigne la thérapie familiale à la Massachusetts School of Professional Psychology, au Family Institute de Cambridge et au Boston City Hospital's Center. Elle pratique la thérapie familiale et les interventions en réseau à Brookline, Massachusetts.

évoluent avec le temps en fonction de leurs relations mutuelles et de celles qu'ils ont avec leur environnement. On observe que les individus ont tendance à reconnaître les relations individuelles, mais non les réseaux eux-mêmes. Les familles sont en effet généralement plus organisées que les réseaux, et l'appartenance à une famille dont on fait partie est plus facilement définissable. Nous intégrons une famille dès notre naissance ou bien à travers l'adoption, le mariage ou la rencontre d'un compagnon pour la vie, et nous ne les quittons qu'avec la mort, le divorce ou l'abandon, alors que notre appartenance à des réseaux change en fonction des cycles de notre vie, de nos conflits interpersonnels, de nos déménagements, de nos activités et croyances. Les familles comme les réseaux obéissent à des règles – déterminées de façon idiosyncrasique, mais aussi par un ensemble de valeurs, par la politique et différents types de domination liés à l'identité sexuelle, ainsi qu'à l'appartenance à une classe et à une culture.

Boissevain (1968) propose une description des réseaux par zones concentriques : il y a d'abord la cellule personnelle, c'est-à-dire le foyer, les parents les plus proches et les amis, puis la zone d'intimité A, définie par les liens actifs avec des parents et amis très proches, puis la zone d'intimité B, celle des liens plus passifs avec de proches parents et amis, puis la zone effective, celle des liens actifs sociaux ou déterminants, enfin la zone nominale, celle des liens, passés ou présents, moins importants – réseau personnel qui se fond dans le réseau plus étendu des relations de nos relations. Un dernier aspect est que les individus passent de zone en zone avec les changements qui interviennent dans leurs relations.

C'est en 1964 que le psychiatre Ross Speck, qui a étudié les familles de schizophrènes et connaît les systèmes familiaux ainsi que les principes psychanalytiques, commence à inclure des membres de réseaux dans les séances de thérapie familiale. Plusieurs pionniers le rejoignent à Philadelphie : l'anthropologue Joan Speck (R. et J. Speck, 1984), le psychologue Uri Rueveni (1979), qui a apporté les techniques de la *Gestalt* aux réunions de réseau, et la psychologue Carolyn Attneave (1969), aujourd'hui décédée, qui a étudié les systèmes de soutien naturel dans des contextes urbains et ruraux, ainsi que dans le cadre des réserves d'Américains autochtones*. Tous voyaient dans les réseaux des sources de guérison et de soutien, mais aussi de détresse, et leur client était le réseau lui-même ; la réussite, du point de vue clinique, consistait en une amélioration tant pour les individus et les familles qu'au niveau des réseaux. Notons enfin que leur travail a saisi l'imagination des thérapeutes familiaux lorsque le mouvement de santé mentale communautaire a été à son apogée.

Quant à nous, nous appartenons à la génération suivante. En 1973, Carolyn Attneave a recruté David Trimble à Boston pour s'occuper d'un groupe de plusieurs familles dans un projet communautaire pour adolescents – l'approche en réseau convenant particulièrement à Trimble, descendant de générations de pasteurs, ancien organisateur communautaire des droits civiques et intéressé par le chamanisme et la « médecine » de village. Quant à Jodie Kliman, elle a rencontré les Speck et commencé sa formation avec eux en 1972, dans le Bronx, à New York. On peut dire que la pratique du réseau lui a permis d'allier son travail de thérapeute familiale et d'organisatrice communautaire à son héritage judéo-socialiste. Notre collaboration a commencé en 1980, et nous nous sommes mariés peu de temps après.

Les approches pratiques

D'importantes restrictions budgétaires ont mis fin à la plupart des projets de recherche sur les réseaux aux États-Unis, mais la pratique de réseau reste bien vivante dans le cadre de la médecine conventionnée au Canada, en Europe (et, nous le pensons, ailleurs). Les récents développements dans ce domaine sont présentés chaque année à l'American Orthopsychiatric Association et dans *Netletter*, le bulletin d'information de David Trimble destiné au réseau international des spécialistes des pratiques de réseau. La revue de Mony Elkaïm et Éric Trappeniers, *Résonances : revue des thérapies familiales et des pratiques de réseaux*, rend aussi compte des développements dans le domaine de l'intervention familiale et en réseau.

_____

* C'est-à-dire des réserves indiennes.

La pratique de réseau, qui, depuis ses débuts, a évolué en suivant différentes voies (Kliman et Trimble, 1983 ; Trimble, 1980), se fonde sur deux prémisses : d'une part les réseaux façonnent l'expérience psychologique individuelle, d'autre part restructurer des réseaux perturbés a un effet thérapeutique. Les thérapeutes spécialistes de l'intervention en réseau non seulement mettent l'accent sur des processus, structures et techniques spécifiques, mais aussi conçoivent leur rôle différemment. A Gerald Erickson (1984 et 1988), aujourd'hui décédé, revient le mérite d'avoir introduit de nombreux thérapeutes familiaux aux concepts qui sous-tendent ce type de pratique, en suggérant qu'un jour la thérapie familiale ferait partie du champ plus vaste de l'intervention en réseau. Nous décrivons ci-dessous différents modes d'approche du travail individuel, familial et communautaire, et commençons par des techniques que l'on peut appliquer dans le cadre d'une pratique privée et élargir ensuite au traitement de groupes plus importants.

La cartographie des caractéristiques d'un réseau

Les stratégies d'intervention en réseau s'appuient sur une analyse structurelle des caractéristiques d'un réseau : à savoir la taille, la composition, la multiplexité, la densité, le type de clan (*cluster*), les liens entretenus et ceux qui ne le sont pas, l'aspect directionnel et un certain nombre de contextes sociaux. Chaque caractéristique, que la carte permet de mettre en évidence, est en rapport (sans lien de causalité) avec le bien-être psychologique de chacun et réagit à l'intervention en réseau.

– Dans le cadre d'un usage clinique, la *taille* du réseau renvoie aux quatre zones internes définies par Boissevain (1968). Les adultes normaux des milieux urbains, suburbains et ruraux en Amérique du Nord, en Europe et en Afrique affirment être en relation active avec un nombre de personnes situé entre vingt-cinq et cinquante, dont une dizaine au plus sont des intimes. Phillips (1981) a découvert que la taille du réseau est la variable la plus significative pour ce qui concerne le bonheur des hommes (non celui des femmes). Quant aux adultes perturbés non psychotiques, ils déclarent entretenir des liens importants avec un nombre de personnes situé entre dix et douze, alors que les psychotiques non hospitalisés ont des relations actives avec quatre ou cinq personnes en moyenne. Par ailleurs, on note que plus la taille du réseau est importante, moins les réhospitalisations sont fréquentes (Beels, 1978 ; Garrison, 1978 ; Pilisuk et Parks, 1986). Beels rapporte qu'une stimulation et un soutien social insuffisants, ou une trop grande exigence sociale et une trop forte stimulation, peuvent exacerber les symptômes schizophréniques. Brown, Birley et Wing (1972) indiquent pour leur part que la taille du réseau des parents et le degré d'émotion exprimée varie inversement avec la fréquence des réhospitalisations d'enfants schizophrènes. Enfin, Salzinger, Kaplan et Artemyeff (1983) affirment que les familles abusives ont des réseaux peu étendus.

– L'*aspect directionnel* a trait au sens de l'aide (soutien, informations, biens, services, etc.) apportée dans une relation. L'aide va de soi vers l'autre dans le cas où l'on est utile à quelqu'un, de l'autre à soi-même lorsque l'on est dépendant et dans les deux sens dans une relation de réciprocité. Les individus perturbés ont tendance à entretenir des relations de dépendance excessive (Pattison *et al.*, 1975) et font moins l'expérience de la responsabilité et des compétences nécessaires pour s'occuper des autres. Cohen et Sokolovsky (1978) remarquent que les hommes malades mentaux, s'ils entretiennent des relations où ils se rendent davantage utiles, sont moins fréquemment hospitalisés.

– Par *composition*, on entend les catégories et les bases de l'appartenance à un réseau (par exemple, les parents, les amis, les voisins, les agents de soutien et/ou de contrôle social). La composition varie en fonction de la classe sociale, des données culturelles et de l'identité sexuelle. Alors que dans le milieu ouvrier les réseaux sont limités aux parents, voisins, au lieu de travail et, de manière générale, à l'entourage immédiat, ils sont dans la bourgeoisie plus ouverts à d'autres liens et donc plus étendus (Phillips, 1981). Dans des groupes ethniques qui accordent une grande valeur à l'interdépendance, les réseaux sont en général davantage centrés sur les liens de parenté. De même, le réseau des femmes se compose essentiellement des relations avec la famille et les enfants. Dans les petites villes, la composition des réseaux est généralement fondée sur les liens de proximité. Enfin, les réseaux de membres des populations malades de tous les groupes sociaux sont plutôt restreints et comprennent une beaucoup plus forte proportion de professionnels de l'assistance et de parents que ceux des individus sains (Garrison, 1978).

– La *multiplexité* a trait au nombre de fils d'interaction qui forment un lien. Un lien multiplexe, qui permet par exemple de s'organiser pour le transport en voiture et d'échanger des renseignements avec une collègue-amie dont on garde de temps en temps les enfants, est plus durable qu'un lien uniplexe, reposant sur un seul type de relations. Les patients des services psychiatriques ont en général davantage de relations uniplexes que les individus sains ; Cohen et Sokolovsky (1978) associent le fait d'entretenir plusieurs relations multiplexes à un plus faible taux de réhospitalisations.

– La *densité* mesure le degré de relation entre les membres d'un réseau. Peu de gens se connaissent au sein d'un réseau trop lâche, alors que dans un réseau plus dense les individus sont davantage en relation les uns avec les autres. La densité varie en fonction des classes sociales (les réseaux de la classe des plus pauvres et ceux de la classe dirigeante sont généralement plus denses que les réseaux des classes moyennes) et des données culturelles (les individus pour lesquels l'interdépendance est importante ont des réseaux plus denses que ceux qui valorisent au contraire l'indépendance). Enfin, les réseaux trop lâches offrent davantage de liberté individuelle et d'opportunités, mais moins de soutien et de réactions critiques utiles. En revanche, les réseaux plus denses apportent davantage de soutien et de contrôle normatif.

Parmi ces paramètres culturels, la densité est importante du point de vue clinique. Pattison (1977) fait remarquer que les réseaux des individus névrosés sont plus lâches que ceux des individus sains et que les réseaux des psychotiques sont nettement plus denses que ceux de tous les autres groupes. Néanmoins, Dozier, Harris et Bergman (1987) associent à la fois les réseaux très denses et les réseaux très lâches à la fréquente réhospitalisation de jeunes patients chroniques, et appuient par là l'argument de Beels (1978) selon lequel les schizophrènes ont besoin de moduler la stimulation et le retrait social.

– Les *clans* sont des sous-systèmes denses au sein des réseaux : les parents, les petits groupes religieux, sociaux ou de travail, les bandes de rue, etc. Dans la plupart des réseaux, plusieurs clans offrent différents types de soutien et de contrôle social. Hammer (1973) remarque que les schizophrènes ne faisant partie que d'un seul clan sont plus souvent réhospitalisés que ceux qui font partie de plusieurs clans au sein d'un même réseau. Salzinger *et al.* (1983) décrivent les clans restreints et denses qui, dans des familles abusives, ferment les yeux sur (ou ignorent) les violences dont des enfants sont victimes. Polansky et Gaudin (1983) rapportent que ce type de familles réduit au minimum les contacts avec les clans qui pourraient désapprouver leur violence (par exemple, les voisins). Développer des clans multiples qui apportent non seulement soutien et *feedback*, mais encore des liens supplémentaires permet d'augmenter la souplesse sociale et de favoriser les relations au sein du réseau.

– Les liens *forts*, ou entretenus, s'établissent avec des individus qui connaissent leurs relations, et les liens *faibles*, ou non entretenus, avec des individus qui ne connaissent pas les autres membres du réseau. Du fait que des tierces personnes peuvent informer les individus qui ne sont pas en contact les uns avec les autres, les liens entretenus résistent mieux aux changements de travail, déménagements, retraits affectifs ou hospitalisations. Bien que moins durables, les liens non entretenus donnent accès à des informateurs et agents quand il s'agit de chercher un emploi, un logement ou un moyen de faire garder des enfants. Par définition, les réseaux plus denses comprennent davantage de liens entretenus.

– Le nombre des *contextes* ou cadres sociaux dans lesquels les individus sont en interaction (le foyer, l'école, le lieu de travail, le voisinage, un groupe religieux, etc.) dépend étroitement du champ de leurs activités sociales. Selon Phillips (1981), le bonheur des femmes est davantage lié à l'étendue des contextes et à la taille du réseau, alors que pour les hommes le nombre des contextes est le deuxième des éléments qui déterminent le plus fortement leur bonheur.

La carte ainsi établie met en évidence un réseau personnel, rarement apparent de façon intuitive, et aide un individu non seulement à reconnaître les influences de son réseau sur sa vie, mais encore à les modifier. C'est aussi sur une carte que s'appuient le planning d'intervention et la recherche épidémiologique. Les cartes imprimées d'Attneave (1975) situent les membres d'un réseau dans quatre zones concentriques de proximité relative ou d'importance, avec les liens de parenté à gauche et les autres à droite. Une partie en retrait indique les relations difficiles, et des lignes montrent les relations entre membres, ainsi que les clans formés, produisant un schéma visuel de réseau.

Dans la procédure plus simple élaborée par Todd (1979), l'informateur établit des catégories de relations importantes (la famille, les parents, les voisins, les amis, les collègues de travail, les employés des services sociaux, etc.) et fait la liste des personnes qui en font partie – celles avec qui les relations sont multiplexes ne sont inscrites qu'une seule fois. Un cercle est divisé en autant de segments que de catégories et leurs membres placés au centre en fonction de leur distance ou de leur proximité avec l'informateur. Des lignes entre les membres du réseau indiquent les relations ; enfin, des lignes plus épaisses représentent des relations fortes et des lignes irrégulières des relations difficiles.

L'inventaire psychosocial de parenté élaboré par Pattison (Pattison *et al.*, 1975) classe les membres d'un réseau en fonction des besoins auxquels chaque relation répond (par exemple, le besoin d'information, de soutien affectif ou matériel) et prend note des liens qu'ils ont les uns avec les autres. Ce modèle se révèle particulièrement intéressant pour la recherche.

Une fois les réseaux et leur structure mis en évidence, la carte sert à aider les individus à développer des stratégies de changement. C'est à la fois un outil d'organisation et une technique d'intervention qui vise à transformer la façon dont chacun perçoit sa vie relationnelle.

L'animation du réseau

On peut entraîner les individus à améliorer leurs relations dans le cadre du réseau dont ils sont membres, comme l'approche thérapeutique de Bowen (1976) les aide à améliorer leurs relations familiales. Cet entraînement vise à modifier ou à abandonner des relations perturbées, à renforcer des relations saines, à apaiser des désaccords et à mieux définir des limites. Les membres des familles enchevêtrées constituant des réseaux denses peuvent développer des relations individuelles extérieures à la famille ou apprendre à préserver certains secrets. Quant aux membres des familles désengagées, constituant des réseaux lâches, ils peuvent se joindre à des groupes paroissiaux ou de voisinage, se rencontrer en famille ou se confier davantage à des amis et parents. L'entraînement est utile pour les familles en crise qui ont besoin qu'on les aide à mobiliser leurs réseaux afin d'y trouver un soutien affectif et matériel, mais aussi pour les familles en train de passer d'un cycle de la vie à un autre et pour les individus qui tentent de s'affranchir de relations qui les limitent.

La construction d'un réseau

Le rôle des cliniciens consiste à aider les clients à étendre des réseaux trop lâches pour qu'ils puissent être mobilisés et à remplacer les réseaux trop « toxiques » pour pouvoir être transformés. David Trimble (1980) a associé la thérapie de groupe dynamique et de soutien au mode d'approche en réseau afin de créer un « réseau transitionnel » qui aide les clients à s'éloigner de réseaux personnels trop petits et « toxiques », et offre un environnement sûr qui permette de développer des qualités relationnelles, la conscience de soi et une confiance suffisante pour construire de nouvelles relations plus saines.

Mentionnons aussi notre expérience dans une résidence du Massachusetts pour patients chroniques sortant d'un hôpital public, où nous avons organisé une réunion de « réseau de réseaux » pour tous les futurs résidents afin de faciliter leur passage à la vie communautaire (Trimble et Kliman, 1981). Les liens ainsi établis ont étendu les réseaux d'individus dont la vie relationnelle avait été considérablement appauvrie par des années passées à l'hôpital.

Un autre point de vue nous est donné par Vivian Garrison (1978), qui a étudié les réseaux des femmes portoricaines immigrées dans le Bronx, les unes saines, les autres schizophrènes, et s'est efforcée de mettre en place un réseau, ainsi que des stratégies limitées pour ces dernières. Garrison a rencontré non seulement des parents et amis de ses clientes, mais encore des voisins, des *espiritistas* (médiums spirituels), des prêtres et des employés des services d'assistance sociale auxquels elles avaient à faire, afin d'étendre des zones d'intimité et d'efficacité, de développer le nombre des clans, la confiance entre individus sans aucun lien de parenté, ainsi que les sources où trouver de nouvelles informations et de l'aide.

Pour ce qui concerne les groupes de thérapie multifamiliale (Elkaïm, 1987), notons qu'ils permettent d'étendre les réseaux des familles isolées et submergées par de graves maladies mentales, la délinquance, le deuil, des maladies physiques chroniques, etc. Ils élargissent les répertoires interactionnels, créent de nouveaux clans, développent des liens réciproques et favorisent des sentiments de compétence sociale du fait de l'entraide qui peut avoir lieu. Notons finalement que des réseaux peuvent se construire par différents groupes ou associations, comme les Alcooliques anonymes, les groupes de soutien pour les familles de malades mentaux ou chroniques ou de malades du sida, ainsi que par des groupes religieux, politiques, sociaux, pédagogiques et des associations de voisins ou de volontaires.

Les approches qui tiennent compte de l'environnement social

Ces approches mettent l'accent sur les problèmes propres au système des services sociaux et se concentrent sur l'intégration des secteurs de réseaux primaires et secondaires. Nous mentionnerons dans ce domaine les travaux d'Auerswald (1968), qui s'appuie sur les approches des systèmes familiaux, ainsi que ceux de Curtis (1974) et Hansell (1967), influencés par l'analyse des systèmes organisationnels.

Auerswald a développé une approche environnementale visant à améliorer l'harmonie entre des familles ou des individus en détresse et les réseaux dont ils sont membres. Des « rencontres intersystèmes » sont organisées afin de traiter les perturbations au sein des systèmes qui compliquent la tâche des services sociaux et de développer des plans d'intervention de ces services fondés sur des accords adaptés à la complexité de la situation de la famille. Bien qu'Auerswald reconnaisse l'importance des questions de pouvoir entre les familles et les services sociaux et insiste sur la nécessité de donner du pouvoir aux membres de la famille, Elkaïm (1982), tout en relevant l'importance de son apport théorique, a critiqué sa façon de se situer lui-même à l'extérieur de la politique d'oppression.

Quant à Curtis (1974), il a réorganisé les services sociaux de l'est du Massachusetts en créant des centres locaux, dirigés à la fois par des conseils communautaires et des administrateurs des services sociaux ; dans ce contexte, le responsable du cas organisait des équipes centrées sur le client, composées de membres de son réseau primaire, de volontaires et d'employés des services sociaux. Ces équipes se réunissaient pour élaborer une compréhension commune de la situation du client, en prenant en compte la façon dont elles contribuaient elles-mêmes à entretenir les problèmes, et pour mettre au point des stratégies de collaboration.

Hansell (1967) s'est tout particulièrement intéressé aux relations perturbées et aux possibilités de changement que contient une crise. Les réseaux rejettent parfois les individus en crise, mais le résultat, c'est une aliénation réciproque. Hansell a cherché à maintenir les clients dans leur contexte social (leur évitant ainsi de dépendre d'établissements hospitaliers) et à améliorer la capacité de leurs réseaux à s'occuper d'eux en réunissant les principales aides, formelles et informelles, dans le but d'assurer une collaboration avec le client et la famille.

Avec le Projet de réseau social élaboré à Maastricht, aux Pays-Bas, il s'est agi d'intégrer les modes d'approche américains de l'intervention en réseau à la théorie de l'« homéostasie sociale » du psychiatre hollandais Querido (1970) dans le travail avec des patients chroniques des services psychiatriques, y compris des services psychiatriques judiciaires, ainsi que des services de gériatrie et de médecine générale – le recours au système des services sociaux étant considéré comme un « fonctionnement social déplacé », reflet d'un échec du système de soutien naturel. Afin de rétablir l'intégration sociale de leurs clients, les participants à ce projet ont évalué la structure de leur réseau (sa taille, ainsi que celle de ses secteurs, son hétérogénéité, son accessibilité, sa densité, son ouverture aux canaux de communication), sa fonction (quant aux besoins affectifs et matériels du patient, ainsi que son besoin de consensus et de stabilité sociale), enfin les liens (établis de la propre initiative du patient ou par d'autres, la fréquence et le type des contacts établis, la durée et l'origine des relations). L'objectif des interventions était de faire des réseaux des « environnements sociaux vitaux », capables de diminuer l'isolement et la dépendance à l'égard des thérapeutes (Baars, Uffing et Dekkers, 1990).

Les séances de résolution d'un problème en réseau

Les « séances en réseau » de John Garrison (1974) comprennent entre huit et quinze membres d'un réseau qui contrôlent les ressources et sont engagés dans une action constructive. Le conducteur de séance sert de médiateur et attend des participants qu'ils collaborent à une négociation rationnelle, puis à la résolution du problème. Il établit avec le plus grand sérieux une liste des plaintes des participants qu'il s'agit de ne pas répéter. Une fois exprimés, les sentiments de colère sont mis de côté de façon que le groupe puisse transformer chaque plainte en un objectif comportemental spécifique. La négociation et la résolution du problème mènent à des accords et engagements que le groupe se promet de contrôler et, si nécessaire, de renégocier. Les séances en réseau offrent de nombreuses applications, à condition que les « activistes » puissent coopérer. Dans les cas de crise aiguë, de réseaux chaotiques et non coopératifs, de problèmes particulièrement difficiles à résoudre ou de situations exigeant un traitement émotionnel approfondi, une réunion de réseau élargi est recommandée.

La réunion du réseau élargi

Les réunions de réseau élargi (Speck et Attneave, 1973) combinent la thérapie familiale et de groupe, l'organisation communautaire, la prise de conscience et le traitement traditionnel. Conçues pour des situations de crise aiguë ou particulièrement difficiles – risques importants de suicide, consommation abusive d'alcool ou de drogue, menace d'internement psychiatrique, etc. –, ces réunions rassemblent en général de dix-huit à quatre-vingts membres des secteurs primaire et secondaire d'un réseau et ont lieu au domicile d'un membre du réseau ou ailleurs, dans la communauté. Leur objectif est non seulement de mobiliser la capacité de s'occuper des autres, de les soigner et de les protéger, mais encore de restructurer les schémas relationnels et de donner suffisamment de pouvoir aux membres du réseau pour qu'ils se sentent collectivement responsables du bien-être des autres.

Un conducteur dirige le déroulement de la réunion, comme un chef dirige un orchestre ou comme un paratonnerre conduit la foudre. En ce second sens, le conducteur peut se trouver impliqué dans l'intensité émotionnelle du réseau, de même que les chamans, dans leur pratique traditionnelle, font eux-mêmes l'expérience de la détresse des personnes dont ils s'occupent. Pris dans les puissants courants (inconscients) de transfert qu'entraîne le processus mis en œuvre par le groupe, le conducteur entre parfois dans un état de conscience modifié pour exprimer l'expérience collective. De un à quatre membres de l'équipe se déplacent plus « rationnellement » dans la salle où la réunion a lieu, rassemblent des informations, facilitent la participation, se consultent entre eux et s'entretiennent avec le conducteur de la séance. Leur tâche consiste à évaluer le développement du processus de groupe, à attirer l'attention du conducteur sur les difficultés et opportunités potentielles, à suggérer des changements de direction et à intervenir directement chaque fois que cela est nécessaire.

La description de ce type de réunions comme un processus en spirale composée de six séquences, proposée par Speck et Attneave (1973), constitue une carte utile pour décider quand favoriser le passage à l'étape suivante ou, au contraire, un retour en arrière, ou simplement permettre au processus de se développer. La première séquence, celle de la retribalisation, commence quand la famille active un grand nombre de contacts en invitant des gens à la réunion. Le rôle du conducteur dans la réunion consiste d'abord à présenter le problème, définir le réseau comme le centre de l'intervention et mettre en œuvre un court rituel afin de favoriser les sentiments de relations entre les participants. En fonction de leurs mœurs culturelles et de leur souplesse, il peut s'agir de les faire danser, sauter, chanter d'une façon émotionnellement significative, ou simplement de leur demander de dire leur nom, d'indiquer leurs relations et de définir leur volonté d'aider.

La mise en relation émotionnelle permet de faire émerger des points de vue, des sentiments et besoins contradictoires, et d'amorcer le processus de polarisation, et l'équipe s'assure aussi que le conflit ne conduit pas à désigner un bouc émissaire ou à se livrer à d'autres comportements destructeurs. Interrompre le processus et lui donner une nouvelle direction facilite l'interaction dialectique, au fur et à mesure que la compréhension des problèmes, à laquelle le groupe parvient progressivement, devient plus complexe et utile. Pour les réseaux trop polarisés, l'équipe peut avoir recours à des techniques de retribalisation afin de mettre l'accent sur des préoccupations partagées ; on peut aussi demander aux camps opposés de développer un consensus interne avant de s'engager les uns avec les autres. Le fait que des participants discutent le problème en cercle restreint peut aussi mettre en lumière des différences au sein des réseaux trop déprimés ou polis pour se polariser. Le conducteur invite d'autres personnes, qui s'impatientent, à rejoindre le cercle et ouvre finalement la discussion à tous. L'énergie et l'information ainsi produites contribuent au dépassement des obstacles qui contraignaient le groupe.

La mobilisation commence dès lors que les leaders spontanés du groupe, qui en ont assez d'argumenter, proposent des solutions, soit spontanément, soit quand le conducteur demande des actes concrets. Les participants se sentent plein d'espoir, d'énergie, créatifs, et se demandent parfois pourquoi les problèmes leur ont semblé si difficiles. L'équipe, par contre, voit les difficultés à venir...

La dépression apparaît quand les activistes rencontrent des obstacles et des réponses homéostatiques à des solutions proposées. Cette étape pénible permet une guérison collective des dommages affectifs, des sentiments d'impuissance, de deuils non surmontés et de peines partagées. Le conducteur exprime directement les sentiments du groupe, en encourageant la discussion, ou travaille au contraire indirectement, en organisant un « faux enterrement » (Rueveni, 1979) pour un patient suicidaire ou toxicomane, ou encore en demandant à chacun de parler « du fond du cœur » à chaque membre de la famille. En tolérant des sentiments d'impuissance et de désespoir, les participants reconsidèrent leurs projets et surmontent une dénégation ou une paralysie collective.

La phase de « percée » se caractérise par un renouveau de l'espoir. Les participants sont invités à définir des objectifs plus pratiques : trouver un travail ou une situation leur permettant de vivre, soutenir le conjoint ou les parents du patient désigné, parrainer une participation aux Alcooliques anonymes, etc. Les membres peuvent former des comités traitant de problèmes spécifiques ou regroupant certains membres de la famille en particulier et faire part de leurs projets à l'assemblée élargie.

Au cours de la phase de l'épuisement/plénitude, certains participants sont fatigués par l'intensité du processus ; alors que d'autres, au contraire, débordant de l'énergie donnée par la guérison collective, parlent de façon informelle jusque tard dans la nuit ; d'autres encore font l'expérience des deux états. Cette spirale de six phases se répète à des niveaux de développement toujours plus élevés au cours des réunions et entre elles. L'équipe, quant à elle, fait toujours l'expérience d'une séquence un peu avant le réseau et par conséquent anticipe bon nombre de ses réactions.

Avant que les fonds ne viennent à lui manquer, l'équipe de thérapie de réseau du Mount Tom Institute, à Holyoke, dans le Massachusetts, a conduit plusieurs centaines de réunions de ce type (en majeure partie avec des malades mentaux chroniques). Ces réunions de réseau élargi qui regroupaient entre huit et vingt membres, trop intenses pour le modèle de séance en réseau (Halevy-Martini *et al.* 1984), se déroulaient en trois phases. La première, la convocation, consistait à identifier, inviter et réunir les membres ; la deuxième, à renforcer le soutien qu'apportaient les liens au sein du réseau et à donner lieu à des expériences émotionnelles partagées (souvent à travers la douleur suscitée par d'énormes problèmes) ; enfin, au cours de la troisième phase, l'équipe déplaçait le lieu et la responsabilité et les membres du réseau prenaient le contrôle de la résolution du problème.

Notons que le modèle du Mount Tom Institute permet d'éviter la désignation d'un bouc émissaire en faisant en sorte que chaque membre de la famille invite quelqu'un pour le soutenir individuellement. Cette façon de procéder implique que la composition de la réunion soit « équilibrée », c'est-à-dire qu'elle comprenne à la fois des participants intensément engagés et d'autres dont la participation reste plus distante. (Nous avons dans nos propres réunions tiré profit de cette approche technique.) Le rôle du conducteur désigné varie au cours d'une réunion : car, alors même qu'il dirige la séance, un collègue peut spontanément devenir le « conducteur émotionnel » chamaniste ou une sorte de baromètre de l'équipe.

L'étude des résultats faite par Schoenfeld, Halevy et Hemley Van der Velden (1985) démontre que ce type de réunions permet d'éviter de façon significative le recours du client aux services de santé mentale. (Trimble *et al.* [1984] ont aussi constaté des effets préventifs chez les membres du réseau.) Le Mount Tom Institute a développé des stratégies de thérapie en réseau communautaire, consistant à entretenir les liens avec l'institut, avec d'autres établissements et les réseaux du client. L'équipe rassemblait quelques réseaux de personnes atteintes du sida afin de traiter des polarisations entre membres homosexuels et membres homophobiques d'un réseau, ou encore entre conjoints, amis et membres de la famille des toxicomanes et d'autres personnes sans problèmes de ce genre (Kliman, 1989).

Le Séminaire nordique sur les réseaux sociaux (Fyrand, 1985) a répandu les techniques de cartographie, d'entraînement, de consultation et de réunion en réseau dans sept établissements norvégiens d'assistance sociale et de santé. A Tasen, dans le cadre d'un programme de traitement d'adultes résidents pour lesquels un diagnostic de troubles de la personnalité *borderline* avait été posé, les clients produisirent d'abord des « cartes gelées » de réseaux petits, lâches et rigides, ou au contraire des « cartes envahies » de réseaux denses, puis, leur état s'améliorant, des cartes plus organisées. Dans le cadre du programme de traitement d'adolescents résidents mis en œuvre à Larkollen, les clients et les parents ont chacun préparé une carte des schémas relationnels, ainsi qu'une autre permettant de situer géographiquement les membres du réseau. Mises en commun, ces cartes ont aidé les clients à traiter des questions concernant le réseau dans des réunions de groupe (Trimble *et al*, 1990).

Mentionnons aussi les méthodes de l'équipe de *Family Networks* (Réseaux familiaux), un programme d'adolescents externes et résidents mis en œuvre à Minneapolis, qui intègre la cartographie, l'entraînement et les réunions dans un traitement multi-services. Cette équipe a constaté que l'intervention en réseau accélérait le processus de la thérapie familiale ; un flux d'informations circulant plus librement permet, selon elle, non seulement de mettre en lumière des questions multigénérationnelles et des secrets familiaux, mais aussi de neutraliser des connivences dysfonctionnelles (Youngquist et Ruff, 1984).

En Suède, Svedhem, Bergerhed, Brendler, Forsberg, Hultkrantz-Jeppson, Marklund et Martensson (1985) ont rendu compte des débuts de la pratique de réseau, aujourd'hui largement répandue dans ce pays, où il s'est d'abord agi, pour l'équipe d'origine, d'intégrer l'analyse de réseau au modèle écologique du développement humain de Bronfen-brenner (1979), centré sur l'intervention dans le mésosystème, c'est-à-dire les schémas relationnels dans la famille, le réseau, l'école, le voisinage et le bureau d'assistance sociale. Préoccupée (comme les thérapeutes du Mount Tom Institute) par l'équilibre, l'équipe suédoise exigea que les réunions de réseau comprennent « le patient désigné, les personnes impliquées et celles apportant leur soutien » (Bergerhed *et al.*, 1990).

Klefbeck, Bergerhed, Forsberg, Hultkrantz-Jeppson et Marklund (1987) ont appliqué l'intervention en réseau à soixante et un cas de protection d'enfant. Les assistants sociaux posèrent aux clients des questions sur leurs ressources, établirent la carte de leur réseau et l'engagèrent progressivement dans des situations de non-crise ou convoquèrent très tôt, avec dix à vingt participants, des réunions où l'on traitait de la crise. Les soutiens du réseau furent aussi mobilisés afin d'éviter le placement d'un enfant, ou bien pour le placer dans son réseau familial quand le placement se révélait inévitable, ou au moins maintenir des liens pour les enfants placés à l'extérieur. La carte établie au départ aida beaucoup les parents divorcés à voir combien leurs enfants, contraints d'aller d'un foyer à l'autre, avaient besoin de garder des liens avec leur réseau. L'intervention en réseau amena une amélioration non seulement des symptômes, mais encore des relations au sein du réseau ; la moitié des familles connurent une amélioration et 87 % modifièrent leurs relations avec des parents ou d'autres sous-systèmes. Un quart des parents changèrent de travail, établirent de nouveaux liens ou en renouvelèrent d'anciens. Les réunions de réseau aidèrent aussi à désengager certains jeunes des bandes dont ils faisaient partie.

Les personnes formées à l'intervention en réseau étaient plus susceptibles que d'autres de pouvoir situer des clients dans leurs réseaux primaires et, quant aux décisions de placement, de consulter plutôt les membres du réseau que des autorités. Aussi, dès lors que les assistants sociaux virent dans le maintien des racines du réseau d'un enfant leur principale mission, le traditionnel placement dans une famille adoptive disparut. Sur les soixante et un enfants, seulement cinq furent placés dans un établissement. Pour deux d'entre eux, les réseaux facilitèrent le placement et entretinrent leurs liens ; les trois autres avaient des réseaux géographiquement séparés (par exemple, une mère immigrée seule en Suède) ou de nombreuses cassures et polarisations dans leur réseau. Certains cas échouèrent du fait que l'intervenant n'était pas à l'aise avec ce type d'approche ou bien à cause d'un mauvais ajustement entre un problème de délinquance et la mission du service de protection de l'enfance.

Le Centre d'Intervention en réseau d'urgence reçoit des patients des services de santé mentale et d'assistance sociale, des agences de protection de l'enfance, des organisations de défense des droits des enfants, d'une école d'assistance sociale, ainsi que de la ville, de la commune (comté) et du gouvernement national. Il a ouvert ses portes en 1989 à Botkyrka, en Suède (Trimble, 1989). La politique de la Sécurité sociale suédoise devenant de plus en plus conservatrice, les fonds publics vinrent à manquer et le Centre dut, pour assurer son financement, faire payer ses services. En réaction, il mobilisa son propre réseau pour s'assurer un soutien politique et organisa une réunion de réseau élargi avec soixante-dix collègues, des hommes politiques et la presse de tout le pays [1]. Un financement local fut assuré, le centre fournissant pour sa part 30 % de son budget à travers l'éducation professionnelle et des contrats avec des services locaux d'assistance sociale. Les services du centre sont toujours gratuits pour les clients ambulatoires.

A Belgrade, le Centre pour la thérapie familiale de l'alcoolisme, à l'Institut de santé mentale, a traité depuis 1973 des milliers de familles, en s'appuyant sur le mode d'approche en réseau familial/social et écosystémique, et mis en œuvre des programmes de prévention sur le lieu de travail et dans la communauté (Gačić, 1986). Un traitement qui s'étend sur une année implique une thérapie individuelle, familiale et multifamiliale, des réunions de réseau, ainsi qu'une collaboration entre groupes de soutien et entre établissements.

L'intervention en réseau communautaire

La pratique de réseau communautaire, influencée par celle des réunions de réseau élargi, ainsi que par le travail d'Attneave (1969) dans différents cadres – la pratique psychothérapeutique de Gatti et Colman (1976) et l'organisation communautaire –, intègre ces approches dans un travail de santé mentale qui permet, au-delà des réseaux personnels, de prendre en compte les réseaux de groupes et d'institutions.

Dans ce type d'interventions, les praticiens de la culture dominante dans la communauté où ils interviennent doivent renoncer à la position d'expert, au pouvoir et à la primauté de leurs propres valeurs culturelles, pour construire de multiples relations de travail avec les clients et leurs réseaux, mais aussi avec des personnes actives au niveau local et les services d'assistance sociale (Gatti et Colman, 1976 ; Trimble et Kliman, 1981) ; situés à la périphérie de multiples réseaux et systèmes sociaux, ils tissent entre eux des fils qui les relient les uns aux autres. Aussi ce mode d'approche est-il utile pour un travail qui prend en compte une population (par exemple, des malades mentaux chroniques, des personnes atteintes du sida et, plus largement, les exclus de la société),

---

1. G. Forsberg, communication personnelle, 3 février 1992.

en particulier quand les services d'assistance sociale sont limités ou en concurrence.

Attneave (1969) a travaillé avec des communautés urbaines et rurales, en respectant et se servant de leurs contextes culturels, y compris des structures tribales dans des réserves d'Américains autochtones. Un réseau de projets fondés sur la communauté, développé par Israël Zwerling ainsi que d'autres pionniers de la santé mentale communautaire et de la thérapie familiale, œuvra largement au service des communautés latino- et afro-américaines du Bronx ; les intervenants recrutés dans ce cadre étaient des professionnels autochtones, des paraprofessionnels, des consultants et agents de liaison culturels, qui collaborèrent avec les Églises, intervinrent dans des lieux de rencontre informels, des associations amicales et de locataires, des projets de lutte contre la toxicomanie, des écoles, des bandes, et travaillèrent avec des *espiritistas*. Des groupes multifamiliaux élargirent et renforcèrent les réseaux et firent tampon entre les exclus et les institutions de contrôle social. Dans un groupe que Kliman codirigea pour des familles d'adolescents portoricains, les parents hébergèrent chez eux les enfants des uns et des autres, évitant ainsi le recours à des services de protection de l'enfance. Dans un autre groupe, des familles de schizophrènes isolées et craintives, vivant dans des HLM inhumaines, en vinrent à se joindre à un mouvement de grève du loyer et à ouvrir leur porte à des voisins auxquels elles n'avaient jusqu'alors jamais parlé.

Trimble mobilisa aussi le réseau élargi d'une résidence communautaire du Massachusetts. Lors d'une réunion pour l'un de ses clients, des activistes du réseau menèrent avec succès une campagne contre la volonté de l'État de cesser de financer ce projet (Trimble et Kliman, 1981).

A Toronto, l'approche du Community Occupational Therapists and Associates (COTA) se fonde davantage sur une analyse des réseaux que sur une analyse politique. Le COTA facilite le soutien social des patients des services psychiatriques et de médecine en favorisant la satisfaction, la stabilité, la souplesse et la « solidarité structurelle » (Gottlieb et Coppard, 1987). L'équipe du COTA rencontre parfois des membres du réseau qu'elle a pour clients sans le patient désigné. Ses objectifs sont d'accroître la taille des réseaux et de leurs secteurs non parentaux, d'établir de nouveaux clans et liens dans les secteurs, de renforcer les soutiens existants, de favoriser la multiplexité et le champ du soutien que les uns et les autres s'apportent mutuellement, de minimiser l'« enfermement » des patients dans le réseau de quelqu'un qui connaît tous les gens qu'ils connaissent (et peut de ce fait contrôler leurs transactions sociales), enfin de détacher les patients de liens nuisibles et de ceux qui engendrent une relation de dépendance. L'équipe du COTA, qui préfère aller sur le terrain du client plutôt que de travailler dans un bureau, construit des réseaux en se servant de cadres peu exigeants, comme les associations amicales ou les clubs de vie familiale, propose des réunions d'animation, consulte d'autres services d'assistance sociale, offre aux patients ainsi qu'aux membres d'un réseau une formation d'assistant social et organise des séances d'intervention en réseau restreint.

A Winnipeg, au Canada, le *Neighborhood Parenting Support Project* (Lugtig et Fuchs, 1992) a mis en œuvre des solutions préventives de rechange aux services traditionnels de protection de l'enfance. A l'aide d'études ethnographiques et d'enquêtes par sondage sur les réseaux de soutien et le risque de mauvais traitements des enfants qui ont été effectuées dans un quartier défavorisé, l'équipe du projet a placé une assistante de soutien parental qui s'est associée aux soutiens naturels déjà existants afin d'aider les parents à établir la carte de leurs réseaux, à les comprendre et à les modifier ; son rôle a aussi consisté à faciliter les contacts entre voisins, résidents et services sociaux, ainsi qu'à convoquer des réunions de réseaux. Le projet a en outre offert des lieux de réunion informelle et parrainé des groupes d'entraide parentale. L'étude des résultats a mis en évidence des changements considérables dans les réseaux de parents présentant le risque de maltraiter leurs enfants et a permis d'émettre l'hypothèse que des interventions au niveau d'un quartier diminuaient les risques de mauvais traitements.

C'est en 1971 que l'équipe de la Gerbe met en œuvre un programme d'intervention en réseau communautaire dans un quartier défavorisé de Bruxelles, habité par des immigrés marocains, turcs, albanais, yougoslaves et espagnols, ainsi que par des personnes âgées belges. Comme les équipes intervenues dans le Bronx, celle de la Gerbe se concentre sur les aspects libérateurs de la santé mentale communautaire et s'appuie sur les idées des mouvements de psychiatrie démocratique européenne, ainsi que sur les analyses de l'oppression de classe et culturelle. Mony Elkaïm (1980 et 1982) rejoint la Gerbe après une formation dans le Bronx, où il rencontre Ross Speck. Leur modèle d'intervention en réseau, très élaboré, des points de vue tant théorique et politique que technique, contribue à une compréhension culturelle, sociale et économique des réseaux et de leur potentiel pour reproduire ou au contraire remettre en question des structures sociales oppressives (Elkaïm, 1982 ; Pluymaekers, 1987).

Souple quant à ses options techniques, la Gerbe garde toutefois une attitude critique du point de vue social et se place dans la perspective d'une action sociale. Son équipe aide les membres d'un réseau à comprendre et maîtriser leurs problèmes collectivement ; comme elle considère qu'une approche thérapeutique non critique risque de perpétuer l'exclusion, le contrôle et la domination des opprimés, elle s'efforce d'aider les réseaux primaires de ses clients à prendre en charge les problèmes sans avoir recours aux instances de contrôle social et à se servir du secteur secondaire sans être contrôlés (Pluymaekers, 1987). Les interventions sur le plan psychologique (plutôt que social) sont mises en œuvre le moins souvent possible. Dans les réunions de groupes, multifamiliales, de thérapie familiale et de réseau (avec des membres qui présentent des problèmes et viennent de milieux similaires) on se livre à une analyse des problèmes présentés et on tente d'élaborer des solutions politiques. Les interventions se font avec les syndicats socialistes locaux employant le malade mental, aussi bien qu'avec les parents ou les communautés religieuses.

En Nouvelle-Zélande, des équipes de thérapie familiale (Walde-grave *et al.*, 1991) considèrent leur travail redevable des critiques de leurs communautés maori, samoa et féministe, ainsi que d'une analyse de classe. Bien qu'elles n'emploient pas le langage de l'intervention en réseau, leur attitude est proche de celle de l'équipe de la Gerbe, à laquelle elles ajoutent une remise en question explicite du patriarcat.

Au Canada, l'équipe d'action et de recherche du Douglas Hospital s'est appuyée sur le travail de la Gerbe, mais aussi sur la pratique féministe, la thérapie radicale et la psychiatrie radicale pour intervenir dans vingt-cinq réseaux d'un quartier pauvre de Montréal (Desmarais *et al.*, 1987), en s'efforçant de démythifier le rôle des professionnels, d'instaurer des relations égalitaires avec les clients, les réseaux, ainsi que, en son sein même, entre professionnels de la santé mentale, spécialistes des sciences sociales, techniciens de l'audiovisuel et secrétaires. L'équipe, le client et un ou plusieurs membres d'un réseau analysaient la dynamique et les fonctions d'un réseau, et développaient des stratégies d'intervention. Pour les clients ne souhaitant pas convoquer de grandes réunions, l'équipe se concentrait sur l'animation et la construction, tout en gardant ouverte la possibilité d'une réunion élargie. Le contrôle exercé par le client sur les interventions passait avant les préoccupations touchant à l'équilibre de la réunion. Quant à l'objectif de l'intervention, il était de parvenir à une compréhension et une activation sociopolitiques, d'un point de vue apparemment plus féministe et égalitaire que celui de l'équipe de la Gerbe.

Conclusion

Notons pour finir que l'évolution de la pratique de réseau est confrontée à des obstacles décourageants. La recherche de solutions collectives à des problèmes construits socialement remet en effet en question des structures existantes à une époque de plus en plus marquée par le conservatisme. De plus, les cliniciens reculent devant des changements d'attitude que le mode d'approche en réseau exige, et les structures de financement par honoraires ne peuvent être que difficilement intégrées dans des systèmes d'assistance gouvernementaux ou fondées sur une clientèle dès lors que c'est un réseau qui est le client. Mais l'enjeu vaut de se battre : la pratique de réseau nous permet de faire l'expérience d'une certaine magie, celle de la guérison collective, et de constater sa puissance face à des problèmes qui résistent à une résolution par des moyens cliniques conventionnels.

*
**

RÉFÉRENCES BIBLIOGRAPHIQUES

Attneave, C. (1969), « Therapy in tribal setting and urban network intervention », *Family Process*, 8, p. 192-210.
– (1975), *The Attneave Family Network Map*, disponible aux BFI Publications, 580 Dedham Street, Newton, Massachusetts 02159-2943.
Auerswald, E. (1968), « Interdisciplinary versus ecological approach », *Family Process*, 10, p. 263-280.
Baars, H., Uffing, J., Dekkers, G. (1990), *Sociale Netwerk-Stratagienn in de Sociale Psychiatrie*, Antwerp, Bohn Stafleu Van Loghum.
Barnes, J. (1954), « Class and committees in a Norwegian island parish », *Human Relations*, 7, p. 39-58.
Beels, C. (1978), « Social networks, the family and the schizophrenic patient : Introduction to the issue », *Schizophrenia Bulletin*, 4, p. 512-521.
Bergerhed, E., Forsberg, G., Klefbeck, J., Marklund, K., Ruhf, L. (1990), *Working with Social Networks in Crisis : Techniques and Demonstrations*, présenté à la soixante-septième réunion annuelle de l'American Orthopsychiatric Association, Miami, avril.
Boissevain, J. (1968), *Friends of Friends : Networks, Manipulators and Coalitions*, Oxford, Basic Blackwell, 1968.
Bowen, M. (1976), « Theory in the pratice of psychotherapy », *in* Guerin, P. (éd.), *Family Therapy*, New York, Gardner, p. 42-90.
Bronfenbrenner, U. (1979), *The Ecology of Human Development : Experiments by Nature and Design*, Cambridge, Massachusetts, Harvard University Press.
Brown, G., Birley, J., Wing, J. (1972), « The influence of the family in schizophrenic disorders : A replication », *British Journal of Psychiatry*, 121, p. 241-258.
Cohen, C., et Sokolovsky, J. (1978), « Schizophrenia and social networks : Ex-patients in the inner city », *Schizophrenia Bulletin*, 4, p. 546-560.
Curtis, W., « Team problem-solving in a social network », *Psychiatric Annals*, 4, p. 11-27.

Desmarais, D., Lavigueur, H., Roy, L., Blanchet, L. (1987), « Patient identifié, réseau primaire et idéologie dominante », in Elkaïm, M. (éd.). *Les Pratiques de réseaux : santé mentale et contexte social*, Paris, ESF.

Dozier, M., Harris, M., Bergman, H. (1987), « Social network density and rehospitalisation among young adult patients », *Hospital and Community Psychiatry*, 38, p. 61-65.

Elkaïm, M. (1980), « Family system and social system : Some examples of intervention in an impoverished district of Brussels », *in* Andolfi, M., et Zwerling, I. (éd.), *Dimensions of the Family Therapy*, New York, Guilford.

– (1982), « From the family approach to the sociopolitical approach », *in* Kaslow, F. (éd.), *The International Book of Family Therapy*, New York, Brunner/Mazel.

– (éd.) (1987), *Les Pratiques de réseau : santé mentale et contexte social*, Paris, ESF.

Erickson, G. (1984), « A framework and themes for social network intervention », *Family Process*, 23, p. 187-204.

– (1988), « Against the grain : decentering family therapy », *Journal of Marital and Family Therapy*, 14, p. 225-236.

Fyrand, L. (1985), *Activitet og ansvar i eget bolmiljo*, Oslo, Universitets Forlaget, A.S.

Gačić, B. (1986), « An ecosystemic approach to alcoholism : Theory and practice », *Contemporary Family Therapy*, 8 (4).

Garrison, J. (1974), « Network techniques : Case studies in the screening-linking-planning conference method », *Family Process*, 13, p. 337-353.

Garrison, V. (1978), « Support systems of schizophrenic and non-schizophrenic Puerto Rican immigrant women in New York », *Schizophrenia Bulletin*, 4, p. 561-596.

Gatti, F., et Colman, C. (1976), « Community network therapy : An approach to aiding families with troubled children », *American Journal of Orthopsychiatry*, 40, p. 608-617.

Gottlieb, B., et Coppard, A. (1987), « Using social network therapy to create support systems for the chronically mentally disabled », *Canadian Journal of Community Mental Health*, 2, p. 117-131.

Granovetter, M. (1973), « The strength of weak ties », *American Journal of Sociology*, 78, p. 1360-1380.

Halevy-Martini, J., Hemley Van der Velden, E., Ruhf, L., Schoenfeld, P. (1984), « Process and strategy in network therapy », *Family Process*, 23, p. 521-523.

Hammer, M. (1973), « Psychopathology and the structure of social networks », *in* id., Salzinger, K., Sutton, S. (éd.), *Psychopathology : Contributions from the Social, Behavioral and Biological Sciences*, New York, John Wiley and Sons.

Hansell, N. (1967), « Patient predicament and clinical service : A system », *Archives of General Psychiatry*, 17, p. 204-210.

Klefbeck, J., Bergerhed, E., Forsberg, G., Hultkrantz-Jeppson, A., Marklund, K. (1987), *Nätverksarbete i multiproblemfamiljer*, Tumba, Botkirka Kommun.

Kliman, J. (1989), « Network approaches to AIDS : Some preliminary possibilities », *Netlettler*, 4 (1), p. 8-11.

– et Trimble, D. (1983), « Network therapy », *in* Wolman, B., et Stricker, G. (éd.), *Handbook of Family and Marital Therapy*, New York, Plenum.

Lugtig, D., et Fuchs, D. (1992), *Building on the Strengths of Local Neighborhood Social Network Ties for the Prevention of Child Maltreatment : The Final Report of the Neighborhood Parent Support Project*, Winnipeg, Child and Family Service Research Group, Faculty of Social Work, University of Manitoba.

Pattison, E. (1977), « A theoretical-empirical base for social systems therapy » *in* Foulks, E. (éd.), *Current Perspectives in Cultural Psychiatry*, New York, Spectrum.

–, DeFrancisco, D., Wood, P., Frazier, H., Crowder, J. (1975), « A psychosocial kinship model for family therapy », *American Journal of Psychiatry*, 132, p. 1246-1251.

Phillips, S. (1981), « Network characteristics related to the well-being of normals : A comparative base », *Schizophrenia Bulletin*, 7, p. 117-124.

Pilisuk, M., et Parks, S. (1986), *The Healing Web : Social Networks and Human Survival*, Hanover, New Hampshire, University Press of New England.

Pluymaekers, J. (1987), « Réseaux et pratique de quartier », *in* Elkaïm, M. (éd.), *Les Pratiques de réseaux : santé mentale et contexte social*, Paris, ESF.

Polansky, N., et Gaudin, J.M. (1983), « Social distancing and the neglectful family », *Social Service Review*, p. 196-208.

Querido, A. (1970), *Multiple Equilibria, Werk in Vitvoering*, Leyde, Kroese, 1970.

Rueveni, U. (1979), *Networking Families in Crisis, New York*, Human Sciences Press.

Salzinger, W., Kaplan, S., Artemyeff, C. (1983), « Mother's personal social networks and child maltreatment », *Journal of Abnormal Psychology*, 92, p. 68-76.

Schoenfeld, P., Halevy, J., Hemley Van der Velden, E., Ruhf, L. (1985), « Network therapy : An outcome study of twelve social networks », *Journal of Community Psychology*, 13, p. 281-287.

Speck, R., et Attneave, C. (1973), *Family Networks*, New York, Pantheon.

– et J. (1984), « Family networking in the 1980's : A postcript », *International Journal of Family Therapy*, 6, p. 136-137.

Svedhem, L., Bergerhed, E., Brendler, M., Forsberg, G., Hultkrantz-Jeppson, A., Marklund, K., Martensson, L. (1985), *Nätverkste-rapi : Theori och praktik*, Stockholm, Carlsson Bokforlag.

Todd, D. (1979), « Appendix : Social network mapping », *in* Curtis, W.R., *The Future Use of Social Networks in Mental Health*, Boston, Social Matrix Research, p. 38-39.

Trimble, D. (1980), « A guide to the network therapies », *Connections*, 3 (2), p. 9-22.

– (1989), « Correspondence », *Netletter*, 4 (1), p. 6.

–, Bjelland, B., Coppard, A., Dalland, E., Fuchs, D., Kaminsky, K. (1990), *Key Ideas in Network Therapy*, présenté à la soixante-septième réunion annuelle de l'American Orthopsychiatric Association, Miami, avril.

– et Kliman, J. (1981), « Community network therapy : Strengthening the networks of chronic patients », *International Journal of Family Psychiatry*, 2, p. 269-289.

–, Kliman, J., Villapiano, A., Beckett, W. (1984), « Follow up of a full-scale network assembly », *International Journal of Family Therapy*, 6, p. 102-113.

Waldegrave, C., Laban, W., Tuhaka, F. (1991), « Just therapy », *in* Roth, S., *Just Therapy*, conférence au Cambridge Family Institute, Cambridge, Massachusetts, novembre.

Youngquist, M., et Ruff, P. (1984), « Networking in a day treatment center for adolescents », *International Journal of Family Therapy*, 6, p. 114-123.

Cheryl Rampage *
Judith Myers Avis **

Identité sexuelle, féminisme
et thérapie familiale [1]

Au cours des dix dernières années, les féministes ont, avec plus ou moins de succès, lutté pour l'intégration de leurs idées aux théories systémiques. Ce qui a émergé de cette lutte n'est pas un nouveau modèle de thérapie familiale, mais un filtre critique à travers lequel tous les modèles sont vus en fonction de la place qu'ils font aux questions d'identité sexuelle et de pouvoir. Aussi ce point de vue, associé à ceux de race et de classe, fournit-il une perspective critique nécessaire pour un examen de tous nos modèles et théories visant à les purger non seulement de préjugés sous-jacents quant à l'identité sexuelle, mais encore d'un renforcement involontaire des inégalités de pouvoir au sein de la famille et des abus de pouvoir du thérapeute.

LA CRITIQUE FÉMINISTE DE LA THÉRAPIE FAMILIALE

Le sexisme implicite dans les définitions
de la famille et des rôles familiaux

Les architectes de la thérapie familiale américaine dans les années cinquante et soixante étaient tous, à l'exception de Virginia Satir, des hommes, de race blanche, issus de la

* Directeur de la formation supérieure, Institut de la famille, Chicago.
** Maître de conférence, unité de thérapie familiale et maritale, département des études sur la famille, université de Guelph, Canada.
1. Les auteurs ont contribué d'une manière égale à la rédaction de ce chapitre.

bourgeoisie. Aussi les théories que ces hommes ont développées sur la structure, la fonction et la pathologie familiale
reflètent-elles les limites d'un point de vue déterminé par
l'identité sexuelle masculine. Les familles y sont en effet
définies par la présence d'un couple marié hétérosexuel et
de ses enfants – la plupart des autres formes de vie familiale
étant considérées comme pathologiques ou simplement
invisibles.

Les théories et exemples cliniques élaborés à cette époque
ignorent de fait les nombreuses autres formes de vie familiale, dont les familles d'homosexuels, hommes ou femmes,
les couples sans enfants, et plus particulièrement les familles
dont le père vit ailleurs. Qualifier ce dernier type de familles
de « brisées » reflète le préjugé selon lequel les familles dont
le chef est une femme sont nécessairement insuffisantes ; un
tel jugement est aussi appliqué aux mères célibataires, qui,
du fait qu'elles l'intègrent souvent, ont un sentiment accru
de culpabilité et d'inadaptation (Goodrich *et al.*, 1988). Le
stéréotype selon lequel les foyers dont une femme est le chef
doivent être considérés comme pathologiques ou déviants
persiste, bien que ces foyers représentent maintenant 16 %
de l'ensemble des familles américaines (Johnson, 1992).

Ces dix dernières années, un nombre croissant de thérapeutes familiaux ont attiré l'attention sur les préjugés sexistes
implicitement contenus dans la conception de rôles appropriés aux femmes et aux hommes. Tant en théorie qu'en
pratique, ils ont remarqué les rôles notablement différents
que les femmes et les hommes jouent dans les familles, mais
ont rarement suggéré que ces rôles pouvaient eux-mêmes
faire partie du problème. Ainsi par exemple, le fait que la
femme se perçoive elle-même et soit perçue par son mari et
ses enfants comme le pivot affectif d'une famille n'a que
rarement été considéré comme un problème en soi. Inversement, la distance des maris quant à la vie émotionnelle de
leurs femmes et de leurs enfants passe pour normale. Mais
quand la femme n'est plus simplement « capable de réagir »
mais devient « envahissante », c'est sa façon de fonctionner
qui est remise en question, non pas ce que son rôle exige
d'elle (James et McIntyre, 1983).

Les rôles que les femmes jouent dans leur famille sont
maintenus en place par des facteurs plus complexes et beau-

coup moins bénins que leurs capacités « naturelles » affectives et nourricières. Une vision romantique de la famille (cf. Lasch, 1977) a mené à la croyance que les femmes trouvent le grand accomplissement de leur personnalité en se mettant au service des besoins des autres, que l'on ne peut attendre des autres membres de la famille (en particulier des maris) qu'ils participent pleinement à cette tâche et que, quand quelque chose ne va pas dans la famille, c'est fondamentalement la femme qui en est responsable. La différence de pouvoir entre les femmes et les hommes (dont nous traitons plus loin) conduit les femmes à chercher et à entretenir une affiliation aux hommes qui leur permette d'avoir un sentiment de pouvoir au moins par procuration (souvent précaire), et qu'elles ne pourraient autrement obtenir pour elles-mêmes, compte tenu des nombreuses injustices sociales dont elles continuent à être l'objet.

Les partis pris conceptuels et les erreurs dans la perspective systémique

L'adoption de la théorie systémique comme modèle explicatif fondamental aussi bien des comportements familiaux que de la dynamique familiale libère les thérapeutes de la contrainte de devoir assigner des responsabilités et de prendre parti quand ils travaillent avec des familles. Pour puissants et révolutionnaires qu'ils aient pu être, les outils fournis par la théorie systémique n'en ont pas moins des limites dès lors qu'on les applique à la thérapie familiale – des limites qui, si on ne les reconnaît pas, affectent négativement la famille et la thérapie.

La théorie systémique est tellement abstraite qu'elle semble fournir une compréhension des schémas familiaux, alors qu'en réalité elle exclut des éléments essentiels, tels que le pouvoir et l'identité sexuelle. De plus, l'application de ce modèle théorique est habituellement à ce point étroite que les données systémiques qui dépassent les limites du cercle familial – comme l'appartenance ethnique et les facteurs économiques – ne sont que rarement prises en compte. Dans la théorie de la thérapie familiale systémique, aucune place n'a été faite à des schémas plus vastes, qui dépassent le cadre familial, tels que le sexisme.

Certains des concepts propres à la théorie systémique, qui ont assis sa popularité parmi les cliniciens, ont même contribué à occulter quelques-unes des pires conséquences du sexisme et du patriarcat. (Une grande partie de la discussion suivante sur les concepts systémiques est empruntée à Goodrich *et al.*, 1988.) Ainsi celui de *complémentarité*, souvent appliqué à une inégalité observée entre les partenaires conjugaux dans une interaction, ne prend pas en compte le fait que ce sont les femmes qui sont régulièrement et finalement désavantagées, puisqu'elles vivent dans un contexte qui a été structuré par des lois, des habitudes sociales et des doctrines religieuses visant à assurer leur subordination.

La complémentarité suppose qu'une inégalité observée dans une interaction est seulement temporaire et superficielle. Selon ce concept, un mari qui veut donner son accord préalable pour toutes les dépenses que sa femme envisage de faire peut *sembler* avoir davantage de pouvoir dans la relation, mais à un niveau systémique, et donc plus profond, les partenaires sont considérés comme égaux. Dans un tel scénario, le pouvoir de la femme peut paraître résider dans sa capacité à s'imposer en tant que celle qui fait les achats pour la famille ; en réalité, cette analyse ignore que cette capacité découle et dépend de l'approbation du mari. Appliquer le concept de complémentarité à l'analyse de l'interaction conjugale mène à raconter des sottises sur le pouvoir de celui qui en est privé et à exclure une réalité : celle de l'oppression structurée.

La *circularité* est un autre concept systémique que l'on applique au détriment des femmes. L'idée que nous pouvons être impliqués dans des schémas de comportement récurrents, provoqués de façon réactive et mutuellement renforcés, aboutit ou bien à rendre tout le monde responsable de tout, ou bien au contraire à considérer que personne n'est responsable. Or cette notion œuvre de façon différentielle contre les femmes car, bien qu'une épouse puisse ne pas avoir le pouvoir ni les ressources d'être égale à son mari quant à l'influence qu'il exerce dans la vie familiale, elle est toutefois considérée comme responsable – ou bien personne ne l'est.

Le harcèle-t-elle parce qu'il boit ou boit-il parce qu'elle le harcèle ? Cette question bien connue passe pour une énigme philosophique, mais encore faut-il, pour qu'elle fonctionne en tant que telle, ne tenir aucunement compte de la situation difficile dans laquelle se trouve la femme. En effet, alors qu'une interprétation banalise sa plainte en la rabaissant au niveau d'un : « Ramasse tes chaussettes ! », un autre non seulement suggère que les conséquences du harcèlement sont tout aussi néfastes que celles de la consommation excessive d'alcool, mais va jusqu'à impliquer que le harcèlement de la femme est la *cause* de l'alcoolisme du mari et ignore le fait que le harcèlement est un comportement d'impuissance. Dans les deux cas, elle est tout aussi responsable, entravée et impliquée que lui.

La *neutralité*, ou *partialité multilatérale*, est une attitude que les théoriciens systémiques recommandent aux thérapeutes afin que chaque membre de la famille ait l'impression que l'on prend parti *pour* lui, et que personne n'ait donc l'impression que l'on est *contre* lui (Selvini *et al.*, 1980). Comme la complémentarité et la circularité, cette attitude considère tout le monde, ou au contraire personne, comme responsable. Chaque fois qu'en thérapie les problèmes sont clairement sexistes, le thérapeute perpétue l'inégalité en étant impartial ; par exemple, en essayant de maintenir à égalité les changements suggérés ou de rendre égales les conséquences du changement. Deux personnes dans une relation de pouvoir inégale qui renoncent chacune à 10 % de leur pouvoir sont en fin de compte toujours dans la même relation qu'au départ. De plus, les conséquences des changements vers l'égalité ne sont pas également encourageantes. Quand le but est l'égalité, le mari se sent nécessairement moins privilégié à la fin de la thérapie qu'au début, alors que la femme se sent au contraire plus privilégiée.

La conséquence la plus gênante de l'application de principes systémiques à la compréhension de l'interaction familiale est peut-être que l'on adopte la perte de la capacité d'agir et l'érosion de la responsabilité individuelle comme concepts explicatifs (Taggart, 1985). Tenir toutes les parties pour également responsables dans une interaction suppose leur égale contribution tant à la production qu'à l'entretien d'un problème, ainsi que leur égal pouvoir d'influencer le résultat de cette interaction. Une telle supposition gomme entièrement les différences de pouvoir et d'influence entre les membres de la famille et n'est en outre pas conciliable avec l'expérience des femmes et des enfants ; s'y tenir rend la thérapie au mieux inutile et mystifiante, au pis franchement dangereuse.

Le *privilège de l'autonomie sur la cohésion* est un autre préjugé conceptuel ancré dans la théorie de la thérapie familiale : on a tendance à définir les femmes par leur capacité de créer et d'entretenir des liens personnels profonds et les hommes par leur capacité d'indépendance et d'autonomie (Dinnerstein, 1977 ; Miller, 1986). Aussi le reflet de cette différence apparaît-il dans les valeurs et les pratiques adoptées par les principaux théoriciens de ce domaine, qui sont presque tous des hommes.

Par exemple : la théorie des systèmes familiaux de Bowen postule qu'afin d'établir des relations intimes avec les autres il est essentiel d'avoir un sens de soi différencié, mais son travail porte résolument sur la différenciation plutôt que sur la cohésion (Kerr, 1988). De même, le modèle de thérapie familiale structurelle de Minuchin pose la nécessité de l'existence de limites bien définies pour les relations intimes, mais les exemples cliniques insistent clairement sur la création de limites, non sur le développement de l'intimité (Minuchin, 1974).

La condamnation de la mère, et l'idéalisation du père

La critique féministe porte aussi sur un autre point de la thérapie familiale, à savoir la pratique consistant à rendre les mères responsables des problèmes que connaissent leurs enfants et leurs familles. Bien que présente dans toute l'histoire de la psychothérapie, tant au niveau de la théorie qu'à celui de la pratique (Caplan, 1984 ; id. et Hall-McCorquodale, 1985 ; Chodorow, 1978 ; Ehrenreich et English, 1978 ; Penfold et Walker, 1983), plusieurs études ont mis en évidence dans le domaine de la thérapie familiale la prédominance particulière de la condamnation des mères. Ainsi, par exemple, une étude de cet aspect faite par Caplan et Hall-

McCorquodale (1985) dans neuf importantes revues cliniques (représentant la psychiatrie, la psychanalyse, la psychologie et la thérapie familiale) a fait ressortir soixante-douze types de problèmes différents chez les enfants que les thérapeutes attribuaient aux mères. Bien que présente dans l'ensemble des revues, la condamnation des mères était particulièrement marquée dans les revues psychanalytiques et de thérapie familiale. Dans leur étude de quatre revues de thérapie familiale faite en 1988, Avis et Haig ont trouvé que cette condamnation constituait un problème grave, présent un peu partout, et que sa fréquence avait plutôt légèrement augmenté entre 1978 et 1988. Ces chercheurs ont répertorié dix-sept différences importantes dans les façons dont les thérapeutes traitaient les pères et les mères – qui étaient décrites de manière négative, considérées comme le centre du traitement et l'origine des problèmes des enfants.

Cette sorte de cécité favorisée par les concepts de la thérapie familiale systémique a entraîné une incapacité à reconnaître un dilemme central de la vie de nombreuses femmes : pour être mères, les femmes doivent abandonner leurs propres besoins pour servir les intérêts de leur famille et porter la responsabilité souvent exclusive d'élever et de nourrir leurs enfants, sans toutefois avoir le pouvoir et les ressources nécessaires pour cela. Cette prescription reste valable même quand les mères travaillent à plein temps hors de chez elles – d'où l'attente culturelle qui fait de la maternité le rôle prédominant de la vie d'une femme, qui a la priorité sur tout le reste, y compris sa propre santé, son propre bien-être et ses propres besoins. Quand les enfants ont des problèmes, on estime immédiatement que les mères ont échoué dans leur mission. Bien entendu, une telle prescription n'existe pas pour les pères, dont l'absence du foyer est considérée comme « normale » et que l'on estime rarement être à l'origine des problèmes de leurs enfants.

Du fait de ces croyances et attitudes sous-jacentes à l'égard des femmes, les thérapeutes familiaux adoptent souvent des comportements qui, plus ou moins subtilement, condamnent les femmes. Goldner (1985) accuse les thérapeutes familiaux d'exploiter dans de nombreux cas le sentiment de responsabilité des femmes à l'égard de leur famille et leur rôle social, qui exige d'elles qu'elles élèvent leurs enfants, afin de les

pousser à travailler plus durement pour susciter des changements dans leurs familles. Les thérapeutes adeptes de la thérapie structurale amènent souvent un père distant à prendre
temporairement en charge tel ou tel aspect de l'éducation des
enfants. Le message sous-jacent est alors non seulement que
la mère a tout « fichu en l'air » et qu'il appartient au père
d'y remédier, mais encore que celui-ci ne prendra que temporairement et partiellement en charge la situation et que la
responsabilité générale par rapport à la famille continuera
d'être l'affaire de la mère. Comme Taggart l'a montré, des
pratiques qui condamnent ainsi les mères « projettent sur la
femme comme étant sa pathologie ce qui, en premier lieu,
est la conséquence d'un préjugé culturel » (1985, p. 4).

La condamnation de la mère a un pendant : l'idéalisation
du père (Caplan et Hall-McCorquodale, 1985). Dans la littérature spécialisée, les hommes pères sont fréquemment
décrits dans des termes exclusivement positifs ou neutres ;
on leur est reconnaissant de venir aux séances de thérapie,
on leur attribue les changements familiaux, ainsi que le rôle
de surveiller leurs femmes et de leur apprendre des choses
(Avis et Haig, 1988).

La condamnation des mères et l'idéalisation des pères ont
pour conséquence que l'expérience des femmes et des
hommes en thérapie familiale est souvent très différente ;
alors qu'on laisse les pères dans une situation excentrique,
de sous-responsables, qu'on ne remet pas en question, on fait
au contraire en sorte que les mères se sentent responsables,
coupables et blâmables. Les thérapeutes familiaux courent
de toute évidence un grand risque en perpétuant dans leur
pratique le préjugé culturel dominant selon lequel les femmes
sont condamnables.

L'échec de la théorie systémique à tenir compte des mauvais traitements, de la violence et des problèmes de contrôle

D'un point de vue féministe, la violence contre les femmes
fait normalement partie du patriarcat et constitue une des
principales façons dont on les contrôle. A cet égard, les statistiques sont éloquentes (Avis, 1992). Au Canada et aux

États-Unis, le nombre des cas de femmes blessées physiquement par leurs partenaires masculins est supérieur à celui de l'ensemble des accidents de voiture, agressions et viols (Toufexis, 1987). Aux États-Unis, une femme sur six est maltraitée chaque année par l'homme avec lequel elle vit (McLeod, 1987 ; Straus et Gelles, 1986), et entre 18 et 36 % des femmes sont physiquement maltraitées par un partenaire masculin à un moment de leur vie (Browne, 1987 ; Straus et Gelles, 1986). Des violences graves et répétées se produisent chez un couple marié sur quatorze (Dutton, 1988), au moins 14 % des femmes américaines sont violées par leurs maris (Russell, 1982) et, chaque année, des milliers de femmes sont tuées par leurs partenaires ou ex-partenaires masculins. Dans 80 % des cas d'agression de femmes mariées, les enfants sont présents (Jaffe *et al.*, 1990 ; Leighton, 1989) et 75 % des hommes qui maltraitent leurs partenaires ont vu leurs pères maltraiter leurs mères (Jaffe *et al.*, 1987). Une femme nord-américaine sur cinq (soit 20 % des femmes) est sexuellement maltraitée avant l'âge de dix-huit ans par un membre de sa famille (Badgley *et al.*, 1984 ; Russell, 1986) et 95 % des agresseurs sont des hommes (Finkelhor, 1986). Ces mauvais traitements entraînent fréquemment des problèmes permanents sur les plans tant affectif et sexuel que social, et, dans des cas particulièrement graves, divers troubles de la personnalité (Ross, 1991 ; Putnam, 1989).

C'est dans le domaine de la violence et des mauvais traitements que la façon dont les hommes privent les femmes de tout pouvoir et exercent sur elles un contrôle est la plus flagrante. A cet égard, tous les préjugés conceptuels ancrés dans la théorie systémique familiale, associés à la condamnation sous-jacente des femmes, œuvrent de différentes manières particulièrement néfastes. L'adoption de cette théorie par les thérapeutes familiaux a non seulement conduit à un échec sur le plan de l'analyse des relations familiales en termes d'identité sexuelle et de pouvoir, mais même rendu difficile de seulement soulever ces questions (Taggart, 1985, p. 33). Les féministes considèrent avec méfiance la notion de circularité – qui implique que les membres d'un système s'engagent dans un schéma répétitif et sans fin de comportements qui se renforcent mutuellement –, dans laquelle elles voient une « version hypersophistiquée de l'attitude consis-

tant à condamner la victime et à rationaliser le *statu quo* »
(Goldner, 1985, p. 33). Appliquée au problème des femmes
battues, au viol et à l'inceste, la causalité circulaire, d'une
part, écarte subtilement de l'homme la responsabilité de tels
comportements et, d'autre part, fait de la femme une coresponsable, qui, d'une certaine manière, les « cherche » en
participant au schéma interactionnel entraînant la violence et
les mauvais traitements (Bograd, 1984) ; d'où, finalement,
un transfert de la responsabilité de l'homme à la femme. Il
n'est que trop facile aux thérapeutes familiaux d'accepter une
telle façon de penser du fait que nous vivons dans des cultures
où, traditionnellement, on condamne les femmes pour la
façon dont elles font d'elles-mêmes des victimes et où l'on
considère qu'elles provoquent ou cherchent les mauvais traitements ou y trouvent un plaisir masochiste.

Selon le modèle de la causalité circulaire, les causes du
comportement violent résident dans l'interaction elle-même
(cela signifie que si les femmes se comportaient autrement,
le schéma changerait et la violence cesserait), plutôt que dans
la prédisposition à la violence avec laquelle l'homme est
entré d'emblée dans une relation. Les idées de neutralité
prescrivent une attitude thérapeutique qui ne tient pas les
hommes pour responsables de leur propre violence et suppose
que le pouvoir est également partagé entre tous les joueurs.
Une telle position est manifestement inefficace et non éthique
dans des situations où l'homme a le pouvoir de contrôler sa
partenaire en la menaçant ou en exerçant sur elle des sévices
ou des mauvais traitements affectifs, psychologiques ou
sexuels.

Malgré un ensemble de plus en plus fourni de données
irréfutables qui mettent en évidence les proportions épidé-
miques des sévices et de la violence sexuelle, exercés essentiellement par des pères et des maris sur leurs enfants et leurs
femmes, la thérapie familiale a jusque-là échoué à aborder
ces problèmes de façon adéquate tant en théorie qu'en pratique. La tendance des professionnels à esquiver ou ignorer
ces questions se révèle dans la pauvreté des articles cliniques
qui les traitent dans les revues de thérapie familiale (Avis,
1992), ainsi que dans l'évitement linguistique mis en évidence par une étude récente sur des articles de revues consacrés aux hommes qui battent leurs femmes (Lamb, 1991)

– Lamb a en effet trouvé que, dans quatre disciplines examinées, les articles de revues de thérapie familiale excellaient à éviter d'attribuer des responsabilités, en parlant à propos des femmes battues, par exemple, de « mauvais traitement entre époux », d'« agression conjugale », de « violence des couples », ou de « couples mariés connaissant la violence ». Lamb explique cela ainsi :

> De nombreux théoriciens de la famille [sont] encore attachés à la croyance que les systèmes sont essentiellement « coopératifs », parce qu'ils n'ont apparemment pas conscience du fait que la coopération superficielle visible dans un système peut en réalité être le produit de la contrainte et de la mésentente. Pour les théoriciens systémiques de la famille, on peut voir dans la violence d'un homme qui bat sa femme le résultat d'une interaction – l'escalade réciproque dans une dispute, par exemple –, et ainsi éviter d'assigner un agent à l'acte lui-même (1991, p. 255).

Fondements d'un modèle féministe : l'identité sexuelle comme catégorie fondamentale de l'expérience humaine

Dans l'ensemble des disciplines intellectuelles, la critique féministe se fonde sur la prémisse que l'on a universellement marginalisé ou rendu invisible l'expérience des femmes en la représentant toujours comme cohérente avec – voire même identique à – celle des hommes (Goldner, 1988 ; Belenky *et al.*, 1986 ; Keller, 1985). Miller (1986) propose comme tout à fait pertinent de penser que les hommes et les femmes forment deux groupes distincts de personnes, les premiers constituant le groupe dominant, alors que les secondes n'ont qu'un rang subordonné. Cette distinction a des conséquences profondes pour la pratique thérapeutique. Reconnaître que les hommes et les femmes sont membres de groupes différents introduit une analyse du pouvoir au cœur même de la compréhension thérapeutique du couple. Quelles que soient les particularités d'un couple, tous les hommes et les femmes sont profondément affectés par le système patriarcal, qui privilégie les uns au détriment des autres. Le patriarcat donne

le droit aux hommes d'attendre de leurs femmes un dévoue-
ment constant et aveugle, d'avoir le dernier mot dans toutes
les décisions importantes concernant la famille et de faire
prévaloir leurs propres besoins et désirs sur ceux des autres
membres de la famille. Dans ce système, un tel fonctionnement est aussi possible parce que les femmes croient que les
hommes ont droit à ces privilèges.

Un thérapeute qui adopte un modèle féministe apporte
dans sa pratique un sens aigu des façons multiples et souvent
subtiles dont le couple s'organise dans une relation de partenaires inégaux et se tient prêt à le questionner sur son
engagement à l'égard des structures et prérogatives patriarcales. Cela est vrai, que les partenaires aient ou non explicitement posé certaines dispositions régies par leur identité
sexuelle comme faisant partie du problème. Dans une approche féministe, l'inégalité inhérente au couple sexiste constitue un problème car elle l'empêche d'appliquer à ses problèmes des solutions adaptatives qui pourraient remettre en
question les fondements patriarcaux de la relation elle-même
(Breunlin *et al.*, 1992).

Dans la relation thérapeutique, l'influence du patriarcat
peut être examinée sous d'innombrables formes, à commencer par la façon dont le premier rendez-vous est fixé (en
général par la femme, du fait qu'elle se sent responsable de
la santé affective de la famille). Les thérapeutes féministes
incluent dans chacune de leurs évaluations une analyse des
croyances et des dispositions familiales régies par l'identité
sexuelle. La thérapie consiste non seulement à aider les
familles à faire cette analyse de manière explicite, mais
encore à remettre en question les aspects oppressifs de ces
dispositions, que le mari obtienne ce qu'il veut en menaçant
physiquement sa femme ou qu'elle soit elle seule entièrement
responsable de l'éducation des enfants car elle serait pour
cela « naturellement » douée. On invite aussi les époux à
remarquer les nombreuses et subtiles distinctions qu'ils font
eux-mêmes sur la base de l'identité sexuelle et à remettre en
question leur pertinence.

L'égalité comme idéal relationnel

Pour les féministes, les relations de type égalitaire ou entre associés sont les plus saines et équitables. De ce point de vue, un certain degré d'organisation hiérarchique est considéré comme approprié entre les générations, mais pas entre les sexes. Alors que les parents doivent avoir davantage de pouvoir et d'autorité que leurs enfants, le père et la mère (dans les familles où il y a les deux) doivent avoir autant de pouvoir manifeste l'un que l'autre, tant sur le plan de l'autorité, des choix et des décisions concernant leur propre vie, que pour ce qui concerne l'accès aux ressources et opportunités, la capacité de s'influencer l'un l'autre et le résultat des décisions prises conjointement. La réussite de relations égalitaires exige un grand respect à la fois de soi-même et de l'autre, un engagement de chacun pour le bien-être de l'autre et le partage du pouvoir avec l'autre, ainsi qu'une volonté de renoncer à des tentatives non déguisées ou au contraire détournées d'exercer un pouvoir de contrainte dans la relation à l'autre.

Du fait que les rôles sont une expression du pouvoir au sein des familles, ils se caractérisent, dans les familles saines, par la souplesse, l'interchangeabilité ; ils sont en outre choisis aussi librement que possible, négociables, non contraignants, et non fondés sur l'identité sexuelle. Klein (1976) a attiré l'attention sur les difficultés de rendre vraiment « libre » le choix des rôles dans un contexte social traditionnellement marqué par l'identité sexuelle. Même si les alternatives sont examinées et les partenaires vraiment prêts à négocier dans un esprit de coopération excluant toute contrainte, la liberté de choix ne reste possible que dans une mesure très restreinte. L'égalité relationnelle signifie aussi que l'on considère comme valables les besoins et le développement de tous les membres de la famille et que le système familial leur est favorable, au lieu qu'un membre de la famille, en particulier la femme mère, sacrifie son bien-être pour sa famille.

D'un point de vue féministe, un manque d'égalité relationnelle, et le déséquilibre du pouvoir qui en résulte tant entre les partenaires qu'au niveau des responsabilités et des rôles familiaux, constitue une source majeure de dysfonctionnement familial. De ce fait, un des principaux objectifs de la thérapie est de trouver des moyens d'aider les couples et les familles à corriger de tels déséquilibres. Aussi atteindre cet objectif implique d'explorer les questions de pouvoir (par exemple, l'accès à l'argent et aux ressources de la famille en général, leur contrôle, la prise de décision, la responsabilité de l'éducation des enfants et du ménage et la possibilité de choisir) comme des éléments de l'évaluation et de la thérapie (Avis, 1991 ; Goldner, 1985). Cela implique aussi d'étudier, d'une part, ce que participer à la famille coûte aux différents membres, ainsi que les bénéfices que chacun en tire, et, d'autre part, le rapport de ces coûts et bénéfices aux rôles et partages stéréotypés des responsabilités. Un engagement vers un rééquilibrage du pouvoir peut exiger du ou de la thérapeute qu'il ou elle s'aligne davantage et de façon plus cohérente sur les besoins et demandes de changement de la femme que sur ceux du mari, car traiter également les demandes des époux (par l'échange mutuel de comportements) n'aboutit jamais qu'à renforcer des inégalités relationnelles préexistantes (Jacobson, 1983).

Un objectif sous-jacent de la thérapie familiale féministe est de contribuer au développement de l'égalité dans les relations familiales à travers le pouvoir qui doit être conféré à la fois aux individus et aux familles. Cela signifie qu'il faut permettre à *tous* les membres de la famille de faire l'expérience de « la totale équivalence de leurs pouvoirs, efficacité et autonomie de telle façon que chacun puisse tirer profit des forces de l'autre sans qu'il y ait pour autant menace ou exploitation réciproque » (Wheeler, 1985, p. 85). Le but est donc de permettre au couple ou à la famille de fonctionner de façon que *chaque* membre ait le sentiment non seulement de sa propre valeur, mais encore de la validité de ses besoins et de son développement, et un accès à une diversité d'options. Voici ce qu'Imber-Black a écrit à ce sujet :

> Conférer du pouvoir facilite un type de relations sans exploitation, caractérisées par une capacité d'options interactionnelles et de choix personnels complexes. Je pense que les gens ont du pouvoir dès lors qu'ils font l'expérience d'un

sens de soi, en relation avec différents contextes qui, au lieu de l'étouffer, favorisent leur développement en tant qu'êtres humains (1986, p. 25).

Le fonctionnement sain d'un point de vue féministe

Si les couples mariés et les familles étaient organisés sur la base des principes que nous venons de définir, et non des principes patriarcaux, la signification du fonctionnement familial optimal changerait beaucoup. Des enfants élevés dans une famille où les adultes se témoignent mutuellement du respect, de l'affection, et se confèrent un pouvoir égal intégreraient ces valeurs dans leurs relations à leurs parents, à leurs frères et sœurs et à la communauté dont ils font partie. D'un point de vue féministe, une famille saine est une famille qui s'efforce de stimuler le potentiel de chacun de ses membres, d'éviter toute espèce d'exploitation interpersonnelle, et où chacun apporte une aide et un soutien mutuels, s'intéresse aux autres et leur témoigne de l'affection.

Au niveau individuel, l'attitude saine d'un point de vue féministe consiste, d'une part, à être capable de fonctionner efficacement à l'égard de soi-même (identifier ses buts personnels et investir suffisamment d'énergie pour les atteindre) *et*, d'autre part, à s'engager de façon active, intime et généreuse dans des relations avec d'autres.

Une nouvelle façon de penser le développement féminin

Un point central de la critique féministe a été de montrer comment, à tous les niveaux de la construction théorique, on a supposé l'expérience des hommes être la norme, et celle des femmes équivalente ou découlant de la leur. Dès lors qu'elle s'écarte de cette norme masculine, l'expérience féminine est considérée comme anormale (Tavris, 1992). Appliquée au développement humain, une telle généralisation de la masculinité au détriment de la féminité a conduit à de nombreux malentendus et distorsions qui ont fait leur chemin jusque dans les textes sur la thérapie ; par exemple, l'idée que l'objectif premier du développement relationnel est l'autonomie ou encore que la hiérarchie est la façon « naturelle » d'organiser la vie familiale. Afin de corriger de telles distorsions, un certain nombre de théoriciennes ont, au cours des dix dernières années, essayé de construire une théorie du développement féminin qui se fonde non pas sur l'expérience des hommes, mais plutôt sur l'étude de ce que vivent les filles et les femmes (Belenky *et al.*, 1986 ; Gilligan, 1982 ; Jordan, 1989 ; Miller, 1986 ; Maccoby, 1990 ; Surrey, 1984 ; Tavris, 1992).

Au cœur de cette nouvelle approche du développement féminin, il y a l'idée que, contrairement au développement des hommes, celui des femmes implique une primauté du facteur relationnel sur la réalisation indépendante comme élément essentiel de satisfaction personnelle. Afin de saisir le caractère central de cette dialectique au sein du développement féminin, plusieurs auteurs ont abordé la théorie du « soi en relation » (Surrey, 1984). A ce propos, les auteurs divergent sur le fait de savoir si les différences entre hommes et femmes ont un fondement biologique ou social, mais sont en revanche d'accord pour penser qu'elles ont des conséquences profondes au niveau des relations hommes/femmes. Ainsi, par exemple, la compréhension des façons très différentes dont les hommes et les femmes apprennent à faire l'expérience de l'intimité éclaire l'observation clinique souvent faite que, dans les relations, les femmes sont le plus souvent demandeuses, alors que les hommes mettent plutôt des distances. Au lieu de voir dans une telle attitude un aspect fusionnel ou un manque de différenciation, les thérapeutes familiaux adeptes de cette nouvelle approche du développement féminin considèrent la recherche des autres sur le plan relationnel comme un comportement sain et compétent.

Une définition élargie de la famille

Dans la grande majorité des écrits sur la thérapie familiale, une famille « normale » se compose d'un mari, d'une femme et de leurs enfants (et, dans certains cas, d'un grand-parent qui vit avec eux). Donner un statut privilégié à cette configuration marginalise, voire même disqualifie d'autres types de familles, telles celles formées par des couples hétéro-sexuels non mariés, des couples homosexuels ou des parents célibataires avec des enfants. La pensée féministe reconnaît au contraire que les êtres humains ont de nombreuses façons légitimes de vivre des relations intimes et qu'en fait, aux États-Unis, moins d'un tiers des ménages correspond à la configuration familiale considérée comme « normale » (Johnson, 1992).

L'équilibrage des questions individuelles et familiales

Un aspect essentiel de l'approche thérapeutique féministe est l'appréciation du fonctionnement et de la dynamique aux niveaux tant individuel qu'interactionnel. Cela implique de reconnaître l'individu en tant que système en lui-même, mais aussi de passer en revue son histoire personnelle et sa propre expérience : génétique, familiale, sociale, culturelle et déter-minée par son identité sexuelle. Une telle compréhension mène à une conceptualisation des problèmes relationnels qui tiennent compte des deux dimensions en jeu – individuelle et interactionnelle –, ainsi qu'à des interventions visant la façon dont les choses fonctionnent tant au niveau de l'indi-vidu que du système.

De ce nouveau point de vue, le bien-être de l'individu et celui de la famille sont également valorisés en cela que l'on ne sacrifie pas l'un à l'autre. Ainsi, quand les besoins de l'individu se révèlent être en conflit avec ceux de la famille, il apparaît essentiel pour la santé de l'individu et des relations de respecter, valider et négocier ces besoins différents. On n'attend plus des femmes qu'elles se sacrifient – elles-mêmes, leurs besoins ou leur développement – pour le bien de leur mari ou de leurs enfants, et les membres de la famille sont supposés faire un travail égal d'accommodation indivi-duelle aux besoins de l'ensemble.

Le trauma de l'enfant, le stress post-traumatique et la dynamique individuelle

L'approche féministe considère comme essentielle la compréhension du trauma de l'enfant et du stress post-traumatique qui en résulte. On sait que l'impact d'expériences traumatiques sur le fonctionnement ultérieur de l'individu, maintenant largement reconnu, se trouve intensifié par le sentiment d'impuissance qu'éprouve la victime : plus impuissante est la victime, plus grand le trauma. Ainsi les expériences traumatiques qui se produisent pendant l'enfance, quand l'individu est particulièrement vulnérable, ont pour effet d'entraver gravement aussi bien le développement normal de l'enfant que le fonctionnement ultérieur de l'adulte.

Les violences sexuelles subies dans l'enfance sont particulièrement traumatisantes pour les victimes du fait de leur sentiment d'impuissance et de culpabilité, ainsi que de la peur et de la douleur physique qui y sont liées. Un très grand nombre de filles (au moins une sur cinq en Amérique du Nord) ont subi de telles violences pendant leur enfance et leur adolescence, et un pourcentage important de femmes qui viennent consulter un thérapeute ont été victimes d'inceste. Le trauma sous-jacent et non détecté dont elles souffrent – en général accompagné de divers degrés de dissociation, et de *flash-back* de différentes sortes – peut facilement être diagnostiqué de façon erronée ; le plus souvent considérées comme *borderline* ou « déprimées » par des thérapeutes non informés, ces femmes ne sont pas traitées de façon adéquate. Or, non reconnu et traité en thérapie, le trauma garde son emprise sur le psychisme de la femme, quelle que soit la durée ou l'intensité de la thérapie familiale ou de couple qu'elle suit.

Conscients de l'importance du trauma de l'inceste, les thérapeutes familiaux féministes s'assurent qu'ils sont bien formés pour le reconnaître, l'évaluer et y réagir, mais aussi capables de comprendre la dynamique de la dissociation et des *flash-back* et d'orienter les femmes vers le type de thérapie dont elles ont besoin pour en guérir. On reconnaît maintenant de plus en plus que les garçons sont aussi (quoique moins que les filles) victimes de violences sexuelles, plus souvent à l'extérieur qu'à l'intérieur de la famille, et il est bien entendu tout aussi important de savoir reconnaître chez les hommes des expériences traumatiques sous-jacentes, y compris celles de sévices, plus fréquents pour eux.

Des problèmes de trauma surgissent quand on travaille avec des femmes sur lesquelles on exerce, ou a exercé, des sévices. Dans des cas de violences continues et graves, le trauma peut être similaire à la psychose traumatique dont sont atteints certains anciens combattants et qui résulte de la combinaison de la peur de la mort et d'un sentiment d'impuissance particulièrement intenses. Ces femmes présentent parfois des symptômes d'« impuissance acquise » (Walker, 1979) qui peuvent amener le thérapeute non informé à leur reprocher de rester dans une relation violente et de ne pas prendre davantage l'initiative. Quand on travaille avec des hommes qui exercent des sévices ou des violences sexuelles sur leurs partenaires ou leurs enfants, il est aussi essentiel de supposer qu'ils ont eux-mêmes connu enfants ce type de mauvais traitements et que le trauma qui en est résulté a eu une influence sur leur développement et continue de régir leur fonctionnement actuel.

Les compétences cliniques : du pouvoir qu'il s'agit de donner aux femmes

Un des principaux objectifs de la thérapie familiale a toujours été d'aider les clients à se sentir capables de (et autorisés à) changer leur vie de différentes façons qui leur permettent de fonctionner plus efficacement et, d'une manière générale, de se sentir mieux. Cependant, sans une conscience explicitement féministe, le thérapeute peut tomber dans le piège consistant à renforcer la position centrale des femmes dans les schémas de la vie familiale sans reconnaître que, dans un système patriarcal, elles sont privées du pouvoir et de l'influence nécessaires pour déterminer les règles auxquelles elles sont soumises et arriver aux résultats qu'elles souhaitent sur le plan interpersonnel (Avis, 1991 ; Goodrich, 1991).

Afin de donner, à travers la thérapie familiale, du pouvoir aux femmes, les thérapeutes féministes, d'une part, aident les femmes à faire la différence entre l'exercice d'un pouvoir personnel et la domination des autres et, d'autre part, les encouragent à partager leurs croyances, leurs sentiments et leurs souhaits avec les autres membres de la famille. Dans ce processus, le thérapeute commence par écouter attentivement afin de déceler des indications sur les ambitions personnelles de sa cliente, aussi sur ses désirs et ses besoins qui ne sont pas en rapport avec son rôle de femme et de mère. Écouter attentivement ce que la femme raconte de sa propre vie peut aider le thérapeute à identifier des compétences et une autorité personnelles insuffisamment développées (Rampage, 1991). Aussi, dans les premiers temps de la thérapie, appartient-il souvent au thérapeute d'inciter sa cliente à exprimer ces idées, car elle ne croit pas elle-même à leur légitimité et censure de ce fait la possibilité d'en parler. Le thérapeute cherche également des opportunités de souligner la compétence de la femme et de l'encourager à ne pas abandonner ses positions au premier signe de résistance des autres membres de la famille.

Les relations avec d'autres femmes qui peuvent constituer un réseau de soutien social sont aussi encouragées afin d'amoindrir le sentiment d'isolement et de dépendance à l'égard du mari – sentiment qui donne souvent aux femmes l'impression qu'il est très difficile de changer (Surrey, 1984 ; Wheeler *et al.*, 1985). D'autre part, ce type de relations aide les femmes à situer leur propre expérience dans un contexte plus large, c'est-à-dire voir dans leurs problèmes davantage que le seul reflet de leur faiblesse ou pathologie particulière. Leur donner du pouvoir consiste aussi à les aider à écouter leur propre voix intérieure, à affirmer leur réalité, à remettre en question le système de croyances qu'elles ont intériorisé ou encore à leur donner de nouvelles informations et à les encourager à exercer des formes directes de pouvoir personnel (Avis, 1991).

Traiter la colère

On trouve un exemple de l'effet de ce nouveau modèle théorique sur la compréhension des phénomènes relationnels si l'on considère la façon dont les femmes et les maris expriment et vivent différemment la colère. Un certain nombre d'auteurs parlent du fait que les femmes hésitent en général à exprimer directement leur colère (Lerner, 1985), alors que les hommes y sont davantage disposés, trop souvent même de manière coercitive ou carrément violente (Miller, 1983). Modifier dans un couple le schéma interactionnel de la colère exige d'aider les partenaires à parler de leur expérience de manière que chacun comprenne l'autre, ainsi qu'à accepter les règles de conduite qui non seulement gouvernent l'expression de ce sentiment pour garantir la sécurité physique de la femme, mais encore conduisent à une plus grande compréhension et empathie entre les époux.

Du fait que la socialisation des femmes, en tant qu'elle est déterminée par leur identité sexuelle, les a le plus souvent privées d'un accès direct à leur colère, un aspect important de la pratique féministe consiste à les aider à la « récupérer », c'est-à-dire à la ressentir et à l'exprimer de différentes façons, qui à la fois mobilisent et concentrent leur énergie et leur permettent d'agir avec force pour leur propre compte (Avis, 1991).

Le travail thérapeutique avec des hommes

La plupart des hommes vivent la thérapie comme un contexte féminin dans lequel l'empathie, la vulnérabilité et le fait de se révéler soi-même sont tout particulièrement valorisés. Les femmes ne sont pas seulement celles qui commencent la thérapie, mais aussi celles qui parlent le langage de la thérapie, qui parlent de sentiments et remarquent de subtils changements sur les plans de l'affect et du comportement. Du fait qu'ils se sentent à cet égard moins à l'aise qu'elles, les hommes se montrent souvent hésitants dans leur participation au processus thérapeutique, en particulier à la thérapie de couple, habituellement organisée pour favoriser les relations et rapprocher les partenaires. D'un point de vue féministe, il faut, quand on engage un travail thérapeutique avec un homme, ne pas oublier que son modèle relationnel est probablement très différent de celui de sa partenaire, qu'il a dans la plupart des cas profité des avantages du pouvoir dans la relation de couple et craindra de les remettre en question ou de se voir contraint d'y renoncer. Les hommes s'engagent souvent dans une thérapie de couple avec ce que Bergman (1991) appelle une « appréhension relationnelle », c'est-à-dire le désir de fuir ou d'éviter une situation où on va leur demander d'établir un contact psychologique étroit avec une autre personne.

Les thérapeutes féministes qui font un travail relationnel avec des hommes doivent reconnaître et contrer les schémas d'évitement des relations qui constituent une tactique de survie dans un système patriarcal. L'équilibre à trouver est difficile : il s'agit d'amener les hommes à remettre en question ces schémas, tout en évitant de leur faire abandonner la thérapie. Il est également essentiel de désigner comme tels les comportements manifestement sexistes et de parler de leurs conséquences sur le plan relationnel. Un autre aspect du processus thérapeutique consiste à remettre en question l'exercice du pouvoir afin de contrôler ou d'intimider les autres en thérapie.

Il est aussi utile de donner aux hommes de bonnes raisons de renoncer à leurs schémas habituels de domination et d'évitement dans leurs relations intimes. Leur parler de la possibilité de développer une plus grande intimité avec leur femme et leurs enfants, d'amoindrir leur sentiment d'aliénation, de faire baisser le niveau de stress doit néanmoins être associé à l'idée qu'une plus grande égalité dans le couple limitera inévitablement leur liberté d'agir de façon indépendante. De nombreux hommes trouvent utile la constatation de Gottman (1991) selon laquelle les hommes qui font le ménage ont une vie de couple plus heureuse.

Aux États-Unis, un mouvement d'hommes, qui se développe depuis quelques années et jouit maintenant d'une reconnaissance au niveau national, a pour objectif principal d'offrir un contexte dans lequel les hommes peuvent avoir des relations intenses et affectives avec d'autres personnes que les femmes de leur vie et explorer ce que cela signifie pour eux d'être un homme (Bly, 1990 ; Keen, 1991). Certains thérapeutes de couple ont trouvé leur travail largement facilité par le fait que leurs clients participaient à des expériences de ce type, car en thérapie les hommes restaient moins sur la défensive quant à leurs sentiments et se sentaient davantage soutenus face à la difficulté de s'engager dans des relations intimes avec des femmes.

L'analyse sociale

L'une des caractéristiques essentielles de la thérapie familiale féministe est d'inclure des données culturelles telles que le sexisme dans la compréhension de systèmes familiaux particuliers. Les féministes pensent que l'identité sexuelle est une catégorie irréductible de l'expérience humaine (Goldner, 1985) et que, dans le système patriarcal, on s'est servi des différences d'identité sexuelle pour justifier et maintenir le privilège du pouvoir des hommes sur les femmes. Les thérapeutes familiales féministes entendent, pour leur part, ne pas écarter de leur pratique les différentes façons dont les croyances et les rôles associés à l'identité sexuelle, prescrits et renforcés par un vaste ensemble d'institutions culturelles allant de l'église au lieu de travail, influencent la compréhension qu'une famille peut avoir de ses problèmes et de leurs solutions possibles.

L'analyse sociale est la part didactique d'une approche féministe en thérapie familiale, qui, au cours d'un traitement, peut ne représenter qu'une petite partie du temps passé en séance. Néanmoins, les féministes pensent qu'il est essentiel pour les familles de comprendre comment leur participation à des structures ou des rôles patriarcaux exerce une influence négative sur leurs possibilités de changer, qu'elle restreint.

En séance de thérapie, le thérapeute peut invoquer l'analyse sociale, par exemple, pour déconstruire un conflit conjugal dans lequel le mari affirme que c'est à sa femme de se lever la nuit pour leur nouveau-né parce que *lui* travaille dans la journée et a donc besoin de dormir. Dans une situation comme celle-ci, l'analyse sociale lui permet de poser des questions comme : est-ce qu'un travail doit nécessairement être payé pour être considéré comme tel ? L'un ou l'autre considère-t-il qu'elle, en tant que mère, est la seule qualifiée pour s'occuper d'un bébé ? Ou encore : en quoi le fait de s'occuper d'un enfant correspond-il à chacune de leurs attentes quant à ce que l'on peut raisonnablement exiger d'eux au sein de la famille ? En cas de désaccord, quelle position l'emporte et qu'est-ce que cela révèle sur qui définit les règles de la relation ?

Le but de l'analyse sociale est d'aider les membres d'une famille à reconnaître et modifier les limites que l'identité sexuelle met à leur participation à la vie de famille ; et comme les familles définissent rarement leurs problèmes en fonction de cette donnée, l'analyse sociale exige presque toujours d'aller au-delà de la présentation initiale qu'elles en font.

Le travail sur le trauma, le mauvais traitement et la victimisation

D'un point de vue féministe, un premier principe directeur pour aborder toutes les formes de mauvais traitements et violences est de considérer que leur auteur est responsable de son comportement coercitif ou violent et doit être traité comme tel. Il n'est donc pas question d'occulter l'acte de violence dans la formulation systémique de boucles récursives, dans des interprétations du « besoin maladif [...] de domination [...] comme désir d'intimité humaine » (Herman, 1990, p. 183) ou dans la complicité avec les résistances du responsable, qu'elles prennent la forme de la dénégation, de la minimisation, de l'évitement ou de la projection (Avis, 1992). Le deuxième principe est que la thérapie doit viser avant tout à modifier le comportement violent lui-même, et le troisième que les thérapeutes doivent travailler en collaboration avec la police et le système judiciaire afin de pouvoir bénéficier du soutien d'un traitement demandé par le tribunal et de sanctions légales (Herman, 1990).

En travaillant avec des couples, des familles, des femmes et des enfants, les thérapeutes féministes développent leurs capacités d'évaluer et de reconnaître tous les types de mauvais traitements – corporels, affectifs, psychologiques ou sexuels. Une telle approche de reconnaissance devrait faire partie de toutes les évaluations habituelles et être conduite de façon que les femmes et les enfants aient l'opportunité de parler, en toute sécurité, de leurs expériences de violences passées ou présentes – ce qui implique de prévoir, tant au cours de l'évaluation que pendant le traitement, au moins quelques séances individuelles. La pratique féministe exige aussi de développer une compréhension du trauma, du stress post-traumatique, de la dissociation, des *flash-back* et de l'impuissance acquise – ainsi que les capacités nécessaires pour les aborder dans un travail thérapeutique –, et de savoir faire face aux résistances : dénégation, minimisation, rationalisation et projection tant chez les auteurs de violences que chez leurs victimes.

Faire un travail efficace sur le trauma, la violence et la victimisation demande en outre aux thérapeutes de développer leur capacité de traiter des affects intenses (aussi bien ceux de leurs clients que les leurs propres), ainsi que de difficiles problèmes émotionnels, relationnels, éthiques et légaux, et de savoir équilibrer le travail entre l'individu, le couple et la famille.

Former et superviser en tenant compte de l'identité sexuelle

Avant de pouvoir travailler avec des couples et des familles en tenant compte de l'identité sexuelle, et sans renforcer, même par inadvertance, les inégalités de pouvoir traditionnelles, les thérapeutes féministes doivent d'abord développer des cadres conceptuels qui leur permettent de *voir* la dynamique de l'identité sexuelle et du pouvoir dans les relations, mais aussi d'en saisir les causes et les conséquences et de se rendre compte de l'importance de les traiter. Un tel développement conceptuel doit commencer d'emblée avec les processus de formation et de supervision, et s'y ancrer. Du fait que nous avons tous appris à considérer comme « normale » l'inégalité liée à l'identité sexuelle, la plupart du temps, nous ne la *voyons* tout simplement pas, même dans ses manifestations les plus flagrantes. A cet égard, la formation se conçoit comme un processus visant à se débarrasser des œillères culturelles qui empêchent d'exposer et de voir réellement des préjugés et inégalités sous-jacentes. Ce type de processus, qui implique un réexamen de croyances et de présupposés fondamentaux profondément enracinés, ne peut qu'être lent, difficile, et demander beaucoup d'assiduité. Il exige, de la part du formateur ou superviseur, une grande patience, car il faut qu'il se montre encourageant et compréhensif quand les thérapeutes en formation luttent contre la remise en question de leurs croyances et les conséquences que leur abandon va entraîner, ainsi que la capacité de supporter l'intensité émotionnelle qu'engendrent toujours des discussions sur l'identité sexuelle.

Pour être efficace, une telle formation ne peut s'acquérir en quelques conférences, cours ou séminaires. Bien qu'un cours puisse permettre un travail en profondeur, la formation particulière sur ce sujet doit néanmoins faire partie intégrante de l'ensemble du processus de formation et supervision, tel un appareil critique à travers lequel on peut examiner toutes les théories et pratiques thérapeutiques. Cela exige des formateurs et superviseurs de repenser et reconsidérer leurs propres croyances, ainsi que les fondements sur lesquels ils appuient leur pratique, et, en même temps, de développer de nouvelles façons de penser la famille et la thérapie, qui ne se limitent pas à éviter de perpétuer des préjugés sexistes mais ouvrent aussi un nouvel espace pour des relations véritablement égalitaires. Pour repenser nos théories, il ne suffit pas d'y inclure les femmes et de mélanger le tout : développer une conscience féministe suppose d'en repenser les fondements mêmes et d'en développer de nouveaux qui prennent en compte les réalités du pouvoir et de l'identité sexuelle.

Cette conscience ne saurait en effet être efficace sans un solide enracinement dans la connaissance et la théorie, et pas seulement dans l'opinion et la rhétorique. Il existe maintenant d'importantes sommes de connaissances, de recherches et suffisamment de théories sur les rôles liés à l'identité sexuelle, et la façon dont on les apprend socialement, sur les différences fondées sur l'identité sexuelle, ainsi que sur les différences hommes/femmes sur les plans du développement psychologique et de la santé mentale, et sur des problèmes « de femmes » tels que la féminisation de la pauvreté, la violence sexuelle ou les femmes battues. Comme Weiner et Boss (1985) l'ont bien montré, pratiquer la thérapie familiale sans ce savoir revient, du point de vue éthique, à opérer des malades sans avoir mis à jour ses connaissances et compétences.

Un contexte de formation
où l'on prend en compte l'identité sexuelle

La formation en thérapie familiale a souvent lieu dans un cadre universitaire ou dans des centres ou instituts indépendants. Or, dans ce contexte, le *processus* visant à développer chez les thérapeutes une conscience des questions d'identité sexuelle – non seulement la façon dont la formation est organisée, mais encore l'organisation des relations elles-mêmes – est essentiel. Ces dimensions émettent « un métamessage sur le pouvoir et les relations hommes/femmes [...] qui, s'il n'est pas cohérent avec le contenu de la formation, le sape complètement » (Avis, 1989).

Un ensemble de facteurs doivent donc être pris en compte afin d'assurer la cohérence nécessaire entre contenu et organisation du processus de formation (pour un exposé plus détaillé sur les points suivants, cf. Avis, 1989). Il faut, par exemple :

a) Un nombre équilibré de femmes et d'hommes qui ont autorité et pouvoir en matière d'organisation. Si, à cet égard, les hommes sont plus nombreux, on donne alors clairement une leçon d'inégalité des sexes, si importants que soient les efforts des formateurs pour présenter un idéal plus égalitaire.

b) Ne pas instaurer une hiérarchie rigide, autoritaire ou inutile entre les formateurs et les thérapeutes en formation, tant en cours qu'en supervision ; ne pas exiger une grande adhésion au style, à l'approche et aux directives du superviseur, mais au contraire impliquer les stagiaires dans les décisions qui les concernent sur le plan de l'organisation et laisser place aux différences individuelles et aux solutions trouvées dans la concertation.

c) Éviter d'adopter une attitude d'expert ou de se présenter comme détenteur de l'autorité suprême ou de la vérité, et en particulier de prétendre connaître la seule pratique thérapeutique adéquate, développer une certaine humilité plutôt que de l'arrogance et partager avec les stagiaires ses propres humanité, ambivalence et vulnérabilité, ainsi que le fait que l'on est soi-même constamment en train d'apprendre.

d) Donner aux stagiaires une expérience et un contexte qui leur confèrent du pouvoir ; il s'agit, à cette fin, de structurer les cours et la supervision de manière à leur permettre de participer pleinement à leur propre apprentissage, tout en exerçant un certain contrôle.

e) A la fois en formation et en thérapie, s'attacher à mettre en valeur l'affectivité, la capacité d'expression et la cohérence, en même temps que la rationalité, le contrôle, la conceptualisation et les limites. Une telle attitude contrecarre l'approche masculine de la thérapie familiale, valide les compétences des femmes à la fois en tant que thérapeutes et membres d'une famille et permet aux stagiaires femmes et hommes de développer un ensemble de capacités sur les plans tant de l'expression que de la pratique.

Un contexte de formation qui met en œuvre ces différents points de façon adéquate fournit aux stagiaires des conditions optimales d'apprentissage et leur permet de faire pour et par eux-mêmes l'expérience de l'impact que peuvent avoir des relations de pouvoir égalitaires entre hommes et femmes.

Quelques idées de formation pour développer une conscience des identités sexuelles

Comme nous l'avons affirmé précédemment, développer une conscience des identités sexuelles est un processus difficile, qui prend du temps, exige que l'on s'y engage pleinement et que l'on soit prêt à vivre des moments de grandes angoisse et confusion. Les méthodes d'enseignement et de formation efficaces doivent commencer par là où le stagiaire en est et lui permettre d'engager un processus de réexamen avec empathie, humour et sans honte. Tâche souvent difficile, puisque les discussions sur les questions d'identité sexuelle sont fréquemment chargées de colère, de reproches et suscitent des attitudes défensives – autant d'éléments qui indiquent combien de tels débats touchent les participants au plus profond d'eux-mêmes.

Nous trouvons utile de commencer doucement, avec sensibilité, et de préparer soigneusement le terrain pour la suite. A cette fin – celle de créer un environnement d'apprentissage sûr –, nous recommandons au formateur d'exposer ses propres luttes avec la pensée sexiste et, ce faisant, d'éviter des attitudes défensives en acceptant explicitement que les stagiaires en soient là, c'est-à-dire à un moment donné de leur propre processus de développement d'une conscience des identités sexuelles, et en les prévenant que l'examen des problèmes soulevés fera naître un certain malaise, de l'angoisse, des doutes, de la colère et de la confusion.

Une fois créé ce contexte de sécurité, il est essentiel d'engager une discussion ouverte, non défensive, afin de traiter et « digérer » les informations tirées de la lecture, des conférences, des études de cas ou d'activités expérientielles – et donc, finalement, d'en bénéficier pleinement. Les stagiaires trouvent dans des discussions de ce type l'occasion de réfléchir sur leur propre expérience d'hommes ou de femmes ; c'est aussi la possibilité d'écouter vraiment l'expérience de l'autre et d'en tirer profit.

L'apport de nouvelles connaissances et informations, essentiel dans ce processus, peut se faire de différentes manières. D'une part, par la lecture, puisque l'ensemble des données qu'il s'agit d'examiner est bien trop vaste pour pouvoir être livré dans les cours, les discussions ou la supervision. D'autre part, les cours qui mettent en lumière des questions importantes et fournissent des cadres théoriques permettant d'organiser l'information et les idées sont tout particulièrement utiles car ils aident les stagiaires à faire un travail de synthèse et de conceptualisation. Une autre façon d'introduire de nouvelles informations est de soulever des problèmes et de poser des questions sur l'identité sexuelle et le pouvoir à propos de chaque cas, chaque théorie et chaque intervention. Ainsi l'identité sexuelle devient, avec la race et la classe, un appareil critique à travers lequel examiner tout ce que nous pensons et faisons.

Parmi les autres méthodes de formation, il y a l'examen des aspects liés à l'identité sexuelle dans les processus interpersonnels entre stagiaires dans le contexte de la supervision ou des cours (par exemple, comment les hommes se considèrent comme plus compétents, ou prennent davantage de temps de pause et comment les femmes s'adaptent ou se laissent interrompre, etc.) ; l'écriture d'un journal qui aide les stagiaires à perlaborer la diversité des sentiments que le matériel peut faire naître, l'utilisation de génogrammes pour permettre aux stagiaires d'étudier dans leur propre famille d'origine les rôles, croyances et schémas liés à l'identité sexuelle des uns et des autres ; enfin, l'étude de vidéos et de films documentaires, éducatifs ou commerciaux qui démontrent, illustrent et rendent vivantes les questions débattues.

Conclusion

L'intégration d'une approche féministe dans le discours de la thérapie familiale aux États-Unis a profondément influencé le travail et la pensée des thérapeutes familiaux sur un grand nombre de points de vue théoriques. Comme nous avons tenté de le montrer ici, les thérapeutes familiaux féministes ne proposent pas de créer un nouveau modèle de thérapie familiale, mais plutôt l'identité sexuelle comme un objectif à travers lequel examiner de façon critique toutes les activités dans ce domaine – qu'elles relèvent de la théorie, de la clinique ou de la formation des thérapeutes – afin d'y identifier les préjugés sexistes et de les éliminer.

*
**

RÉFÉRENCES BIBLIOGRAPHIQUES

Avis, J.M. (1986), « Feminist issues in family therapy », *in* Piercy, F., et Sprenkle, D. (éd.), *Family Therapy Sourcebook*, New York, The Guilford Press, p. 213-242.
– (1989), « Integrating gender into the family therapy curriculum », *Journal of Feminist Family Therapy*, 1 (2), p. 3-26.
– (1991), « Power politics in therapy with women », *in* Goodrich, T.J. (éd.), *Women and Power : Perspectives for Family Therapy*, New York, Norton, p. 183-200.
– (1992), « Where are all the family therapists : Abuse and violence within families and family therapy's response », *Journal of Marital and Family Therapy*, 18 (3), p. 225-232.
– et Haig, C.M. (1988), « Mother-blaming in major family therapy journals », manuscrit non publié.

Badgley, R., Allard, H., McCormick, N., Proudfoot, F., Fortin, D., Ogilvie, D., Rae-Grant, Q., Gelinas, P., Pénis, L., Sutherland, S. (1984), *Sexual Offenses against Children*, commission sur les violences sexuelles exercées sur des enfants et des jeunes, Ottawa, Canadian Government Publishing Center, t. 1.

Belenky, M., Clinchy, B., Goldberger, N., Tarule, J. (1986), *Women's Ways of Knowing*, New York, Basic Books.

Bergman, S. (1991), « Men's psychological development : A relational perspective », *Work in Progress*, Wellesley, Massachusetts, The Stone Center Working Paper Series, 48.

Bly, R. (1990), *Iron John : A book about men*, Reading, Massachusetts, Addison-Wesley.

Bograd. M. (1984), « Family Systems approaches to wife battering : A feminist critique », *American Journal of Orthopsychiatry*, 54, p. 558-568.

Breunlin, D., Schwartz, R., Karrer, B. (1992), *Metaframeworks : Transcending the Models of Family Therapy*, New York, Basic Books.

Browne, A. (1987), *When Battered Women Kill*, New York, The Free Press.

Caplan, P.J. (1984), « The myth of women's masochism », *American Psychologist*, 39, p. 130-139.

– et Hall-McCorquodale, I. (1985), « Mother-blaming in major clinical journals », *American Journal of Orthopsychiatry*, 55, p. 345-353.

Chodorow, N. (1978), *The Reproduction of Mothering : Psychoanalysis and the Sociology of Gender*, Berkeley, University of California Press.

Dinnerstein, D. (1977), *The Mermaid and the Minotaur : Sexual Arrangements and the Human Malaise*, New York, Harper and Row.

Dutton, D.G. (1988), *The Domestic Assault of Women : Psychological and Criminal Justice Perspectives*, Toronto, Allyn and Bacon.

Ehrenreich, B., et English, D. (1978), *For her Own Good : 150 Years of the Experts' Advice to Women*, Garden City, New York, Anchor Books.

Finkelhor, D. (1986), « Abusers : Spécial topics », *in* id. *et al.* (éd.), *A Sourcebook on Child Sexual Abuse*, Beverly Hills, Sage, p. 119-142.

Gilligan, C. (1982), *In a Different Voice : Psychological Theory and Women's Development*, Cambridge, Harvard University Press.

Goldner, V. (1985), « Feminism and family therapy », *Family Process*, 24, p. 31-47.

– (1988), « Gender and génération : Normative and covert hiérarchies », *Family Process*, 27, p. 17-31.

Goodrich, T.J. (1991), « Women, power and family therapy : What's wrong with this picture ? », *in* id. (éd.), *Women and Power : Perspectives for Family Therapy*, New York, W.W. Norton.

–, Rampage, C., Ellman, B., Halstead, K. (1988), *Feminist Family Therapy : A Casebook*, New York, W.W. Norton.

Gottman, J. (1991), « Predicting the longitudinal course of marriages », *Journal of Marital and Family Therapy*, 17 (1), p. 3-7.

Herman, J.L. (1990), « Sex offenders : A feminist perspective », *in* Marshall, W.L., Laws, D.R., Barberee. H.E. (éd.), *Handbook of Sexual Assault : Issues, Theories, and Treatment of the Offender*, New York, Plenum Press, p. 177-193.

Imber-Black, E. (1986), « Odysseys of a learner », *in* Efron, E. (éd.), *Journeys : Expansion of the Strategic and Systemic Therapies*, New York, Brunner/Mazel, p. 3-29.

Jacobson, N.S. (1983), « Beyond empirism : The politics of marital therapy », *American Journal of Family Therapy*, 11, p. 11-24.

Jaffe, P., Wilson, S., Wolfe, D. (1987), « Children of battered women », *Ontario Médical Review*, 54, p. 383-386.

– (1990), *Children of Battered Women*, Newbury Park, Californie, Sage.

James, K., et McIntyre, D. (1983), « The reproduction of families : The social role of family therapy ? », *Journal of Marital and Family Therapy*, 9, 2, p. 119-129.

Johnson, O. (éd.) (1992), *Information Please Almanac*, New York, Houghton Mifflin.

Jordan, J.V. (1989), « Relational development : Therapeutic implications of empathy and shame », *Work in Progress*, 39, Wellesley, Massachusetts, Stone Center Working Paper Series.

Keen, S. (1991), *Fire in the Belly : On Being a Man*, New York, Bantman.

Keller, E.F. (1985), *Reflections on Gender and Science*, New Haven, Yale University Press.

Kerr, M. (1988), *Family Evaluation : An Approach Based on Bowen Theory*, New York, W.W. Norton.

Klein, M. (1976), « Feminist concepts of therapy outcome », *Psychotherapy : Theory, Research and Practice*, 13, p. 89-95.

Lamb, S. (1991), « Acts without agents : An analysis of linguistic avoidance in journal articles on men who batter women », *American Journal of Orthopsychiatry*, 61 (2), p. 250-257.

Lasch, C. (1977), *Haven in a Heartless World*, New York, Basic Books.

Leighton, B. (1989), *Spousal Abuse in Metropolitan Toronto : Research Report on the Response of the Criminal Justice System* (rapport nº 1989-02), Ottawa, Solicitor General of Canada.

Lerner, H.G. (1985), *The Dance of Danger : A Woman's Guide to Changing the Patterns of Intimate Relationships*, New York, Harper and Row.

Maccoby, E.E. (1990), « Gender and relationships : A developmental account », *American Psychologist*, 45, p. 513-520.

MacLeod, L. (1987), *Battered but not Beaten... Preventing Wife Battering in Canada*, Ottawa, Canadian Advisory Council on the Status of Women.

Miller, J.B. (1983), « The construction of anger in women and men », *Work in Progress*, Wellesley, Massachusetts, Stone Center Working Papers Series, 4.

– (1986), *Toward a New Psychology of Women*, 2ᵉ éd., New York, Beacon Press.

Minuchin, S. (1974), *Families and Family Therapy*, Cambridge, Harvard University Press ; trad. fr. : *Familles en thérapie*, Paris, Jean-Pierre Delarge, 1979.

Penfold, P.S., et Walker, G.A. (1983), *Women and the Psychiatric Paradox*, Montréal, Eden Press.

Putnam, F. (1989), *Diagnosis and Treatment of Multiple Personality Disorder*, New York, Guilford.

Rampage, C. (1991), « Personal authority and women's self-stories », *in* Goodrich, T.J. (éd.), *Women and Power : Perspectives for Family Therapy*, New York, W.W. Norton, p. 109-122.

Ross, C. (1991), *Research Data Presented at the Education/Dissociation Conference : Assessment and Treatment of Dissociation and Multiple Personality*, Toronto, Ontario Institute for Studies in Education, janvier.

Russell, D. (1982), *Rape in Marriage*, New York, Collier Books.
– (1986), *The Secret Trauma : Incest in the Lives of Girls and Women*, New York, Basic Books.

Selvini Palazzoli, M., Boscolo, L., Cecchin, J.F., Prata, G. (1980), « Hypothesizing-circularity-neutrality : Three guidelines for the conductor of the session », *Family Process*, 19, p. 3-12.

Straus, M.A., et Gelles, R.J. (1986), « Societal change and change in family violence from 1975 to 1985 as revealed by two national surveys », *Journal of Marriage and the Family*, 48.

Surrey, J. (1984), « The "self-in-relation" : A theory of women's development », *Work in Progress*, Wellesley, Massachusetts, Stone Center Working Papers Series, 13.

Taggart, M. (1985), « The feminist critique in epistemological perspective : Questions of context in family therapy », *Journal of Marital and Family Therapy*, 11, p. 113-126.

Tavris, C. (1992), *The Mismeasure of Woman*, New York, Simon and Schuster.

Toufexis, A. (1987), « Home is where the hurt is : Wife beating among the well-to-do is no longer a secret », *Time*, 130 (25), 21 décembre, p. 68.

Walker, L. (1979), *The Battered Woman*, New York, Harper and Row.

Weiner, J.P., et Boss, P. (1985), « Exploring gender bias against women : Ethics for marriage and family therapy », *Counseling and Values*, 30, p. 9-23.

Wheeler, D. (1985), « The theory and practice of feminist-informed family therapy : A Delphi study », thèse de doctorat non publiée, Purdue University, W. Lafayette, IN.

–, Avis, J., Miller, L.A., et Chaney, S. (1985), « Rethinking family therapy éducation and supervision : A feminist model », *Journal of Psychotherapy and the Family*, 1 (4), p. 53-71.

*Constructivisme,
constructionnisme social
et narrations :
aux limites de la systémique ?*

Jusqu'à la fin des années soixante-dix, le système qu'il s'agissait d'étudier en thérapie familiale était le plus souvent celui de la famille, le thérapeute étant généralement considéré comme un observateur extérieur et bien peu de thérapeutes s'intéressant encore au système thérapeutique.

Cette approche acceptait implicitement qu'une réalité objective existait à l'extérieur de nous, réalité qu'il fallait percer à jour pour aider les patients à se dégager des rets où ils étaient pris.

A partir du début des années quatre-vingt, toutefois, et plus particulièrement après la publication en allemand, en 1981, de l'ouvrage, dirigé par Paul Watzlawick, *L'Invention de la réalité* [l], un nouveau mouvement, dit *constructivisme*, s'est répandu dans le milieu des psychothérapeutes de la famille : cette approche se réclamait des travaux d'Ernst von Glasersfeld [2], de Heinz von Foerster [3], de Humberto Maturana [4] et de Francisco Varela [4]. Puis, quelques années plus tard, le constructivisme a été lui-même attaqué au nom du *social constructionism* (« constructionnisme social ») ; de nouvelles formes de thérapie insistant sur les narrations ou les solutions ont alors proposé de remplacer la métaphore cybernétique/systémique par une autre métaphore, celle-là post-moderne et anthropologique [5].

Je voudrais commencer, dans cette introduction, par décrire brièvement les thèses constructivistes, tout en exposant les théories des tenants du constructionnisme social et les critiques que ces derniers ont adressées au constructivisme ; après quoi je présenterai les principales écoles de ces deux courants, ainsi que certains des auteurs qui ont incarné ces mouvements dans le champ de la psychothérapie.

Les travaux de Heinz von Foerster sur la seconde cybernétique, de même que ceux de Humberto Maturana et de Francisco Varela sur la perception, ont été partiellement à l'origine de l'application des théories constructivistes au domaine de la thérapie familiale.

Heinz von Foerster [6] a insisté sur la relation entre système observateur et système observé, en montrant que ces deux systèmes sont inséparables. Mettant l'accent sur l'éthique et accordant une place essentielle au tiers qui met en relation l'autre et moi-même (« cette relation est l'identité », disait-il), il considérait que réalité et communauté vont de pair ([3], p. 68) ; et il développa encore ce point de vue dans une introduction à un article de Francisco Varela où il indiqua que, en plaçant l'autonomie de l'observateur au centre de sa philosophie, « Kant n'avait pas pour intention d'effectuer un mouvement de l'objectivité vers la subjectivité, mais plutôt de fonder une éthique, car il avait vu clairement que, sans autonomie, il ne pouvait y avoir de responsabilité, ni par conséquent d'éthique » ([7], p. 3).

Humberto Maturana et Francisco Varela [8] ont, quant à eux, souligné que la perception visuelle naît à l'intersection de ce qui s'offre à nous et de notre propre système nerveux : ils ont démontré que ce que nous voyons n'existe pas, en tant que tel, à l'extérieur de notre champ d'expérience, mais résulte de l'activité interne que le monde extérieur déclenche en nous.

Maturana a établi également que les critères de validation d'une expérience scientifique n'ont pas besoin de l'objectivité pour fonctionner : ce qui est nécessaire au chercheur, ce n'est pas un monde d'objets, mais une communauté d'observateurs dont les déclarations forment un système cohérent [9], et c'est pourquoi ce biologiste met l'objectivité « entre parenthèses ».

Enfin, pour Maturana comme pour Varela, le langage n'a pas été inventé par un sujet qui aurait cherché à appréhender le monde extérieur ; les êtres humains sont pour eux des êtres langagiers fondamentalement indissociables de la trame des couplages structurels que tisse le langage [8].

Grâce à ces penseurs constructivistes, les thérapeutes familiaux ont été amenés à découvrir que la construction mutuelle du réel compte davantage, en psychothérapie, que la recherche de la vérité ou de la réalité. Cette découverte a eu au moins quatre implications capitales dans le champ de la pratique thérapeutique :

– dans la mesure où des couplages différents font émerger des mondes différents, et pourtant compatibles, une psychothérapie réussie n'implique pas que le thérapeute a eu raison, mais que la construction qu'il a édifiée avec les membres du système thérapeutique est opératoire ;

– par ailleurs, l'intervention du thérapeute, au lieu de viser à faire surgir une quelconque « vérité » prétendument profitable au système ou à ses membres, doit tendre plutôt à élargir le champ des possibles ;

– il convient de noter, d'autre part, que le concept de *couplage structurel*, tel que Maturana et Varela l'ont élaboré pour décrire ce qui se manifeste à l'intersection d'un système déterminé par sa structure et du milieu où ce système s'insère [8], maintient l'importance de l'autonomie individuelle, et donc de la responsabilité personnelle ;

– enfin, ceux qui, comme Foerster, refusent de séparer l'observateur du système observé sont inévitablement confrontés au paradoxe autoréférentiel ; il leur faut donc impérativement formuler le problème en d'autres termes pour éviter de se retrouver placés devant la sempiternelle question : comment est-il possible de parler d'une situation à laquelle nous participons sans que nos descriptions soient entachées par nos propriétés personnelles [1] ?

Parmi les nombreux congrès de thérapie familiale qui se sont tenus sur des thèmes constructivistes dans les années quatre-vingt, certains ont revêtu une importance particulière.

L'un des premiers congrès afférents à ce domaine fut organisé en février 1985 à Saint-Étienne sous l'égide de Reynaldo Perrone [2], psychiatre et thérapeute familial spécialiste de la prise en charge des comportements violents intrafamiliaux ; ce fut au cours de cette rencontre, à laquelle participèrent Edgar Morin et Carlos Sluzki, que Humberto Maturana et

---

1. C'est pour tenter de répondre à cette question que je me suis demandé comment le thérapeute pouvait utiliser les résonances communes des membres du système thérapeutique pour mieux se servir de son vécu.

2. Reynaldo Perrone, qui dirigeait à cette époque l'Institut de formation et d'application des thérapies de la communication, à Saint-Étienne, est aujourd'hui professeur associé à la faculté de psychologie de Grenoble.

Heinz von Foerster furent présentés pour la première fois aux thérapeutes français. Puis le Mental Research Institute de Palo Alto organisa, en 1987, à San Francisco un colloque intitulé *Maps of the World, Maps of the Mind* (« Cartes du monde, cartes de l'esprit »). Et il convient enfin d'ajouter à cette liste les deux séminaires que la Gordon Research Conference organisa sur le thème de la cybernétique, d'abord en juin 1986 à Wolfeboro (New Hampshire), puis en janvier 1988 à Oxnard (Californie) : maints thérapeutes intéressés par les thèses constructivistes (dont Lynn Hoffman, Tom Andersen, Bradford Keeney, Carlos Sluzki, Karl Tomm et moi-même) s'y retrouvèrent.

Ce fut vers la fin de ces mêmes années quatre-vingt que les théories du constructionnisme social prirent leur essor aux États-Unis.

Kenneth J. Gergen, professeur de psychologie au Swarthmore College, en Pennsylvanie, qui compte parmi les principaux représentants du constructionnisme social dans le domaine de la psychologie, a décrit ce nouveau champ à l'occasion d'un entretien récent [10]. A ses yeux, les significations, aussi bien que le sens du « moi » et les émotions, naissent dans un contexte intrinsèquement relationnel : non seulement le « je » et le « tu » ne se manifestent qu'au sein des dialogues permis par les relations humaines, mais l'identité elle-même est produite par des narrations issues d'échanges communs ([11], p. x), les narrations du moi renvoyant en effet à des relations sociales bien plus qu'à des choix individuels ([11], p. 186) ; dans cette optique, même les émotions correspondent à des modes de fonctionnement social, car elles sont enchâssées dans des séquences et des scénarios communs ([11], p. 225 et 229).

Gergen propose aux thérapeutes de remplacer les métaphores mécanistes de la cybernétique par des métaphores tirées de la théorie littéraire ou de l'anthropologie postmoderne : il situe résolument le constructionnisme social dans l'ère post-moderne, définissant le modernisme comme une vision du monde enracinée dans le XVIᵉ et le XVIIᵉ siècle.

Selon cet auteur, le modernisme assimilait le monde à une gigantesque machine que les hommes devaient et pouvaient comprendre, la compréhension du fonctionnement de cette machine étant censée produire des connaissances garantes d'un progrès illimité : de sorte que la pensée moderne mettait l'accent sur les desseins, l'évolution, l'objectivité et la rationalité. Tandis que la pensée post-moderne serait née vers la fin des années soixante, concurremment à la contestation d'un ordre politique amoral qui se préoccupait uniquement d'accumuler encore plus de richesses et de pouvoirs : l'approche post-moderne associe par conséquent la revendication éthique à la déconstruction des concepts de rationalité, d'objectivité et de progrès.

Dans son ouvrage intitulé *Realities and Relationships* (« Réalités et Relations ») [11], Kenneth J. Gergen a analysé les relations qui se sont nouées entre le constructivisme et le constructionnisme social : tenant toutes deux le savoir pour une construction de l'esprit et refusant l'une et l'autre de définir la connaissance comme le reflet fidèle d'une réalité ou d'un monde indépendant de nous (conception qui était caractéristique du modernisme), ces deux approches rejettent le dualisme sujet/objet. Mais pour les constructionnistes, des concepts tels que « le monde » ou « l'esprit » n'ont pas le statut ontologique que semblent leur attribuer les constructivistes, car ils appartiennent à des pratiques discursives et sont donc susceptibles d'être contestés et négociés dans le langage. Selon Gergen, le constructivisme est encore lié à la tradition occidentale de l'individualisme dans la mesure où il décrit la construction du savoir à partir de processus intrinsèque à l'individu, alors que le constructionnisme social s'attache au contraire à faire remonter les sources de l'action humaine aux relations sociales. C'est en ce sens qu'il affirme : « La construction du monde ne se situe pas à l'intérieur de l'esprit de l'observateur, mais bien à l'intérieur des différentes formes de relation » ([11], p. 243).

Les conséquences de cette approche pour la psychothérapie pourraient être les suivantes, d'après Gergen [10] :

– Les échanges verbaux entre le thérapeute et le patient ne reflétant pas une quelconque vérité, il ne s'agit pas de vérifier ou d'appliquer une théorie préconçue, mais de s'engager dans un dialogue potentiellement productif.

– Quand le patient parle de tel ou tel problème, il importe de s'interroger sur son contexte relationnel en se demandant pour qui il tient ce discours et dans quel but. L'évocation d'une dépression, par exemple, peut être un moyen de se relier à autrui, d'inviter d'autres personnes à entrer dans certaines « danses » spécifiques.

– Les significations étant cogénérées par le patient et le thérapeute dans le contexte thérapeutique, il n'existe pas plus de voix unique qu'il n'existe un moi unifié : il n'y a pas une voix mais plusieurs, et il incombe donc au thérapeute d'aider le patient, à partir de l'aspect pragmatique du langage thérapeutique, à faire surgir en lui d'autres voix qui lui permettront de s'orienter vers d'autres formes de « conversations ».

De nombreuses écoles se sont réclamées de ces derniers développements. Harry Goolishian et Harlene Anderson [12], estimant que le vécu est compris et ressenti à travers des réalités narratives socialement construites, se sont prononcés en faveur des thérapies centrées sur la « dissolution du problème » (*dissolving therapies*), par opposition aux *solving therapies*, axées sur le symptôme. Pour ces deux auteurs, l'intervention thérapeutique est un principe obsolète : le thérapeute n'intervient plus mais se contente de participer à la conversation thérapeutique à partir d'une « position de perplexité ».

Pour Michael White, thérapeute familial qui exerce à Adélaïde, en Australie, le thérapeute, s'inspirant de Derrida, doit chercher à déconstruire les « vérités » qui sont séparées des conditions et des contextes de leur production [13]. Pensant d'abord, à la suite de Michel Foucault, que les domaines de connaissance sont des domaines de pouvoir, White adhère à la définition foucaldienne de l'exclusion comme conséquence de l'acceptation d'une identité socialement attribuée : tant pour les personnes que pour les groupes, ce serait l'identité imposée à l'individu marginalisé, bien plus que la non-appartenance à telle ou telle collectivité, qui créerait l'exclusion. Retrouvant d'autre part les intuitions antipsychiatriques des années soixante, il estime qu'il est fondamental de dévoiler la « nature politique » des interactions locales et s'efforce donc d'« extérioriser » les discours intériorisés grâce à des « conversations thérapeutiques » qui visent à « repolitiser » ce qui avait été dépolitisé. Très attentif, enfin, à l'importance des « récits » pour la construction des significations de l'expérience individuelle, il considère que les connaissances culturelles peuvent finir par constituer un facteur d'assujettissement : pour lui, c'est donc dans l'espace créé en thérapie par l'extériorisation de certains de ces discours intériorisés, dans la distance nouvelle que la personne tend à établir avec « ses récits », que des narrations alternatives peuvent éventuellement s'édifier.

Bien que White se soit défini un moment comme un « constructiviste radical », aussi éloigné des structuralistes (pour qui les comportements reflètent la structure de l'esprit) que des fonctionnalistes (qui se polarisent plutôt sur la fonction que le comportement tend à remplir dans un système donné) ([13], p. 27), son école est surtout insérée dans la mouvance du constructionnisme social.

Comme Anderson et Goolishian, Steve de Shazer, du Brief Family Therapy Center de Milwaukee, aux États-Unis, pense que les problèmes sont inscrits dans le langage, mais, à l'opposé de ces auteurs, il s'assigne pour principal objectif de résoudre le plus rapidement possible les difficultés des patients [14] : s'intéressant beaucoup moins à la cause des problèmes qu'à la découverte des solutions, il s'applique à promouvoir ces résolutions en amplifiant les ressources latentes des personnes qui ont sollicité son aide, conformément à la méthode d'Erickson. Et il recherche aussi les « exceptions », car il est convaincu par ailleurs que la réalité est construite plutôt que découverte : avec Insoo Kim Berg, il s'efforce de repérer les moments où ses clients ont relativement bien résisté aux problèmes dont ils se plaignent, afin de les aider à mieux lutter contre ce qui les opprime. Cette approche, centrée sur les solutions, se développe rapidement aux États-Unis, comme en témoignent les nombreux ouvrages récemment publiés par les représentants de ce courant : *In Search of Solutions : A New Direction in Psychotherapy* [15], de William Hudson O'Hanlon et Michele Weiner-Davis ; *Becoming Solution-Focused in Brief Therapy* [16], de John L. Walter et Jane E. Peller ; ou encore *Solution Talk : Hosting Therapeutic Conversations* [17], de Ben Furman et Tapani Ahola.

Tom Andersen, professeur de psychiatrie sociale à l'université de Tromso, en Norvège, a commencé à expérimenter le dispositif dit de l'« équipe réfléchissante » vers le milieu des années quatre-vingt [18] : dans ce type de séances, l'équipe qui travaille derrière le miroir sans tain réfléchit à voix haute en présence de la famille en thérapie, laquelle communique ensuite aux thérapeutes les réflexions que ces commentaires ont suscitées. Cette approche, qui aspire à développer le respect du patient en s'opposant à l'orientation trop hiérarchique de certaines psychothérapies systémiques, a inspiré de nombreux praticiens, tels qu'Esther Wanschura, de l'Institut für Systemische Interventionen und Studien de Vienne, ou Elida Romano, Jean-Clair Bouley, Patrick Chaltiel, Didier Destal, Serge Hefez et Françoise Rougeul, membres de l'Association parisienne de recherche et de travail avec les familles (APRTF).

Après avoir été très proches de Mara Selvini Palazzoli, ces six thérapeutes se sont réclamés dans un deuxième temps du modèle d'« intervention provocative » de Maurizio Andolfi, ainsi que du modèle conversationnel et constructiviste de Carlos Sluzki – comme ils ont créé en outre, étant sensibles aussi à mon concept de résonance, des petits groupes de formation où chaque étudiant est libre d'expérimenter un style d'intervention spécifique. Ces références multiples sont un trait commun à la plupart des écoles de formation : il est en effet relativement rare, en Europe, de ne former qu'à une seule approche. Mais la richesse de l'APRTF est encore amplifiée par l'appartenance de ses formateurs à un système psychiatrique institutionnel au sein duquel ils ont développé de nombreuses unités de psychothérapie familiale.

Dans un contexte où le dialogue tend de plus en plus à être préféré à l'« intervention » pour modifier les significations et élargir le champ des possibles, l'importance thérapeutique des « questions » ne peut que s'accroître : cette donnée nouvelle a été prise en compte par Luigi Boscolo, Gianfranco Cecchin, Karl Tomm, Carlos Sluzki, Peggy Penn, Lynn Hoffman et bien d'autres, qui ont souligné que les questions pouvaient être de puissants instruments d'autoguérison [19].

Il est intéressant de retracer comment certains thérapeutes familiaux ont été amenés à se détacher du constructivisme pour se tourner vers le constructionnisme social. Lynn Hoffman et Harlene Anderson ont raconté de quelle façon Harold Goolishian s'est séparé du constructivisme dès la fin des années quatre-vingt : cette séparation, précisent-elles [20], se produisit dans la ville de Sulitjelma (Norvège), où Tom

Andersen avait organisé une rencontre à laquelle avaient participé, entre autres, Ernst von Glasersfeld, Heinz von Foerster, Humberto Maturana, Lynn Hoffman, Harold Goolishian, Harlene Anderson, Gianfranco Cecchin et Luigi Boscolo. Harlene Anderson et Harold Goolishian avaient projeté une bande vidéo aux théoriciens présents pour leur fournir un exemple concret de leur style non directif, et non seulement leur travail semblait avoir été peu compris, mais certains membres de l'assistance s'étaient montrés carrément réfractaires à leur démonstration. Peu après, au moment même où Lynn Hoffman ne parvenait plus à suivre un débat entre deux théoriciens constructivistes, Harold Goolishian s'était approché d'elle pour lui annoncer qu'un déclic venait de se faire dans son esprit : lui expliquant qu'il venait de comprendre que la cybernétique n'était pas une science de la compréhension mais une sorte d'ingénierie fondée sur le contrôle, il se dit désormais convaincu de la nécessité de renoncer aux analogies de type cybernétique.

Au cours de l'entretien où Lynn Hoffman me fit part de cet événement [20], Harlene Anderson précisa que, jusqu'à cette époque, Goolishian et elle-même étudiaient aussi bien Kenneth Gergen que les auteurs constructivistes – ils s'étaient efforcés jusqu'à cette date de faire coexister ces deux corpus théoriques en tant que références complémentaires, et ce fut seulement à partir de cette rencontre de Sulitjelma qu'ils se séparèrent de la mouvance constructiviste pour s'intéresser au constructionnisme social, à l'herméneutique et aux théories de la narration.

Lors d'un séminaire qu'ils ont animé en novembre 1994 à Chicago dans le cadre du cinquante-deuxième congrès annuel de l'American Association for Marriage and Family Therapy, Joan Aderman, Tom Andersen, Harlene Anderson, Marilyn Frankfurt, Peggy Penn, Tom Russell et Kathy Weingarten ont diffusé un texte qui précise les points essentiels de l'approche qu'ils préconisent : dite *collaborative therapy* (« thérapie en collaboration ») et se voulant une coconstruction du nouveau liée au post-modernisme, cette approche oppose les systèmes sociaux définis par les rôles et les structures aux systèmes linguistiques, les familles aux individus vivant dans le langage et les organisations hiérarchiques aux organisations horizontales et égalitaires.

Pour les partisans de cette *collaborative therapy*, le moi est une instance multiple qui s'échafaude dans le langage et les relations, tandis que le « non-savoir » du thérapeute est tenu pour indispensable à l'éclosion de nouvelles possibilités. Concevant la thérapie comme une collaboration entre des personnes aux expériences et perspectives différentes plutôt que comme une relation entre un expert et des sujets qui demandent de l'aide, ce groupe en déduit logiquement que le thérapeute doit accepter de s'installer dans un « non-savoir » afin de s'ouvrir aux possibilités que le savoir risquerait de ne pas laisser émerger : cette position, qui permet de se maintenir dans un processus d'apprentissage, privilégie la quête commune du thérapeute et du client sans impliquer pour autant le rejet de tout savoir antérieur.

Il est intéressant de noter, d'autre part, que les lectures tant constructivistes que constructionnistes rejoignent d'autres travaux plus anciens qui, jusqu'alors, n'avaient eu que peu de retentissement dans le milieu des thérapeutes familiaux.

C'est ainsi que Ronald Laing, au cours d'un débat enregistré en 1981 et publié dix ans plus tard, avait souligné que penser en termes de carte et de territoire lui semblait vain :

> La carte ou le modèle fait partie intégrante du champ où se trouve le modèle. Il n'y a pas de carte transcendante que nous pourrions saisir et regarder [...]. Beaucoup de gens pensent qu'en affirmant cela on abandonne la théorie et on tombe dans un genre de subjectivisme ridicule. Ils essaient d'imposer un contraste simpliste entre un subjectivisme mou et un objectivisme ferme. Nous devons refuser cette distinction ([21], p. 42).

Laing annonçait déjà la seconde cybernétique et le refus de la dualité sujet/objet.

Dans un texte publié en 1973 [22], Albert Scheflen et moi-même critiquions le rôle de l'expert qui, lorsqu'il sélectionne un élément explicatif, réduit la diversité d'une situation et usurpe la place du client. Cette position est assez proche de celle défendue par Harlene Anderson et Harold Goolishian dans un remarquable article intitulé « The client is the expert : A not-knowing approach to therapy » (« Le client est l'expert : une approche de "non-savoir" en thérapie ») [23].

Les travaux de Bradford P. Keeney sur l'esthétique du changement ([24], p. 8) et son plaidoyer, dans la ligne de Bateson [3], en faveur « d'une compréhension esthétique du changement, d'un certain respect, d'un étonnement et d'une appréciation des systèmes naturels » ont ouvert également la voie aux développements ultérieurs des psychothérapies familiales constructivistes et constructionnistes.

D'autres encore ont dénoncé les lectures centrées sur l'individu et l'interaction à la suite de Félix Guattari, qui avait déclaré lors d'un débat :

> L'existence d'interactions interindividuelles au sein de la famille paraît aller de soi [...]. Mais jusqu'à quel point peut-on parler d'interactions entre des personnes individuelles ? Jusqu'à quel point un locuteur engage-t-il une personne individuée ? [...]. La notion d'unité individuelle me paraît être un faux-semblant. Prétendre centrer à partir d'elle un système d'interaction entre des comportements relevant en fait de composants hétérogènes, non localisables de façon unique sur une personne, me paraît illusoire ([26], p. 10).

Isabelle Stengres, quant à elle, avait critiqué en 1983 ([27], p. 29) l'épistémologie cybernétique, en lui reprochant d'être une « conception philosophique d'un monde où des systèmes autonomes coexistent en tant que vivants-connaissants, se perturbent les uns les autres et ne se connaissent qu'en fonction de leur propre programme, chacun enfermé dans le cercle clos de son langage et des stimuli qu'il capte », analyse qui pourrait être tout à fait reprise par les tenants du constructionnisme social.

Enfin, au début des années soixante-dix, j'avais assisté à une journée de formation donnée par le personnel du Roosevelt Hospital, à New York, journée au cours de laquelle une équipe thérapeutique avait reçu une famille en public et commenté son vécu par rapport à cette famille avant que ses membres réagissent eux-mêmes aux observations et commentaires des thérapeutes. Cette expérience, me semble-t-il,

---

3. Cf. notamment les commentaires de Gregory Bateson à propos du poème de Samuel T. Coleridge « Le dit du vieux marin » ([25], p. 104).

resta sans lendemain jusqu'au moment où Tom Andersen la recréa à son tour, dix ans plus tard.

Je ne puis résister à la tentation de comparer ces travaux précurseurs à des fluctuations qui n'auraient pas réussi à s'amplifier suffisamment pour qu'un nouveau devenir pût apparaître. En quelque sorte, il a fallu attendre l'apparition de certaines conditions particulières pour que des aspects qui semblaient condamnés à rester mineurs dans le champ des thérapies familiales s'assemblent, s'amplifient et, à travers une discontinuité, conduisent quelques-uns d'entre nous à expérimenter de nouvelles voies. Cette comparaison m'a été inspirée par les théories d'Ilya Prigogine, qui ne sont pas non plus totalement étrangères à Kenneth Gergen ([28], p. 161) et Lynn Hoffman ([29], p. 11).

Lynn Hoffman a retracé en 1988 une partie de son parcours dans un article intitulé « Une position constructiviste pour la thérapie familiale » [30]. Évoquant, dans ce texte, le « système significatif » décrit par Evans Imber-Black, Luigi Boscolo et Gianfranco Cecchin, elle s'y référait également au concept de « système déterminé par le problème », élaboré en 1986 par Harlene Anderson, Harry Goolishian et Lee Winderman, notion à laquelle elle adhérait d'autant plus qu'elle avait énoncé à la même époque que « le système ne crée pas le problème, mais le problème crée le système » ([30], p. 85). Refusant de remplacer le système familial par une autre unité, elle définissait alors la thérapie comme une « conversation » menée par un groupe de personnes à propos d'un problème, conversation qui s'achève quand il n'y a plus de problème à discuter. Puis, quelques années plus tard, elle décrivit son approche comme un travail conduit avec des systèmes relationnels à l'intérieur desquels le « je » relationnel du thérapeute se substitue au « je » hiérarchique traditionnel [4]. Ayant renoncé à l'ambition de la neutralité, elle accepte aujourd'hui de partager ce qu'elle vit et comprend avec la famille au cours de « conversations thérapeutiques » potentiellement transformatrices.

Et Lynn Hoffman propose en outre un autre concept fort intéressant : celui de la « connaissance du troisième type » (*knowing of the third kind*). Cette connaissance, qui n'est ni

---

4. Communication personnelle.

celle du monde extérieur ni celle du monde intérieur ou personnel, tend à se développer chez l'individu qui consent à s'ouvrir aux sentiments qui émergent dans l'espace relationnel.

Comme Harlene Anderson, Lynn Hoffman estime enfin que le thérapeute ne doit pas se situer dans le discours à partir d'une technique ou d'une méthode préconçue, mais uniquement à partir d'une « position authentique » ancrée dans une véritable transformation personnelle.

Peggy Penn, de l'Ackerman Institute, à New York, s'est beaucoup penchée, elle aussi, sur l'importance thérapeutique du questionnement et du pouvoir du langage, en tant qu'ils ouvrent à une multitude de possibles, chacun lié à un type de discours. Avec Marilyn Frankfurt, elle suggère à ses patients de rédiger un *participant text* (« texte participant »), qui peut prendre la forme d'un journal, d'une lettre adressée à une personne vivante ou décédée, d'une poésie, etc. : car elle estime que la création de ces nouvelles narrations favorise l'émergence de nouvelles voix [31].

Gill Gorell Barnes, psychothérapeute familiale exerçant à Londres, incite de même les patients victimes de mauvais traitements à élaborer des narrations qui leur soient propres. Mais elle n'hésite pas à associer ces narrations à d'autres procédures, puisqu'elle propose également à ces patients, s'ils le désirent, d'utiliser du matériel audiovisuel et d'intégrer les réactions des membres de leurs familles dans ces récits personnels.

Carlos Sluzki, dans ses travaux les plus récents, s'est intéressé aux nouvelles perspectives qui sont susceptibles de surgir au décours de la « conversation thérapeutique ». Dans un texte novateur intitulé « Transformations, propositions d'un schéma type pour les changements dans les récits en thérapie », ce thérapeute a essayé de formaliser les diverses approches systémiques centrées sur la narration [32] en établissant un distinguo entre des « dimensions » (temps, espace, causalité, interactions, valeurs et narration) et des « mouvements » afférents à chacune de ces données (pour la dimension du temps, il distingue par exemple plusieurs paramètres, tels que statique/fluctuant, nom/verbe ou ahistorique/historique). Pour Sluzki, ces « dimensions » et ces « mouvements » transformateurs sont au cœur même du processus du changement thérapeutique.

Gianfranco Cecchin, co-auteur avec Gerry Lane et Wendel A. Ray d'un essai consacré à l'irrévérence [33], se présente comme un thérapeute systémique influencé par le constructionnisme social [34]. Convaincu depuis longtemps de la nécessité d'aider les thérapeutes à se libérer de leurs grilles explicatives traditionnelles, Cecchin adhère aux analyses des théoriciens constructionnistes qui dépeignent la thérapie comme un processus au cours duquel peuvent surgir des éléments dont la richesse risque d'être réduite par les théories du thérapeute.

Quant à Luigi Boscolo, après s'être intéressé au rôle thérapeutique du langage [35], au point d'assimiler l'équipe thérapeutique à un « laboratoire métalinguistique », il a écrit un ouvrage sur le temps en collaboration avec Paolo Bertrando [36] : bien que se disant toujours fidèles à une approche systémique fondée sur la métaphore cybernétique, ces deux auteurs n'en proposent pas moins d'examiner les différentes pratiques psychothérapeutiques (qu'elles soient narratives ou autres) sous l'angle de la temporalité.

Cet intérêt pour le temps est partagé par Fritz Simon, responsable du Heidelberger Institut für Systemische Forschung, auteur d'un vocabulaire systémique cosigné parHeim Stierlin et Lyman C. Wynne [37] et rédacteur d'une introduction très vivante aux thèses constructivistes, intitulée *Meine Psychose, mein Fahrrad und ich : Zur Selbstorganisation der Verrücktheit* (« Ma psychose, ma bicyclette et moi... ») [38]. Avec ses collègues Gunthard Weber, Helm Stierlin, Arnold Retzer et Gunther Schmidt, de l'institut de Heidelberg, Fritz Simon a cherché à comprendre comment les familles incluant un membre schizophrène, maniaco-dépressif ou atteint de troubles psychosomatiques construisent leur réalité. Très attentif à la façon dont les groupes familiaux et les individus tentent de faire coexister des tendances antagonistes tant d'un point de vue temporel qu'au niveau des rôles personnels, il estime que les conflits ont des organisations tantôt diachroniques, tantôt synchroniques : dans le premier cas de figure les deux parties antagonistes se succèdent chronologiquement, tandis que dans le second elles coexistent dans une même période de temps. Et les comportements des patients maniaco-dépressifs ou de leurs familles témoigneraient d'une dissociation diachronique, alors que la structure communicationnelle des familles comportant un schizophrène serait de type synchrone : l'« ambivalence » apparente du schizophrène, par exemple, serait directement liée à la simultanéité des comportements opposés qui se manifestent chez lui. Pour Simon, toutes ces structures organisationnelles, quelles qu'elles soient, invitent le thérapeute à nouer avec les familles des alliances qui varient en fonction de la symptomatologie présentée ; et le risque majeur consiste « à chroniciser » involontairement ces structures, car l'ouverture de nouvelles voies devient dès lors très difficile [39].

Robert Jay Green, professeur de psychologie à la California School of Professional Psychology d'Alameda, a d'abord réfléchi à la possibilité de résoudre certaines impasses thérapeutiques à partir des perspectives qu'ouvre la seconde cybernétique [40] : s'inspirant conjointement de l'approche du Mental Research Institute de Palo Alto, des orientations des thérapeutes systémiques de Milan et de mes propres travaux sur l'utilisation des résonances dans le système thérapeutique, il a élaboré une méthode en sept points qui vise à analyser et à résoudre ces impasses à partir d'une représentation cybernétique de la psychothérapie. Puis il a découvert avec Herget [41] que les alliances thérapeutiques à tonalité affective positive pouvaient constituer un précieux facteur de changement, et cela que la psychothérapie soit systémique, stratégique, centrée sur la solution ou narrative. Aujourd'hui, il s'intéresse plus spécifiquement aux intersections affectives entre le thérapeute et ses clients, à la cohérence narrative des grilles explicatives propres aux systèmes thérapeutiques et aux limitations entraînées par les contextes socioculturels.

L'importance de la relation patient/thérapeute a été soulignée également par Peter Steinglass, directeur de l'Ackerman Institute for Family Therapy, rédacteur en chef de la revue *Family Process* et auteur de nombreux articles aussi bien que de livres consacrés à la « famille alcoolique » [42]. Le travail clinique de Steinglass, qui se décrit comme un « collaborateur » de la famille plutôt que comme un expert, vise avant tout à développer les ressources et les capacités d'auto-intervention des systèmes familiaux par la quête conjointe d'hypothèses alternatives, puis par le développement de stratégies quasi expérimentales qui permettent de vérifier la pertinence des hypothèses retenues.

Vernon Cronen, professeur en communication à l'université du Massachusetts, et Peter Lang, codirecteur du Kensington Consultation Centre de Londres et éditeur de la revue *Human Systems*, estiment tous les deux qu'« être avec autrui » compte au moins autant que « s'adresser à lui ». Ils ont ainsi souligné dans un article récent [43] que les échanges langagiers et les attributions de significations peuvent et doivent être envisagés comme des « actions communes », les personnes et les sociétés existant « dans la communication, plutôt que par elle » ; et ils rattachent la pratique des « conversations thérapeutiques » aux conceptions philosophiques de William James, John Dewey et Ludwig Wittgenstein : leur article sur le langage et l'action est spécifiquement consacré à ces deux derniers auteurs.

C'est à une tâche différente que se sont attelés L. Kaufmann, psychiatre, E. Fivaz-Depeursinge, psychologue, et R. Fivaz, physicien. Principaux animateurs d'un groupe interdisciplinaire lié au Centre d'étude de la famille, à Lausanne, ces trois chercheurs se sont efforcés d'intégrer les différents modèles de thérapie existants à un schéma épistémologique, centré sur la notion de « paradigme évolutionniste », qui permet de rendre compte de l'isomorphisme fondamental des systèmes évolutifs de niveaux et de complexités différents.

L'encadrement du développement a pour eux valeur de concept clé : selon ces trois auteurs, l'interaction du thérapeute et de son patient est analogue à l'échange parent/enfant ou à la relation enseignant/étudiant, dans la mesure où, dans chacun de ces groupes, le système encadré (patient, enfant, étudiant) est tributaire du système encadrant (thérapeute, parent, enseignant) pour son autonomisation [44]. Progressant de concert vers un objectif commun, ces deux systèmes forment ensemble un système coévolutif qui s'exprime et se développe à travers l'« alliance de travail » que constitue la relation thérapeutique.

Sur le plan clinique, les thérapeutes qui se réclament de ce modèle font confiance au potentiel de croissance du client (individu ou famille) et s'efforcent de débloquer ou de faciliter l'évolution vers l'autonomie, en veillant notamment à ce que les interactions temporairement apparues au sein du système thérapeutique puissent être suspendues au moment voulu ; tout comme ils s'incluent dans la description et la construction du processus thérapeutique, favorisant ainsi l'émergence de la coconstruction et de la coévolution.

Sur le plan théorique, cette équipe du Centre d'étude de la famille aspire à pallier « le manque relatif d'articulation explicite entre les conceptions très abstraites de la systémique et ses applications cliniques [5] » : la description attentive des échanges entre partenaires (parents/bébé, thérapeute/couple), en particulier, ne leur paraît susceptible de déboucher sur une compréhension effective des jeux d'influence circulaires inhérents aux organisations hiérarchiques impliquées que si la trame temporelle de ces échanges est prise en considération [45].

En Suisse également, Colette Simonet, psychologue de formation à la fois analytique et systémique, a une approche particulièrement originale. Sensible au vécu corporel de ses patients, elle s'efforce de prendre en compte l'inscription corporelle des résonances des membres du système thérapeutique ; pour cette thérapeute, la coconstruction du réel, tout en étant liée au langage verbal, s'effectue également dans le corps des participants de ces systèmes aussi bien qu'à travers les « danses » qu'ils esquissent.

En France, le psychiatre et psychanalyste Robert Neuburger forme ses étudiants à l'approche constructiviste. Pour lui, il incombe au thérapeute de se dégager, dans ses objectifs comme dans ses croyances, de l'idée selon laquelle une approche serait plus « vraie » qu'une autre, de même qu'il lui appartient de veiller à ce que son « idéologie » n'oriente pas la famille vers des gammes de perceptions ou des choix de lecture préétablis. Partageant ces conceptions, Michèle Neuburger, de formation à la fois juridique et psychologique, axe ses recherches sur les situations d'inceste et les questions qu'elles suscitent.

Philippe Caillé, dont les premiers écrits se situaient dans la lignée des travaux de Mara Selvini Palazzoli [46], s'intéresse aujourd'hui à la nature autoréférentielle des systèmes

5. Communication personnelle

humains. Bien qu'il vive en Norvège, c'est un thérapeute de langue française, qui a acquis une large audience en Europe.

Appelant « modèle organisant », ou « modèle d'appartenance », la représentation mentale qu'ont les membres d'un système de la relation qui les unit, et précisant d'autre part que cette représentation « crée » en retour ses créateurs [47], Caillé s'efforce de « sculpter » les membres des systèmes familiaux qu'il suit en thérapie, en travaillant d'abord au niveau phénoménologique ou rituel (plan des actes accomplis avec autrui), puis au niveau mythique (plan des représentations métaphoriques non humaines) : il a donc mis au point une méthode analogique d'intervention, dite « sculpturation », qui permet de visualiser ces « modèles d'appartenance » familiaux en dépit des boucles logiques multistratifiées qu'ils impliquent.

S'opposant à la conception du thérapeute comme « réparateur », Caillé s'applique à créer des « espaces intermédiaires » qui se peuplent peu à peu d'« objets flottants » (constructions consistant aussi bien en des sculptures qu'en des protocoles invariables, des « contes systémiques » ou des « dialogues avec des masques ») ; selon lui, la création de ces espaces de rencontre et d'élaboration où évoluent des systèmes autonomes découlerait logiquement de la seconde cybernétique, qui imposerait de passer d'une systémique de la description objective des systèmes à une systémique de la subjectivité assumée, ou « nouvelle systémique ».

Il souligne enfin que le cadre thérapeutique, tout en restant assez simple pour répondre à la demande, doit être assez complexe pour pouvoir contenir les remaniements décisifs du rapport traitant/traité qui sont susceptibles de survenir au sein d'un temps « retrouvé ».

Yveline Rey, proche collaboratrice de Philippe Caillé et responsable du centre d'études systémiques CERAS, à Grenoble, s'inscrit elle aussi dans ce champ du coconstructivisme et de la nouvelle systémique. Co-auteur, avec Bernard Prieur, d'un ouvrage intitulé *Systèmes, éthique, perspectives en thérapie familiale* [48], elle a forgé de nombreux outils qui visent à stimuler la créativité du système thérapeutique, dont le « jeu de l'oie systémique » [49] et le « conte systémique ».

Cet intérêt pour le constructivisme anime de même Édith Goldbeter-Merinfeld, responsable de la formation à l'Institut d'études de la famille et des systèmes humains, à Bruxelles. Proposant un modèle axé sur les résonances qui surgissent autour du thème de l'absence à l'intérieur du système thérapeutique, cette thérapeute postule que toute relation est une relation à trois : même en cas de symbiose, il existerait toujours un tiers exclu.

Pour Goldbeter-Merinfeld, les membres des systèmes familiaux construisent leur réalité de telle sorte que l'un des membres du système est souvent chargé de réguler les distances émotionnelles familiales : ce sera soit un « tiers léger » quand il occupera cette place à titre transitoire, soit un « tiers pesant » quand il l'occupera de façon permanente, et le départ de ce « tiers pesant », lorsque ce dernier type d'organisation sera en vigueur, pourra faire apparaître des symptômes chez celui ou celle qui se retrouvera dans cette position intenable. Or, pour Goldbeter-Merinfeld, la famille attendra fréquemment du thérapeute qu'il se substitue à ce tiers absent afin de combler ce vide insupportable – et cela alors même que le thérapeute aura souvent été amené à occuper antérieurement, dans sa famille d'origine, cette place du « tiers pesant » sans pouvoir jouer son rôle de régulation jusqu'à son terme ; si bien que sa rencontre avec une famille en deuil de son propre « tiers pesant » risquera de renforcer les constructions des différents participants du système thérapeutique. Quoi qu'il en soit, ce sera dans de tels systèmes, tissés par deux histoires différentes liées par un thème commun, que l'apprentissage de la séparation devra s'effectuer au cours de la psychothérapie [50].

Le Centre de formation à l'approche systémique et à la thérapie familiale de l'université catholique de Louvain propose également un modèle qui insiste sur l'intersection des divers systèmes impliqués dans la formation (des systèmes professionnel, familial, thérapeutique, du formateur, du superviseur, de l'étudiant, etc.). Michel De Clercq, Édith Tilmans et Maggy Siméon [51] ont souligné dans un article qu'il leur semblait capital d'analyser avec précision ces intersections et influences réciproques dans le cadre du processus didactique ; tandis que Carmen Vieytes-Schmitt [52], membre du même Centre et formatrice à Chapelle-aux-Champs (Belgique), a étudié de très près la relation thérapeutique du point de vue du thérapeute, en se concentrant sur la capacité de ce dernier à « sentir avec » la famille pour transformer le niveau de connaissance du système formé, notion proche, me semble-t-il, de la « connaissance du troisième type » dont parle Lynn Hoffman.

Guy Ausloos, psychiatre exerçant et enseignant au Québec, propose, lui aussi, des concepts fort utiles aux thérapeutes familiaux. Ayant commencé par s'intéresser aux « secrets de famille » [53] dans le contexte de la délinquance juvénile, il a inventé ce qu'il nomme la « cothérapie scindée », dispositif où les attributions de deux cothérapeutes sont nettement séparées, l'un se concentrant sur les finalités familiales, tandis que l'autre est attentif aux finalités individuelles du patient désigné : ce dispositif, à ses yeux, permet de redonner une place à l'individu au sein du système familial, tout en dispensant de revenir à des formulations intrapsychiques. Il a travaillé en outre sur la fonction de la temporalité en psychothérapie, comparant le « temps arrêté » des familles à transactions rigides au « temps événementiel » des familles à transactions chaotiques. Connu pour ses travaux sur les adolescents délinquants et toxicomanes aussi bien que pour ses recherches sur l'approche systémique en institution, Ausloos s'est rallié aujourd'hui à une conception du rôle du thérapeute qui est inspirée du constructivisme : il se conçoit actuellement comme un activateur du processus familial, tentant de faire émerger des processus d'« autosolution », terme par lequel il désigne toutes les solutions que le système familial tend à élaborer afin d'échapper au dilemme qui l'a poussé à consulter.

En Espagne, Juan Luis Linares [54] est professeur de psychiatrie à l'université autonome de Barcelone et directeur de l'école de thérapie familiale du service de psychiatrie de l'Hospital de la Santa Creu i San Pau de cette même ville. Spécialiste des dépressions, il considère que les émotions ont été largement négligées dans l'approche systémique : il s'efforce donc d'amplifier les ressources émotionnelles de ses patients par la technique des « narrations thérapeutiques », ces récits lui semblant agir sur la partie flexible de l'identité bien que le langage ne permette pas à lui seul de saisir toute la complexité des mécanismes en jeu dans certaines pathologies psychiatriques.

Soucieux, comme Juan Luis Linares, de développer les ressources émotionnelles de leurs clients, Alia Samara et Malvina Tsounaki-Vardinoyannis dirigent le Centre de thérapie familiale-Athènes, en Grèce. Utilisant mon concept de résonance dans leur travail clinique comme dans leurs activités de formatrices, elles mettent l'accent sur le singulier et s'appliquent à créer un contexte affectif qui soit favorable au bon déroulement des psychothérapies ; car elles attachent une grande importance à l'expérience concrète des membres du système thérapeutique, se sentant aussi proches du constructivisme que de l'approche expérientielle.

Cette ouverture à des sources d'inspiration différentes est aussi le propre de Katia Charalabaki, psychiatre qui dirige la première unité de thérapie familiale créée par le service public dans le cadre de la réforme psychiatrique grecque : à savoir l'unité, liée à l'hôpital psychiatrique d'Attica, qui dessert la ville d'Athènes et sa région. Cette thérapeute, qui définit sa pratique comme « systémique-constructiviste », est autant influencée par les travaux de Vasso et Georges Vassiliou, pionniers de la thérapie familiale en Grèce, que par mes recherches personnelles sur les assemblages et les résonances.

En Amérique du Sud, Dora Fried Schnitman, fondatrice de l'importante école argentine INTERFAS, forme avec Saul Fuks des thérapeutes familiaux à Buenos Aires. Attirée d'abord par le constructivisme, les concepts d'auto-organisation et la théorie des liens entre observateur et système observé, elle a trouvé ensuite que les métaphores constructivistes étaient trop limitées et s'est rapprochée du constructionnisme social, qu'elle a contribué à faire connaître en Amérique du Sud. Elle a créé alors un outil de formation thérapeutique qui insiste sur l'« épistémologie du thérapeute en tant qu'instrument clinique », c'est-à-dire sur ses modes de construction au cours des séances de psychothérapie. Sa pratique, aujourd'hui, est très proche de celle de Harold Goolishian et de Harlene Anderson : il lui paraît indispensable, si l'on veut que des compétences nouvelles puissent se manifester dans le dialogue thérapeutique, que le thérapeute sache « laisser surgir les paramètres spécifiques à cette conversation particulière [6] » en se plaçant dans une position de non-savoir et d'ouverture.

En Argentine également, Adolfo Loketek et Maria Rosa Glasserman dirigent le Centro de Familias y Parejas

---

6. Communication personnelle.

(CEFYP) de Buenos Aires. Influencés d'abord par Mara Selvini Palazzoli, Salvador Minuchin et Maurizio Andolfi, ils s'intéressent à l'analyse du pouvoir, au discours, au dialogue et à l'histoire et se décrivent comme théoriquement proches de Harold Goolishian, Michael White et Gianfranco Cecchin. Dans la formation qu'ils dispensent, ils attachent une grande importance au vécu du thérapeute.

Fernando Coddou Placier et Carmen Luz Mendez Velasco, responsables de l'Instituto de Terapia Familiar de Santiago, au Chili, sont plus réservés sur le constructionnisme. Collaborant régulièrement avec Humberto Maturana depuis une douzaine d'années, ils ont bâti un modèle de « thérapie systémique-cybernétique » fondé sur la notion d'« objectivité entre parenthèses », modèle dont ils considèrent qu'il est plus radical que le constructivisme et peut utilement remplacer le constructionnisme : tout en tenant le constructionnisme pour un bon outil d'analyse sociopolitique, ils en critiquent l'usage dans le champ clinique.

A la différence de ses collègues chiliens, Veronica A.M. Cezar Ferreira, directrice du centre d'études de la famille (CEFASP) de São Paulo, au Brésil, apprécie le constructionnisme et définit le thérapeute comme un bricoleur dont les qualités essentielles seraient la flexibilité et la capacité à utiliser sa subjectivité. A São Paulo toujours, Sandra Fedullo Schein, à la fois thérapeute familiale et thérapeute d'enfants, s'applique à créer des contextes émotionnellement riches avec les familles qu'elle suit : elle s'efforce pour cela de ne pas rigidifier les règles des systèmes thérapeutiques en analysant fréquemment les intersections des constructions du réel des membres de ces systèmes.

Quant à Anna Maria Hoette, codirectrice de l'Institut de thérapie familiale de Rio de Janeiro, elle s'est toujours voulue ouverte à de nombreuses influences, se méfiant *a priori* des orthodoxies. Aujourd'hui, elle se dit constructiviste et utilise l'analyse des résonances du système thérapeutique comme outil d'intervention et de formation, tout en pratiquant en même temps des « conversations thérapeutiques » à orientation constructionniste.

Enfin, Jacqueline Fortes de Leff, directrice de l'Instituto de la Familia de Mexico, affirme aussi avoir subi des influences diverses : elle se réclame en effet du constructivisme, sans négliger pour autant d'analyser les résonances et isomorphismes des divers systèmes engagés dans ses supervisions ; et elle partage par ailleurs le point de vue de Celia Falicov sur l'importance du contexte culturel et de la provocation, telle que Maurizio Andolfi l'emploie en psychothérapie.

Cette présentation nous a permis de nous familiariser quelque peu avec les différentes écoles qui se revendiquent du constructivisme, du constructionnisme social et des approches centrées sur les solutions. Chacun de ces groupes est loin d'être homogène, ainsi que l'indique cette réaction de Harold Goolishian aux travaux des thérapeutes qui, à l'instar de Michael White, aspirent à transformer le sens des narrations que les patients produisent :

> Ils cherchent à faire apparaître le non-sens de la narration, le non-sens pathologique. Et ils se demandent donc comment changer le sens de ces récits. Alors que, pour nous, il est essentiel de se maintenir dans la signification, telle que les gens la présentent ([55], p. 34).

Ces développements récents, cet éventail de nouvelles pratiques proposées par des thérapeutes dont les positions, par rapport à la systémique et à la cybernétique, vont de l'adhésion au rejet, sont une chance pour notre champ. Car ils battent en brèche les « mots d'ordre » qui nous empêchent de porter un regard neuf sur nos théories et permettent à la thérapie familiale de rester vigilante à l'évolution socioculturelle ambiante, vigilance sans laquelle l'alliance thérapeutique serait bien difficile à maintenir.

M. E.

*
**

RÉFÉRENCES BIBLIOGRAPHIQUES

[1] Watzlawick, P. (éd.), *Die Erfundene Wirklichkeit*, Munich, R. Piper Co Verlag, 1981 ; trad. fr. : *L'Invention de la réalité*, Paris, Éd. du Seuil, 1988.

[2] Glasersfeld, E. von, « Introduction à un constructivisme radical », *in* Watzlawick, P. (éd.), *L'Invention de la réalité*, Paris, Éd. du Seuil, 1988.

[3] Foerster, H. von, « La construction d'une réalité », *in* Watzlawick, P. (éd.), *L'Invention de la réalité*, Paris, Éd. du Seuil, 1988.

[4] Maturana, H., et Varela, F., *Autopoeisis and Cognition*, Pays-Bas, D. Reidel Publishing Company, 1980.

[5] Hoffman, L., « Constructing realities : An art of lenses », *Family Process*, 29, 1990, p. 1-12.

[6] Foerster, H. von, *Observing Systems*, Seaside, California, Intersystems Publications, 1981.

[7] Foerster, H. von, et Howe, R.H., « Introductory comments to Francisco Varela's Calculus for self-reference », *Int. J. Gen. Systems*, t. 2, 1975, p. 3.

[8] Maturana, H., et Varela, F., *The Tree of Knowledge*, Boston, New Science Library, Shambola Publications, 1987.

[9] Maturana, H., « What it is to see », *Arch. biol. med. exp.*, Santiago, Chili, n° 16, 1981, p. 256.

[10] « Kenneth J. Gergen et Mony Elkaïm : un dialogue », *Résonances*, Toulouse, n° 9, 1995.

[11] Gergen, K.J., *Realities and Relationships : Soundings in Social Construction*, Cambridge, Massachusetts, Harvard University Press, 1994.

[12] Anderson, H., et Goolishian, H.A., « Human systems or linguistic systems : Preliminary and evolving ideas about the implications for clinical theory », *Family Process*, 27, 1988, p. 371-394.

[13] White, M., « Deconstruction and therapy », *Dulwich Centre*

Newsletter, n° 3, 1991 (voir aussi id. et Epston, D., *Narrative Means to Therapeutic Ends*, Norton, New York, 1990).

[14] De Shazer, S., *Putting Difference to Work*, New York, Norton, 1991.

[15] O'Hanlon, W.H., et Weiner-Davis, M., *In Search of Solutions : A New Direction in Psychotherapy*, New York, Norton, 1989.

[16] Walter, J.L., et Peller, J.E., *Becoming Solution-Focused in Brief Therapy*, New York, Brunner/Mazel, 1992.

[17] Furman, B., et Ahola, T., *Solution Talk : Hosting Therapeutic Conversations*, New York, Norton, 1992.

[18] Andersen, T. (éd.), *The Reflecting Team : Dialogues and Dialogues about the Dialogues*, New York, Norton, 1991.

[19] Tomm, K., « Les questions réflexives, instruments d'autoguérison », *in* Fivaz-Depeursinge, E. (éd.), *Texte et Contexte dans la communication, Cahiers critiques de thérapie familiale et de pratiques de réseaux*, Toulouse, Privat, n° 13, 1991.

[20] « Entretien avec Harlene Anderson et Lynn Hoffman par Mony Elkaïm », *Résonances*, Toulouse, n° 9, 1995 (voir aussi Anderson, H., et Goolishian, H., « Conversation at Sulitjelma », *Newsletter of the American Family Therapy Association*, printemps 1989).

[21] Laing, R., Guattari, F., Whitaker, C., Elkaïm, M., « Quelques interrogations à propos des thérapies familiales », *Résonances*, Toulouse, n° 2, 1991.

[22] Elkaïm, M., et Scheflen, A., « Antipsychiatrie et révision épistémologique », *Mosaïque*, Bruxelles, n° 18, 1973 (voir aussi Elkaïm, M., « Système familial et système social », *Cahiers critiques de thérapie familiale et de pratiques de réseaux*, Paris, Gamma, n° 1, 1979).

[23] Anderson, H., et Goolishian, H., « The client is the expert : A notknowing approach to therapy » *in* McNamee, S., et Gergen, K.J. (éd.), *Therapy as Social Construction*, Londres, Sage Publications, 1992.

[24] Keeney, B.P., *Aesthetics of Change*, New York, The Guilford Press, 1983.

[25] Bateson, G., et M.C., *La Peur des anges*, Paris, Éd. du Seuil, 1989.

[26] Prigogine, I., Stengers, I., Deneubourg, J.-L., Guattari, F., Elkaïm, M., « Ouvertures », *Cahiers critiques de thérapie familiale et de pratiques de réseaux*, Paris, Gamma, n° 3, 1980.

[27] Stengers, I., « A propos de l'épistémologie cybernétique », *in* Elkaïm, M. (éd.), *Psychothérapie et Reconstruction du réel*,

Cahiers critiques de thérapie familiale et de pratiques de réseaux, Paris, Ed. universitaires, n° 7, 1983.

[28] Gergen, K., *Toward Transformation in Social Knowledge*, New York, Springer Verlag, 1982.

[29] Hoffman, L., « A reflexive stance for family therapy » *in* McNamee, S., et Gergen, K.J. (éd.), *Therapy as Social Construction*, Londres, Sage Publications, 1992.

[30] Hoffman, L., « Une position constructiviste pour la thérapie familiale », *in* Fivaz-Depeursinge, E. (éd.), *Texte et Contexte dans la communication, Cahiers critiques de thérapie familiale et de pratiques de réseaux*, Toulouse, Privat, n° 13, 1991.

[31] Frankfurt, M., et Penn, P., « Creating a participant text : Writing, multiple voices, narrative multiplicity », *Family Process*, 33, 1994, p. 217-232.

[32] Sluzki, C., « Transformations, propositions d'un schéma type pour les changements dans les récits en thérapie », *in* Elkaïm, M., et Trappeniers, E. (éd.), *Étapes d'une évolution : approche systémique et thérapie familiale, Cahiers critiques de thérapie familiale et de pratiques de réseaux*, Toulouse, Privat, n° 15, 1993.

[33] Cecchin, G., Lane, G., Ray, W.A., *Irreverence : A Strategy for Therapists' Survival*, Karnac Books, Londres, 1992.

[34] Radanovic, D., « Prisoners of identity : A conversation with Dr Gianfranco Cecchin », *Human Systems*, t. 4, 1993, p. 3-18.

[35] Boscolo, L., Fiocco, P.M., Bertrando, P., Palvarini, M.R., Pereira, J., « Langage et changement : l'usage de paroles clés en thérapie » *in* Fivaz-Depeursinge, E. (éd.), *Texte et Contexte dans la communication, Cahiers critiques de thérapie familiale et de pratiques de réseaux*, Toulouse, Privat, n° 13, 1991.

[36] Bertrando, P., et Boscolo, L., *The Times of Time* : *A New Perspective in Systemic Therapy and Consultation*, New York, Norton, 1993.

[37] Simon, F.B., Stierlin, H., et Wynne, L.C., *The Language of Family Therapy : A Systemic Vocabulary and Sourcebook*, New York, Family Process Press, 1985.

[38] Simon, F.B., *Meine Psychose, mein Fahrrad und ich : Zur Selbstorganisation der Verrücktheit*, Heidelberg, Cari Auer Verlag, 1990.

[39] Simon, F.B., Weber, G., Stierlin, H., Retzer, A., Schmidt, G., « Schizo-affective patterns : A systemic description », *Familiendynamik*, 14, 1989, p. 190-213 (voir aussi Stierlin, H., « Temps, structure et conflit psychotique », *in* Elkaïm,

M. (éd.), *La Thérapie familiale en changement*, Paris, Les Empêcheurs de penser en rond, 1994).

[40] Green, R.J., « La résolution des impasses thérapeutiques : Méthode pratique basée sur la seconde cybernétique », in *Derniers Développements en thérapie familiale*, sous la direction de Goldbeter-Merinfeld, E., *Cahiers critiques de thérapie familiale et de pratiques de réseaux*, n° 11, Toulouse, Privat, 1990.

[41] Green, R.J., et Herget, M., « Outcomes of systemic/strategic team consultation », III : « The importance of therapist warmth and active structuring », *Family Process*, 30, p. 321-336.

[42] Steinglass, P., Bennett, L.A., Wolin, S.J., Reiss, D., *The Alcoholic Family*, New York, Basic Books, 1987.

[43] Cronen, V., et Lang, P., « Language and action : Wittgenstein and Dewey in the practice of therapy and consultation », *Human Systems*, t. 5, 1994, p. 5-43.

[44] Fivaz-Depeursinge, E., Fivaz, R., Kaufmann., L., « Accord, conflit, symptôme : un paradigme évolutionniste », *Cahiers critiques de thérapie familiale et de pratiques de réseaux*, Paris, Éd. universitaires, n° 7, 1983.

[45] Fivaz-Depeursinge, E., « Documenting a time-bound, circular view of hierarchies : A micro-analysis of parent-infant dyadic interaction », *Family Process*, 30. 1991, p. 101-120.

[46] Caillé, P., Abrahamsen, P., Girolami, C., Sörbye, B., « Utilisation de la théorie des systèmes dans le traitement de l'anorexie mentale », *Cahiers critiques de thérapie familiale et de pratiques de réseaux*, Paris, Gamma, n° 1, 1979.

[47] Caillé, P., *Familles et Thérapeutes*, Paris, ESF, 1985 (voir aussi id., *Un et un font trois*, Paris, éd. ESF, 1991).

[48] Rey, Y., et Prieur, B. (éd.), *Systèmes, éthique, perspectives en thérapie familiale*, Paris, ESF, 1991.

[49] Rey, Y., « Le jeu de l'oie (Loi) systémique », *Résonances*, Toulouse, n° 6, 1994.

[50] Goldbeter-Merinfeld, E., « Le tiers absent dans le système », *in* Elkaïm, M. (éd.), *La Thérapie familiale en changement*, Paris, Les Empêcheurs de penser en rond, 1994.

[51] De Clercq, M., Tilmans, E., Siméon, M., « Formation à la psychothérapie familiale et aux interventions thérapeutiques systémiques dans les familles, institutions, réseaux et communautés en fonction du mandat », *Cahiers de psychologie clinique*, 2 : *La Maladie humaine*, Bruxelles, De Boeck Université, 1994.

[52] Vieytes-Schmitt, C., et Tilmans, E., « La systémique de l'art : l'art de la systémique », *Thérapie familiale*, Genève, Médecine et Hygiène, t. 11, 1990, p. 117-138.

[53] Ausloos, G., « Secrets de famille », *in* Benoit, J.-C. (éd.), *Changements systémiques en thérapie familiale*, Paris, ESF, 1980.

[54] Linares, J.L., et Alegret, J., « Thérapie familiale et institution : une perspective espagnole », *Thérapie familiale*, Genève, Médecine et Hygiène, t. 14, 1993, p. 291-299.

[55] Schnitman, D., et Fuks, S., « Dialogue sur les conversations thérapeutiques : entretien avec Harold Goolishian », *Résonances*, Toulouse, n° 6, 1994.

Jeffrey L. Zimmerman *
Victoria C. Dickerson **

Les narrations en psychothérapie et le travail de Michael White

Introduction

Alors que dans ses premiers écrits, encouragés par Karl Tomm, Michael White se révèle fortement influencé par Gregory Bateson (1972 et 1979), il intègre ensuite des idées de Michel Foucault sur le pouvoir (1980), puis certains aspects du constructionnisme social (Gergen et Davis, 1985). Enfin, son travail se situe sur le plan d'une métaphore narrative – un développement encouragé par David Epston et Cheryl White (1990). On trouve aussi dans l'approche de Michael White une influence de Jerome Bruner (1986 et 1990). Quant à nous, nous nous proposons de rapporter ici notre expérience de ses idées et d'expliquer comment elles ont évolué jusqu'à présent. Afin d'illustrer son travail, nous présentons d'abord un exemple auquel nous nous référerons ensuite dans des discussions d'ordre théorique et technique.

L'exemple de Bob

Sur la recommandation d'un ami de la famille, c'est l'épouse de Bob, Amanda, qui téléphona afin de prendre un rendez-vous pour son mari. En l'espace d'un mois, il venait

* Jeffrey L. Zimmerman est codirecteur du Bay Area Family Therapy Training Associates, formateur au MRI Family Therapy Externship et membre de l'institut clinique de l'université de Stanford et de l'Université John F. Kennedy.
** Victoria C. Dickerson est codirectrice du Bay Area Family Therapy Training Associates, formatrice au MRI Family Therapy Externship et lectrice adjointe à l'université de Santa Clara.

de faire deux séjours d'environ une semaine en hôpital psychiatrique. Amanda accepta d'assister à ce rendez-vous.

Lors de la première séance, Bob raconta comment
l'angoisse et la peur dominaient sa vie, les « dépressions »
qui en résultaient, l'influence du « choc » qu'avaient été pour
lui certains événements dans sa famille d'origine et comment
les effets de ces événements avaient réactivé des histoires
concernant ses « insuffisances ». Le thérapeute (J.Z.) s'intéressa aussi aux effets de ces problèmes sur Amanda, à ses
inévitables réactions et à la façon dont, involontairement, elle
entretenait les problèmes. Il attira l'attention sur les expériences de Bob qui n'entraient pas dans le cadre d'une histoire d'« insuffisance », mais au contraire représentaient une
histoire alternative dans laquelle, malgré quelques bizarreries, Bob réussissait ce qu'il avait entrepris et appréciait ses
propres façons de faire les choses. Mordu de cinéma, il comparait cette histoire à celle de « Rocky ». Étant donné le
caractère envahissant de son angoisse, sa peur de mourir et
son désir de ne pas retourner à l'hôpital, deux rendez-vous
furent pris pour la semaine suivante.

Lors de la deuxième séance (cinq jours plus tard), Bob
raconta avoir passé la veille sa première « bonne journée »
depuis un certain temps. Il découvrait comment trouver en
lui des ressources, en parlant quand il en avait besoin et en
s'occupant au lieu de s'en remettre à des moyens de contrôle
extérieurs comme l'hôpital et les médicaments. La discussion
porta aussi sur l'influence et l'angoisse, de la dépression et
de la peur sur Bob, ainsi que sur la façon dont certaines de
ses expériences passées, tout en contribuant à une telle
influence, l'avaient privé de sa confiance en lui et amené à
croire qu'il ne pouvait qu'être dépendant de sa femme. La
signification de cette « bonne journée » fut explorée par rapport à tout cela et Bob remarqua sa capacité d'être encore
un adulte. Amanda l'avait aussi remarqué.

Trois jours plus tard, au cours de la troisième séance, Bob
raconta avoir de nouveau passé une bonne journée et put pour
la première fois se rendre compte qu'il « allait mieux » et
faisait davantage de choses. Il parla de certains aspects positifs qu'il découvrait chez lui, que l'angoisse l'empêchait
jusqu'alors de voir. Il dit aussi retrouver confiance en lui. Le
thérapeute aborda la question du « choc » et la façon dont

cet événement avait réveillé en lui une culpabilité ancienne, et remarqua comment, dans sa vie, il avait fait l'expérience de choses qui ne lui convenaient pas en tant que personne, et qu'il les avait écartées. A ce point de la discussion, Bob affirma préférer nettement la direction qu'il prenait dans ses relations car elle lui convenait davantage. Son épouse n'assista pas à cette séance (il avait été convenu au téléphone que cela n'était plus nécessaire). Bob décida qu'il pouvait attendre une semaine jusqu'au prochain rendez-vous.

Quand il arriva à sa séance, il fut content de raconter qu'il venait de passer la meilleure semaine qu'il eût connue depuis qu'il avait des problèmes, et que ceux-ci étaient en nette régression. Il affirma aussi se rendre compte que, quoi qu'il arrivât, il ne ferait pas marche arrière. (Il avait pu surmonter un certain nombre de choses.) Pour résister, il s'était appuyé sur des événements qui entretenaient l'image préférée qu'il avait de lui-même. La discussion se porta sur la façon dont sa peur était associée à une « histoire ancienne », qui le faisait douter de sa capacité à s'occuper de lui-même. Des caractéristiques sociales définissant ce que c'est que d'être un homme et une personne capable se trouvaient aussi associées à cette histoire. Un autre récit fut ensuite examiné, où Bob pouvait autant s'occuper des autres (par exemple, de sa femme) que l'on s'occupait de lui. Il entra alors dans les détails du « choc » qu'il avait connu (en apprenant que sa sœur avait été victime de violence dans sa famille d'origine) d'une façon qui montrait bien que cet événement n'engendrait plus de peur ni n'affectait négativement l'image qu'il avait de lui-même.

Une semaine plus tard, il allait manifestement bien dès son arrivée et rapporta avoir presque complètement recouvré ses moyens et ne plus laisser les « ennuis et tracas » se transformer en peurs et en angoisses. L'histoire passée sur laquelle s'appuyait cette nouvelle direction fut examinée et Bob dit se rendre compte combien, à différents moments de sa vie, il avait dû rassembler ses forces pour lutter contre des problèmes difficiles. Il parla de sa capacité à avoir de l'humour, ainsi que de la joie qu'il trouvait à se montrer affectueux et sensible envers ses proches – deux forces importantes pour lui. Au cours de sa dernière séance, il conclut qu'il avait désormais suffisamment confiance en lui – tant à l'égard de lui-même que des autres – pour vouloir conseiller des personnes confrontées à des problèmes similaires. Il leur parlerait alors de l'importance du fait de dépendre avant tout de soi-même et de savoir apprécier ce que l'on fait soi-même.

L'influence de Bateson : une métaphore cybernétique

Comme nous l'avons dit au début de ce chapitre, les premiers écrits de Michael White révèlent une influence batesonienne (Bateson 1972 et 1979). En effet, alors que les principales approches en thérapie familiale semblaient se centrer sur un schéma cybernétique de l'information et de la rétroaction, ainsi que sur la notion de causalité « circulaire », White s'intéresse davantage à l'accent mis par Bateson sur l'explication négative, les contraintes et la double description (White, 1984, 1985, 1986*a, b, c, d*, 1987).

Cet intérêt particulier pour les « contraintes » plutôt que pour les « causes » nous apparaît comme essentiel à la compréhension de la pensée de Michael White à ses débuts. L'accent mis sur les contraintes sous-tend en effet le développement d'un type de processus thérapeutique très différent de celui qui caractérise d'autres approches. On peut voir une contrainte dans tout événement, comportement, discours ou croyance en ceci que lorsque certains sont sélectionnés ou que l'on y prête plus particulièrement attention, d'autres *passent inaperçus*. La métaphore cybernétique de l'explication négative décrit le développement de l'information comme se faisant de certaines façons « plutôt que » d'autres, alors que la métaphore de l'explication positive décrit l'information comme se produisant « à cause de » quelque chose d'autre qui arrive. Appliquée aux systèmes vivants, une pensée en termes de « plutôt que » ou « au lieu de », et non en termes d'« à cause de », semble avoir pour effet de donner le pouvoir aux individus, au lieu de voir en eux le « résultat » de certains événements survenant dans leur vie (des déficits pathologiques, par exemple). Du point de vue de l'explication négative, les problèmes sont des « contraintes ». Ni l'individu ni la famille ne sont le problème, le problème n'a pas non plus une fonction : le problème est le problème. Il « empêche » les individus d'entreprendre une recherche par tâtonnements qui pourrait les amener à découvrir de nouvelles possibilités dans leur vie.

Dans le contexte de la thérapie, les contraintes – qu'on les considère comme des réseaux de présuppositions (contraintes de redondance) ou comme des comportements modèles (contraintes de *feed-back*) – empêchent un individu de tenir compte de possibilités qui lui donneraient la clé pour résoudre ses problèmes. Au lieu de cela, les tentatives de solutions qu'il met en œuvre ne font que perpétuer le problème ou y contribuent involontairement. En envisageant le problème comme une contrainte, Michael White le considère comme séparé de la personne ; de ce point de vue, il réside dans les idées et croyances (les discours), ou les comportements et incidents, et non pas dans la personne. Les contraintes l'empêchent de recevoir des « nouvelles de la différence » (Bateson, 1972)*. On peut voir le processus thérapeutique d'« extériorisation » du problème comme un moyen de diminuer l'influence de ces contraintes en les séparant de l'individu et, par là même, comme la possibilité de l'aider à porter un regard différent sur le problème et ses effets.

Bateson suggère que l'on peut avoir des « nouvelles de la différence » en faisant des distinctions entre deux ou plusieurs descriptions. L'intérêt particulier de Michael White pour la notion de « double description » s'est d'abord reflété dans la méthode du « questionnement à influence relative », selon laquelle le thérapeute attire l'attention sur deux descriptions possibles : alors que dans l'une le problème a une influence sur la personne, la famille, leur vie et leurs relations, dans l'autre, en général moins prise en compte, c'est la personne ou la famille qui exerce une influence sur la vie du problème. Si, dans la seconde description, l'information est importante – par rapport à la première description –, alors la « contrainte » du problème peut être dépassée et de nouvelles informations deviennent possibles. De plus, le thérapeute peut réagir à l'information dans la seconde description – ou à d'autres informations en accord avec celle-ci pouvant être présentées lors de séances ultérieures – d'une façon

---

* Pour la définition de l'information comme « nouvelles de la différence », voir notamment G. Bateson (1972, trad. fr., t. 2, p. 210, et 1979, trad. fr. p. 74).

hyperbolique qui la rende d'« intérêt public ». Ces « nouvelles » dépassent alors la contrainte et amorcent le développement de nouvelles idées sur le soi, les relations ou la famille. Une description non saturée par le problème peut émerger, à laquelle le thérapeute peut continuer à réagir de différentes façons qui lui donnent une plus grande signification. Dans le cas de Bob, par exemple, la comparaison avec « Rocky » l'a peut-être aidé à s'intéresser à des choses le concernant qu'il ne remarquait pas jusqu'alors.

Dans le contexte du constructionnisme social

Le post-modernisme prend en compte la multiplicité des possibilités : il ne s'agit plus de s'en tenir à une idée, ou à une possibilité, comme la seule bonne, voire la meilleure possible, mais au contraire d'accepter de nombreux points de vue et pensées différents et d'explorer de multiples options. Le constructionnisme social a contribué à la pensée post-moderne en affirmant que nous construisons des réalités adaptées à des contextes sociaux particuliers. La vie, nos actes, nos comportements sont les effets réels des significations que nous donnons à notre expérience et, en quelque sorte, l'« étoffe » de ces significations. Du point de vue post-moderne, il existe de nombreux discours sociaux, chacun à l'origine non seulement de types de connaissances spécifiques sur les individus, mais encore de pratiques spécifiques dans le monde.

Les idées et le travail de Michael White occupent une place centrale dans ce contexte du post-modernisme et du constructionnisme social. Les effets d'une telle perspective ont un impact politique et personnel différent de ceux des idées implicites dans d'autres approches bien connues, y compris celles enracinées dans le constructivisme. C'est ce que nous nous efforcerons de mettre en évidence dans ce qui suit.

L'objectivation des problèmes

Une des affirmations de White que l'on peut comprendre dans le contexte du constructionnisme social est celle de l'objectivation du problème plutôt que de la personne. Au lieu de développer des constructions qui situent le problème dans la personne (sur le plan intrapersonnel) ou dans la famille (sur le plan interpersonnel), il s'agit au contraire de le voir comme séparé de celles-ci et comme ayant une influence sur elles. De ce point de vue, ce n'est pas la dynamique personnelle ou familiale qui explique le problème, mais la dynamique du problème qui organise les réactions de la personne et de la famille. Dès lors, le problème est considéré comme accablant, affectant la totalité du système, mais jamais comme utile ou « fonctionnel ». La supposition avancée ici est que les individus *veulent* voir le problème à l'écart de leur vie ; suggérer une autre façon d'envisager les choses pourrait avoir pour résultat que les membres de la famille se sentent privés de tout pouvoir, au lieu de sentir au contraire qu'on leur en confère. Une telle construction a aussi pour effet que les membres de la famille deviennent plus proches les uns des autres, ainsi que d'autres familles qui ont été « attaquées » par des problèmes similaires – contrairement aux conceptions qui, à travers une classification des pathologies, isolent les personnes et les familles les unes des autres. La pratique consistant à attribuer une pathologie aux individus a des racines culturelles et historiques et entraîne une objectivation des personnes. C'est précisément pour contrer cette pratique que Michael White a recours à l'objectivation des problèmes.

A la base de l'objectivation des personnes, il y a la construction qui place les individus au centre de tout et les considère comme créateurs de toutes choses. Un discours sur la « capacité individuelle » (Weingarten, 1991) – un ensemble d'idées sur la façon dont la signification doit être construite dans des domaines particuliers – influence les individus en les amenant à croire qu'*ils* sont déficients dans les domaines où ils ne vivent pas en accord avec les normes et spécifications culturelles reconnues. Au contraire, du point de vue du constructionnisme social, on ne considère pas que quelqu'un a ou n'a pas la capacité d'être d'une certaine façon, mais qu'il existe de nombreux types de soi potentiels : le soi que nous voyons a évolué à travers des interactions. Le discours dans lequel un individu se situe a tendance à engendrer certaines caractéristiques et, en même temps, à en écarter d'autres qui ne cadrent pas avec ce discours (ce que l'on peut aussi comprendre du point de vue des contraintes). La chose est aussi vraie pour les discours saturés par le problème que pour ceux qui soutiennent des façons d'être préférées.

Michel Foucault (1976) – dont les idées sur le pouvoir et l'objectivation des personnes (1975 et 1980) ont beaucoup influencé White – a traité des effets de l'individualisme à l'époque victorienne et montré comment, avec l'évolution de la société et le passage d'une influence essentiellement agrarienne à la domination d'institutions économiques et sociales, une psychologie centrée sur l'individu a pu se développer. Des discours sur l'intériorité ont soutenu l'idée que l'on découvrait le soi, au lieu de considérer qu'on l'inventait en le situant à la fois dans l'histoire et dans un discours social pertinent. Foucault attire l'attention sur certaines pratiques visant à séparer les personnes « normales » (en accord avec les institutions et comportements dominants) de celles qui ne l'étaient pas, et cela à travers des catégories bien établies, avec pour résultat la formation de groupes « normaux » dominants et de minorités (engendrées par un discours sur la normalité et l'anormalité). Le discours sur la « capacité individuelle » suggérait que c'était avant tout des capacités et des choix individuels et non des facteurs sociaux qui conduisaient à la création de ces groupes. Ainsi les jugements normalisateurs remplacèrent les jugements moraux et les personnes, désormais considérées d'un point de vue scientifique, devinrent des objets. Pour ce qui concerne l'exemple pris au début de ce chapitre, Bob, en tant que personne souffrant d'« incapacités » diverses, se battait d'une part, avec ce que la culture dominante définit comme normal et, d'autre part, avec ce qui était bien pour lui (et donc pour ne pas voir cela comme relevant d'incapacités ou de « faiblesses »). Quand il arriva chez le thérapeute, il avait manifestement été amené à chercher dans des « besoins profondément ancrés » (comme la science le demande) l'explication de ces « difficultés ».

Une thérapie qui se fonde sur l'individualisme ou une capacité à avoir un discours sur soi doit nécessairement avoir son propre cadre séparé et privé (et, de ce fait, un effort d'isolement) ; elle prend en compte la « confession » d'un individu, qui exige un espace privé. Aussi la phase terminale de ce type de traitement prépare-t-elle les individus à « se débrouiller seuls ». Le travail de White s'écarte au contraire des « thérapies de l'isolement » (Epston et White, 1990), qui impliquent de se séparer du monde social pour aller vers les « thérapies de l'inclusion », qui intègrent la personne dans le monde social dont elle fait partie. En reconnaissant comment le soi se construit socialement, un traitement thérapeutique de ce type entraîne les autres à célébrer la reconstruction du soi préférée et engage l'individu à continuer l'évolution de son soi en relation avec d'autres dans le monde. Dans le cas de Bob, sa volonté de conseiller les autres le relie potentiellement à un monde social différent.

Contexte social et subjectivation

Une autre supposition de Michael White, que l'on peut aussi comprendre dans le cadre du constructionnisme social, est que les problèmes se situent dans des contextes inter-actionnels et culturels. Situer des problèmes dans un contexte interactionnel n'est pas nouveau dans le domaine de la thérapie familiale, mais cela diffère du point de vue cybernétique traditionnel. En nous servant de la notion de « contrainte », dont nous avons traité plus haut, on peut considérer les inter-actions comme des contraintes de *feed-back* ou des « invitations réciproques », comme White les appelle (plutôt que comme des schémas de causalité circulaire ou des inter-actions fonctionnellement reliées au problème). Le discours ou l'« histoire dominante » que les personnes apportent dans une interaction les influence à réagir de certaines façons. Quand ces histoires sont exprimées, elles s'adressent à un public, d'autres personnes, dont la réaction, fondée sur ce qu'elles remarquent, a pour résultat une expérience qui peut soutenir l'histoire dominante. Dans des interactions réci-proques, chacun est tour à tour celui qui exprime et le public.

L'exemple de la prédominance des idées patriarcales, dont dépendent les relations hommes/femmes, permet de voir comment des problèmes se situent dans un contexte de spé-cifications culturelles. Le patriarcat soutient l'influence, sur les femmes et les hommes, de certaines caractéristiques liées à l'identité sexuelle – en particulier la violence des hommes à l'égard des femmes, puisqu'un tel système considère les femmes et leurs enfants comme des biens dont les hommes sont propriétaires et donne à ceux-ci le droit d'agir comme ils le veulent. Chez les femmes, une telle absence de prise en compte de leurs propres désirs associée à un schéma d'évaluation fondé sur l'apparence physique a vraisemblablement favorisé le développement d'une attitude anorexique. Du point de vue du constructionnisme social, ces connaissances et spécifications sont créées à travers des interactions sur le plan culturel, pas nécessairement par des désirs individuels. Le processus de la subjectivation rend seulement compte de la façon dont ces caractéristiques fonctionnent.

Foucault (1975) décrit la subjectivation comme un processus actif d'auto-formulation dans lequel les individus s'évaluent eux-mêmes en fonction de caractéristiques normatives, puis agissent sur eux-mêmes pour essayer d'y être conformes. Quant à Bob, la notion culturelle de « réserve » l'avait amené à voir sa façon d'être en rapport avec les autres (c'est-à-dire demander leur aide) comme pathologique, en cela qu'elle l'encourageait à être en accord avec la norme. Comparée à l'objectivation, qui est un processus passif, la subjectivation est un processus actif par lequel, à travers une standardisation des actions, l'individu devient un corps docile, agissant sans égard pour ses propres désirs. Foucault affirme que dans la société actuelle, l'auto-évaluation a remplacé à la fois la torture publique et les tribunaux comme moyens de contrôle social. On observe cela tout à fait littéralement dans l'anorexie, où les femmes torturent leur corps afin de se sculpter une silhouette que seulement cinq pour cent d'entre elles pourraient peut-être obtenir. Foucault traite longuement de ces formes modernes de pouvoir, dans lesquelles on se sert des statistiques, et non de ce que les personnes préfèrent, pour déterminer leur vie. Pour ce qui concerne l'intervention thérapeutique, l'extériorisation de ce type de caractéristiques dominantes permet aux clients de voir comment elles exercent une influence dans leur propre vie. C'est aussi en parvenant à s'en séparer qu'ils peuvent commencer à faire l'expérience d'un plus grand pouvoir personnel et penser à ce que pourraient être leurs traits préférés. On ne remplace toutefois pas des traits culturels par des vérités et des solutions thérapeutiques. C'est pourquoi, pour prendre la place des systèmes de pouvoir expert (culturel, thérapeutique), le travail se fait d'abord au niveau des systèmes de pouvoir personnel. La rébellion contre des caractéristiques culturelles dominantes permet aux individus de commencer à se laisser davantage influencer par leurs propres idées et idéaux sur ce qu'ils devraient être.

Une métaphore narrative

Dans les récentes présentations et publications de Michael White (1988*a*, *b*, 1988-1989, 1991, 1993 ; Epston et White, 1992), il apparaît clairement que son travail et sa pensée se situent plus spécifiquement sur le plan d'une métaphore narrative. La narration (Bruner, 1986 et 1990) permet non seulement de donner une signification à notre expérience, mais aussi de traiter de l'action humaine et de l'intention. Le travail de White s'enrichit en s'écartant d'une théorie influencée par une métaphore cybernétique pour se tourner vers une approche davantage nourrie par la narration.

Dans cette perspective, les individus racontent leur vie, et à travers ce récit ils la structurent et lui donnent une signification. Cela ne revient pas à dire qu'ils décrivent leur vie avec des histoires, mais que les histoires structurent la vie, les significations et, finalement aussi, la mémoire. Les individus sont réellement façonnés par les histoires à travers lesquelles ils vivent leur vie ; elles ont des effets réels sur eux. Bien qu'ils ne se connaissent pas à travers la totalité de leur expérience, souvent une histoire, qui saisit une partie de leur expérience, devient « dominante » et représente la façon dont ils se voient eux-mêmes ; cette narration a pour effet de les constituer en tant que personnes.

Michael White emprunte à Bruner (1986) l'idée que la structure de la narration se compose de deux paysages : le paysage de l'action et le paysage de la conscience. Le premier est celui des enchaînements dans le temps et des histoires spécifiques : celui des événements qui se développent dans le temps et des thèmes qui apparaissent dans le passé, le présent et le futur. Quant au second, il se compose d'interprétations et de significations : le paysage de la conscience est celui des préférences et des désirs, des caractéristiques personnelles et relationnelles, des buts et des intentions, des valeurs et des croyances, que l'on peut considérer comme des engagements qui deviennent un « style de vie ». Dans le contexte de la thérapie, les clients sont invités à considérer les événements qui se développent avec le temps dans le contexte de leurs préférences personnelles, ainsi que de leurs propres intentions et systèmes de valeurs. Bruner (1990) suggère que les narrations s'appuient sur un enchaînement d'événements pour donner une signification, qu'elles impliquent une action dirigée vers un but et sont en général racontées d'un point de vue personnel.

La narration a aussi une certaine dimension normative (au sens où elle se compose de règles et de règlements sociaux sur la façon dont les choses sont « supposées être » d'habitude). Il y a, par exemple, des discours sur ce qu'il faut surveiller quand un enfant devient un adolescent ou sur la façon dont des jeunes mariés sont supposés agir. Ces normes culturelles façonnent la vie des individus qui, selon Bruner (1990), inventent des histoires afin de comprendre des exceptions ou déviances par rapport à ce qu'ils croient être ordinaire ou habituel. Aussi ces narrations font-elles habituellement ressortir des circonstances atténuantes qui les aident à établir un rapport entre leurs intentions et les actes qu'ils ont accomplis (leur intention était x, mais ils ont fait y, à cause de telle ou telle circonstance atténuante). Ce type de récits sert alors à justifier des actes. De ce point de vue, le soi se construit par un processus qui consiste à assembler des petites histoires, en les tirant du passé vers le fonctionnement actuel de l'individu. Bob, par exemple, raconta un certain nombre de petites histoires qu'il mit en rapport avec l'histoire plus vaste de son insuffisance. Les intentions qu'il avait pour lui-même n'étaient pas en accord avec son histoire, mais celle-ci justifiait son fonctionnement actuel à l'encontre de la norme.

Le processus thérapeutique

Dès lors que des problèmes apparaissent, ils évoluent non seulement avec un système culturel donné, mais encore avec celui des significations personnelles déjà présentes, et influencent les individus en façonnant leur point de vue tant sur eux-mêmes que sur les autres. Leurs histoires donnent une signification à leur expérience tout en sélectionnant aussi certains aspects de cette expérience pour leur signification. Un tel processus non seulement a un effet sur la façon dont les personnes agissent, mais crée aussi des contextes inter-actionnels qui soutiennent ces points de vue « saturés par le problème ». En ce sens, on peut dire que le problème réside dans le système de significations. Il est important de noter que le processus qui vise à extérioriser (1988-1989) le problème ou système de significations, ainsi que les techniques de questionnement (1988*a*) que Michael White a mis au point à partir de son travail avec ses clients sont à la fois novateurs et spécifiques de son approche. Comme nous l'avons dit, l'extériorisation implique d'objectiver le problème, non les personnes. Il est pour cela nécessaire de prêter une attention particulière à la description que les clients font de leur expérience, de telle façon que le problème extériorisé traduise celle-ci bien clairement. Le processus d'extériorisation doit souvent se faire par paliers, des comportements spécifiques aux habitudes et des systèmes de significations aux caractéristiques propres. Extérioriser les questions exige de cerner assez largement l'influence du problème. Par exemple, dans le cas de Bob présenté ici, la peur et l'angoisse se trouvaient avoir des effets tant sur sa vie professionnelle que dans ses relations et son attitude à l'égard de lui-même. Le plan de ces influences donna au thérapeute des repères pour aider Bob à accéder à d'autres aspects de son expérience et, par là même, apprécier sa capacité à remettre son problème en question.

Une lecture attentive de l'article de Michael White « The process of questioning : A therapy of literary merit ? » (1988*a*) donne un aperçu sur quelques-unes des étapes spécifiques d'un processus thérapeutique tel qu'il le conçoit :

1. La première consiste à poser des questions de « jonction », à chercher à connaître les personnes qui se sont présentées en thérapie en tant que séparées du problème et à établir dès le départ leurs compétences.

2. Dans un deuxième temps, le thérapeute pose en général des questions sur le problème et, en mettant en lumière l'expérience du client, il en parle d'emblée comme de quel-

que chose de séparé : il l'extériorise en employant un langage adéquat.

3. Alors qu'il procède à l'extériorisation (*externalisation*), le thérapeute pose des questions à influence relative qui ont pour objectif d'amener les membres de la famille à vivre le problème différemment, c'est-à-dire comme extérieur à eux en tant que personnes, en particulier quand il élargit le champ de l'influence du problème sur l'individu ou la famille entière.

4. En demandant aux membres de la famille de chercher des incidents où ils ont pu avoir un effet sur leur problème, le thérapeute leur suggère de repérer des exceptions à l'influence que ce problème exerce ; White parle à ce propos de « résultats uniques » (*unique outcomes*), une expression empruntée à Goffman (1961). Les résultats uniques sont considérés comme des événements qui contredisent la description saturée par le problème ou que l'on ne pourrait prévoir à la lecture de l'histoire dominante.

5. C'est la reconnaissance de ce type d'événements qui permet au thérapeute et à la famille d'en repérer d'autres dans une autre histoire possible – un processus mis en œuvre à travers une série de questions qui visent à faire émerger des récits uniques – du domaine du « paysage de l'action » – et de nouvelles descriptions et possibilités uniques – du domaine du « paysage de la conscience ». En situant le travail de Michael White plus particulièrement sur le plan d'une métaphore narrative, on peut distinguer trois types généraux de questions : il y a celles qui visent à « extérioriser », celles qui « déconstruisent » et celles qui « restaurent ». Nous parlerons également d'autres types de questions, plus particulières, qui entrent aussi dans ce cadre.

L'extériorisation

Michael White suggère que les histoires qui racontent le problème ne représentent pas *tout* ce que les gens vivent ; il existe en effet d'autres récits potentiels sur eux-mêmes, les autres et leurs relations qui contredisent ce que l'influence du système de significations laisserait prévoir – d'autres histoires qui étaient parfois plus facilement repérables avant que le problème n'apparaisse ou qui se situent à la périphérie de la vie actuelle des individus, désormais dominée par l'histoire saturée par le problème. Aussi, du fait que la signification actuelle englobe tout, il leur est difficile d'en saisir une autre. Les questions visant à extérioriser le problème commencent à séparer les individus (et leur identité) des « certitudes établies » qui semblent les attacher au système de significations saturé par le problème. « Quel effet ce problème (cette histoire) a-t-il (elle) eu sur vous ? » est une question habituellement posée pour obtenir d'autres informations qui pourraient faire apparaître une description plus utile du problème et pour examiner différents domaines dans lesquels il a des effets. Deux catégories d'effets semblent ressortir : il y a d'une part les résultats et attitudes (c'est-à-dire l'effet que le problème a eu sur la personne dans un certain domaine, par exemple en mettant fin à l'intimité d'une relation), ou bien quelles conclusions ont été tirées ou quelles histoires ont été encouragées ; et, d'autre part, les habitudes comportementales (les actes qui se sont développés sous l'influence du problème et les schémas interactionnels dont ces habitudes peuvent faire partie (par exemple, comment le problème affectant un membre de la famille a tendance à « inviter » (non pas à amener) un autre membre à réagir). Les domaines dans lesquels on remarque ces effets sont la vie en général (l'école, le travail, les loisirs, la vie sociale), les relations (la famille, les interactions) et l'histoire personnelle.

C'est à travers ce type de questions (et le processus qui consiste à les poser) que les problèmes sont extériorisés. White attire l'attention sur le fait que l'extériorisation interrompt la lecture que les clients font habituellement de l'histoire saturée par le problème, qui domine leur vie, et, par là même, suspend son accomplissement. De cette façon, les clients en viennent à revoir leur relation à cette histoire : en se rendant compte combien elle les opprime, ils se mobilisent contre elle et font finalement l'expérience de leur pouvoir en remarquant l'influence qu'ils sont capables d'exercer. Dans une perspective centrée sur la narration, on peut considérer l'extériorisation comme un premier pas dans la déconstruction de la signification de l'histoire dominante, en cela que ce processus aide les individus à voir quelles sont les conditions nécessaires pour soutenir le récit saturé par le problème.

La déconstruction

Michael White emprunte à Jacques Derrida (1979) le terme de « déconstruction » en lui donnant un sens qui lui est propre (celui de mise en évidence des conditions historiques en jeu dans la production de certaines significations – un processus qui permet de bouleverser des réalités considérées comme allant de soi). Les questions visant à déconstruire une signification font ressortir les facteurs qui ont une influence tant sur les conclusions (connaissances) que les individus sont amenés à tirer sur eux-mêmes, les autres et les relations que sur les types de stratégies et de techniques auxquels ils ont été « entraînés ». Aussi, pour que cette déconstruction puisse vraiment s'accomplir, les questions posées doivent saisir ou créer quelque expérience afin que la réaction soit bien de l'ordre de la narration et non de la proposition. Michael White pense que ces questions permettent en outre aux clients de prendre leurs distances à l'égard de certaines manières d'être et connaissances, et, par là même, leur donnent une plus grande liberté pour prendre leurs propres décisions, indépendamment de toute « vérité » établie sur l'identité des gens et la façon dont ils doivent agir. Les questions de déconstruction aident les clients à se rendre compte que, bien qu'ils aient les meilleures intentions, ils sont amenés à les réaliser en suivant des voies qui ne leur sont pas propres. Dès lors que cette prise de conscience a lieu, un processus de restitution commence, où ils peuvent remarquer les actes qu'ils préfèrent et les relier à leurs objectifs et intentions.

La reconstruction d'une histoire

Les résultats uniques, dont nous avons traité plus haut, constituent des points d'accès à des narrations alternatives ; ils représentent des occasions de saisir une expérience à laquelle, afin de mettre en œuvre un processus de reconstruction d'une histoire, il est possible de répondre par des questions se situant tant sur le plan de l'action que sur celui de la conscience. Raconter peut aussi entraîner une réécriture, car raconter, c'est accomplir quelque chose. Quand ces questions sont vraiment en rapport avec l'expérience des clients (cela suppose une écoute attentive), alors, comme Myerhoff (1982) l'a montré, elles évoquent des images et des expériences qui permettent de revivre des événements plutôt que de seulement se les rappeler.

Du fait qu'ils représentent des contradictions, les résultats uniques ouvrent la porte à des possibilités que l'histoire dominante rend insignifiantes. Il peut s'agir de contradictions actuelles, ou de contradictions passées, ou encore d'espoirs ou de rêves pour l'avenir, qui, tous, constituent des voies d'accès à une nouvelle histoire. White a récemment insisté sur le fait que les clients doivent avoir une préférence pour les résultats uniques.

Il n'existe pas de règles quant à la façon de procéder sur les deux plans que sont le paysage de l'action et le paysage de la conscience. Poser des questions qui font ressortir certains événements, dans une séquence située dans une certaine dimension temporelle, donne à de nombreux clients un cadre (d'action) dans lequel ils peuvent commencer à repérer (à un niveau conscient) leurs désirs et préférences. Néanmoins, d'après notre propre expérience, quand c'est plutôt le thérapeute que le client qui remarque des résultats uniques, il est plus utile d'intervenir par des questions sur le plan de la conscience (en particulier ayant trait aux préférences). Notons de nouveau que plus le thérapeute est proche de la façon dont le client décrit les choses, plus ce dernier peut véritablement entrer dans les questions qui lui sont posées. White suggère qu'il est parfois très utile de travailler alternativement sur les deux plans, par exemple en passant des intentions des clients (paysage de la conscience) aux événements qui les reflètent (paysage de l'action), dans leur histoire récente ou passée ; d'autre part, repérés dans une séquence, ces événements peuvent refléter certaines caractéristiques de la personne (paysage de la conscience), etc.

On peut centrer les questions ayant trait au paysage de l'action sur un événement spécifique, sur ce qui s'est exactement passé (ou, au contraire, sur ce qui ne s'est pas produit et qui, habituellement, se produit souvent) ; on peut demander où et quand cela est arrivé (et ce qui est significatif), qui d'autre était directement impliqué, comment cela est arrivé et quelles capacités particulières ont été nécessaires pour que cela arrive. Les questions de ce registre peuvent aussi porter sur une séquence d'événements – sur ce qui a conduit à tel événement, la façon dont on s'est préparé à faire tel pas, ce que les individus ont pensé ou ressenti avant de le raconter ou après avoir forgé un récit autour de cet événement. Une fois un récit développé, on peut le situer dans le temps. Du fait que nous vivons par l'histoire dans laquelle nous nous situons, le thérapeute facilite la mise en œuvre d'un processus de reconstruction d'une histoire en aidant les clients à remarquer des événements qui se déroulent et pourraient soutenir une histoire différente (White, 1993). Michael White note à cet égard combien il est important que les individus voient leur vie avancer dans des directions qu'ils préfèrent.

Une façon de faire ressortir la dimension du temps consiste pour le thérapeute à poser des questions sur un passé récent ou plus lointain sur lequel un nouveau développement que l'on a remarqué pourrait s'appuyer. Alors que pour ce qui concerne le passé récent il s'agit de voir les éventuels pas qui ont peut-être mené au dernier, pour le passé lointain on pose des questions sur ce qui, dans l'enfance et l'adolescence du client, rendrait compte de sa capacité actuelle à faire certaines choses.

Il existe, dans ce type de travail, de nombreuses autres façons de se servir du temps – c'est un des avantages d'une approche centrée sur la narration. White emploie le langage du temps (des expressions comme « moment décisif » ou « nouvelle direction ») dans ses questions comme dans ses descriptions ; il recourt aussi à un type particulier de questions qui portent sur l'avenir en même temps qu'elles invitent à regarder en arrière : *future looking-back questions*. Par exemple : « Imaginez que deux ans ont passé et que le problème est derrière vous : quel chemin direz-vous avoir alors parcouru ? » Ce type de travail est particulièrement utile plus tard, en thérapie, quand un client qui a dépassé certains problèmes mentionne de nouvelles variations. Aussi des notes sur le processus thérapeutique permettent de passer en revue le parcours dans le temps, chaque séance impliquant de reprendre les choses là où elles en étaient restées la dernière fois. White se sert en outre d'un rite qui est une métaphore de passage (Turner, 1969) afin d'aider les clients à se rendre

compte que le processus qui conduit à se séparer d'une histoire dominante comprend une « étape liminale », ou étape
intermédiaire, caractérisée par une plus grande désorientation, ainsi que par des attentes plus importantes, en général
sources de malaise et de déception ; un tel processus aide les
clients à voir qu'ils font l'expérience d'un mouvement dans
le temps, dans une direction qu'ils préfèrent, et ne sont pas
confrontés à des raisons de faire demi-tour.

Bruner (1990) indique que l'intention influence l'interprétation. Les questions ayant trait au paysage de la conscience
contribuent à faire ressortir les intentions des clients d'une
manière qui favorise un processus de restauration. A partir
du cadre général défini par Bruner, White a développé différentes catégories de questions, qui, pense-t-il, amènent les
clients à réexaminer les engagements qu'ils ont pris dans la
vie et ce en quoi ils consistent. Nous avons déjà décrit combien, dans un processus de ce type, les questions sur les
désirs et les préférences des individus sont essentielles. Il est
important de leur demander s'ils préfèrent procéder de certaines façons plutôt que d'autres, et de les interroger sur leurs
désirs et préférences en rapport avec l'influence que l'histoire
qui domine leur vie – l'histoire saturée par le problème –
exerce sur leurs actes. « Est-ce vraiment leur préférence ou
une autre voie leur conviendrait-elle mieux ? » Savoir pourquoi c'est là leur préférence peut avoir des effets dans
d'autres registres.

Poser des questions afin de déterminer quelles caractéristiques du client ou de ses relations se reflètent dans le nouveau récit suscite parfois un processus de redescription. Souvent, le client entre plus facilement dans ces questions quand
on les lui pose de façon indirecte ou en faisant appel au
regard des autres. Par exemple : « Que pensez-vous que votre
père a pu remarquer vous concernant quand vous avez fait
cela, et qu'il n'aurait autrement pas remarqué ? » On peut
procéder de la même façon pour les intentions et objectifs
des clients. (« En quoi cela vous semble-t-il avoir permis à
votre père de connaître vos intentions ? ») Il est aussi très
utile de les interroger directement sur les intentions que leurs
actes reflètent. Car dès lors qu'ils voient leurs intentions dans
leurs actions *préférées* qui elles-mêmes reflètent *le type de
personnes* qu'ils voudraient être (ce à quoi ils n'ont pas accès

tant qu'ils se trouvent sous la domination de l'histoire saturée par le problème), alors leurs valeurs et croyances apparaissent aussi plus clairement.

Michael White a récemment attiré l'attention sur l'importance de donner un nom à l'histoire alternative, ou « contre-histoire », qui a émergé. Pour ce qui nous concerne, notre expérience nous a montré que le nom choisi est parfois très évocateur pour les clients en cela qu'il peut très fortement contribuer à faire ressortir des versions d'eux-mêmes et de leur vie qu'ils préfèrent. Ce nom établit aussi un lien entre certains des pas qu'ils ont faits et les changements qu'ils ont remarqués en eux-mêmes (ou chez les autres) et dans leur vie. Des noms possibles émergent parfois dans des réponses à des questions sur la façon dont le client se voit lui-même (ou les autres) quand il agit de certaines façons qu'il préfère. Pour notre part, nous avons trouvé extrêmement utile de se servir du nom que le client a choisi pour désigner l'histoire préférée (si possible en rapport avec quelque métaphore ou nom d'un personnage de fiction) et de le mettre en contraste avec le problème. Ainsi, dans l'exemple que nous avons pris au début de ce chapitre, Bob comparait son histoire alternative, ou « contre-histoire », à celle de « Rocky ».

Les thérapeutes dont le travail se fonde sur la narration emploient de nombreuses méthodes intelligentes et efficaces pour faire connaître la nouvelle histoire à une communauté d'observateurs importante dans la vie du client. Parmi celles-ci, il y a les cérémonies, les certificats, les lettres et la vidéo. Epston et White (1990) suggèrent qu'un processus qui vise à faire revivre des connaissances alternatives prend fin quand les patients deviennent experts dans la lutte contre certains problèmes. En faire des consultants et appuyer ces connaissances sur des écrits s'est révélé très utile afin d'inscrire plus fermement une nouvelle histoire. Ces écrits peuvent en outre servir aux nouveaux experts pour se conseiller eux-mêmes au cas où le problème surgirait de nouveau.

Les équipes réfléchissantes *

Tom Andersen (1987) a le premier suggéré d'avoir recours à ce type d'équipes, qui, dans le travail de Michael White, ont une allure et des objectifs différents. Les équipes réfléchissantes offrent à la nouvelle histoire un public qui pose des questions et provoque de la curiosité sur certains aspects que le thérapeute n'a pas repérés ou suffisamment exploités. Dans ce type d'approche, les membres de l'équipe réfléchissante cherchent donc plutôt à réagir aux résultats uniques du client qu'aux idées qui leur viennent à l'esprit et demandent à celui qui fait un commentaire de le situer par rapport à sa propre expérience, sa propre imagination et ses propres intentions (« Quelles expériences avez-vous faites qui rendent cette question particulièrement intéressante pour vous ? »). Situer ainsi les commentaires dans un contexte implique une remise en question de la position de l'expert ou du professionnel qui sait : au lieu d'évaluer la « vérité » des idées, les familles ont de cette façon la possibilité d'estimer si elles leur « conviennent » ou si elles leur semblent au contraire inutiles.

Ce processus consiste d'abord en un entretien en présence de l'équipe qui observe. Ensuite, c'est au tour de la famille d'observer les membres de l'équipe en train de s'entretenir sur des résultats uniques. Puis la famille commente les remarques de l'équipe. Enfin, l'équipe et la famille se rassemblent pour interroger le thérapeute sur les questions qui ont été posées. Comme avec l'équipe, tout est fait pour rendre transparentes les intentions du thérapeute, ainsi que les idées sur lesquelles son travail s'appuie. Nous observons que les familles se déclarent satisfaites de cette démarche, qu'elles trouvent utile. (Des enregistrements de la séance leur sont parfois remis.) A la suite des quatre étapes que nous venons de décrire, une phase de supervision peut compléter le processus : il s'agit alors pour le « superviseur » de faire des commentaires et de poser au thérapeute des questions sur l'entretien qui mettent en lumière les résultats uniques. Il

---

* Reflecting teams.

(elle) peut de plus interroger les membres de l'équipe sur leurs réflexions. Les groupes de supervision ont la possibilité d'adopter le même format que l'équipe réfléchissante.

Conclusion

Tenter de rendre compte non seulement de la richesse des idées et de l'œuvre de Michael White, mais encore de leur continuelle évolution est une tâche considérable, que l'on ne peut mener à bien dans un seul chapitre. Il eût sans doute été aussi utile de donner d'autres exemples. En tout cas, dans notre collaboration avec Michel White et d'autres, qui situent leur travail dans le cadre de son approche, une chose nous est apparue personnellement enrichissante : c'est le vaste ensemble d'idées à partir desquelles chacun peut développer sa propre version. Ainsi, au lieu de chercher à illustrer davantage le travail de White, nous invitons les lecteurs à trouver des idées et des exemples qui leur soient propres et fassent peut-être écho aux métaphores et réflexions décrites ici.

*
**

RÉFÉRENCES BIBLIOGRAPHIQUES

Andersen, T. (1987), « The reflecting team : Dialogue and meta-dialogue in clinical work », *Family Process*, 26, p. 415-428.

Bateson, G. (1972), *Steps to an Ecology of Mind*, New York, Ballantine ; trad. fr. : *Vers une écologie de l'esprit*, Paris, Éd. du Seuil, 1980.

– (1979), *Mind and Nature*, New York, Bantam Books ; trad. fr. : *La Nature et la Pensée*, Paris, Éd. du Seuil, 1984.

–, Jackson, D.D., Haley, J., Weakland, J. H. (1956), « Toward a theory of schizophrenia », *Behavioral Science*, n° 4, t. 1 ; trad. fr. : in *Vers une écologie de l'esprit*, Paris, Éd. du Seuil, 1984, t. 2, p. 9-34.

Bruner, J. (1986), *Actual Minds, Possible Worlds*, Cambridge, Harvard University Press.

– (1990), *Acts of Meaning*, Cambridge, Harvard University Press.

Derrida, J. (1979), *Positions : entretiens avec Henri Ronse, Julia Kristeva, Jean-Louis Houdebine, Guy Scarpetta*, Paris, Éd. de Minuit.

Epston, D., et White, M. (1990), « Consulting your consultants : The documentation of alternative knowledges », *Dulwich Centre Newsletter*, 4, p. 25-35.

– (1992), *Expérience, Contradiction, Narrative and Imagination*, Adélaïde, Dulwich Centre Publications.

Foucault, M. (1976), *Histoire de la sexualité*, Paris, Gallimard.

– (1980), *Power Knowledge : Selected Interviews and Other Writings*, New York, Pantheon Books.

– (1975), *Surveiller et punir : naissance de la prison*, Paris, Gallimard.

Gergen, K. J., et Davis, K.E. (1985), *The Social Construction of the Person*, New York, Springer Verlag.

Goffman, E. (1961), *Asylums : Essays in the Social Situation of Mental Patient and Other Inmates*, New York, Doubleday ; trad. fr. : *Asiles : études sur la condition sociale des malades mentaux et autres reclus*, Paris, Éd. de Minuit, 1979.

Myerhoff, B. (1982), « Life history among the elderly : Performance, visibility and remembering », *in* Ruby, J. (éd.), *A Crack in the Mirror : Reflexive Perspectives in Anthropology*, Philadelphia, University of Pennsylvania Press.

Turner, V. (1969), *The Ritual Process*, New York, Cornell University Press.

Weingarten, K. (1991), « The discourses of intimacy : Adding a social constructionist and feminist view », *Family Process*, 30, p. 288-305.

White, M. (1984), « Pseudo-encopresis : From avalanche to victory, from vicious to virtuous cycles », *Family Systems Médecine*, 2 (2).

– (1985), « Fear busting and monster taming : An approach to the fears of young children », *Dulwich Centre Review*.

– (1986*a*), « The conjoint therapy of men who are violent and the women with whom they live », *Dulwich Centre Newsletter*, printemps.

– (1986*b*), « Négative explanation, restraint and double description : Λ template for family therapy », *Family Process*, 25, p. 169-184.

– (1986*c*), « Anorexia nervosa : A cybernetic perspective », *in* Elka-Harkaway, J. (éd.), *Eating Disorders*, New York, Aspen.

– (1986*d*), « Family escape from trouble », *Case Studies*, 1 (1).

– (1987), « Family therapy and schizophrenia : Addressing the "In-the-corner lifestyle" », *Dulwich Centre Newsletter*, printemps.
– (1988*a*), « The process of questioning : A therapy of literary merit ? », *Dulwich Centre Newsletter*, hiver.
– (1988*b*), « Saying hello again : The incorporation of the lost relationship in the resolution of grief », *Dulwich Centre Newsletter*, printemps.
– (1988-1989), « The externalizing of the problem and the reauthoring of lives and relationships », *Dulwich Centre Newsletter*, été.
– (1989), *Selected Papers*, Adélaïde, Dulwich Centre Publications.
– (1991), « Deconstruction and therapy », *Dulwich Centre Newsletter*, 3, p. 21-40.
– (1993), « Commentary : The histories of the présent », *in* Gilligan, S., et Price, R. (éd.), *Therapeutic Conversations*, New York, Norton, p. 121-135.
– et Epston, D. (1990), *Narrative Means to Therapeutic Ends*, New York, W.W. Norton.

Steve de Shazer *
Larry Hopwood **

D'ici à là, vers on ne sait où : l'évolution continue de la thérapie brève [1]

C'est en 1982 qu'Insoo Kim Berg, Steve de Shazer et leurs collègues du Centre de thérapie familiale brève ont commencé à développer avec leurs clients une nouvelle approche thérapeutique centrée sur la solution, très différente de celles appliquées jusqu'alors (Berg et Miller, 1992 ; de Shazer, 1985, 1988, 1991), tant du point de vue de la théorie, des hypothèses de travail et de la pratique que dans la façon de conduire les séances – moins nombreuses [2] – et les intervalles entre

* Steve de Shazer, auteur notamment de *Putting Difference to Work* (1991), est à la fois cofondateur et chercheur du Brief Family Therapy Center. Son modèle de thérapie brève centrée sur la solution, très largement reconnu, a été adapté dans de nombreux pays. Il s'est spécialisé dans le traitement de cas particulièrement difficiles et de plusieurs maladies mentales graves.

** Larry Hopwood, Ph. D., M.S.W., directeur de la formation et de la recherche au Brief Family Therapy Center, est responsable des nombreux programmes de formation proposés au centre et y coordonne l'ensemble du travail de recherche. Il s'est spécialisé dans le travail avec les enfants et adolescents difficiles, les alcooliques et les toxicomanes sans domicile.

1. Les auteurs remercient leurs collègues Insoo Kim Berg*** et Scott D. Miller**** pour leur contribution à cet essai.

*** Insoo Kim Berg, MSSW, directrice et cofondatrice du Brief Family Therapy Center, est spécialisée dans le travail avec des milieux difficiles (familles à problèmes multiples, alcooliques, toxicomanes sans domicile, adolescents délinquants). Auteur de *Family Based Services : A Solution-Focused Approach*, elle est également co-auteur, avec Scott Miller, de *Working with the Problem Drinker : A Solution-Focused Approach* (1992).

**** Scott D. Miller, Ph. D., coordonne les services du traitement de l'alcoolisme et de la toxicomanie et celui de la formation du Brief Family Therapy Center ; auteur de nombreux articles spécialisés et co-auteur, avec I. Berg, de *Working with the Problem Drinker : A Solution-Focused Approach* (1992), il a assuré un travail de formation et de consultant dans de nombreux centres aux États-Unis et à l'étranger.

2. Alors que de nombreux modèles de thérapie brève sont en partie définis par la durée plus ou moins limitée des séances ou par un nombre

celles-ci – plus longs (de Shazer, 1991). Cette nouvelle approche se définit par une conception inédite de la thérapie, mais aussi des clients, et donc aussi du thérapeute et de sa tâche.

Avant 1982, notre modèle thérapeutique de résolution d'un problème se fondait sur l'idée que l'intervention du thérapeute devait, d'une manière très particulière et spécifique, être en accord avec les schémas du problème du client (de Shazer, 1982). Comme dans la plupart des modèles, nous nous attachions à décrire le problème du client ou la plainte formulée par ce dernier en nous fondant sur l'hypothèse que la nature du problème (ou au moins la description de ses schémas) déterminait ce à quoi l'intervention devait ressembler et, par conséquent, ce que pourrait être une éventuelle résolution. Comme dans de nombreux autres modèles, nous considérions que les plaintes du client (y compris les schémas autour de celles-ci) persistaient parce qu'elles semblaient suivre des règles similaires à celles qui gouvernent et façonnent toute interaction humaine.

Le problème n'est pas d'essayer d'adapter la thérapie à une classification (diagnostique) particulière, mais de savoir quelles potentialités le patient vous révèle quant à sa capacité de faire ceci ou cela.

Milton H. Erickson (cité *in* Haley, 1985, p. 126).

Alors que de nombreux thérapeutes classent les problèmes en différentes catégories, à savoir : 1) problèmes psychologiques ayant des origines obscures, 2) problèmes psychologiques ayant des origines évidentes, 3) troubles organiques ou 4) selon des catégories diagnostiques standards, nous avions tendance à regrouper les cas en fonction des réactions des clients à notre intervention initiale, en particulier aux tâches à réaliser à domicile que nous avions données en fin

---

de séances diversement réduit, nous ne fixons pour notre part aucune limite temporelle. Quand on nous interroge sur la durée du traitement, nous répondons : « Le moins de séances possible et pas une de plus que nécessaire. » Au cours des cinq années passées, nous avons enregistré une moyenne de quatre ou cinq séances par cas et, pour 97 % des cas, le traitement a duré moins de dix séances. Notons aussi que nous n'appliquons aucun critère de sélection et que nous recevons par conséquent quiconque vient nous voir.

de séance. La forme que l'intervention prenait dépendait des séquences comportementales associées à la plainte et aux significations que les clients donnaient à leur situation.

D'une approche centrée sur le problème à une approche centrée sur la solution

Au milieu de l'année 1982, le cas d'une famille nous a contraints de modifier radicalement nos idées aussi bien sur la thérapie, les clients et les thérapeutes que sur les problèmes, les plaintes et les solutions (ce processus, qui nous a occupés des années, n'est aujourd'hui pas encore terminé).

Après que le thérapeute eut posé la question : « Qu'est-ce qui vous amène aujourd'hui ? », la mère commença à décrire ses préoccupations ; mais, avant que le thérapeute n'ait pu mettre en lumière les schémas autour de cette plainte, le père prit la parole. De nouveau, avant que le thérapeute ait pu revenir aux soucis de la mère, ou décrire ceux du père, l'aîné des enfants commença à parler de ses propres problèmes. Ainsi les cinq membres de la famille continuèrent selon ce schéma : à la fin de la séance, ils avaient fait état de vingt-sept préoccupations différentes. Néanmoins, aucune n'était assez bien décrite pour que le thérapeute et son équipe puissent s'en servir comme base pour un travail d'intervention. (Tout thérapeute qui a interrogé plus de deux ou trois familles a fait une expérience similaire.)

L'équipe derrière le miroir sans tain ne doutait pas que cette famille eût bien un « problème » : les cinq membres avaient de toute évidence de quoi se plaindre, et leur décision de venir consulter un thérapeute semblait appropriée. Toutefois, comme nous l'avons dit plus haut, aucune des plaintes exprimées n'était encore formulée de façon à pouvoir servir de guide pour une intervention. Heureusement, certains membres de l'équipe avaient été influencés par les travaux de Milton H. Erickson (Haley, 1967), qui suggère que si les efforts du thérapeute pour remédier au manque de précision du client ne mènent jamais qu'à une imprécision encore plus grande, il doit alors tenter autre chose, se montrer aussi peu précis que le client lui-même : cela conduit finalement à clarifier au moins un peu les choses. L'équipe décida donc de proposer à la famille la tâche suivante, appelée tâche de la première séance : « Jusqu'à notre prochain entretien, nous vous demandons d'observer, de telle façon que vous puissiez nous en parler, ce qui se passe dans votre vie que vous souhaitez voir continuer » (de Shazer, 1985).

Deux semaines plus tard, quand la famille revint, mes collègues et moi-même fûmes surpris de l'entendre décrire vingt-sept choses différentes qui s'étaient produites et qu'elle voulait voir continuer. Vingt-cinq de ces vingt-sept événements étaient directement liés aux vingt-sept préoccupations exprimées au cours de la première séance. Interrogés à ce propos, les membres de la famille répondirent qu'ils pensaient avoir résolu le problème pour lequel ils avaient consulté et que, de ce fait, ils estimaient ne plus avoir besoin de venir. Six mois plus tard, vingt des vingt-sept choses énumérées lors de la deuxième séance continuaient à se produire.

Selon notre modèle de résolution d'un problème, cette intervention n'aurait pas dû « marcher » car elle n'était pas liée aux schémas des plaintes exprimées par la famille. Et pourtant, elle avait bel et bien « marché » ! D'où le dilemme auquel nous nous sommes trouvés confrontés : nous pouvions faire comme si rien ne s'était passé, l'ignorer, et décrire cela comme une sorte de coup de chance, ou bien explorer ce qui s'était passé et, par conséquent, risquer de devoir modifier ou même rejeter le modèle théorique que nous étions en train de construire depuis quinze ans. Nous avons choisi la deuxième solution.

Recherche ⟨⟩ pratique ⟨⟩ théorie [3]

Au cours des deux années suivantes, nous avons assigné cette même tâche à des centaines de clients (des individus, des couples, des familles) et constaté que, dans environ 90 % des cas, ils rapportaient qu'entre la première et la deuxième

---

3. On emploie le symbole ⟨⟩ en chimie pour décrire une réaction qui va dans deux directions ; parfois plus dans un sens que dans l'autre ; parfois un équilibre est atteint entre les deux sens (ou plus) qui contribuent dans ce cas également au résultat. Dans notre centre, l'interaction entre recherche, pratique et théorie semble varier d'une façon similaire.

séance il s'était effectivement passé des choses qu'ils voulaient voir continuer. (En fait nous donnions systématiquement cette tâche à la fin de la première séance, à moins que nous n'ayons eu de très bonnes raisons de ne pas le faire : pendant notre période d'investigation, nous l'avons assignée à deux tiers de nos clients. Le plus souvent, ils énuméraient entre sept et onze événements lors de la deuxième séance.) Bien que ces événements aient été fréquemment sans rapport avec leurs problèmes et plaintes, les clients pensaient néanmoins qu'ils contribuaient largement à améliorer leur situation. Manifestement, ce qu'ils voyaient comme facteurs d'amélioration était souvent très différent de ce à quoi des thérapeutes professionnels ou des chercheurs auraient eu recours ou de ce qu'ils auraient pensé que le client devait faire.

Nous avons dû à ce moment-là abandonner un lien auquel nous accordions une très grande valeur : celui entre plainte et solution. Il était désormais clair que si cette tâche générique pouvait entraîner des améliorations importantes indépendamment des plaintes exprimées, alors la plainte ne déterminait pas le processus de solution : le développement de ce dernier pouvait commencer sans que le thérapeute sache quel était le problème, ou sans que les clients soient d'accord sur la nature du problème, ou même sans que le thérapeute sache précisément de quoi le client se plaignait.

Nos recherches ont confirmé notre idée selon laquelle ce que le client fait, mais aussi ce que le thérapeute fait, bref ce qui se passe en thérapie est plus important pour la réussite du traitement que le problème ou le diagnostic, ou encore que la situation ou la personnalité du client.

Les principales prémisses

On peut résumer la philosophie de la thérapie brève centrée sur la solution (de Shazer, 1985, 1988, 1991) de la façon suivante :

1. Si ce n'est pas cassé, ne réparez pas [4].
2. Une fois que vous savez ce qui marche, faites-le plus.

---

4. Ou encore : si ça marche, ne réparez pas.

3. Si ça ne marche pas, ne recommencez pas : faites autre chose.

Ces trois prémisses peuvent sembler trop simples, peut-être même simplistes quand il s'agit de thérapie, ou plutôt quand il s'agit pour le thérapeute et le client de travailler ensemble (nous doutons en effet de l'utilité d'appeler notre travail « thérapie », mais nous ne voyons pas pour le moment d'alternative viable). Bien entendu, comme on peut s'y attendre, une tradition fondée sur des prémisses aussi simples sera souvent considérée comme profondément imparfaite. Et, de fait, la résolution de problèmes humains chroniques, accablants, ne peut être une affaire simple, et l'application de ces prémisses au « monde réel » de la pratique thérapeutique n'est sans doute pas non plus facile.

Prémisse 1 : si ce n'est pas cassé, ne réparez pas.
Cette prémisse est à ce point fondamentale dans la vie qu'elle semble aller de soi. En fait, on ne devrait pas avoir besoin du tout de cette prémisse, à laquelle nous donnons, entre autres, la signification suivante : si quelque chose n'est pas un problème pour le client et si, de ce fait même, il ne s'en plaint pas, alors – que le thérapeute ou la « société » voie dans cette chose un problème évident – cela n'est pas l'affaire du thérapeute. Contrairement à la plupart des autres types de thérapie, ou au moins à de nombreux autres, la thérapie brève centrée sur la solution n'est pas normative, d'où la nécessité de poser explicitement cette prémisse.

Prémisse 2 : une fois que vous savez ce qui marche, faites-le plus.
A première vue, cette prémisse est tellement évidente que l'énoncer devrait sembler idiot. Au Centre de thérapie familiale brève, nous avons découvert par hasard que, interrogés de façon adéquate et/ou au bon moment, bon nombre des clients, sinon la plupart, disaient connaître des périodes où le problème dont faisait état leur plainte ne se manifestait pas, bien qu'ils aient eu toutes les raisons de penser qu'il allait se produire ! Il y a donc des périodes où les choses en général vont tout à fait bien, étant donné les conditions de vie du client. Ce que le client fait au cours de ces périodes exceptionnelles est précisément ce qu'il a besoin de faire

davantage : autrement dit, il doit continuer à faire ce qui marche.

Bien que cette prémisse devrait aller de soi, elle a en réalité des implications plus vastes qu'on ne l'imagine et qui s'appliquent aussi à la pratique thérapeutique. Pour les thérapeutes adeptes de la thérapie brève, elle signifie, d'une part, que si l'on connaît une solution qui marche, on n'a pas à chercher inutilement autre chose : il ne faut pas oublier ce qui marche. Et, d'autre part, si ce que l'on a fait dans la séance précédente était efficace de l'avis du client, alors il faut le faire de nouveau. En outre, le thérapeute devrait résister à la tentation de faire quoi que ce soit de plus.

Prémisse 3 : si ça ne marche pas, ne recommencez pas : faites autre chose.

La situation qui pose problème ayant été décrite simplement et clairement comme « la même satanée chose qui recommence encore et encore », cette troisième prémisse devrait elle aussi sembler évidente. Néanmoins, compte tenu de l'idée traditionnelle selon laquelle « si vous ne réussissez pas la première fois, essayez de nouveau et encore », cette prémisse n'est pas exagérée car elle va à l'encontre du bon sens commun.

Les problèmes ont manifestement des propriétés qui font qu'ils s'entretiennent eux-mêmes, par exemple par la répétition de la bonne vieille tentative de solution ratée. De toute évidence, les choses ne vont pas et la troisième prémisse de notre philosophie suggère que, dans une situation qui pose problème, quelqu'un doit faire quelque chose de différent pour que quoi que ce soit de différent se produise. En fait, quand quelqu'un dans la situation qui pose problème fait quelque chose de différent – n'importe quoi qui ne puisse être considéré comme « la même satanée chose encore et encore » –, alors le problème est en train d'être résolu ; c'est-à-dire que ce qui posait problème devient simplement un autre exemple de « la même satanée chose encore et encore », qui constitue en fait la vie normale de tous les jours.

Si l'on n'arrive à aucun progrès en quelques séances, cela indique à notre avis que le thérapeute fait désormais lui aussi partie de la situation qui pose problème et qu'il doit aussi faire autre chose ; des études sur tous les types de thérapies ont montré que si cinq à huit séances n'ont mené à aucun progrès, il est peu probable qu'il y en ait jamais. Du fait que plusieurs séances ne sont pas nécessaires pour faire une estimation, nous pensons que si le client ne constate aucun progrès dès la troisième séance, le thérapeute doit alors se conformer à la troisième prémisse. Pour lui, faire autre chose peut consister à changer d'équipe, de salle, ou la place où chacun est assis, ou encore le thérapeute (de l'équipe) présent dans la salle ; cela peut aussi consister à modifier les dates et les heures de rendez-vous ou à changer l'identité des personnes invitées à assister à la séance, etc. Souvent, la différence la plus efficace est de reconnaître que nous ne semblons pas aider les clients et qu'il faut donc qu'il nous aide.

Illustration

Les hypothèses sur lesquelles se fonde le thérapeute influencent ce qu'il fait ou ne fait pas

Le cas que nous allons maintenant présenter démontre comment les hypothèses du thérapeute dirigent tant sa façon de penser que les questions qu'il pose. La cliente dont il s'agit ici est une femme mariée, avec deux grands enfants. Elle est devenue aveugle il y a dix ans, à la suite du diabète dont elle était atteinte, et elle a récemment appris qu'elle développe une affection appelée lupus.

LE THÉRAPEUTE : Qu'est-ce qui vous amène aujourd'hui ?
LA CLIENTE : Je me sens très déprimée. Je ne peux pas me servir de ma main, et mes jambes sont tout engourdies. Tout mon corps est engourdi. Je peux contrôler ma main gauche, mais je ne la sens pas.
LE THÉRAPEUTE : Oui.
LA CLIENTE : Je ne peux pas téléphoner. Je demande à la standardiste de composer les numéros pour moi. Cela m'est pénible car je suis habituée à faire tout cela moi-même.
LE THÉRAPEUTE : Oui, vous devez vous adapter pour beaucoup de choses, et c'est sans doute difficile.
LA CLIENTE : Je ne veux pas vivre comme ça. Non, vraiment. Je ne pense pas à me tuer, mais je ne veux pas non plus vivre comme ça.

LE THÉRAPEUTE : Oui, il vous arrive beaucoup de choses en ce moment, et tout cela est non seulement nouveau pour vous, mais aussi difficile. Comment vous débrouillez-vous avec cela ?

LA CLIENTE : Je ne me débrouille pas, pas du tout... Je ne peux pas préparer mes repas...

LE THÉRAPEUTE : Que devrait-il se passer aujourd'hui pour que vous ayez le sentiment que nous vous avons aidée ?

LA CLIENTE : Vous ne pouvez pas m'aider parce que vous ne pouvez pas faire revenir la sensation.

Les clients ont en général quelque raison de venir consulter un thérapeute : un problème ou quelque chose dont ils se plaignent, d'eux-mêmes ou de quelqu'un d'autre ; il peut aussi s'agir d'un problème ou d'une plainte que quelqu'un d'autre exprime à leur sujet. S'il n'y avait quelque chose qui explique ou justifie leur présence, ils ne feraient alors pour ainsi dire que du lèche-vitrine. Toutefois, ce problème ou cette plainte n'est en quelque sorte que leur ticket d'entrée. De la même façon, lorsqu'ils remarquent un bruit anormal dans leur voiture, ils ont une bonne raison d'aller chez un garagiste – parfois sans savoir précisément ce qu'il faut réparer. Puis, pendant qu'ils y sont, il se peut qu'ils demandent au mécanicien de regarder la direction. Ils ne sont pas sûrs que les deux problèmes ne soient pas liés et essaient de décrire les symptômes de manière détaillée afin d'aider le mécanicien. Les clients qui viennent consulter un psycho-thérapeute font en grande partie la même chose : ils décrivent de façon très détaillée des problèmes qui les préoccupent à tel point qu'ils pensent avoir besoin d'aide. Souvent, le thérapeute suppose que le client vient pour soulager ses symptômes et se sent frustré quand cela n'est pas possible.

Pour ce qui concerne cette femme en particulier, elle se plaint des symptômes liés au lupus qu'on lui a récemment diagnostiqué. Elle ne peut continuer certaines de ses activités, comme le tricot et la natation, car elle n'a plus de sensation dans ses membres. Elle ne veut pas continuer à vivre comme cela. A voir combien elle souffre d'être atteinte à la fois de cécité et de lupus, tout thérapeute capable d'un minimum de compassion ne peut que vouloir aider cette femme. De nombreux thérapeutes se sentiraient obligés de lui témoigner de la compassion et de lui faire des suggestions qui pourraient l'aider à soulager ses symptômes. Mais savons-nous vraiment quelle sorte d'aide elle attend de nous ? Nous avons souvent le sentiment de devoir aider immédiatement le client. Nous posons parfois des questions pour en savoir davantage sur ce dont il se plaint sur le plan physique, ou encore nous faisons une évaluation du risque de suicide, etc. Dans ce cas particulier, le thérapeute (Ron Wilgosh) [5] a procédé autrement : il l'a écoutée très attentivement afin de déceler toute indication quant à ce qu'elle voulait, et non quant à ce qu'elle ne voulait pas. De plus, il n'a pas supposé savoir ce qu'elle voulait. Elle se concentrait sur ce qu'elle savait déjà ne plus pouvoir faire. De toute évidence, cela ajoutait à sa frustration et limitait son espoir de changement. En prêtant continuellement attention à cela, le thérapeute n'aurait fait qu'abonder dans le sens de cette frustration ; s'il avait adopté une telle attitude, il aurait fait comme sa cliente – à savoir : plus de la même chose qui ne marche pas. Car, en réalité, le client ne pense pas que le thérapeute puisse l'aider à se délivrer de ses symptômes. C'est pourquoi le thérapeute de cette femme a simplement reconnu qu'il avait compris ce qu'elle disait.

Trouver ce que le client veut vraiment

On demande à la plupart des thérapeutes (au moins aux États-Unis) d'avoir des objectifs pour des cas spécifiques, ne serait-ce que pour des questions d'assurance. Du fait de la responsabilité qui est en jeu, ces objectifs doivent être mesurables : cela signifie qu'il faut en général les décrire en termes comportementaux. Mais rares sont les types de thérapies qui précisent quelle est la procédure nécessaire pour atteindre des buts que l'on s'est fixés ou quelles sont les caractéristiques de buts bien définis (Berg et Miller, 1992 ; de Shazer, 1991). Les formulaires d'assurance prévoient un espace pour les objectifs sur lesquels le client et le thérapeute sont supposés se mettre d'accord. Alors pourquoi ne pas demander tout simplement aux clients quels sont leurs objectifs ? Nous savons par expérience que cela n'est pas très productif pour différentes raisons. Les clients sont souvent à ce point

---

5. Le thérapeute a vu cette cliente lors d'un séjour d'un mois au Centre de thérapie familiale brève.

concentrés sur leur problème que ce qu'ils expriment comme objectifs, c'est l'absence du problème ou l'arrêt de quelque chose. Or il se trouve que le premier est difficile à mesurer et que le second ne peut vraiment être atteint avant la mort. En fait, définir des objectifs de cette façon a fréquemment pour résultat d'empirer la situation, car le client est ainsi amené à se concentrer davantage sur des comportements indésirables et/ou le problème pour lequel il est venu consulter. Aussi, dans de nombreux cas, de tels objectifs impliquent non seulement de faire de très grands sauts par rapport à la réalité présente, mais encore que quelqu'un d'autre change pour que l'objectif fixé puisse être atteint. De plus, nous croyons que si le client pouvait exprimer différemment ce qu'il veut, il serait beaucoup plus facile non seulement d'atteindre cet objectif, mais encore de savoir quand il n'a plus besoin de thérapie. Nous revenons par là à notre troisième prémisse, en cela que « ce » qui ne marche pas peut très bien être la façon dont le client pense sa situation.

La question se pose donc de savoir quelle est la meilleure façon d'aider le client à penser différemment. Nous avons trouvé que le recours à ce que nous appelons la « question du miracle » (de Shazer, 1985, 1988, 1991) donne au client la liberté de penser à des solutions dans le futur sans être surchargé par le poids des problèmes du passé et du présent. On se sert de cette question de la façon la plus appropriée quand le client a eu suffisamment de temps pour décrire la ou les raisons – c'est-à-dire la plainte ou le problème – qui l'ont amené chez le thérapeute. Nous avons aussi constaté que si le thérapeute essaie de résoudre le problème trop rapidement (en s'associant souvent au client dans l'attitude qui consiste à faire plus de ce qui ne marche pas), celui-ci persévère dans sa tentative de convaincre le thérapeute qu'il a de bonnes raisons d'être là en continuant à décrire le problème. De la même façon, si le thérapeute persiste à poser de nombreuses questions sur les plaintes exprimées, le client continue à se montrer efficace en répondant davantage sur les problèmes. Mais si le thérapeute ne fait qu'écouter et reconnaître qu'il a bien entendu ce que le client a dit, ce dernier en arrive généralement à un point où il commence à répéter ou cherche quelque indication du thérapeute lui permettant de savoir dans quel sens continuer : doit-il faire plus

de la même chose ou au contraire quelque chose de différent ? C'est précisément à ce point qu'il nous semble tout à
fait approprié de poser la question du miracle.

LE THÉRAPEUTE : Je voudrais maintenant vous demander
d'imaginer la situation suivante : vous allez ce soir vous
coucher et un miracle se produit dans la nuit, qui fait que les
problèmes pour lesquels vous êtes venue ici aujourd'hui sont
résolus. Qu'est-ce qui serait différent demain matin ? Comment sauriez-vous que quelque chose serait arrivé ?
LA CLIENTE : Je pourrais sentir mes jambes et mes mains.
J'aurais de nouveau des sensations. Je pourrais me brosser
les dents, écrire, lire en braille, faire les choses moi-même.
LE THÉRAPEUTE : Hum, hum. A quoi d'autre sauriez-vous que
ce miracle se serait produit ?
LA CLIENTE : Je le sentirais simplement en me réveillant...
LE THÉRAPEUTE : Qu'est-ce que votre mari remarquerait de
différent dans ce que vous feriez qui lui laisserait penser que
quelque chose serait arrivé pendant la nuit ?
LA CLIENTE : Je préparerais le petit déjeuner, je composerais
mes numéros de téléphone moi-même, j'appuierais moi-
même sur les touches du magnétoscope, je brosserais mes
dents, je me peignerais, je ferais tout ce que j'avais l'habitude
de faire.
LE THÉRAPEUTE : En quoi ce serait différent pour lui si vous
étiez capable de faire tout cela ?
LA CLIENTE : Il n'aurait pas besoin de sortir mes médicaments, de préparer mon petit déjeuner, de verser mon café
ni de beurrer mon pain.
LE THÉRAPEUTE : Hum, hum. Et qu'est-ce que ça changerait
pour vous s'il n'avait pas à faire tout cela ?
LA CLIENTE : Je serais contente de faire toutes ces choses
moi-même.
LE THÉRAPEUTE : Bien. Et comment saurait-il que vous seriez
contente ?
LA CLIENTE : J'aurais probablement un grand sourire et nous
en parlerions.

La question du miracle ne remplace pas nécessairement
celle du but ; c'est une façon d'aider les clients à penser
différemment et, par là même, à concevoir des solutions

qu'ils n'auraient peut-être pu imaginer en continuant à se concentrer sur leurs problèmes. Le but du thérapeute n'est alors pas de contraindre le client à accomplir le miracle qu'il décrit, mais d'ouvrir la voie à de nombreuses nouvelles possibilités qui pourraient conduire à des solutions. A ce point du processus, ni le client ni le thérapeute ne savent laquelle de ces possibilités peut effectivement conduire à une solution. Aussi, du fait qu'ils ne savent pas ce qui marche, ils ne savent pas non plus ce qu'il faut continuer à faire ; cela ne viendra que plus tard. Le thérapeute ne s'accroche donc à aucune idée particulière ni ne tente d'établir des priorités. Plus nombreux sont les exemples, plus détaillée est la description et plus limitées sont les réactions à la question du miracle, alors plus grande sera la probabilité que ces comportements ou perceptions se soient déjà produits dans une certaine mesure, se produiront dans le futur ou soient repérés comme s'étant déjà produits. Afin de développer au maximum les possibilités de changement, il est nécessaire que le thérapeute pose d'autres questions au client pour l'aider à suggérer des possibilités plus nombreuses et limitées. Quand le client suggère quelque chose de démesuré ou d'impossible (comme : « Je vais de nouveau sentir mes jambes et mes mains »), le thérapeute peut – plutôt que de mettre en question cette possibilité et, par là, seulement ramener le client à son problème insoluble – simplement l'accepter comme un désir tout à fait légitime et poser ensuite la question : « Quoi d'autre encore ? » Au cours de la conversation qui continue, le client peut penser à des changements possibles de plus en plus nombreux car, après tout, lui-même et le thérapeute ne font que semblant.

Du fait que nous sommes à la recherche d'un petit changement quelque part dans la vie du client, nous ne limitons pas notre entretien à la seule personne présente ; la vie du client dépasse en effet le cadre de la salle où nous le recevons. Nous lui posons donc ce que nous appelons des questions de relation : y a-t-il, dans ce que font des personnes importantes dans sa vie, quelque chose qu'il a tout particulièrement remarqué ? Ou qu'est-ce que d'autres, à son avis, pourraient remarquer dans ce qu'il fait, lui ? Dans certains cas, le patient désigné peut ne pas vouloir ou attendre la moindre transformation de sa part, mais souhaiter en revanche que quelqu'un d'autre change. Ici encore, plus les exemples sont nombreux et détaillés et plus leur réalité est probable. Dans le cas de la femme dont nous traitons maintenant, le thérapeute a continué à explorer les différences qu'elle remarquerait chez son mari et sa fille après que le miracle se fut produit.

A la recherche de solutions

Nous parlons en effet de chercher des solutions car le but du thérapeute n'est pas d'être capable de définir la solution pour le client. C'est plutôt le client qui saura quand il aura trouvé la solution car il décidera qu'il n'a plus besoin de thérapie. Mais, du fait qu'en général il ne pense pas avoir trouvé la solution avant de consulter un thérapeute, la question qui se pose est donc celle-ci : « Comment pouvons-nous l'aider ? »

Nous pensons qu'il est important d'aider les clients à développer une idée riche de la vie sans problèmes, car quel que soit le moyen qu'ils choisissent pour y arriver, ils doivent en tout cas savoir quand ils ont réussi. De même, si quelqu'un veut se rendre à Chicago, il lui faut avoir une idée de ce qui lui permettra de savoir qu'il est bien à Chicago, et, si c'est en reconnaissant certains immeubles, il est peut-être préférable qu'il s'y rende plutôt en voiture qu'en avion. Les différentes réponses à la question du miracle fournissent une direction ou une vision sur laquelle le client peut concentrer ses efforts. Avec ce nouvel objectif en vue, il peut en effet mieux discerner les exemples de changements passés, présents et futurs. En d'autres termes, le client et le thérapeute n'ont pas à décider de faire quoi que ce soit de nouveau arrivés à ce point.

Alors, en quoi cela aide-t-il le client ? Du fait qu'il a désormais une idée plus précise de ce que lui-même et les autres feront une fois les problèmes résolus, nous considérons comme probable que certains éléments de cette image miracle sont en train d'arriver ou même sont déjà arrivés. Si le thérapeute ne pose pas de question à ce sujet, il ne le saura jamais.

Dans une étude menée par nous, nous avons posé la question suivante : « Qu'avez-vous remarqué de différent dans votre situation depuis que vous nous avez appelés pour prendre rendez-vous ? » Deux tiers des clients ont répondu que quelque chose avait changé dans un sens positif, que les changements étaient liés aux raisons qui les avaient amenés à consulter et qu'ils souhaitaient que ces changements persistent (Weiner-Davis *et al.*, 1987). A certains égards, cette constatation n'est pas surprenante puisque d'autres études ont montré que des clients sur des listes d'attente résolvent leurs problèmes sans aucune aide thérapeutique (dans plus de 50 % des cas). Savoir que des changements se produisent aussi souvent avant le premier rendez-vous nous aide non seulement à développer une écoute particulière à cet égard, mais encore à poser des questions à ce sujet d'une autre manière et à des moments différents. Ainsi, après la question du miracle, nous demandons : « Y a-t-il maintenant des moments où des petits morceaux de ce miracle se produisent ? » En posant cette question, nous ne trouvons pas seulement des exemples d'exceptions aux problèmes mais aussi des éléments de solutions partielles : c'est-à-dire des exceptions liées à l'objectif que nous poursuivons. Dans le cas qui nous occupe, la cliente a mentionné comment elle avait dû s'adapter à sa cécité :

LA CLIENTE : Cela a été très difficile pour moi quand j'ai perdu la vue. J'ai dû faire un gros travail d'adaptation.
LE THÉRAPEUTE : Et comment !
LA CLIENTE : En fait, si cela ne m'était pas arrivé, je n'aurais pas cru qu'il soit possible de s'y adapter, parce que cela a été très, très difficile.
LE THÉRAPEUTE : Bien. Donc, si cela ne vous était pas arrivé, vous n'auriez pas cru que vous puissiez vous adapter à quelque chose comme ça.
LA CLIENTE : C'est cela.
LE THÉRAPEUTE : Comment vous y êtes-vous adaptée ? Comment avez-vous fait ?
LA CLIENTE : Pendant toute une année, je n'ai rien fait... Je ne mangeais pas beaucoup... Je ne faisais que dormir... Le seul moment où je faisais quelque chose, c'était quand je devais aller à la salle de bains. Quand j'avais un rendez-vous chez le médecin, je me levais pour y aller, puis je rentrais. En fait, je ne faisais rien d'autre que de rester couchée.
LE THÉRAPEUTE : Après cette première année, que vous êtes-

vous mise à faire qui vous a montré que vous commenciez à vous adapter ?

LA CLIENTE : J'ai assisté à des cours pour les malvoyants et j'ai essayé de sortir, d'aller à différents endroits par moi-même. Je suis allée faire des courses.

LE THÉRAPEUTE : Vous avez dû apprendre tout cela ?

LA CLIENTE : Oui.

LE THÉRAPEUTE : Eh bien !

LA CLIENTE : Et chaque fois que je réussissais à faire quelque chose, j'étais vraiment contente de moi. Je recommençais jusqu'à ce que je sache que j'étais capable d'y arriver toute seule. Je n'avais ensuite pas besoin de continuer. Je me mettais à essayer de faire autre chose.

LE THÉRAPEUTE : Quoi d'autre avez-vous dû apprendre à faire vous-même auquel vous n'étiez pas habituée ?

LA CLIENTE : J'ai été obligée de changer ma manière de vivre.

Une autre façon dont le thérapeute peut aider le client dans sa recherche de solutions consiste à lui demander, lors du premier entretien, de classer les problèmes par ordre de grandeur : « Sur une échelle de 1 à 10 – 10 correspondant à la situation où les problèmes sont résolus et 0 au moment où ils sont le plus graves –, où les choses vous semblent-elles en être aujourd'hui ? » Certains thérapeutes sont peu disposés à poser cette question pendant la première séance par crainte d'entendre le client indiquer un chiffre bas. L'important n'est toutefois pas le chiffre lui-même : c'est le sens positif dans lequel la situation évolue qui compte. Quelle que soit la réponse du client, nous l'interrogeons afin de déterminer comment, à partir de 0, il a atteint ce chiffre. (Et si le client répondait 0, nous l'interrogerions pour savoir pourquoi il n'a pas plutôt répondu 1 ou 2, pourquoi les choses n'ont pas empiré, car cela implique qu'il a fait quelque chose afin d'empêcher cela.) Cette indication révèle clairement qu'il a commencé à résoudre son problème. Il est, de plus, utile de déterminer à quoi ressemblera le prochain petit pas. Il n'est pas nécessaire de demander ou de dire au client comment y parvenir. Même pour des individus qui disent que leur vie va au plus mal, le simple fait de se le représenter leur donne quelque espoir car ce petit pas leur semble davantage à leur portée que la disparition du problème pour lequel ils sont venus consulter :

LE THÉRAPEUTE : Je voudrais vous demander quelque chose : sur une échelle de 0 à 10 – 0 correspondant à la situation où les choses vont au plus mal et 10 à celle où vous vous sentiriez suffisamment bien pour ne plus avoir besoin de venir ici –, où vous situeriez-vous aujourd'hui ?
LA CLIENTE : Probablement à 1.
LE THÉRAPEUTE : A 1... Et comment y êtes-vous arrivée ? Comment êtes-vous passée de 0 à 1 ?
LA CLIENTE : Eh bien, peut-être devrais-je en fait dire que je suis actuellement à 0.
LE THÉRAPEUTE : Bien. Entendu. Vous en êtes sûre. Vous avez réfléchi et vous pensez être plutôt à 0.
LA CLIENTE : Oui.
LE THÉRAPEUTE : Supposons que votre mari soit là et que je lui demande de vous situer sur cette échelle. Que dirait-il ?
LA CLIENTE : Il dirait aussi 0.
LE THÉRAPEUTE : Cela n'a pas l'air facile d'en être là. Qu'est-ce que cela signifierait d'être à 1,5 : que se passerait-il alors qui ne se passe pas maintenant ?
LA CLIENTE : Peut-être ferais-je quelques petites choses moi-même.
LE THÉRAPEUTE : Quoi par exemple ?
LA CLIENTE : Composer moi-même des numéros de téléphone.
LE THÉRAPEUTE : Bien. Composer des numéros de téléphone. Mais y aurait-il autre chose qui pourrait vous amener à penser que vous êtes montée un petit peu ?
LA CLIENTE : Oui, me brosser les dents de la main droite, parce que je suis droitière. Je ne peux plus me servir de ma main droite. J'ai essayé de faire des choses de la main gauche, mais c'est vraiment très difficile.

A cet égard aussi, les thérapeutes auraient généralement tendance à essayer d'aider cette femme en lui disant quoi faire ou en amenant quelqu'un d'autre à l'aider. Mais est-ce vraiment ce qu'elle attend du thérapeute ? Une écoute attentive semble en effet indiquer qu'elle veut faire des choses

elle-même et qu'elle n'attend probablement de la thérapie
que de pouvoir parler :

LE THÉRAPEUTE : Comment pouvons-nous vous aider dans la
situation à laquelle vous êtes confrontée ?
LA CLIENTE : Je ne sais pas. Peut-être en étant là pour que je
vous en parle.
LE THÉRAPEUTE : Très bien. En quoi cela vous aidera-t-il de
nous parler ? Qu'est-ce que cela va changer pour vous ?
LA CLIENTE : Je ne sais pas. Vous êtes quelqu'un dont je ne
pense pas qu'il a peut-être pitié de moi.
LE THÉRAPEUTE : Ah, ah ! Cela semble important.
LA CLIENTE : Oui, c'est très important.

Dans notre message à la fin de la séance, après une courte
pause, nous lui avons demandé de nous aider à réfléchir en
quoi parler pourrait servir à amener les changements qu'elle
souhaitait. Nous l'avons aussi complimentée sur ses efforts
pour s'adapter à ce qui lui arrivait et lui était déjà arrivé dans
sa vie. A cet égard, nous ne parlons plus de message d'intervention car le mot « intervention » suggère que notre objectif
est d'intervenir dans la vie de nos clients ou de nous mêler
de leurs affaires, au lieu de les aider à trouver leurs propres
solutions :

LE THÉRAPEUTE : Avant de finir, je voudrais vous faire partager ce que pense l'équipe. Nous voudrions tous vous dire
que nous savons combien la situation que vous vivez est
difficile. Nous sommes aussi impressionnés que vous ayez
été surprise de la façon dont vous vous êtes adaptée aux
changements intervenus dans votre vie. Vous nous avez dit
avoir été la première surprise, dans votre famille, de votre
adaptation à la cécité. Nous sommes, quant à nous, impressionnés par la façon dont vous avez pu affronter ce qui vous
arrivait. C'est quelque chose de vraiment très difficile. Nous
pensons aussi que vous avez bien fait de venir ici aujourd'hui.
C'est un bon début, mais il nous faut explorer davantage ce
qui vous arrive. Pour cela, nous voudrions vous revoir bientôt.
Souhaitez-vous revenir ?
LA CLIENTE : Oui.

L'évaluation des progrès

Comment savons-nous que cette approche minimaliste marche ? Notre hypothèse de base étant que les clients ont tous les outils nécessaires pour construire leurs propres objectifs et solutions, nous les laissons seuls juges des progrès qu'ils font. S'ils se rapprochent de leurs objectifs, nous nous attendons à ce que leur vie s'améliore. C'est pourquoi nous commençons les séances par la question suivante :

LE THÉRAPEUTE : Depuis la semaine dernière, qu'est-ce qui s'est amélioré ? Qu'avez-vous remarqué de mieux dans ce qui s'est passé ?
LA CLIENTE : Il n'y a rien de mieux. Enfin, je me brosse les dents.
LE THÉRAPEUTE : Vous vous brossez les dents ?
LA CLIENTE : Oui, avec une brosse à dents.
LE THÉRAPEUTE : Eh bien !
LA CLIENTE : Je travaille aussi de plus en plus avec ma main gauche.
LE THÉRAPEUTE : Ah, ah ! Et en quoi cela vous a-t-il aidée ?
LA CLIENTE : Je pense que c'est plus efficace avec une brosse qu'avec un chiffon... J'essaie aussi de manger davantage avec ma main gauche : il me semble que j'arrive à prendre un peu plus de nourriture sur ma fourchette ou ma cuillère.
LE THÉRAPEUTE : Ça alors ! Vous mangez aussi avec votre main gauche ! J'ai l'impression que vous avez travaillé dur depuis la semaine dernière.
LA CLIENTE : En effet.
LE THÉRAPEUTE : Quand votre mari remarque ces changements, en quoi cela modifie-t-il les choses pour vous deux ?
LA CLIENTE : Il a simplement moins de choses à faire pour moi.
LE THÉRAPEUTE : Ah, ah ! Et qu'est-ce que cela change pour vous deux quand il a moins de choses à faire ?
LA CLIENTE : Je ne sais pas. Nous avons davantage de temps pour d'autres choses.
LE THÉRAPEUTE : Que s'est-il encore passé de différent ?
LA CLIENTE : Je pense être maintenant moins déprimée.

LE THÉRAPEUTE : Je suis curieux de savoir ce que vous entendez par là. Qu'avez-vous fait de différent qui vous a aidée ?
LA CLIENTE : J'ai avant tout essayé de faire davantage de choses moi-même.
LE THÉRAPEUTE : Et cela vous a aidée ?
LA CLIENTE : Oui.

Il n'est pas rare qu'un client commence par répondre « rien » quand on lui demande ce qui s'est passé ou a changé depuis la dernière séance. Du fait qu'au départ il se concentre essentiellement sur son problème, cette réaction n'est ni inattendue ni surprenante ; penser à des changements positifs et les remarquer suppose d'être capable de voir les choses autrement. Il faut un certain temps pour que les personnes qui viennent nous consulter commencent à penser différemment. Les thérapeutes peuvent être utiles en se montrant patients (mot intéressant puisque, dans un contexte médical, il désigne habituellement les clients – peut-être suggère-t-il un changement de rôle), et en laissant ainsi le temps aux clients de parvenir à penser différemment. Selon notre expérience, environ la moitié des clients répondent par l'affirmative à cette question ; un autre quart répond de la même manière après que le thérapeute les a écoutés un instant développer une description positive ou leur a posé une question supplémentaire comme : « Quel a été pour vous le meilleur jour de la semaine ? » Pour ce qui concerne la cliente dont nous traitons ici en particulier, sa réponse initiale n'était pas inattendue puisqu'elle se situait au degré 0 de l'échelle de progrès à la fin de la première séance. Cela signifie qu'à ce moment-là sa vie lui semblait dévorée à 100 % par des problèmes. Nous ne pouvions alors attendre d'elle qu'elle voie un petit changement tant qu'elle était ainsi concentrée sur ses difficultés. Passer de 100 à 99 % ne représente qu'un changement relatif, de 1 % ; en revanche, au point de vue mathématique, passer de 0 à 1 % est proche de l'infini. Comme nous l'avons dit, il appartient donc au thérapeute d'encourager, par ses questions, le client à penser différemment, et donc à voir les choses autrement, et de lui permettre d'amplifier et de renforcer les changements qui se sont produits.

Nous posons en général des questions sur les éventuels progrès après la discussion préliminaire afin de déterminer si les changements sont en rapport avec l'objectif fixé, c'est-à-dire : « Les choses pourraient aller mieux, mais il faudrait pour cela résoudre les problèmes qui ont amené le client chez nous. » Dans le cas exposé ici, il y avait une amélioration petite mais sensible, des points de vue tant du chemin parcouru en direction de l'objectif (la cliente nous dit être passée de 0 à 1,5) que de la confiance de la cliente d'atteindre son but. Demander au client d'évaluer ses progrès l'aide à se souvenir d'autres changements encore plus positifs. Ainsi notre cliente nous a raconté avoir pris rendez-vous chez une manucure et s'y être rendue seule.

En général, le client sait quelle sera l'étape suivante. C'est pourquoi, plutôt que de l'écraser sous une avalanche de suggestions, le thérapeute fait beaucoup mieux de le soutenir simplement dans ses efforts pour aller dans la direction qu'il a lui-même choisie. Bien entendu, cette direction peut changer au cours de la thérapie. Il est même irréaliste de penser que les personnes qui viennent nous voir puissent savoir d'emblée exactement là où elles veulent arriver ; si elles le pouvaient, elles n'auraient probablement pas besoin de thérapie. Pour cette raison, il ne nous semble pas nécessaire de passer avec elles un contrat fixant non seulement le nombre de séances que comprendra la thérapie, mais encore des objectifs et une évaluation des progrès par rapport à ceux-ci. Procéder ainsi imposerait des contraintes qui limiteraient les possibilités de changement.

Finalement, une fois qu'ils ont franchi un assez grand nombre d'étapes vers la construction d'une solution satisfaisante pour eux (qui signifie qu'ils ont résolu leurs problèmes et atteint leurs objectifs), les clients ne ressentent en général plus le besoin de continuer la thérapie. Pour notre cliente, cela s'est produit à la troisième séance, où elle se situa à 3,5 sur l'échelle du progrès. Elle nous dit aller « suffisamment mieux » pour ne plus avoir besoin de venir. « Aller mieux » signifiait sortir et faire davantage de choses seule. Bien qu'elle ne se situât alors qu'à un niveau assez bas sur l'échelle, le thérapeute devait accepter son jugement, même s'il souhaitait la voir encore progresser. Du fait que la cliente était seule juge de l'amélioration de sa situation, toute tentative de l'aider davantage aurait été importune et susceptible de conduire à l'échec (conformément à notre deuxième prémisse). Il est important de se souvenir de ceci : alors qu'il lui avait fallu un an pour seulement sortir de chez elle après qu'elle avait été atteinte de cécité, ce nouveau processus d'adaptation ne dura que quelques semaines. Parvenir à différents changements lui donna confiance dans le fait qu'elle pouvait désormais être indépendante. Bien entendu, pour elle, « être indépendante » signifiait ne pas avoir besoin de thérapie et recommencer à faire certaines choses qui « marchaient » avant. Par exemple, elle commença à assister régulièrement aux réunions d'un groupe et à travailler comme standardiste bénévole.

Conclusion

On peut définir la thérapie brève centrée sur la solution comme une façon de trouver des moyens de résoudre des problèmes humains, en se fondant sur l'hypothèse (trop fréquemment implicite) que tout individu dans la même situation que celle décrite par le client aurait le même problème. En d'autres termes, nous considérons les problèmes comme essentiellement situationnels et comme ancrés dans le langage ; nous entendons par là que les problèmes résultent davantage de la situation dans laquelle les clients se trouvent (c'est-à-dire comment ils en parlent) que de quelques déséquilibres sous-jacents, psychopathologie ou dysfonctionnements systémiques (de Shazer, 1991). De plus, le client est seul juge de ce qui lui semble constituer une « solution » à ses problèmes – au sens où il considère que les choses vont « suffisamment mieux » pour que la thérapie s'arrête. Cette façon de penser suggère qu'il nous faut examiner comment nous avons ordonné le monde dans notre langage et comment notre langage (qui vient avant nous) a ordonné notre monde. Autrement dit, au lieu de regarder derrière le – et en dessous du – langage que les clients et les thérapeutes emploient, le langage est la seule chose à laquelle nous devons nous intéresser.

Comme un problème a différentes significations selon le client qui s'y trouve confronté, chacun dans une situation différente, ce problème a aussi différentes significations pour le même client parce que sa situation ne reste jamais identique : même les contextes se modifient avec le temps. Bien que l'on reproche parfois à notre approche de ne pouvoir être efficace à long terme du fait qu'elle ne s'attaque pas directement au problème, et ne le traite donc pas, nous pensons qu'aucune sorte de thérapie ne peut le résoudre car il n'est précisément jamais le même. La solution ne saurait donc être toujours la même. C'est exactement ce que nos clients nous répondent quand nous leur demandons ce qui a marché précédemment face à un problème auquel ils sont de nouveau confrontés. Ils nous expliquent pourquoi ce qui a « marché » avant ne « marche » plus maintenant. Les études que nous avons faites sur l'évolution des clients après le traitement thérapeutique ont montré qu'ils ont acquis la capacité de penser différemment et peuvent ainsi continuer à résoudre des problèmes – qu'ils identifient ou bien comme étant toujours les mêmes, ou bien comme nouveaux. Et c'est précisément cette différence qui nous semble indiquer que notre type de traitement peut avoir un effet à long terme.

*
**

RÉFÉRENCES BIBLIOGRAPHIQUES

Berg, I., et de Shazer, S. (1993), « Making numbers talk : Language in therapy », *in* Friedman, S. (éd.), *From Problem to Possibility*, New York, Guilford.
– et Hopwood, L. (1992), « Doing with very little : Treatment of homeless substance abusers », *Journal of Independent Social Work*, 5, 3-4, p. 109-120.
– et Miller, S. (1992), *Working with the Problem Drinker : A Solution-Focused Approach*, New York, Norton.
de Shazer, S. (1982), *Patterns of Brief Family Therapy : An Ecosystemic Approach*, New York, Guilford.
– (1984), « The death of resistance », *Family Process*, 23, p. 11-21.
– (1985), *Keys to Solution in Brief Therapy*, New York, Norton.
– (1986), « A requiem for power », *Contemporary Family Therapy*, 10, (2), p. 69-76.
– (1988), *Clues : Investigating Solutions in Brief Therapy*, New York, Norton.

– (1991), *Putting Difference to Work*, New York, Norton.

– et Berg, I. (1985), « A part is not a part : Working with only one of the partners present », *in* Gurman, A. (éd.), *Casebook in Marital Therapy*, New York, Guilford.

– (1992), « Doing therapy : A post-structural revision », *Journal of Marital and Family Therapy*, 18, 1, p. 71-81.

–, Lipchik, E., Nunnally, E., Molnar, A., Gingerich, W., Weiner-Davis, M. (1986), « Brief therapy : Focused solution development », *Family Process*, 25, 2, p. 207-222.

Haley, J. (éd.) (1967), *Advanced Techniques of Hypnosis and Therapy*, New York, Grune and Stratton.

– (1985), *Conversations with Milton H. Erikson*, M.D., New York, Triangle-Norton, t. 1, 1985.

Miller, S. (1992), « The symptoms of solution », *Journal of Strategic and Systemic Therapy*, 11, 1, p. 1-11.

– et Berg, I. (1991), « Working with the problem drinker : A solution-focused approach », *Arizona Counseling Journal*, 16, 1, p. 3-12.

Molnar, A., et de Shazer, S. (1987), « Solution-focused therapy : Toward the identification of therapeutic tasks », *Journal of Marital and Family Therapy*, 13, 4, p. 349-358.

Weiner-Davis, M., de Shazer, S., Gingerich, W. (1987), « Using pretreatment change to construct a therapeutic solution : An exploratory study », *Journal of Marital and Family Therapy*, 13 (4), p. 359-363.

Luigi Onnis *

Un modèle de thérapie familiale inspiré d'une optique de la complexité :

Le Centre d'études de la thérapie familiale et relationnelle[1] de Rome

Présentation

Fondé en 1969, le Centre Studi di Terapia Familiare e Relazionale (présidé par Luigi Cancrini) est le plus ancien de Rome et le deuxième en Italie (après celui de Mara Selvini Palazzoli, à Milan). Des dirigeants actuels d'écoles italiennes, comme Maurizio Andolfi et Gaspare Vella, en ont fait partie avant de fonder leur propre école.

Au cours des vingt-cinq dernières années, le centre a développé son activité, tant sur le plan thérapeutique que sur celui de la formation, dans une grande partie du territoire national : il compte actuellement neuf établissements dans différentes régions italiennes et forme des intervenants des services publics, presque toujours dans le cadre d'une convention avec les administrations locales. Trois centres se trouvent à Rome, notamment l'EFCOS (Istituto Europeo di Formazione e Consulenza Sistemica de la formation) dont je suis le directeur – centre créé par moi-même, Luigi Cancrini et Maurizio Coletti, et qui déploie une intense activité d'échanges scientifiques et culturels avec les plus importants instituts de thérapie familiale en Europe et dans le reste du monde.

* Luigi Onnis, professeur au département de psychiatrie de l'université la Sapienza, à Rome, fondateur et directeur de la formation de l'Istituto Europeo di Formazione e Consulenza Sistemica, siège du Centro Studi di Terapia Familiare e Relazionale de Rome, fondateur et membre de la direction de l'European Family Therapy Association, est l'auteur de nombreux articles, parus dans diverses revues internationales de thérapie familiale, et de huit livres, dont *Corps et Contexte* (1985).
1. Centro Studi di Terapia Familiare e Relazionale.

En 1985, le centre a contribué, avec d'autres écoles italiennes de thérapie familiale, à la fondation de la SIPPR (Societa Italiana di Psicologia e Psicoterapia Relazionale), la société nationale reconnue officiellement dans le domaine de la thérapie systémique.

Les thérapeutes du centre ont, de plus, participé à la création de l'EFTA (European Family Therapy Association), à laquelle ils apportent leur soutien, tant sur le plan des structures de direction que sur celui de l'organisation.

Les orientations théoriques

Un des aspects fondamentaux qui, sur le plan théorique, ont toujours caractérisé le centre est la tendance à ne pas réduire l'approche systémique à la thérapie familiale et à ses techniques, mais à la considérer plutôt comme une méthodologie d'interprétation de la réalité, donc applicable à des contextes et des situations qui dépassent largement le cadre familial, tel que le milieu professionnel, l'école (Cancrini, 1974), les établissements médicaux et psychiatriques (Onnis *et al.*, 1981 ; Onnis, 1982), etc.

Cette attention particulière prêtée au macrosocial, mais aussi au rapport dialectique entre macro- et microsocial, et de ce fait même à l'influence exercée sur la famille par le contexte socioculturel, s'explique par le cheminement personnel de nombreux membres de l'équipe du centre : presque tous ont participé activement au processus de rénovation de l'assistance psychiatrique en Italie (engagé par Franco Basaglia) et adhéré à l'approche systémique dans l'espoir de pouvoir conjuguer leur inspiration sociopolitique de base avec la nécessaire acquisition d'une épistémologie de référence, ainsi que des compétences et du professionnalisme indispensable (Onnis et Lo Russo, 1979).

Cette orientation caractéristique apparaît clairement dans les choix faits dans le domaine de la formation : en effet, le centre forme de façon prioritaire des intervenants des services publics et privilégie comme « lieu » de formation le contexte même du service, là où cela est possible – l'objectif étant non seulement d'amener des changements progressifs de la « qualité » de l'assistance qui y est proposée, mais encore de modifier le mode d'approche des troubles psychiques dans un sens psychothérapeutique et, par là même, de contribuer à une évolution de la conception généralement répandue des maladies mentales.

Pour ce qui concerne plus particulièrement la thérapie familiale, le modèle théorique du centre s'est transformé avec le temps, mais jamais de façon univoque, car toujours dans le souci de s'adapter avec souplesse à la spécificité des différentes situations cliniques. Néanmoins, par rapport aux premières élaborations, largement influencées par le modèle pragmatique de Palo Alto ainsi que par le modèle structural de Minuchin et le modèle stratégique de Haley, les orientations théoriques du centre ont profondément évolué avec les récents développements épistémologiques de la théorie systémique, liés aux apports des paradigmes évolutifs de la seconde cybernétique et du constructivisme.

De cette évolution a résulté la définition d'une orientation théorique beaucoup plus articulée, où l'attention aux modèles interactifs observables « ici et maintenant » est intégrée aux éléments livrés par l'histoire familiale (toujours trigénérationnelle), où la « pragmatique » de la communication est intégrée à la « sémantique » des comportements (donc à la recherche des significations que les individus donnent à leurs actes) et où les interactions « objectives » sont intégrées aux points de vue « subjectifs » et aux réactions émotionnelles du thérapeute.

Nous voudrions souligner le verbe « intégrer » que nous venons d'employer car nous considérons que les aspects et pôles mentionnés ne sont pas en opposition, mais qu'au contraire un rapport dialectique de complémentarité les lie. Avec Edgar Morin, nous définissons cette conception comme une « optique de la complexité », en cela qu'elle propose une vision de la réalité comme articulation complexe de multiples niveaux qui, malgré leur irréductible autonomie, se présentent comme complémentaires et reliés de façon circulaire. Une telle conception marque donc le passage d'une logique des oppositions dichotomiques de type ou bien/ou bien (qui oppose, par exemple, le présent au passé, ou encore, a longtemps opposé la thérapie familiale, en tant que thérapie du « présent », à la psychanalyse, comme thérapie du « passé ») à une logique des recoupements dialectiques de type et/et (selon laquelle le présent et le passé peuvent se compléter et coexister, non pas dans le sens d'une nouvelle recherche de « causes », mais en cela que le passé « est » dans le présent, qu'il continue à vivre dans le présent).

Cette conception de la « complexité » est l'une des caractéristiques fondamentales de notre modèle théorique actuel. Aussi, à partir de ces prémisses, pouvons-nous dégager deux aspects essentiels qui sont aujourd'hui à la base de l'orientation théorique du centre :

a) Le premier consiste en une conception des systèmes interpersonnels inspirée, comme nous l'avons dit, d'une « optique de la complexité » – une conception qui nous invite à explorer constamment dans notre travail les corrélations circulaires entre individu et système, entre niveau synchronique de l'« ici et maintenant » et niveau diachronique de l'histoire, entre système soignant et système soigné en tant qu'ils participent l'un et l'autre à la construction d'une nouvelle réalité. C'est à cette conception de la complexité que se réfère, par exemple, le « modèle intégré » que j'ai moi-même élaboré dans le domaine de la psychosomatique (Onnis, 1985, 1988, 1993 ; id. *et al.*, 1986), où l'observation de certaines interactions dysfonctionnelles caractéristiques est associée à la recherche de mythes familiaux plus secrets ou dissimulés – cette recherche venant à son tour s'intégrer à la reconstruction d'une histoire familiale trigénérationnelle au cours de laquelle ces mythes se forment et s'organisent. De cette conception s'inspire aussi la notion de « correspondance », par laquelle Luigi Cancrini indique la nécessité de mettre en corrélation le cycle vital de la famille et la psychodynamique du développement individuel dans une tentative d'interprétation des difficultés du processus d'individuation qui est à la base de nombreux troubles psychopathologiques (Cancrini, 1987 ; id. et La Rosa, 1991).

b) Le second aspect qui caractérise notre orientation théorique concerne plus particulièrement la relation thérapeutique : dans ce cadre, nous demandons-nous, quelle est la position du thérapeute ? Bien entendu, dans une optique de la complexité, le thérapeute est aussi en interaction dialectique et circulaire avec le système en traitement. La seconde cybernétique met du reste en évidence comment le thérapeute n'est ni « extérieur » ni « neutre », mais fait au contraire toujours et nécessairement partie intégrante de la réalité observée. C'est pourquoi, en tant que tel, il ne peut se limiter à « décrire » la réalité à laquelle il participe, mais contribue aussi à la « construire ». Nous nous reconnaissons pleinement dans ce passage d'une « épistémologie de la description » à une « épistémologie de la construction ». Mais une fois cette « orientation constructiviste » acceptée, nous posons la question de savoir comment le thérapeute construit, et ce qu'il construit. En ce sens, notre position se distingue de celle du constructivisme radical, qui semble mettre l'accent seulement sur le thérapeute et ses constructions, pour finalement nier l'existence d'une réalité, à savoir le système familial en traitement et sa spécificité. Il nous semble que ce point de vue repose en fait sur des dichotomies et, en écartant encore une fois un des pôles du rapport thérapeutique, s'éloigne d'une optique de la complexité. Nous pensons au contraire que toute « construction thérapeutique », bien qu'elle se réfère nécessairement à la subjectivité du thérapeute, émerge en même temps « en fonction » du système familial et doit donc tenir compte de la spécificité de ses caractéristiques, de ses problèmes et de son histoire. Il est ici intéressant de se souvenir que l'affirmation de Korzybski : « La carte n'est pas le territoire » – très souvent citée, au point d'être devenue en quelque sorte la bannière du constructivisme radical – est toujours amputée de sa seconde partie : « Mais, si elle est précise, la carte a une structure semblable à celle du territoire, ce qui justifie son utilité. » On voit ainsi clairement combien la signification de la phrase change !

En ce sens, le processus thérapeutique résulte de la participation tant du thérapeute que du système familial et devient, à tout moment et à tous égards, une « construction à deux ». Telle est la position constructiviste qui nous convainc et à laquelle nous adhérons.

Les applications pratiques

Voyons maintenant comment nous appliquons dans notre travail thérapeutique des aspects caractéristiques de notre orientation théorique. Pour cela, nous nous efforcerons de les considérer séparément :

a) Dès lors que l'on se réfère à une optique de la complexité, l'écart entre théorie et pratique est inévitablement grand. Néanmoins nous tentons, de façon nécessairement partielle, de prendre en considération un certain nombre de niveaux systémiques.

Dans son travail avec des familles qui présentent des troubles psychotiques ou des problèmes de toxicomanie, Luigi Cancrini (1977, 1982*a* ; id. *et al.*, 1988 et 1991) cherche, en accord avec son concept de correspondance, la corrélation entre l'« émergence subjective » du symptôme chez le patient et les difficultés évolutives de la famille telles qu'elles apparaissent dans son cycle vital. Les troubles du processus d'individuation et de séparation qui en découlent sont caractérisés, selon la gravité des situations pathologiques, comme « différenciation impossible », « différenciation inacceptable » et « différenciation apparente » (Cancrini et La Rosa, 1991). Ainsi le travail thérapeutique s'articule-t-il toujours au moins à deux niveaux : il y a, d'une part, celui de la dynamique du développement psychique du patient, de son vécu émotionnel, de sa subjectivité, et, d'autre part, celui des problèmes évolutifs du système familial, explorés et affrontés à travers la reconstruction de son histoire.

Sur un autre versant, celui des troubles psychosomatiques, j'ai élaboré un modèle thérapeutique qui emploie un langage analogique et métaphorique, plus cohérent avec les manifestations non verbales du symptôme, qui est alors somatique : il s'agit du modèle des « sculptures familiales du présent et du futur » (Onnis 1992 et 1993). Outre qu'il réintroduit la dimension du temps dans des systèmes qui semblent l'avoir perdue, le processus thérapeutique a en effet pour objectif d'explorer et d'intégrer une série de niveaux systémiques :

– le niveau du corps, celui-ci étant considéré comme producteur d'un langage, la « sculpture » ;

– celui de la spécificité des individus, parce que chaque membre de la famille présente sa « propre » vision de la réalité, à travers la singularité de ses propres besoins et de ses propres émotions ;

– celui des mythes familiaux qui émergent des éléments communs aux différentes sculptures ; ce sont fréquemment des mythes d'unité familiale et de loyauté envers les liens familiaux, souvent associés à des « fantasmes de rupture » qui renvoient à une histoire trigénérationnelle ;

– enfin, à travers les sculptures, et avec la participation directe du thérapeute, on tente d'explorer et d'activer les ressources créatives du système familial en l'invitant à imaginer de nouvelles solutions.

b) Ces dernières remarques nous amènent à aborder le second aspect que nous avons mentionné – à savoir : comment notre conception du processus thérapeutique comme « construction à deux » s'articule-t-elle sur le plan pratique ? Comme Bateson, nous considérons que la rencontre thérapeutique a lieu dans la confrontation de deux épistémologies :

– celle de la famille, qui présente généralement une description linéaire, rigide et stéréotypée de la réalité ;

– celle du thérapeute, qui devient efficace, au regard des objectifs thérapeutiques, seulement si elle introduit une « différence » (au sens où Bateson l'entend), qui change la ponctuation et réorganise les données proposées par la famille.

Dans notre stratégie de travail thérapeutique, nous reprenons la description donnée par la famille en lui attribuant une « connotation positive » et en la définissant comme utile pour maintenir la stabilité de la famille ; mais, au lieu de prescrire l'homéostasie (comme dans les interventions paradoxales classiques), nous préférons proposer immédiatement une solution alternative qui va dans le sens du changement et ouvre à la famille une possibilité de choix. Nous appelons ce modèle d'intervention « stratégie de la double alternative » (cf. Cancrini, 1982*b* et 1987 ; Onnis, 1990 et 1993 ; id. et Galluzzo, 1990).

Il en découle une construction thérapeutique en partie similaire à celle proposée par la famille, en ce qu'elle reprend les éléments fournis par cette dernière de façon qu'elle puisse s'y reconnaître ; mais aussi en partie profondément différente, du fait qu'elle réorganise les données et les récits de manière à créer une différence, à remettre en question la vision stéréotypée de la famille et à ouvrir une voie qui mène à de nouvelles solutions.

Il s'agit donc d'une construction à laquelle le thérapeute et la famille participent ensemble et qui, par là même, acquiert les caractéristiques d'une « construction à deux ».

Précisons que, dans ce processus, le thérapeute n'a jamais pour objectif d'adapter le patient et sa famille à des schémas de normalité « préétablis », mais qu'il s'efforce au contraire d'accroître la complexité de la situation, d'introduire de nouvelles informations dans le système, d'en amplifier ainsi les possibilités et d'en stimuler les ressources. De cette façon, dans notre méthodologie de travail, le thérapeute n'a jamais une fonction « normalisante » ou « pédagogique » : son rôle consiste plutôt à activer un processus de réorganisation au cours duquel il appartient à la famille de découvrir des potentialités restées jusque-là bloquées ou latentes.

Notons que c'est le système lui-même qui génère son propre changement, sous des formes et dans des directions absolument imprévisibles, et réalise des solutions différentes, ou bien d'anciennes solutions déjà expérimentées, ou encore des « alternatives » proposées par le thérapeute. Le système devient donc l'« artisan » de sa propre guérison (Gregory Bateson parle à ce propos de « *self healing tautology** »).

Nous pensons que dans ce processus de construction à deux le thérapeute doit abandonner le mythe de sa toute-puissance et faire preuve d'humilité ; mais nous croyons aussi qu'il ne peut pas ne pas se sentir lui-même changé et découvrir sa créativité.

Conclusion

Outre les principales orientations théoriques que nous venons de décrire et les applications thérapeutiques qui en découlent, d'autres domaines de recherche sont actuellement explorés au centre d'études : la prévention de la toxicomanie (Colleti et Battaglia, 1983), la schizophrénie (Cancrini et Harrison, 1980), les familles à problèmes multiples (Malagoli Togliatti et Rocchetta, 1988) et le mauvais traitement des enfants (Onnis *et al.* 1991). Mais, au-delà des différences liées aux « styles personnels » et à la nécessité de s'adapter à des situations spécifiques, les orientations fondamentales conservent la base commune que nous avons définie.

* *La Nature et la Pensée, op. cit.,* p. 212.

Nous voudrions néanmoins souligner que le modèle théorique et pratique décrit ici dans ses grandes lignes n'a de valeur qu'en rapport avec l'état actuel de notre discours et, plus généralement, du discours de la thérapie systémique. Ce modèle ne serait en effet guère valable si nous n'avions conscience de sa partialité, de son caractère provisoire, et si nous ne prévoyions donc dès maintenant la possibilité de le dépasser.

*
**

RÉFÉRENCES BIBLIOGRAPHIQUES

Cancrini, L. (1974), *Bambini « diversi » a scuola*, Turin, Boringhieri.
– (1977), *Verso una teoria della schizofrenia*, Turin, Boringhieri.
– (1982a), *Quei temerari sulle macchine volanti*, Rome, NIS.
– (1982b), *Guida alla Psicoterapia*, Rome, Riuniti.
– (1987), *La Psicoterapia : grammatica e sintassi*, Rome, NIS ; trad. fr. : *La Psychothérapie : grammaire et syntaxe*, Paris, ESF, 1992.
– *et al.* (1988), « Juvenile drug addiction : A typology of heroin addicts and their families », *Family Process*, t. 23, n° 3.
– et La Rosa, C. (1991), *Il Vaso di Pandora*, Rome, NIS.
Cancrini, M. G., et Harrison, L. (1980), *La Trappola della follia*, Rome, NIS.
Coletti, M., et Battaglia, M. (1983), *Parlare di droga a scuola*, Rome, NIS.
Malagoli Togliatti, M., et Rocchetta, L. (1988), *Familie multiproblematiche*, Rome, NIS.
Onnis, L. (1982), « Approche systémique et travail dans les institutions publiques », *Cahiers critiques de thérapie familiale et de pratiques de réseaux*, n°s 4-5, p. 97-104.
– (1985), *Corpo e Contesto*, Rome, NIS ; trad. fr. : *Corps et Contexte*, Paris, ESF, 1987.
– (1988), *Famiglia e malattia psicosomatica : l'orientamento sistemico*, Rome, NIS.
– (1990), « A systemic approach to the concept of crisis », *Journal of Strategic and Systemic Therapies*, t. 9, n° 2, p. 23-54.

– (1992), « Langage du corps et langage de la thérapie », *Thérapie familiale*, t. 13, n° 1, p. 3-19.
– (1993), « Psychosomatic medicine : Toward a new epistemology », *Family Systems Medicine*, t. 11, n° 2, p. 137-148.
– (sous presse), « Sculpting present and future : A systemic intervention model with psychosomatic families », *Family Process*.
– et Lo Russo, G. (1979), *La Ragione degli Altri*, Rome. Savelli.
– *et al.* (1981), *Approcio relazionale e servizi socio-sanitari*, Rome, Bulzoni.
–, Tortolani, D., Cancrini, L. (1986), « A systemic research on chronicity factors in infantile asthma », *Family Process*, t. 25, n° 1, p. 107-122.
–, Galluzzo, W. (1990), « La relazione terapeutica in un'ottica sistemica », *Psicobiettivo*, t. 10, p. 37-48.
–, Galluzzo, W., De Muro, A. (1991), « L'esperienza del "Numero Blu" : un intervento sistemico sul maltrattamento infantile nel servizio pubblico », *Psicobiettivo*, t. 11, n° 3, p. 59-70.

Mony Elkaïm *

Description d'une évolution [1]

Ma pensée et ma pratique me semblent avoir présenté certaines constantes tout au long de ma vie professionnelle : elles se sont transformées au fil des années, mais cette transformation s'est articulée en même temps autour de certains pivots majeurs.

Je vais donc commencer par décrire ici les orientations qui me semblent sous-jacentes à mon approche thérapeutique, si différentes qu'aient pu être les étapes de mon évolution personnelle depuis un peu plus de deux décennies. Après quoi je décrirai assez brièvement mes deux premiers apports au champ des thérapies familiales, avant de résumer plus longuement mes travaux les plus récents et leurs implications pour la psychothérapie et la formation des thérapeutes.

* Mony Elkaïm, neuropsychiatre, consultant au département de psychiatrie de l'hôpital universitaire Érasme, dirige l'Institut d'études de la famille et des systèmes humains (Bruxelles) et enseigne à l'université libre de Bruxelles. Il forme des groupes de psychothérapeutes dans différentes capitales européennes et aux États-Unis et a été un des fondateurs de l'European Family Therapy Association, qu'il préside.

1. J'ai repris ici, le plus fréquemment sous une forme différente, des passages de mes articles et ouvrages suivants : « Une approche systémique des thérapies du couple » (1985), « Réseaux, systèmes et intervention en quartier » (1987), « Système thérapeutique et autoréférence » (1988), *Si tu m'aimes, ne m'aime pas* (1989), « Coconstruction, systèmes et fonctions » (1993).

Constantes et permanences

*Éviter les interventions thérapeutiques réductionnistes,
sans être paralysé pour autant par la multiplicité
des paramètres en jeu*

Dans un premier temps, j'ai pratiqué des interventions en
réseau afin de prendre en compte les composantes socio-
économiques et culturelles des problèmes de santé mentale.
Puis, m'appuyant sur les travaux d'Ilya Prigogine (1977 et
1979) et de Félix Guattari (1969 et 1988), je me suis ouvert
à ces éléments hétérogènes de toutes sortes dont l'amplification est susceptible de modifier le devenir des systèmes.
Or ces éléments, qui participent de ce que j'ai appelé des
« assemblages », m'ont conduit à découvrir que, même si elle
ne paraît porter que sur une partie restreinte du système
concerné, l'intervention peut être comparée à une poussée,
exercée au moyen d'un levier, qu'un individu appliquerait à
un rocher qui obstruerait un chemin : il suffit bien souvent
de faire bouger un point de ce rocher, quel qu'il soit, pour
que l'ensemble de l'obstacle se remette en mouvement.

Respecter la richesse des singularités individuelles

En plus de m'ouvrir à des singularités hétérogènes qui ne
s'intégraient pas aux grilles explicatives de notre champ, la
considération qu'il faut, à mon sens, porter à l'individu m'a
incité également à étudier les résonances propres aux différents membres des systèmes en relation. Je pense en effet
que la thérapie et la formation ne permettent un épanouissement personnel que dans la mesure où les participants à ces
contextes acceptent de s'impliquer dans les systèmes dont ils
font partie. Car ce qui surgit entre le thérapeute et le patient,
ou entre le formateur et ses étudiants, tient à des résonances
qui peuvent aussi bien avoir pour effet de renforcer et rigidifier les croyances ou convictions profondes que de les
assouplir : dans un cas comme dans l'autre, l'analyse et la
modification des liens singuliers tissés entre les différents

protagonistes sont nécessaires pour permettre à ces systèmes d'évoluer.

La prééminence de l'éthique

Ce siècle a été marqué par un recul progressif de l'individu et de ses singularités : le marxisme, la psychanalyse puis la systémique nous ont révélé tour à tour à quel point nous sommes « agis » à notre insu. Or les lectures insistant sur la coconstruction du réel indiquent que l'être humain, pour aliéné qu'il soit, n'en est pas pour autant irresponsable : si ce qui nous arrive, comme le suggèrent ces lectures, résulte de l'interaction des influences qui s'exercent sur nous et de la façon dont nous vivons ces mêmes influences plutôt que du seul impact des forces ou des événements extérieurs à nous-mêmes, alors un espace nouveau est restitué à l'individu et à sa responsabilité. Ce point de vue ne nie en rien notre aliénation fondamentale – il nous rappelle, seulement, que nous avons aussi notre « mot à dire », si conditionnée que soit cette parole, sur les vécus que suscite cette aliénation.

La multiplicité des voies pour parvenir au changement

Plusieurs approches, liées aux diverses résonances propres aux membres d'un système thérapeutique, peuvent déboucher sur un changement qui contribuera à élargir le champ du possible. N'importe laquelle de ces voies peut donc être empruntée dès lors qu'elle correspond aux compétences et à la sensibilité du thérapeute et que la famille en thérapie la ressent comme plausible : aucune de ces portes d'entrée ne saurait être tenue pour plus riche qu'une autre, le seul critère de distinction entre ces démarches résidant dans les particularités qui ont conduit tel thérapeute et telle famille à choisir telle approche plutôt que telle autre.

*Le « succès » de la thérapie ne signifie pas
que le thérapeute ait raison*

Ma conception du rôle du thérapeute découle directement de ma conception du changement, qui est lié pour moi aux coconstructions du réel qui se manifestent au sein d'un système thérapeutique. Ces coconstructions ne pouvant être appréhendées qu'en partie, j'estime que le thérapeute, quand il forge des hypothèses *a posteriori* pour essayer de comprendre ce qui vient d'advenir, ne doit surtout pas considérer qu'un lien de cause à effet existe nécessairement entre ce qu'il a tenté de provoquer et ce qui s'est effectivement produit. A mes yeux, il ne peut que s'employer à favoriser de son mieux l'apparition et l'amplification d'assemblages nouveaux dans le système thérapeutique, en n'oubliant pas que le devenir de ce système échappe largement à son contrôle.

La multiplicité des univers de référence

Ma réticence à centrer la « production de subjectivité » sur un individu ou sur un système est due, pour une large part, à l'influence de Félix Guattari, qui m'a honoré de son amitié depuis le début de ma vie professionnelle. Mon concept d'« assemblage », par exemple, qui décrit en quoi des éléments inattendus, improbables ou apparemment insignifiants, se trouvent parfois jouer un rôle prépondérant, correspond peu ou prou aux « agencements » de Guattari – pour moi, les interactions mutuelles de ces assemblages, liés aux individus et aux systèmes mais non réductibles à eux, concourent dans une large mesure à créer de la subjectivité.

« Défamilialiser » la thérapie familiale

Mon premier apport au champ de la thérapie familiale a consisté, à la fois, à élargir le contexte d'intervention et à ouvrir les grilles explicatives du thérapeute à des éléments apparemment hétérogènes. Je m'étais orienté vers les thérapies familiales parce que l'approche psychiatrique des problèmes de santé mentale ne me satisfaisait pas : si le patient, comme la psychiatrie traditionnelle le postulait, m'apparaissait bien comme le lieu de sa souffrance, il ne m'en semblait pas la source unique. Comprendre ce qui se passait au niveau non seulement de l'histoire des patients, mais également de leur contexte me paraissait indispensable, ainsi que les premiers « antipsychiatres », Ronald Laing (1971) et David Cooper (1978), l'avaient déjà remarqué avant moi.

Assez rapidement, pourtant, même si j'adoptai une pratique de thérapeute familial qui remettait en question l'approche strictement individuelle des problèmes, je m'aperçus aussi que je n'acceptais pas pour autant de séparer les familles des contextes socio-économico-culturels où elles évoluaient en expliquant les souffrances de leurs membres à la seule lumière du contexte familial où ces souffrances avaient surgi : car je ne souhaitais pas plus céder aux sirènes de l'approche individualiste que me laisser enfermer dans un carcan trop rigidement « familialiste ».

Vers la fin des années soixante, je m'étais intéressé au mouvement des Panthères noires d'Israël (Elkaïm, 1972). Cette organisation, formée par des jeunes juifs protestataires originaires des pays arabes, aspirait, entre autres revendications, à transformer les conditions socio-économiques en vigueur en Israël afin de réduire la fréquence de la délinquance juvénile dans ces milieux immigrants. Or un fait m'avait frappé : parmi les jeunes juifs marocains appartenant à des familles d'extraction comparable qui avaient émigré dans des pays tels que la France ou le Canada, très rares étaient ceux qui avaient eu une destinée semblable à celle de ces jeunes juifs – autant le nombre des délinquants d'origine similaire était peu important au Maroc ou dans d'autres pays d'émigration, autant il était élevé dans les quartiers les plus défavorisés des villes d'Israël.

Souhaitant étudier de plus près les liens existant entre le contexte social et les problèmes de santé mentale, je décidai d'aller exercer la psychiatrie pendant quelques années dans le sud du Bronx : il s'agissait d'un quartier très pauvre de New York, où vivaient des populations essentiellement noires et portoricaines. Je travaillai donc d'abord comme *fellow* à l'école de médecine Albert Einstein, avant de diriger un centre de santé mentale et un programme de formation à la thérapie familiale dans ce même quartier du Bronx.

Ces années de travail dans le sud du Bronx me montrèrent que les problèmes individuels qu'affrontaient les membres de ces familles noires ou portoricaines étaient très souvent liés aux contradictions auxquelles étaient en proie les membres de ces communautés, constatation qui me donna à penser que la création de réseaux de solidarité incluant des familles confrontées à un même type de problèmes et de même extraction socio-économique ou culturelle pourrait se révéler précieuse. Avec mes collègues, j'entrepris donc de travailler avec des groupes réunissant des individus exposés à des difficultés semblables, chez qui nous nous efforçâmes de susciter de nouvelles lectures des raisons de leurs souffrances : nous essayâmes, en particulier, d'amener les membres de ces familles à porter un autre regard sur leur situation en les aidant à découvrir à quel point l'image qu'ils avaient d'eux-mêmes reflétait les normes et critères des différents pouvoirs établis.

C'est ainsi qu'à New York, dans un premier temps, puis à Bruxelles à partir de 1975, je créai des réseaux de solidarité destinés à aider les familles souffrant d'exclusion sociale et/ou présentant des problèmes de santé mentale ; et ces groupes d'entraide inclurent aussi bien des patients participant à des thérapies multifamiliales que les proches d'un patient désigné (parents, amis et connaissances) spécialement invités par l'équipe de santé mentale du centre.

J'eus l'occasion, de la sorte, de mesurer l'impact extraordinaire que peut avoir la dynamique d'un groupe dès lors que des formes concrètes d'entraide et de soutien permettent de porter un autre regard sur des situations critiques : très souvent, cette solidarité et ce partage d'un sens nouveau firent apparaître de nouveaux contextes de vie, riches en relations, dont l'amplification et la multiplication suscitèrent l'éclosion d'autres possibles.

Peu à peu, nous nous rendîmes compte que, dans bien des cas, les symptômes des sujets issus de familles exposées à des difficultés semblables pouvaient remplir une fonction spécifique aux milieux où ces problèmes avaient surgi et s'étaient maintenus. Au cours d'une thérapie multifamiliale centrée sur les problèmes d'absentéisme scolaire et de délinquance qui sévissaient dans un quartier pauvre de Bruxelles, par exemple, l'attitude du père d'un jeune délinquant ne manqua pas de nous intriguer : cet homme, grand invalide qui ne connaissait que quelques mots de français, nous donna l'impression de s'identifier systématiquement aux institutions belges dans le moindre de ses propos, un peu comme si la déviance de son fils le faisait accéder au statut d'homme digne d'être cité en exemple et méritant d'être servi avec déférence par notre centre aussi bien que par les institutions sociales de son pays d'accueil ; nous remarquâmes avec étonnement que les enfants revendiquaient leur culpabilité avec une étrange fierté, tandis que les parents, oubliant leurs propres problèmes d'intégration, s'accordaient à rejeter sur leur progéniture la responsabilité de leurs malheurs.

Nous nous demandâmes donc si la délinquance de ces jeunes gens ne pouvait pas être comprise comme un symptôme qui visait, paradoxalement, à « protéger » aussi bien le système communautaire de leurs parents que le système des valeurs sociales dominantes en maintenant les constructions du monde de leur milieu familial et social. Puis, à partir de ces hypothèses, nous invitâmes les pères et les mères à s'impliquer directement dans les problèmes de leurs enfants en les faisant participer à des séances de réflexion communes et en les amenant à constituer, en relation avec d'autres instances de quartier, des groupes de pression susceptibles d'intervenir au niveau des organismes sociaux compétents (Elkaïm, 1979) ; ces formes d'intervention associant les parents à la recherche de solutions eurent des effets extrêmement bénéfiques sur la situation de nombre de ces adolescents.

Parallèlement à ces activités, je fus chargé durant cette même période d'assumer la coordination du Réseau Alternative à la psychiatrie, de dimensions internationales. Ce réseau, auquel ont appartenu à la fois des individus – Franco et Franca Basaglia, Robert et Françoise Castel, David Cooper, Félix Guattari, Giovanni Jervis et Ronald Laing, pour ne citer que les plus connus –, des associations de patients et maintes équipes de santé mentale, contribua puissamment à faire évoluer les pratiques psychiatriques dans les années soixante-dix et au début des années quatre-vingt (Elkaïm, 1977).

Mais, même si l'on doit beaucoup à l'« antipsychiatrie », je n'étais pas d'accord avec certaines des orientations de ce courant : non seulement la lecture qui consistait à tenir le patient pour la victime des institutions sociales environnantes me semblait trop linéaire, mais ma sensibilité personnelle m'incitait en outre à prêter attention aux interactions qui faisaient participer les individus (souvent sans qu'ils en aient conscience) aux processus mêmes qui les excluaient (Elkaïm et Scheflen, 1973).

Jusqu'alors, cependant, ma recherche d'une approche psychothérapeutique moins réductrice ne s'était élargie qu'à des éléments sociaux, économiques et culturels – l'extraordinaire richesse des éléments hétérogènes et les multiples possibilités de mutations qu'ils procurent ne m'étaient pas encore apparues.

Stabilité et changement :
les systèmes ouverts à l'écart de l'équilibre

L'utilisation, en psychothérapie familiale, de l'approche développée par Ludwig von Bertalanffy pour étudier les systèmes ouverts à l'équilibre s'était révélée très fructueuse pour notre champ. Elle avait permis, entre autres, de concevoir la maladie du patient comme un mécanisme homéostatique ayant pour fonction de ramener à l'équilibre un système familial en danger de changement.

Mais cette approche, en même temps, me mettait mal à l'aise par son étroitesse. Pour l'essentiel, en effet, elle rendait compte de la stabilité, alors que je m'efforçais pour ma part d'induire des processus de changement chez les familles, et elle mettait par ailleurs en relief des lois générales, alors que j'étais plutôt intéressé par ce qui était spécifique à chaque situation ; cette théorie, de surcroît, n'accordait qu'une place extrêmement réduite à l'histoire, insistant surtout sur l'ici et maintenant.

Vers 1977, les travaux que le prix Nobel de chimie Ilya Prigogine avait consacrés aux systèmes ouverts à l'écart de l'équilibre commencèrent à attirer mon attention. Prigogine et son équipe avaient démontré que, à l'écart de l'équilibre, l'évolution des systèmes est liée non pas à une loi générale, mais aux propriétés intrinsèques de ces systèmes, telle la nature des interactions entre leurs éléments : car ces interactions peuvent provoquer un état instable et une bifurcation spécifique qui sépareront abruptement différents modes de comportement. Le « choix » du mode de fonctionnement vers lequel le système évoluera dépendant, d'après ce modèle, du passé de ce système, Prigogine rendait donc une place au temps et à l'histoire ; et il mettait de même le hasard au premier plan, puisque, dans cette optique, il est impossible de savoir à l'avance laquelle des multiples fluctuations possibles sera amplifiée pour un même paramètre (Prigogine, 1977).

Je compris, autrement dit, que la théorie des systèmes ouverts à l'équilibre (von Bertalanffy) s'applique à des systèmes soumis à un jeu de fluctuations qui les ramènent à un même état stable dans des conditions données : tandis que, dans les états à l'écart de l'équilibre (Prigogine), des fluctuations peuvent au contraire être amplifiées dans des conditions spécifiques jusqu'à ce que le système évolue vers un nouveau régime, qualitativement différent du régime précédent.

Cette nouvelle approche me sembla bien mieux décrire notre pratique que celle de Ludwig von Bertalanffy. Car elle suggère que l'histoire est susceptible de jouer un rôle non réductible à une causalité déterministe : elle rend une place à l'évolution en la liant fondamentalement à l'intersection entre le passé et le contexte présent, intersection pouvant inclure des éléments apparemment anodins et asignifiants, dont l'amplification permet néanmoins une modification de l'ensemble du système.

Dans ma pratique, cependant, il m'apparut très vite que les fluctuations qui s'amplifient ne sont pas constituées d'un élément singulier, mais assemblent au contraire plusieurs singularités, appartenant aussi bien au thérapeute qu'aux membres de la famille en thérapie.

C'est ainsi que j'ai décrit dans l'un de mes ouvrages (Elkaïm, 1989) une thérapie conduite avec une famille juive originaire d'Afrique du Nord, durant laquelle une référence à l'eau, en apparence tout à fait anodine, se manifeste sous divers aspects (noms d'enfants renvoyant au thème de l'eau dans la Bible, allusions constantes à l'eau de la part de la mère, pleurs des membres de la famille et transpiration du thérapeute). Non seulement cet élément s'était assemblé à d'autres particularités spécifiques au cours de cette même séance (utilisation de l'espace par chacun des membres du système thérapeutique, appartenance du thérapeute et de la famille à une culture commune, etc.), mais cet assemblage s'était en outre amplifié, permettant ainsi aux membres du système thérapeutique d'accéder à un nouveau type de fonctionnement.

Le thérapeute, dans de tels contextes, aide le système à s'éloigner de son équilibre en favorisant l'amplification de fluctuations qui peuvent elles-mêmes consister en des *assemblages*[2] intégrant divers éléments qui ne se ramènent pas uniquement à des aspects individuels : à côté de particularités génétiques, biologiques ou autres, des éléments liés à l'individu mais non réductibles à lui, tels les éléments mass-médiatiques, culturels ou sociaux, peuvent participer de ces assemblages.

Pour moi, la création de ce concept d'assemblage fut d'autant plus importante que j'en tirai deux enseignements capitaux : j'en déduisis, d'une part, que les « systèmes » humains dépendaient peut-être davantage des interrelations existant entre différents assemblages que des individus en interaction ; et j'eus, d'autre part, maintes fois l'occasion de vérifier que ces mêmes assemblages, constitués, entre autres, de particularités hétérogènes, pouvaient, en s'amplifiant, aussi bien bloquer un système que lui permettre de changer.

A cette époque, toutefois, bien que ma réflexion ait porté sur les systèmes thérapeutiques constitués par les familles et moi-même, je n'avais pas encore envisagé toutes les conséquences de cette approche pour le vécu du thérapeute. Mais la lecture des textes de Heinz von Foerster, de Humberto

---

2. Ce terme évoque, dans mon esprit, les constructions de certains artistes. L'exemple le plus simple en serait la fameuse *Tête de taureau* exécutée par Picasso en 1942 : dans cet assemblage, un guidon et une selle de vélo placés l'un au-dessus de l'autre évoquent la tête de cet animal (voir figure 1). Ici donc, un objet nouveau est créé par la juxtaposition des deux éléments disjoints qui le composent : ce qui indique que l'assemblage non seulement induit une perception inédite de la réalité, mais encore confère souffle et vie aux éléments qui le constituent. Des éléments hétérogènes assemblés nous ouvrent ainsi à un nouvel univers, d'une tout autre nature.

Maturana et de Francisco Varela m'amenèrent par la suite à me poser de nouvelles questions qui allaient modifier profondément mes orientations.

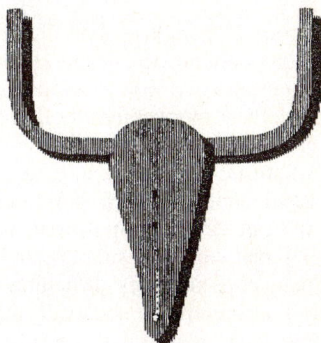

Figure 1. Dessin d'après la *Tête de taureau*
réalisée par Picasso au printemps 1942.
Éléments originaux : selle et guidon (cuir, métal),
33,5×43,5×19 cm. Musée Picasso, Paris.

Paradoxe autoréférentiel et construction du réel

Pour Heinz von Forster (1988, p. 47), l'un des fondateurs de la seconde cybernétique, l'observateur doit nécessairement être inclus dans la description, car il ne peut être séparé du système qu'il observe.

Tandis que, pour Francisco Varela (1988), cette « inclusion de l'observateur » risque de donner à penser que celui-ci existerait indépendamment du système observé – selon ce chercheur, le problème fondamental consiste plutôt à indiquer comment une entité nommée « observateur » peut émerger.

Le paradoxe autoréférentiel

Mon intérêt pour le paradoxe autoréférentiel auquel est confronté celui qui prétend décrire un système *dont il fait partie* a été d'autant plus vif que je m'étais toujours démarqué de la façon dont le mouvement de la thérapie familiale s'efforçait en général d'éviter ce type de paradoxe : la plupart des thérapeutes familiaux s'abritaient, pour ce faire, derrière la théorie des types logiques d'Alfred Whitehead et de Bertrand Russell, qui interdit les propositions autoréférentielles en ramenant les paradoxes à de simples sophismes.

Particulièrement conscient des difficultés insolubles que ce problème de l'autoréférence soulevait dans le champ de la psychothérapie (si l'on postulait, ne fût-ce qu'implicitement, comme Foerster l'avait reproché à la théorie des types logiques, que « les propriétés de l'observateur ne doivent pas entrer dans la description de ses observations » (Foerster et Howe, 1975, p. 1-3), comment un thérapeute pouvait-il donc parler d'une situation thérapeutique dont il était fondamentalement *partie prenante ?*), je consacrai une part essentielle de mes recherches, à partir de 1984, à la question de savoir comment les thérapeutes pouvaient être aidés à transformer en un atout ce qu'ils vivaient jusque-là comme un handicap.

Pour faire mieux comprendre le cheminement qui m'a conduit à élaborer des concepts tels que celui de *résonance*, je vais maintenant résumer le modèle que j'échafaudai à cette époque pour éclairer les relations de couple : ce modèle visait à repérer les cycles, constitués de doubles contraintes réciproques, qui tendent à se manifester chez certains couples.

Un modèle pour la thérapie de couple

Le titre de mon livre *Si tu m'aimes, ne m'aime pas* m'a été inspiré par ces situations où une personne demande à une autre quelque chose qu'à la fois elle souhaite et ne parvient pas à croire possible. Quand ces cycles se manifestent au sein d'un couple, l'un des conjoints demande par exemple à l'autre : « Aime-moi », mais sa peur de l'abandon lui fait craindre en même temps d'être aimé, si bien qu'il demande aussi, à un niveau non verbal, à ne pas recevoir cet amour ; et la réaction de l'autre membre du couple, quelle qu'elle soit, ne peut donc qu'être insuffisante dans la mesure où elle ne répond qu'à un seul niveau de la double contrainte.

Pour qu'un tel comportement se maintienne et s'amplifie, il faut cependant qu'il ait une fonction non seulement par rapport au passé de l'un des protagonistes, mais encore par rapport au système conjugal dans son ensemble. Car les éléments passés n'entraînent pas automatiquement la répétition ou l'amplification d'un comportement ; cette répétition ou cette amplification n'apparaissent que si, par-delà les fonctions qu'elles remplissent dans les économies personnelles, ces données historiques jouent un rôle dans un contexte systémique plus large ; et, dans les couples, ce mouvement s'effectue dans les deux sens, les doubles contraintes étant réciproques.

Bien souvent, en conséquence, les membres des couples tentent de se sculpter ou de se modeler mutuellement afin de renforcer leurs croyances profondes ou « constructions du monde » respectives.

Or ce phénomène se produit également dans les contextes psychothérapeutiques : chaque membre du système thérapeutique donne l'impression de vouloir façonner l'autre de telle sorte que les constructions du monde qu'il a élaborées à partir d'expériences passées répétitives soient au maximum confortées.

Pour clarifier ce point, je voudrais citer un exemple de thérapie de couple où les éléments décrits par la thérapeute relèvent manifestement d'une construction autoréférentielle (cette psychothérapie a été supervisée aux États-Unis).

Thérapeute et famille

Le mari, Bill, souhaitait « plaire à son épouse », Nancy, qui lui reprochait de son côté de « ne jamais prendre soin d'elle ».

Or, pour des raisons qui étaient à la fois liées à leur propre histoire et maintenues ou amplifiées par le système conjugal, chacun des membres de ce couple demandait à l'autre quelque chose qu'il croyait impossible. Bill voulait que sa femme soit « satisfaite de lui », sans croire pour autant que cela puisse se réaliser ; et Nancy, quant à elle, souhaitait que son mari « prenne soin d'elle », sans croire qu'il puisse jamais y réussir.

Quels que soient les niveaux de réactions de ces conjoints, les comportements de l'un ne pouvaient qu'engendrer une profonde insatisfaction chez l'autre. Chacun de ces partenaires semblait conforter la construction du monde de l'autre, en lui évitant de se confronter aux conséquences redoutables de la double contrainte dans laquelle il était pris : à savoir, découvrir que l'on est emprisonné derrière les murailles que l'on a soi-même concouru à ériger en perdant celui ou celle qui fait figure de geôlier (voir figure 2) !

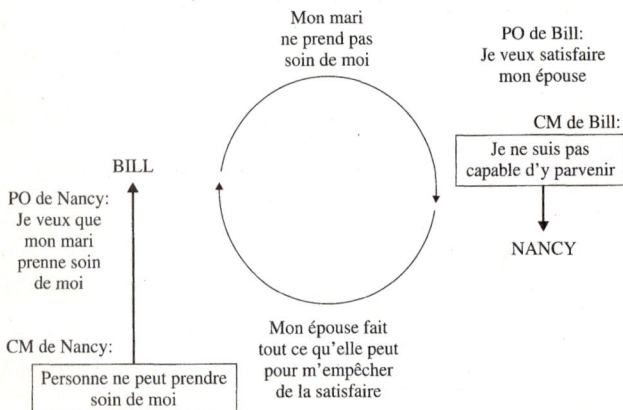

Mon mari
ne prend pas
soin de moi

PO de Bill:
Je veux satisfaire
mon épouse

CM de Bill:
Je ne suis pas
capable d'y parvenir

BILL

PO de Nancy:
Je veux que
mon mari
prenne soin
de moi

NANCY

CM de Nancy:

Personne ne peut prendre
soin de moi

Mon épouse fait
tout ce qu'elle peut
pour m'empêcher
de la satisfaire

Figure 2

Quand le superviseur demanda à la thérapeute ce que lui évoquaient les thèmes précités, celle-ci répondit par les associations suivantes :

– A l'instar de ce mari qui se sentait incapable de satisfaire qui que ce soit, cette thérapeute avait eu l'impression, dans sa famille d'origine, de ne pas « en faire assez » par rapport à ses parents ; et, chaque fois qu'elle avait essayé d'« en faire plus », elle avait eu en outre le sentiment que ce surcroît d'efforts « blessait » d'autres membres de sa famille, ce qui l'obligeait ensuite à « réparer ces blessures ».

– D'autre part, elle déclara aussi se sentir liée à cette épouse convaincue que personne ne pouvait prendre soin d'elle : « Je doute, précisa-t-elle à ce propos, que l'on puisse s'occuper de moi. Si quelqu'un le faisait, il finirait par m'abandonner. Je m'efforce donc de m'occuper toute seule de moi-même, sans compter sur personne. »

C'était donc un exemple typique de situations où les constructions du monde (CM) des différents membres d'un système thérapeutique risquent de se conforter mutuellement (voir figure 3).

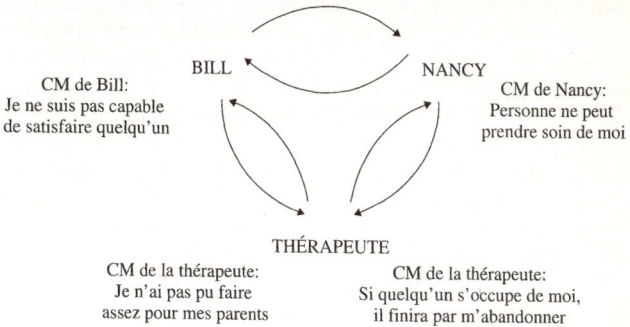

BILL → NANCY

CM de Bill:
Je ne suis pas capable
de satisfaire quelqu'un

CM de Nancy:
Personne ne peut
prendre soin de moi

THÉRAPEUTE

CM de la thérapeute:
Je n'ai pas pu faire
assez pour mes parents

CM de la thérapeute:
Si quelqu'un s'occupe de moi,
il finira par m'abandonner

Figure 3

Les résonances

Les thèmes qui avaient paru importants à cette thérapeute l'avaient renvoyée à des éléments de sa propre histoire. Cela n'impliquait pas que cette femme n'avait pas « résolu » ces points spécifiques : des éléments jusque-là dormants en elle s'étaient trouvés simplement amplifiés, cette amplification d'éléments liés à son passé mais non réductibles à elle lui permettant probablement de « faire couple » avec chacun des membres du système thérapeutique en leur évitant de remettre en question leurs propres constructions du monde.

J'appelle résonances ces assemblages particuliers, constitués par l'intersection d'éléments communs à différents individus ou différents systèmes humains, que suscitent les constructions mutuelles du réel des membres du système thérapeutique ; ces éléments semblent résonner sous l'effet d'un facteur commun, un peu comme des corps se mettent à vibrer sous l'effet d'une fréquence déterminée.

Or ces résonances incluent aussi bien des règles importantes pour l'histoire des différents protagonistes que des règles de caractère institutionnel, social ou autre. Dans l'exemple qui suit, un même thème est amplifié, tout à la fois, chez un thérapeute, chez une patiente et chez l'équipe soignante.

Une jeune fille avait été admise à l'hôpital pour divers problèmes : décrite comme très proche de son père, elle avait manifestement formé avec lui une coalition dirigée contre le reste de sa famille. Or les membres de l'équipe hospitalière concernée avaient l'habitude de choisir d'un commun accord le mode de thérapie pratiqué (individuelle ou familiale), aussi bien que le ou la thérapeute à qui le cas en question incomberait ; et l'un des thérapeutes, sans avoir été désigné par le groupe, avait décidé de sa propre initiative de suivre cette patiente en thérapie individuelle, court-circuitant ainsi les procédures de décision usuelles. Cette situation ayant incité la patiente à se coaliser avec le thérapeute contre le reste de l'équipe soignante, j'appris ensuite en supervision que ce thérapeute s'était dans le passé allié à sa mère, face aux autres membres de sa famille.

Dans ce cas précis, la résonance s'était élargie au-delà des membres du système thérapeutique, en finissant par englober les règles du système environnant. Et d'autres exemples de résonances associant le thérapeute, le patient, l'institution et le groupe de supervision à des groupes sociaux plus larges pourraient être cités (Elkaïm, 1989, p. 155) : tout semble indiquer que de telles résonances ont pour fonction partielle de permettre le maintien des constructions du réel de personnes et de groupes appartenant à des systèmes différents.

A l'époque où j'exerçais dans le Bronx, je voyais le monde comme un ensemble de poupées russes emboîtées les unes dans les autres – partant de l'individu, je passais à la famille, au quartier, au contexte social, etc. Or le concept de résonance m'a aidé à me représenter différemment ces divers systèmes : peu à peu, il m'est apparu qu'ils pouvaient être unis par un lien transversal qui ne consistait pas uniquement en la reproduction mécanique d'une même règle, de strate en strate.

Les sentiments du thérapeute comme atout

Le premier outil du thérapeute, c'est lui-même. Les thérapeutes se sont longtemps méfiés des sentiments que leur inspiraient les patients, car ils considéraient que leurs affects ne pouvaient qu'entacher l'« objectivité » de leurs observations ; mais, pour ma part, je ne crois pas que ce que nous ressentons, en psychothérapie, comme psychothérapeutes, soit un handicap : ces prétendus handicaps me semblent au contraire pouvoir être transformés en des outils de travail qui constituent de précieux atouts.

Bien entendu, nous ne pouvons éprouver un sentiment particulier, dans une situation spécifique, que si, quelque part, une corde sensible vibre en nous. A mes yeux, toutefois, le sens et la fonction de la vibration de cette corde ne doivent pas être recherchés uniquement dans l'économie personnelle de l'individu : ils sont liés, en même temps, au système au sein duquel l'individu se découvre en train de vivre ce sentiment.

Autrement dit, les sentiments qui naissent chez tel ou tel membre du système thérapeutique ont pour moi un sens et une fonction par rapport au système même où ils émergent. Indiquant les ponts spécifiques qui sont en train de se constituer entre les membres de la famille et le thérapeute, ils désignent un ensemble de régions et de croyances qui méritent d'être méthodiquement explorées.

Coconstruction de la résonance en psychothérapie

Dès lors que le thérapeute prend conscience du sentiment ou du thème qui le frappe le plus à un moment donné, il importe qu'il se pose les questions suivantes :

– Est-ce que je connais déjà cet affect particulier ou ce thème spécifique ? Si c'est le cas, quels échos cette émotion ou cette lecture du réel surgie en moi suscitent-elles dans mon esprit ? Bien souvent, le thérapeute n'aura pas le temps de creuser ces questions durant la séance, quand bien même il mesurera leur pertinence ; mais il n'est pas nécessaire que cette analyse soit faite immédiatement : le thérapeute pourra donc passer à un autre point, en attendant la fin de la séance pour se livrer à cette auto-investigation avec ou sans l'aide de ses cothérapeutes.

– En quoi ce thème qui me paraît essentiel est-il important pour les patients ? En quoi les concerne-t-il ? Si les questions que pose le thérapeute ne lui permettent pas d'élucider ces points sur-le-champ, il est souhaitable qu'il renonce temporairement à pousser ses investigations plus avant, car il risquerait autrement de s'exposer à deux graves difficultés : soit envahir le système familial en se concentrant sur des éléments qui font sens à ses yeux, mais sont très secondaires pour les membres de la famille concernée ; soit provoquer de trop fortes résistances en évoquant des thèmes inacceptables en dépit de l'importance présumée qu'ils revêtent pour les patients. Mieux vaudra donc attendre que ce thème en apparence riche de sens se représente à un autre moment de la thérapie pour formuler une proposition de construction en commun.

Que faire si un thème qui est effectivement important par rapport à mon histoire personnelle l'est aussi pour un ou plusieurs membres de la famille ? Le thérapeute sera alors confronté au pont singulier qui existera, à cet instant précis, entre les membres de la famille et lui-même. Mais ce pont sera en même temps un passage périlleux, puisqu'il consistera aussi en un thème commun qui, s'il est renforcé, risquera de figer la thérapie en créant un système où « plus ça change, plus c'est la même chose ». Or le thérapeute ne pourra pas reculer : dès lors qu'un thème aura résonné en lui, il se sera déjà avancé sur ce pont unique, jeté entre lui-même et les membres de la famille. Le thème en question, néanmoins, lui fournira le plan des mines qui parsèment ce pont, lui montrant ainsi les dangers qu'il faudra éviter en empruntant la voie de cette construction mutuelle.

Le travail entrepris de concert avec la famille pour modifier la rigidité de certaines constructions du monde plus ou moins partagées permettra au thérapeute d'élargir le champ du possible du système thérapeutique, et donc des membres de la famille. Le système, ainsi, gagnera peu à peu en souplesse, d'autres thèmes étant éventuellement abordés suivant la même procédure chaque fois qu'une construction du monde commune au thérapeute et à la famille aura été flexibilisée pour tous les protagonistes du système thérapeutique.

Bien entendu, on ne saurait en conclure que la seule voie possible pour la psychothérapie familiale réside dans l'analyse des résonances qui lient les membres du système thérapeutique. D'autres pistes restent ouvertes : le thérapeute est libre d'emprunter la « voie royale » dont il se sent le plus proche, qu'il s'agisse d'une approche stratégique, structurale, systémique ou autre ; mais, quel que soit le chemin qu'il choisisse, il n'en sera pas moins envahi, à un moment ou à un autre de la psychothérapie, par des sentiments non réductibles à l'approche retenue.

En formation, la capacité de s'autoriser à prendre conscience de ces émotions ou de ces constructions sera développée en premier lieu ; après quoi il conviendra de se perfectionner dans l'art d'explorer certaines constructions du monde communes en les assouplissant plutôt qu'en les renforçant : le travail de supervision effectué avec le futur thérapeute permettra ce perfectionnement.

Invention du réel, coconstruction et fonction

Humberto Maturana (1983, p. 256) a montré que la perception visuelle naît à l'intersection de ce qui s'offre à nous et de l'activité de notre système nerveux : ce que nous voyons, autrement dit, n'existe pas, en tant que tel, en dehors de notre champ d'expérience, mais résulte de l'activité interne que le monde extérieur déclenche en nous.

Ce thème de la coconstruction du réel m'étant très cher (plutôt que d'adhérer à la notion d'un réel purement inventé, j'ai toujours préféré considérer que ce que je construisais se situait à l'intersection de ce qui me constituait et de ce qui me parvenait), je me suis particulièrement intéressé au sens et à la fonction que cette coconstruction présentait pour mon économie propre aussi bien que pour le ou les systèmes auxquels je me trouvais appartenir.

Cette orientation m'a éloigné de certains auteurs qui ont choisi, quant à eux, de substituer une métaphore post-moderne et anthropologique à la métaphore cybernétique-systémique (Hoffman, 1990 et 1991) : nombre de ces cher-cheurs ont fini par rejeter complètement le concept de fonction pour ne plus penser qu'en termes de discours et, bien que nos positions soient proches sur de nombreux points, je ne saurais les suivre entièrement dans cette voie.

Je ne pense pas, pour ma part, que l'on puisse parler d'une famille en se la représentant uniquement en termes d'homéo-stasie ou en la référant seulement aux règles qui s'appliquent aux systèmes ouverts de nature physico-chimique ou biolo-gique : je ne crois pas, autrement, que l'essentiel de l'ap-proche familiale se réduise à une pure et simple étude fonc-tionnelle, même s'il me paraît important d'étudier sous cet angle les constructions mutuelles qui se mettent en place chaque fois que les protagonistes d'un système essaient d'éviter de se confronter à des changements trop douloureux.

Cette double perspective systémique (étude de la fonction et du sens, sans réduction au fonctionnel ni clôture de la signification) me semble pouvoir rendre compte en partie de la richesse de certaines situations. Mais elle n'éclaire que très imparfaitement maintes expériences. Le choc esthétique produit par un paysage, un tableau ou une phrase musicale, par exemple, peut-il être décrit en termes de fonction ou de signification sans être réduit implicitement à ces termes ? Et peut-on parler de la sorte des changements affectifs tels que devenir amoureux ou ne plus l'être ?

Cette incapacité de l'approche systémique à rendre compte, entre autres, de l'émotion esthétique ou des brusques changements d'état affectif m'a conduit à passer d'une lec-ture insistant sur les systèmes à une vision privilégiant les assemblages. La richesse du concept d'assemblage, à mes yeux, découle de son aptitude à refléter l'inépuisable richesse de la réalité. Il permet, en effet, de relier des éléments géné-tiques, biologiques ou systémiques à des éléments d'un tout autre ordre : mass-médiatiques ou sociaux, homogènes ou hétérogènes, sérieux et attendus ou surprenants par leur aspect dérisoire, etc. Et ces liaisons sont d'autant plus impor-tantes que, très fréquemment, c'est l'ouverture à ces singularités qui fera apparaître le catalyseur qui induira des « réactions » propices au changement.

Les différents niveaux de la situation psychothérapique

Dans l'approche qui est la mienne, la situation où le thérapeute est plongé, en psychothérapie, comprend trois composantes importantes.

La partie stratifiée.

Dans *Mille Plateaux*, Gilles Deleuze et Félix Guattari décrivent les strates comme des milieux codés ou des substances formées. « Hors des strates ou sans les strates, précisent-ils, nous n'avons plus ni formes ni substances, ni organisation ni développement, ni contenu ni expression. Nous sommes désarticulés, nous ne semblons même plus soutenus par des rythmes » (1980, p. 628).

J'emprunte à ces auteurs le terme « stratifié » pour désigner les codes dominants, les grilles explicatives qui nous permettent de donner sens à ce que nous voyons. Pour le thérapeute, tous ces axes de signification peuvent constituer des « voies royales », que l'orientation soit psychodynamique, structurale, systémique, stratégique ou autre.

La partie autoréférentielle.

Cette partie intègre les grilles explicatives de la partie stratifiée tout en les débordant.

En effet, toute approche psychothérapique, quelle qu'elle soit, est toujours plus ou moins liée à la vision du monde de son créateur. Salvador Minuchin, par exemple, fondateur de l'approche structurale en thérapie familiale, ne fait guère mystère du lien qui existe entre son contexte d'origine – il est issu d'un milieu où il était important de maintenir des frontières claires – et le champ qu'il a édifié (1979, p. 137).

Cette composante autoréférentielle recouvre également les ponts qui se tissent autour de certains éléments communs aux thérapeutes, aux patients et aux divers systèmes impliqués dans la scène thérapeutique ; elle est donc le domaine des résonances par excellence.

La partie hétérogène.

Cette partie rassemble des éléments très divers qui ont pour point commun de jouer un rôle dont les grilles explicatives liées à la partie stratifiée ne rendent pas compte. Des éléments de tous ordres – génétiques ou biologiques, mass-médiatiques ou sociaux, etc. – peuvent s'associer, à ce niveau, à des singularités aussi surprenantes que le devenir d'un faux pas.

Je fais ici allusion à la supervision d'une thérapie suivie par une famille qui attachait une grande importance à l'« aide » – c'était une règle d'autant plus importante pour chacun de ses membres que tous souffraient de problèmes de santé à répétition – sans que personne accepte pour autant d'être aidé.

La mère et les deux filles étaient entrées un jour dans la salle de thérapie en s'appuyant sur des béquilles et, me joignant ensuite à la séance pour aider la thérapeute, je m'étais pris le pied dans le fil du micro : je n'avais évité de tomber que grâce à l'aide du père, qui m'avait retenu dans ma chute.

Celui-ci ayant immédiatement commenté l'événement en me disant : « C'est un coup monté, ça ! », j'avais répondu : « Non, ça n'a rien d'un coup monté, c'était inscrit dans votre famille *(rires de la mère)*. Quelque part, je montre patte blanche *(je montrai ma main droite, paume tournée vers la famille, et la mère, en souriant, me présenta alors sa main gauche, qui était enveloppée d'un pansement tout blanc)*. Et comment montrer patte blanche si ce n'est en vous proposant de m'aider, alors que je viens moi-même vous aider ? »

Ce faux pas, bien évidemment, n'avait pas été prémédité. Un assemblage s'était seulement constitué entre une hypothèse afférente au niveau stratifié – celle de la double contrainte : « Aidez-nous », mais « Nous ne pouvons accepter d'être aidés, nous ne pouvons qu'aider » – et cette chute relevant de la composante hétérogène ; quant à l'aspect auto-référentiel, il s'était joué autour de la résonance, centrée sur le concept d'aide, qui était apparue entre la thérapeute, cette famille et moi-même.

L'interrelation entre ces trois niveaux

La psychothérapie précitée avait progressé du fait de l'interrelation ou de l'assemblage flexible qui s'était établi entre ces trois niveaux.

Dans une phase antérieure, en effet, un autre assemblage avait bloqué l'évolution de cette thérapie : peu avant cette séance de supervision, la thérapeute avait contracté un violent mal de dos à l'issue d'une séance où la mère lui avait dit qu'elle connaissait d'excellents kinésithérapeutes et tenait leurs adresses à sa disposition pour le jour où elle en aurait besoin.

Or ce faux pas et l'intervention qui l'accompagna induisirent plusieurs changements majeurs : d'une part, ces douleurs dorsales disparurent juste après cet épisode ; d'autre part, le lien établi entre les grilles explicatives employées, ainsi que l'impact de la résonance (centrée sur le concept d'aide) et les éléments hétérogènes (mal de dos de la thérapeute, faux pas du superviseur) eurent des effets favorables sur l'ensemble du système thérapeutique.

On voit donc à quel point il importe de prêter attention aux assemblages constants qui se constituent spontanément aux intersections de ces trois niveaux : ces interrelations, selon leur agencement, peuvent aussi bien favoriser le changement d'une situation que concourir à la bloquer (voir figure 4).

La partie stratifiée, celle des grilles explicatives, est indispensable pour donner sens à une situation sans être pour autant totalement séparable de la partie autoréférentielle (car le thérapeute choisit toujours ses grilles pour des motifs qui lui sont en partie personnels).

La partie autoréférentielle, celle des résonances, peut aider à mesurer certains enjeux et à comprendre certains ponts qui éviteront de renforcer les convictions profondes des différents membres des systèmes concernés, thérapeutes compris.

La partie hétérogène, celle des singularités, peut permettre au processus thérapeutique de devenir un processus de libération. Elle subvertit les aspects potentiellement réducteurs des deux autres niveaux en ouvrant la psychothérapie à de nouveaux possibles.

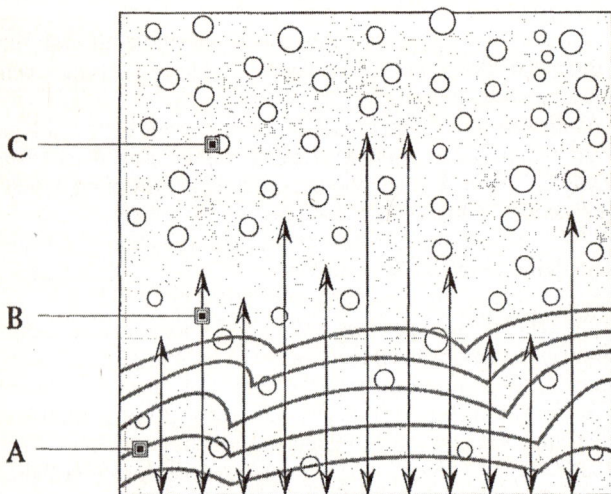

Figure 4

A   partie stratifiée (zone des codes dominants et des grilles explicatives).
B   partie autoréférentielle (domaine des résonances).
C   partie hétérogène (univers des singularités)

Implications pour la formation

En supervision, le lien unique et singulier qui se tisse entre l'étudiant et les membres de la famille acquiert une importance fondamentale : c'est là une modification essentielle par rapport à certains processus de formation systémiques.

Quand un entretien est suivi en direct derrière le miroir sans tain, le formateur ne peut plus se contenter de suggérer ce qu'il faut faire à l'étudiant qu'il supervise. Il doit accepter d'analyser le lien qui se noue entre lui-même et le thérapeute en formation pour mieux comprendre les résonances qui sont en train de s'étendre au système de supervision dont il fait partie, et donc être plus à même d'élargir le champ du possible pour son étudiant et ses patients – tâche qui exige de la souplesse et du doigté, car, de même que le thérapeute doit se garder d'envahir ses patients avec ses résonances, le superviseur doit être capable de percevoir les enjeux sous-jacents des émotions qui l'étreignent sans empiéter sur le vécu de son étudiant.

Même si la cothérapie reste un outil précieux, il importe de noter que les thérapeutes, dans cette perspective, n'attendent pas de leurs cothérapeutes ou de leurs collègues assis derrière le miroir sans tain qu'ils s'installent dans une sorte de « métaposition » par rapport à leur travail – ils demandent, bien plutôt, qu'on les aide à ne pas s'embourber dans des résonances qui risqueraient de rigidifier leurs croyances profondes, en leur permettant d'analyser le sens et la fonction de ces croyances pour l'ensemble du système thérapeutique, leurs collègues compris.

Le formateur, certes, peut apporter beaucoup aux futurs thérapeutes, mais, dans l'optique qui est la mienne, il doit avant tout éviter de s'ériger en modèle : plutôt que d'inciter ses étudiants à imiter ce qu'il ferait dans des contextes semblables à ceux auxquels ils sont présentement confrontés, il doit les aider de son mieux à découvrir comment ils peuvent mettre à profit leurs propres singularités pour faire progresser la thérapie dont ils ont la charge.

En guise de conclusion

A chacune des étapes de mon cheminement professionnel, j'ai eu la chance d'entrevoir de nouvelles perspectives qui ont enrichi ma pensée et ma pratique, tout en me permettant d'intégrer les acquis de la phase précédente.

Les travaux de Félix Guattari m'ont incité d'abord à ne pas me polariser exclusivement sur les composantes socio-économiques des problèmes de santé mentale, en m'ouvrant à certains éléments hétérogènes aux grilles psychothérapeutiques alors en usage.

Les recherches d'Ilya Prigogine m'ont aidé d'autre part à imaginer comment l'amplification d'assemblages constitués aussi bien d'éléments communs aux codes psychothérapeutiques dominants que de « scories » apparentes pouvait favoriser une bifurcation propice à la modification du devenir des systèmes humains.

Mes propres réflexions sur les constructions mutuelles du réel m'ont permis de même, à travers la création du concept de résonance, d'établir un lien transversal entre différents systèmes apparemment disparates. Dès lors, la porte d'entrée de l'intervention, ou le lieu où appliquer le « levier thérapeutique », n'était plus unique mais multiple : car les modalités et le contexte de l'intervention devaient se décider en fonction de la place que l'intervenant occupait dans ces systèmes en résonance.

Puis le concept d'assemblage m'a fait parvenir aux frontières de l'approche systémique : il m'est apparu, en effet, que le vécu n'est pas seulement affaire de sens et de fonction mais déborde ces dimensions de toute part.

Actuellement, le rôle joué par ces assemblages dans la « production de subjectivité » me conduit à réfléchir sur la nature de l'émotion esthétique (Elkaïm et Stengers, 1994). Comment comprendre cette émotion en termes non réducteurs ? La pratique du thérapeute qui permet à ses patients d'accéder à un autre vécu en s'appliquant à nouer d'autres liens entre des éléments jusque-là disparates est-elle si différente de la démarche de l'artiste ? Le thérapeute et l'artiste ne produisent-ils pas, tous deux, des assemblages hétérogènes ? Ce que nous vivons, en thérapie, comme prise de conscience, est-ce seulement le surgissement d'un sens perdu ou également le fruit d'une mutation produite par les assemblages en jeu dans le système thérapeutique ? A l'instar de l'artiste qui crée un assemblage dont l'impact s'enrichit du respect de l'intégrité de ses diverses composantes, le thérapeute n'est-il pas un catalyseur qui offre une nouvelle vie à des éléments hétérogènes en leur conférant un semblant d'homogénéité ?

Nous sommes, comme thérapeutes, des producteurs et des utilisateurs de significations. Or ces significations, dès lors qu'elles deviennent des modèles explicatifs dominants, des « mots d'ordre » au sens de Deleuze et Guattari, risquent de masquer la richesse multiforme des mutations toujours possibles : en thérapie comme dans le domaine artistique, toute référence, y compris celles qui renvoient à nos propres concepts, peut devenir un « mot d'ordre » si l'on n'y prend pas garde, et c'est pourquoi ces éléments devenus réducteurs gagneront toujours à être repris dans des assemblages hétérogènes nouveaux, porteurs d'autres devenirs.

Que nous soyons psychothérapeutes ou formateurs, il se peut que notre richesse réside dans notre capacité même à être sensibles, par-delà les modèles explicatifs dont nous disposons, aux multiples assemblages hétérogènes qui nous impliquent en nous ouvrant.

*
**

RÉFÉRENCES BIBLIOGRAPHIQUES

Cooper, D. (1978), *Psychiatrie et Antipsychiatrie*, Paris, Éd. du Seuil, coll. « Points », p. 72.

Deleuze, G., et Guattari, F. (1980), *Mille Plateaux*, Paris, Éd. de Minuit.

Elkaïm, M. (1972), *Les Panthères noires d'Israël*, Paris, Maspero.
– (éd.) (1977), *Réseau-Alternative à la psychiatrie*, Paris, Union générale d'éditions.
– (1979), « Système familial et système social », *Cahiers critiques de thérapie familiale et de pratiques de réseaux*, Paris, Gamma, 1.
– (1985), « Une approche systémique des thérapies de couple », *in* id. (éd.), *Formations et pratiques en thérapie familiale*, Paris, ESF.
– (1987), « Réseaux, systèmes et intervention en quartier », *in* id. (éd.), *Les Pratiques de réseau : santé mentale et contexte social*, Paris, ESF.
– (1988), « Système thérapeutique et autoréférence », *in* id. et Sluzki, C. (éd.), *Autoréférence et Thérapie familiale, Cahiers critiques de thérapie familiale et de pratiques de réseaux*, Toulouse, Privat.
– (1989), *Si tu m'aimes, ne m'aime pas : approche systémique et psychothérapie*, Paris, Éd. du Seuil.
(1993), « Coconstruction, systèmes et fonctions », *in* id. et Trappeniers, E. (éd.), *Étapes d'une évolution : approche systémique et thérapie familiale*, Toulouse, Privat.

– et Scheflen, A. (1973), « Antipsychiatrie et révision épistémologique », *Mosaïque*, Bruxelles, n° 18.

– et Stengers, I. (1994), « Du mariage des hétérogènes », *in* Szafran, W., et Nysenholc, A. (éd.), *Freud et le Rire*, Paris, Métailié.

Foerster, H. von (1988), « La construction d'une réalité », *in* Watzlawick, P. (éd.), *L'Invention de la réalité*, Paris, Éd. du Seuil.

– et Howe, R.H. (1975), « Introductory comments to Francisco Varela's calculus for self-référence », *Int, I. Général Systems*, t. 2.

Guattari, F. (1969), *L'Inconscient machinique : essais de schizoanalyse*, Paris, Recherches.

– (1988), « Les énergies sémiotiques », *Colloque de Cerisy* sur « *Temps et Devenir* » *à partir de l'œuvre d'Ilya Prigogine*, Genève, Patino.

Hoffman, L. (1990), « Constructing realities : An art of lenses », *Family Process*, 29, p. 1-12.

– (1991), « Une position constructiviste pour la thérapie familiale », *in* Fivaz-Depeursinge, E. (éd.), *Texte et Contexte dans la communication, Cahiers critiques de thérapie familiale et de pratiques de réseaux*, Toulouse, Privat, n° 13, p. 79-100.

Laing, R. (1971), *Nœuds*, Paris, Stock.

Maturana, H.R. (1983), « What is it to see », *Arch. biol. med. exp.*, Santiago, Chili, n° 16.

Minuchin, S. (1979), *Familles en thérapie*, Paris, Éditions universitaires, Jean-Pierre Delarge.

Prigogine, I. (1977), « L'ordre par fluctuations et le système social », *in* Gadoffre, G., Lichnerowicz, A., Perroux, F. (éd.), *L'Idée de régulation dans les sciences*, Paris, Maloine.

– et Stengers, I. (1979), *La Nouvelle Alliance : métamorphose de la science*, Paris, Gallimard.

Varela, F. (1988), « Les multiples figures de la circularité », *in* Elkaïm, M., et Sluzki, C. (éd.), *Autoréférence et Thérapie familiale. Cahiers critiques de thérapie familiale et de pratiques de réseaux*, Toulouse, Privat.

Index

Index des noms

Index des concepts

Table

RÉALISATION : IGS-CHARENTE PHOTOGRAVURE À L'ISLE-D'ESPAGNAC
IMPRESSION : NORMANDIE ROTO IMPRESSION S.A.S. À LONRAI
DÉPÔT LÉGAL : MARS 2003. N° 40724-3 (093695)
IMPRIMÉ EN FRANCE